市舶司沉船案
消失的四十天 上册

申澜 ◎ 著

SPM 南方出版传媒 广东人民出版社
·广州·

图书在版编目（CIP）数据

市舶司沉船案. 消失的四十天 / 申澜著. — 广州：广东人民出版社，2020.5
ISBN 978-7-218-13998-2

Ⅰ. ①市… Ⅱ. ①申… Ⅲ. ①侦探小说－中国－当代 Ⅳ. ①I247.5

中国版本图书馆CIP数据核字(2019)第242542号

SHIBOSI CHENCHUANAN · XIAOSHI DE SISHITIAN
市舶司沉船案·消失的四十天
申澜著

版权所有 翻印必究

| 出 版 人：肖风华 |

| 选题策划：李　敏 |
| 特约策划：王肃超　李　格 |
| 责任编辑：李　敏　罗　丹　温玲玲 |
| 营销编辑：阮秋雁 |
| 装帧设计：刘焕文 |
| 责任技编：吴彦斌 |

| 出版发行：广东人民出版社 |
| 地　　址：广州市海珠区新港西路204号2号楼（邮政编码：510300） |
| 电　　话：（020）85716809（总编室） |
| 传　　真：（020）83780199 |
| 网　　址：http://www.gdpph.com |
| 印　　刷：广州市浩诚印刷有限公司 |
| 开　　本：787mm×1092mm　1/16 |
| 印　　张：34.5　　　　字　　数：445千 |
| 版　　次：2020年5月第1版 |
| 印　　次：2020年5月第1次印刷 |
| 定　　价：88.00元 |

如发现印装质量问题，影响阅读，请与出版社（020-85716849）联系调换。
售书热线：（020-85716826）

目 录
CONTENTS

楔子	……………………………………	001
第1章	庸人自扰…………………………	010
第2章	大祸临头…………………………	025
第3章	家事难断…………………………	036
第4章	滥事缠身…………………………	051
第5章	石破天惊…………………………	065
第6章	另有隐情…………………………	075
第7章	一片狼藉…………………………	088
第8章	生死之限…………………………	105
第9章	九死一生…………………………	120
第10章	蛛丝马迹…………………………	130

第11章	暗度金针	146
第12章	迷雾遍布	160
第13章	丑态毕现	171
第14章	不得要领	186
第15章	坦诚以待	199
第16章	盘根错节	210
第17章	事有蹊跷	225
第18章	千头万绪	242
第19章	混沌之事	249
第20章	一场乌龙	263

第21章	太平商号	275
第22章	初露端倪	288
第23章	心系佳人	300
第24章	命途难测	316
第25章	身世缘起	327
第26章	温柔之乡	342
第27章	流言四起	353
第28章	轰然崩塌	370
第29章	兔死狗烹	379
第30章	处事不决	393

第31章	利令智昏	405
第32章	图圄志起	419
第33章	尘埃已起	434
第34章	偷梁换柱	445
第35章	运筹帷幄	460
第36章	人去楼"空"	475
第37章	抽丝剥茧	485
第38章	江湖路远	495
第39章	血染合欢	513
第40章	真假难辨	527
后记		542

楔子

绍兴二年六月三十日,夜,福建路泉州市舶司。

两名醉汉在市舶司后街踉跄而行,四条腿像面条一样扭在一处。梧桐苑的姑娘刚刚在钱府侍宴结束,三辆香车远远驾过来,洒下一路铃响和脂粉香。二人酒后迟缓,一个被车辕剐翻在地,另一个也随着倒下。

赶车的把式急忙勒住马,回身嘱咐车厢里的姑娘勿惊,自己跳下车去看看。他刚下车,感觉车底下似乎滚出一团黑影,待要回身仔细瞧瞧,醉汉已经抱住他的大腿连声干呕。

巡夜的差役路过,大声斥责众人:"干什么呢,是不是都想到牢里睡?"

两名醉汉似乎被吓到了,连连摆手,相互搀扶着往前走,没走出多远便脱了裤子抱着树小解。巡夜差役嫌弃污秽,骂骂咧咧地离开了,车把式也不愿意多事,跳上马车继续赶路。

整条街上又恢复了宁静,只能依稀听到市舶司院内的房顶上有小石子滚落的声音,随后跟着两短一长三声猫叫。

墙角处的暗影越拉越长,直至变成了数个人形,他们的目标正是一墙之隔的泉州百姓躲之不及的市舶司。

一、二、三……九、十。

十条黑影在月色下一闪而过,一阵窸窸窣窣的声音,在虫鸣蛙叫的深夜几乎细不可闻。来人皆着黑衣、黑裤、黑靴,以黑巾遮面,只有神

色各异的眼睛露在外面，他们的动作并没有因为长时间蜷缩在车底而变得迟缓。

两名醉汉对视一眼，提好裤子，继续勾肩搭背在街上蹒跚前行。

十双眼睛的主人在院内站定，迅速扫视四周，检查环境是否安全。一双"吊梢眼"的眼神格外机警，其余九双眼睛在确定没有异常后都转身看向他。"吊梢眼"点了一下头，九双眼睛的主人迅速集结成一个圆圈。他分别指了"蛤蟆眼""柳叶眼""杏核眼"，又拍了一下自己的胸口，随后用手指扫过其余六人，再指向北侧议事厅的方向。

九双眼睛点头表示接受指令，随即"吊梢眼"带着六双眼睛躬身蹑足来到议事厅门前，"蛤蟆眼""柳叶眼""杏核眼"站在院中，面向不同的方向警戒着。

议事厅的房门被"吊梢眼"推开，室内漆黑一片，打开的房门像一头卧在夜色中的怪兽张开的大口。六条黑影如寒鸦赴水般鱼贯而入，房门随后被"吊梢眼"再一次紧闭，就像不曾有人来过一样。

依照大宋刑律，私闯官衙已经是重罪，私闯者一旦被人察觉必定有来无回。自太祖赵匡胤开宝年间始设市舶司，市舶收入一直是大宋朝廷财政收入的一项重要来源。此时朝廷统治危机重重，市舶收入在财政中的地位更加重要。全国赋税多倚仗市舶，市舶收入多出泉州。黑衣人今夜的行为，无异于狠狠地敲在了朝廷的命门上。

"吊梢眼"反身与"蛤蟆眼""柳叶眼""杏核眼"汇合，四人把头碰在一起，手臂相互搭在对方的肩膀上，交谈之声细不可闻。只一个弹指的时间，四人迅速分开，奔赴不同的方向。

"蛤蟆眼"纵身一跃，蹿上院中的槐树，霎时惊飞了两只早睡的鸦雀。很快树静风止。

与此同时，月色透过游廊上方的镂空雕花，在地上投影出斑驳的图案。前廊与后廊的衔接处，在月光无法窥探的地方，藏着"柳叶眼"。

在东南方向的屋脊上，一只野猫照例前来巡查自己的领地，但是它很快发现那里卧着"杏核眼"，透着森森杀意，相比之下，猫眼中的暗夜幽光全然失色。

"吊梢眼"仍然在移动，最后停在后院灶间，他先环顾四周，最后视线落在一把熟铜打造的长柄水壶上。他从怀里掏出一颗蜡丸，用手掰开表皮的蜡封，打开壶盖，将其中的药丸丢进壶里。又拿起水缸中飘着的水瓢，盛了两瓢凉水将壶装满，借着微弱的月光，眼见药丸完全消融在水里，才把壶盖盖好，将壶放在冷灶上。忙完这一切，灶间内一人高的柴草堆成了现成的屏障，"吊梢眼"轻而易举地躲在了柴草堆后面。

相传有山神烛龙，人脸蛇身，皮肤暗红，身长千里，住在北方极寒之地，睁开眼就为白昼，闭上眼则为夜晚，能呼风唤雨。大概是烛龙在七月初一早上睁开眼睛时打了一个喷嚏，泉州城上空飘下了淅淅沥沥的雨丝，不过半个时辰的工夫就停了。

一年之计在于春，一月之计在于朔。依大宋律制，每月元日是各衙门举行例会的日子，市舶司也不例外。

市舶司和所有衙门一样今日最忙，有品阶的大人齐聚衙署商讨下个月的工作，小吏、差役奔赴各个码头、点检处和商会监察工作催缴税费。为防止民众抗税产生骚乱，连平日里只负责市舶司警戒的差役也一并派了出去。毫不夸张地说，今日官衙内的大人比值守的差役还要多。

参加例会的官吏陆续抵达，他们聚在议事厅内或高谈阔论，或坐在角落的边椅上打盹儿，没有任何人察觉到，这间屋子里有六双眼睛一直在观察他们。

一位满面油光的胖官吏，跷着二郎腿，右手摇着桑皮纸的扇子，左手来回盘弄着一串赤玉念珠，扭着头与身后的同僚说道："这天儿真热，这雨下得像小孩儿撒尿一样，一点儿都不见凉快。"

"想凉快还不容易？"坐在后面的人挤眉弄眼地搭话，"学着钱家的样儿，建一间冰室，保管周大人你晚上同夫人行房都不会出汗。"

"一提这个我就气。"周大人在椅子上使劲扭动了几下，屁股下的椅子随着嘎吱作响，"我那岳父早年拜错了山头，如今汪相得势，再往前走一步难比登天。"话说到这里，他手中的念珠转动得飞快，一时没留神脱了手，掉在身前桌沿下。

室内的"六双眼睛"同时一凛，其中五双紧紧地盯着周大人，桌下藏着的是"眯缝眼"，他紧紧盯着那串念珠。在潜入市舶司之前，他们已经预料到这种突发情况，自进入议事厅那一刻起，就做好了随时发难的准备。

周大人费了很大的力气把肥硕的身躯从椅子中拔起来，刚要弯腰去捡念珠，一个瘦削的身影眼疾手快，一个健步上前把念珠捡起，双手奉于他面前，说道："周大人千金贵体，有事儿招呼一声就是，何劳您亲自动手。"

周大人接过念珠，抹了一把脸上的油光，说道："建吏目（市舶司属下官吏名，主掌文书）客气啦，我又不是买红楼的姑娘，不必这么殷勤的。"

周围三五个听见这话的人，都跟着哈哈笑起来。

这位建吏目不以为意，陪着大家笑了一阵儿，说道："那些朱唇万人尝的货色，纵然皮囊生得好看，也没什么趣儿，吹了灯还不是一样的？梧桐苑里新来了几个姑娘，早前是教坊司（宋代宫廷音乐机构，始建于唐代，称为教坊，专门管理宫廷俗乐的教习和演出事宜）里的姑娘，那真真儿是色艺双绝，汴京城破，辗转流落到咱们这里。里面有一位叫'赛师师'的姑娘，那真是听她一曲，三日不知肉味。"

"咳咳……"

门口有人眼尖，看见提举（原意是"管理"。宋代以后设主管专门事务的职官，即以"提举"命名。有"提举常平""提举市舶""提举学事"等）柯鹭洋远远地走过来，急忙轻咳了一声，提醒各位同僚。大家慌忙站起来，整衣扶帽迎接长官。

"人都到齐了吗？"柯鹭洋并不理睬众人的殷勤，在自己的位置吃力地坐下。

有人答道："吏目培杰、点检官孟学派去了福州公干未归，另有点检曹炳勤缺班，其余的人都到了。"

差役适时从后厨端来凉茶，摆在众人面前，大家边喝茶边聊。

靠近门窗的小吏麻利地起身将门窗紧闭，重新坐回自己的位置，听长官训话。

院中原本忙碌的差役，眼见议事厅的门窗关上，大家很默契地退到前面去了，生怕听到什么不该听的。市舶司衙门内有"私库"，众位大人在公务之余商量分配，几乎是人尽皆知的秘密。

室内暗处的"六双眼睛"丝毫不关心其中的内容，只等待一个时机的到来。

就在此刻，周大人率先察觉到了异样。关于私库分配，他有一肚子的话要说，当他站起身想张口说话的时候，却发现自己根本无法出声。他以为这是错觉，想要抬起手摸一摸自己的喉咙，却愕然地发现胳膊已经不听使唤。

扑通……

刚才还颐指气使的周大人，一下子摔倒在厅内厚厚的地毯上。

围坐在桌前的众人皆惊，当他们想站起来查看同僚怎么样了的时候，十九名官吏中只有五人得以起身，其余十四人，或是摔倒，或是在自己的位置上动弹不得。

原来昨夜"吊梢眼"在冲凉茶的水中下了软筋丸，服者四肢无力、口不能言。

"眯缝眼"以迅雷不及掩耳之势，从桌下滚了出来，与此同时武器

出鞘，反臂挥刀，离他最近的两名已经起身的官吏，脖颈处各添了一条三寸长的伤口。旁边的建吏目因为惊恐而大张着嘴巴，那二人的血液飞溅过来，他下意识地闭上眼睛和嘴巴，并紧缩身体。浓稠的血腥味在他的口腔中蔓延，出于生理本能他想作呕，然而长刃已经刺进了他的身体。

从房梁上跃下的"死鱼眼"和"风流眼"出手更加狠绝。"死鱼眼"手起刀落，寒光一闪，欲往桌下躲藏、已爬进半个身子的矮个子官吏的半边脸便飞了出去。

"风流眼"紧跟在已经逃到门口的官吏身后，他左手搭在对方的肩上，只见他的两掌间有一根细丝，右手极快地绕了一下，随即反向收手，细丝入喉，切断了所有的呼喊。

提举柯鹭洋脸色惨白，一切发生得太快，让他来不及思考，求生的本能使其滑到了桌子底下。一人与刚抬头的柯鹭洋四目相对，柯鹭洋浑身一个哆嗦，以肘撑地往后退，"你们是什么人？你们……你们……"

不等他说完，外面的"眯缝眼"和"死鱼眼"合力将他托了出来。

"钥匙。"随后从桌底出来的人将刀架在了柯鹭洋的脖子上。

柯鹭洋愣了一下，随即明白过来，他以为对方是悍匪，为市舶司私库而来，心里暗自松了一口气。他从怀里掏出一把钥匙攥在掌中，说道："壮士，库房之中并……无十分贵重之物……本官家中有很多奇珍，愿全部孝敬壮士……"多年的宦海生涯让柯鹭洋学会了审时度势，他明白眼前的人已经杀红了眼，此时让对方留自己一命才是最重要的。

议事厅房顶的青瓦发出一声脆响，随即又有一声鹧鸪叫。室内所有黑衣人的耳朵几乎同时动了一下。依照昨夜行动前的约定，青瓦响代表四条街外有人正向市舶司赶来，鹧鸪叫代表有本衙的人向中院走来。

"死鱼眼"一把夺过钥匙，抛向守在门口的"风流眼"，对方接过钥匙后没有丝毫停顿，走至议事厅门口，把门打开了一掌宽的缝隙，伸左手出去做了一个下切的动作，将钥匙抛了出去，随即又把门关好。

刚刚的鹧鸪叫是藏身在槐树冠上的"蛤蟆眼"发出的，房顶的示警和昨夜的猫叫同是外围配合的兄弟发出的，"蛤蟆眼"见议事厅内的人已经开始行动，一个鹞子翻身，捡起钥匙，快步奔至前院与中院的连廊处警戒。

市舶司差役宋老三口中哼着小曲儿走了过来。他今早起来迟了，没吃早饭，此时腹内饥饿难忍，仗着自己年岁大无人计较，想到后厨找点吃食。

宋老三从前院转过来，一只脚刚要迈进中院，后颈处受到"蛤蟆眼"一记重击，来不及哼上一声整个人便倒在了地上。"杏核眼"已经从屋脊上下来，来到他近前，"蛤蟆眼"意欲就地结果了宋老三，谁料想他的手腕被"杏核眼"攥住，示意他这里没有危险，自己来处理宋老三，让他到后面送钥匙。

井水镇过的葡萄，红得似玛瑙一般，半尺长的瓜条像极了咧开的大嘴，两名差役一人捧着一盘。捧葡萄的差役不住地往自己口中塞，连皮带核一起吞下，捧瓜的差役苦于吃瓜没有那么方便，心有不满，挖苦道："瞧你那样子，有日子没吃了是么，难不成赶着去投胎？"

"柳叶眼"正攀在他二人头顶上方的廊檐处，一根细丝垂到二人眼前，端瓜的差役刚想伸手去摸，就感觉到一个黑影落在了身后。不待二人反应过来，"柳叶眼"将细丝的另一头重新捞回到手里，双臂同时向身体方向猛收，送他二人投胎去了。

带着钥匙前来的"蛤蟆眼"正好赶到，已解决掉后厨杂役的"吊梢眼"也来到近前，三人对了一下眼神，一齐折身向后院而去。

此时院外风和日丽，议事厅内则是人间炼狱。

"壮士，挣钱是为了花的，本官官居五品，今日死了，朝廷颜面无存。势必天下追拿……"柯鹭洋的头被"眯缝眼"踩在脚下，官帽早就不知道滚落在何处，满头满脸都是同僚的血污。眼见他们一个又一个惨死

在自己的身边,他已经到了崩溃的边缘,骤然提高了音量,"你们这是诛九族的大罪……"

"三角眼"正一刀刺穿一名官吏的后心,此人并没有收势拔刀,而是顺着惯性,把此人推倒在仰面倒地的柯鹭洋身上,刚刚穿过此人身体的利刃刺穿了柯鹭洋的胸膛,二人的鲜血混在了一处,悄无声息地洇进地毯。

"若有九族在,又怎会干这个营生?""眯缝眼"狠狠踢了柯鹭洋的脑袋一脚。

行凶的六人停顿了一下,相互对过眼神后再次行动。

"丹凤眼"来到周大人跟前,全然不顾他眼里闪动的祈求和已经顺着裤腿流下的尿液,手中的刀尖轻易地没入他的肚腩。抽刀的时候,内脏伴着油脂从刀口涌出,官服下原本圆滚滚的肚子,顿时干瘪下去。

"风流眼"来到另一个倒地的官吏身边,他的手中仍旧握着那极细的丝,看似漫不经心地套在官吏脖子上,再松手时,皮肉俱裂,大股鲜血喷溅而出,染得整个头颅像一颗摔烂的西瓜。

不到半盏茶的工夫,彼时谈笑风生的十九个人,此时俱已倒在了血泊之中。

处理好宋老三的尸体后,"杏核眼"一直守在议事厅门外,此时"吊梢眼"怀里抱着一个尺许高的坛子,带着"柳叶眼"和"蛤蟆眼"赶了过来。他侧耳趴在门上听了一下,叠起指头在门板上轻弹了两下,随即把门打开。

门内六双眼睛,门外四双眼睛,彼此相望,十双眼睛相互一对眼神,俱点了一下头,表示自己的任务已经顺利完成。其中一人接过钥匙,塞进柯鹭洋汩汩冒血的胸口。

室内的"六双眼睛"对地上的尸体视而不见,从容有序地走出房门。"风流眼"用手中的细丝吊住门栓,议事厅房门被重新关好,门栓

"啪嗒"一声落进卡槽。

众人一字排开,抱着坛子的"吊梢眼"夹在队伍当中,十人依次翻过西墙。

就在最后一个人落地的时候,院墙那边响起高高的一声:"回事!"

随着市舶司衙署被屠案案发,一场蓄谋已久的阴谋浮出水面,很多偶然事件的背后,都隐藏着精心设计的布局。涉事人以为抓住了改变命运的机会,殊不知这个机会原本就是有毒的饵,他们所认为的改变,不过是跳进了别人的棋盘,被无形的"手"摆布而不自知。所有人经历的一切,早已被设计好且无力反抗。

自始皇一统天下至今,王朝更迭,各地开府建衙无数,从没有类似的事情发生。市舶司衙署官员在这样一个时间点被屠杀,给岌岌可危的大宋王朝更添危势。

世间人力之渺小,未必每个人都有改变世界的能力,不过追求真相是对这个世界的尊重,有"他"在,世间尚有真相……

第1章　庸人自扰

奕灿上下打量了童牧归一番，见他身上的公服比寻常捕快气派不少，立即面露喜色。他眼下有一桩难事，不便宣之于口，正苦于衙门里没有门路，想到童楚赋闲在家已久，未必能够说上话。偶闻童牧归年初被提升为八班总捕，今日过来碰碰运气，现观其服色，果然不错。

绍兴二年，六月二十一日。

市舶司被屠案案发倒计时：十天。

在"市井十洲人""涨海声中万国商"的泉州，此时残阳与炊烟纠缠在一起，难解难分，这里既有绿酒红灯、纸醉金迷，也有普通人为生计奔波的烟火日子。

一只名叫皮皮的黑底杂毛小狗，懒洋洋地瘫卧在院门前的青石板上，铜钱大的耳朵不时呼扇一下，听着来往的动静。透过小巷看正街，一片人声鼎沸，有糕饼铺子散发着甜香，有小贩推着独轮车叫卖，有俊俏的娘子挽着菜篮，更有三五闲汉一路攀谈，携手揽腕前往酒肆。

皮皮突然挺起上半身观察，只见一个人影自正街转进巷口，来人挺拔如松，一身公服打扮，眉分八彩，目若朗星，面上挂着几个麻坑，颌下蓄着青色的胡楂，腰间挎着官刀，走起路来铿锵有力，好不威风。此人正是皮皮的主人童牧归，在提刑司任总捕头一职。

皮皮像离弦的箭一般奔至近前，围在主人的脚边厮闹。童牧归将手里拿着的皂色交脚幞头扣回头上，弯腰一把捞起脚边的皮皮，边往家的方向走，边将皮皮高高举过头顶又放下，如此几个往复，已经来到自家门前。

童家的小院儿不大，分出一半耕成菜园，种了一些茭瓜、南瓜、冬瓜之类的蔬菜，既好打理，又可以把当季吃不完的晒成瓜干，留着冬天慢慢吃。正房三间朝南，东边的一间是童楚的卧室，西边的一间是童牧归的卧室，正中这间算作厅堂，摆了八仙桌子和两把椅子，平时父子二人也在这里吃饭。另有两间朝西的偏房，一间放杂物，一间做厨房。家中只有童家父子二人和小狗皮皮，地方虽不大倒也够住。只不过童牧归的父亲童楚有病在身，自理尚属勉强，不能过度劳累，加上童牧归平日公务繁忙，房子年久失修，所以看着要比左邻右舍破败一些。

有两人在院中站着说话，听见门口有动静，视线齐齐看向门口，正迎上开门的童牧归投进来的目光。

童牧归见家中有客，连忙收敛心神，放下皮皮，招呼道："奕叔叔一向可好？几时到的？"

这客人是泉州城内的一个小本海商，名叫奕灿。他身量不高，蓄着子孙胡，四十七八岁的年纪，身穿黛蓝色罩衫。早年间他的货银被盗，童楚彼时尚在提刑司衙门做捕快，奉命接手此案时与他相识，转眼已经十余年的光景。

"好好，有劳你记挂。"

奕灿上下打量了童牧归一番，见他身上的公服比寻常捕快气派不少，立即面露喜色。他眼下有一桩难事，不便宣之于口，正苦于衙门里没有门路，想到童楚赋闲在家已久，未必能够说上话。偶闻童牧归年初被提升为八班总捕，今日过来碰碰运气，现观其服色果然不错。想到这儿，他拱手向童楚道："'雏凤清于老凤声'，给童兄道喜啦。"又转身对童牧归半真半假开玩笑道："以后还仰仗总捕头多多帮衬。"

平日里市井小贩、贩夫走卒，张口童总捕长，闭口童总捕短，上任这半年来童牧归已经习以为常。但是他与奕灿许久不见，对方是自己的长辈，又兼着父亲在侧，一时羞臊，有些不好意思，连忙回身关上院门："奕叔叔取笑了，全因严提刑是新来的，不晓得侄儿顽劣，一时糊涂错用了我。"

"不忙关门，叨扰了半日，我也该回去了。"奕灿制止了童牧归。

"您吃了晚饭再回去吧。"童牧归好言挽留。

"不了，出来前和你婶娘讲好回去吃的，再不回去她该恼了。"奕灿拍了拍童牧归的肩膀，"还是你有出息，不像我家你那兄弟，整日读书，成了一个死心眼儿。"

奕灿想，他与童家多时不曾走动，不好贸然说出自己的难事。今日观童家父子对自己的态度，让他安心不少，来日方长，不急在一时。

"叔叔谬赞了，我兄弟读书，将来是要考状元、当大官的，侄儿不过是挣着买白菜的钱、操着卖白玉的心，就那么回事儿。"童牧归谦虚道。

三人客套了一番，眼见天边乌云压了上来，有可能随时下雨，奕灿方走出童家。

童牧归关好门，扶着父亲进屋。

童楚一手拄着拐棍，一手任由儿子搀着。他已属天命之年，头发花白，皮肤因久违阳光而呈青白之色，身躯枯瘦，愈加显得身上的衣服空荡荡的。被童牧归扶住的胳膊，也像一段干瘪的枯枝，轻飘飘的，没有分量。

童牧归瞥见堂屋桌上摆着两提点心，精致考究的包装显得掉漆的桌子愈加寒酸。

他不由皱了皱眉，问道："阿爹，奕叔叔今天到咱们家来，所为何事？"

"他说今天有生意上的事情要谈，路过这边顺便看看我。"童楚的目光也落在两提点心上面。

这两提点心不是寻常包装，各用棉绳稳稳扎好，印在最外面的封签——百味斋，很是显眼。城北百味斋的点心在泉州城内家喻户晓，与奕灿家相隔一条街的距离，只这两提的价钱足够两三个人在酒馆中要上一桌酒菜。童牧归家在城西，若奕灿顺路来童家，绝没有返回城北买了点心再来的道理。出门时买了提在手上也不可能，可见他是从家里出来便买了，然后径直到童家拜访。

"他倒没说什么，聊的都是家长里短，不过问了一句'众人合伙出的本金若被人吞了该怎么要回来'？他不明言，为父也不好多问。"童楚心里也犯起了嘀咕。

"那您是怎么回他的？"

"只告诉他，亲兄弟也要明算账，与人发生金钱往来，一定要找保人，立字据，钱数、用途、期限逐一写明。一旦事情有变，带着字据和保人到衙门请官老爷裁断，那些围、逼、堵、吓等要债的下作勾当断不可取。"童楚眼睛一转，接着说道，"被你这一问，为父心里也不安生，这几天你得闲到奕家走一趟，听听你叔叔到底怎么说，也好叫我放心。"

"知道了。"

童牧归答应下，转身到厨房去做晚饭。

泉州地处沿海，多风多雨，从芒种到立秋尤甚。自海上起东南风，泉州大半的日子都处在梅雨之中。童牧归与奕灿一别后，数日的雨水绊住了他的脚，他没能依照父亲的嘱托前往奕家。

童牧归原本只是一个小捕快，今年年初被提拔为福建路提刑司的八班总捕，手下管着十数名捕快和二十多名差役。别人巴不得请客送礼谋取的

职位,他反而不稀罕,做总捕收入有限,难以支撑父子俩的日常用度。

绍兴二年,六月二十五日,雨僝云僽。

童牧归沿着提刑司的回廊踱到后衙,雨水打在青瓦上,噼里啪啦砸得人心里乱哄哄的。眼看到了月底,他准备去找上司提刑官严冥夜,再次提一下自己辞职的事情。

咚,咚,咚——

三声鼓响隔着雨帘传来,敲停了童牧归的脚步,他踌躇了一下,皱眉转身向外走。

"我到前面看看什么情况,你们去请大人升堂。"童牧归长叹了一口气,对执岗的差役吩咐完,转身又往回走。

风夹着雨星,像在地上寻找什么似的,东一头西一头地乱撞着。从提刑司大门向外望,街上已经鲜有行人,只有一道厚厚的雨墙堵在那儿。童牧归来到提刑司门口,站定向阶下张望,只见三个腰间扎着素带的人站在雨中,为首的人神色焦急,不停地用手抹着脸上的雨水,踮起脚翘首向提刑司衙内张望。童牧归一眼认出这正是前几日到自家拜访的奕灿。

童牧归的心不由一沉,如此顶风冒雨前来衙门打官司,肯定不是小事。他原本并没有把前事放在心上,想着不过是商人对既得利益的担忧罢了。如今再见奕灿,心想十有八九与奕灿所说的集资借贷有关,一时不知如何是好。

"奕叔叔,你们这是?"童牧归问。

"童总捕,有劳您通传一声,还请提刑大人为我们做主。"奕灿用手擦了一把脸上的雨水,表情上没有太大波动,但是心里踏实不少。他今日情急之下,已把自己侄儿在提刑司做总捕的事宣扬了出去,现在童牧归一口一个叔叔地叫着,让他的虚荣心得到了满足。

第1章　庸人自扰

"是老身击鼓诉状，恳请青天大老爷为我们孤儿寡母做主。"

突然发出的呼喊声嘶哑而尖厉，吓了童牧归一跳，他循声望去，目光所及之处，一位妇人萎坐在门前鼓架下。妇人已经有些年纪，白衣素缟，着麻坎肩，雨水夹杂泪水一齐混在她的脸上。妇人青白色的嘴唇与指向阶下人的手指一同颤抖着："老身要告他们谋财害命。"

天上划过一道闪电，顺着老妇指尖的方向炸裂，在场的人心里都是一抖。

童牧归跨出门槛，来到妇人跟前，伸手相搀，眼睛则看着阶下众人方向，希望能有人给他解释一下究竟发生了何事。奕灿等人站在雨里，耷拉着脑袋，各怀心事，无人回应。

同样不知道发生了什么事的，还有福建路提刑司的提刑官严冥夜。他原任京畿路提点刑狱司提刑，建炎南渡中随赵构迁往绍兴。约两年前，他的父亲严鹏先去世。依大宋礼制，父母故去，子女须持丧三年，其间不得行婚嫁之事，不预吉庆之典，任官者必须离职回籍丁忧。无奈时局动荡，朝廷需要用人，赵构下旨夺情，命严冥夜为父守孝七日后即到福建路赴任。对严冥夜如此例外，足见赵构对他的赏识。

这日上午，严冥夜接到临安发来的询问福建路情况的密旨，赵构在文中反复叮嘱，一定要确保福建路稳定。金军屡次南下侵扰，福建路稳则大宋尚有喘息之机，福建路乱则大宋危如累卵。福建路之重，在福州、泉州，福州自有赵构心腹节度使白铭坐镇，泉州这边则由严冥夜一力承担，赵构实现绍祚中兴的计划压力大半压在了严冥夜的身上。

快壮皂三班衙役在提刑司大堂排班肃立，严冥夜身着官服头戴翅帽转屏风入座，他年过不惑依旧目光炯炯，端坐于公案后不怒自威。他环视堂下跪着的众人，"啪"一声拍响惊堂木，问道："堂下所跪何人，击鼓所为何事？"

"启禀大老爷，民妇刘氏，海商刘五壮之妻。"老妇朝着严冥夜的

方向磕了一个头，"民妇的丈夫、两个儿子、侄子、外甥连着七八个伙计全部遇难，还请大老爷为民妇做主。"

严冥夜听闻是十数条人命案，顿时倒吸一口冷气，真是怕什么来什么："啊？几时遇害？尸体现在何处？可看见凶器、凶手？"

"大老爷，家夫被人逼迫，葬身大海，尸骨无存，您一定要为他们主持公道。"刘氏说罢，又是一阵号哭，几乎背过气去。堂上其他人俱吃惊不小，彼此交换着眼神，并不敢多做议论，大堂外此时风雨更紧，更显得刘氏所诉之事之悲怆。

站在公案一侧的童牧归有些摸不着头脑，原以为众人是来诉讼借贷一事，不解为何此番会牵连出数条命案。以他多年来对奕灿的了解，奕灿身上虽有商人追名逐利的特质，但是为人本质上不坏，断然干不出杀人害命的勾当。

严冥夜稳了稳心神，示意一旁的差役好好安抚刘氏，转而问跪在地上的奕灿等人："尔等是何人？到底发生了何事？"

奕灿扭头看了看身边的几个人，又用眼角余光偷瞄了一下童牧归，咬咬牙朝上磕了一个头，道："回大老爷的话，草民几人与刘五壮都是泉州城内的海商。昨日我们得知，有人发现他家的船只残骸，料想他凶多吉少，今日特去探望。草民几人赶到刘家的时候，刘家已经设置了灵堂，草民几人遂报上名字进去吊唁。谁知刘夫人听闻后，一口咬定是草民几人鼓动刘五壮去送死，草民也不知其中缘由，请大老爷明鉴。"

奕灿身后的两个人也跟着不住地磕头，附和道："大人，草民冤枉，求大人为我们做主。"

此时，刘氏的情绪已经稳定了一些，她听奕灿等人如此说，心中恨意难平，恨恨地瞪了他们一眼，哽咽着对严冥夜申诉道："大人，民妇的丈夫走了二十几年的船，焉能不晓得前几日天气恶劣不宜出海，没有人鼓动逼迫，他怎么会去冒险？就是他们害死了家夫和我的孩子们！"

童牧归听到这里心中更加着急，联系先前的情形揣度，定是奕灿为了要回本金逼迫得太紧，才会酿成如此惨事，心想奕灿好糊涂。刘五壮之死从法理上讲，奕灿等人没有罪责，但是情理上他们确实有撇不清的干系。童牧归咬着牙根怨恨地看着奕灿，跪在地上的奕灿也不时向童牧归投去求助的眼神。

"咳，咳。"严冥夜察觉到二人神情有异，轻咳一声提醒，"童总捕，你与堂下所跪之人认识？"

"回禀大人，奕灿乃卑职叔辈，与家父是故交。"童牧归急忙敛神答话。

"怪不得他们敢说衙门里有人，随便老身到何处去告，原来是仗了你的势！"刘氏猛地起身向童牧归扑来，扯着他的衣襟哭喊，"你一口一个叔叔叫得亲热，助纣为虐是会遭报应的，还我的丈夫和孩子……"周围的差役反应过来，急忙将她扯开。

此时童牧归的幞头已经掉落在地上，衣襟被扯散，一腔憋闷不好发作。他把目光投向严冥夜，只见对方把头扭向一边佯装不见。

"啪！"

严冥夜拍响了惊堂木，勉强压制住混乱的局面。他环视了一下众人，说道："此处是提刑司大堂，乃朝廷法度之地，岂容尔等胡闹！有何情况，你们一一说来，本官自会秉公裁断。若胆敢咆哮公堂，杖刑伺候，听明白了吗？"

众人连连磕头称是。

"大人，卑职冤枉，我没有……"

听出严冥夜的弦外之音，童牧归急急辩解。他话说了半截，被严冥夜一记白眼堵了回去。严冥夜心里一阵打鼓，眼下大事在即，十分担心自己从前错看了童牧归。

"奕灿，刘氏所讲可属实？"严冥夜问。

"回大人,是……也不是,您听草民解释。"奕灿连连向上磕头,"草民确实与童总捕父子是旧交,但是平素草民几人与刘五壮的关系也不错,此番他出事,焉有不去相送的道理?只是刘夫人一口咬定是我们害死了刘五壮,拉扯我们几人偿命,这样一顶'屎盆子'扣在脑袋上,又有诸多乡亲近邻围观,因此自然极力争辩,情急之下说出了'随便她到哪里去告,我都不怕'的昏话。"

严冥夜觉得奕灿的解释也有道理,转而又瞪了童牧归一眼,沉吟了半晌,问道:"刘氏,据你所说,你的丈夫刘五壮受人鼓动,他们可有什么出格的举动?"

刘氏回忆起她丈夫这段时间的反常举动,联系家中近来发生的怪事,更加确信自家沉船绝对不是意外。"他们几人同家夫合伙做什么生意,民妇家的船前几日刚从天竺回来,按惯例理应休整一些时日再出发。可是家夫回来以后便心事重重,典卖了民妇早年陪嫁的首饰,问及缘由,他不肯细说,只是说有大生意要做。后来家夫被他们几人叫走吃酒,回来后招呼了孩子们直接就上船去了。当时天气不好,我苦苦相劝,他说人都到码头船上等着,天晴了再出海。谁想当夜他竟不顾风大浪急,趁夜出海,不是他们逼的又是谁?"

严冥夜转头看向奕灿等人,看他们如何说。

"大人,草民等人实在冤枉。草民几人确实约了刘五壮吃酒,只因我们几人集资在一处合伙做生意。当日所说句句都是好言,不曾有半句胁迫,草民几人共有一百余两本金在刘五壮手里,难道不应该问问这笔钱的使用情况吗?"

奕灿答话的时候依旧会不自觉地看向童牧归,他的小动作引起了大堂上其他人的注意,大家的眼神慢慢变得意味深长,童牧归被烦得不行,恨不得上前呵斥。一名叫张奔的捕头,素日与童牧归不和,他毫不避讳地牵着一边的嘴角直勾勾地盯着童牧归,似乎在用戏谑的眼神告诉对方：你与奕灿无私也有弊，已经被我发现了，看你怎么办！

严冥夜无暇顾及下属之间的钩心斗角，一心处理眼下的事："采买什么东西，需要这么多本钱？"

"南洋、波斯多奇珍，获利高于常物。草民几人都是小本海商，想出凑钱置买的法子。我们三个是货商，刘五壮是舶商，我们出海要同别人搭伙坐船，带着重金不方便，他有自己的船，因此交由他保管代买。"奕灿答。

"可有字据？"严冥夜问。

奕灿忍不住又边看童牧归边答话："我们几人关系都不错，只是口头商议，因此并无字据。"

童牧归双拳紧握，双眼几乎眦出血来，心中暗叫：你说的话又不是我教的，你看我做什么？！大人问你什么，你如实回答便是。好一个糊涂的人，如此明目张胆把我裹挟进来，即便你有理我也没办法帮你。

"他此番前去天竺，你们中何人与他同行？"严冥夜又问。

"回大人，草民是蔡记香料行蔡文东，此番下天竺乃是小号包船运货，我等生意上俱有其他事情要做，并未与之同行。"奕灿身后一个三角眼、穿酱色外衫的人答话。

严冥夜沉思着没有说话。奕灿身后跪着的一个"国"字脸，重眉豁口、一身横肉的海商向上磕了一个头，瓮声瓮气地说道："大人，草民郭鸣有话要说。"

郭鸣的性格甚是火爆，自己典押房产换来的本金打了水漂已经够他上火的了，听闻好友遭此噩耗更是心绪难平。在刘家灵堂之上，刘氏夫人一番搅闹，更是让他积了一肚子的火气。想着整件事的始末因由，他终于抑制不住自己，决定不再顾忌后果，索性一吐为快。

"讲来。"严冥夜点头应允。

"大人，刘夫人的心情俺可以理解，俺也不怪她。要说有人逼迫，那也是市舶司逼得人没有活路，市舶税加了又加，翻了一倍多。朝廷对抽解（将船上货物分成粗细两色，不同货物按十中取一到十中取四不等的比例抽取实物形式的市舶税）比例也早有明示，但是到了那些狗娘养的点检（市舶司中负责检查进出港口船只并对到港货物进行抽解的官吏）那里，竟像占用自家东西一样随意拿取。稍有疑义，轻则不发放出海公凭，重则船和货都要没收。俺们是粗人，没读过什么书，为了凑这些钱，俺典押了房产，老奕把两个儿子娶媳妇的钱拿了出来，大伙就是想搏一条活路。都是命根子钱，您给评评理，俺们小心点有什么错儿？！"

郭鸣话说到此处，不似先前那般低眉顺眼地跪在那里，而是挺直腰板，梗着脖子，额头上暴起青筋，双眼直勾勾地盯着堂上坐着的严冥夜。

"老郭，你就别添乱了，少说两句吧。"奕灿扭回头去小声劝着。蔡文东也偷偷拉扯他的衣襟，示意他不要鲁莽。

严冥夜听到提及市舶司，感到颇为头大，一时无法裁决。

"事关重大，容本官调查清楚，改日再判。死者为大，刘氏先行归家治丧，你等在案情没有结果之前，不得离城，随传随到。退堂。"严冥夜说完，转身拂袖而去。

无端被搅进此事之中，童牧归更加坚定了离职的决心，想到今天在堂上发生的一切，他觉得自己有必要解释几句。

他迈步进到后堂的时候，严冥夜已经换上了便服，埋头在书桌前写着东西。

"大人，卑职与奕灿之间确实没有勾结。"童牧归小声申辩。

严冥夜头也不抬，只是嗯了一声，心思似乎并不在此事上。

"卑职与奕灿相识多年，可以人格担保，他……"童牧归道。

"童总捕，从前你查案，也是这般凭感觉办事吗？"严冥夜放下笔，把写了一半的东西放在一边，脸上已有不耐烦之色。

童牧归眼见越描越黑，只得按捺住心中的委屈："大人教训得是，卑职一定把这件事详细调查清楚。"

"算了，这件事你回避吧，交由张捕头去查。"严冥夜道。

童牧归听出了上司的逐客之意，沉吟了一下，接着说道："大人，卑职还有一事……卑职前些日子同大人提起的辞职一事，大人考虑得怎么样了？"

"童总捕这是与本官闹情绪吗？你是本官一手提拔的，本官自然是信任你的。"严冥夜像换了一个人一样，脸上堆起了笑，顺手从百宝阁的小抽屉中取出一个锦囊，接着说道："令尊是在提刑司因公受伤的，单凭你一个人的俸禄，既要生活又要求医问药，确实艰难了一些，这里有两锭锞子，聊表本官心意。"

童牧归推辞道："大人，卑职不是这个意思，卑职能力不足，难堪大任，您还是另谋总捕人选吧。"

"童总捕过谦了。"严冥夜猛地一拍额头，"突然想起一事，今早有人来报，北山一带发现了惯偷楚千手的踪迹。你今天早点回去，好好休息一夜，明天带人上山，争取把他抓回来。"

"大人，您要尽早找人接手卑职手上的工作才好……"童牧归实在忍不住，脱口而出。

"这也是事发突然，一时半刻哪有那么多可心的人？最近雨水多，你们走时多带件衣服。"严冥夜言罢，开始低头批阅案卷，不容童牧归多说。

严冥夜已经下了逐客令，童牧归不好坚持，只得先行告退。

回家的路上，风停雨住。

有两个顽童在争扯一只黄毛黑耳的小狗，小狗吃痛，呜呜地叫着。

"小心咬手，没事儿抢它做甚！"童牧归冲着孩子吼了一嗓子。

两个孩子中年纪大一点的认得童牧归，并不害怕，冲他扮了一个鬼脸，一手携着小狗，一手挽同伴，一溜烟儿跑开了。

当年，童牧归就是在一群顽童手里救下不足月的皮皮，从那以后皮皮每日守在巷口等童牧归回家。今日皮皮可能感受到童牧归的情绪不是很好，很识趣地没有像往常一样围在他脚边厮闹。一人一狗，一前一后，一齐进了家门。

"阿爹，我回来了。"童牧归到家后和父亲打过招呼，把幞头往堂屋的八仙桌上一扔，直奔厨房做饭。

说是做饭，倒也简单。他将厨房坛中的糙米倒出大半碗在锅里，再从水缸中舀出两瓢水，一并倒进去。又挽起袖子，从咸菜坛子里夹出一块菜疙瘩，胡乱切了几刀，装在碟子里。再从院子里的菜架上，揪下来一个茭瓜，边回厨房边在衣襟上蹭了蹭，在砧板上切成厚片。又伸手将房梁上挂着的腊肉摘下，切了十数片儿，拿刀的手顿了一下，复又切了几片，才把剩下的肉重新挂回去。皮皮闻到了肉香，不停地在他脚边扑跳，此时童牧归根本无暇理睬它。皮皮蹦跳了一会儿，想是知道没有指望了，又回到门槛上趴着去了。

童牧归往大灶里添了两把干柴，站起身提着水桶就往外走。路过皮皮身边时，皮皮大概是想跟着，动了动，可能是天气太热，便放弃了。直到他提着装满的水桶回来，随着其身体走动，溢出来的水泼了些在皮皮身上，它才觉得凉快一些。把水倒进厨房水缸后，童牧归索性把上衣脱下扔在一边，直接打赤膊。他舀了满满一瓢新打的井水，来到菜架旁边，往前一探身，哗一下浇在自己头上，既冲了凉又浇了菜。

童楚拄着棍儿刚走到堂屋门口，正巧看到这一幕，冲着院子里喊："你这孩子，跟你说过多少次了，不能贪凉，这样会坐下病的。"

童牧归似乎习惯了父亲的唠叨，简单地答应一声："嗯，知道了。"便把空瓢扔在一边，抄起斧子开始劈柴，叮叮咣咣，两炷香的时间才放下。

厨房此时已经飘出米香，他抹了一把头上的汗，把煮好的粥盛到陶盆里晾着，简单地刷了一下锅，就着灶膛里的余火，把切好的茭瓜和腊肉炒在一起。

"今天奕叔叔果真到提刑司大堂来打官司了。"童牧归边往父亲碗中夹菜边说。

自那日奕灿走后，童楚的心里一直隐隐不安，他停下筷子问："刘五壮贪了他们的银子？"

童牧归还在为今日大堂上奕灿不识趣，惹得众人用异样的眼光看他而生气。他头也不抬，答道："不知道，他今日是被刘氏夫人告上大堂的。前几日疾风骤雨，刘五壮坚持放洋，最后死在了海上。"

童楚更加糊涂了："这事儿与你奕叔叔有关系吗？"

"严提刑让我避嫌，把这个案子派给了张捕头，命我明天带人到北山缉拿楚千手。"童牧归抬手喝干净碗里的稀粥，抹抹嘴接着说道，"这事儿透着一股子邪性，一会儿我到码头上了解一下情况，也好给刘家一个交代。"

"既然要去，便认真些，不能糊弄了事。"童楚放下筷子，语重心长地教育儿子，"自打那天杨镖头来家里吃酒鼓动你辞职，你小子的心思总是飘着，衙门里的事儿越来越不上心。"

"阿爹，不是已经同您讲过我的打算了吗？"经父亲提醒，童牧归又想起辞职不成的事，心里更加憋闷，再说话时语气中已经带上了情绪，"如今就是这样的世道，从前没辞职是因为离开衙门不知道还能干些什么。现在志勇他们镖局缺人，我们兄弟两个要好，我又适合这份工作，还能多赚一点，有什么不好的？"

"你这孩子，怎么这么不听话……咳咳咳……"童楚有些动气，整个人咳在一处，脸涨得通红。

童牧归赶紧来到他的近前，摩挲前胸，拍打后背，帮他顺气。一阵忙活过后,父子二人都没了聊天的兴致,童楚回房休息,童牧归则垂头丧气地收拾起碗筷。

第2章　大祸临头

童牧归心中苦笑，心想：这样的世道，能有什么好事儿？但是伸手不打笑脸人，对方一番好意，自己不能驳人家的面子，只能笑盈盈地看着，等对方说话。

此时的泉州是全球海洋经济最具活力的区域之一，航海贸易以泉州为龙头，形成了东方世界的海洋经济圈。与其往来的有七十余个国家和地区，海外交通畅达东、西二洋，南通南海诸国，西达波斯、大食和东非等地。进口商品主要是香料和药物，出口商品则以丝绸、瓷器为大宗。这里与海洋贸易有关的一切，都由朝廷设立在泉州的福建路市舶司管理。

童牧归想要了解刘家商船出事那一晚船舶的进出港情况，必须要到市舶司查询登记册。

童牧归道明来由以后，满面油光的曹吏目轻飘飘地拒绝了他："咱们都是公门中人，您千万不要让我们为难，我们拿笔的比不得童总捕拿刀的威风。"

"刘家遗孀已经闹到了提刑司大堂，童某也是奉命查案。"童牧归道。

"呦,那这事儿可真了不得,如此在下更做不得主,我们跑坏了一双鞋都要自己买,需要请示我们柯提举才行。"曹吏目给了童牧归一颗软绵绵的钉子。

童牧归晓得市舶司的人惯是这副拜高踩低的嘴脸,已经灌了两耳朵酸话,实在不屑与他再多费唇舌。他掏出二百钱,放在面前的桌案上,道:"您辛苦了,天挺热的,买碗梅子汤喝。"

曹吏目斜眼看了一下钱数,心里十分瞧不上这点小钱,有心奚落童牧归穷酸,但又想着都在公门做事,童牧归好歹也是提刑司的总捕,万一哪天用到对方怕不好张口。他一边说着"见外了、破费了"的闲话,一边将钱串掖进怀里。

据登记簿记录,刘家的船出事当晚,另有六艘船舶在一处,其中的两艘已经出海,下个月才能回来。

童牧归见天色不早了,便马不停蹄赶到码头询问。有两艘船的船主告诉他,当晚风大浪急,他们均回家休息了,船上并没有人。眼看案情毫无进展,童牧归只能寄希望于还没问的广源商号的船和冯家的船。

天色已暗,泉州码头依旧熙熙攘攘,停靠在港内的货船点上了灯火,远远看去像一座座气派的灯楼。最大的远洋轮船可以载客数百、储粮一年,甚至养猪酿酒,俨然是漂泊在海上的小镇。携丝竹管弦,奏轻歌曼舞,红粉佳人相陪,三两知己做伴,便可置生死于度外。

没等童牧归登上跳板,广源商号的老板周广源眼尖,在高处认出了童牧归,连忙高声招呼道:"童总捕,你怎么亲自来了?有什么需要,派人来招呼一声就是了。"说罢,一溜小跑至童牧归面前。

"牙疼闲得嚼舌头玩儿,你老周几时学得这样油嘴滑舌?"童牧归笑着调侃。

"好心当了驴肝肺不成!眼下正好有一桩好事,想着送走这船货就去找你,可巧你就来了。"

童牧归心中苦笑，心想：这样的世道，能有什么好事儿？但是伸手不打笑脸人，对方一番好意，自己不能驳人家的面子，只能笑盈盈地看着，等对方说话。

"我家大嫂娘家有一远房表妹，因为帮寡母料理家务，耽误到现在未嫁。如今她母亲已经归西，两个弟弟俱已成亲，再无甚牵挂。这个人我早年见过，十三四岁的时候便是家里家外一把好手，模样周正，身子结实，娶过门来好生养……"

童牧归年近三十尚未娶妻，自打升了八班总捕之后，隔三岔五总有媒婆上门说亲。他已有意中人，因此并不搭理这些。童楚恬记儿子的婚事，也曾与来人详细聊过，大多数女方家以为童牧归当的是肥差，开出的条件千奇百怪。童牧归一气之下，骂走了几批人，这两个月童家方才清静一些。他不愿纠缠于这个话题，板起脸来说道："周大哥，我今天是奉提刑司严大人的命令前来问案，真的有正事，无暇玩笑。"

"每次你都有借口，难道你真看上那个寡妇啦？她家娘俩都命硬，克死了好多人，不是闹着玩的……"周老板不住地嚼舌。

童牧归阴着脸不答话。

"真有正事儿啊？"周广源见童牧归不像是在和自己开玩笑，连忙严肃起来，"正事儿要紧，你说，什么事儿？"

"刘家出事了，你知道吗？"童牧归问。

"你说刘五壮吗？这事儿我知道，他们家的船还是我们发现的呢。"

童牧归感到有些不可思议，他出来探寻只为求一个心安，并没有指望真的能发现问题，周老板的话引起了他的兴趣，遂问道："你发现的？怎么回事儿，你仔细说说。"

"刘家的船什么时候出港的我不清楚，但那天是市舶司批准我们放洋的日子。我们离港后往前走了不到一百里，舵手看见海面影影绰绰有一个东西，那一带我们常走，已经在深海，不可能是暗礁。当时并没有

放心上,我们继续行船,然后……然后就撞上了。"

"撞上了?"童牧归的眉毛跳了一下,丝毫不掩饰自己的讶异。

"对,原来是刘家的船倒扣在水里。"讲到此处,周广源仍然心有余悸,"其实就是小的剐蹭,本不影响航行。但是一来我觉得出门就碰上这事儿不吉利,二来我们就这么走了,刘家的船要是沉到海底,那他们的生死就没人知道了。"

童牧归忙不迭地追问:"后来呢?"

周老板一脸无辜地看着童牧归:"我们把船锚扔出去,钩住沉船,然后返航,把残骸拖进港,打发我弟弟到刘家报信儿。"

"那你估计他们家的船为什么沉?"

"命苦呗。你是知道的,我叔叔的姐夫的表弟是咱们这里的布政使,关系虽然远了点儿,但是好歹能说上话,日子比别家好过一些。现在他们这些没门路的越来越难做,市舶司卡得紧,出港进港都要层层'剥皮',冒险出海也就是为了多挣点儿。"周广源探头左右张望了一下,确定四下无人后,故作神秘压低了声音道,"我估计他是学钱家'押宝',自己能耐不济走眼了,一时气急,想连夜出海翻本儿。"

话说到这里,童牧归心里有了一些眉目,刘家沉船与众海商集资两件事看似不好理解,但如果是因为"押宝",那么整件事便顺理成章得多。这也解释了奕灿等人集资办货,却没有保人和字据的原因,在货物未知、收益未知的情况下,确实很难形成白纸黑字。

想通了这一点,童牧归心下稍安,他搓着下巴上的胡茬,接着问道:"船骸之中可发现尸体?"

"没有。"周广源忍不住连连叹气,"唉,整个船倒扣在那儿,都掉到海里喂鱼去了。"

想起那日刘氏在提刑司大堂笃定的眼神,信誓旦旦言说丈夫被迫出海致死的样子,童牧归心里忍不住有些打鼓,遂问道:"刘五壮的夫人坚持说这里面另有隐情,你怎么看?"

"妇道人家懂什么呀,我回家还不是一样报喜不报忧?一家子的男丁都死了,放在谁身上都会疼疯了,更何况他家船上还有几个伙计,搭着别人家的人命。"周老板答。

"行,那就这样吧,你忙着,我还要去冯家看看。"童牧归见情况和自己预想的差不多,便起身告别。

"那我跟你说的事儿?"周广源脸上泛起了坏笑。

"大人还等着回话,我先走了,改天再来找你喝酒。"童牧归边说边头也不回地跑开了。

童牧归在去船坞找冯老蔫的路上,一直在琢磨"押宝"的事儿。海商在进行正常商贸的同时,还会进行一项具有风险的活动——押宝。这种近乎赌博的贸易方式,除了凭借运气外,还要仰仗雄厚的财力基础。商道自古利益和风险相伴相生,押中则大赚一笔,若不幸看走了眼,则鸡飞蛋打。

照如今的情况来看,十有八九是奕灿与刘五壮等人合伙押宝,因刘家有自己的商船,所以这些钱由刘五壮保管。奕灿等人关心这笔钱的收益和使用情况,频繁找刘五壮相聚也在情理之中。"押宝"到底是在赌,岂不闻十赌九输,对于刘五壮这样的小海商,折了本钱就会伤筋动骨,他的身上又担着别人家的本钱,情急之下以身犯险也在情理之中。

此时的大宋虽然国运不济,但是已经出现了"原始工业化",不仅官营手工业发达,民营手工业也呈现出繁荣气象,矿冶、造船、陶瓷、纺织等行业均占据世界主导地位。

到靖康之难前,机织户当在十万户上下,许多机户还雇佣有织工;徐州附近的利国监,有三十六个民营矿场,矿主"皆大家,藏镪巨万",各自雇佣了一百多名矿工采矿;四川的民营企业家开凿"卓筒井"制盐,"豪者一家至有一二十井";造船业以福建路最为发达,可

以制造两艘万料（约六百吨）神舟，"舟如巨室，帆若垂天之云，舵长数丈"。

太宗时期，全国每年造船达到三千三百余艘，雇佣人力不计其数，车船、飞虎战船等新式战舰也是出现在此时。

泉州船厂灯火通明，处处充斥着铁锤的砸钉声和工人们齐力搬运号子的声音。船坞是造船厂中修、造船舶的工作平台，布置在修造船厂内，主要用于船舶修理。

冯老蔫正看着自家的船检修，见童牧归过来，忙把自己屁股下面的竹凳让出来，殷勤道："童总捕您坐，令尊身体可大安？"

"劳你记挂，比先前强些。我今天过来是有件案子要问你。"童牧归也不客气，大模大样地坐下。

"是不是刘家的事儿？"冯老蔫拉过一个矮墩，挨着童牧归坐下，开门见山道。

童牧归吃惊不小："你怎么知道？"

"嗨，别提了。"冯老蔫撇了撇嘴，脸上尽是无奈，"刘夫人像是中了邪，见人就说要找出害她丈夫和孩子的凶手，要让他们偿命，天天缠着我们问看见了什么。这娘儿们真犟，今儿下午还来纠缠我呢。"

冯老蔫嘴上厌恶刘氏，心底里却十分同情她的遭遇。都是在海上艰难讨饭吃的，透过刘家的遭遇，冯老蔫似乎看见了自己的将来。

"这事儿，你怎么看？"童牧归问。

"您也看到了，我家的船还坏着，时间白耽误着，心里干着急。被她烦得没法子，就说了两句气话，让她不用怀疑这个怀疑那个的，要偿命去找市舶司准没错，没他们逼税，刘五壮就不会冒险出海。"冯老蔫回身指了指自家的船，压低了声音接着说道，"这些话也就是您来了我才敢这么说，市舶司那帮浑蛋越来越不像话，真是瘦的瘦死，肥的肥死。那钱家大摇大摆地整船往回运东西，市舶司的人就像瞎了一样看不见，反到了咱们头上，运个鸡蛋都能挑出骨头来，就没有什么法子能管管他们吗？"

童牧归又听见钱家，心里一阵厌恶，这些年钱家为富不仁，勾结市舶司压榨同行的事早已不是什么秘密。无奈胳膊拗不过大腿，他不愿意为自己招惹是非，便没接冯老蔫的话，接着自己的思路，问道："那天晚上你家的船就停在刘家旁边，看见什么异常没有？"

"说起来我心里挺过意不去的，当时我要是多劝劝，兴许就不会出这档子事儿。"冯老蔫一拍大腿，面带愧疚，"那天晚上变天，我不放心，便住在了船上。半夜雨大得跟要吃人似的，听见外面有掉东西的声音，我就披上蓑衣到甲板上看看。正好看见刘家船在那里扬帆，以为是被风吹开的，他们在收拾。当时问了一声，雨太大了没人回话，我就进舱没再管。"

童牧归听见冯老蔫说亲眼看见刘家扬帆出海，心里便有了底。刚才在来的路上，他十分担心有人盗驶了刘家的船，或者有海盗胁迫他们出海。一念及此，心中松快不少，他安慰道："这也是他们的劫数，你也别太自责。"

"那天我让我家大小子送去吊银二十两，也算是弥补一下吧。"

"行，情况我都知道了，有什么事儿我再过来麻烦你。"

童牧归见天色已经全黑，起身告辞。

从船厂返回的路上，他思忖着是否有必要到奕灿家再仔细询问经过。此时天上又飘起了雨丝，他仰头看了看天，月亮被遮得严严实实的，看样子随时会下大雨。他顾及着天气不好，天色已晚，明日又要进山，还是转身回家休息了。

严冥夜把刚封好的密折再次拆开，反复掂量是否有必要再添一些内容。这时捕头张奔已走近门口，他赶紧把密折重新装好，搁置在书桌旁

边,随手拉过一本闲书盖住。

张奔今年二十七岁,皮肤白净,尖下颌,个矮且精瘦,漆黑的眼珠总是滴溜乱转,全身上下透着一股子精明劲儿。

他上前朝严冥夜施了一礼:"大人,属下准备好了。"

严冥夜将他上下打量一番,只见他上身穿黛色暗纹小缎卦,下身穿驼色灯笼裤,脚踩牛皮底快靴。他有意把额前的头发挑出一缕,任其搭在脸上,一副市井闲汉的样子。严冥夜对张奔的乔装很满意,他这副装扮,不十分相熟的人很难认出来。

"既然出去了,就不要只关注刘家沉船这一桩事,其他情况你也上点心。到了码头以后少问多听,尽量不要引起市舶司的人注意。"严冥夜叮嘱道。

"大人您放心,属下什么时候让您失望过?"张奔答。

严冥夜看着张奔嬉皮笑脸的样子,心里暗暗摇头,张奔精明善钻营,这样的优点也伴随着油滑、世故的缺点。童牧归在严冥夜心中的形象倒是简单、纯粹,但是他也有鲁莽、执拗的缺点。金无足赤,人无完人,眼下这个非常之时,只能矬子里拔将军,让自己手下有限的人人尽其用。想到这儿,严冥夜担心起另一桩大事,遂问道:"月初时,本官曾让你私下熟悉市舶司点检事务,怎么样了?"

"大人您放心,那点检懒得身上长毛,属下去那里坐的时候,他们巴不得有人替他们干活。"

张奔一边答话,一边暗中观察上司严冥夜。最开始接到这个任务的时候,张奔感到莫名其妙,揣度了几日后觉得无外乎两个结果:一则点检处缺人,市舶司向提刑司借人是常有的事;二则提刑司接到关于点检处的报案,需要了解其中的具体情况。

张奔的小聪明在此刻派上了用场,他分析眼下形势:如果是第一种情况,做捕头虽然时常可以收拿一些小恩小惠,但是点检处才是肥得流油的差事，自己很乐意调过去；如果是第二种情况，要查办点检处，自己的上司是官家的心腹，以后论功行赏少不了自己的好处。

严冥夜当然不知道张奔心里有这么多的算计，眼下他的脑中已经被各种事情填满，只想把手上的事做得既周全又隐秘，不辜负官家的托付和江山社稷。

"你不要只瞧热闹，多看看点检工作条例，知己知彼方能百战不殆。"说到这儿，严冥夜拿出昨日童牧归不曾收下的银子包，递给张奔，"市舶司的人素来眼皮浅，与他们打交道少不得喝茶吃酒，没道理让你自个儿搭银子，不够了再找本官来取。"

张奔见上司如此善解人意，喜不自胜，连连道谢，收好银子后出门访案去了。

张奔一个上午都在与刘五壮有生意往来的几家商号转悠，没有打探出刘五壮和人有什么过节。眼看已到午饭时间，肚子咕噜噜催过了几遍，他站在街心四下张望，想找一个合适的"冤大头"解决午饭。

街两旁店铺林立，鳞次栉比，在一众随风浮摆的幡幌中，他一眼看中了距离自己两丈开外的——蔡记香料行的幡幌。昨日被告之人，就有蔡记香料行的老板蔡文东，所以他打定主意，这顿饭就吃蔡家。

张奔伸手把额前的碎发重新掖好，小褂上敞着的扣子也一并系好，迈步进到香料行内。

蔡记的伙计并没有注意到他，店里似乎有大宗货物进出，伙计们都在忙着打包东西。张奔扬着脖子，指望一进门就被人认出来，如此脸上也有光彩，没想到讨了一个没趣，心下便有几分生气。

"你们这是被人告了要逃跑吗？掌柜的呢？"

蔡文东听到喊声，心里一个激灵，手里拿着的东西险些掉在地上。他参着胆子回身一看，认出来人是昨日在大堂上见过的捕头，再看他便服打扮，身后并没有跟着其他人，心里一块大石头落了地。他赶紧迎上

去寒暄:"呦,官爷来啦,小号正在盘点,让您见笑啦。"

蔡记香料行主要经营四类产品。一类是龙脑香、当门子、沉香、龙涎香等单一香料。一类是在数种香料中各选不同比例,经过调配后,制成线香、塔香、盘香,可供燃烧熏蒸。还有一类是各色香囊、香包、香盒、香珠,可供佩戴在身上。第四类是把香料和具有养颜功效的药草一同进行炮制,最后混入油脂或水,制成护肤用的面脂、香露。

各色香味混在一起,钻进了张奔的鼻子,他贪婪地吸了一口,如坠百花园中。上次闻到这么好闻的味道,还是自己到转运使司处理公务时,正赶上转运使曲君墨与客人饮宴,席间作陪的美婢身上就飘着这样一股子香味儿。

一念及此,更想起了雪白的脖颈,熟樱桃似的嘴唇,他裤裆里的东西没来由地站了起来。张奔有些气恼:为什么旁人可以那么有钱,自己哪里不如别人?

"昨儿严提刑有令,刘家沉船案未查清楚之前,你们几个不准离开。你现在收拾东西,心里肯定有鬼。"张奔把一腔不平都撒到了眼前的蔡文东身上。

"官爷说笑了,小的哪儿也不去,正是因为出了这档子事儿,本金打了水漂,眼下周转不开,只能贱卖一批货。"蔡文东赔着笑脸道。

"货都贱卖了,还说不是想跑?我看你分明就是在凑盘缠。"

张奔并不松口,继续胡搅蛮缠。他此时还不知道,有人正隔着一道帘子关注着他的一举一动。这人轻咳一声,蔡文东察觉后,连连向张奔求饶,与此同时转身欲去往帘后。张奔哪里肯依,紧跟两步上前,门帘一挑的瞬间,他看见帘后的身影有些眼熟,一时想不起是谁。

"这是个蹭便宜的,没什么要紧,不消与他废话,拿些好处给他,想个办法把他支开。"帘后的人低声对蔡文东说。

外面的张奔不明就里,在头脑中过了一遍,并不记得蔡记是哪衙大人的亲眷。刚才闪过的人影又实在让人犯嘀咕,他壮着胆子喊道:"蔡文东,你干什么去了?难不成要从后面逃跑……"

"来啦,小的给官爷找好东西呢。"蔡文东急忙隔着帘子回应,冲着那人点点头,顺手从货架上抓起两包东西,撩帘出来。

他瞄了一眼,自己手上拿着的是两包龙脑香,双手举到张奔面前,说道:"官爷,大热的天,您千万别动火气,刚才特意去给您拿了两包龙脑香。此香通窍醒神,最适合这个季节用。"

"把你的事说清楚,休要贿赂我……"张奔强撑着脸面。

"哎呀,这点子不值钱的东西,官爷喜欢就是它的福气。"蔡文东不由分说,将两包东西塞到张奔手上,一把揽过对方的肩头,"走走走,蔡某知道一家新开的馆子,官爷帮着品鉴品鉴,看看我的口味如何。"

第3章　家事难断

当日在提刑司状告奕灿等人的刘氏，身着麻服丧衣，鼻涕眼泪糊了一脸，颓坐在地上，根本不理会童牧归的劝解，拍着大腿哀号："我的命好苦呀……都是市舶司逼死的，柯鹭洋你出来，今天你必须要给老身一个说法……"

绍兴二年，六月二十九日。

市舶司被屠案案发倒计时：两天。

经过几日搜山，童牧归终于在北山群中的一处山洞中找到了大盗楚千手。楚千手偷技了得，但是武功一般，再加上在山中困了一些日子，吃喝不济，早已没了反抗的体力，众人没费什么力气便将他拿下了。

童牧归此时的境况，其实并不比楚千手好多少。在山中搜寻的这几日，饿了只能啃随身带的饼子，水囊中的水在进山的第一天就已喝干，后面的几天只能喝山中的溪水。他头上的发髻早已毛糙成一团，前襟和后背俱被树枝刮开了口子，脚下的官靴看不出本来的颜色。脸颊上挂着两三个蚊虫叮咬的大包，红彤彤的，嵌在胡楂中间，反倒显出几分俏皮。

自北山回来后，童牧归把楚千手移交给提刑司监牢，自己则前往提刑司交差。

第3章 家事难断

他刚在班房坐下,喝到数日来的第一口热茶,不等茶水见底,一名差役推门而入,冲着童牧归尴尬地笑了笑。

"头儿,严提刑吩咐让您带着兄弟们到市舶司去一趟……"差役了解童牧归的脾气,看出他状态不佳很是疲惫,话说得格外小心,生怕惹火烧身。

"噗……"童牧归径直把口中的茶水喷到了地上,手中的茶碗顺势蹾在桌上,他面前的差役想躲又不敢躲,生怕童牧归将茶碗掷在自己身上。

"老子刚回来,市舶司能有什么鸟事儿?!"童牧归被气得坐在椅子上直喘粗气。

传话的差役心惊胆战,连连瞄看童牧归的脸色:"听市舶司来的人说,他们的大门让人堵了,因此来找严提刑借人……"

童牧归想到自己数次向严冥夜请辞,对方非但一直不允,麻烦事儿反而一件接着一件,数日奔走的疲惫,加上心情的不畅快,使他的耐性已经降到了极点。他霍地站起身,一脚踹翻旁边的一把椅子,道:"提刑司难道就老子一个喘气的不成?有好处的时候一个个白眉赤眼地往前蹦,有事儿怎么都不见了?!"

"张捕头、刘捕头出去访案了,王捕头、李捕头公出还没回来,孙捕头……"

差役还在用蚊子声解释,童牧归根本不理他,抓起官刀挂在腰间,气哼哼地往外走。差役只得赶紧小跑着跟上,一股浓重的汗臭味钻进他的鼻子,实在看不过去童牧归的一身装扮,没法子,他硬着头皮说:"头儿,不急在一时,咱们换件衣服再去吧。"

"怎的,要饭的还敢嫌饭馊?"童牧归故意扯着嗓子嚷嚷,丝毫不顾及周围是否有人听见。

炙热的太阳、葱郁的树叶、一浪高过一浪的蝉鸣,三者是每个夏天

的标配，缺了某一样，这个夏天便不彻底。这三者又是相生相伴的，唯有夏日的阳光可以在枝头洒下浓绿，枝头梢后是蝉虫安身所在，蝉虫叫则夏天到。

蝉鸣是聒噪的，在闷热天儿尤其使人心烦，倘若闻者再有一二心事，则更被搅得心神不宁。到市舶司门口维持秩序的童牧归已经在崩溃的边缘，眼前黑压压一片，人群神色悲怆，大多数是妇女和儿童。两口薄皮棺材搁在阶下的空地上，被前方的朱漆兽首大门一比，显得更加寒酸。尖厉的哭号声划在童牧归的心尖，使他整个心房缩成了一团，他恨不得和在场的人一齐痛哭一场。

前几日在深山搜捕，他的身体严重亏空，雨后的太阳晒得大地像蒸笼一样，破烂的公服前胸后背湿了一大片。童牧归连续大声喊话，他的嗓子已经嘶哑："乡亲们回去吧，这么热的天，老人和孩子吃不消的，人死不能复生，还请节哀。"

当日在提刑司状告奕灿等人的刘氏，身着麻服丧衣，鼻涕眼泪糊了一脸，颓坐在地上，根本不理会童牧归的劝解，拍着大腿哀号："我的命好苦呀……都是市舶司逼死的，柯鹭洋你出来，今天你必须要给老身一个说法……"

童牧归身后一个名叫炀霏的市舶司差役，跳着脚骂道："老不死的，怎么说话呢，竟敢诽谤朝廷命官，再多说一句，即刻抓你们坐大狱。"

刘氏听到这句话像被雷击了一样，挣扎起身，想要闯进去与炀霏理论。童牧归瞪了炀霏一眼，急忙张开双臂将刘氏拦住。刘氏一介老妇，哪里能突破童牧归的阻挠，几番挣扎后，她扯着童牧归的袖子哭喊："你这天煞的克星，在提刑司你护着自己的叔叔，今日又来给市舶司看门，你就不怕遭报应吗？"

"我哪有袒护任何人？你的事严提刑已经受理，自然会给你一个说法的。"童牧归被人当面指责，气得涨红了脸，有些语无伦次。

第3章 家事难断

刘氏扯着童牧归，冲着台阶下围观的人喊话："乡亲们呐，那日老身清清楚楚听到他叫逼死我丈夫的人作叔叔，提刑司的捕头又来给市舶司撑腰，不是他们勾结一气，难道是老身瞎了眼吗？"

刘氏一只手抓着童牧归不放，另一只手又抓住炀霏的胳膊，想要把二人拽下台阶。炀霏被纠缠得恼了，扬起另一只手打了刘氏一耳光，口中骂骂咧咧不停。

"没有王法啦，老身做鬼也不会放过你们的！"

刘氏愕然，下意识松开了抓着二人的手，她一个转念，冲着市舶司门前的石狮子撞去。人群一阵惊呼，万幸周围人多，旁边有手疾眼快的差人将她拦腰抱住，只擦破了额上的一点皮。刘氏求死不成，万念俱灰，精神仿佛一下子被抽空了一样，整个人瘫软在地。有人上前扶着妣倚靠石狮子坐下，刘氏再不言语，紧闭的双目滔滔涌泪。

一切发生得太突然，童牧归来不及反应，待到明白过来，心底长叹一口气，不忍再看刘氏。他把双拳捏得咯吱作响，冲着炀霏红着眼睛咬牙道："你还嫌这里不够乱吗？你既这般厉害，叫我们来干吗？衙门口死了人于你们有什么好处？若因为这事，柯提举今年的风评有亏，看他怎么收拾你！"

炀霏平日仗着市舶司的势力，一贯在市面上飞扬跋扈，根本不把童牧归放在眼里。此时眼见童牧归衣衫褴褛，更生轻蔑之心，他故意不搭话，一手掩着鼻子，另一只手在面前扇着，下巴抬得老高，眼睛看向别处。

差役阿苏奉柯鹭洋的命令，把童牧归等人从提刑司请来，见场面难看，一时很尴尬。他连忙上前打圆场道："童总捕莫生气，天气炎热，难免昏头昏脑的，千万别见怪。我们市舶司人少，比不上提刑司的兄弟们各个身手了得，关键时刻还得您出马，才能镇得住场面。"

童牧归心里晓得，市舶司的人是对他久久没能劝散闹事的人群不满，故意一白脸儿一红脸儿唱戏给自己看，无奈此时身上实在难受得紧，不愿同他们计较。

围堵的人群中有几个披麻穿孝的稚童，不谙世事的他们对生死离别没有概念。在整个白得耀眼的队伍群情鼎沸时，他们仍旧追逐嬉戏，不时眨动春桃一样水汪汪的眼睛打量周遭的一切。老妇人寻死未遂，孩子们脸上的笑容瞬间蒸发不见，扑到她的身边，有喊祖母的，有喊婆婆的，哭成一团。

童牧归用指节狠狠扣了几下胀痛的额头，一甩袖子走下台阶，苦口婆心劝告起围堵的人群。刘氏毕竟上了年纪，悲伤过度加上难耐暑热，脸色越来越差。围堵的其他人折腾了半日，也已是身心俱疲，眼见柯鹭洋不肯露面，只得搀扶起刘氏，抬起棺材悻悻然离去。

发丧的队伍已经离开，童牧归不愿在此处多留一刻，招呼提刑司同来的差役往回走。

此时的他感到眼前金星乱跳，双腿软绵无力，每走一步，身上都似有千斤重。

腥咸的海风裹挟着潮气，吹在身上没有丝毫凉意，只让人感到闷热难耐喘不过气来。偶尔有农人赶着耕牛慢吞吞地走过，牛皮泛着油光，牛腿上沾着的稻泥因为阳光炙烤而龟裂，随着走动扑簌簌往下掉。

行至半路，童牧归实在走不动了，但是他不好意思在手下差役面前露怯。略看看四周街道，此处距离他的好朋友杨志勇家不远，他决定到杨家喝口水，小坐一会儿。

"你们先回去，我兄弟家在这儿，我取点东西就来。"童牧归打发走了同行的差役。

杨志勇年长童牧归两岁，以经营镖局（严格意义上说，宋代只是存在镖局的雏形，并不叫作"镖局"，而称作"标局"，亦称"标行"。中华民族自古以来就有习武尚勇的风尚，在其他宋代历史背景故事中亦

第3章 家事难断

多有镖局出现，如《金瓶梅》第五十五回中：西门庆"家里开着两个绫缎铺，如今又要开个标行"。《水浒传》《包公案》中也有类似镖局组织的出现。此处直名镖局，乃为情节需要，便于理解）为生，平日里惯使一杆长枪，踏岭破寨鲜有敌手。他为人好打抱不平，颇有侠义之风。绿林道上的朋友，念着几十年前老令公杨继业养下杨家七郎八虎，保家卫国，赤诚忠勇，便送了杨志勇"杨九郎"的绰号。

童牧归到杨家时，院门儿敞开着，院中有谈话的声音。他与杨志勇素日交好，因此并不见外，未曾敲门便大咧咧径自往里走。

杨家是两进的院子，前院住着杨志勇的几个徒弟，杨志勇一家四口则在后院居住。前院中央搭着一架凉棚，毛竹做骨，茅草堆顶。棚下置有茶桌、小竹椅。棚两边置着两口深缸，里面半开的睡莲骨朵斜舞出来，清幽之中透着雅致。有几个供人练功的木人桩杵在墙角，除此之外，便再看不出这是一个习武之家。

抬眼瞧去，凉棚下坐着三个人。一个是杨志勇，头戴半旧万福巾，身穿白纱褙子、皂麻灯笼裤，腰里勒着板儿带，足下踏着牛皮底快靴。他的面相与身材、穿着有些不相称，只见他面白无须，淡眉细目，单看脸像足了念书的秀才。另外两个人都是长者，其中一个童牧归认识，是住得离此处不远的李老汉，另一个虽然不认识，但是观面相与杨志勇极似，想来应该是他的父亲杨老汉。

杨志勇察觉到有人进来，回头一看是童牧归，见他衣着狼狈、面有菜色，不晓得到底发生了什么，心里不由咯噔一下，赶紧起身相迎招呼道："童兄弟怎么来啦，快进来，你嫂子刚用井水镇凉的绿豆汤，快坐下喝一碗。"转而向杨老汉介绍道，"爹，这就是我常跟您念叨的童兄弟，咱们这儿提刑司的总捕头。"

"伯父好。"童牧归强打精神，赶紧上前两步，抱拳向杨老汉问好。

一旁的李老汉笑眯眯地看着童牧归搭话："童小子，你这是在哪旦

滚的一身土?你阿爹最近挺好的吧?"

童牧向李老汉一抱拳,笑答:"李叔叔也在呀,有劳您记挂,家父一切都好。"

"来来来,坐下,坐下说话。"杨志勇边说边顺手摘下童牧归头上戴着的幞头放在茶桌上,"摘下来凉快凉快,我家里没老爷,不用那么大的规矩。"

杨志勇与童牧归年纪相仿,脾性相投,又都是练武的人,二人甚是交好。他搞不清童牧归为何有如此窘态,又知道他的脾气——问得急了则越发不说,只能迂回打听。

"大热的天,这是顶着日头从哪儿来?"

"上午刚从北山回城,紧接着又去了市舶司,大太阳下劝了这半天,渴死我了。"童牧归抱怨道。

杨志勇端过来一碗绿豆汤,递给童牧归。

"可是老刘家围了市舶司?"李老汉问。

童牧归点了点头算作回答,把手里的绿豆汤干了一个底朝天,在市舶司门前有些中了暑气,此时才觉得好受些。他心里暗骂:市舶司的人净是怂包蛋,平日里能把铁鸡搓出二两油,青天白日让人家围了衙门,自知理亏就全都缩了头。市舶司每次有事,惯找提刑司借人擦屁股。一边是上命所差,一边是乡里乡亲的,童牧归两边都不能得罪。

"这雨连着下了许多日刚放晴,刘家是被钱迷心了吗?"杨志勇紧锁着眉,心里也觉得沉甸甸的,"头几天那么大的风,呼呼的,像吹哨一样,这样的天气竟敢放洋,自己不要命也就算了,拿别人的命也不当回事!"

李老汉的儿子就在船上干活,晓得其中内情,他重重地一拍大腿,感慨道:"能活着谁愿意找死呀,还不是上面逼得紧?眼看现在已经月底了,他们也是份银没交够。这几天要是交不足银钱,市舶司轻了不给发出海公凭,恼了封船也是常事,一家老小都指着这条船吃饭,只能冒险出海走一趟。"

"那刘氏前几天已经在提刑司大堂闹过一回了,若知道今天这边是她,我是断然不会来的。"童牧归抹抹嘴,把空碗递向杨志勇,示意他再给自己盛一碗,口中小声嘟囔,"市舶司这帮狗娘养的,老天爷早晚收了他们。"

李老汉四下张望了一下,眨巴着一双黑豆大的眼睛,掩口对杨老汉说:"老哥你到泉州不久,怕是还不知道,我们这儿第一大财主钱家,同市舶司的关系极好,好到市舶司可以为了钱家不管别人死活的程度,你可千万别说出去啊……"

"还有这事儿?"杨老汉大感不解。

二老的对话落进了童牧归的耳朵里,他知道李老汉所言非虚,便把自己在衙门听到的情况说了出来:"千真万确。今年头上官家不是刚迁都到临安吗,自然要修建一番。如今北边已经那样了,只能伸手管咱们东南要银子,泉州海商纳税就又提高了三成……"

李老汉摆摆手打断了童牧归,道:"不对,不对,你兄弟回来跟我念叨,无论舶商、海商,缴的税钱翻了一倍不止呀?"

"问题就出在这里,朝廷加三成,实际上每户交税翻倍。是因为钱家的税摊到大伙身上,所以才这么多。"童牧归越说越气。

李老汉在泉州城里生活了一辈子,晓得童牧归话中的厉害,感叹道:"我的个乖乖,咱们这里就数他们钱家买卖最大,旁人比他家不过九牛一毛。一城的买卖,钱家占了十之七八,他家的税摊到别人身上,只怕要压死人嘞。"

"有钱能使鬼推磨,现在但凡大小和他们钱家沾边儿的案子,一律摸不得碰不得,我们提刑司一点脾气都没有。现在只求妈祖娘娘保佑,他们别反咬原告进行打击报复,我们就烧高香了。"童牧归在边上继续

发泄着他的不满。

杨老汉眼巴巴地问:"你这个总捕头也不管事儿?"

童牧归面色颓然,有些自嘲:"我这总捕头算什么,在衙门里屁都不是。转运使司厉害吧,是我们提刑司和市舶司的上宪衙门。我们严提刑请示公务那是需要通报的,曲大人有空才会接见。钱家找转运使衙门办事,人都不用亲自走一趟,写二寸宽的纸条送过去,所写之事即到即办。"他越说越气,屁股下面的小竹椅被扭得咯吱作响。

童牧归忙着解决市舶司的闹剧,与此同时张奔也没闲着。

数日来的走访已经让他有了自己的判断,今日准备到刘家做最后核实,没想到吃了软钉子。刘家门楣上高扎白练,院子当中摆着纸人、纸马等冥器,正堂当中摆着香案牌位,整个院子都笼罩着燃烧纸钱的烟气,本家的亲故正在打扫、收拾东西。

张奔拿眼睛扫视了一下,没有看见自己相熟的人,只能拉住一个后生相问。

"劳驾问一下,刘氏夫人可在?"

"你找活的还是死的?死的去找龙王了,活的到市舶司要说法去了。"后生愣头愣脑,说话不着边际。

张奔觉得后生说的话不中听,脸上有些挂不住,板起脸来呵斥道:"你说的这叫什么话,到了大堂上老爷问话,难道你也这么回吗?"

"我又没犯法,太上老君找我,我也这么回。"后生瞥了张奔一眼。

张奔气不打一处来,想要教训一下后生,手已经抬起来,眼珠儿一转,心里动了另外一个念头。他放下手,脸上换上和颜悦色:"兄弟,这几日你一直都在这里吗?前几天可有人来欺负他们孤儿寡母?"

这个后生心眼儿实,见张奔笑嘻嘻的,以为对方怕了自己,他立即面有得色:"有。前几天还闹上了提刑司大堂呢。"

后生的话正中下怀，张奔是故意将话头引到奕灿身上，拿定主意要找童牧归的短处的。

"有几个来吊唁的不怀好心，那人大吵大嚷说：'提刑司八班总捕是我侄儿，他原本就让我状告你家，他自会为我做主。'刘大婶气不过，拉着那人去打官司。那人又说：'爱到哪里告到哪里告，我侄儿是总捕，告到哪里都不怕。'这样的人就是狗仗人势，依我看他的侄儿也不是什么好东西。"后生不待张奔询问，眉飞色舞地把当日的情形复说了一遍。

张奔见后生所说与刘氏那日在大堂上的控诉能够对上，心下欢喜。他向后生道了谢，也不等刘家人回来，转身离开，返回提刑司交差。

身在杨家的童牧归还不知道张奔的这些小动作，他休息得差不多了，便告辞离开。

杨志勇见状起身相送，因为厮混得熟，二人也没多做客气。

童牧归刚要转身走，杨志勇惦记邀请他加入镖局的事，忙出言叫住："童兄弟，咱们商量的事儿，提刑大人怎么说？"

童牧归心里有些犯难，搓着手苦笑道："自打年初到现在，我向严提刑提过几次了。他应该是同意的，只是现在提刑司人不凑手，一时没有补缺的人。"

"哦，是这样呀。要不你抽空再跟大人说说？"杨志勇有些不甘心。

童牧归一巴掌拍在杨志勇的肩膀上，笑着应道："行，他再不应，我索性脱了这身官衣，直接过来投奔大哥。"

"哈哈，兄弟说笑啦。"杨志勇被童牧归逗乐了，"原本也不急，只是接了一单生意，七月十一二日去广州，想着你念叨过好多次最仰慕苏学士，去广州正巧途经惠阳，回程的时候可以在那里小住几日，咱兄弟无拘无束，岂不快活？"

"那敢情好,届时我也与大哥'日啖荔枝三百颗'。"童牧归一扫刚才的阴霾,转忧为喜,"现在已经是月底,这几日便发薪俸,我领了钱再把手上的事儿向他们交代一下才好。初二,最晚晚不过初三初四,一准儿来。"

"好,那咱们就这么说定啦。"杨志勇也很高兴。

童牧归已经打定主意,今天必须把辞职的事儿说定。

今年年初,提刑司总捕头一职出缺,原本张奔是总捕一职的最佳人选,严冥夜念着童牧归的父亲做捕快兢兢业业二十余年,又因公受伤,于提刑司有功,力排众议,提拔当时尚是低阶捕快的童牧归当了总捕。

童牧归回到提刑司时,严冥夜着便服打扮,戴一顶桶子样的抹眉梁头巾,穿一衣领沿边麻布宽衫,腰系一条茶褐鸾带,下着丝鞋净袜。他坐在后衙书房,手捻胡须,若有所思,张奔正站在他的面前汇报这几日走访刘家沉船案得到的消息。

严冥夜看到童牧归进来,抬手示意张奔暂停,他在椅子上动了动僵直的身子,询问道:"市舶司那边此次又是什么情况?"

童牧归答:"回大人,是前几日前来告状的刘姓遗孀。刘五壮等人下葬,他的家人气不过,堵了市舶司大门,人我已经劝回去了。"

"大热的天,辛苦你了。"

严冥夜毕竟不是铁打的心肠,看见眼前童牧归颓靡的样子,心里有些过意不去,没想到童牧归进山这几日如此辛苦,他极力找话题遮掩道,"柯提举也真是的,每个月都要闹上一两次这样的事。前几日本官翻旧案卷,有一半的刑讼,或多或少能与市舶司处事不公牵连上。"

严冥夜和市舶司提举柯鹭洋官职同级,抱怨几句情有可原,童牧归深知自己位小职卑,纵然心中不忿,朝廷命官也不是自己可以品评的,因此垂首站在书桌旁并不接话。

在一旁垂手而立的张奔抖了一下眉毛,赔着笑脸道:"这个刘氏也是

第3章　家事难断

太泼辣了，像一条疯狗一样随处乱咬，卑职奉大人的命令已经查明，刘家沉船乃是刘五壮未经市舶司许可私自下海导致的，不干别人的事。"

"怎么不干别人的事？"市舶司发生的一切在童牧归心头盘桓不散，数日来的疲累化作无名之火，"是市舶司欺人太甚，不然他怎么会冒险下海？应该顺着市舶司好好查一下。"

"童总捕，您是在下的长官，教训几句自然是应该的，但是此案大人交由在下处理，您的叔父牵扯其中，您是需要避嫌的。听闻今天在市舶司，您与刘氏还因此发生了冲突？"

张奔的话里夹枪带棒，一双吊梢眼中满是戏谑。他不满童牧归已久，好不容易抓到了他的把柄，不肯轻易放过。

"你是说我徇私舞弊？"童牧归本不是受气的主，只被张奔轻轻一撩拨，顿时就炸了。

"不敢，只是在下在走访的过程中得知，那个奕灿在被告发之前，曾提着礼物到过您的府上。"张奔的声音轻飘飘的，但是言词之中充满了挑衅意味。

提起奕灿送来的点心，童牧归就想起前几日奕灿在大堂上让自己颜面扫地之事，心里更加埋怨奕灿不会办事，自己明明没有招惹狐狸，无端沾上一身臊气。

"他与我父既是老友，买两包点心走动一下怎么了？"童牧归极力争辩。

张奔存心在严冥夜面前出童牧归的洋相，他见自己的目的已经达到，内心不由一阵畅快，随即换上一副无辜的表情，可怜兮兮地看着童牧归道："不怎么，叔侄二人多多亲近，外人怎么敢多嘴，属下好心替您遮掩，您怎么不领情呢？"

童牧归闻听此言，哪里能受这份窝囊气，当时两只眼睛就立了起来。他用手指着张奔的鼻子说道："在大人面前你把话给我说清楚，再乱放一个屁老子撕烂你的嘴，大不了脱了这身皮不干了。"

"你们两个闹够了没有，眼里是否还有本官？"

严冥夜将手中的毛笔往桌上一摔，喝断了二人的谈话。

张奔急忙噤声，垂首肃立，不再搭言。

童牧归余怒未消，冲严冥夜拱了拱手道："大人，士可杀不可辱，张捕头冤枉我。"

严冥夜被他二人聒噪得心烦，对童牧归动不动就拿辞职相威胁十分不满，暗自埋怨童牧归恃宠而骄，没有容人之心。张奔以公挟私，严冥夜心里也明镜一般，但是他也知道张奔没有凭空捏造陷害的胆量，肯定是被他摸到了什么短处，才敢如此张狂。此时，他有心借张奔的口，打压一下童牧归的气焰。

"本官既把这件案子委派于你，你便要认真负责，身为公门中人，岂能儿戏王法？你查出了什么，便一一回报，若有隐瞒包庇，本官治你渎职之罪。"

上司言语中偏向自己，张奔顿时像小儿吃糖般面有得色："卑职走访了那天在刘家灵堂吊唁的人，很多人可以证明，奕灿亲口说'提刑司总捕是我侄儿，他原本就让我状告你家，他自会为我做主'。刘氏气不过，拉着他出来打官司。他又说'爱到哪里告到哪里告，我侄儿是总捕，告到哪里都不怕'。"

童牧归心中懊恼到了极点，一腔委屈说不出来，心里恨恨地把张奔和奕灿诅咒了一遍。以他的了解，奕灿确实能说出这样的话，但这多半是人在应急反应下拉大旗扯虎皮。他现在是有苦说不出，既恨张奔不怀好意断章取义，同时又怨奕灿口无遮拦为自己惹麻烦。

"奕灿那日在大堂上已解释过此事，本官觉得合情合理，以后休要再提。"严冥夜见自己的目的达到，转而安抚自己手下的情绪，岔开话题道，"按道理，市舶司出现这种情况，应该向上宪衙门请援，或者要求节度使衙门出兵解围，实不该咱们去。还不是因为这里面他们亏着心，不敢张扬，这些本官心里都明白。"

"卑职不敢有怨言。"童牧归只能吃下这个哑巴亏。

"你们都下去吧。"

实际上，不仅童、张二人心有不平，严冥夜也有自己的苦衷。他主管一路刑狱，看似风光，可是身为北人，上任以来可谓步履维艰。泉州的现状就像一摊烂泥，既无从下手，又摸不清头绪。在这等鱼龙混杂之地，各方关系都要梳理明白，为了完成工作，少不得将自己的做事准则一降再降。

张奔向严冥夜行礼后，冲童牧归挤了一下眼睛，转身退下。童牧归则站在原地没动。

"童捕头，还有事？"

严冥夜看他没有走的意思，便停住了手中的笔问。

童牧归在衣襟上使劲搓了搓手，一咬牙回道："大人，卑职……卑职和您说的事儿，您考虑得怎么样了？"

严冥夜怔了一下，知道他又在提辞职的事情，心中好一阵厌烦。但是身为一路提刑，他还是有些城府的，并不把这些写在脸上，随即答道："童捕头，你是本官的左膀右臂，实在是离不开你呀。"

"大人，卑职家中的情况您也是知道的，家父常年吃药，实在是难以维持生计……"

严冥夜打断道："生活上有何困难尽管同本官说，现在实在是没有合适的人可以接手你的工作。"

"大人，卑职……"童牧归还想再争取一下，可是实在不知如何说是好。

严冥夜叹了一口气道："唉，张捕头也是认真查案，没有别的意思，你此时辞职岂不是在负气？"

"大人，卑职没有……"

严冥夜想终结这个话题，赶紧把这位难缠的属下打发走，于是另扯了一件事道："永宁村村民蒋铁柱来报案，说是自家父亲的坟被盗，尸骨不见了。你既有空，明天便去看看，其他的事回来再说。"

童牧归素来见不得别人作难，拉不下脸来把事情做绝，今天身心疲惫，实在不愿多做纠缠，只得先悻悻地把差事答应下来，改天再找机会说请辞的事。

第4章　滥事缠身

人们常常对恶极的人进行诅咒，希望其不得好死，死无全尸，白骨曝野。永宁村的蒋铁柱世代为农，一家人老实到三棍子都打不出一个屁来，就是这样与世无争的人，厄运依然降临到他的头上。

一天之中，只有晚餐的时间，童家父子才可以坐在一起闲谈几句。童牧归把父亲夹给自己的腊肉片夹回父亲的碗中，说："您吃吧，我回来之前在杨家喝了两碗绿豆汤，肚子不舒服，吃不了油腻的。"

"门牙大的肉，能油腻到哪里去，我吃着药才不应该吃油腻的。"童楚不但把刚才的肉夹回儿子的碗里，又从菜碗中夹了三四块一并丢到他的碗里，关切地问，"我瞧着你进门的时候，鼻子不是鼻子，眼睛不是眼睛的，是碰上了什么难缠的事？"

童牧归呼噜噜地喝着粥，想也没想回答道："没有，您老别瞎操心。"放下碗，看见父亲依旧不放心地看着自己，他想了想又说，"我上次跟您说的辞公职的事儿定了，下月十一二日可能要去一趟广州。孩儿是这么想的，我走的时候给王婆婆留下银钱，让她老人家过来给您煎药、做饭，您二老一块吃，再不济也能比她自己家里吃得好一些。"

童楚停下筷子苦笑道："合适吗？"

童牧归把嘴里的咸菜嚼得嘎吱作响,看着父亲,露出进门以后的第一个笑容,说:"阿爹您就放心吧,王婆婆再添几岁都可以做我奶奶了,不会有人传闲话的。"

"你这孩子没大没小的,浑说些什么。"童楚拿筷子去敲儿子的头,童牧归只管闷头吃饭,并不躲闪,任父亲来敲打。

"你奕叔叔的事儿怎么样了?"童楚问。

"别提了,刘氏今天抬着棺材堵了市舶司,我原本想去找他详细了解一下。但这几天事情一件接着一件,明天还要往永宁村走一趟。那个张奔一向不服我做总捕,今天竟然在严提刑面前串闲话,说我与奕叔叔有私。好在这件事已有定论,刘五壮私自出海遇难,不干旁人的事,由他们去吧,我不管了,免得惹一身骚。"童牧归答。

子承父业大概是很多父亲美好的愿望,虽然童楚向来开明,不会强行要求儿子顺着自己的心意,但是对于儿子辞职的决定,多少还是觉得有些惋惜。

童楚张了张嘴,最终还是把要说的话咽了回去,转而嘱咐道:"你也大了,主意你自己拿,为父不拦着你。只有一样,手上的公事、文书千万交割清楚,不要给接手的人添麻烦。"

童牧归放下手中的饭碗,很认真地说:"您就放一百二十个心吧,每次您都这么说,孩儿就是自己不要脸面,也得顾着您在提刑司衙门待了二十年的名声不是?"

木已成舟,童楚晓得多说无益,只有自己轻松一点,儿子肩上的压力才能小一点。他随手从菜碗里夹起一片腊肉丢进嘴里,狡黠地自言自语道:"这醉仙楼的腊肉为何熏得这样好?好东西也吃过些,都不如他家的,是因为老板娘漂亮吗?"

童牧归根本没拾父亲的茬儿,端着饭碗站起身径自往屋外走,边走边说:"好吃您就多吃,明天衙门发饷,我再买些回来就是了。"说完，他把自己碗里剩下的小半碗粥倒进皮皮的碗里，拿着空碗去厨房刷洗去了。

人们常常对恶极的人进行诅咒，希望其不得好死，死无全尸，白骨曝野。永宁村的蒋铁柱世代为农，一家人老实到三棍子都打不出一个屁来，就是这样与世无争的人，厄运依然降临到他的头上。被盗的是蒋铁柱父亲的坟，农人没有那么多讲究，人死了便在自家田头边上刨坑就地掩埋。

"你家与什么人有过节吗？"童牧归看着散落一地的白骨，首先想到的是仇人泄愤。

"大老爷，您明鉴啊，俺就是个种庄稼的，只认识锄头和日头，哪会和别人有什么过节？"蒋铁柱刚哭过，在一旁吸溜着鼻涕回答童牧归的问话。

"你阿爹是怎么死的？生前可有什么仇家？"童牧归问。

"俺阿爹吃崩豆能把自己牙硌掉，庄稼人就是这个命，您说一个自己的命都做不了主的人，他能招惹谁去？"蒋铁柱答。

童牧归围着坟茔查看了一圈，观察坟土翻开的痕迹，像是三四个人拿着铁锹、锄头等不同的工具挖开的。他又看了一下被刨开扯成两半的棺材，棺材的材质并不厚，是最便宜的薄板，断裂的岔口上沾着泥土，由此可见，盗墓人是直接用挖土的工具刨开的棺材。

"你阿爹下葬的时候可陪葬了什么值钱的东西？"童牧归接着问。

"俺这样的人家，有值钱的东西也得先济着活人，哪有闲钱搞排场呀？阿爹生前爱喝两盅，他生前用的酒杯装棺材里了，酒壶都没舍得放，不然还得花钱再买不是？"蒋铁柱指了指棺材里和白骨混在一起的一个粗瓷酒盅。他跪在被刨开的坟边，一边把散乱的尸骨装进一个大肚泥坛，一边啜泣。

童牧归将这一切看在眼里，再要迈步往前走，脚下却似有千斤重。他叹了一口气，伸手进怀摸出几十个钱来，扔在蒋铁柱面前道："拿去再给你爹买一副棺材吧。"

蒋铁柱连连道谢，童牧归并不理会，大步走开。

童牧归把身上最后的一点钱给了蒋铁柱，好在今天是发饷的日子。

领过饷银后，他离职之心更加迫切，汇报完永宁村的情况后，再一次向严冥夜请辞，无奈却像一拳打在了棉花上，既没有反应也没有响动。已经走出提刑司好远，他的心里依旧闷闷的，想不通自己到底有何德何能，上司为什么就不肯放自己走呢？

每到月底发饷，童牧归总有一件固定的事儿做，就是去买父亲下个月要吃的药。他深知自己的秉性，手松花钱没算计，免得到时银子花冒了，没钱买药。这次发饷也不例外，他从提刑司账房领了自己的四贯六百钱，出来直奔广安堂药铺。

来到广安堂的幌子下，刚要迈步进去，他突然感觉身后不对，不由得猛回头看。电光火石间，来不及细想，一个鹞子翻身扑向路中间，一个小女孩被他牢牢地护在身下。

吁——

一辆插着"钱"字旗的马车，被紧急勒住，马儿吃痛，一声长嘶，叫停了大家手中忙着的活计，街上众人一齐把目光投向这边。

驾车的是一名二十岁出头的年轻男子，簇新绛紫色杭绸短打扮，石青色鸾带横在腰间，上挂红铜刻蔷薇花样，丝鞋净袜。此人名叫钱十三，是泉州城首富钱家一个有些脸面的伙计。

平日他在主人跟前拘束得紧，今天趁着出来办事的空当，到醉仙楼要了几个顺口的菜，自斟自饮美美地喝了一顿。在回钱府的路上，他被冷风一吹，有些上头，一时恍神儿，没注意到路中央自顾自玩耍的女童，差点撞上酿成大祸，万幸及时勒住了马。

第4章 滥事缠身

钱十三带着酒意和怒气,从马车上跳下来破口大骂:"谁家的孩子,生的时候为何不摔死?害得惊了小爷我的马。有娘生没娘养的东西,我这车上都是金贵物件儿,破了哪一样,卖你们娘们儿去梧桐苑都赔不起。"

钱十三来到马车前,再一看马车前卧着的人是提刑司的总捕,心里咯噔一下,酒劲儿顿时散去了大半,道:"哎哟,原来是童总捕呀,小的猪油蒙了眼,没伤着您吧?"

他收敛起刚才的傲慢,换上谄媚的笑脸,一手捡起童牧归跌落在地上的幞头,一手上前搀扶童牧归。

童牧归不屑地甩开钱十三的手,顾不得拍打身上的尘土,先把怀里的女童扶起来,检查孩子是否伤到了什么地方,捏捏胳膊捏捏腿,焦急地询问:"这里痛不痛?这里呢?哪里痛你告诉伯伯?"

女童一时受到了惊吓,只是哇哇大哭,并不回答童牧归的问话。

"童总捕,童总捕?"钱十三小声地唤着,"您没事吧,您要是没事儿,小的就先走了啊,我家主人有要紧的事儿等着小的去办呢。"钱十三虽然心里打鼓,但是仗着自家主人的名头响,料着童牧归纵然是吃皇粮的,打狗也得看主人,不能把自己如何。

刚才童牧归看见钱十三的车远远横冲直撞而来,路中玩耍的女童根本没意识到危险,有心提醒孩子躲开已然来不及了,所以冒着被马踏车轧的危险扑过来护住孩子。此时女童哇哇的哭声惹得童牧归心烦意乱,有心斥责钱十三几句,看看马车上插着的"钱"字旗,再看看眼前的钱十三,虽是下人打扮,服色却比自己身上半旧的公服华贵不少。

他从牙缝里挤出几个字:"没事,滚吧。"

这时一位头发花白、身穿粗布衣的老妇哭喊着奔过来,一把搂过女童,上上下下查看,口中呼喊着:"你驾车这么快急着去投胎吗?不长眼睛呀你,要伤了我孙女,我一定把你告到衙门判你坐牢。"

见童牧归不追究，自以为没事了的钱十三转身正准备走，听到老妇人的叫骂，斜着眼睛撇着嘴道："哪儿来的老不死的，你以为衙门是你开的呢，还判小爷我坐牢？童总捕就在这儿呢，你让他抓我啊，你要是不让他抓我，我就让他把你抓起来。"他拍了拍身边拉车的马，接着说，"告诉你，老不死的，钱家的马都是北方名驹，卖了你们都赔不起。"

"童总捕，您听听他说的，是他纵马伤人在先。"老妇人看到钱十三如此无赖，气得直哆嗦，往童牧归这边跪爬了两步，摇晃着他的手臂，"还有没有王法了，您管不管哪……"

朝廷针对"交通肇事"行为，已有专门的立法，叫作"走车马伤杀人"罪。《宋刑统》规定："诸于城内街巷及人众中，无故走车马者，笞五十；以故杀伤人者，减斗杀伤一等；杀伤畜产者，偿所减价。"钱十三今天闯的祸，认真计较起来，是躲不过一顿板子的。

"闭嘴，别吵了。"童牧归因为急扑而挫伤的手臂此时被老妇人摇晃得更疼了，心情很是烦躁，喝住了老妇人的话头，转头对钱十三说，"钱老板不是有要紧的事儿等你办吗，在这儿磨什么牙，还不快走？"

"得嘞，回头我找您喝酒。"钱十三面上美滋滋的，自尊心得到了极大的满足，转身跳上车，驾马行过祖孙二人身边时，不屑地啐了一口，扬长而去。老妇人一时没反应过来怎么回事儿，愕然地看着童牧归。老妇人的目光加上孩子的号哭，让童牧归愈加心烦，伸手从怀里掏出来三个钱儿，在就近的小贩那儿买了一个果子递给女童。

他对老妇人说："你也是的，一把年纪了，和这起子浑人叫嚷什么，一个妇道人家也不怕人笑话。"

"是他差点伤了我孙女……"老妇人申辩。

"这不是没伤着吗？"童牧归的耐心已经用尽，打断了老妇人的话，"哪个孩子不是娘的心头肉，以后看孩子多上点心，你要是早把孩子牵好，不让她乱跑，能出这事吗？"

第4章 滥事缠身

"我……"老妇人被问得瞠目结舌，没想到竟然是自己的错。

闹了这么大一场，广安堂内的人听见了动静，东家任郎中唯恐童牧归再生事端，打发两个学徒出来瞧瞧。二人见状，一左一右拉着童牧归走："童大哥来啦，师傅好多天没见到您，正想您呢……"

女童迟迟没接童牧归递出去的果子，他硬生生塞进孩子怀里，转身进了广安堂。

进得门来，他也不说话，径直走向诊桌，一屁股坐在旁边的条凳上，拿起桌子上的茶碗抬手喝了一个精光。

广安堂虽然是药铺，但是和酒馆一样，进门迎面便是柜台，上面除了有学徒正在用的药杵、药碾，还摆放了搽跌打伤的药油、抹脓疮的药膏和一些其他配好的成药。柜台后面贴墙摆放了一架高不过鼻宽不超臂展的七星斗柜。因其上下左右皆是七排斗而得名，有抬手取、低头拿、半步可观全斗的特点，每一斗又内分等分正方的三格，各色药材根据药性分门别类装在其中，并在药斗拉开的那一侧书写药名。调剂药品时，一目了然，方便易取。再往里面来，便是童牧归所坐的诊桌、条凳，若有来问诊的病人，郎中在这里问病、观色、诊脉、开方，再往里是两张诊床。

坐在诊桌里面的任郎中年近花甲，他既是广安堂的东家，也是这间药铺的坐堂郎中。身穿的酱色黑边圆领宽袖襕衫虽然已经洗得泛白，配上颌下三缕银髯，却平添几分仙风道骨之气。

他冲徒弟挥挥手道："白芷，你去把包好的药拿过来，再取一条湿巾子，给你童大哥扫扫身上的土。"转而起身来到童牧归身边，把他受伤的胳膊拉在手里，说道："你这小子，脾气随你那倔驴般的爹，火炭似的心说出来的却是下雪的话。"

门外发生的事任郎中听了个八九不离十，知道他为何生闷气。说完，任郎中一手搭在童牧归肩上，另一只手来回牵动童牧归受伤的手臂

正反往复画圈，接着又说："你也老大不小了，娶一房媳妇儿吧，也好收收你的性子，家里没有女人终究不像家的样子。"

"哎哟，任叔叔，您轻点儿。"童牧归的伤处吃痛，忍不住叫出了声，"我倒是想好好说，您老看看这世道，还有好人没有啊？君不像君臣不像臣的。我确实没念过几年书，但是多少也晓得一点夫子的道理，都说士农工商，这最末等的商做大了，多少十年寒窗的官老爷反过来巴结着，他家看门的狗都能骑到吃皇粮的脖子上拉屎……"

"小祖宗，你小点声，这要是让人听了去告诉你们大人，非扒了你的官衣不可。"任郎中连忙停下手上的动作四下张望，生怕童牧归的气话被人听到。

童牧归自己试着上下转动手臂，像个负气的孩子，气哼哼地说："不用他们扒，我打定主意不干这受气的差事了，这几天就走。"

"又胡说。"任郎中嗔怪地用手指在童牧归头上戳了一下，苦口婆心地劝导，"年初刚升的捕头，大好的前程为何说不干就不干了？！且不说你爹的病时时要吃这么贵的药，不干这一行，你们爷俩吃什么喝什么？攒点钱娶一房媳妇，才是正事儿，你娘在九泉之下也高兴。"

"屁，现在是蛇鼠一窝，助纣为虐……哎哟……"童牧归说得激动，下意识地挥动手臂，一阵钻心的疼紧随而来，也就没接着说下去。他被任郎中说得心里发酸，转而说道："您老人家看看，这世道哪里容得下我们爷们儿？我阿爹为何落得今天这般田地，别人不知道您还不知道吗？旁的不说，他老人家一个月光药钱就吃掉我大半饷银，我们也得活着！"

任郎中熟知童家内情，看着眼前的童牧归，百感交集。

他叹了一口气，说道："老夫差点忘了，这次你爹药里的虎骨，给你换成了碎骨，卖相虽然不如从前的好看，药效总是一样的，价钱上能便宜不少。说来惭愧，你爹病了这么多年，叔叔也没帮上忙。"

第4章　滥事缠身

"任叔叔您可别这么说。"童牧归见任郎中面露自责之色，心里十分难受，"都是我这当儿子的没本事，挣不到钱孝敬阿爹。这次的药先这么着，我已经应了振威镖局押镖的活儿，过几天就去，干好了，一个月能得七八贯钱，若碰上难走的地方，再多得一两贯钱也是有的，以后吃药就不愁了，下个月还给他老人家换回好药材。"

任郎中将信将疑，他不死心还想再劝劝："世道这么乱，跑江湖押镖是有风险的，刀枪无眼，可不是闹着玩儿的，终究没有吃官家饭安稳。"

"我阿爹倒是没去押镖，为何就让人害到今天这步田地呢？"

童牧归原本随意看着前方的眼睛开始聚焦，瞳仁里的温度逐渐降了下来，露出凶色。他索性眯起眼，迎着门口投进来的阳光看，头部左右摆动，弄得脖子咔咔作响。

任郎中被童牧归一句话噎得哑口无言，后悔自己莽撞、触及了童牧归的伤心事。当年童楚历尽辛苦抓获歹人归案，歹人被正法后，其同伙报复投毒，童楚险些被毒死，如今只能常年吃药续命。他愣神儿的工夫，童牧归已经站起身，在诊桌上留下两贯钱，提起白芷拿过来的药包，头也不回地离开。

童牧归心里乱糟糟的，感觉胸口憋闷得厉害，任旁边行人来往，心底的悲凉一点点升腾出来，让他浑身都不自在。手臂还在隐隐作痛，他想着不方便回家劈柴做饭，好在今天刚发了饷银，索性买点现成的吃食给父亲打牙祭。

他这么边走边盘算，打定好主意时一抬头，不知不觉走到了醉仙楼门前。

醉仙楼的规模并不大，堂食、带走、打尖、住店都能接待，倒也齐全。八间门脸儿依次排开，上下两层的建筑，没有高档酒楼惯有的五彩迎宾门楼，主廊更是没有，只在门前用枋木扎成山棚，上面挂了半扇的猪、羊和一些风干腊味。一楼主要是卖散座，摆着十几张八仙桌，四周配条凳，大家坐在一起喝酒吃肉好不热闹。二楼是隔断出来的雅间，雅间用餐相对来说清静一些，客人既可以随意点选食谱上的菜品，也可以根据自己预计的花费，直接要店主荤素冷热搭配好的不同规格成桌的酒席。后面院子里两间偏房是厨房，跨过院子还有一个二层小楼，只是比前面的楼略矮一些。一楼用来给店里自己人居住，二楼收拾出来八九间客房，虽然没有满客的时候，但是住宿的人也不断。

　　多数衙门都在月底发饷，今天的醉仙楼格外热闹，就连聚拢在附近的闲汉和撒暂（指宋代小贩在酒楼向顾客逐一分送货品，然后收钱的一种兜售方法）也比平日里多了不少。这等人在别家店门口，大多会遭到驱赶，因为他们向客人出售或代买别家的食物，会影响本家老板的收入。但醉仙楼的老板听南嫂全不在意这些，想着穷人也得挣饭吃，任由他们在附近游来荡去，偶尔有卖不完的吃食还会拿出来分给大家。

　　童牧归到时，已经有别的衙门口的差人在一楼划拳行令，喝得面红耳赤，看到他进来，便招呼他一起坐下喝点儿。

　　伙计顺子以往见到童牧归，一定会聊闲几句，此时根本顾不上贫嘴。顺子左手端着三两个菜碗，右臂从手至肩上叠放着十来个菜碗，穿梭于各桌上菜。此时，他只是远远点点头笑一下，算是跟童牧归打过招呼。

　　另有为食客换汤斟酒的焌糟（宋时给酒客换汤斟酒的妇女），腰里系着青花布手巾，发髻在头上高高挽起，显得清爽利落，看见童牧归进来，忙不迭向老板听南嫂使眼色报信儿。童牧归顺势看去，只见一个身形窈窕的背影，紫纱衫儿，白纱挑线裙子，乌油油一头青丝如墨染，红绒绳儿扎墨根儿在头上挽成盘龙髻，只挑了一根素钗在上面，耳带八宝灯笼坠儿，乌丝和领口间露出粉藕一般的秀颈。

　　他察觉到听南嫂正被一桌酒客缠得不耐烦，心中很是不爽快，抬腿便要走过去问问怎么回事。听南嫂敷衍了那桌客人几句，便迎了上来，笑盈盈道："童大哥来啦，原本想让顺子去您家一趟来着，谁想到今天几个衙门发饷不说，又有七八艘下波斯的船一齐回来，竟一下子忙成这样。"

童牧归听说听南嫂有事找他，便把想要教训那桌难缠客人的事忘在了一边，问道："有何要紧的事儿，你尽管说。"

听南嫂故意绷起脸，把粉白的手掌心朝上摊在童牧归面前说："当真是大事儿，你先给我二百钱。"

童牧归不明所以，又不敢怠慢，右手提着药不方便，只能左手伸进怀里掏钱，一急之下竟将剩下的两贯多钱全放到了听南嫂的手上。

听南嫂没有准备，钱太重没接稳，失手掉在了地上，她一边弯腰去捡一边埋怨道："成天这么实心，早晚靴子都让人骗了去。"

童牧归只管嘿嘿傻笑，也不辩驳。

听南嫂把钱捡起来，把一串小的约有几十文钱攥在手里，余下的塞还给童牧归，径直向柜台走去。

"到底是何要紧的事儿，趁着天色还早你就说，我现在就去给你办。"童牧归不明所以，只能跟在她身后追问。

听南嫂从柜台底下拿出一个用白巾子盖着的提篮和两个大大的用细麻绳扎好的油纸包，堆在台面上，扑哧一下乐了："这些个好吃的，你若不来，便让小狗叼了去，你说要紧不要紧？"

"这……"

童牧归看到听南嫂破费，很不好意思。

"童大哥你别多心，都是不能卖的东西，炉里的烧鹅挨着炭火近一些的有些焦，肯定是不能卖了。"听南嫂把手里的东西指给童牧归看，"有几节腊肠是上午给客人切了一盘儿，人家说味儿不对，还有一些酥炸丸子、炸春卷、炸鹌鹑、炸小鱼什么的，要么是火大了，要么是炸破了，反正也是不能卖了。这半条火腿，是哑叔说成色不好，煲汤是肯定不会用了。我想着这些都是好粮食制的，白白丢了可惜，童大哥你行行好，贱价买了去，也好填补我的损失。"

她的好意童牧归全明白，店里这么多人，不方便推辞，想感谢几句又说不出口，憋了半天方说道："你这小娘子不学好，专学人家扯臊，哑叔几时竟能开口讲话了？"

听南嫂也不接话，只管一味看着童牧归，一双水汪汪的眼睛像是有道不尽的话。

不断有相熟的人过来和童牧归打招呼，他简单地应付了几声，不好意思多做停留，一手抓过台面上的东西，嘟囔着说："上个月四五条腊肉你说做咸了，上上个月尺把长的熏鱼又说客人嫌小，可恨我从前竟然信了你的邪，倒要看看下个月你能说出什么花儿来。"

他边说边要去摸怀里的钱串，听南嫂一看，有些着急，赶紧伸手阻止，正按在童牧归的大手上，二人俱是一怔，慌忙松开。听南嫂心中小鹿乱撞，用手搅弄着额前的碎发遮掩着慌张，说道："别磨蹭了，快些走吧，再不走那些个没脸的又该来拉你喝酒了。"

童牧归只觉得脸上一阵儿一阵儿发烧，腼腆得像一只乖顺的小猫，带着大包小裹的东西一步步往门口挪。

"童大哥，等等。前几个月有人来卖高丽的果酒，叫什么干……红露，我就留了两坛，谁知道竟卖出了回头客，老客们说喝着不错，与咱们这儿的酒是两个滋味。我信不过他们，童大哥你帮尝尝，要是觉得好告诉我，我往后多进些来卖。"

童牧归任由听南嫂忙活，眼睛只管盯着鞋尖，嘟囔："什么稀罕事儿都能让你碰见。"

"到家先拣炸食吃，天气热不耐放，剩下的找个阴凉过风的地方悬起来就很好，能放半个月……"

童牧归能感觉出已经有食客注意到他们，正伸长了脖子往门口这边看，一时自尊心作祟，埋怨道："你回去忙吧，我走了，婆婆妈妈的，比我娘还能絮叨。"

听南嫂毫不介意，又瞥了一眼童牧归，转身花蝴蝶一样游旋于各桌，招呼客人去了。

童牧归早已把一天的不快忘到了爪哇国，手上提着东西，肘弯里还挎着食篮，迈三步笑两声，一路往家走。

他心里美滋滋的，只顾仰头往前走，不留神与一个身穿白虏布衫、搭着青花手巾、手托小盘卖干果子的少年撞了一个满怀。

少年忙不迭地点头哈腰道歉："哎哟，大爷对不起对不起，我一慌您一忙咱这就撞上了，小的上有八十老父、七十老母，在这儿一齐给您赔不是了，您千万别生气。"

童牧归铁塔一样的身躯并没有受到冲击，倒是少年一个趔趄，手里托着的各色干果子险些撒了。他见眼前的少年自己认识，是邻居薛家炒货的小儿子薛小六，调侃道："小六子你又满嘴跑驴，你阿爹比我阿爹还小上两岁，怎么就八十了？"

男孩抬头一看是童牧归，整个人松弛下来，嬉皮笑脸地回答道："嗨，是童大哥呀，唬了我这一大跳。刚才光看见您这威风的官靴，以为是冲撞了哪位老爷，都没敢抬头。"

"猴崽子，蜜饯果子吃多了，嘴这般甜，撞疼了没有？"童牧归此时心情大好，乐得陪少年说笑几句。

"没事没事。"薛小六答，"我给您装点果子吃吧，银杏、栗子都是今天下午刚炒好的。"

说笑间，童牧归想起了另一件事，转而问道："孙癞子现在还讹你吗？"

薛小六一下子来了精神，全不似刚才的小心翼翼，梗起脖子得意道："十来天前杨志勇大哥看见了，打了他一顿老拳，同他说我是杨志勇大哥的兄弟，不许孙癞子他再来缠我，若是不听，往后见他一次打一次。这几天孙癞子看见我竟绕着走。"

"行,那厮再犯病,东西舍了不要紧,你力气小莫与他纠缠,只管回来告诉我或者你杨大哥。"

"知道啦,我又不傻。"

"看把你精的,插上尾巴就是猴。"童牧归笑骂完,本准备走,又打起别的心思,"把你刚才说的银杏、栗子,再添上点榛子、核桃,装上一袋。"

"好嘞。"薛小六爽快地答应,边装边说,"我一样给您装一点。可不是我小六抠门舍不得,炒货就是新炒的才好吃,放潮了就不香了。您先吃着这些,再炒了新的,我给您送家去。"

"只管装你的,我买来送人。"薛小六几句话说得童牧归心里热乎乎的,他又问,"你阿姐平日爱吃什么?"

薛小六只顾着一样一样装东西,头也不抬地回答:"她们女人和咱们爷们儿不一样,爱拣那甜的酸的吃。"

"哟呵,你才多大的人,就自称爷们儿了?"童牧归被薛小六逗乐了,看了看他托盘里的各色东西,琢磨了一下,"楂条、梨干、胶枣、桃圈,还有那个乌梅也一齐,装上一包。反正你看着来吧,挑平日大家常买的装,装完送到醉仙楼去。你晚上回到家先别忙着吃饭,到我家来取钱,我有好东西给你。下个月我可能要出远门,有几句话嘱咐你。"

"又出了什么了不得的大案子?是要出去抓大坏人吗?"薛小六眼睛放光,接连发问。

童牧归把脸一沉,斥道:"赶紧滚,莫打听闲事,你童老爹还等着我吃饭呢!刚才交代的事你都记下,混忘了小心我揭你的皮。"

再瞧薛小六时,人早已经跑出一丈开外,略停下冲童牧归做个鬼脸,一会儿就跑不见了。

第5章　石破天惊

"那么多人都死了？你确定？"阿苏以为自己听错了。

"我……我只趴在门缝看了一眼，满地的血。柯提举的脖子还在往外冒血，其他人七倒八歪，太吓人了……你们自己过去看看吧。"季桓嘴里说着让阿苏去查看，可是拽着阿苏袖子的手却瑟瑟发抖，拽得更紧了。

绍兴二年，七月一日。

市舶司被屠案案发。

每月元日，州城府县大小衙门皆举行例会，福建路市舶司自然也不例外。

凡例会，有品级者齐聚市舶司衙署议事厅共同议事，无故不得缺席迟到。低阶官员向上级汇报手中工作进度，总结上一个月的工作内容，解决遗留问题；同时，提举柯鹭洋会安排工作方向，宣布朝廷新颁发的诏令，分派朝廷下达的相应任务。市舶司的例会均由市舶司提举柯鹭洋负责主持。

和其他月份的元日一样，市舶司的衙属官吏在辰时初刻已经齐聚议事厅内。

十几个人在室内，三三两两聚在一起，相互攀谈，有抱怨天气太热

的,有说一些奇闻逸事的,更有一两个大胆的,眉飞色舞地品评着哪个酒楼的饭菜好、哪个花楼里新来了姑娘。

议事厅的正中摆放着一张红木长桌,南端的主座空着,是提举柯鹭洋的位子。他的椅子比长桌两旁的十把红木椅子要宽大很多,靠墙摆放的散椅更是相形见绌。

主座身后摆着乌木条案,案东侧摆着哥窑青釉贯耳瓶,西侧摆着犀角做托的湖州禽鸟纹镜,中间摆着一尊通体青釉,鼓腹饰浮雕缠枝莲纹,颈部饰尖叶纹,三兽足为底的耀州窑香炉,香炉两侧各放一只青地白万字纹瓷帽筒。条案后面的墙上挂着旭日东升图,图上悬着瘦金体篆刻的"克己奉公"匾,两侧是同样字体的对联。

议事厅位于市舶司衙门的中院东南侧,从正门一进来便是前院,迎面是两人高的钟馗捉鬼砖雕影壁墙,墙头铺瓦设脊,两侧飞檐如翅。绕过影壁墙才能看见市舶司正堂,沿墙盖的两溜小房是当值的书吏、执事和差役们待的地方。后院也有十几间房,或存文书档案,或做仓库,平日里皆上着锁。另有两棵古槐浓荫蔽日,一人不能合抱,站在树下偶尔还可以听见隔壁跨院马棚里马儿吃饱后的嘶鸣声。

柯鹭洋身为福建路市舶司的最高长官,他的仕途一直是幸运和不幸交织在一起。此人三岁能诵,六岁能对,十二岁即能引经据典写出让乡学先生瞠目的文章。这样的天才少年自然从小立志"学好文武艺,货与帝王家",整个家族都把他当作改变命运的希望。元符二年,柯鹭洋不负众望,金榜题名,被哲宗钦点为探花。

就在他以为自此可以建功立业、大干一场的时候,因为没有及时"拜山门"而被冷落,久久没有实职工作,只能寄情于书画。

相比之下,与他同科的榜眼曲君墨,因为早早拜在当时的户部尚书、现在已是宰相的汪伯彦门下,被放了实缺外任。彼时徽宗尚是端王,爱上了柯鹭洋的一笔丹青,向哥哥哲宗赵煦讨要他,哲宗全没在意，像赏赐玩物一样，把柯鹭洋派到了端王府。

心灰意冷的柯鹭洋，从此无心国事，与擅蹴鞠的高俅一起陪伴在徽宗左右。

谁也没想到，当年最不受重视的皇子，在父亲那里没有得到宠爱和江山，反而从哥哥手上继承了皇位，成了大宋朝第八位皇帝。

柯鹭洋眼看着高俅官至开府，仪同三司，暗示徽宗，自己也愿意为新朝的江山贡献一份力量。徽宗经过再三考虑，于宣和二年，任命他为福建路市舶司提举。当时他的心里很是不满，既舍不得远离权力中心和帝都繁华，又担心泉州地处边陲、蛮夷贫瘠。但是圣命难违，必须赴任，那一年他四十岁，虽已不似当年初入汴京时般的少年得志，倒也当得起玉树临风四个字。

如今十二年过去了，柯鹭洋早忘了当初对泉州的不屑，心灵与肉体均已被泉州"市井十洲人""涨海声中万国商"的盛景征服。

大家都坐定，约一炷香的时间后，柯鹭洋挺着肥腻的肚子姗姗来迟。

在座众人，有眼尖的，看见他的身影闪出来，急忙轻咳了一声提醒各位同僚。大家慌忙站起来，整衣扶帽迎接长官。

"人都到全了吗？"

柯鹭洋并不理睬众人的殷勤，在自己的位置上吃力地坐下后发问。

有文书答道："吏目培杰、点检官孟学派去了福州公干未归，另有点检曹炳勤缺班，其余的人都到了。"

"那个曹炳勤本官知道，昨日上午见他还好好的，不过一顿午饭的工夫，下午再见他时竟咳喘得厉害，回一句话都说不利索，便打发他回家将养。"柯鹭洋想起昨天的情景有些生气，接着又说道，"在市舶司当差，你们哪一个不是吃得肚儿溜圆，为何竟有他这样的人，小气到舍不得一天的俸禄，病成那副德行还要强撑着，这要是传染了别人可如何是好。"

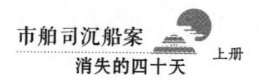

大家自然不会为一个末吏得罪长官，纷纷附和柯鹭洋，闲话了好一阵才开始今天议事的主要内容。

议事厅内各位大人议事，市舶司门前站岗的衙差也没闲着，说得比室内还要热闹。站岗的差役每四个人分为一班，每一个半时辰换一班。他们的主要任务就是把住大门，不让闲杂人等轻易进来。有事情需要寻找衙门里的哪位大人，都是由他们代为通传，或者有跑腿、传话之类的事情也会交代给他们去办。

此时市舶司门前当值的四个人分别是季桓、阿苏、翰池和前几日曾到提刑司搬请童牧归的炀霏，俱是二十多岁的棒小伙子，眉清目秀、孔武有力。

"你小子昨天又输了多少？"炀霏看见站在自己对面的季桓呵欠一个接着一个，忍不住出言打趣。

"先前的手气总是不行，直到交了二更才渐渐转运。"季桓睡眼惺忪，伸了一个懒腰，"想着今儿初一，各位大人来得齐全，战到三更也就散了，细算下来，到底是输多赢少。"

炀霏白了一眼季桓，咂着嘴说道："嗨，输了也不用你掏钱，何时在乎这点子小钱了？那天蔡记香料铺子的掌柜同我说，刚帮你还了十来贯的赌债呢。"

"这个挨千刀的蔡文东。"季桓被人揭了短，脸上挂不住，咬牙说道，"他夹带了一斤沉香被曹点检发现，六月的天气全船就他一个裹着袷袍，他怕是聪明过了头，把旁人都当了傻子。"

阿苏年纪比其他三人略大几岁，平日里面话不多，见他们说得热闹，被他们感染，也加入进来问道："最后这一斤沉香竟归了谁？"

季桓遗憾地说："唉，后来才知道这个蔡文东是钱家十五爷的奶兄，曹点检是多鸡贼的人，便睁一只眼闭一只眼。蔡文东倒也懂事，装了一匣子上好的天竺鹅脂，调了珍珠粉和百香蜜的面脂，送去给曹点检

第5章 石破天惊

的相好，此物也是不便宜的。"

"赶明儿，我也去弄一点来。"翰池接过话来说，"我那败家娘们儿都跟我念叨好几回了，说城里这几位大人的如夫人都用他家这个面脂，女人就是麻烦。"

"你就知足吧，听说钱家主人的那个波斯美人儿，每次洗完澡都要拿这个抹全身哩。"炀霏说话时仿佛看见了裸浴的美人一般，眼睛里闪动着猥琐的光芒，口水险些没滴下来。

翰池不屑地冷哼一声，说道："哼，我家祖坟上没冒那个青烟，既没人家钱家那样给个皇帝都不换的好祖宗，也不像里面这几位有各种吃喝不尽的东西，那样的美人儿白给我我也养不起。"

"咦？那是谁往这边儿来了？"

阿苏一抬头，发现有人正骑马往市舶司门口而来。

"我去瞧瞧是谁。"

季桓说完，一个箭步越下台阶，这会儿来人已经到了近前，大家仔细一看都认识，是巡检司的衙差吕培杰，也是惯上这边来走动的。

"哟，怎么又是你小子来了？"季桓帮吕培杰拉住了缰绳，和他磨牙聊闲，"我们这儿有什么好的，竟招得你天天往这儿跑。"

"呸。"吕培杰啐了一口，"你当我愿意来啊，大热的天，我们大人有事差遣，那几个老家伙不愿意动，自然是我这个后来的跑一趟。"

吕培杰从怀里掏出一封公文，拿在手中扬了扬。

台阶上的阿苏问："有何要紧的事儿？大人们在里面议事呢。"

"我也不知道是什么天大的事儿，出来时大人说即等回话，麻烦您给通报一声吧，我在这等着。"吕培杰说完，把公文递给了身边的季桓。

"行，我进去回一声，你别走远，兴许我们柯提举会叫你进去问话。"季桓说完，迈步上台阶，转过影壁墙进去了。

泉州是一个商贸城市，事件的发生往往涉及多个部门，在处理问题

时就需要大家互通有无、合作处理，各衙署间有公文往来更是常事。

这边季桓穿过前院走至议事厅门外，高呼一声"回事"。按照往常的惯例，如果此时方便季桓进入议事厅汇报，提举柯鹭洋便会直接让季桓进来，若不方便让季桓进来，柯提举则会隔房询问是何事，再酌情定夺该如何处理。

在议事厅门外等候柯提举指示的他，半晌没有等到回音，正犹豫是否再通传一声的时候，忽然脑子轰的一下，一种不好的预感随即传遍全身。

他惊觉，议事厅内本应众人议事声不断，然而此时竟鸦雀无声。时令正值七月初，泉州地区暑热正盛，此时门窗皆紧闭，十分反常。季桓忐忑地又往门口方向挪了两步，再次高喊了一声"回事"，室内依旧毫无反应。他试探着眯起眼睛，壮着胆子从门缝往里窥探，这一看不要紧，整个人顿时吓得跌坐在地上。此时他想喊却又喊不出，挣扎了半天，才连滚带爬向外跑去，一路上屎尿积了满裆，顺着裤筒往下淌。

季桓挣扎着跑到前院当中，双腿竟再也使不出力气，瘫坐在地上，如同一摊烂泥。

门外四人正闲谈得热闹，听到了里面的声响，炀霏和阿苏对视一眼，一起转身奔向院里，绕过影壁墙，看见季桓三魂七魄已经飞出来大半。二人走到近前，伸手搀扶季桓，还没等细问到底发生了何事，炀霏眼角无意间扫到了影壁内侧墙下。那里半倚着一具尸体，死者颈部被割开，头和身体只剩一层肉皮连着，眼珠凸出，几欲迸出来。炀霏当时倒抽一口寒气，小腿发软，和季桓跌坐在了一起。阿苏到底比他二人年纪略长几岁，稳重一些，面对如此血腥的场景倒还镇定，过去查看了一下死者的情况，认出死者是同为市舶司差役的宋老三。

"季桓，你冷静点，里面发生了什么事？"阿苏把手搭在瑟瑟发抖的季桓肩上，用力摇晃。

"血……血……"季桓的眼睛、鼻孔都大张着，拼命地喘气，好不容易从牙缝里挤出几个字来。

啪——啪——

"好好说话。"阿苏抡起蒲扇般的大手,给了季桓左右两个耳光,大吼道。

"里面的大人全死了,满屋子都是血,全都是血……"说来也奇怪,被扇了耳光的季桓呼吸均匀了很多,逐渐松弛下来。

"那么多人都死了?你确定?"阿苏以为自己听错了。

"我……我只趴在门缝看了一眼,满地的血。柯提举的脖子还在往外冒血,其他人七倒八歪,太吓人了……你们自己过去看看吧。"季桓嘴里说着让阿苏去查看,可是拽着阿苏袖子的手却瑟瑟发抖,拽得更紧了。

院中这么大的动静,等候在门口的吕培杰和翰池闻声也已跑到跟前,听到季桓如此说,便要去议事厅察看情况。

"慢着。"阿苏叫住吕、翰二人。

"命案现场,不要轻易进去破坏,我这就去提刑司衙门报案,你们守住大门,任何人不准出入。"阿苏说完,自己跑出院子,跨上吕培杰来市舶司时骑的马,双腿猛夹马肚子,绝尘而去。

月初几日是承上启下的时间段,比平日忙碌些,偌大的院内,文书、笔吏不时从天井穿过,偶闻袍泽环佩之声。市舶司出此惨案,提刑司尚不知情,否则绝不会有这一刻的安宁。

提刑司例会上,童牧归一直心不在焉,今天是七月初一,已到了他和杨志勇的约定之期,他暗暗下决心,无论严冥夜是否同意自己离职,明日都不会再来提刑司上差。

他手上的工作已经处理得差不多了,剩下一二今日也可以完成。又想起监牢中前几日缉拿的楚千手情况特殊,走之前需要同牢头多叮嘱几句,散会后欲去提刑司监牢一趟。

他刚迈出大门,阿苏策马赶到,也不等马站定,急急跳下马来,一

头刚好栽进走下台阶的童牧归的怀里。

"什么了不得的事儿，就急成了这样？"

童牧归眼疾手快，一把扶住阿苏，认出他是刘家围堵市舶司大门时，曾来提刑司搬救兵的阿苏。他心里突生不快，视怀中人如霉头一般。

"出……出……出事儿了……"

阿苏一见着童牧归，便像受惊的孩子看见了亲娘一样，双腿打战也不站起来，死死地抓住他的衣服。

"没事你们也不来呀。"童牧归很是厌恶，"起来说，街上都是人，你们市舶司不要脸，我们提刑司还要脸面呢。"

"出……出大事儿了。"阿苏眼中极尽哀求之色，"死人了……"

童牧归揶揄道："又把谁家逼死了？"

"是市舶司死人了，我们柯大人怕是已经遇难了……"

"啊？"童牧归倒吸一口冷气，慌忙追问，"这可不能说笑，你把话说清楚。"

"我也不知道，只看见我们同班的宋老三让人切了头，死在院子里。季桓看见议事厅门窗关着，满屋子的血……"

童牧归一时难以接受这样的信息，大脑飞速思考起来。纵然自己对市舶司上下没有半分好感，但他知道，阿苏不敢，也不会拿这样的事情开玩笑。

事发突然，为今之计只有到现场看过才能做计较。童牧归顾不得通传，把阿苏半拖半拽带进后衙，直接去见严冥夜。

严冥夜听到阿苏报告市舶司衙署内有命案发生，惊得从座位上站了起来，两只眼睛瞪得铜铃般大，问道："你们柯提举怎么说？"

一股浸骨的寒意迅速将严冥夜包围，脑中千回百转不得头绪，在这之前他自认为已经做了万全的准备，可市舶司的突发情况让他完全乱了阵脚。

第5章 石破天惊

阿苏跪在地上，本来就受了惊吓，此时更是不敢抬头，吞吞吐吐地答道："我们大人，我们大人……他……"

严冥夜疾言厉色："吞吞吐吐所为何故，有话快说！"

"请严提刑做主，我们柯大人可能已经遭遇不测了。"阿苏跪在地上磕头如捣蒜，答话已经带着哭腔。

"什么？你……你……再给本官说一遍！"

严冥夜简直不敢相信自己的耳朵，以为是天气太热自己出现了幻听，用手指着地上跪着的阿苏。

"小人该死，小人也不十分确定，求提刑大人亲自看看便知道了。"阿苏不太确定季桓的说法，力邀严冥夜亲自查看现场。

严冥夜一下子跌坐在椅子上，半天说不出话来，双眼死鱼一般瞪着前方。

直到童牧归在旁边轻轻咳嗽提醒，他才回过神来，已然乱了方寸，颤着嗓音问道："到底怎么回事？你给本官把话说清楚。"

阿苏又冲着严冥夜磕了两个头，才抬起头对严冥夜说道："提刑大人恕罪，小人真的没有亲眼看见我们柯提举遇害，只是看见与我同班的宋老三在院中被人将头砍断，是另有人看见市舶司议事厅内尽是血迹，有几位大人倒在血泊之中。小人恐破坏了案发现场，并没敢靠近议事厅，因此不能确定柯提举和其他大人是否全部遇难。"

总算听清楚事情始末的严冥夜面如纸色，事发突然，容不得他琢磨其中关窍，他脑子之中只有一个念头：此事重大，若有心之人以此"做文章"，极易生民变。事情已经大大超过了自己的管控范围，只能火速向朝廷禀报，在有旨意传达下来之前唯有封锁消息，勉力控制局面。然而另一个难题随之而来，封锁现场并压制消息需要大量的人手，提刑司的人员在严冥夜心中另有规划，眼看大事在即，调用人手缺一环则全局崩。

此时他能想到的比较稳妥的办法是：差人到福州找节度使白铭借兵。

白铭是御前侍卫出身，家世、履历清白，是赵构极为信任的人。在严冥夜从临安出发到泉州上任前，赵构就曾有密旨：危急时刻，可请援白铭。泉州到福州，快马也要一天的时间才能打一个来回，且若白铭带兵进驻泉州，可能会打草惊蛇，对大事不利，这个风险也是他不愿担的。

严冥夜久久不能决断之际，童牧归已经回过味来，他心里有一番自己的打算。市舶司出了这么大的事，若提刑司一力调查，自己今日断然无法辞职成功。上报转运使司衙门，没准刑部便会派人前来核查，提刑司就能省去好多的麻烦。

一念及此，童牧归出言道："大人，是否要向转运使司衙门汇报？"

山雨欲来，不允许有片刻耽搁，每耽搁一分都有危机发酵的风险。两害相权取其轻，严冥夜做出决断，报告转运使司，请转运使曲君墨派人封锁现场。他冲出后堂，连声喊着："点齐差役，在南街口待命。你们二人随本官到转运使司衙门向曲大人汇报。"

第6章 另有隐情

从前人们夸赞某个人财富显赫,常用富可敌国这个词,意思就是说私人拥有的财富可与国库相匹敌……钱家商号只去岁一年就盈利三千万贯,由此可见,钱丰源的财富不仅可以与整个大宋朝廷相匹敌,而且是呈碾压之势。

市舶司之所以牵动各方神经,要从泉州的崛起说起。

已知有关中外海路交流的最早史载来自《汉书·地理志》,泉州的崛起占尽天时、地利、人和。

其具体表现:一是新兴的市场经济取代传统的小农经济成为主流,二是国家经济重心从黄河流域南移到长江流域。但无论哪种变化,泉州都是受益者。这座城市真正成为享誉世界的通商口岸,却是在元祐二年之后。因为正是这年,朝廷在泉州设立了市舶司,泉州从此鲤鱼跳了龙门。

这个重要的历史节点,绕不开一个在泉州乃至全国家喻户晓的家族——泉州海商钱氏。

百尺竿头五两斜,此生何处不为家。北抛衡岳南过雁,朝发襄阳暮看花。

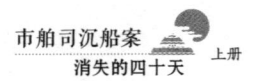

蹭蹬也应无陆地,团圆应觉有天涯。随风逐浪年年别,却笑如期八月槎。

——[唐]吴融《商人》

钱家祖上原本是泉州本地坐商,善于经营,很快积累了大笔财富,后献全部家当帮助太祖赵匡胤建国有功,太祖特赐丹书铁券以兹嘉奖,从此钱家商号在全国开花。

钱氏商帮传到第五代,家主钱博远审时度势,敏锐地察觉到一个新的转折点即将到来。时年九岁的宋哲宗赵煦登基,由祖母太皇太后高氏垂帘听政,内忧外患之下急需一大笔钱稳定人心,钱博远适时再一次献出全部家资供朝廷稳定朝局。

港口的地理便利因素对海外客商很重要,北边日本和朝鲜半岛客商希望主港口尽量靠北,而西亚和南海诸国则希望港口尽量靠南,两股势力的合力点便是聚宝之地,可以真正做到"生意兴隆通四海,财源茂盛达三江",而钱家所在的泉州正处在南北海岸中点。没有人知道钱博远与朝廷达成了怎样的协议,只知次年宋廷颁诏,于泉州设立市舶司。

正是这一南北两面辐射的地理优势,使得泉州在设立市舶司正式开港后,先迅速超越明州港,后追平广州并在随后反超,成为"东方第一大港"。时至宋赵构年间,造船技术和航海技术明显提高,指南针广泛应用于航海,商船的远航能力大为加强。宋朝与东南沿海国家绝大多数时间保持着友好关系,私人海上贸易在政府鼓励下得到极大发展,大大增加了朝廷和港市的财政收入,一定程度上促进了经济发展和城市化生活,也为中外文化交流提供了便利条件。

钱氏的商业版图已经不满足于大宋境内,如今足迹遍布高丽、东瀛、交趾、占城、真腊、蒲甘、勃泥、阇婆、三佛齐、大食、环王国、门毒国、罗越国、室利佛逝、层拔等地。

第6章 另有隐情

从前人们夸赞某个人财富显赫，常用富可敌国这个词，意思就是说私人拥有的财富可与国库相匹敌。这个词如今用在钱丰源身上显然是不合适的，靖康之难后朝廷公私府库俱被金人洗劫一空，赵构连年流离避乱自保不暇，近两年才逐渐在江浙站稳脚跟，国库之中根本没有多余的积蓄。钱家商号只去岁一年就盈利三千万贯，由此可见，钱丰源的财富不仅可以与整个大宋朝廷相匹敌，而且是呈碾压之势。

如今钱氏商业帝国已经传到第七代家主，即钱博远的孙子——钱丰源手上。作为大宋朝最富有的人，拥有这样的家底无疑是让人羡慕的。更难得的是，钱丰源生得一副好皮囊，面似堆琼，天庭高耸，丹眉细目，此时坐在书房的大案后，依旧能看出其气质凛凛，提笔刷刷点点间有风摆摇竹之姿。

这间书房宽阔之余透着精巧别致，四面皆是雕空玲珑木板，由名家雕制，翎毛花卉或"卍福卍寿"的花样。一槅一槅，或有贮书处，或安置笔砚处，或供花设瓶、安放盆景处。此处巧在虽可透光，外面的人却不易向内窥视。空出的墙上别无其他装饰，只挂了两轴画，一轴是三绝顾恺之的《斫琴图》，一轴是画圣吴道子的《送子天王图》。房间当中放着一张花梨大理石大案，案上摆着一大块不曾琢过的璞，宝炉中常热沉檀。左边紫檀架上放着一个产自官窑的大盘，盘内盛着数十个娇黄玲珑的佛手。书案正对着六把云南玛瑙漆减金钉藤丝甸矮矮东坡椅。书房的里面是一间暗室，此时敞着门，隐约可见一张大理石黑漆镂金凉床，挂着青纱帐幔。

两位钱家的门客——章闻柳与稼音，隔着大案站在主人的对面。章闻柳面上一团和气，看着比钱丰源长几岁，身量中等，头上过早地出现了与年龄不相符的银丝，为他添了几分儒雅的气质。稼音年岁与钱丰源相当，身着艳服，未曾束发，以一根缎带将头发扎于颈后，领口处的脖颈上有一块指肚大小的胭脂迹若隐若现，站在那里不时用手指搅弄额前

的碎发，偶尔又抚弄袖口上的绣花针脚。

还有一位是钱正青，斜坐在旁边的绣凳上，章、稼二人说话他不时插上几句。同旁人相比，他的个性略显张扬。当然，他是有这个资本的，因为他乃是钱博远的正室章夫人在四十二岁高龄产下的独子，与钱丰源的父亲是同父异母的亲兄弟，族中排行第十五。钱正青虽与钱丰源以叔侄相称，但是二人年纪仅相差七岁，他当年也是呼声比较高的钱家继承人。钱家男儿多潇洒，钱正青在身材相貌上与钱丰源有几分相似，只是自从他担任钱家商号大采办总领一职后，多随船队出行，因此不似钱丰源那般粉雕玉琢，被海风揉拂过的皮肤呈小麦色，多了几分英朗之气。

钱丰源以指节扣了两下桌子，示意大家都听他说。

"这几日我仔细想了一下，这玩意儿多半是假的，即便是真的又能如何呢？现在不比从前，钱家要处处看着朝廷的脸色。如今是朝廷求着咱们，朝里那些老爷年年得我的好处已经吃馋了嘴，去年升了临安行在，前几日宫里有密信传来，官家已经着人设计宫殿建造皇城，不打算走了，还不就是变着花样朝我伸手要钱？"

"不能给，钱家的钱都是咱们辛辛苦苦赚来的，这应天府也被金军占了，南边能不能保住还未可知，朝廷就是一个无底洞。"钱正青道。

"我也正是顾虑这个，眼看赵家的灶火就要熄了，现在花进去就是打了水漂，届时改朝换代，更是一笔少不了的花费。"

钱丰源说到这里，不由锁紧双眉。

"家主，您博古通今、纵览中外，那物到底是真是假，属下明日取来，您看过便有分晓。属下担心知情人会以此物相要挟，反咬一口，诬陷我们谋反也未可知，毕竟朝廷还在。"

章闻柳边说边偷偷观察主人的脸色。

"嚄，这样一个烂摊子，还用别人反吗？"钱丰源冷哼一声，眼底尽是不屑，转而问章闻柳道："给完颜晟的回信也寄走一段时间了，最

第6章 另有隐情

近有什么回信没有？"

"还没有。"章闻柳答。

"我还在掂量一件事儿，上次咱们的回信会不会太露骨了？"钱丰源说话时下意识地用指甲在桌面上画圈。

"这也是没办法的办法。北边还有咱们家二十几家商号，贵重的药材、山珍又都靠着北边，咱们万万得罪不起。金人生长在蛮夷野地，嗜好杀戮，福州白家就吃了亏，现在不要说运货，商号早就变成了灰烬。咱家若不这样，怎么能保证财路畅通呢？"钱正青小心地劝着。

"平日来往的书信可曾都烧了？"钱丰源依旧不放心。

"一字不留。"章闻柳答。

"也不知道完颜晟那边有没有朝廷的细作，咱们的回信要是让朝廷知道了，还真不好办。"钱丰源越想越揪心。

"有，怎么没有呀。"稼音扑哧一下掩嘴笑了，"王孙公子几十人还不算，官家那边就有两位，比咱们这边还多呢。"

室内众人听闻此言，都忍不住笑了。钱丰源被稼音一逗，忧虑的心情也舒缓不少。

"家主，我有一个想法，您听我捋捋这件事。"稼音甩开手中的头发，媚眼如丝，"既然咱们在做万全的准备，更应该把那东西搞回来。万一真是在金军那边丢的呢，万一当年他们就没得手呢，您完璧归赵献回去，那可是不世之功。"

"在理。坊间倒是都那么传，抢没抢走谁也没看见，抢到哪里去了也没人知道。"

钱正青同意稼音的说法，小声附和着，他虽然是丰源的叔辈，但是在钱家，他一贯看侄儿的脸色行事。

钱丰源不再说话，顺手从书桌上翻开一本书，从书里取出一页纸，再一次端在手中细看。只见纸上有一枚四寸见方的印图，此印笔似锥画沙，劲如屈铁，体态狭长，结构上紧下松。较之他从前所见李斯之邹峄山刻石、泰山刻石、东观刻石等，俨然一体，一时不知道说什么好，便把纸页重新夹回书中。

章闻柳见状，连忙打圆场道："本来是一桩喜事，平白给家主添了许多烦恼，都怪属下疏忽。"

钱丰源摆摆手道："事儿都已经发生了，先不说这个了。我也不是想怪谁，已经弄死了好几个，只怕动静闹得太大惊动了朝廷。"

钱正青伺机说道："如今新兴的几家海商，窥探钱家地位已久，苦于没有朝廷的庇佑，若他们得了献给朝廷，以后得到官方的庇护易如反掌……"

这句话直戳钱丰源命门，听到钱家的地位将受到挑衅，他的叛逆心理被激起："姥姥，我钱丰源可不是吃素的，谁敢和钱家作对，下场就和那个姓刘的一样！"

阿苏带着转运使曲君墨与严冥夜等人回到市舶司时，季桓已经在炀霏和翰池的帮助下换过了衣裤，重新挎上腰刀，站在市舶司衙署门前。一街两巷的百姓看到大批官差整装集结在市舶司门前，纷纷围上来看热闹并议论着。

转运使曲君墨接到严冥夜的奏报，还没出发上轿，心就已经飞去了市舶司，早把官威抛在了脑后。

一路上轿夫被他催促得脚底生风走得飞快，他自己在轿子里也不闲着，一会儿掀开侧帘看走到哪儿了，一会儿拿袖子拭他油腻的脸上不知是因为天热还是因为惊吓而流出的汗。他肥硕的身躯在轿厢中扭来扭去，圆鼓鼓的肚皮随着轿子的颠簸来回颤动，身体上的不适和对自己前程的担心相比，根本不算什么。

轿子刚在市舶司门前沾地，曲君墨不等随从上前打轿帘儿，自己撩

第6章　另有隐情

开轿帘快步走了出来。他环顾左右，目光所及尽是交头接耳的人群，一路因忐忑不安而锁着的眉头，此时拧得更紧了。他的脸色阴沉，几欲滴下水来，叫来亲随耳语了几句后，方才转身迈步进市舶司大门。其余人等也陆续下马落轿，往市舶司衙署里面走。

曲君墨直奔议事厅而去，严冥夜和童牧归紧随其后。议事厅紧闭的房门触手可及，曲君墨收住脚步，深吸一口气，准备平复一下心情，谁料想浓稠的血腥味毫无防备地一下钻进他的鼻子，他胃中一阵不适，强忍着才没有把忐忑的心吐出来。

他重重地吐出一口浊气，硬着头皮去推房门，可是房门并没有动。"咦？"他下意识地又试了两下，门还是没有反应，显然门被从室内闩上了。

"来人，破……"曲君墨刚想叫人破门，看见严冥夜急得几乎跳起来的样子，觉出这么做似有不妥，对严冥夜拱了拱手说，"本官孟浪，还请严提刑不要见怪。勘验之事，还请你主持。"

"曲大人客气了，既然大人吩咐，下官遵命便是。"严冥夜明显比刚才在提刑司时沉稳了很多，他向曲君墨拱手还礼后，对童牧归说，"童捕头，事关重大，你同仵作进去勘验，要小心谨慎，切不可有所损坏现场。有不决之事一定先来报曲大人和本官知道，切不可擅自做主，听明白了吗？"

"是，大人。"

严冥夜的着急是有道理的，刚才曲君墨要喊人破门的时候，他的心都已经提到嗓子眼儿了，幸好曲转运使及时收手。如果破门而入，门上是否有撬动过的痕迹或者其他线索，都会被破坏掉，错失很多信息。

只见童牧归从靴筒里抽出一把匕首，此匕首与普通的双刃匕不同，普通匕首身中有脊，两边逐锐，头尖而薄，童牧归的匕首两边，一侧是刃，一侧是锯齿状，首尖处有一咬形缺口，一侧脊部有凹槽。与普通主

做防身用的匕首相比，童牧归的这把，更像专门为了进攻而特制的。童牧归透过门缝把匕首尖儿探了进去，用匕首上的缺口"咬住"门闩，巧劲儿一拨，"吱呀"一声，议事厅的房门应声而开。

如果不是有蚊蝇嗡嗡地飞，大概此时会让人有时间静止的错觉，所有人屏住了呼吸，既因为扑面而来的血腥气，也因为室内的景象实在惨烈。直到有人先受不住，干呕出声，才打破了这份沉寂。

"严提刑借一步说话。"

门开的一刹那，曲君墨怀有一丝侥幸的心彻底凉了，自己的仕途即将夭折于此。

严冥夜放下掩着口鼻的手强装镇定，心里盘算着如何稳住曲君墨，拖延时间至朝廷的旨意下来。他一路跟着曲君墨，来到院子中树荫遮蔽的角落。

"曲大人有何高见？"不等曲君墨想好如何开口，严冥夜先声夺人。

被问的曲君墨哪里有什么高见，顾不得长官威仪，一张脸因为哀怨已经扭曲成了一团："惭愧，惭愧，本官入仕三十余年，不曾听闻今日之事。"

"那您看接下来该如何办？"严冥夜脑中飞速地计划着，面上态度谦和，一副唯上司命是从的样子。

曲君墨对严冥夜殷切的目光视而不见，他强挤出一丝苦笑，试探着问："严提刑，曲某冒昧，这件事可还有余地？"

出了这样有悖天理的事情，曲君墨居然首先想到隐瞒不报。闻听此言，严冥夜心中一声冷笑，瞧着年长于自己的上司，哀其不幸，怒其不争。

"一二人尚有可能是意外，整个衙署被灭门，于情于理……"严冥夜尽管回答得小心翼翼，却用目光死死地牵着曲君墨，以表情压制对方表达自己的态度。

"本官明白，本官明白，本官不是想欺瞒不报，只是不知道如何上报圣听。"

曲君墨已经乱了方寸，当年因妙笔生花写出《海棠赋》而被汪相赏识的手，一时无处安放，茫然地揉搓抠弄着。

"既然事情已经发生，为何发生、怎么发生，已经不重要了。当下要紧的是，千万不能闹大，大人的家眷尚在临安。"

严冥夜表明了自己的态度，继续说道："一门衙署的官员就这么被杀了，百姓们会如何议论？会不会有人借题发挥？市舶司不比别的衙门，若是我提刑司让人灭门，最多也就是下官得罪了人或者判错了案，来人报仇属情理之中，可是市舶司管理海贸和番务，打交道的人可不是盗匪……"说到此处，他顿了顿，看见曲君墨的脸色青黄一片，不便再说下去。

曲君墨已经明白严冥夜话中的意思了，市舶司被屠，很可能成为有心人口中朝廷无能、官府腐败的证据，刚刚自己一心只想着如何大事化小向朝廷交代，确没有考虑到这一层。想到这里，他放开了一直抠弄的手指，说道："严大人说得有道理，如今这个形势，只能据实上报，听候官家发落。"

"对，北边已然那样了，南边再生什么枝节，下官死不足惜，唯恐连累了大人。"严冥夜见稳住了曲君墨，暗暗松了一口气。

"来人！"刚刚还一脸丧气的曲君墨突然下了决心，高喊一声，吓了严冥夜一跳。他并未理会严冥夜的惊诧，对来到身前的亲随吩咐道："传我命令，封锁市舶司大门，任何人没有我的印信不许出入。贴出告示，市舶司有紧急事情需要处理，暂停办理公务。院子里发生的事情如泄露出去半个字，本官唯你是问。"

"大人，若死者家眷前来认尸，是放进来还是不放？"亲随努力把他能想到的特殊情况提前问清楚，非常时期容不得半点差错。

"你是猪脑子吗？"曲君墨听到问话，暴跳如雷，手指头随着唾沫星子一齐戳到了亲随的头上，"明白什么是不能泄露出去半字吗？哪来的死者？认什么尸？"

"是……是……小的该死……大人息怒……小的该死。"亲随惶恐不已，把自己的嘴巴抽得啪啪作响。

严冥夜看不过去，打圆场说："曲大人也是看到朝廷命官被匪徒所害，心中愤恨，你照他的吩咐去做事吧，别在这里傻站着了。"

"还不快去！等着领赏呢？"曲君墨抬起脚重重地踢在了亲随的屁股上，意识到可能是自己说的话过于笼统，手下没能很好地领会他的意思，便补充道，"以市舶司大门门槛为界，门槛外面的任何人都不准进来，门槛里面哪怕一只苍蝇都不能放跑，明白了吗？"

"是，是，是……"

亲随一连答应了几声，一溜烟跑去执行命令了。

议事厅室内，童牧归正挨个查看倒下的尸体，希望能发现其中有幸存者。很不幸的是，无一活口。

以往查案，都是费尽周折希望找到蛛丝马迹供自己判断案情，眼下的场景恰恰相反，"场面"太大，到处都是犯罪痕迹。一刀毙命者已经是死者中的幸运儿，有人身首异处，更有甚者肠子都从腹部的伤口掉了出来。肠子的破口处还有未消化的食物和粪便流出。血腥味、食物的酸腐味、粪便的臭味，充斥着整个房间，无一不在挑战着人的承受极限。

尸首的鲜血混在一起，洇湿了室内寸许厚的地毯，童牧归一时间茫然无措，不知道从何处下手。他点数了一下，室内一共有十九具尸体，看面目大半都认得，死者确属市舶司属官无疑。看着这些平日不可一世的大人倒在血泊之中，童牧归心里升起一丝畅快，直到心里忍不住为行凶者叫好，他才发觉自己有些出格，连连摇晃了几下混沌的脑袋，制止这种可怕思想的蔓延。

第6章 另有隐情

陆续有差役来报，在后院、厨房等处发现了尸体，童牧归嘱咐仵作："死尸不离寸地，仔细填写尸格。"便抽身到别处查看。连廊处有两具尸体倒在地上，有瓜果洒在旁边，没有过多挣扎的痕迹。灶房中飘着烤肉的焦香，炉火兀自烧得正旺，灶上铜壶并不关心旁边扑倒的人，蒸汽把壶盖儿一次次顶开又放下，乐此不疲。把扑在灶上的人翻过来查看，人已经气绝多时，被害后因为惯性倒在灶上，半边身子已经烤焦。

倒是还没走近马棚就听到了呼噜声，一个枯瘦的老头倒卧在草堆中，面色潮红，一身酒气，一双鞋早已不知道滚落到何处，枯树皮一样的双脚干干巴巴的。童牧归示意手下把老头架到别处去。他在马棚里面环视了一圈，捡起地上斜歪着的一个酒坛闻了闻，突然抬起眼皮盯着被抬走的马夫看。直到抬着马夫的人在转角处消失不见，童牧归才逐渐放松自己紧张的神经，将酒坛放回了原处。马棚中拴着的马匹，尚不知主人离去的噩耗，不时打着响鼻，悠闲地吃着草料。

"童总捕，情况如何？"曲君墨不自觉地抠着手指，急急询问刚从后院转回来的童牧归。

"回二位大人，议事厅内有十九具尸体，包括柯提举在内皆为市舶司属官。后院等处又发现了九具尸体，是市舶司的仆役，他们都是被利刃所伤，多数人是一刀毙命。"

"还有九个人死了？身份确认了吗？"严冥夜主管刑狱多年，依旧难以接受这么惨烈的案件。

"回大人，已经叫活着的几名守门差役确认过了，身份没有问题，确实是市舶司的仆役。"

"除了门前站班的差役，难道一个活口都没有吗？"严冥夜心有不甘心地追问。

"还真有一个，马棚里面有个养马的老头还活着。不过我们找到他的时候他似乎宿醉未醒，还在草料堆里睡着。卑职已经找了一个空房间

让他待着，派了兄弟看守。"

"这么说，市舶司衙门活着的都是不知道里面发生命案的，那么，死了的人可能是因为看到凶手而被灭口的？"曲君墨小心地猜测案情。

童牧归的手在下颌上来回地搓着，沉吟道："不排除这种可能，也有可能凶手就是进来杀人的。"

曲君墨像是受到了鼓励，继续猜测道："某一二人与人结仇，被人杀害好理解，这么多人同时与人结仇，很难想象呀。"

严冥夜有些听不下去，不去理会曲君墨，向童牧归问道："童捕头，可有方向？"

童牧归答："通过观察死者伤口，发现有一部分是千金丝所伤，一部分是被类似剑的兵刃所伤。"

严冥夜听到童捕头的描述，脑海中马上搜索自己见过的各类兵刃，脱口而出："是东瀛武士刀？"

"怎么这里面又扯上东瀛人了？"曲君墨此刻全无封疆大吏的威仪，彻底抓狂。

"也不一定是东瀛人所为，也有可能是大宋人士持此种凶器……"就在这个当口，童牧归的眸子闪动了一下，顾不得回答曲君墨的问话，飞身进了议事厅内。刚才曲君墨因为厌恶议事厅内血腥的场面，走到近前后，是背朝门口站立的，因此童牧归回话的时候是面朝议事厅门口的。就在他回答转运使的问话时，瞥见室内一具靠近门的尸体好像动了一下，因此急忙奔进去查看，曲、严两位大人也跟了进来。

童牧归把"尸体"搬正，细看之下，发现此人从前和提刑司有过公务往来，他和严冥夜都认得，是市舶司的一名叫建弼的吏目。他伸手去探此人鼻下，并没有感受到鼻息，他不死心，又伸手扣在建弼的颈脉上。就在童牧归以为刚才是自己看花了眼的时候，两下细若游丝的脉搏透过他手上的老茧传达过来，他高兴地叫出声来："大人，他还活着，建弼还活着!"

严冥夜听到这个消息自然很是高兴,他叫来一位正在填写尸格的仵作:"刘先生,你过来瞧瞧,看看此人还有救没有。"

刘先生在做仵作前是一名游方郎中,医术异常高超,常能诊断出未发之症,那时的病人没有明显的症状,因此并不信他。一日,他在一位海商家中出诊,诊断出海商身患不治之症,一月内将丧命。主家不肯相信,一气之下以妖言惑众的罪名把刘先生告到了提刑司衙门。刘先生被收押在监牢,没等官司打完,海商便病故了,一切真相大白。最后刘先生被判无罪,海商家属不依不饶,坚持说是刘先生害死了海商。

虽然提刑司衙门还了刘先生清白,但是刘先生心灰意冷,自己治病救人竟然落得如此下场,决定从此金盆洗手,不再行医。严冥夜爱惜刘先生之才,正好提刑司内仵作出缺,便挽留刘先生任仵作。刘先生开始不肯,严冥夜好言相劝:"先生被世人伤心,是因为世人被私欲蒙蔽了眼睛和耳朵,只捡那爱看的看,爱听的听。人死如灯灭,死人永远没有机会选择。给死者一个交代,让行凶者伏法,罪恶受到震慑,就能减少伤害和犯罪。从前先生治病救人,如今乃是治命救人,功德更高。"刘先生被严冥夜的话打动,于是留在提刑司衙门做了一名仵作。

第7章　一片狼藉

在初闻此事的震惊淡去，理智逐渐重新占领上风后，童牧归勘察现场时的心情开始变得既矛盾又复杂。他意识到眼前是一个大麻烦，即便自己有能力去解开真相，现实也未必允许他这么做，因为很多真相往往承载着现实所不能承受的重量。

刘先生从童捕头怀里接过建弼，确认建弼确实还活着。另一名仵作宋书亭见刚才自己检查过的"尸体"活了，心中十分紧张，唯恐严冥夜怪罪他失职。不过宋仵作的担心是多余的，此时没人有心思去追究为何有一名幸存者漏检，都在祈祷建弼可以苏醒，为这件惊天大案提供线索。刘先生判断建弼有凝血阻塞了口鼻，示意童捕头像抢救落水者那样按压建弼的胸骨。

"这……行吗？"童捕头看着建弼胸前还在渗血的"窟窿"，有些犹豫，生怕自己一用力会直接把建弼按死。

"死马当活马医吧。"

严冥夜身先士卒，挽起官服的袖子，伸手接过建弼，把其平放在地面，全然不忌讳建弼满身的血污。然而，放好之后，他发觉这样似乎不妥，四下张望了一下，又把建弼抱了起来，放在议事厅的大桌上面。

刘先生取来金疮药，足足倒了大半瓶在建弼的伤口上，用白细布盖好，吩咐童捕头以三分力气按压。童捕头此时也顾不得那么多，依言把双手按在建弼的前胸。

童牧归按压了十几下，明显感觉到建弼的胸骨有了自主的起伏，这一切早已经落在刘先生的眼里。趁着童捕头愣神的工夫，刘先生把建弼的身子翻转过来，使他趴在桌面上，只留下头部伸出桌子边缘。他一手托着建弼的头，小心地蹲下身去，用另一只手轻轻搔动建弼的咽喉。

严冥夜最先看明白刘先生的意图，连忙拍着建弼的背部，同刘先生一起为建弼催咳。

足足折腾了一炷香的工夫，建弼咳出了声，有深黑色的血块被咳出，人又晕了过去，只不过这一次昏厥后有了微弱的呼吸。

"抬出去，找个房间好生照顾。"严冥夜长出了一口气，看了看在一旁手足无措、脸色铁青的曲君墨，说，"曲大人，咱们找间凉快屋子，喝杯茶如何？"

"啊？啊，好，好好。"

曲君墨有点走神，听见严冥夜叫自己出去，连忙应承，巴不得赶快离开这个鬼地方。

曲、严二人一前一后往外走，严冥夜想起来什么，停住脚步回头说："童捕头、刘先生，随我一起来。"

"大人，我……"童牧归刚想推辞，被随后跟上的刘先生扯了一下衣袖，他硬生生把后半句话咽了回去，跟着刘先生一起出去了。

在初闻此事的震惊淡去，理智逐渐重新占领上风后，童牧归勘察现场时的心情开始变得既矛盾又复杂。他意识到眼前是一个大麻烦，即便自己有能力去解开真相，现实也未必允许他这么做，因为很多真相往往承载着现实所不能承受的重量。况且自己已经打定主意要辞职，就算不愿违心地在是非中讨生活，也实在没有必要因为一件肯定没有结果的事

把自己裹挟进去。

市舶司一间凉爽的偏室内,有人过来倒茶,曲君墨伸手就去接,因为心慌,他此时已经口干舌燥。没想到手上突然传来一阵痛感,失手将茶盏掉在了地上。原来他在紧张的时候有抠弄手指的习惯,而前几日他的手指在逗弄猫儿时被咬伤,伤口本已结痂,经过今日一番抠弄,伤口重新破开。

曲君墨见众人都在看自己,脸上悻悻的,一旁的差役上前打扫,给他又重新倒了一盏。

严冥夜喝了半盏,抬头见童牧归和刘先生杵在一旁,说道:"童捕头,你和刘先生先坐下喝杯水,本官有话说。"

童牧归心里有事儿坐不住,对严冥夜作了一个揖,躬身答道:"有事大人吩咐便是,小人即刻去办。"

严冥夜并不理童牧归,转而问曲君墨道:"曲大人,您看如今的情况,咱们有多大的把握破案?"

"严大人羞煞本官了,破案之事肯定还需要仰仗诸位。"

曲君墨讪笑着,他已经想明白了,严冥夜重孝在身被派到泉州,足见皇帝对其倚重。严冥夜的意思,没准就是皇帝的意思,此时按照严冥夜的话行事,自己在皇帝面前才不至于罪责太深。刚刚童牧归提到凶手使用东瀛兵器,这一点引起了他的警觉。他心里对凶手有了隐隐的怀疑方向,打定主意自己不好过也决不让肇事者好过,具体问题还要求证之后再做计较。

"既然如此,下官也不同曲大人客气了。这件事,下官觉得已经超出了大人与下官的职权。若是福建境内百姓蒙难,身为一方父母官,肯定是要为民申冤的,如今死的都是食皇粮俸禄的朝廷命官,必须上报朝廷,报予官家知道。"严冥夜道。

"这是自然,这是自然……"曲君墨唯唯诺诺,"只是在官家旨意下达之前，咱们该怎么办？"

"照如今的情形看来，朝廷势必会派钦差过来督导查案。"严冥夜见曲君墨十分配合自己，便开始专注于分析眼下的形势，"钦差到访复核现场、重新验尸都是情理之中的。所以这些尸体既不能送出院外，也不能掩埋。"

"按道理是这样的，可是以时下的天气，怕是撑不到钦差来……"曲君墨道。

"这也不难，用石灰粉沿尸体四周绘制位置图，所有尸体集中在一室，以硝石制冰，可续存几日。"刘先生提出了解决办法。

严冥夜随即又想到了一个问题："死者不归家，家属要是来寻人怎么办？"

"先发制人。本官派人到各家去，就说市舶司大小官吏被本官招至转运使司，集中处理机密要务，这几日不能回家。"曲君墨信手拈来，这样的事情他办得很顺手。

严冥夜点了点头，认可了曲君墨的这个办法，接着问："那个叫建……"

"还有一个情况。"童牧归犹豫了一下说，"根据报案人阿苏指认，市舶司在籍官吏，有三人未在其中。"

"查出来是谁，因何没来。"

严冥夜很重视童牧归提出来的线索，心想：他们三个没来的，只是运气好，还是提前知道了什么？

"这个好办，以转运使司有急务为由，本官把他们全都请来便是。"对于需要借口的问题，曲君墨总能很快给出了解决办法。

市舶司衙署被屠案案发两个时辰后，曲君墨派出心腹，通知市舶司衙署官员家属，他们的家人已经被转运使征调处理机密要务，短期内不能回家。刘先生带着人采买药品、硝石等物。童牧归负责采买市舶司院

内被软禁的人这几日所需的日常用品。

大家分头行动，童牧归磨蹭到最后，瞅准了一个空当挪到严冥夜的身边。

"大人，卑职手上的工作已经处理得差不多了，这边戒严，按理卑职也应该住在这儿，奈何家父需要人照顾，实在是分身乏术。一会儿我把要买的东西列好单子让他们买好，明儿我就不来了……"他挠着头，用蚊子嗡嗡般大小的声音恳求严冥夜。

"那怎么行。"严冥夜一口回绝，"曲大人刚才说了，这里戒严，凡是知道内情的都不得离开，你此时走怕是不合适吧。"

"大人，卑职在提刑司这么多年，衙门的规矩我懂，肯定不会把这件事说出去的。"

"本官不是不相信你，只是你身为提刑司的总捕头，大案发生临阵退缩，旁人会以为你渎职枉法，贪生怕死。"严冥夜好言相劝。

"嘴长在别人身上，说两句也不能少我一块肉，由着他们去吧。"童牧归满不在乎。

"你……"严冥夜没想到童牧归会这么说，有些生气，"你太让本官失望了，怎么能如此自轻自贱？你应该向你的父亲学习，他老人家兢兢业业为提刑司工作了一辈子。"

童牧归对严冥夜搬出父亲教训自己很是不满，回道："我父亲确实自尊自爱，所以他现在只能天天在床上躺着，若学了他老人家，我可没有儿子为我擦身端药。"

"你想撇清干系自己逍遥快活本无可厚非，只是在这敏感的当口，早不走晚不走，现在离开，难道你是心虚？速速办差去吧。"

严冥夜此时没有心情好言相劝，恨童牧归在关键时刻给自己添乱，见他还想反驳，又加了三分威胁。

"为何事情就与我扯上关系了……"

童牧归还想理论几句，严冥夜已经拂袖而去，他不好在原地枯等，只得先行出来忙正事。

醉仙楼中来了一位女客，此人气质清雅脱俗，素钗简环，着鹅黄衣裙。此人坐定后，听南嫂亲自上前招呼："姑娘想吃点什么？"

"都可。"姑娘答。

听南嫂觉得这个姑娘好生奇怪，哪有到饭馆吃饭不点菜的道理。她一时拿不准对方的来意，婉拒道："哟，姑娘见谅，小店没有'都可'这道菜，要不您看看水牌子，点点儿别的？"

"老板，实不相瞒，我想家了。哪有人在自己家吃饭会看水牌子点菜的？"姑娘道。

这句话直戳听南嫂心窝，想到自己因扛不住接连不断的打击，曾有轻生之念，心里不由一紧。她在一旁的条凳坐下，小声劝着："姑娘凡事且想开些……"

姑娘淡然一笑，眉梢眼角有说不尽的万种风情。

"多谢老板娘一番好意，小女子不会做傻事的。"

终归是生人，听南嫂不好过分关注多说什么，吩咐哑厨子炒几个清淡口味的家常菜，自己到柜台后边算账去了。

街上已经有婆婆在唤玩耍的孩童回家吃午饭了，童牧归忙里忙外奔走了一个时辰，此时方告一段落，他抬头看天，深吸了一口气，又重重吐出，恍若隔世。来往的人们绝对想不到，一道高墙隔开的，不再是权力富贵，而是阴阳两世。

他办完事往回走，正巧过醉仙楼，脚步停顿了一下，转头向里一看，听南嫂正拨着算盘算账，今天她穿了一件艾绿色的裙子，像一条柳叶斜搭在柜台边。

刚要进去，他转念一想，还是不要自作多情惹人耻笑，现在正是饭点，店里人多口杂，有会说不会听的，影响听南嫂的名节。只是他还没走到街角，又绕了回来，被醉仙楼的伙计顺子一眼看到，上前拉住他不肯松手，直往店里面推。

"童爷来啦，今儿有您爱吃的糟牛肉，刚焖好，还热着呢。"顺子又冲着柜台，尖着嗓子喊了一声："掌柜的，童爷来啦。"

"臭小子，干活去，别缠着童大哥，耽误了衙门正事儿，仔细你的皮。"听南嫂早已经听到动静走过来，笑骂道。

"天大地大，吃饭最大，是不是，童爷？"顺子与童牧归厮混熟了，并不畏惧。

童牧归搓着大手勉强笑笑道："还真有正事儿。"

顺子一听这话，不敢再玩笑，霜打的茄子一般瞬时蔫了下来，意味深长地看了二人一眼，自顾自干活去了。

"童大哥，何事？"听南嫂问。

"哦，是这样的，每日三餐你准备够二十多个人吃的饭食，不用太好，有荤素三四个菜便够。"童牧归点着指头粗略算了一下市舶司院内出不来的人数，又想起接下来的这些日子，曲君墨和严冥夜多半也在，又补充说，"另备五六个哑叔拿手的菜，用食盒单独装，预备着我们大人吃。"

"你一个妇道人家，去了莫打听别的，只管每日送到市舶司门前。门口有兵守着，直说是我让来送饭的人，放下便走，回头我来给你结账。"

童牧归不愿意多说情况，怕吓到听南嫂，遂虎起脸来，交代完转身就走。

"童大哥只管去忙正事，晚间我打发顺子去给伯父送饭。"听南嫂怕自己问了不该问的话，惹童牧归生气，不敢挽留，由着他径自离去。

明眼人都能看得出来，童牧归属意听南嫂。他碍于自己俸禄不高，又有一个重病的父亲需要照顾，怕拖累听南嫂，因此未曾明言。自从第

第7章 一片狼藉

一次来醉仙楼,看见面带病容的听南嫂忍着厌恶周旋于酒客之间,他心里就不知道被什么砸了一下,生疼,从此动了疼她惜她的心,有意帮她接过生活的担子,但是又怕她误会自己贪图她的产业,这样一份情意就这么白白耽误了两年多。

听南嫂娘家姓什么已经没有人记得了,听南是她的闺名,正值桃李年华,早前跟着寡母守着一间甜食铺子生活。她从小就是美人,人又温柔能干,长大后更是亭亭玉立,引得不少人来提亲。听南嫂并不往心里去,惦记家中寡母无人照料,不肯嫁人。十八岁那年,母亲做主招赘了一个做船工的小伙子,这娘俩的家里才有了男人。她家是招赘的女婿,不用从夫姓,大家便称呼她为听南嫂。

婚后的听南嫂,除了有少女的明艳,身上还多了少妇的风韵,一家人日子过得也算和美。无奈天公不作美,好日子只过了半年,市舶司逼税,她丈夫为了多赚一点钱,坚持出海,结果连船带人有去无回。听南嫂家有了一老一小两个寡妇,坊间流言四起,称她们母女是天煞孤星。听南嫂的母亲受此打击,不到半年光景便去世了。

坚强的听南嫂并没有被接二连三的厄运击垮,她典卖了首饰和甜食铺子,盘下这间醉仙楼独自经营。一来醉仙楼价格公道,她待客也和善,二来醉仙楼的厨子有拿手的好菜,这两年醉仙楼逐渐有了名气,听南嫂的日子总算安稳下来。

绍兴二年,七月二日,市舶司被屠案案发第二天。

与市舶司衙门散发的血腥味不同,钱家豪宅的偏院里散发着令人垂涎的油脂香气。

鹅脂被烧得滚烫,香味让守着火盆的钱十三直吞口水,他盘算着弄完这劳什子,自己就去醉仙楼点上一只烧鹅。想到醉仙楼,钱十三的心思彻底不在眼前的活计上,想着有了烧鹅,再配上哑厨子的蓑衣黄瓜和麻油笋丝，开上一坛干红露，活活美死。钱十三舔嘴咂舌间又想起醉仙楼老板听南嫂的手臂是真白啊，何时能摸上一把，自己做鬼也值了。上次钱十三去吃酒，正好看见柜台上的酒卖完了，小二都忙着，听南嫂自己往货架高处够，宽大的衣袖垂了下来，一截儿白花花的手臂让通红的玛瑙镯子衬着，看得钱十三心里痒痒的。想到这儿，他索性闭上了眼，把手里拿着的木棍儿攥得更紧了，上下摩挲着，权当听南嫂的胳膊消遣。

"十三，好了没有，主人催呢。"一个散发披肩、穿着花哨的男人走了过来，吓飞了正在咽口水的钱十三的美梦，害他差点咬到自己的舌头。

"啊，差不多了吧。"钱十三忙拿手里的木棍搅动了两下火盆中坐着的坛子，这一翻动，鹅脂的香气愈加浓烈，只是他不再惦记醉仙楼的烧鹅，因为看见来人，他心生厌恶。

来人是稼音，只见他发散如瀑，被一条鹅黄色的发带松松地束在脑后，百蝶穿花样式的白袍滚着红缎边儿，脚下的白鞋白袜竟像踩进了粉缸里刚拔出来一样，仔细修磨过的手指甲像一片半透明的贝壳贴在探出来的指尖上。

"哎呀，谁让你烧滚了呢，融化些，能拿出来就好。"来人娇嗔地责备，用丹凤眼飞了钱十三一下，翘着兰花指去戳他的头。

钱十三的头被戳到，打了一个激灵，鸡皮疙瘩掉了一地，恶心得不行，想不明白自己的主人钱丰源天纵英才，为何会宠信一个"太监"？

"啧啧啧，这一罐子鹅脂真是糟蹋了，能调多少膏子润面啊。"

钱十三听到稼音的娇嗔，几欲干呕，连忙拾起地上扔着的一团粗布，递给稼音，道："你给主人端过去吧，莫让主人等急了。"

"哎呀，这么粗笨的东西，人家如何端得，十三郎你帮我好不好呀？"稼音边说边把水葱一样的指头搭在了钱十三的肩上。

咣当——

钱十三一下子跳开，故意踢翻了火盆和陶罐，用手中粗布三两下裹

第7章 一片狼藉

好了陶罐里面的东西，往稼音怀里一塞，说："这样便好了，你拿过去吧。我去打扫一下这里，免得管家责备。"说完便一溜烟儿跑开了。

稼音心里明白，钱十三这是有意躲着自己。看看地上散落着的未燃尽的炭，淋上油脂后噼啪作响，蹿起火苗，又看看十三跑去的方向，他咬着银牙恨恨地说："不识抬举，早晚让你知道我的厉害。"

他抱着东西袅袅婷婷地往回走，章闻柳从里间迎了出来，他与稼音对视了一眼，稼音冲他点点头，二人一齐来到主人的书桌前。

随着章闻柳小心翼翼地剥开外面包着的粗布，钱丰源赫然看见一物，方圆四寸，上纽交五龙。他犹豫着伸出双手，下了很大决心把眼前的东西翻了一个面，转过来的那一面呈现殷红色，仔细辨别出上面用篆体刻了八个大字：受命于天，既寿永昌。字的周围环刻双龙戏珠图案，最下面有三道海浪，整个图案有一粗一细两条围边。

众人见到这番景象，各怀心思。

"闻柳，你觉得此物真否？"此物没拿回来的时候，钱丰源一直不相信是真品。他出生在钱家这样的富贵之家，奇珍异宝见过无数，如今此物摆在面前，只消一眼便知道，眼前不是凡品。

"李通古（秦朝宰相李斯，字通古）师从荀子，学帝王术，佐于嬴政，官至丞相，统一文字度量，被奉为文祖。唐代张怀瓘评价其书'画如铁石，字若飞动，作楷隶之祖，为不易之法'。"章闻柳不敢轻易回答主人的问题，只能小心地转移话题。

"嗯，当得，当得。"钱丰源听章闻柳如此说，复又捧起那个东西端详，越看越爱，连连赞叹。

"属下游泰山时，有幸亲眼见过李通古书写的刻石，笔法平稳端严，疏密匀停，雍容渊雅，有庙堂之概。此物较之浑然一体，看不出何破绽。只是……"章闻柳故意卖着关子。

"只是什么？"

钱丰源口中追问，手里却不住地把玩，足见其爱不释手。

"属下就是觉得，是不是得来得太容易了一些？"

章闻柳深知主人的脾气——自负且多疑，这件东西自己身上担着干系，是真是伪，钱丰源一直持怀疑态度。若自己极力证实这件东西是真的，依照钱丰源的脾气，始终会心有疑虑。只有自己主动示弱，把判断真假的权力交给对方，对方才会放心。

钱丰源冷笑一下，不置可否，接过稼音递来的温热的面巾，擦拭手上的油脂，转问钱正青："你怎么说？"

"自小练《仓颉篇》《爰历篇》《博学篇》，不知道拓过多少。字迹上看不出有何不妥，只是前番被你提醒，如今我也有些拿不准了。"钱正青是聪明人，听出了章闻柳的小心思，自己有样学样，打得一手好太极。

钱丰源听他二人如此说，果然很受用："前几天我也纠结于此，如今倒想明白了，历代官家皆以得此物为傲，奉若奇珍。得之则象征其受命于天，失之则表现其气数已尽。话又说回来了，究竟是真是假，还不是凭人去说？"

章闻柳明白了主人的意思，附和道："谁的天下谁说了算。"

"对，只要这东西成色、形制上没有问题，谁掌天下，在那人手里便是真的。"钱丰源说话时转头迎着透过窗上绢纱射进来的阳光，他慢慢眯起了眼睛，试图探看钱家的未来。

"若家主面南背北登基坐殿，章先生你届时岂不就是内务府大总管？"稼音有些兴奋。

"大总管是太监做的官儿，你做才合适。"章闻柳揶揄道。

这句话像凉水扔进了热油锅，稼音顿时大怒，双手叉腰，骂道："你……你骂谁是太监？姓章的，别给脸不要脸……"

"罢了。"钱丰源结束了他们的对话，吩咐道，"闻柳，你去把这

第7章 一片狼藉

劳什子放到暗格里锁起来,到底如何处置它,等他们分出胜负的时候再说吧。弄好了以后去前边问问市舶司那边的动静,千万别露出什么马脚。"

让钱丰源很紧张的东西,正是秦代丞相李斯奉始皇帝之命,用和氏璧镌刻而成,为中国历代正统皇帝凭证的传国玉玺。

皮皮在巷口把童牧归盼回来的时候天色已黑,童牧归昨日被圈在市舶司不能归家,万幸听南嫂体贴,为童楚送去饭食,他才勉强安心。下午他在市舶司里外忙活,严冥夜大概是觉出前番自己的话说重了,温言把他抚慰了一番,准许他日日回家来住。念着今日无人给父亲送饭,他心里牵挂,走得飞快。

"阿爹,您饿坏了吧,我现在就生火做饭。"童牧归进门与童楚打过招呼,就要直奔厨房。

童楚连忙制止道:"不用不用,听南嫂让顺子送来了精肉臊子卤面,还配了两个水碗菜,我吃过了。"

"顺子来过了?"

童牧归目光扫到堂屋的八仙桌,果然有几个没吃完的菜拿大海碗扣着。

童楚挂着拐棍从自己的房间出来,同儿子说话:"昨儿他就来了,带话说你让事情缠住了,不知道几时能回来。"

"啊,是有事来着。"童牧归被听南嫂的体贴感动得心里一暖,接着说道,"市舶司的那些鸟人死绝了。"

童楚嗔怪道:"你这孩子嘴没个把门的,成天浑说。"

"真事儿,柯提举脑袋都让人切了。"童牧归满不在乎地说,"现在市舶司都戒严了,凡是知道这件事的,除了曲转运使和严提刑,其他人都关在市舶司院里面了,要不然我也不能昨天没回来。"

"你是偷着跑回来的?"童楚了解儿子的脾气,童牧归绝对能干出不顾纪律偷跑回来的事。

"不是,我本来月初就要辞职,严提刑不许,我同他拌了几句嘴,他许我回家来住。"童牧归满不在乎道。

"你这孩子胡闹,怎么能顶撞上司,况且在这节骨眼上,扔下烂摊子甩手就走,岂是大丈夫行为?"

童牧归见父亲维护严冥夜,转了话题说:"您是没看见市舶司议事厅里,地毯都让血给浸透了,一踩一个脚印。那个平日放高利贷的赵大人,肚子上的刀口足有半尺长,肠子都流出来了。"

"你怎么还来劲了?"童楚听童牧归描述案发现场,气得拿手中的拐棍把地戳得直响,"大家都被隔离,就是防止案情泄露。严提刑单放你回来,那是相信你,你怎么能把案情跟我说呢?"

童牧归看见父亲着急,既心痛又生气,他把脖子一梗,辩解道:"您这是干了一辈子捕快,落下病根了吗?我又没站在马路上嚷嚷,这不是怕您担心才告诉您到底出了何事。"

皮皮颠儿颠儿地跑进来找童牧归戏耍,察觉屋内气氛不对,骨碌着眼睛四下看了看,便耷拉着尾巴出去了。

童牧归不想与父亲争辩,便想找着由头躲出去,见家中有现成的剩饭,便提了桶到井边打水。天色已经黑透,担水走在路上,一不小心还和一个路人撞了一个满怀。童牧归在灶上烧了一壶水,给父亲倒了一碗茶,余下的水倒进了剩饭里。童牧归有一肚子的委屈,又无处发泄,只能埋头吃饭,筷子在碗底扒拉着,一阵叮当乱响。

童楚打破了沉默,语重心长地说:"为父不是那个意思,是担心你泄露了案情被严提刑责怪,咱们干一行就该守一行的操行。"

"嗯。"童牧归臊眉耷眼地答应了一声。

"现在市舶司谁主持工作呢?"

"都死绝了。"童牧归一抬眼皮,看见父亲怒目而视,连忙接着解释，"真的都死绝了，除了没来的，就剩下门口几个站班的。"

刚才童楚一直以为儿子在说气话，现见他笃定的样子，不由他不信，惊讶地张大嘴巴。

"千真万确，您看看我这胳膊。"童牧归把双臂抬起来，让父亲看上面沾着的血污。

"青天白日，朗朗乾坤，为何会……"

"您快别说这话了，让我说，他们死了也是罪有应得，这就是现世报。"童牧归撇了撇嘴，十分不屑父亲的说法。

"一个衙门就这么让人屠尽，这得是多大的仇怨呀？"童楚无暇顾及童牧归言语中的放肆，一心沉在案情里，"这断然不是一时冲动所为，肯定是经过周密策划，何人才能有如此势力，犯下这等滔天大案？"

"嗨，不用费那劲，我看严提刑根本没有破这个案的意思。"童牧归摆摆手，制止了父亲的忧虑。

"此话怎讲？"

"这么大的事儿，曲转运使已经报给朝廷了。严提刑吩咐涉案人等都待钦差到了再提审，现场明面上的情况不许翻动。"

"这样岂不是错过了最佳时机？"

"管他呢，如此正合我意，省了许多麻烦。"童牧归站起身，伸了一个懒腰，"现在就等着钦差到了，我交接一下，免得到时候落下一身骚。"

话说到这儿，童牧归感到肚子一阵绞痛，肠子拧着劲儿地疼，他丢下父亲，一头钻进茅厕。

连珠屁伴着稀屎从五脏庙排出，整个人通畅了很多。一阵排泄过后，当他刚准备站起身系裤子的时候，腹中的肠子又拧了一个劲儿，便意再次袭来，只得重新在原位蹲好。如此反复几个来回，他的额头渗出了虚汗，腿脚渐渐发麻不听使唤，眼前一阵阵发黑，恨不得把肠子排出去才能痛快。

"你好了吗？"童楚在茅厕外颤声问。

"马上，您先睡吧，别等我了。"童牧归咬牙回答。

茅厕外一阵屁响，紧接着有摔倒的声音传来，童牧归心里不由一紧，急急起身向外奔。他发麻的双腿不听使唤，腿上的裤子没有提好，加之起身太猛，头脑轰的一下，身体一踉跄，整个摔了出去。童楚此时也倒在地上，面色蜡黄，嘴唇青白，痛苦的表情中夹杂着羞愧和恼怒。

"阿爹，您怎么了？"童牧归顾不上自己，急忙上前搀扶父亲。

"走开，不要你管。"童楚一把拨开儿子的手。

父亲的态度莫名其妙，待童牧归还想追问时，一连串的响屁从父子二人的"后门"排出。童牧归见父亲的裤裆中湿了一片，遂明白过来，父亲是等不及上厕所，一时失禁，羞于见人。他无奈地摇摇头，扶起父亲劝道："儿是爹一把屎一把尿养大的，您老人家在儿子面前有什么抹不开的？"

他扶着父亲在院中坐好，转身到厨房烧热水，准备为父亲擦洗。这边柴还未添进灶中，肚子又是一阵绞痛，欲忍一忍把水烧好，无奈屁股不听使唤，只能先奔厕所。经过之前的几番轮战，他的腹中基本已经没有什么可排之物，可是偏偏很奇怪，一股屎意就是挥之不去，根本不允许他起身。

童牧归蹲在茅坑之上，回想自己和父亲的饮食，思考是吃什么坏了肚子。

突然，一个可怕的念头出现在童牧归的脑海中，晚饭是听南嫂派顺子送来的，以她的细心，绝对不会将变质的食物送到童家。如果不是食物本身变质，那么只有一种解释，即食物被动了手脚。联想到三年前父亲在家中被人下毒的事情，童牧归只觉得一股寒意从脚趾尖蹿到了头发丝上。

第7章 一片狼藉

他此时已经顾不得许多，进屋拿了一条裤子草草为父亲换上，背起父亲就往外走。

"你这孩子，是要干吗呀？去哪儿啊这是？"童楚不解其意。

童牧归在丹田提起一口气，强忍着腹中的便意，道："咱们晚上吃得不对，我怕有事，现在到我任叔叔那儿去，以防万一。"

广安堂已经关门上板，童牧归顾不上许多，把门板拍得极响。

室内亮起了豆大的灯光，一阵窸窣后，白芷打开店门，一见是童牧归，急忙闪身到任郎中身后躲着。

"这是怎么了？"

任郎中看到童家父子的状态吓了一跳，帮着把童楚从童牧归的背上扶下来。

"我没事儿，您先瞧我阿爹，我怀疑上次的事儿又来了一回。"童牧归额上的虚汗顺着鬓角向下淌，眼珠急得通红，一副随时要和人拼命的架势。

事情紧急，任郎中来不及细问，上手摸过父子二人的脉。

"腹泻之症？"任郎中手捋银须，百思不得其解，对旁边瞧着的白芷吩咐，"治病要紧，拿蒙脱石散来，用粗瓷大碗盛开水，水里面加上一勺白糖和一小撮细盐。"

"真不是中毒？"童牧归还是觉得不放心。

"不像，如果毒发，你们不应该只是腹泻，身体会有其他的变化。"任郎中答。

童牧归一下子跳了起来，大声叫嚷道："任叔叔你别诓我，现在我感觉双脚软绵无力，头重脚轻，我阿爹这都已经昏过去了，您还说没事儿？"

"你坐下，还有力气叫嚷，能有什么大事！"任郎中按着童牧归的双肩坐下，"俗话说，'好汉架不住三泡稀'，你这种情况正常，吃了药再喝一碗盐糖水就好了。你阿爹是因为身子虚,经不起这样的折腾,你父子二人的症状都是由腹泻引起的。"

童牧接过白芷手中的大碗,用小勺子一勺一勺舀了喂进父亲口中。看着父亲的面色有了一些缓和,他才勉强把心放在肚子里。他自己喝过止泻药后,又咕咚咚灌下一大碗盐糖水,把父亲安顿在任郎中处,折身回家,誓要搞个明白。

家中里里外外检查了一遍,并没有任何外人入侵的迹象,童牧归坐在堂屋的椅子上,看着桌上的残羹剩饭,心里直打鼓。他的心情十分矛盾,一万个不相信听南嫂送来的饭会有问题,但是事实就在眼前,让人不得不怀疑。

他坐在堂屋的椅子上发呆,仔细盘算今天晚上发生的事情,忽然他灵机一动,可以肯定不是饭菜的问题。因为父亲当时不知道自己是否回家,已经先行吃过晚饭,而自己回来吃饭是很晚的事。如果是饭菜的问题,以自己的发作速度,父亲绝不会等到自己回来才发作。

足足折腾了一个晚上,也没有理出什么头绪,恍惚间童牧归甚至怀疑自己是否过于敏感多心。

第8章　生死之限

"宰相汪伯彦为抚谕使，刑部侍郎鹿游原为左副使，大理寺卿莫哈拓为右副使，共赴泉州彻查福建路市舶司衙属被屠案……限期四十天破案，肃清福建境内匪患，整顿朝廷纲纪，到期不能侦破此案，与案人等一律按通匪论处。"

绍兴二年，七月五日。

市舶司被屠案案发第五天。

严冥夜计算得没错，在市舶司衙署被屠案案发的四天后，转运使曲君墨的奏报抵达临安。

此时的朝廷，刚刚从流亡中安定下来，在临安站住脚跟。赵构选择临安，是深思熟虑、反复对比后做出的决定。靖康元年，开封暴雪，金兵围城日久，城内缺薪少粮，百姓冻饿而死。守城士兵咬紧牙关依旧被冻得打战，手不能持兵器，不时有冻僵的人倒在城楼上。河道结冰，城内所需物资远远大于交通运输的承载量，纵然是皇室，也面临着有钱而无粮无薪可买的情况。

大观元年，五月二十日，当时红光照遍宫室，赵构在汴京皇宫出生。三月后被赐名，并且授官为定武军节度使、检校太尉，封蜀国公。

次年元月，被封为广平郡王。宣和三年，十二月壬子日，晋封为康王。赵构天性聪明，知识渊博，记忆力很强，他每日能读诵书籍千余言，博闻强记。宣和四年，赵构行成人礼，并搬到宫外的府邸。

如果说出生时的异象是他问鼎九五的吉兆，那么这份吉祥并没有一直围绕在他的左右。靖康元年，时为康王的赵构赴金营为人质，"泥马渡康王"平安返回，自此以后，吉祥彻底离他而去。继位后，半壁江山落入金人之手，徽钦二帝及赵氏皇族、后宫妃嫔与贵卿、朝臣等三千余人被金军俘虏押解北上，城中公私积蓄为之一空。

赵构选择临安还有一层考虑，眼下时局动荡，金兵处处主动进击，宋军被动防守，杭州地处后方，比较安全。金兵善骑射，浙西一带水网交错，对骑兵活动不利。临安有这一道天然屏障，可以给赵构的统治增加安全感。

暑热丝毫没有散去的意思，天像水洗过一样，没有一丝杂质，蝉鸣声比赛似的一浪高过一浪。赵构耐不住暑热，无心午睡，召集宰相汪伯彦、户部尚书陈轩介、参知政事怀修谨、枢密使那完晏等人，在临安行在商量以后正式定都的事情，君臣几人尚对一些具体问题没有形成统一的意见。

即使有宫人打扇，赵构的中衣依旧被汗水濡湿，他斜靠在龙椅上，不露声色，享受着数年来难得的安逸，看着众人你来我往。

"臣以为，皇城选址可于凤凰山东麓一带，东至馒头山东麓，西至凤凰山，北至万松岭，南至笤帚湾。皇城宫殿依山势而建，殿阁叠进。临安不比开封，一年中潮热天气十之有四，依山而建则可缓和许多。"宰相汪伯彦提出了自己对皇城选址的看法。

有一个人对大家讨论的东西嗤之以鼻，脸上显出些许不屑之色，此人就是户部尚书陈轩介。

陈轩介觉得包括赵构在内，所讨论的事情根本不切实际，全都是

第8章 生死之限

不当家不知道柴米贵的表现。靖康之难中朝廷公私府库俱被金人洗劫一空，每年东南岁入不满千万贯，加上连年战乱迁徙，如今能维持日常的开销已属不易。前线的兵将需要粮饷，后宫的娘娘需要水粉，花钱的地方实在太多了。修建宫殿、增建礼制坛庙，每一项都需要大把的银子。眼下捉襟见肘，在没有钱的情况下，一群人在一起计划如何花钱，岂不是白费工夫。

陈轩介入仕以来，自岭南的一任小小通判，到如今户部尚书的位置，着实不易。早年独生女儿在上任的途中走失，他便把所有的精力和心思扑在政事上，工作便是他的心灵寄托。他偷偷瞄了一眼赵构的脸色，遂试探性地说："汪相所言很有道理，只是依山而建，运输多有不便，且工程量也会加大，同样的规模花费上自然添了许多……"

"臣认为陈尚书此言差矣。"汪相打断陈轩介的话，"虽然依山而建比平地而起造价高出许多，但是这些钱绝对花得值得。新的皇城依山而建，就多了一层天然工事，遇到危险可攻可守，如此甚好。"

听到"可攻可守"四个字，赵构的脸色沉了下来，兵临皇城他已经经历过一次，无论如何他都不想经历第二次。

宰相汪伯彦察觉到了赵构的不快，另起话题说："臣以为疏浚河湖、增辟道路，应该先提上日程。都城应有都城的气象，道路是一座城的脸面，城中原有街道过于简陋，不足以彰显天家威仪。河湖不通则漕运不畅，朝廷日常所需则不能及时运达，实在是有伤国体。"

"汪相说得极是，只是疏浚河湖需要大批劳役，如今壮年男子服兵役者过半，再征召劳役，恐怕会影响耕作。"陈轩介先是附和，然后又迂回地提出反对意见。

枢密使那完晏接过话来："陈尚书无须担心人力，可以调用浙西路驻军，多发一些补贴，想来他们也是愿意的。"

"补贴"二字在陈尚书的脑袋中嗡嗡作响，他所操心的就是钱的问题，调浙西驻军前来疏浚河道，这么多人要补贴，吃什么、住哪儿都是要花钱的。陈尚书张了张口，没说话，眼巴巴地看着赵构，希望赵构意识到眼下的情势，当务之急是开源节流，充沛国库。

"报——"

一声急报打破了树梢上的蝉鸣，一名侍卫手托鸡毛竹筒飞奔而来，跪倒在殿门口。

所有人的心俱是一沉，正值多事之秋，这样的急报肯定不是好事，不由让人悬心。

赵构大惑，他的神经已经十分脆弱，暗自安慰自己不要多心。下意识地看了一眼宰相汪伯彦，对方微微颔首，并未与赵构的眼神对视。赵构只能转身对殿门口跪着的亲兵斥道："不成体统，何事惊慌？"

"回禀陛下，"侍卫边回答赵构的问话，边把鸡毛竹筒双手托起举过头顶，"福建路转运使曲君墨送来六百里加急密报。"

"呈上来。"

赵构心里咯噔一下，按照他的推算，自己所谋之事还需要一些时日，难道是横生变故？

"是。"魏公公从亲兵手里接过竹筒，拆掉黄签蜡封，取出奏疏，奉与赵构。

赵构展开奏疏以后，只粗粗看了两眼就勃然大怒，吓得殿内一干人等忙不迭地跪下。

"岂有此理，岂有此理，简直反了……"赵构盛怒之下，一把将奏疏掷于宰相汪伯彦的脚下，"你们看看，你们看看，北边不安生，南边又出了这等丑事，我大宋朝廷的颜面何在？难道朕真的是无道昏君？朕究竟做错了何事，上天要这样屡次羞辱朕？！"

"陛下息怒，陛下息怒，保重龙体要紧。"跪倒的众人忙不迭地劝着。

汪相捡起脚边的奏疏，展开细看，但见上面写着：

吾皇万岁万岁万万岁

罪臣福建路转运使曲君墨万死启奏：

今日绍兴二年七月初一，福建路市舶司例行每月元日议事。

巳时二刻，巡检司转呈公文需市舶司协同办理，市舶司守门兵丁进去通报，发现市舶司衙署内院无一活口。经提刑司初步勘察，市舶司在册二十二位官吏，十九人遇难，另有衙役、奴仆九人遇难。

兹事体大，罪臣与提刑司不敢擅专，万死禀报，望陛下早派能臣干将前来侦破此案。

罪臣福建路转运使曲君墨叩首

此时，赵构气得发指俱裂，忖度依照现在的局势，如果这件事处理不好，东南再起事端，剩下的半壁江山岌岌可危。冷眼瞧看着脚下跪着的惶恐众人，他敛起心神冷笑一声，说道："众卿起来说话。"

众人小心翼翼地起身站好，一时间殿内鸦雀无声，谁也不肯先开口触霉头。

赵构见众人如此，索性开始一个一个点名。

"怀爱卿有何见解？"

怀参政正在看汪相传与他的福建路转运使送来的奏疏，奏疏上所写的情况着实把他吓了一跳，泉州并非蛮荒之地，市舶司官衙更非弹丸小署，其中官员顷刻之间几乎被人全部杀害，是公仇还是私怨？来去官衙，犹入无人之境，拥有这样的战斗力，这样的势力还有何可抵挡？

"怀爱卿？"赵构见自己的问话没有得到回应，不耐烦地再次追问。

"回禀陛下，臣认为……臣认为……此事太过危言耸听。"怀修谨意识到自己在官家面前失态，赶紧收回心绪，难以置信溢于言表，一时语塞不知如何回答，"臣认为当务之急是调查清楚此事真假。"

"在福建路境内发生了这样的事，虽然曲君墨难辞其咎，但是他身为一路封疆大吏，断不会捏造如此骇人听闻的谣言。"汪相说出了自己的判断，他觉得曲君墨不敢开这样的玩笑欺骗皇帝。

"陈尚书，你说。"赵构显得颇不耐烦。

"臣认为此事应该……应该……"陈轩介现在心里彻底崩溃，他最担心的是福建路市舶司出事，如此一来，今年泉州的市舶税恐怕会打了水漂。这么多地方伸手等着要钱，原本就僧多粥少，如今粥桶翻了，可如何是好？

赵构刚才强压下去的怒火，被大臣们相互推诿的态度又给勾了上来，他指着户部尚书陈轩介，喝道："应该什么？！再如此吞吞吐吐，朕便派你查办此案，查不出个结果，罪从同党！"赵构言毕，一甩袖，负手而立，瞪着众人的双目几欲喷出火来。

陈尚书被吓得咚一声再次跪下，边磕头边说："陛下息怒，臣无能，银钱调度之事臣尚知一二，于刑律监察之事实在不通，只恐耽误了陛下圣听。陛下问臣，臣不敢不答，以臣浅见，此事不宜张扬，若物议沸腾，只恐有图谋不轨者借机另做文章。"

"哼，说得好听，你还有脸说银钱调度的事可问你。礼制坛庙尚未建，河湖淤塞需要疏浚，几十万大军等粮等饷，哪一件事你能拿得出钱来？身为户部尚书，你有何颜面提银钱调度之事？"自今日一开始议事，陈尚书便对各项工程提出反对意见，赵构对他不满已久，碍于国库现实情况，不好发作，现在一股脑地倾泻出来。

"臣万死。"陈尚书跪在地上抖如筛糠。

"你死了若能当银子用，朕现在便杀了你犒军，奈何砸碎你这一把骨头,上锅也熬不出二斤胶。"

"陛下息怒,陛下息怒,保重龙体要紧。"大家小声地劝着,生怕一不小心把官家的怒火引到自己身上来。

赵构此时已经全然乱了方寸,泉州出此大乱,不但于他心中所想之事无益,反而让依赖市舶甚重的朝廷收入受创。

南边政权初建,他迫于形势放弃中原,从应天府逃到扬州。金兵奔袭扬州,他狼狈渡江,经镇江府到杭州。"苗刘兵变"后他派使臣向金朝乞降,哀诉自己逃到南方后,"所行益穷,所投日狭""以守则无人,以奔则无地",要求金朝统治者"见哀而赦己",不要再向南进军。九月,金兵渡江南侵,赵构即率臣僚南逃。十月到越州,随后又逃到明州,并自明州到定海,漂泊海上,逃到温州。建炎四年夏,金兵撤离江南后,赵构才又回到绍兴府、临安府等地,后将临安府定为行在,移跸临安,方初步在东南站稳了脚跟。

经历过这些的赵构深切地知道,温暖的气候、丰富的物产和便捷的交通对于一个王朝的都城是多么重要。临安地理位置适宜,且拥有雄厚的物质基础、得天独厚的交通条件,满足了这些需求。新都城的兴建要靠银钱堆,御敌打仗消耗的也是银钱,他孤注一掷,把新政权巩固的赌注押在了泉州身上。结果泉州市舶司出此噩耗,思及曾为新升的绍兴府题写的"绍祚中兴"府额,眼见立志重振大宋的理想就要化为泡影,他的心里实在不甘。

赵构与严冥夜分隔两地,君臣二人却能心神相交。此时童牧归与市舶司的官员同处一室,已然阴阳两隔,人鬼殊途。

从前车马不息的市舶司,如今格外冷清,众人被剥尽衣衫,集中在市舶司后院一间阴凉的偏厅内。所有尸体像集市上贩卖的海鱼一样,头挨着头,脚挨着脚,一排排地躺好。人生原本如此,赤条条来,赤条条

去，世上走一遭，什么也没带来，什么也带不走。

"牧归……阿……阿嚏。"撩开棉被改的门帘儿，走进偏殿的严冥夜一时接受不了室内外的温差，重重地打了一个喷嚏。

"大人，您怎么进来了？"童牧归和刘先生放下正在摆弄的尸体，一齐向严冥夜行礼。

"这边怎么样了？"严冥夜揉着鼻子问，一来气味难闻，二来缓解鼻子因酸涩想打喷嚏的感觉。

"咱们能做的也就只有这些了。门窗皆用厚棉被覆盖保温，预备了二十个大盆盛冰，三个时辰换一拨。"刘先生答。

童牧归则有些抱怨地说："天威难测，如此大费周章，也不知道官家是否真的会派人来。"

严冥夜拍了拍童牧归的肩膀，用鼓励的口吻说："这么大的事儿，肯定是会来人的，只是派谁来的问题。但愿不是个糊涂鬼，枉费了你们的一番心血。"

"大人，卑职……卑职想请几天假照顾父亲，您若不放心，派人跟着监视我也行。"童牧归向严冥夜行了一个礼道。

"童总捕，你好生不晓事理……"严冥夜被童牧归屡次三番的辞职请求弄得心烦，刚想斥责几句，忽然发现童牧归的面色很差，"你……没事吧？"

前日接连几番的腹泻，已经导致童牧归体力不支，加之在忽冷忽热的房间走动，身子越发不爽。他走路就像脚底垫着棉花，双耳嗡嗡作响，脑中混沌一片，像装了一锅粥。此时他眼眶泛青，面色蜡黄，双唇惨白，加上心中记挂父亲的病势，所以整个人显得十分萎靡。

"前日饮食不慎，家父与我都腹泻不止，请大人体谅。"童牧归答。

"可曾医治否？"严冥夜心里直打鼓，生怕是童牧归为了辞职，摆弄出的障眼法，遂看向刘先生。

第8章 生死之陇

"童总捕身体不佳,万幸发现得及时,卑职已经帮他看过,乃腹泻力竭所致。"刘先生答。

"有劳大人记挂。只是卑职年轻力壮尚可支撑,家父有宿疾,情况不太好,请大人准许我告假回家照顾父亲。"童牧归再一次恳请。

"来人。"严冥夜唤过跟班亲随严忠,"你与朱老六一起到童捕头府上照顾老捕快,事情做得好本官有赏,稍有怠慢,打折你们的狗腿。"

"且慢……大人……"童牧归一时语塞,没想到严冥夜会这么做,"非是卑职不通情理,事发蹊跷,卑职担心父亲的安危……"

严冥夜一怔,随即明白过来,接着吩咐道:"执我的手令,到巡检司借五名兵卒,保护老捕快的安危,茶饭汤药皆由你监制并亲自试过。"

"大人,卑职不是这个意思……"这边亲随领命下去,童牧归反而感到过意不去。

"童总捕不必说了,老捕快为提刑司鞠躬尽瘁,你为提刑司赴汤蹈火,这些都是应该的。"严冥夜摆摆手,制止了童牧归的话,"只是有一样,如今这个情形,本官是万万离不开你,忠孝自古难两全,你且委屈一些吧。这些粗笨的事交给下面的人去做,你且到偏室好生休息,一会儿叫刘先生给你医治一下。你在这里,本官才能安心。"

严冥夜如此行事,自有自己的一番打算,在这箭在弦上的当口,童牧归三番五次向他提出辞职,引起了他的警觉。童牧归究竟是真的不愿意在衙门做事,还是因为知道了什么内情在极力躲避?这是严冥夜当下亟须确定的问题,所有的隐患必须在朝廷的旨意下来前排除。

童牧归的想法则很简单,有专人保护、照顾父亲,省去了他不少烦恼,心里稍安,遂问道:"这些尸体撑不得许多时日,钦差何时能到?"

"泉州距离临安一千七百余里,加之东南多河渠,不似北方道路平坦宽阔。"严冥夜认真地掐着指头,算了一下路程和时间,"曲转运使六百里加急递送奏疏,三日半便可到达临安。如果没什么意外的话,初

九钦差的官船就能进港。"

"钦差坐船来？这个季节风向不稳，骑马岂不是会更快些？"童牧归问。

严冥夜答："本官也是猜测的，钦差出行随从仪仗不可少，坐船方便一些。"

"还是大人思虑周全。钦差从陆路而来，沿路地方都会知道泉州出了事，这样的丑事还是影响越小越好。"

童牧归的此番话是发自真心的，不是阿谀恭维。严冥夜到任虽然只有两年，有时办事圆滑了一些，但是瑕不掩瑜，同前任提刑官相比，总体上童牧归认为严冥夜是一个合格的上司。

"你们还没吃饭吧，刚才醉仙楼送来饭食，本官也没吃呢，过来叫你二人一起用饭。你们别去和他们挤了，吃完赶快休息，若你们二人病倒了，本官指望谁去？"严冥夜话说得真诚，殷切之情溢于言表。童牧归和刘先生十分感动，随着严冥夜一起去用饭。

醉仙楼送来的饭食虽然简单，倒也丰盛，猪羊荷包、旋切芦笋生菜、脆筋巴子、姜虾、莲花鸭签、蓑衣黄瓜，荤素六个菜，另配了血羹和米饭。

童、刘二人净过手，拱手向严冥夜道谢后，在餐桌前坐定。严冥夜亲自给他二人分筷子，两人惊得从座位上跳起，连说："使不得，不敢当。"

"坐，坐，不要拘束，这是咱们三人第一次坐在一起吃饭吧，宴是好宴，只可惜是在这样一个地方。"严冥夜感慨道。

"童总捕身体有恙，来，多吃点。"严冥夜边说边为童牧归布菜。

"眼下案情焦灼，今日提起令尊，不知他对当下的事如何看？"严冥夜夹了一筷子菜放在自己的布碟里。

"卑职没有把这件事同家父言讲，提刑司有纪律，不能把案情随便泄露给无关人等。"童牧归没敢说实话。

"哦,是本官唐突了。"严冥夜讪笑了一下,接着说道,"令尊有功于提刑司,算不得外人。"

"是呀,童老先生大义,泉州百姓知道者无不敬佩。"刘先生不明所以,在一旁附和。

严冥夜不死心,他夹了一筷子脆筋放在嘴里,嘎吱嘎吱嚼过咽下后又问:"听说当年的事,已经锁定了疑犯,只是有人从中作梗才没有让坏人伏法?"

"陈年旧事不提也罢。"童牧归保持着高度警惕,他已经察觉到今天的上司似乎有些奇怪。

大殿之上,群臣已经跪了一炷香的时间,赵构丝毫没有让大家起来的意思。

魏公公上前递来一碗茶,此举如触龙鳞,赵构欲把茶杯砸出去泄愤,魏公公的手指悄悄在他的手上点了两下。赵构动作一僵,这是魏公公与他的暗号,当年他做皇子的时候,魏公公有事提醒,便会发此暗号,只是从他登基称帝后再没用过。

赵构接过茶杯,拿到手上便知有异,杯子是空的没有茶。他不动声色,打开杯盖,只见杯里躺着一张字条,上书:所报属实,缘起未知,尚无异样,容后再禀。

这张字条没有署名,没有落款,但是赵构认出字迹,乃严冥夜所书。他再看字条卷曲的形状,似是飞鸽传书。这十六个字看似没头没脑,但是落在赵构眼里,胜过百万雄兵。

有了这颗定心丸,赵构的思绪稳定了许多,他细细盘算,曲君墨的奏报是加急快报,严冥夜想要汇报情况不可能比曲君墨更快。唯有用飞鸽传书尚能与之时间相当,不至于耽误了自己做判断,但缺点是信鸽

负重有限，不宜书写过多。那么，严冥夜是用最快捷的方式、简短的话语，第一时间回答了赵构在得到泉州市舶司案的消息后，最关心的四个问题。

曲君墨报告泉州市舶司衙署被屠这件事是否属实？

为什么会发生这件事？

当地民情如何？

这件事与他的计划是否有关？

跪在地上的众人与赵构没有这样的默契，他们闻泉州市舶司噩耗色变是有原因的。自太祖开宝年间始设市舶司于广州，陆续设置于杭州、明州、泉州、密州等重要港口城市，市舶收入一直是大宋朝廷财政收入的一项重要来源。朝廷除了征收市舶税，还通过出卖一部分舶物增加收入，对市舶司中能招徕商舶的有功人员，往往会给予奖励，对营私舞弊的行为也曾三令五申加以禁止。如今朝廷统治危机深重，市舶收入在财政中的地位更加重要。眼下岁入不过一千万贯，市舶收入即达一百五十万贯，在一定程度上支撑着财政。泉州府地理位置得天独厚，来往贸易国多达五十余个，泉州每年的市舶收入占全国市舶收入的一半以上。

宰相汪伯彦年近花甲，已经侍奉过三代官家。赵构不过而立之年，故汪伯彦并不十分惧怕年轻的官家。他虽然和大家一样垂头跪在地上，看不见此时赵构的表情，但是他能隐隐地感觉到赵构的视线一直在自己身上。他虽然不知道魏公公递来的茶杯中有何物，但是从赵构情绪的变化可以判断，泉州另有密报到了。

汪相自知赵构对他心怀不满已非一日，只是眼下时局如此，君臣二人利益相关，尚需共同进退。他判断市舶司的事自己无论如何都脱不了干系，在决定牺牲曲君墨的那一刻，他便想好亲自收拾局面，与其坐以待毙，不如请旨亲自前往泉州，既可以试赵构对他的态度，又可以实地了解泉州市舶的情况。

大殿上安静得可以听见针掉落的声音，众人竭力压制自己的呼吸，生怕喘息的声音惊扰到圣驾，此时的赵构在他们眼里就是随时会炸响的火器。

赵构的目光确实落在汪相的身上。市舶司官员被屠，是有人因为自己的计划实行在即，唯恐被牵连，索性杀人灭口，还是另有所图？他究竟是该把危险牢牢控制在自己身边以静制动，还是该施展障眼法以动制静？赵构在两个选择间游移不定。

"汪爱卿留下，其他人退下吧。"

赵构出言打破了殿中的沉默，跪倒在地的众人暗自长吁一口气。其余人等谢恩后，顾不得揉捏跪麻的双腿，生怕多停留一刻再起是非，作鸟兽散。

汪相的心跳骤然加速，天威难测，他猜不透遣散众人后，这位皇帝会对自己做什么。

"汪爱卿，可想出解决之法？"

汪相见赵构主动询问自己，心知事情尚有缓和的余地，略沉吟了一下，答道："陛下，臣觉得刚才陈尚书和怀参政两位大人说得都有道理，这件事过于蹊跷，又过于严重。从临安去泉州行船便可到达，沿途不需惊动任何人。若真的有一股势力潜入官衙，杀人越货如探囊取物，细思确实极恐。若此事不能尽快了结，愚民捕风捉影，届时局面则更难以控制。为陛下安危计，为江山稳固计，臣愿前往泉州查证此案，不查清楚真相誓不还朝。还请陛下挑选能臣干将，助臣一臂之力。"

深知此时小不忍则乱大谋，赵构强压如鲠在喉之感，赞道："汪爱卿真乃我大宋擎天一柱，肱股之臣，实为百官楷模，相信此去一定能够事半功倍！"

见赵构准许自己前去泉州，又把"事半功倍"四个字咬得极重，汪

相会意。

"可有心仪的同行人选？"赵构问。

"刑部侍郎鹿游原，此人虽年轻，但是稳重练达，多加锻炼，可担大用。"

赵构想了一下，对这个名字有些印象："可是曾复查出北境走私军粮案的鹿游原？"

"陛下英明，正是此人。"

"好！就依汪爱卿所言，明日一早你们就出发。一方政务也不能无人主理，泉州出此骇人听闻的刑事案件，福建路有司难辞其咎，转运使曲君墨就地革职，召回临安述职，福建路转运使由福州节度使白铭接任。"

"陛下，白铭是武将出身，恐怕……"

汪相深知白铭和严冥夜都是赵构的绝对亲信，这二人一文一武把自己夹击在泉州，自己很难施展拳脚。

"汪爱卿此言差矣。"赵构摆手制止了汪相的话头，"事急从权，带兵的有带兵的好处，杀伐决断上利落些，不至于拖了你的后腿。"

汪相不想在这个当口再触赵构的逆鳞，放弃争辩，接受了赵构的安排："陛下圣明，臣心悦诚服。"

"今日是初五，中秋佳节你们与家人在哪里团聚，就看你们办案是否用心了！"

汪相退了一步，赵构紧紧逼上，随即下旨："宰相汪伯彦为抚谕使，刑部侍郎鹿游原为左副使，大理寺卿莫哈拓为右副使，共赴泉州彻查福建路市舶司衙属被屠案。福建路市舶司常务暂由福建路提刑官严冥夜兼领，限期四十天破案，肃清福建境内匪患，整顿朝廷纲纪，到期不能侦破此案，与案人等一律按通匪论处。"

汪相抬了抬头，还想说点什么，见赵构面色决绝，遂叩头领旨。

第8章 生死之限

太阳西沉不见，大殿上的长明灯陆续被宫娥点亮，魏公公引着莫哈拓来到赵构面前……

第9章　九死一生

几番来回之后,他深吸一口气,沉到河底不再露头。那人似乎不太相信童牧归已经溺毙,但是等了一会儿不见有什么动静,远处传来更夫打更的声音,方才扔下童牧归的官刀快步跑开。

绍兴二年,七月初六。

市舶司被屠案案发第六日,皇帝规定的破案期限已经过去一天。

自严冥夜派人到童家后,童家父子俨然过上了另一种生活。每日清晨童牧归打开院门,早已有人捧着食盒守在门外。父子二人吃早饭的时候,来人已经开始打扫室内室外的卫生。用饭完毕,来人还会把幞头和官靴拿到近前,并伺候童牧归穿上。

童楚心中过意不去,几次想要打发这些人离开,都被童牧归制止了。他有自己的小算盘,父亲如今行动不便,前番腹泻的事情还没有搞清楚,不怕一万就怕万一,有人在身边照顾总是好的。童楚的身体状况逐渐好转,童牧归却旧疾未愈又添新病,身上发热,头痛欲裂,咽喉肿痛,说话依然哑了音调,嗓子中始终觉得有一口浓痰上不去下不来。

傍晚,他从市舶司出来后,直奔广安堂求诊。

一位麻衣稻农正在求诊,此人脚趾缝隙处溃烂得厉害,隐约可见白骨，任郎中拿着淬过酒的小刀刮他伤口上的腐肉。麻衣稻农坐在椅子上，一条腿抬起，受伤的脚顺势放在任郎中的膝上。任郎中每次下刀，麻衣稻农便在疼痛下不自觉地缩腿躲闪，一旁帮忙的白芷那细竹般的胳膊根本按不住他。

"废物，我来。"童牧归拽着衣领把白芷拎到了一边。

白芷回头一看是童牧归，赶紧双手一松，躲得远远的。在童牧归的帮助之下，任郎中的治疗进度果然快了很多。

"怎么脚伤成这个样子才来看病？"童牧归刀子嘴豆腐心，有些心疼这个麻衣稻农，"早来几天也不至于这么严重，看病和做事是一个道理，本来是一件小事，当时做了也就完了，偏偏拖着耗着，非要实在过不去了才肯做。"

"嘿嘿，童总捕说得是。"麻衣稻农认得童牧归，强扯出两分笑意，"今天不但我的腿金贵，又劳您大驾扶着，听您的教育，我这耳朵也金贵了不少。"

"少扯淡，今年的收成怎么样？"童牧归扶着麻衣稻农腿的手，顺势掐了一把，疼得那人嗷嗷直叫，无奈动弹不得，只能龇牙咧嘴，倒吸凉气。

"还行吧，天气不准，刚抢着把田里的稻子收完。"麻衣稻农答。

"行了，松开吧。"在童牧归和稻农闲谈的工夫，任郎中已经处理好伤口，边收拾自己的工具边嘱咐，"伤口切记不可沾水，不能吃辛辣的东西和发物，以后这木屐也不要穿啦，鞋带摩擦趾缝，会让你的脚伤复发的。"

"谢谢任先生，童捕头您先忙着，我先走啦。"

"快滚吧，回家也洗洗你的脚。"童牧归笑骂，"我看你是驴粪球面上光，脸洗得挺干净，脚后跟像钉了掌一样。"

麻衣稻农知道童捕头和他玩笑，也不还嘴，一瘸一拐地去拿自己的药了。

任郎中洗手的工夫，又有一名病人来到诊桌前。"童总捕也在这儿呢？"一个青年精壮汉子走到诊桌前，小心翼翼地赔笑。

"老李头刚走，医馆又不是什么好地方，凑何热闹？"童牧归道。

"嘿嘿，我刚才进来的时候和他走了一个对脸。"汉子有些局促，不停地搓着手，"我这脚疼得厉害，田里的稻子收完了，来城里买盐巴顺路看看。"

"你也脚疼，这病还能凑一块？"童牧归不满意地嘟囔着。

任郎中对眼前的情景见怪不怪，示意汉子脱下鞋查看，果然和麻衣稻农伤在了同样的位置，都是大脚趾缝隙红肿溃烂，只不过情况没那么严重。

"不打紧，皮肤磨破了，伤口有些发炎，柜上有配好的药散，你去找白芷拿药吧。"

"那好……"汉子还想客气几句，看见童牧归在一旁虎着脸，不敢多停留，"童捕头、任先生你们忙，我先走啦。"

童牧归心想：刚说了马背肿，对面就来了大骆驼，什么都能赶到一块儿。

"他们都是稻农，平日下田一会儿走水里，一会儿走泥里，多数都是穿木屐。"任郎中伸手搭了童牧归的脉，接着说，"木屐的布带子上沾了泥沙，时间长了就会把脚磨破，伤口再被泥水浸泡成了溃疡。眼下这一茬儿稻子收完了，才有工夫来瞧瞧，还有不少人这点钱都舍不得，硬生生在家挺着。"

"木屐那玩意有啥好穿的，我在街上看见东瀛人穿着破木屐踢踢踏踏过去，心烦得不行，破玩意有何好穿的？"童牧归脸上显出鄙夷之色，"东瀛人自盛唐开始崇尚我中华风貌，衣冠礼仪尽皆学了去，此国狼子野心，他日不可小觑……"

第9章 九死一生

"你这几天干什么了？七月的天气怎么会染上这样重的伤寒？"任郎中不可置信地看着童牧归。

童牧归一时语塞，他不知道该怎么告诉任郎中自己每天都会出入一间盛满冰的屋子，而这间屋子中躺着市舶司全衙上下二十几具尸体。

任郎中提笔刷刷刷写好了方子，嘱咐道："好好吃药，伤寒拖成肺痨不是闹着玩的，近日不要饮酒，有时间泡一下热汤祛寒。"

泉州城内浴所无数，夹在市场街道之中，所用之水又专门供给，百姓乐于泡在其中。大型的浴所可容百人，通常前面设有茶馆，供人饮茶休息，场中有男女仆役辅助男女浴人沐浴，比如提供搓澡、刮脸、推拿等服务。

童牧归与杨志勇深深敬佩的苏东坡先生极爱泡澡，曾作过一首《如梦令》，诙谐地写道："水垢何曾相受，细看两俱无有。寄语揩背人，尽日劳君挥肘。轻手，轻手，居士本来无垢。"不过东坡先生的同僚王安石就比较邋遢了，"性不喜修饰，经岁不洗沐，衣服虽敝，亦不浣洗"，他的两个朋友很受不了，"因相约：每一两月即相率洗沐"。在宋朝，长年不沐浴的士大夫是要受取笑的，对于爱干净、懂享受的宋朝人来说，沐浴是他们日常生活的一部分，要知道此时欧洲大陆上的居民几乎从不洗澡。

市舶司的尸体摆放了六天，已经有了明显的尸腐气味，童牧归这几日整日出入停放尸体的房间，总有一种自己也被浸染上了这个味道的错觉。眼见时辰尚早，他决定听从任郎中的建议，到汤场泡汤，既可祛寒气，也可去身上的味道。

浴堂叫作"香水行""汤场"，看到门口挂壶的所在便是。挂壶乃宋朝公共浴堂的标志，"所在浴处，必挂壶于门"。百乐汤门前的挂壶被掌柜柏松年擦得锃亮。百乐汤因规模不大，只招待男客，也没有设置

茶座，只在汤池周围摆上七八张竹床，客人既可以在上面搓背，也可以躺在上面休息。

没有什么比在劳累一天后，泡个热水澡更让人舒服的了。童牧归一头扎进百乐汤的汤池中，昏沉沉睡去。

他仰坐在汤池中，大半个身子泡在水下，水牛一样的脊背靠着池壁，古铜色的双臂伸出池外搭在沿上。他在柏松年的呼唤中悠悠转醒，睁开眼透过雾气看见结满水滴的天棚，一时有些发蒙。

"童总捕，水有些冷了，您醒醒神儿，小心着凉。"百乐汤的掌柜柏松年居高临下蹲在池边呼唤。

"什么时辰了？"

童牧归见柏松年赔着小心的笑脸，几乎快要和自己的脸贴上了，心中一阵起腻。他下意识地往后躲闪，站起身忽觉胯下凉飕飕的，又赶忙坐回水里。

"刚交了二更，您想来是累坏了，睡了一个多时辰。"柏松年四下看了看，见无人注意这边，神神秘秘地问："听说市舶司的官老爷都让东瀛人杀死了？是真的吗？"

"你听谁说的？"

童牧归愕然，刚才黏着不去的困意瞬间消失。

"转运司的几个兄弟到我这里泡汤，又是要艾草又是要姜片的，说是去去晦气。他们说话小的听见了一句半句，如今市舶司数日不办公，城里传得沸沸扬扬。"柏松年答。

"哪里有什么东瀛人，他们胡诌骗你的。"

童牧归心里盘算着，一定是转运使曲君墨的亲随嘴上没有把门的。当日他向严冥夜和曲君墨介绍死者身上的伤口时，只有曲君墨两个亲随在不远处忙活，除此之外再不能是别人。

"不能吧，他们说是您勘察的现场，发现和从前的悬案一样，都是

— 124

东瀛人所为。"柏松年这个局外人说得甚是笃定。

"少在这儿嘴里嚼蛆，打盆水来给我刮脸。"童牧归知道此事非同小可，赶紧岔开话题。

柏松年不敢怠慢，转身去准备刮脸的东西。童牧归从池子里起身，突然觉得后背一紧。他回头环视身后，发现池边的竹床上躺着一个人，刚才他泡在池子里，视线有盲区，没有注意到这人的存在。此人身上的肌肉见棱见角，胸口有一巴掌宽的护心毛，似乎很在意童、柏二人的谈话，眼神像镶了钩子一样牢牢盯着童牧归。

童牧归拽过巾子围在腰间，边往更衣室走边偷眼打量竹床上的人，而那人毫无惧色，仍旧直勾勾地看着他。一番眼神交锋后，童牧归吃不准对方什么来路，率先败下阵来，目光收回时扫到对方的脚，他的心里咯噔一下。

童牧归穿好衣服后，来到镜台前坐下，用衣袖擦了擦铜镜上的水汽，镜中的自己显出与二十七岁不相符的颓顿，一双雁目布满血丝，已经塌了的眼窝，两腮长满荒草，头发散乱，湿答答地贴在脸上。柏松年端过一个盛着滚烫热水的铜盆，一边从盆中拧出吸饱了热水的白巾子，展开敷在童牧归的脸上，一边麻利地用丝瓜瓤把胰皂搓出绵密的泡沫。

掀开巾子，原本钢针似的胡楂已经触手柔软，米糕一样的泡沫敷在童牧归的脸上，一阵甜香钻进童牧归的鼻子。

"什么味儿，怪好闻的。"

"胰皂的味儿。"柏松年与童牧归闲话，手中的剃刀未停，"从前用的是猪脂或者羊脂做的胰皂，钱家商号新进了一批天竺鹅脂做的胰皂，里面还调了玫瑰膏子，确实好闻。"

童牧归斜了柏松年一眼，道："你这儿刮脸才收几个钱，够买鹅脂做的吗？"

"还是您圣明，要不怎么您能破大案呢！店里现在一般都是伙计刮

脸,仍旧用猪胰皂,您这样尊贵的人来了才拿鹅脂做的出来用。"柏松年嘿嘿一笑,恭维道。

"哎哟……"

童牧归冷不防吃痛,急忙用手一捂,手上已经沾上了血迹。

"光顾着说话,走了神儿,实在是该打。"

柏松年抬手给了自己一个嘴巴。

童牧归用手在伤口上按了一会儿,冷眼瞧着柏松年,他把沾了血的手指送到口中吸吮,另一只手猛然擒住对方的腕子,眼神寒得吓人。

柏松年吓得双腿筛糠,试着抽回自己的手,却是徒劳,哭丧着脸道:"童捕头,小的知道错了,真不是故意的,您大人不记小人过,千万别和我一般见识,是小的错了。"

童牧归的视线钳住柏松年后再不肯松开,任由他的胳膊在自己手中挣扎,半晌过后方看着对方的脸,一字一顿说道:"你有事儿。"

"啊?没事呀。"柏松年被问得一愣。

童牧归松开了抓着柏松年的手,他的两条眉毛蹙在一处,索性别过脸去不再看柏松年,捞起铜盆中的巾子擦拭脸上的泡沫,道:"咱俩认识多少年了,你的手艺我知道,你心里绝对有事儿。"

柏松年见瞒不过,臊眉耷眼地站起来,拽了拽童牧归的衣服往外间走,童牧归把巾子摔回铜盆中跟了出去。

"你看,就是这个,晚上二蛋他们打扫的时候发现的。"柏松年指了指柜台上的几件衣服说。

只见柜台上放着一件半新短褂、一条酱色水裤、一条汗巾子、一方黛色头巾,童牧归随手拿起一件放在鼻子下面闻了闻,皆是穿过的旧衣,他又翻了两下,发现了其中的关窍——这些衣服是整套的。他心里明白,记性不好忘了东西的人常有,如果这些衣服确实都是一个人的,从上到下的衣服都遗落在此,失主定然会有所察觉,遂问道:"这人难道是光着出去的？"

"谁说不是呢，先前的两套衣服也是这样，我这里的伙计因为害怕已经走了两个。白天一位老客问我，外面传水鬼拿替身是不是真的，您说这该怎么办呀。"

童牧归啐了一口，道："呸，尽扯臊，青天白日的哪儿来的鬼。明天你在门口贴个告示，谁丢了衣服让谁自己认走，也就完了。"他仔细观察了一下，穿这样质地衣服的人家境一般，不会平白丢弃好好的衣服。

"您受累，帮我查一下行吗？"柏松年哀求。

童牧归伸了一个懒腰，从怀中掏出半串铜钱丢在柜台上，一手抓过幞头扣在头上，一手抓过自己的官刀挎在腰间。他耸了一下肩，说道："你听我的，衙门里那几个烂货我是知道的，纵然有我的面子，你也少不了破费茶饭钱，保不齐他们以后总到你这里占便宜。回头我看见孙癞子他们，帮你问问，看看是不是那起子没脸的搞的鬼。"

二人正在说话的时候，一只手悄无声息地从他们背后伸了过来，手心中托着一串钱。童牧归浑身一个激灵，连忙回头去看，只见正是刚才竹床上躺着的人。童牧归一把钳住对方的腕子，那人竟然毫无惧色，只直勾勾地盯着童牧归，鼻翼上有一颗黑痣随着呼吸均匀地律动。那人胳膊一使劲，身不动膀不摇便挣脱了束缚。

"这位客官看着面生，您是外地来的吧？"柏松年赶紧接过对方手里的钱，打圆场道，"难怪您不认识，这是咱们提刑司的童总捕，能耐可大了，没有他破不了的案子。"

那人没搭话，再次把童牧归上下打量了一番，转身离去。

童牧归再也无心听柏松年的絮叨，迟疑了一下，迈步跨出门去，远远跟在那人身后。

刚才童牧归留意到那人的脚，大脚趾外翻，趾丫处有老茧，联想到下午在广安堂所见，断定此人是一个常穿木屐的人。他当时被这个人一

直盯着，有些不舒服，但是并未多想，但是刚才这人递钱过来的手被他看了个正着，此人虎口处有厚厚的老茧，此乃常年演练兵器的人才会有的痕迹。童牧归也是习武之人，听力、体力超过常人，这人能够悄无声息地走到他的跟前不被察觉，只能说明对方是一个高手。

综合以上信息，童牧归得出了一个结论——此人很可能就是神秘东瀛组织的人。而这个人可以轻而易举地挣脱童牧归的钳制，更加说明了这个问题。这就可以解释，此人为什么一直盯着他看，因为柏松年与他说起市舶司的案件和东瀛人有关，这条信息引起了对方的注意。

此时的童牧归既紧张又兴奋，他心里很清楚自己不是对方的对手，只是出于一直以来对这个神秘东瀛组织的好奇，他十分想要证实自己的判断是否准确。那人像暗夜中的萤火，穿街越巷飘忽不定，但是脚步并不快，他可以很容易地跟上。

走了大约一炷香的时间，那人拐进一条背巷，童牧归猜测东瀛组织很有可能藏身在此处，紧跟着拐进了巷子。又往前走了大约两丈远，当他的眼睛努力适应黑暗，注意力集中在前方的时候，忽然间觉得耳边恶风骤起，有人结掌成刀直奔他的脖颈而来。这时他才惊觉，刚刚一直跟着的人，早已不在自己的前方，不知何时已经攀附墙壁转到了他的身后。

电光石火之间，童牧归来不及细想，下意识侧头躲闪。无奈动作晚了一些，那人的指尖从他耳后划过，随即自耳后沿着颌骨半边脖颈的皮肤被划开，童牧归的半侧脸瞬间没了知觉。

那人身法如鬼如魅，如风如电，见一击不中，反手便直奔童牧归胸口，一足蹬墙，借势飞踢他小腹。瞬息之间，接连出招，童牧归只能勉强躲闪，丝毫没有还手的余地。

"你是何人？"童牧归边躲边问。

那人根本不予理会，依旧只是用目光紧紧地钩着童牧归，每一次出手都是杀招，意图速战速决。童牧归心里明镜一般，自己已经落了下风，缠斗下去此命休矣，他虚晃一招，转身便跑。那人哪里肯放过，纵身一跃，一招海底捞月，欲夺童牧归腰间的官刀，眨眼之间便把刀柄攥在了手里。

二人你追我赶，已经来到了巷口，童牧归迟疑了一下，心想此时跑回家必然会为父亲带来杀身之祸，遂咬牙向相反的方向跑去。

奔跑的过程中他拼命想着对策，不知不觉已来到南河边，他心生一计，决定铤而走险。原本二人空手搏斗，童牧归已力不能抵，此时对方有兵器在手，更如虎添翼。那人眼见童牧归露出了破绽，挥刀迎面劈下，童牧归上半身向后一闪，但因反应慢了一些并没有完全闪开，刀尖划破了童牧归前胸的衣服。眼见一招不中，那人抬腿照着他的下半身踢去，童牧归重心不稳，仰面倒进河中。

那人站在河沿，看着落水的童牧归，似乎在犹豫是否要入水追杀。

童牧归在水里扑腾了几下，呼喊着救命，一会儿浮起头大口喘气，一会儿沉到水里挣扎不起。几番来回之后，他深吸一口气，沉到河底不再露头。那人似乎不太相信童牧归已经溺毙，但是等了一会儿不见有什么动静，远处传来更夫打更的声音，方才扔下童牧归的官刀快步跑开。

第10章　蛛丝马迹

平将门最早的一批成员是东瀛天皇围剿的逆犯，在躲避围捕的过程中决定远走海外，与当时经常往来于东瀛的大宋商人钱博远，也就是钱丰源的祖父、当时钱家的家主，达成交易。

绍兴二年，七月七日。

市舶司被屠案案发第七日，皇帝规定的破案期限已经过去两天。

天边泛起了鱼肚白，杨志勇在自己床上正做着好梦，一阵急促的敲门声将他吵醒。

当他正不耐烦想要张口骂人的时候，徒弟隔着门向他汇报："师傅，童总捕来了。情况不大好，您出来看看吧。"

他骤然一个激灵，瞬间睡意全无，来不及穿衣，趿拉着鞋奔了出来。

童牧归面色惨白，身上的衣服半湿，胸前的衣服已经破烂，从里面渗出血迹，脖颈耳后血肉模糊，被人扶着坐在凉棚下。

"这是怎么了？"

杨志勇上次见到童牧归，对方也是衣衫破烂、神情萎靡。他知道童牧归面薄，当时不好说什么，对方走后他与父亲说起，着实唏嘘了一番。如今再见，童牧归的衣服仍旧是破的，整个人在半昏半醒的状态，再见他身上的伤口，顿时血灌瞳仁，回身准备去拿自己的武器。

"师傅，您别急。我起来练早功，一开门童总捕就倒了进来。"一个徒弟在杨志勇身后哭丧着脸说。

"你怎么了？你倒是说啊！"杨志勇根本不理会徒弟，走到童牧归面前摇晃他的肩膀，"你要急死我吗？谁把你弄成这样？"

"大哥，你别……别晃……疼……给我一碗热水喝行吗？"童牧归用尽全身的力气道。

杨老汉听见动静，也起身出来，见状忙教训儿子："他都这样了，有什么事儿不能待会儿问吗？赶紧放到我床上，再请个郎中来瞧瞧才是要紧事。"

杨志勇醒悟，连忙拦腰抱着童牧归走向父亲的房间。他把童牧归放在床上，三下五除二脱净了其身上的湿衣服，拉过被子盖好。童牧归强撑着精神说："跟我阿爹说，我昨天在你家喝多了……路上小心……小心有人跟着……"他说完这句话，紧张了一夜的心情逐渐放松下来，感觉两张眼皮越来越沉，索性闭上眼睛昏睡过去。

此时的泉州已经人心惶惶，大家都不知道发生了何事。尤其是市舶司公务停办，引起了人们的极大恐慌，泉州众海商、舶商的很多在办或者待办的公凭全部搁置，六天的时间里没有任何说法。

一时间流言四起，有人猜测朝廷又要实施海禁，也有人猜测金军已经再次南下，可能很快就要攻打到泉州。另有一些心宽的人安慰自己，天塌下来自有个儿高的顶着，且看看行业头领钱家的应对再做打算。而作为泉州乃至全国最大的海商，钱家则刚刚得到消息。

这几日天气闷热，钱丰源听从章闻柳等人劝告，到自家的园子——遂园小住避暑。这座园子最初是由钱丰源的爷爷钱博远修建的，经过三

代人的不断扩建，传到钱丰源手里时已经颇具规模。

"你说市舶司几日没办公了是何意思？他市舶司办不办公与我有何相干？"

钱丰源头斜靠在清凉榻上，他觉得钱十三十分可笑，这样的小事都处理不好，还来报自己知道。

钱十三赶紧上前半步，并不敢抬头，惶恐地解释道："家主，这件事小的觉得有蹊跷，您听小的解释。"

"你说说看。"钱丰源这会儿心情不错，索性继续听下去。

钱十三有心在主人面前表现自己，无奈章闻柳、稼音等门客时常环绕在主人左右，自己地位低下、学识浅薄，根本不能与他们比肩。今天一早，瞅着旁人还没围上来，钱十三有意卖弄一下，讨主人欢心。

他得到应允，心里喜不自胜，不疾不徐地把整件事情讲给钱丰源听："初二那日，小的去市舶司衙门办理月中去占城的公凭，谁知道市舶司衙门上贴着告示，说暂停办公。当时小的也没多心，市舶司遇到祭祀、朝贡，一两天不办公的情况也是有的。小的今日又去，市舶司依旧不办公，而且有好些兵围着。回来的路上正巧路过相熟的市舶司吏目曹家，便想去打探一下情况。他家娘子认得我，同我抱怨说，转运使把市舶司的人都集中在一处处理机密要务，曹吏目生着病，也不允告假，一并请走了。我又去了旁人家，也都是这个说法。"

"机密要务？转运使司？"

钱丰源听到这个说法很诧异。就在这时，他一探头看见钱正青、章闻柳、稼音快步向这边走来，便对钱十三说："你说的我知道了，你多撒出去几个人，到码头打听打听，有何情况再来回我。"

钱十三下去的时候，章闻柳、稼音、钱正青走了进来，他有些心虚，站定向三人问好，方才离开去做事。

钱正青见钱丰源清早起来脸色就不好看，再想刚才钱十三看自己时畏缩的眼神，暗自揣度对方是否说了什么，遂抛出一个问题试探："丰源，你听说了朝廷要实行海禁的事吗？"

"海禁？"

一旁的章闻柳很诧异钱正青的说法。

"你们不是一起过来的？"钱丰源的目光从三人身上扫过。

"我们和十五叔是在门口遇到的。"章闻柳偷瞄了一眼钱丰源，接着说，"属下是有别的事要向您汇报。"

钱丰源察觉到了章闻柳窥探的目光，有些不舒服，蹙眉问道："何事？"

章闻柳四下巡看了一下，钱丰源会意，挥挥手屏退仆婢。

"曲君墨那边送出信来，市舶司出了大事，让我们早做准备。"

刚刚还半倚着的钱丰源，闻听此言，一下子坐直了身体，霎时间一种不祥的感觉笼罩上来，他追问道："又是市舶司？究竟出了何事？"

"属下是昨晚得到的消息，开始也是一头雾水，想找相熟的几个署官打听一下，没想到他们都被转运使衙门征召走了，一个人也没有见到。转运使衙门口风很紧，也没打探出什么有用的消息。这是曲君墨差人送来的字条。"说完，他从袖子中掏出一张折着的字条递给钱丰源。

纸条上写道：

　　市舶司逢大变，不日上峰来人彻查，贤弟早做准备撇清干系，以免牵连你我，切记切记。

"呵，真没有白花的银子。"

稼音刚才在旁边一直没作声，现在斜瞅着钱丰源手中的字条，撇了撇唇，嘟囔道。

"哼，他这字也太贵了吧，都说一字千金，我哪一年不在他身上花费万金之数?"钱丰源冷哼一声,把纸条在手里揉成了一团。

钱丰源把几人说的情况综合了一下,得出朝廷内忧外患之下有意禁海,且同时整顿市舶司,肃清东南地区官场的结论。对于小股海商而言,朝廷实施海禁,是犹如砸饭碗的晴天霹雳。但是对于钱家而言,无非是多开销一些银子打点。钱家养肥的官吏不计其数,若钱家货船不再下海,不消那些买货的主顾不答应,只那些拿贿赂成了习惯的官吏就首先不依。他的自负此时又在作祟,盲目地以为一切都在他的掌握之中,今早得到的几条消息已经可以拼凑出真相。

"这个曲君墨也真是的,不写清楚是何事儿,让咱家准备什么,不会是咱们在市舶司做下的事儿他知道了吧?"钱正青也看清了字条上的内容,兀自埋怨。

"十五叔太看得起曲君墨了,他要是知道玉玺在咱们手上,保准离得远远的,唯恐牵连到他。"钱丰源说起曲君墨,眼中尽是不屑,"他说的事儿,我猜应该是官家惦记上了市舶司这块肥肉。据临安那边的商号回报,官家这次是打算在临安不走了,百废待兴,处处都要花钱,拿市舶司开刀倒也可以理解。"

"他们神仙斗法,干咱们家何事?还要撇清关系防止牵连,说得这么吓人,好像他知道咱们干了什么一样。"

稼音所说和钱丰源想在了一处。钱丰源更加坚定了自己的判断,但是一丝莫名的不安开始在心中跳动。

"我觉得他肯定不知道,透露消息是让我们提前准备好钱打点。再者市舶司受贿是明面上的事,朝廷派的钦差一到,很容易就知道这一点。而我们不论是作为最大的行贿方,还是作为地方名流,钦差到达泉州后是一定会约见我们的。曲君墨收了我多少好处,他心里有数,无外乎就是怕我们卖了他。"章闻柳不露声色地为钱丰源打气。

"如何才能不让钦差知道我们行贿市舶司呢?"钱正青问。

第10章 蛛丝马迹

"咱们不需要担心,市舶司的事情平将门做得隐蔽,无论如何怀疑不到我们的头上。"章闻柳说出了自己的看法。

稼音接过话头道:"属下倒是觉得让钦差知道我们行贿市舶司是好事,行贿能是多大的罪过,最坏不过是让我们把税银补上也就完了。办了我们,谁给他赚钱去?这对他一点好处都没有。皇帝正是花钱的时候,难道他还能封了钱家不成?"

"有道理,知道咱们行贿是好事儿。"钱丰源肯定了稼音的说法,"如此一来,世人皆知我们同市舶司利益相关,市舶司出事对我们一点好处都没有,便不会怀疑到我们头上。"

钱家可以在海商中独占鳌头,和官方势力的保护是分不开的。钱家后代也明白,今时不比往日,大佛要供,小菩萨也要敬。朝廷很多重臣都会不定时地收到来自泉州钱家的"心意"。市舶司是主管海贸的衙门,早就已经在钱家的"孝敬"下,对钱家的很多出格之举视而不见。钱丰源身为这一代的钱家家主,更是能和市舶司的上司——转运使曲君墨称兄道弟,纵然两人年纪相差将近二十岁,但有了三节两寿的孝敬和不时的小惊喜,曲君墨很乐意如此,每每私下相见都以钱老弟相称。曲君墨这位大哥当得也还称职,对老弟的生意爱护有加,若超出了他的职权范围,出现不利于钱家的事,曲君墨则会像这次一样提前给钱家通风报信。

"那如果钦差前来,就是查咱们做下的事呢?"钱正青追问。

"钦差也是长了一张嘴要吃饭的,到了以后把他们请到这里来好好招待一下,给足他们面子,我就不相信这年月有比钱更实在的东西。"钱丰源此时自信满满,再不疑有他,复又坐回清凉榻上倚着,接着说道,"退一万步说,真有人想把钱家怎么样,我就让他们知道,钱家几代人给朝廷的钱不是白花的。"

"家主,您看接下来该怎么办?"章闻柳小心地看着钱丰源的脸色。

钱丰源想了想说："你和十五叔约一下曲君墨，见到了就说我有事来不了，去库里寻两样积灰的东西送给他，让他安心也就完了。"

杨家这边，童牧归只管躺在床上昏睡，杨志勇请医问药足足忙活了一天。

任郎中前来瞧过，童牧归身上都是皮外伤，没有伤筋动骨。只是他原本就染着风寒，穿着湿衣服在外面坐了一夜，伤寒愈加严重，导致高热不退。给童牧归灌下药后，杨志勇把家中过冬的棉被翻了出来，给他盖上，眼见他的呼吸逐渐平稳，脸上逐渐有了血色，才稍稍安心。

严冥夜得到消息，派了张奔和刘先生前来探望。二人见他一直昏睡着，略坐坐便回去了。

天近黄昏，童牧归睁开了眼睛，正迎上杨志勇殷切的目光。

"你可算醒了，把我担心坏了。"杨志勇道。

"我睡了多久？"童牧归问。

"多久？"杨志勇扭身一指窗外，"进来的时候天刚亮，现在天已经快黑了。到底发生了什么？你倒是说说，也好叫我放心。"

童牧归便把事情的经过一五一十地讲了出来。

原来童牧归在昨夜混战时心想对方十有八九是神秘东瀛组织的人，此番知道他发现了市舶司案的线索，所以要杀他灭口。他的功夫不如对方，加上有病在身，难以摆脱对方的追击，时间也不允许他跑到可以求援的地方，硬拼显然没有丝毫胜算。

即使这一次能够侥幸摆脱，以对方行事狠绝的特性，绝对不会善罢甘休，童牧归揣度自己今后都会处在危险之中。思来想去，他决定冒险假死，以此麻痹对方。对方是功夫高手，他简单的倒地装死显然是行不通的，对方极有可能补上一刀把他变成真正的死尸。

在这危急关头，听闻流水的声音，自幼熟悉水性的他，便想出了负伤跌落河中假装溺亡的办法，于是在打斗之中他卖个破绽让对方攻击，对方果然上当，一击之下他顺势倒进河里，随后做出溺亡的状态。四周黑暗，对方难辨真假，加上更夫经过，童牧归才得以顺利脱身。

"怪不得你身上的衣服是湿的。"杨志勇眼睛一转，心生疑问，"不对呀，那人走开你便上岸了，为何昨夜不敲我家的门？"

"嗨，那东瀛人不好惹，我恐怕他没走远，万一跟着我，岂不是连累了你这一大家子。"童牧归答。

"哼，说得好听。"杨志勇哼了一声，假装嗔怪，"那你怎么不躲远一点，在我门口作甚？"

"死在大哥家门口，总好过曝尸街头丢人现眼。您一早看见我的尸身，以咱们的兄弟情分，怎么着也会给我买一口好点的棺材吧。"

童牧归眼里闪动着真诚，他的话虽然带着几分玩笑的味道，却句句是他的心里话。昨夜童牧归从河中上岸，想要回家，但是担心东瀛人躲在暗处跟踪，连累家中的父亲。醉仙楼更是不能去，听南嫂乃柔弱女子，此时的自己对她有百害而无一利。他的身体逐渐变得滚烫，脑袋嗡嗡作响，几欲栽倒在地，勉力支撑到杨家门前。他的手已经摸到了杨家院门的门环，最后又缩了回去，心想：自己为了保护父亲，尚且有家不回，杨家一大家子人，自己进去，若被东瀛人发现，岂不是给兄弟招来无妄之灾？因此只在门口的台阶坐下，并未惊动任何人。

他的一句话，让杨志勇心里五味杂陈，八尺高的汉子，心尖儿上酸得发颤。

童牧归不忍看着杨志勇难过，连忙转移话题道："大哥，之前我曾托你在江湖上打听东瀛组织的事，可有什么结果？"

"怎么？你难道还想找他们复仇？"

童牧归苦笑道："哪有，家中阿爹需要我照料，以身犯险置他老人家于不顾，非人子所为。更何况有前车之鉴，昨夜我也是猪油蒙心，一

时糊涂才跟了上去，心里后悔的时候已难脱身，此时后悔得紧。"

"当真？"杨志勇将信将疑。

"当真。"童牧归从被子中探出手，在杨志勇的手背上拍了拍，"此番侥幸逃生，再也不会意气用事，只是想做个明白鬼，知己知彼，早做防范。"

见童牧归如此，杨志勇才放下心来，将自己托绿林道上朋友打探的消息道来。

神秘东瀛组织名叫平将门，是活跃在东南沿海一带的秘密组织，主要成员皆为东瀛人士。

最早的一批成员是东瀛天皇围剿的逆犯，在躲避围捕的过程中决定远走海外，与当时经常往来于东瀛的大宋商人钱博远，也就是钱丰源的祖父、当时钱家的家主，达成交易。钱博远负责想办法把他们带到大宋，作为报答，他们可以替钱家解决"麻烦"。当时钱博远正苦于没有自己的武装力量，拳脚不得施展，双方一拍即合。

根据钱博远最开始的打算，想豢养、控制他们为自己的私人势力，无奈这些东瀛人心怀旧主，不愿寄人篱下受人驱使，所以钱博远未能如愿。

这些人在东瀛时皆是忍者，他们专为杀戮而生，别无长技。在泉州落脚后，迫于生计，以受雇替金主解决私怨为生。其组织取名叫平将门，明码标价，不问是非，不问善恶，或杀人，或夺物。因心狠手辣，处事果决，纪律严明，完成任务快捷精准，平将门逐渐在一些小圈子里拥有名气。

念及钱家当年的人情，平将门门主与钱博远约定，不接伤害钱家的"生意"，若钱家需求和别的主顾需求相左，以钱家需求为重；钱家则负责疏通官方关系，包庇平将门的罪行。几十年来，平将门为钱家在海商中强占市场、控制货源、除掉不肯通融的"迂腐"官吏等事出力不少,双方相伴相生。

"平将门……钱家……平将门……钱家……"童牧归听完杨志勇的介绍后,喃喃自语。

杨志勇猛然想起童牧归的父亲曾被下毒一事,顿时后悔将平将门与钱家有关的消息说出来,生怕童牧归冲动行事。他小声地劝着:"我是不是……说多了……这么多年过去了,你也别太往心里去……"

"我若往心里去,我们父子二人岂能活到现在,现在唯求一碗安乐茶饭罢了。"童牧归苦笑。

"市舶司的案子你打算怎么办?"

"原本我也不曾打算查证此案,这里面水太深,没有一方是我能够抗衡的。严提刑待我不错,我不好在钦差莅临的当口撂挑子,待此事了结,无论如何不能在提刑司待了,保命要紧。"

前一日,钱正青和章闻柳并没有顺利见到转运使曲君墨。

钱丰源安排钱十三持拜帖约见曲君墨,转运使司衙门和后宅俱不见其踪影,去了几次都是无功而返。

钱十三常来转运使司走动,许多小吏与他相熟,一个主簿悄悄告诉他,市舶司有事把曲君墨缠住了,让他到那边去寻。

等钱正青和章闻柳见到曲君墨,已经是第二日戌时三刻。原本约好酉时在醉仙楼见面,曲君墨迟迟不到。楼下猜拳行令之声不绝于耳,纵然坐在醉仙楼最好的雅间,依旧让钱正青这种不常出入平民酒肆的世家子弟感到颇为不适应。

"十五叔,章先生,来了。"

钱十三推开雅间的门,探进来半个身子,向钱正青和章闻柳汇报。

章闻柳起身相迎,钱正青则阴沉着脸在座位上坐着没动,以此来表达自己枯等一个多时辰的不满。

曲君墨到了雅间门口，不着急进来，折身从门口探出头去，四下张望后才重新进来，把门关好。他一边脱下自己身上穿的连帽斗篷，一边脸上堆着笑，对钱正青说："让正青老弟久等了，曲某实在是脱不开身，一不留神就耽搁到了这个时候。丰源为何没来？"

"有劳曲大人屈尊到这样一个鬼地方。"钱正青对曲君墨与他们叔侄二人皆称兄道弟很是厌烦，言语中尽是冷嘲热讽，"丰源要出门时被番长拉去，说是有要紧事。"

曲君墨全然不在意钱正青的无礼，不等人让，自己在上首的座位坐下，拿起桌上的酒壶给自己和钱正青斟满，说："曲某知道正青老弟是尊贵人，看不上这样的地方，小店有小店的好处，咱们说话不会被有心人听了去。若还在梧桐苑相见，那里出入的人非富即贵，走漏了消息，泉州城非翻天不可。"

钱正青心中冷笑，去梧桐苑怕引人注意，殊不知七月的天气他穿着连帽斗篷招摇过市，更加引人注目。毕竟正事要紧，钱正青没有心思计较这些，耐着性子与曲君墨客套了几句，便直奔主题。

"曲大人，您前日捎信说市舶司出事了，到底是怎么回事？"

"唉……"曲君墨长叹一声，放下手里的酒杯说，"市舶司出事了。"曲君墨想起那日初看到案发现场的血腥场面，胃里一阵抽搐，刚下肚的两杯酒差一点儿吐出来，他强咽了一口口水，只管看着钱正青等对方的反应。

钱正青打量着曲君墨，一时之间不知道如何开口，遂冲章闻柳使了一个眼色。

章闻柳会意，脸上堆着笑，给曲君墨满上杯中酒，说道："曲大人，我们钱家素来配合官府的工作，您把怎么回事儿详细说说，没准我们还能给大人出点力。"

"这件事儿，你们千万别搅和进来，沾上就是大麻烦。"曲君墨头摇得像拨浪鼓一样，连连摆手，心中却在掂量这件事到底和钱家有没有关系，他此番冒险前来见面，也有试探钱家的意思，"朝廷命官在衙门被人杀害，怎么你们还不知道这件事儿吗？"

二人连忙摇头否认。

"市舶司与海商之间积怨已深，若这个消息传出去，那些刁民趁机作乱，事态便不可控制了。"

曲君墨意味深长地看着在座的几个人，一副都是因你们而起，你们好自为之的表情，刚进来时的唯唯诺诺早已不见踪影。

泉州海商与市舶司的积怨确实和钱家有很大关系。北方沦陷后，朝廷税赋多出东南，东南税赋多出海商。钱家作为全国最大的海商，自然每年需要缴纳不菲的税费。钱家行贿市舶司，除了可以夹运私货以外，还可以躲避部分税费。朝廷每次征缴税费，本应按比例分派到各海商头上，经过市舶司的运作，钱家的大部分税费都被分摊到了其他小股海商的身上。那些小海商，原本就势单力孤，本小利薄，又被重税压身，为了生计，只好冒险走一些不成熟的航线，或者在不适合出海的天气出海，往往这样做的后果就如那刘家家主一般，有去无回。

钱正青岂能听不出曲君墨话里的意思，向章闻柳使了一个眼色，对方会意，从袖子中拿出一张当票，冲曲君墨莞尔一笑，放在他的面前。

曲君墨瞥了一眼，是一张两贯钱典当南洋玳瑁底座金镶八宝五扇牙雕摆屏的当票，一下脸上乐开了花，嘴上连说："又让你们破费了，这多不好意思。"手里却没停，麻利地把当票塞在怀里。

吃人嘴短，拿人手软，曲君墨很快便把事情的大概，诸如如何发现市舶司被屠、现场的惨烈状况、他和严冥夜商量的对策、这几日朝廷可能派钦差查案等情况摘了大半说出来。

醉仙楼里的人在猜测即将到来的钦差身份，殊不知此时正在海上漂

着的两位钦差副使,也在品评醉仙楼里坐着的人。

自七月初五下午在扫寻湾登船,钦差船队一行已经整整在海上漂了三个昼夜。大多数船舱的烛火已经熄灭,大理寺卿莫哈拓毫无睡意,坐在甲板上想心事。他目光所及,海天相连,黑压压一片,回忆起临行前官家和魏公公与自己谈话的场景,似乎周围的环境和他眼下的心境一样,被一团雾气所笼罩。

官家身为九五之尊,无外乎说一些场面话,真正触动他的,是魏公公所讲的秘事。莫哈拓此行的任务是调查清楚市舶司案,到底是有人知道了赵构的计划唯恐被牵连、所以杀人灭口,还是有别的隐情。同时赵构另有密旨交由莫哈拓转送严冥夜,叮嘱:凡事不决,需同严冥夜商议。

从前莫哈拓只知忠于君上,服从命令,事到如今,他忍不住思考,忠诚是否有对错之分。

此时,刑部侍郎鹿游原也打开了自己的舱门,见莫哈拓在甲板上坐着,便朝他走了过去。

"鹿大人前番得相爷赏识,今又蒙重用,他日前途无量。"莫哈拓试探着与对方聊天。

"哼,福祸伏倚罢了。"鹿游原没好气地回答,"谁知他安的什么心呢?"莫哈拓本没话找话,反勾出了鹿游原的牢骚。他身在大理寺,对当年的事略知一二。

数年前,有人从北境走私粮食到西夏,案发后按一般走私案上报刑部,当时鹿游原尚是刑部一名小小的经承,初入官场年轻气盛,察觉此事并不简单。金军虎视眈眈,为防其绕道突袭,北境防线封锁严密,不可能有漏网的粮队过去。换一个思路,连年征战,百姓手里没有余粮,米贵如珠,粮商根本就没有必要冒风险把粮食运出国境去卖。综合这两条,鹿游原得出结论,这批粮食不能光明正大地进行买卖,且有人私放粮队出境。

　　最后真相大白，是北境的一个佐领克扣士兵军粮，倒卖到西夏牟利。此案一出，满朝皆以为鹿游原这个小小的刑部经承大难临头了，因为这种倒卖军粮的情况由来已久，北境的佐领从前是宰相汪伯彦府中的亲卫，各种干系显而易见。大家心照不宣，无人揭发，是畏惧这件事背后的势力。

　　出乎意料，汪相并没有对这件案子进行阻挠。在结案的时候，他甚至在赵构面前着实夸奖了鹿游原一番。赵构龙颜大悦，升鹿游原为刑部侍郎。

　　当时朝臣都猜测，汪相是碍于面子隐忍不发，预备秋后算账。果然这次市舶司案一出，汪相举荐鹿游原，印证了大家的猜想。其目的显而易见，到期不能破案，则由鹿游原背锅。对于汪相的目的，鹿游原心里似乎也很清楚，他在朝臣面前丝毫不掩饰对汪相的厌恶。而赵构在毫无征兆的情况下，把莫哈拓放进了钦差队伍，则让整个队伍的关系变得微妙起来。

　　莫哈拓有些尴尬，不知道该如何同鹿游原交流，便苦着脸不说话，留也不是，去也不是。鹿游原站在甲板上发了一会儿呆，心情平复了很多，觉察出自己辜负了莫哈拓的一番好意，略带愧疚地说："莫兄，小弟素来浅眠，自登船后一直没有休息好，所以心情抑郁，莫兄多担待。"

　　"讨厌，人家又不是教坊里的姑娘。"莫哈拓做女儿状，娇滴滴一拳，捶在鹿游原胸口。

　　鹿游原先是一愣，随后明白过来，莫兄，摸胸，遂大笑道："哈哈哈，好你个下流坏子，我当你是正人君子，原来也爱干这眠花宿柳的勾当。"

　　"如此风雅之事，你为何说得如此难听？"莫哈拓摇头否认。

　　"真有那么好？"鹿游原面露鄙夷。

"你不知道,世间美人如美酒,只有亲自尝尝才知道其中滋味。"莫哈拓想起软玉温香的姑娘,魂魄随之一荡,炫耀地说,"当年有弹一手绝好琵琶的姑娘倾心于我,泉州海商钱丰源的小叔叔钱正青出价千贯为其赎身,她都不肯跟他去。"

莫哈拓的眸子随着远处的海面一起荡漾,想起佳人,心中一时五味杂陈。

鹿游原对姑娘不感兴趣,顺着钱家的话题说道:"你说海商钱家,我倒想起来了,市舶司主管海贸,钱家又是泉州最大的海商,市舶司出事会不会和钱家有关系?"

"不清楚,但是钱家与市舶司肯定有收受往来,如此乱世,钱家还能安稳赚钱,也是不容易。"莫哈拓答。

"这算什么,莫兄你是两耳不闻窗外事,太不了解钱家。"鹿游原得意地朝他眨眨眼睛,接着说,"据坊间传说,钱家祖辈在唐末五代长达近七十年的藩镇割据混战局面中,尚能在夹缝中生存,甚至还能牟利,眼下时局岂不比那时好上太多?"

"哦?还有此事?"

莫哈拓对鹿游原所说十分感兴趣,索性在甲板上席地而坐,也拉着鹿游原一起坐下。

鹿游原面有得意之色,索性把自己知道的一股脑讲了出来。

钱家先辈深谋远虑,在当时就意识到,安稳的政治格局才是市场经济繁荣的保障,只有百姓生活安定,才会有购买的需求,商人才会有利可取。若时局动荡不安,百姓生活在水深火热之中,终日为性命担忧,食不果腹,商业永远得不到发展。因此钱家祖辈选择支持一方势力,尽早结束天下纷争的局面,纵然散尽家财也在所不惜。

怀着这样的心思,钱家先祖携带巨资到当时的都城开封活动运作,钱家独具慧眼,与任开封府马直军使(开封府八九品不入流的小军官)

的赵匡胤相交，资助以大笔银钱粮草。连年战乱中能吃饱穿暖的军队战斗力最强，因此，赵匡胤所率军队所向披靡，屡战屡胜。

后来赵匡胤登基，也给了钱家相应的庇护。从此，形成了一个循环，朝廷政策向钱家倾斜，比如一些海外紧俏物品买卖需要报批，最后只有钱家等少数海商可以得到批文。当国库难支的时候，钱家出钱出力，每年通过钱家的商船进献给朝廷的海外奇珍数不胜数。泉州海贸，钱家所占十之七八，商号不但遍布全国各地，海外也有分号。现今，钱家与朝廷的关系虽然没有太祖时期那么密切，但是余荫尚在。

"家资如此巨大，岂不是富可敌国？"莫哈拓暗自咋舌。

"不不不。"鹿游原否定了他的说法。

莫哈拓很诧异："怎么会，按你所说确实……"

鹿游原握住了莫哈拓因为激动着急解释而乱舞的手，一本正经地说："我的意思是，钱家不是富可敌国，而是远远比朝廷有钱。别的时候我不确定，起码按照现在的形势，三五个户部加起来，也比不过人家。"

莫哈拓惊得忘了抽回自己的手，半天说不出话来，半晌方问："你是亲眼所见，还是从哪里听来的？"

鹿游原重新把身体撑好看星星，半晌幽幽地说："纵然是市井传言，也不会空穴来风。"

第11章　暗度金针

在市舶司衙署被屠案案发的第九天，泉州官场发生了很大的变化，多股势力被重新洗牌。

与甲板上莫、鹿二人有一搭没一搭的闲聊相比，被他二人议论的钱家却没那么轻松。

曲君墨反复叮嘱钱正青，让钱家销毁与市舶司和自己往来的账目，免得引起不必要的麻烦。直到钱正青再三承诺，钱家平日的馈赠，不曾留下任何痕迹，曲君墨才将信将疑地离去。

送走曲君墨后，钱正青和章闻柳都没有马上离开醉仙楼的意思，他们反复咀嚼曲君墨带来的信息，不一会儿雅间的房门再次开了，闪进来一个袅袅婷婷的身影。

"这样腌臜的地方，亏你们在这里坐了这么久。"稼音进来后捂着鼻子的手再没拿下来。

钱正青双手交叉放在桌前，两只拇指绕着虎口，正着追一圈反着追一圈，沉吟了片刻说："今天是初八，按照曲君墨所说，钦差后天便能到。"

"伸头也是一刀，缩头也是一刀，既然做下了，咱们就等着结果吧。"稼音低头玩弄着指甲，转而又问章闻柳，"章先生，一切果真能如你所说的那样吗？"

"肯定错不了，今天上午在下已经得到消息，钦差正使正是汪相。一切都在计划中，二位就把心放在肚子里吧。"章闻柳说得十分笃定。

"务必一击即中，打蛇不死终是后患。"钱正青还是不放心，又接着追问道，"'飞鸟尽，良弓藏；狡兔死，走狗烹'，就怕事成之后我赔了夫人又折兵。"

章闻柳坦然地笑了笑，说道："茫茫大海无边无碍，是硕大的聚宝盆，钱家就是最得力的一张渔网，海不枯则鸟不尽，您承诺不变则狗不烹。这边你们不消担心，我现在担心的是平将门，总担心那些东瀛人把咱们卖了。"

稼音玩弄着自己的手指甲，头也不抬地回答说："放心吧，有我呢，我的手段你们还不知道吗？保管一个不留。"

平将门之于童家父子，如同头风一样的存在，虽然只是偶尔冒出来一下，但是每次它的出现都会惹得人心烦意乱。平将门之于钱家，则是利齿一样的存在，它就是钱丰源口口声声所说的"疯狗"。

曲君墨主管福建路这么多年，曾耳闻钱家与一些东瀛杀手有些关系。他在市舶司案发现场听到童牧归和严冥夜说，市舶司死者身上的伤口是东瀛武士刀所致时，联想到了钱家。他觉得与自己无关的事知道得越少越好，因此并未进行求证。今日冒险与钱家人见面就有刺探之意，因此隐去了关于凶器的信息没说，怕这件事若真的和钱家有关系，自己知道太多，钱家会对自己不利。

钱正青和章闻柳相视而笑，钱正青满不在乎地说："这些东瀛人当年背信弃义，有如今的结果也是活该。"

"让我说担心也没用，快回去吧，钱丰源还等着咱们呢。"稼音不满地催促道，"我就不想那以后的事儿，能亲眼看见他大厦倾崩，即刻

死了去见我娘,我也愿意。"

童牧归在杨家躺了两天,身上的病逐渐好转,念着两天没回家,唯恐父亲担心。下午刘先生过来传达严冥夜的话,明日钦差官船进港,请他明天到码头迎接。因此童牧归不顾杨志勇的挽留,执意回家。

哗——

一盆水泼在了童牧归的脚下,有不少水顺着靴筒灌了进去。沉浸在自己思绪中的童牧归回过神来,刚要斥责几句,一串银铃般的笑声把他的话噎了回去。

童牧归抬头一看,不知不觉间走到了醉仙楼门口,老板听南嫂正巧出来泼净面水。只见她左手扶着铜盆一侧,盆的另一侧架在腰上,右手掩嘴咯咯地笑着。店内的灯光从门口投出来,把听南嫂的身影拉得更加纤长,有风吹荷叶、雨打芭蕉之态,一时间童牧归竟看呆了。

"哎哟,童爷,对不住,您别杵在这儿了,进去小的给您烘一烘靴子。"

伙计顺子正在上板儿准备关门,把这一幕看了个满眼。平日里童牧归总来醉仙楼,童牧归和老板彼此有意他是知道的。只是二人没有捅破这层窗户纸,大伙儿心里都替他们俩着急,眼瞧这大好的机会,顺子忙不迭地把童牧归让进去。

童牧归借坡下驴,半真半假推辞了几句,随着顺子的推搡,进了醉仙楼。已经到了关门的时间,刚刚擦过地面,条凳已经反扣在餐桌上,白天热闹的大厅,只剩下灯花爆裂的噼啪声。顺子麻利地拿下靠里面一张桌子上面的条凳,用肩头上的白巾子掸了掸凳面儿。

童牧归见了,咧嘴一笑道:"顺子,你家的凳子亮得都能照见人影儿,有灰吗?"

顺子忙活完,从柜台上拿过一壶干红露和一碟花生米放在桌子上,然后双手搭在童牧归肩上，把他按在条凳上坐下。他不由分说开始脱童牧归的靴子，边脱边说："我的爷，您是照妖镜，您是二郎君，如何能瞒过您呐。"

一个半尺长的金属物件儿，从靴筒里掉了出来，咣当一声落在地上。油灯昏暗，又掉在桌下阴影里，顺子看不清是什么，便作势伸手去摸。

"别动，小心割了手。"童牧归的嗓门够大，吓得顺子一下子就把伸出去的手抽了回来。

童牧归弯腰从桌下捡起，这是那日在市舶司议事厅撬门用的匕首。他捡起来后看见顺子眼睛不错珠地盯着看，便伸到顺子眼前晃了晃，像是顽童在炫耀心爱的玩具。

"乖乖，怎么天天揣靴子里，走路不伤脚的呢？"顺子叹道。

"这是功夫，想学吗？"童牧归边往嘴里丢着花生米边答。

顺子眼珠骨碌碌转了转，说："我不学，娘说了，马上摔死英雄汉，河里淹死会水的人。学会了功夫，万一我出去行侠仗义被人打死了怎么办？"

童牧归用没穿靴子的脚踹顺子，笑骂道："快滚，别在这儿烦老子。"

顺子原本就是蹲着，被踹了一脚，就势歪在一边，根本不疼。

他站起身，见自己老板走过来，便不再废话，笑嘻嘻地拿着童牧归的靴子到后厨烤火去了。后厨的哑厨子知道童牧归来了，也很欢喜，捅开灶火，专拣童牧归平日爱吃的做。

听南嫂此时还不知童牧归受伤的事，转身到自己房里拿出来一条半旧的裙子，折了又折，走到童牧归身边弯腰蹲下，用手去捉童牧归的脚，怕他光脚踩在地上着凉，想给他垫上。

童牧归正在吃花生喝酒，可能是这几日神经绷得太紧有些劳累，到醉仙楼以后慢慢地放松，听南嫂走到身边他竟然没有发现；直到脚被握住，他打了一个激灵，下意识地躲闪，猛地站起。童牧归拿在手里的一壶酒撒得满怀都是，听南嫂被惯性带倒，跌坐在地上。

顺子正在后面帮哑厨子切菜，听见动静赶紧跑过来瞧。童牧归看顺子过来了，搀听南嫂起来的手又缩了回去。听南嫂再次跌坐在了地上，二人的脸都涨得通红。顺子发现出来得不是时候，吐了吐舌头，顺手扒下童牧归的外衫，自我解围说："哎呀，怎么衣服也湿了呢，得，跟靴子做伴儿去吧。"

听南嫂自己从地上站起来，留下一句："踩上吧，省得着凉。"说完便转身进了后厨，挽起袖子开始和面。

不一会儿，她端着一碗香喷喷的酸汤面片出来。山西失守，被金兵所占，市面上的好陈醋越来越少，听南嫂把店里的存货全都收了起来，专给童牧归留着。东南人民多食稻米，童牧归爱吃面食，东南人民多喜甜食，童牧归喜好吃酸，尤其是面片儿汤加足了醋，他一气儿可以吃两大碗。

童牧归吃得呼呼作响，听南嫂坐在另一侧，胳膊挂着桌面，以手托腮，笑劝道："慢点儿，没人和你抢，小心别呛到。"

"辛苦你了，这么晚不能休息。"童牧归放下碗，抹抹嘴，冲着听南嫂傻笑。

听南嫂撑着头，用蚊子大的声音说："你家就你和伯父，两个大男人如何能做洗洗涮涮的活儿，再有脏衣服拿到这儿来洗吧，后院宽敞，晾晒也方便。"

"不了不了，你管着这么大一个店就很辛苦了，不能再给你添麻烦。"童牧归的头摇得像拨浪鼓一样，"我家邻居王婆婆无儿无女，没有收入，她老人家帮我们爷儿俩缝补洗涮，一个月我给她三百钱，她也能拿着这个糊口。"

"哎，童爷，街面上传着您家辈辈都是捕快，眨眨眼睛就能辨出蚂蚁的公母，现在小的怀疑到底是真的假的。"顺子正端着炒好的菜过

第11章 暗度金针

来，把童牧归的话听个正着，因此不住地摇头。

"去，我看你肉皮又紧了。"听南嫂嗔怪道。顺子也不理，冲着二人做了一个鬼脸走开了。

赶走了顺子，听南嫂没话搭话道："那天你匆匆来，也没说清楚，只让三餐送饭食过去，到底出了何事？"

"市舶司出了点事情……"

童牧归在犹豫要不要告诉听南嫂，醉仙楼人来人往，没准儿听南嫂听到过什么消息，但是内心深处他又不想把心上人牵扯进来。

"这满街的兵，自然是出事儿了，你若不方便也不必说了，我这里来来往往的人多，万一顺嘴说出去了不好。"听南嫂顺势给童牧归满上了一杯，"只有一件事告诉你，不知道有用没用。昨天晚上，转运使曲大人和钱家人鬼鬼祟祟地见面了。"

"曲转运使？钱家人？"童牧归有点不太理解，两个在泉州城乃至整个福建呼风唤雨的人物为何会鬼鬼祟祟地行事，遂追问道，"你认识他们？"

"原本我都不认得，酉时左右，钱家一共来了四个人，三个人上楼要了两个雅间，有一个常来店里的小厮没上去，站在柜台前面跟我贫嘴……"

不等听南嫂说完，童牧归就急了："等我忙完这一阵，晚上散了班，便来这里坐着，看哪个浪荡货敢在这里放肆。"

听南嫂扑哧一下乐了，扯了一下童牧归的袖口，说："你听奴家把话说完。"她嘴上制止了童牧归，心里却美滋滋的。她笑了笑，接着说道，"那个伙计跟我显摆，说是他家主人请转运使大人在我这里吃饭，我只当他吹牛并没当真，后来见来人鬼鬼祟祟的样子便信了。"

醉仙楼叫了一个酒楼的名，实则是矬子里拔大个儿。看着门脸儿宽敞，一没有唱曲儿的，二没有陪酒的，那些有品阶的老爷和富商是不会来的。小南河边的三十八家春坊、二十五家酒楼才是他们常去的地方。

"没准只是想换换口味？"童牧归也不理解。

"开始的时候奴家以为就他们四个人来吃饭，想让顺子上去伺候着，毕竟这样的人物得罪不起。顺子上去以后，在楼梯口就被一个不男不女的拦下来了，给了顺子一块银子，说不用伺候，而且楼上他们包了，再不许别人上来。"

童牧归听见不男不女，心里一下子就想到稼音，忙追问道："然后呢？"

"等到了戌时三刻左右，一个穿着连帽斗篷的人进来就直接上楼。顺子想上前阻拦，被那个纠缠我的伙计抢先一步，引着那人上楼了。当时只觉得七月的天气穿斗篷，这人怎么也不嫌热，根本不知道这个人就是堂堂转运使大人。是那个伙计把那人送上楼以后下来，神神秘秘地又嘱咐我，千万别把他们家主和曲转运使见面的事说出去。晚上算账的时候，我越琢磨越觉得不对，兴许那个伙计说的是真的。"

二人又交谈了一会，虽然童牧归谈兴正浓，听南嫂却察觉出他脸色不好，从厨房灶边取来童牧归的靴子和外衫，服侍他穿上，便催他早点回去休息。

童牧归几次想表达心迹，每每话到嘴边羞于启齿，不知不觉人已经走出了门外。听南嫂道过别后便关上门。他有些懊恼，往常乱乱哄哄的不得机会，今天这般好的时机，怎么就没问问听南嫂的心意。

童牧归把醉仙楼那两扇黄杨木门幻想成了听南嫂，犹自痴痴地问了一句："你愿意吗？"

童牧归舍不得离开，听南嫂哪里又舍得转身，关上门后一时失神，站在原地没有动。她听见童牧归如此说，心中瞬时百蝶齐舞，一度以为是幻觉。她想也没想，脱口而出："奴家愿意。"生怕答应得慢了，门外的心上人听不见。

第11章 暗度金针

熟悉的声音穿过门缝，一个字一个字地送进童牧归的耳朵，一下一下搔在他的心头，像一只熟透的果子落进午后静谧的湖里，瞬间在他的心里荡开了涟漪。

"哎。"童牧归喜不自胜，一下子蹦了起来，撞在醉仙楼的门框上也觉不出来疼，"你等我，过几日，我找人来提亲。"

门内的听南嫂沉豫了一下，她强压住被心上人表白的喜悦，一个许久不曾提起，几乎被她遗忘的秘密浮上心头。这个秘密的重量经常在午夜将她压醒，童牧归对自己的心意，自己早已知悉，但是这个秘密一天不说，她便不知道该如何面对童牧归。

"等你忙完，你来找我，我有话说。"

听南嫂的回答几乎细不可闻，但是对于童牧归来说，有如天籁。

市舶司衙署被署案案发第九天，钦差官船抵达泉州港。福建路转运使曲君墨早早在泉州港为钦差官船进港预留了航道，但是市舶司已经九天没有办公，等待启程或上岸的大小船只密密麻麻地拥堵在一起，港口十分混乱。

那些货船随时准备拔锚起航，众鬼奴、舟师、番僧、水手等不敢远离自家船只，又无事可做，只能在码头上游来荡去。出海的船大，不畏风浪，唯怕搁浅，所以常用鬼奴，他们是大食黑人，擅水性，可以睁着眼睛潜入水中。一旦船体发生漏水事故，便可以让鬼奴手持物料、工具潜入水中进行修补。舟师是引航人，负责为商船引路，他们夜观星、昼观日，阴雨的日子看指南针，更厉害的舟师只要取海底泥闻一闻，就能判断出该把船泊在何处。重视番僧则是因为远赴航海变幻莫测，人类因对海洋的未知而心生敬畏，高等货船请番僧随行，遇到不顺之事，可以设坛祷告，祈求人货平安。

货船不能正常进港离港，最苦的是那些贩运时鲜物品的海商，每天不断地派人到市舶司打探，想知道何时可以办理公凭。无一例外，这些人走到市舶司衙署门前便被兵士拦下，让来人看门上曲君墨颁布的告示，再想多打听什么，便是一问三不知。直到今日，他们远远看见钦差官船浩浩荡荡地泊进码头，才恍然大悟——市舶司出事了。

宰相汪伯彦从自己的船舱走出，站在甲板上极目瞭望，满眼都是泉州港乱糟糟的景象。不等搭板下船，他心里已经把转运使曲君墨骂了几个来回。

泉州大小官员在码头上列队恭迎钦差一行，有人发现了不同寻常的地方，交头接耳，小声议论着。

"李大人，市舶司到底出了多大的事，这么多天没办公，码头上乱糟糟的，成何体统？"

被问到的李大人素来与市舶司提举柯鹭洋不和，撇着嘴不屑地说："谁知道呢，迎接钦差这么大的事儿，柯提举不露面儿，多半是在哪儿被银子绊住了脚。"

"依我看是倪丹荷那小蹄子绊住的还差不多。"旁边有人插话。

几个略知内情的人，听到此话忍不住以袖遮嘴，笑声暧昧。

有人抱怨道："哎，这次钦差来得好急啊，没听到信儿，船就已经到了。"

有人猜测着答："官家现在搬到临安了，估计是来催银子修皇宫的。"

"要银子更得找柯提举了，他手里紧一紧，就能给官家盖出来一间大殿。"李大人的口气依旧阴阳怪气。

又有好事者问："哎，你们说，会不会是市舶司贪得太过，官家派钦差来问罪呀？"

"不能，他们又不傻，惹恼了官家就是砸了自己的饭碗。"有人接话头，否定了刚才的猜测。

一个满面油光、着六品官服的人嬉笑道："市舶司真是一块肥肉，我情愿拿六品的帽子换个市舶司的点检官。"

众人对市舶司和提举柯鹭洋的羡慕，引起了李大人的醋意，他啐了一口："呸，想得美，做你的春秋大梦吧。"

这些酸溜溜的猜测，大半飘进了曲君墨的耳朵里。此时已经顾不了那么多了，眼看钦差就要下船，他满脑子都在想官家会如何处置自己。他默默地盘算，最多应该就是削官为民，尚不至于牵连性命。但是柯提举的死实在像一记天雷，曲君墨担心它随时会把自己轰得灰飞烟灭。

转运使司为了迎接钦差，已经提前派官差在码头上围出了一块空地，设置接圣旨所用香案，不许闲杂人等靠近。无奈港口多货船，看热闹的人不消靠前，站在自己船上便可以看热闹，有一二身手好的爬上了桅杆，居高临下看得更为真切。

等宰相汪伯彦带着众人从船上走下，他感到处处都有眼睛在看着自己，这对于一个宰相来说，十分不舒服，无奈又不好发作，他只能强压怒火，把这一笔账算在曲君墨的头上。

汪伯彦径直睃过香案，途经曲君墨的身边，他低声恨恨地说："你的脑子是被海水浸了么，在这里接旨，你们是跪官家还是跪那些刁民？"

曲君墨恍然大悟，讨好地跟在汪相后面说："相爷息怒，卑职疏忽了，此地蛮荒，愚民不得教化，您千万别生气。"

这时钦差的仪仗已经摆开，汪伯彦对曲君墨的谄媚视而不见，只重重地哼了一声，直奔自己的轿子而去。

到了转运使司衙门，汪伯彦宣读了圣旨，随后入内堂更衣，换下蟒袍玉带；留下转运使曲君墨、提刑司提刑严冥夜、福州节度使白铭，命其余众人尽皆散去，各司其职。

曲君墨的一颗心总算放回了肚子里，结果已经比他自己预想的好太多，仅仅是革职，性命无忧矣。心中踏实下来后，计较便多了，他觉

得白白便宜了白铭,二十年弹指一挥间,谁能想到,从前的一名御前侍卫,如今成了可以和自己比肩的封疆大吏。他翻来覆去掂量了一番,又觉得比起白铭来,最受益的是严冥夜,虽然级别上没有提拔得像白铭这么明显,可是"兼领市舶司"是天大的肥肉。

"曲大人,泉州府为何闹到这步田地?"汪相手里端着茶碗,并不饮茶,睥视着曲君墨,言语之中极尽嘲讽。"当年本官看你为人中正,办事勤恳,一手好文章屡屡被太上皇赞誉,所以才保举你做了一路转运使。如今泉州出此丑事,皆是你无德的缘故。"

曲君墨脸上红一阵白一阵的,恨不得找个地缝钻进去,可是他心里明白,汪相现在心里有火,只有让他把这口气出了,才能阴天云彩散。

"相爷息怒,卑职主管福建刑狱,发生如此骇人听闻的事情,卑职难辞其咎,还请相爷责罚。"刚才一直冷眼旁观的严冥夜打着圆场。

"唉,严提刑,本相的身家性命全系在你的身上。"汪相转眼换了一副面孔,不像训斥曲君墨那般疾言厉色,"官家限期四十天破案,如今已经过去数日,到期不能破案,本相便罪从同党。怎奈本相于刑狱之事实在不通,一切便拜托严提刑了。"

所有人心里都很清楚,皇帝虽然给了四十天的破案期限,但是临安距离泉州路途遥远,往返之间就要耽搁不少时日。钦差一行若想在中秋节前赶回临安,实际上可供破案的时间只有约三十天。

"相爷言重了,圣上既派了鹿大人和莫大人前来,又有相爷您坐镇,一定能让那些魑魅魍魉无处遁形。"严冥夜拱手道。

"老夫今日上岸时,看到码头上乱糟糟的不成样子,严大人既然受圣上钦点兼领市舶司,早日处理妥当为好,免得人心惶惶。如今朝廷多赖东南税收,若生变故,你我百死莫赎其罪。"汪相道。

众人在一起互相客套恭维了一番,最后决定汪相留在转运使衙门居中指挥,由严冥夜带领莫哈拓和鹿游原到案发地市舶司衙门勘察。

第11章　暗度金针

在市舶司衙署被屠案案发的第九天，泉州官场发生了很大的变化，多股势力被重新洗牌。

鹿游原和莫哈拓被严冥夜带到市舶司，眼前的情况比他二人在路上想的更糟糕。虽然有兵士把市舶司围住，不许闲人靠近，但是前来打探市舶司消息的人是兵士的几倍之数。

众人下马落轿，穿过人群进到市舶司院内。严冥夜体谅童牧归大病初愈，没有让他跟着大队人马去转运使衙门，大家离开码头后，他已先行回到市舶司。

刚才在码头上乱糟糟的，童牧归并没有把莫、鹿二人看真切。在严冥夜介绍的空当，他偷眼打量，只见二人此时都已经换下朝服官带。莫哈拓头戴银灰轻纱抓角儿头巾，身穿一领靛青团花战袍，腰系双搭尾龟背纹银带，一双磕爪头朝样皂靴踏在脚下，脸上棱角分明，双目坚定如点漆，唇如涂朱，身高八尺有余，三十岁上下的年纪。鹿游原的年纪比莫哈拓要略小几岁，头上戴着淡青色披巾，身穿水色暗补子直身（古代男子服饰的一种，样式与道袍类似，不同的是摆在外），脚穿粉底皂靴，印堂宽平，颧骨高耸，豹头环眼，面色偏黄。

童牧归和刘先生依次向二位钦差副使见礼。

严冥夜出言道："鹿大人，莫大人，本官理应陪同二位，无奈市舶司已经积压了八九日的公务，再不处理只怕人心惶恐，多生事端。这二位是下官的左膀右臂，诸多难题全赖他二位解惑，不如就让他们先给二位大人介绍一下情况，下官去把门外的公务解决一下如何？"

莫哈拓和鹿游原对视了一眼，请严冥夜自便。

严冥夜连连告罪后，喊过亲随，吩咐贴出告示，市舶司一应政务暂由提点刑狱司代为处理。有需要办理手续的，可直接前往提刑司。他安排完一众事务，方匆匆坐上自己的官轿赶往提刑司衙门办公去了。

送走了严冥夜后,几人在庭院中站着,有些尴尬,都不知道应该从哪里开口。

"二位钦差大人车马劳顿,不如今天早些休息?"刘先生在背后拽了拽童牧归的袖子,见童牧归并无反应,他只能硬着头皮先开口。

"正事要紧,既然来了,还是请童总捕先介绍一下这边的情况吧。"鹿游原道。

"在下有一个不情之请,烦您帮忙寻个住处,还望童总捕不要见笑。"莫哈拓有些不好意思。

莫哈拓刚进门就有事相求,这使得在场的人俱是一愣。莫哈拓见大家都看向自己,很难为情地挠挠头,不知道该不该说。

曲君墨已经安排好了钦差一行住在转运使司,莫哈拓心中惦记临行前赵构的嘱托,又一路瞧着鹿游原与汪相水火不相容的样子,因此想另寻住处。这个看似简单的问题,难为坏了童牧归,他尚不知这位钦差大人是何路数,不敢贸然做决定。

"不急在此一刻,咱们先说案情,些许小事稍后再说。"莫哈拓感到自己刚才的要求似乎有些唐突。

"也好,容卑职想想,我先给二位大人介绍一下这里的情况。"童牧归暗自松了一口气。

童牧归、鹿游原、莫哈拓三人年纪相仿,都是性情中人,初见的生疏散去后,很快就能跟上彼此的聊天节奏。童牧归陪同二人在市舶司内外走了一遍。鹿游原对每一处都看得十分仔细,不时驻足询问童牧归一些自己不理解的地方。莫哈拓则善于倾听,很少发问,但是童牧归和鹿游原在交谈时,他偶尔发问的几句都能问到点子上。

"这里是何处?"鹿游原指着后院一处进来时被忽略的门问。

"说来惭愧,两位大人莫见怪,这是市舶司的私库。"

童牧归说得很不好意思,仿佛中饱私囊的是他一般。从前市舶司

第11章 暗度金针

的差役经常在外炫耀，衙门中有小金库。案发那日，童牧归前来勘察现场，曾打开过这间库房，里面罗列之物琳琅满目，俱是借着"抽解"的名义克扣下的。

"世风如此，童总捕不必自责……"鹿游原试图安慰一下童牧归，想到大宋如今的局面，反而不知道说什么好。

第12章　迷雾遍布

当时童牧归并不知道有平将门这样一个组织存在，只是在整理一些疑难悬案的线索后发现，凶手作案很少会留下线索，但是这些案件有显著的共同特征，那就是凶手行凶有组织、有预谋、目的明确、目标清晰、出手狠辣，死者留下的伤口多有东瀛武士刀的痕迹。

三人进了存放尸体的房间，室内弥漫着难以名状的味道，莫、鹿二人走上前去，掀开白布查看尸体。这些尸体已经停放了九天，虽有冰块降温，皮肤上也已经出现深绿色的尸斑和暗褐色的网状条纹。尸体皆颜面肿胀，眼球突出，嘴唇变厚且外翻，舌尖伸出，腹部膨隆，暗红色血水从口鼻流出，难以辨认其生前容貌。

"死者一共二十七名，十八名是市舶司在籍官吏，九人是仆役。"童牧归站在他们身后介绍情况。

莫哈拓把手上的白布复又盖好，转身问："转运使呈给官家的奏报上不是说死了十九个官员吗？"

"发现了一个幸存者。"童牧归答。

"这个人很可能是关键性证人，一定要严加保护。"鹿游原说。

"此人一直昏迷着，他活着的消息只有当时在场的几位大人知

第12章 迷雾遍布

道。"童牧归答。

"这里缺医少药,在这里终究不是办法,还是要妥善医治。"鹿游原不放心。

"这些都是后话,咱们还是先听童总捕介绍情况吧。"莫哈拓拦住了鹿游原的话头,示意童牧归继续往下说。

见二人没有其他疑问,童牧归继续介绍情况:"这十九名市舶司官吏,辰时初刻前进入市舶司衙门,在议事厅议事,这是市舶司每月元日的惯例。巳时二刻有巡检司公文送到,守门的差役进去通报时发现议事厅门窗紧闭,众人都已经死在里面了。现场没有明显的打斗痕迹,尸体位置相对分散,说明有多名匪徒一齐行凶,分别击破。尸体上的伤口有的极窄且深,有的呈竹叶状,可以判断是被不同的凶器所伤,大多数人是一击毙命。守外门的差役没有听到喊叫声和打斗声,可以证明歹徒行凶有组织有预谋,行动有序且迅速。另有九名市舶司的仆役被杀,原因卑职判断不外乎两种,一是凶手接到的指令就是把市舶司灭门,二是凶手为了不暴露自己的行踪而杀人灭口。"

"还有吗?"鹿游原追问。

"大概情况就是这样,在钦差大人没到之前,有很多工作提刑司不敢擅自开展。"

转运使司偌大的厅堂刚才还是人声鼎沸,此时只剩下了汪相和曲君墨两个人。

"学生稍后就要启程,老师可还有什么交代?"曲君墨硬生生地挤出一丝笑意。

"你就这么走了?"汪相自顾喝茶,不曾抬头。

曲君墨心里暗骂汪相:好一个老狐狸,自己已经沦落到这番田地,居然还想从我的身上榨油水!海外的事情,哪一件不是我帮你办好的?

此时落井下石，难道你就不怕我把你的老底都抖搂出来吗？

心里想归想，但他在面上丝毫不敢表现出来，深知在这样的关口，汪相上嘴唇一碰下嘴唇，就能把自己栽成市舶司案的主使，于是愈加殷勤地说道："老师，您的'孝敬'是学生留在此处，还是学生遣人送到岛上？"

"呵呵……"汪相冷笑一声，随手将茶碗蹾在桌上，用手摸索着扇骨，依旧没看曲君墨。

"老师放心，学生一定倾尽所有孝敬老师。"曲君墨继续表着忠心。

"朽木不可雕也……"汪相啪的一声打开湘妃竹骨的折扇，手摇扇摆。

曲君墨脸上的笑容逐渐消失，一种不祥的预感涌上心头。

汪相见曲君墨没能领会自己的意思，有些失望，他斜了一眼站在一旁发抖的曲君墨，把手中的扇子一折一折地收起来，幽幽说道："两位公子在太学还好吧？令堂吃了太医院新制的丸药，旧疾可有好转？"

"有劳相爷惦记，家母安好，犬子安好，时时感念您的照拂之恩。"曲君墨已经跪在地上抖如筛糠。

"唉，举手之劳不足挂齿，只怕今后也是有心无力了。可怜两个鲜衣怒马的少年郎，眼下正是朝廷用人之际，如此天赐聪颖，勤奋好学，却因为是犯官之子而不能被录用……"竹扇被撕成两半，安静的室内，撕扯声格外刺耳。汪相随手把残破的扇子丢在曲君墨脚下，惋惜道："可惜啊！"

豆大的汗珠从额头上一路滚进曲君墨的眼睛，再滚出来则变成了眼泪。他向汪相三叩头，道："请相爷放心，卑职不会辜负您的期望，离开前一定将工作交接清楚，不给后来人添麻烦。"

童牧归三人迈出停尸房的门，都没急着往前走，任由室外的热浪把刚才沁入骨缝的阴寒一点点挤压出来。鹿游原看着西斜的太阳，不由感慨："活着真好。"

出乎童牧归的意料，原以为皇命钦差定然是那种飞扬跋扈不可一世的人物，没指望来人真的能参与案件的侦破。虽然见面的时间不长，他感觉到莫哈拓、鹿游原谦逊有礼，探查现场一丝不苟，遂对二人刮目相看。

三人在偏室坐定，一杯热茶捧在手中，他们开始了市舶司衙署被屠案案发九天来的第一次案情讨论。

"第一，不排除凶手提前潜入的可能。有可能是凶手进去后自行关闭了门窗，或者是原本门窗没有关闭，凶手得以进入，是议事的官员关闭了门窗。那么，由此带来两个问题：为何要关闭门窗？关闭门窗后凶手是如何脱身的？"鹿游原表现得颇为积极，率先开口。

莫哈拓瞥见桌上有纸笔，索性走上前来，提笔蘸饱了墨，把刚才提出的疑问逐条记录在纸上。

"第二，没有明显的打斗痕迹，存在两种可能，除了凶手行动十分迅速，被害人来不及反应，还有可能是被害人当时无力反抗。大多数人是一刀致死，可以判定凶手是惯犯，谙熟身体的要害部位，因此出手很准。"鹿游原边回想自己刚才在现场看到的，边综合童牧归提供的情况进行推理，他接着又说道，"至于这第三条，先向童总捕告罪，在下没有驳斥你的意思，咱们只是讨论案情而已。"

童牧归闻听此言，诚惶诚恐，连忙站起，躬身说道："鹿大人您折煞童某了。"

鹿游原歉意地点点头，方才接着说道："刚刚你说'凶手接到的指令'，也就是说现在判断的基础是假设凶手乃受人指使，主谋另有其人，那么有没有可能主谋就是凶手，是主谋亲自动手的呢？"

不待童牧归回答，莫哈拓停住了笔，抬头补充道："在下观死者伤口，判断主要凶器大致分两种，一种是利刃，一种是暗器。根据在下的

经验判断,这两种凶器并非中原习武人士惯用,这件事有没有可能是市舶司和番商有冲突导致的呢?"

"在以往提刑司积压的旧案中,有类似的致死伤口,作案手法有类似之处,综合被害人的社会背景,发现他们几乎并无交集,得罪了同一伙人被复仇的可能微乎其微。所以卑职大胆推断,泉州境内存在一个专门替人行凶的江湖组织,这次市舶司的案件,正是有人雇佣这个组织所为。"童牧归答道。

"哦?"

童牧归提供的情况出乎了鹿游原的意料。

"莫非童总捕也认为凶器是千金丝和东瀛武士刀?"莫哈拓停下记录的笔,试着询问。

被如此一问,童牧归显得有些无地自容,之前他和严冥夜已经推断出凶手所使用的凶器是千金丝和武士刀,但是这个结论是基于自己的经验进行的推断。刚才想着关于力度、角度、伤痕、兵器等问题解释起来过于繁琐,两位钦差久居庙堂不一定能够听懂,因此便略过没说。如今被莫哈拓一语戳破,顿觉十分尴尬,他点点头算作回应。另外他还存着私心,平将门的事自己毕竟是道听途说,若此时说出来又要解释一番。

已经把笔转交给鹿游原作记录的莫哈拓全然不在意这些,走到童牧归身边坐下,接着说:"这么说,凶手很可能是一伙东瀛人,或者严谨地说,这一伙人里有东瀛人。"

"是的,不过也不排除有中土人士使用这种兵器的可能。"

几番对答下来,童牧归已经完全摒弃了对莫、鹿二人的轻视。

"慢!"鹿游原突然叫停,"千金丝是什么?为何从伤口的形状可以判断出是东瀛武士刀和千金丝?"

鹿游原所提的问题,正是童牧归刚才跳过这件事没说的原因。有很多东西童牧归是凭借自己多年办案经验得出的结论,比如说这个形状的伤口,是只有这种兵器才能造成的,那么在其他案件中再次看到这样的伤口,便可推理出凶器是这种兵器。对于这种兵器为何形成这样的伤口,童牧归也说不清其中的原理。

童牧归努力组织语言,想着如何回答鹿游原的问题,此时,莫哈拓开口说道:"不才从小喜欢舞枪弄棒,对兵刃略熟悉一些,我卖弄一下,有不对的地方童总捕再给我补充。"

莫哈拓分明是在给童牧归解围,却说得如此谦虚,童牧归耳根子不由有些发热。

"顾名思义,千金丝是一种承重力特别强,形态像丝一样的兵器。人们常说的刀快刀慢,指的是刀刃的锋利程度,在同等力气下,刀刃锋利,斩切东西的速度就快。我们可以把千斤丝理解为只有刀刃的刀,使用千金丝的人,多绞杀被害人的脖颈,具体可以参考上吊自杀的人,把上吊的绳索替换成极细的线。只有足够细,才能割破皮肤嵌入骨肉。也正是因为它形状的特点,所造成的伤口平整,伤口皮肉的边缘几乎不会外翻。"莫哈拓全不在意童牧归的窘迫,像个卖弄学识的孩子一般徐徐道来。

"我明白了。"鹿游原恍然大悟,"春天的时候郊外有人放纸鸢,在下当时因为没有留意,被纸鸢的线划破了脸,是不是这个道理?"

"孺子可教也。"莫哈拓拍手称赞。

鹿游原接着追问:"那东瀛武士刀是如何判断出来的?"

"中土习武的人,兵器多用刀、剑,两者的特点不同。刀身较宽,单面有刃,主要攻击方式是砍。"莫哈拓在屋中负手而立,边踱步边讲,"剑身较窄,双面有刃,主要进攻方式是刺。东瀛武士刀兼具了这两种兵器的特点,刀身如剑,单面有刃。判断死者的伤口是武士刀所致而不是剑,是因为武士刀和剑最大的区别在于——武士刀刀身有弧度,所以造成伤口的形态是,下刀时伤口由浅渐深,抽刀后伤口由深渐浅,形似竹叶，这是划伤伤口的区别。刚才说过剑是双刃汇聚成剑尖，前端是尖的，伤人的主要方式是刺，那刺的伤口……"

"刺出来的伤口，一个是柳叶的形状，中间略宽、两头尖；一个是水滴的形状，一头尖、底部略宽。"鹿游原抢先说出了结论。

莫哈拓冲着瞠目结舌的童牧归狡黠地眨了眨眼睛，很合时宜地夸了一句："鹿兄真乃武学奇才，一点就通。"

童牧归表面上虽没有太大的波澜，但是心里暗自吃惊。大概当年伯牙遇子期，便是这样的心情吧，只恨相见太晚。他的经验大多是在摸爬滚打中探索出来的，这种经验只可意会不能言传，因此常常苦恼于别人不理解他对案情的判断。莫哈拓则用很系统形象的语言把这些讲了出来，这种能力是童牧归所不具备的。

这时有兵士前来报告，汪相召莫、鹿二人汇报今天的情况；并有钱府送来请帖，于明日在钱家遂园设宴，为钦差一行接风。

童牧归冷眼瞧着，心中暗自冷笑，心想：该来的终究还是来了，市舶司出事这么久，钱家总算坐不住了。

大家各自散去后，书桌上留下一页写了六个问题的纸：

一、凶手何时、何种方式进入议事厅？

二、议事厅门窗为何关闭？

三、死者生前是否清醒？

四、凶手是否受人指使？受何人指使？

五、死者致死的原因，他们原本就是被攻击目标还是被灭口？

六、幸存者，是否真的幸运？

童牧归一进家门来便三两下扒了自己身上的公服，抱起堂屋桌上的茶壶咕嘟嘟灌了几口，喝饱之后抹抹嘴。

他见父亲正眼巴巴地瞧着自己，知道父亲关心市舶司案的进展，遂说

第12章 迷雾遍布

道:"汪相为钦差正使,还有两个副使,一个是大理寺卿,一个是刑部侍郎。市舶司常务暂由提刑司兼领。限期四十天破案,肃清福建境内匪患,整顿朝廷纲纪,到期不能侦破此案,与案人等一律按通匪论处。"

半晌,童楚只管凝神沉思,不发一言。

童楚虽然现在行动不便,但是因从前职业的关系,依然保有敏锐的神经,他从皇帝的圣旨中嗅到了一丝不同寻常的味道。其一,市舶司的事虽然称得上惊天大案,但是如今时局不稳,有多少军国大事需要汪相的协助,在这个节骨眼上,宰相离朝四十天显然不合适。其二,"肃清福建境内匪患""到期不能侦破此案,与案人等一律按通匪论处",童楚认为皇帝这是在案件还未侦破的情况下,直接为整件事定性,无论查与不查,整件事只能有一个结果,那就是盗匪所为。其三,"肃清福建境内"这几个字怕是大有文章,如今朝廷偏安一隅,收入供给多赖东南,难道是福建境内出了什么事,亟须整治,皇帝想借此事一箭双雕?

童牧归似乎看出了父亲的心思:"阿爹,您老就别操心了,咱们就是一介平民,这些军国大事自然有那些王侯公卿去操心。"

"你这孩子,唉……"童楚的笑容中有些苦涩,"你的心智远在为父之上,只是一味消沉不肯动脑,都是为父无用,耽误了你的大好前途……"

童牧归不愿听父亲说这些,转移话题道:"阿爹,您对那个东瀛组织还有印象吗?"

"这事儿与东瀛人有关系?确定吗?"童楚闻听此言,大吃一惊。

童牧归便把前日在杨志勇处得来的消息讲与父亲听,但是只字未提自己已遇见过平将门的人,还险些丧命。平将门到底怎么回事还未知,童牧归自知在这敏感的当口多说一句,就可能牵连无辜。因此,今日在分析案情的时候,他只是由死者伤口推断出凶器是东瀛武士刀和千金丝,并未直接提及平将门。

童家三代刑名，平将门的影子一直伴随着童家父子。当时童牧归并不知道有平将门这样一个组织存在，只是在整理一些疑难悬案的线索后发现，凶手作案很少会留下线索，但是这些案件有显著的共同特征，那就是凶手行凶有组织、有预谋、目的明确、目标清晰、出手狠辣，死者留下的伤口多有东瀛武士刀的痕迹。

慢慢地，江湖上有了东瀛组织的传说，可惜只闻其名，未见其人，究竟这是一个什么样的组织，一直困扰着东南一带的捕快。有几次险些可以追踪到平将门成员的踪迹，无奈最后功亏一篑，被他们逃脱。虽然在查证的过程中，几次锁定雇凶的人，他们存在谋害受害人或者抢夺东西的动机，但是嫌疑人没有自己动手，又找不到他们雇佣这个神秘组织平将门的证据，再加上前几任提刑大人不作为，只能眼睁睁看着受害人含恨九泉，无奈作罢。

"按照这伙人之前的作案风格判断，应该不是东瀛人自己与市舶司有仇怨，而是受雇杀人。那么究竟是何人、出于何目的，雇佣东瀛人杀人呢？"童楚听儿子如此说，脑中飞快地回想了一下自己过去经手的案件。

在市舶司案发现场看到死者伤口的时候，童牧归第一个想到的就是这些东瀛惯犯。他虽然无心干预案件的走向，也不关心朝廷最后的结果，但是这件案子和东瀛人之间的关系他还是思考了很久。他在听到杨志勇说东瀛人与钱家有渊源后，钱家雇凶杀害市舶司官员的想法就蹦进脑中，但是想到钱家与市舶司沆瀣一气的样子，便否定了这个想法。

"天色不早了，孩儿服侍您洗漱睡吧。"童牧归避开了这个话题。

钦差到来的第一夜，童牧归躺在自己的床上辗转反侧，这几天发生的一幕幕场景在脑中挥之不去，他这一夜的心事，像穹顶上的星星，隐约可见又摸不着头绪。此刻，他对市舶司枉死的二十几条人命没有一丝兴趣，他所担心的是泉州将何去何从，自己的小家将何去何从，一种可以窥见轮廓却看不见形态的恐惧，使得他分外焦虑。

第12章 迷雾遍布

又想到钱家明日宴请钦差，童牧归不由心中一阵苦笑。一念及此，他突然意识到自己平日对与钱家有关的一切躲之不及，可以说对这个家族整体都是厌恶的，正是因为心理上的排斥，使自己除了坊间传闻以外，对钱家一点都不了解。童牧归当即做了一个决定，他准备明天和莫哈拓、鹿游原一起去钱家赴宴。

这个想法刚出来的时候，他自己也吓了一跳，觉得有些荒唐，可是想到兴许能看到稼音，也就释然了。眼见窗边开始泛白，童牧归强迫自己不再去想，这才胡乱地睡去。

云踏月而来，穿山过水，松间石上。
月踏云而去，不问诗酒，乘风破浪。

巴掌宽的酱色裤带，已经在曲君墨的手中攥了一个时辰，握在手心的那端已经有了水印。两只青瓷坛子躺在桌上，一只东倒，一只西歪。如今纵然有钱，市面上已经很难买到这样上好的汾酒。自从山西被金军占领后，曲君墨便把这两坛酒埋在了后花园中，预备待儿子大婚的时候再与宾客同饮。

都说"色是刮骨钢刀，酒是穿肠毒药"，一心求醉的曲君墨越喝反而越清醒。浮生五十载，仿佛南柯一梦，多少人多少事一股涌出来，很多东西久远到自己都不记得曾经出现过。

再欲喝酒时，两个坛子都已空空，他不甘心，抄起其中一个坛子反举过顶，抖了几抖，只三两滴酒落在嘴里，还不如他眼角涌出的泪多。心有不甘的曲君墨把坛子抛了出去，坛子砸在地上，应声粉碎。

"大人，您没事吧？"值夜的仆妇翠姑听到了响动，从隔间出来询问。

只听门外传来一个陌生男子的声音，冷冰冰地说道："不能进去。"

"你是谁？你怎么在这儿？"门外的翠姑似乎不认识男子，"我听到大人的房间有动静，想是打翻了什么，放我进去收拾一下，免得割伤大人。"

"不能进去。"

"你这人到底是谁呀？伤了大人你担待得起吗？"

"不能进去。"

这一切曲君墨在屋内听得清楚，长叹了一声，对着门外说道："翠姑，我已经睡了，明天进来收拾吧。"

"是。"主命难违，翠姑心有疑虑，也只能在门外勉强答应。

"翠姑……"翠姑刚要回房，曲君墨又唤了一声。

"大人还有何吩咐？明日早点您想吃点什么？"

"大人，天色不早了，明日钦差还要议事，您早点休息吧。"门外的男子突然对曲君墨说。

曲君墨的双颊剧烈颤抖，他吞咽了一下，强自镇定，答道："你做的荷叶粥就很好，你们都休息吧，本官这就睡了。"

飞上屋梁的裤带，好似龙腾蛇舞，曲君墨打好结后，把头探了进去，踢翻脚下的凳子，他感觉整个人在前后摆荡，不由想起与青梅两小无猜、荡秋千玩乐的日子。到了此刻，他可以确信，今夜他喝的是好酒，只是酒劲来得慢了一些，此刻意识才逐渐抽离……

第13章　丑态毕现

　　童牧归的意识渐渐地随着银壶玉盏中的琼酒一起流失，最后的记忆停留在整个宴请的高潮……等童牧归稍微回过神来，他正被两个同僚一左一右架着。

　　绍兴二年，七月十日。
　　市舶司被屠案案发第十日，皇帝规定的破案期限已经过去五天。
　　严冥夜心里清楚，皇帝密旨的中心思想——当务之急是控制民情，把市舶司案的影响降到最低，让市舶事务正常运行，保证东南地区的稳定和朝廷税收。
　　按照他之前的计划，手中可用之人本就捉襟见肘，他昨晚苦思冥想了一夜，市舶司诸项工作繁杂，人员安排问题让他大伤脑筋。
　　张奔走进后堂，站在桌前一味赔笑，等着长官发话。
　　"张捕头，你辛苦一下，把手头的工作交给别人，今日到市舶点检处代理点检一职。"严冥夜道。
　　"真的吗？卑职一定不辜负大人的期望。"张奔闻言，脸上登时乐开了花，高兴得直拍巴掌。
　　严冥夜看着张奔轻浮的样子，心中暗自摇头，无奈此时实在没有合

适的人选，只能权且将就一下。他打压着张奔的气焰道："素常市舶司的人的那些毛病本官也是知道的，如今他们都落得什么下场，想必不用本官告诉你吧？"

在案发那日张奔并没有与严冥夜同行，但是关于市舶司案发现场惨状的各种说法，他多少都听过一些。听到严冥夜的敲打，张奔吓得一激灵，打了一个冷战，一股无形的阴气钻进他的脊梁，刚才的喜悦瞬间飞到了爪哇国。他连忙向长官表忠心道："大人请放心，卑职一定牢记您的教诲，奉公守法，不辱使命。"

严冥夜拿眼皮夹了张奔一下，摆摆手道："莫说这些空话，本官只告诉你一件事，如今汪相亲自坐镇泉州，市舶司的事正在紧要关头。你那些小心思收敛一些，若在这个节骨眼上触了霉头，有命挣钱没命花不是闹着玩的。"

张奔口中连连称是，不敢再有半分放肆。

"也不要有太大的压力，你还年轻，来日方长，眼下各司皆有好的位置出缺，他日必然前途无量。"见自己的目的已经达到，严冥夜缓了缓自己的语气，适时给属下塞上一颗甜枣。

"大人对属下有再造之恩，属下没齿难忘。"

"点检之事不比别的，尤其在这多事的当口，务必小心谨慎。有可疑的情况，及时报我知道，听明白了吗？"

随后，张奔与严冥夜就具体的工作进行了商议。

退出后堂，被院外的风一吹，张奔才发觉自己后背的衣衫已经被冷汗浸透，他现在的心情是喜忧参半。虽然只是代理点检，这样一个肥差落在自己手里，怎么样都是一件让人眼红心热的幸事。让他忧的也是这件幸事，从前严冥夜让他熟悉市舶点检的工作，他只当是提刑司要查办对方，如今这些人都已经变成了尸体，自己正好接手这份工作，是否太巧了一点？他甚至有些怀疑，长官严冥夜是不是很早就知道市舶司要出事。

想到这里，张奔的脸上已经没了血色，一个更加大胆的想法冒了出来：各衙门分工不同不可越权，即使市舶司出事，严冥夜是如何确定提刑司一定会接手市舶司工作，以至于早早做了准备？难道是严冥夜觊觎市舶司已久，因而杀害了市舶司的所有人？

张奔因为自己大胆的想法而心跳骤然加速，站在长街中央大口大口地喘着粗气，街上行人注意到他的异状，纷纷侧目。他意识到自己的失态后，急忙拔腿离开，拼命安慰自己：一定是自己想多了，提刑司监理市舶司是官家的圣旨，市舶司案不可能是严冥夜做的。

初十这日的晚宴，设在钱丰源八岁时命名的私家花园——遂园。

童牧归在出发之前得知了曲君墨的死讯。等三人到达的时候，汪相已经先到了，正坐在沧浪亭的主位上，左边陪着白铭，右边陪着钱丰源，一同谈笑风生。童牧归没有官职，乐得在殿外候着，鹿游原与莫哈拓上前向汪相请安。

汪相今天的兴致很高，对遂园赞不绝口，推荐莫、鹿二人游览一下，钱丰源会意，安排了章闻柳陪同。

章闻柳引着几个人在前面走，一时虎啸龙吟不绝于耳。童牧归从刚进来时的抵触情绪中逐渐平静下来，眼前尽是自己平生想都不敢想的景象。遂园冈连阜属，东西相望，前后相续，连绵而弥漫，吞山而怀谷。园内奇花异草、珍禽异兽数不胜数，飞楼杰观、雕梁画栋，精美绝伦。

今日设宴处为芙蓉阁，所在的假山分为南北两园，芙蓉阁是整个遂园的最高点。迎门而见的假山叠石作瀑，山阴置暗室藏水车，绝顶凿深池，昼夜开闸放水，飞瀑如练。

南园奇石林木居多，列嶂如屏，天竺狻猊、猛虎、神羊、灵犀、麒麟、青象、犎牛、白驼居住其中。

北园有湖，取名张池，形取庄周《逍遥游》，似冥鲲，身脊数十丈。鸳鸯、鸿鹄、晨凫游戏其内，湖岸边丁香丹杏、四方珍竹之间杂栽

椒兰，孔雀、白鹇、朱鹮、丹鹤、黑鹳、金雕、大鸨等，或散或笼，跳跃其间。

整个遂园内，斋馆厅堂无数穷极奇妙，雕梁画栋各具风骚，掩映在木石之中互不相见。各室纤尘不染自不必说，名家字画随处可见，陈设珍宝古玩如同常器，珊瑚玉雕也不稀奇。

三人虽没有细细瞧看，只粗粗一看，已是惊得说不出话来。半晌过后，莫哈拓长出了一口气，感叹道："唉，艮岳尚不及尔！"

徽宗赵佶费五年之时耗天下财力，于汴京宫城的东北隅营建艮岳，世人皆知。此乃园林建造集大成者，可谓"括天下之美，藏古今之胜"。园内植奇花美木，养珍禽异兽，构飞楼杰观，极尽奢华。当此园落成之后，徽宗赵佶曾亲写《御制艮岳记》，记载这一盛举。徽宗为了修建艮岳，竟至搜刮天下，大兴"花石纲"，结果民怨沸腾，国力困竭，以致金兵乘虚而入。

艮岳完工未久即遇金军围城，日久城内缺食少薪，钦宗命取苑中山禽水鸟十余万尽投之沐河，并拆屋为薪，凿石为炮，伐竹为笼篱，又取大鹿数百千头杀之以飨卫士。至都城被攻陷前，不少居民避难于艮岳。最后汴京城破，徽、钦二帝同艮岳中的珍宝奇石一起皆被金兵掳走。后世有元人郝经曾咏道："万岁山来穷九州，汴堤犹有万人愁。中原自古多亡国，亡宋谁知是石头？"

如今三人之中唯一得幸参观过艮岳的莫哈拓，发出了举全国之力建造的艮岳尚不及钱家遂园的感慨，足见其奢靡。

此时的童牧归不知道是看花了眼，还是被这富贵逼人的气势所冲击，反倒心情不似先前来时那般烦躁。眼前的一切让他恍惚，偶然还会有"如此家业，目中无人也难怪"和"有钱能使鬼推磨"之感。

钱家下人来报，宴席已经准备完毕，请他们入席。章闻柳便带着三人往回走。刚才在来的路上鹿游原就看见，有十数个小厮打扮的人为一

第13章　丑态毕现

队，俱是青衣小帽、粉底皂靴，腰上系着腰牌，皆捧着木盒匆匆而过，此时复又看见一队如此行事的人，一时好奇，询问章闻柳缘由。

"尊管，"鹿游原指着行色匆匆的小厮问，"敢问他们所行何事？"

章闻柳答道："泉州多暑热，故而盖屋时制双层夹墙，可以隔潮隔热，入伏以后于夹层处填冰，一个时辰一换，可保室温如春。听闻北方冬天有火墙取暖，大概同理，不过拾人牙慧，不足挂齿。"

"尊管谦虚啦。"莫哈拓打趣说，"薪柴遍地可取，夹墙取暖不足为道。贵地四季无冻，看府中佣人以木盒相捧，料想应该不是硝石制冰。取冰恐怕需要到外埠冰库，车马劳顿，即使不计损耗，一个时辰一换，也是大手笔呀。"

章闻柳欠身一笑，不置可否，算是默认了莫哈拓的说法。

鹿游原又发现了新鲜玩意儿，指着那队人的腰间，说道："贵府果然大手笔，寻常使役的配饰都如此精美。"

"大人见笑了。"章闻柳冲鹿游原欠了欠身，用手解下自己的腰牌，说道，"钱家人口众多，职责各不相同，不同的人能够出入的地方自然也就不同。为保大家各司其职，便制了这小小的腰牌做通行凭证。"

鹿游原接过章闻柳的腰牌掂在手上，只见章闻柳的这块是白玉质地，触手温润绵软，正面镶着纯金做枝、珊瑚做瓣儿的梅花，翻过来后面刻着三个楷字——章闻柳。玉牌的下端缀着鸽子蛋大小的南珠，在下面飘着三寸长宝蓝色的缨穗。他把玉牌递给莫哈拓观赏，转而对章闻柳说："先生这块是梅花，刚过去的小厮腰间是木兰，想必是照着二十四花信制的。"章闻柳笑道："大人慧眼，不过用不了这许多，只摘了十二种。"

"先生能用梅花，可见深得厚爱。"鹿游原恭维道。

"承蒙家主错爱。这梅花牌确实全府只有六块，有三个是家主的兄弟，他们主管各路事务，常年在外不见回来，彼时府里就只有十五叔、稼音和在下有了。"章闻柳答。

童牧归在一旁听着只是赔笑,并没有说话,想着家中矮屋,冬冷夏热,透风透雨,看着眼前此情此景,说没有一丝艳羡那是假的。

章闻柳带着众人来到芙蓉阁,此室内又是另一番景象。昆仑奴与高丽婢穿梭于宴席之间搬盘布盏。风情万种的大食菩萨蛮身着薄纱,雪白的肌肤随着舞动若隐若现,她们的眉心点着朱红色的观音痣,与挺拔鼻翼上的金钉相映成趣,映衬得娇媚的面颊更加妖艳。

汪相、鹿游原、莫哈拓、严冥夜等人由钱丰源、钱正青叔侄二人陪着,坐在首席。童牧归和与钦差同行的几个执事被安排坐在次席,由章闻柳相陪。整个宴请过程,是否真的如表面上看起来那样宾主尽欢,不得而知。待事情过去很长一段时间后,童牧归曾拼命回忆这日宴席间的一些细节,但是怎么也想不起来,唯对在席间谈笑风生却没有温度、如同木偶的一张张脸,印象深刻。至于席上吃的何菜、饮的何酒,他只能用"珍馐美味、琼浆玉液"八个字来形容,因为只有从前尝到过,才知道到底是何物,而这日的所食所饮皆是闻所未闻之物,所以难以具体形容。

钱正青在酒酣耳热之际,为大家讲了一桩趣事助兴。

当年园子落成,四处俱已装裱妥当,独缺入门处名石上的题字。钱博远广请鸿儒大家,于此园宴客三日,丝竹管弦一刻未停,许诺起名被录用者谢钱五千贯。当年书圣王羲之有"临池学书,池水尽黑"之说。这些饱学之士,把腹中《左传》《论语》《春秋》等尽数翻出,用了一池李廷圭墨(李廷圭是徽墨的宗师、发明者。李廷圭墨被后人称为墨中至宝,宋代曾出现过"黄金易得,李墨难求"的局面)。最后捧砚的绿衣手儿颤了,添香的红袖臂儿酸了,依旧没有一个名字可以让钱博远满意。

就在钱博远决定不再勉强,从现有名字中摘一个好的时,正巧看见几个孙子在殿外戏耍,便把孩子们都叫进来,让他们从众多墨迹中每人挑出一张喜爱的给他看。别的孩子都挑好了,只有当时年仅八岁的钱丰

第13章　丑态毕现

源不为所动。

钱博远问："丰源，你为何不选？难道没有你能看上的吗？"

"那倒也不是，孙儿只是另有所想。"钱丰源答。

"哦？"钱博远来了兴致，"小小的人儿，黄毛未净，竟然也有心事了？"

小钱丰源歪着脑袋看了一会儿自己的祖父，半晌方说："想必这些名字都是祖父看过觉得尚可的，但是并没有十分中意，所以才叫我们兄弟们帮着挑。修园子原本是用来享乐高兴的，可是即便我们挑了祖父您用了，终究不是您最爱的，有何趣儿呢？"

"哈哈哈……哈哈哈……"年过半百的钱博远眼角笑出了泪花，摩挲着小钱丰源的脖颈越看越爱，有心再试试他，问道，"你起一个来听听。"

"祖父不过是想得一个遂心如愿的好名儿，就叫遂园好了。"

"遂心如愿，遂心如愿，知我者丰源也。"钱博远反复叨念钱丰源的话，足见这个名字起到了他的心坎儿里。

从那以后，钱博远对小钱丰源偏疼有加，对原本并不是十分重视的第三子钱正黯，也就是小钱丰源的父亲，也开始多做倚用。

童牧归的意识渐渐地随着银壶玉盏中的琼酒一起流失，最后的记忆停留在整个宴请的高潮。酒菜过半，钱丰源爱妾——波斯美女，来到酒席宴前为大家助兴。只见此女样貌迥异于中原女子，她的鼻翼恰到好处地内收，鼻骨自山根挑起，带着小巧的鼻尖儿，扬起了一道完美的弧度。双目含春，如棋如墨，两弯长睫好似蝶翼，贝齿丹唇，未语先笑。各色翠羽头饰上点缀着珊瑚、碧玺、珍珠，深栗色的发髻犹如星布。满头珠翠更衬得肌如凝脂，吹弹可破。她的身段更是一等一的风流，鹅颈柳肩，乳峰高耸，呼之欲出，一路顺势而下，在蜂腰最细处收住，轻纱薄锦难掩蜜桃般的丰臀。最妙的是，此女说一口流利的官话，且能吟辞

赋。在场诸人借着酒兴一再怂恿,她也不扭捏,低眉婉转间款款吟来,赢得一片叫好之声。这些平素道貌岸然之辈,无不眼馋心热,恨不得一亲芳泽,丑态毕露……

等童牧归稍微回过神来,他正被两个同僚一左一右地架着。

进入自己家的屋内,东倒西斜间,头撞到了门框上,疼痛为他带回来了一丝清醒。至于父亲是怎样挂着拐从室内挪出来为他开门的,他已全然不知。被丢在床上的他,拼命想听清楚同僚与父亲的对话,在酒精的作用下,他的意识时断时续。

"咱家小子这样下去不行啊……"

"都是我教子无方……"

"都说……虎父无犬子……"

"您得管管他呀……"

"您老也是不容易……"

"给你们添麻烦啦……"

……

外面传来的对话时断时续,童牧归索性不去听了,朦胧着醉眼,看着桌上的油灯出神,以至于皮皮来到床边,用温软的舌头舔舐他的手心,都没有察觉。

从瑶阁仙山归来,再看家中茅屋陋室,人生如梦,恍如隔世。

来人已经离开,童楚坐在厅堂黯然神伤。童牧归感到十分不舒服,口渴得厉害。他挣扎着起来找水喝,努力扶住墙,让不受控的身体不至于倒下,是他此刻唯一的念头。童牧归磕磕绊绊走到外间,纵然一路弄得叮当乱响,童楚只冷眼看着他,丝毫没有心疼的意思。

他抱起自家桌上的粗瓷壶,嘴对嘴长流水,咕咚咕咚,童牧归灌进去了半肚子凉茶水。刚放下茶壶,也许是劣茶凛涩,也许是胃内不适,童牧归便把喝下的茶水混着今晚的珍馐美味，一股脑吐了出来。呕吐物造成地面湿滑，他此时脚底本就软绵无力，跟跄了几步跌坐在地上，很是狼狈。

童楚依旧"端坐城楼观山景"，这位年近花甲，眼里揉不得半粒沙子的老捕快，此时眼中流露出来的是失望。

"怎么，老夫家中粗茶淡饭，已经入不了你的口了是吗？"童楚明显是在说气话，"你看看你，快三十岁的人了，像何样子？灌了两壶马尿就忘了自己是谁，忘了自己的本分。一场富贵过眼云烟而已，至于让你蒙了心？天天闹着要挣钱，瞧不上捕快，为父也不拦着你。可是当一天和尚敲一天钟的道理你总该懂吧，你还穿着这身官衣，便是朝廷的公人，便是百姓的指望，怎么能如此浑噩度日呢？"

"呵呵，我爱他们，谁爱我们呀？"童牧归口中喃喃，索性不再挣扎，躺在了地面上。

"你这叫什么话？！"童楚气得有些发抖，"为父难道说错了吗？就说眼前的这桩案子，这么大的事儿，现在城里传什么的都有，你怎么就那么不上心？既然案子交到你的手里，既然你还没脱了这件官衣，你就要把它做完做好，不能有丝毫懈怠。你可倒好，一壶马尿就醉成这个样子，平白惹人笑话……"

那一夜童楚还谆谆说了很多，只是对于头痛欲裂的童牧归来说，真的已经记不清了，只记得父亲所说的"惹人笑话"四个字一下子戳到了他的神经，身体中仿佛有一只沉睡异兽即刻被唤醒。

"我惹人笑话？咱家让人笑话的还不够吗？我都觉得我自己是个笑话。"童牧归好似被邪灵附体一般，不知道哪儿来的力气，一下子坐起来，血红的眼珠已起杀戮之意，"现在的世道谁有钱谁就是大爷，转运使官大不大？提刑，提举，哪个不是读圣人文书两榜进士出身，那又怎么样？看到那财大势大的，还不是菩萨般供着？我倒也想铲奸除恶，

行侠仗义,可是您看看,这城里被称为'大善人'的,哪个不是家资百万,平日舍出两碗稀粥三五件破衣,在那些愚民眼里如救苦救难的活菩萨一般。这些所谓的善人仗着有钱,平日欺男霸女,百姓当真不知道吗?我看未必!吃人家的嘴软罢了。一碗剩饭就能收买的人心,这人心还值钱吗?我为他们申冤做主,他们稀罕吗?"

"逆子……"

童楚气得无言以对,浑身哆嗦,用手点指。

"什么是逆子?什么是逆臣?什么是逆天?"童牧归在酒精的作用下已经完全放飞自我,将心中压抑已久的想法倾泻而出,"都说皇帝老儿富有四海,那比皇帝还富有的又该怎样?如此看来,若有一天钱家取代了赵家的江山也无何不可。我要去挣钱有何不对?现在干什么不需要钱?母亲当年病重,您出公差在外,家里若有三五两银子即可保命。您当捕快那么多年,说咱们家三五两银子都拿不出来,谁信?不说母亲,就说您自己,当年水牛一般壮的汉子,怎么成了今天这副模样,您自己心里不清楚吗?那下毒的人现在在哪儿,您当真不知道?"

"虽有推断,但是并没有直接证据,不能说稼音就是下毒的人……"童楚双唇颤抖,说话磕磕绊绊。

"您就自己哄自己玩吧,我就问问您,现在若铁证摆在您面前,您能去钱府抓人吗?"童牧归冲着父亲极为蔑视地一笑,他今晚的醉话如利刃,一下下地戳在童楚的心尖上,又准又狠,"您这样出家门都费劲,不说亲自去抓,您用脚指头想想,我把证据送到提刑司,别看那严提刑平日笑嘻嘻的,他会因为你我父子,去和钱家撕破脸要人吗?"

童楚哑着嗓子质问童牧归:"你怎么能如此诋毁上司……"

"我诋毁他?当真拿我当三岁小孩戏耍不成?他为何升我当总捕,我心中明镜一般,还不是看我胸无大志,没有派系根基,不会给他的财运与前程添麻烦罢了。"

第13章　丑态毕现

"你玩忽职守还敢大言不惭，我打死你……"童楚气极，扬起手中的拐棍就要往童牧归身上打。

砰一下，童牧归抓住了落下的拐棍的另一头，用通红的双眼直勾勾地盯着父亲，仿佛随时会扑出去啃咬的饥兽。

"二十多条人命死在官衙里，这里面的轻重旁人不知道也就罢了，您还不知道吗？孩儿我有心去查，就只怕我刚要伸手，咱们爷俩都会死在这破屋里。"童牧归的另一只手把地面拍得砰砰作响，好像不如此不足以表达他心头之恨。

"你个逆子，贪生怕死，还敢强词夺理……"童楚咬着牙试图从童牧归手里拽回自己的拐棍。

"我贪生怕死？"童牧归把手里的拐棍攥得更紧了，直愣愣地看着自己的父亲，如同爷俩互不认识一般，"您说我爱钱我也就认了，可是我挣钱是为了谁？您吃药看病哪样不要钱？您又说我贪生怕死，我到底是不是您儿子？您了解我吗？您儿子是那样的软骨头吗？大不了跟他们拼了呗，可是我有您呀，以您当年的威猛尚且遭到暗算，如今他们要捻死咱们，岂不是跟捻死一只蚂蚁一样简单？"

童牧归呼啦一下扯开了自己的衣裳，一道半尺长刚刚结痂的伤疤盘踞在他的胸口，他用手指一下下戳着伤口，接着说道："这就是平将门的人留下的，他们想要了你儿子的命易如反掌，我或死或伤本不足惜，谁来照顾您呢？以您的身体，停了药，只怕半年的时间都熬不过，能怪您儿子怂包软蛋吗？"

"唉！"

童楚第一次听到铁塔一般比自己还高出半头的儿子说出心里话，羞愧难当，长叹了一口气，松开了抓着拐棍的手。

不知何时开始，童牧归已经泪流满面，两只通红的眼睛裹了一层厚厚的水膜，却怎么也盖不住眼底的哀伤。他今夜说的话颠三倒四，逻辑

混乱,但是丝毫不妨碍他表达出生活带给他的打击和压力。童楚已经停止训斥他,但是他自己丝毫没有停止的意思,依旧不停地说着。

"当年是您给我画了一个饼,告诉我世界是清平世界,乾坤是朗朗乾坤。是您告诉我邪必怕正,是您告诉我善有善报,恶有恶报。曾经,我也把您当我的榜样,发誓要做一个正直勇敢、对百姓有用的人。等到我十九岁,进入提刑司衙门,亲口尝到了饼,我就知道您在骗我。因为您不肯收礼,遭到了多少排挤陷害?最苦最累最危险的活总是少不了您。您在提刑司兢兢业业干了二十年,最后落得如此下场,终了只是一个二阶捕快。我到提刑司不过七八年的光景,得过且过罢了,竟然混到了八班总捕。这难道还不能说是天大的笑话吗……"

童牧归一直喋喋不休地说着,以至于父亲何时离开的他都没有注意到。具体是何时说累了停了下来,童牧归自己也记不清了。只记得心里压抑已久的话说出后,他感觉轻快了好多。再看家中四周,纵然依旧油灯如豆,四壁放光,他那乌云密布般的内心,本一直暗潮汹涌,使他心绪难平,方才一吐为快后,出现了难得的宁和。他踉跄着走回房间,把自己扔在床上,倒头便睡。

风起云涌后,既可能是风消云散,也可能是山雨欲来的前奏。这一晚发生在童家父子之间的争执,显然是后者。

"汪汪汪……汪汪……汪汪……"

不知道睡了多久,头疼欲裂的童牧归被皮皮又短又急的叫声吵醒,他勉强睁开眼睛,看到皮皮在床头方向的地上拼命蹿跳,试图用爪子拍打自己。

"汪汪汪汪……汪汪汪汪……"

童牧归面对皮皮的吵闹有些没奈何,想要翻身扭向里面接着睡。

他一个激灵清醒过来,只瞪着眼睛愣了一下神,紧接着一个鲤鱼打挺，蹦下床铺，向父亲的房间冲了过去。他刚迈出自己的房门，就听到有椅子倒地的声音，心一下子提到嗓子眼儿，三步并作两步来到父亲房中。

眼前的一幕彻底让童牧归的酒醒了——一根裤带把童楚与房梁相连，他的身影被油灯拉得老长。童牧归来不及多想，一把抱住父亲的腿，往上抬送，童楚的头从绳套中解放了出来。

看着父亲紧闭双眼，老泪纵横，童牧归想问些什么，又实在张不开口。依稀记得自己睡前冲父亲发了一阵邪火，说了很多混账话，现在只能想起其中零星的一部分，具体都说了什么，他实在记不清了。

童楚面朝里躺在床上，只是不住地流泪，并不说话，也不睁开眼睛看儿子。他并不是被童牧归的言语刺激，恼羞成怒而选择自缢，他为自己给儿子造成的负担感到深深的自责，所以打算效仿"陵母伏剑""专母自缢"，一死了之，不给儿子留下后顾之忧。童楚的行为也很好理解，为人父母，力争做给孩子遮风避雨的大树，当自己没有能力为孩子提供庇护的时候，唯求不拖累自己的孩子。

此时童家满屋狼藉，呕吐物酸腐的臭味挥之不去，皮皮蜷缩在墙角，惊恐地看着童牧归父子。它虽然只是一条狗，但在这个家生活久了，对自己的主人有着深深的感情。

随着窗子被童牧归打开，海风裹挟着夜色，一股脑儿涌进来。月凉如水，童牧归此时前所未有地清醒，安顿好童楚，他开始打水收拾家中里里外外的污秽。最后在擦拭一只红木箱子的时候停了手，这只箱子是童家最体面的物件，是外公给母亲的陪嫁。母亲曾很多次抱着小小的童牧归，说要给他再生一个妹妹，这口箱子留给妹妹做陪嫁。

童母病倒时，家里没有余钱，母亲说什么也不肯当掉这口箱子。这口箱子母亲也从不肯盛放杂物，总是把父亲的公服浆洗干净、整齐叠放进去。有时父亲公出在外，十天半个月见不到人影也是常事，母亲从不会对童牧归说想念父亲、担心父亲的话，只是抱过他，给他穿上父亲的公服，即使小小的人儿穿上肥大的衣服很是滑稽，母亲也丝毫不介意，认真地为他扣好扣子、整理衣带……

已经记不起上次开启这口箱子是何时，童牧归索性打开厚实的箱盖，抚摸着里面父亲曾经穿过的公服，一股樟脑味迎面而来，衣服上仿佛还残存着母亲摩挲它时留下的体温。童牧归虽然比父亲略高些，然而父子二人身形确实很相似，他把衣服仔细地穿好，因为双手颤抖，扣子怎么也系不好。眼泪顺着脸颊流下，在下颌尖两股汇在一起滴落，大颗大颗地砸在殷红色的衣服前襟上。

穿戴一新过后，童牧归来到父亲的床前，撩衣跪倒。

童楚依旧面朝里躺着，一动不动，童牧归静静地跪着，一动不动。室内没有一点声响，如果不是窗户透进的光线在逐渐变亮，真的会有时空静止的错觉。

鸡啼三遍，犬吠已过，新升的太阳迫不及待地洒下阳光，光亮转瞬间充斥整个房间。童牧归朝着父亲磕下第一个头，说："父亲，孩儿已经想好了，只是此一去前路未卜，你我父子生死难定，您可愿意？"

"嗯。"童楚轻轻地答应一声，几乎细不可闻。

童牧归朝着父亲又磕下第二个头，说："您可知道，孩儿此去，多半蚁撼扶桑，不能改变什么。"

"嗯。"

童牧归再磕下第三个头，又说："圣人云'父不慈，子奔他乡；君不正，臣投外国'，我有慈父卧床，不能膝前尽孝，却要为丧权辱国的朝廷肝脑涂地，又何况尽忠日长，尽孝日短，孩儿这一去真的值得吗？"

"但行好事，莫问前程。"童楚扭过身，努力坐起来，用尽全身的力气说道，"吾儿听着，天下是天下人的天下，你我父子皆天下芸芸众生之一，岂能独活？只要心存正义，只要天下男儿不绝，纵使我童家无后，又有何妨！"

父子二人目光交接在一起，相互给予对方鼓励和肯定。童牧归对童楚说出四个字："父亲保重。"说完复又磕了三个头，一抹眼泪，转身便走。

第14章　不得要领

由童牧归主持审讯的决定，是莫哈拓刚刚提议的，他认为当局者迷旁观者清，参与问话时很容易忽略一些细节。只有旁观在对话之外，才能发现交谈者双方言语中的漏洞。

绍兴二年，七月十一日。

市舶司被屠案案发第十一日，皇帝规定的破案期限已经过去六天。

夜色似乎有些眷恋大地，依依不舍地退去，同时，天地之间黏着晨雾，整个泉州城尚未完全苏醒。

杨志勇被一阵敲门声惊醒，从床上一跃而起，尚在他身边熟睡的妻子也连带被惊醒。他抬头看了一眼窗外，灰蒙蒙一片，方知天色尚早。自从那日清晨童牧归负伤，杨志勇对敲门声格外敏感，唯恐自己的好兄弟又遇到什么意外。

"师傅，您起来了吗？"有徒弟在门外小声问。

"何事？"

"货主前来送货，我已经开门让他们进来了。"

杨志勇听见不是有意外，悬着的心才逐渐放下，然而忍不住狐疑，为何这般早来送货？难不成是什么见不得人的赃物，因此拣大街上人烟稀少的时候送来？

"你先招呼他们喝茶，我穿上衣服就来。"杨志勇一边答一边穿衣。

待杨志勇穿戴好，来到外面见客，只见杨家原本宽敞的院子已经被占满，站了十数人和十数辆装满货物的独轮推车。

院中人皆是孔武有力的壮小伙子，年龄大多在二十五六岁，短衣襟小打扮，或黛色，或酱色，脚下一双抓地虎的快靴。杨志勇行走江湖多年，一眼就看出，来人都是练家子，而且武功绝不在自己之下。自己的那些徒弟真动起手来，在这些人手下走不过三个来回。

一个月前，有一位操外地口音的客商，向振威镖局支付了订金，约定镖利三百贯，七月十一日左右，运一趟货物到广州。双方商定，此番出镖为暗镖，即货主不透露自己的身份和所运为何物。因货物违禁遭到官府扣压，货主自行承担损失，货主派人陪同镖队同行，自行办理通行文书。换句话说，货主承担来自官府的风险，振威镖局负责运送和提防黑道贼人打货物的主意。

"客官，独轮小车不方便走远路，这些货物需要装到我们镖局的大车上。"杨志勇道。

"这是自然。"这些人中为首的一位管事掏出银票，递给杨志勇，"杨老板，这是您这趟出门的镖利。"

杨志勇大喜，往常运镖到了目的地，货主或者收货人会反复检查货物，损失了一丝半毫都要从镖利中扣出。更有甚者，货主为了省钱，到达目的地后，鸡蛋里挑骨头，只为压低原本已约定好的镖利。这次货主如此痛快，出发前就把镖利付清，杨志勇认为是镖主确信此次势必一路顺风。原本因货主的神秘身份而产生的困惑，此时荡然无存。他自我安慰：能雇镖局跋山涉水押运，必不是寻常家用的东西。有钱人怕露了富不愿意透露身份可以理解，对方能过官府那一关办理通行文书，自己乐得不问。

"咱们什么时辰出发？"杨志勇问。

"装好后，即刻出发。"对方依旧用最简短的字眼对答。

"这么早？"杨志勇尚未吃早饭的肚子开始乱叫，"那这些独轮车怎么办？"

"不要了。"

对方在回答杨志勇问话的同时，已经开始麻利地装卸货物。

七月的太阳，只有在清晨的时候才既光明又不耀目，存着一丝可爱。一个乞丐倚靠在墙角，正在吃一张不知道哪里讨来的烧饼。童牧归从他的身边走过时放慢了脚步，乞丐大概感受到了身旁的目光，伸了一个懒腰，转到墙后吃饼去了。

市舶司前院，莫哈拓和鹿游原二人正站在院子当中比画、相互演说着什么。童牧归从影壁墙后面转进来，晨光在他的身上镶了一圈金边。

三人一照面，俱是一愣，都没想到彼此会这么早就出现在这里。

"莫大人早，鹿大人早。"童牧归行礼的时候偷眼观瞧面前的两个人，猜测着昨天在钱家的宴席上，自己的酒后失态是否会被他们见怪。

"童总捕的脸色不是很好啊。听严提刑说，你有旧疾在身，且去休息吧。我们今天也不去别的地方，就在这里盘问相关人员，不用陪我们了。"

鹿游原上下打量着童牧归，他原本以为严冥夜能够派童牧归协办市舶司案，自然是个了不得的厉害人物，没想到昨日在钱家酒宴上，童牧归竟因为贪杯醉酒失态，如此不成体统、难堪大用，此时心里已经存了几分鄙夷。

童牧归闻听此言，心里一沉，连忙赔着小心说："卑职昨日多喝了几杯，在众位大人面前丢了丑，还请莫大人、鹿大人千万别和我一般见识，卑职知道错了。"

第14章 不得要领

莫哈拓阻止了还要继续说下去的鹿游原,他心里对童牧归没有什么偏见,反而觉得童牧归这样的人通晓城中各处人情,自己与鹿游原在泉州人生地不熟,需要童牧归的帮助。他打了一个圆场道:"鹿大人也是心疼童总捕这几日辛苦,你若有事,尽管去办,千万别逞强;若是无事,留下来帮帮我二人也好。"

言毕,莫、鹿二人转身往里面走。市舶司已经收拾出来一间房间给钦差做办公用,莫、鹿二人边走边低声交谈商量审讯事宜,童牧归臊眉耷眼地跟在后面。

童牧归的一只脚刚迈进门槛,另一只脚还没来得及落地,只听鹿游原又说:"童总捕,术业有专攻,盘查审问之事,非我们所长,我二人商量过了,烦请您代劳,我们从旁协助。"

"二位大人使不得。童某一介山野村吏,二位大人乃皇命钦差,万万不敢僭越。"

童牧归连连摆手,不明白二位钦差副使为什么会这样决定。

"这件事就这么定了。"莫哈拓的口气不容置疑,"正事要紧,我来做笔录,若有疑问,我们从旁发问便是。要做的事情还有很多,快些带人证前来问话吧。"

由童牧归主持审讯的决定,是莫哈拓刚刚提议的,他认为当局者迷旁观者清,参与问话时很容易忽略一些细节。只有旁观在对话之外,才能发现交谈者双方言语之间的漏洞。这条经验是魏公公教给莫哈拓的,魏公公自己整日旁观皇帝与满朝文武对话,深得其中精妙。

童牧归位卑言轻,虽有不情愿却由不得他推辞,只好小心请示:"各色嫌疑人等十余名,不知二位大人想先见哪一个?"

莫哈拓回答一声:"悉听尊便。"遂转头与坐在身旁的鹿游原说话,对童牧归探询的眼神视而不见。

今早出门前燃起的斗志,被莫、鹿二人不咸不淡的态度浇灭大半,

印证了他的顾虑一点也不多余。有心杀敌无力回天的悲凉感油然而生，一腔委屈无处发泄，童牧归只能把这笔账记在上司严冥夜的身上，若不是他三番五次推脱不肯准许自己辞职，自己便不会摊上这样倒霉的差事，更不用受这样的窝囊气。

他转念又一想，自己平日受的气也不少，好在严提刑已经明确答应，钦差返程就放自己离职，眼见得糟心的境遇有了出头之日，此时小心伺候便是。昨夜凌晨在堂屋中发誓要追寻的水落石出，几个时辰的光景便已经转成：不求有功，但求无过。

阿苏被带进来的时候，两位钦差副使正在小声交谈，童牧归轻咳提醒，莫哈拓循声回望，眯起眼睛仔细打量来人。阿苏被看得一愣，经童牧归介绍，方知眼前的两位是官家派来督办案件的钦差，慌忙行礼。

"你把事发那日所见所闻详细讲来。"童牧归硬着头皮发问，"二位钦差在此，如若遗漏则有碍圣听，你我皆吃罪不起。"

"是是是，小的明白。"阿苏点头如鸡啄碎米，忙不迭地答应，"初一那日，小的像往常一样在门口站班。巳时二刻，巡检司的差役吕培杰带着公文到了衙门口。与小的同班的季桓上前扶他下马镫，接过他怀里掏出的公文进去通报。"

"后来呢？"童牧归追问。

"后来，我们就和吕培杰在门口说话。"阿苏回答得小心翼翼，不时看向莫哈拓和鹿游原坐的位置，似乎在确定钦差的情绪，"再后来，我们正说话呢，就听到院子里有人喊。隔着影壁，我们也看不见到底发生了何事，只听着声音怪瘆人的。当时想着大人们在议事，如此吵闹恐柯提举怪罪，小的就和炀霏一起进来查看。转过影壁，就看见先前进去的季桓鬼哭狼嚎地往外跑，脸上都没有了人色。他说他看见议事厅里面的人都死了，旁边的人当时就要去看，小的怕他们破坏现场，便没让他们过去。然后，小的就赶紧跑去提刑司报案了。"

第14章 不得要领

阿苏所说的这些童牧归都已经知道，见他没说出何新内容，只能耐着性子追问："就这些吗？"

阿苏骨碌了一下眼珠，似乎想起了一些情况，连忙接着又说："哦，还有就是我们进去看到季桓往外跑的时候，还看见宋老三死在影壁墙根儿，像是被利器割的脖子，整个脑袋几乎都掉了下来。"

宋老三的尸体是童牧归亲自收殓的，他往下追问："还有吗？"

"没了吧，事发突然，只能想起这些……"阿苏挠着头回想，猛然想起了什么，很认真地补充，"我们看到季桓的时候，他吓得把屎拉在了裤子里，我们帮他换裤子的时候，屎条子顺着裤腿滚出来算不算……"

"放肆，钦差面前出此污言秽语，不成体统。"童牧归打断了阿苏对于季桓失禁的描述。

"无妨。"莫哈拓并不介意阿苏的失礼，压了压手示意他别害怕，"本官还有几个问题。这第一，你们如何确定时间是在巳时二刻？"

"回大人，吕培杰他自己说巳时从巡检司出发的，我们市舶司与巡检司常有来往，骑马半个时辰可打一个来回，因此推算他到这里的时候是巳时二刻。"阿苏似乎有些惧怕莫哈拓的目光，一直把头垂得很低，小心翼翼地回答问话。

莫哈拓挑了一下眉，不置可否，他恍惚间觉得阿苏有些眼熟，转而又问道："在这之前，你可听到或见到何异常？"

阿苏拧眉苦思，事发这么多天，他已进行过多次仔细回想，并没有发现市舶司案发当日同往常有何不一样的地方。若要非说有何不同，那就是市舶司在每月初一议事，人比寻常日子多些，各位大人辰时初刻便已到达，但是每月元日例会皆是如此，不足为奇。

莫哈拓见阿苏许久不说话，骤然抬头，双目紧盯着阿苏，问道："其他人要查看现场的时候，你为何阻拦？"

"这个,这个……"

阿苏被莫哈拓的目光看得浑身发毛,根本不敢与其对视,一时眼神闪烁,语无伦次。

童牧归不明所以,见状把桌子一拍,喝道:"钦差大人问什么你就答什么,别吞吞吐吐像个娘们儿似的。"

阿苏心知,自己今日说不出什么,恐怕走不出去。正苦于该说什么之际,童牧归骤然发难,给他提了一个醒,他循声回头,可怜兮兮地看着童牧归:"童总捕,能说吗?"

童牧归一下子就炸了,不理解这件事为何无端端与自己扯上了关系。他猛地从座位上跳起来,用手指着阿苏,有些气极道:"有话说有屁放,少在钦差面前装神弄鬼,你若说不出个子丑寅卯,老子今天撕了你的嘴。"

"童总捕何必大动肝火,让他把话说完。"鹿游原制止了激动的童牧归,看过来的眼神意味深长,转而又对阿苏说,"你说你的,不用害怕,凡事自有王法。本官和莫大人在此,又有汪相在泉州坐镇,只管把你知道的说出来。"鹿游原的话说得义正词严,但是听在童牧归耳里,分外刺耳,怎么想都不是滋味。

阿苏做惶恐状,在三人身上来回看了看,才吞吞吐吐地说:"童总捕常来市舶司,我们都是当差办事的,免不了在一处闲谈。问及刑狱之事,小的记得童总捕说过,没有完美的案发现场,有歹人犯案的地方必然会留下痕迹,捋顺因果加以追踪必能破案。很多案件不能及时侦破,是因案发现场被破坏,无法进行勘察的缘故。小的牢记童总捕的教诲,恐同班进入现场,干扰到诸位大人破案,故而阻止他们进去。"

想到那日刘家围堵市舶司自己受到的凌辱,想到张奔屡次用他和奕灿的关系做文章,童牧归一肚子的委屈被阿苏绵里藏针的话勾起。

他冲着阿苏大吼:"老子没事吃饱了撑的愿意跑来你们市舶司?哪

次不是你们惹出了篓子,我们提刑司过来给你们擦屁股?"

"屡次劳烦童总捕,也是上命所差,小的只是奉命传话,您千万别见怪……"阿苏不时抬眼偷看童牧归的脸色,小心翼翼地赔不是。

"严提刑果然慧眼识人,童总捕对于如何勘查凶案现场的见解果然独到。"莫哈拓顺口恭维。

童牧归不吃这一套,白眼已经翻到了天上,用鼻孔哼着回:"在下职责所在。"

阿苏被带下去,等待下一个人被带进来的间隙,鹿游原忍不住问:"童总捕,你刚才说市舶司惹出乱子,你带人善后,所为何事?"

"严提刑命令卑职来市舶司,卑职便带着兄弟们来了,上命所差,哪敢问那么多。"童牧归没好气地答。

鹿游原见童牧归如此敷衍,便想晓以利害,斥责几句。莫哈拓拉了拉他的袖子,再一次阻止,自己则把话头接过来说道:"童总捕,以莫某看,你我三人年岁相仿,能在一起共事也是缘分。鹿大人的脾气耿直了一些,官家正是看中了这一点,才让鹿大人和汪相带着我来查办这件案子。我看童总捕也是性情中人,不会欺我们初来乍到……"

"钦差大人,饭能乱吃,话不能乱讲,"童牧归打断了莫哈拓的猜测,心里恨不得抽自己一个嘴巴,更加怨恨严冥夜为何不早放自己离职,"您二位都是有品级的御前红人,我……"

"童总捕,你听莫某把话说完。"莫哈拓把准备起身同自己理论的童牧归按坐在椅子上,"此案干系重大,我们所进行的盘问,纯粹是为了了解情况,没有特意针对谁的意思。如果有何冒犯,您别和我们计较。食君之禄,为君分忧,一切看在官家的面子上,还请以案情为重。"

莫哈拓有理有据的一番话把童牧归说得哑口无言,如若再含糊其辞,当真就有了包庇之嫌。他转念一想,事情虽然涉及提刑司,但终究是市舶司的过失,长叹了一口气,说道:"是这样的,市舶司衙门偶尔会被百姓

围堵,发生如此情况,柯提举不愿意上报,便向严提刑求助。念在同僚的情分上,我们大人不好推脱,常遣卑职带着人去帮忙疏散。"

"这里的刁民竟然如此大胆,竟然敢围堵官衙?"鹿游原似乎不相信自己的耳朵。

"起因为何?"莫哈拓追问。

童牧归有些反感鹿游原的腔调,翻了一下眼皮,阴阳怪气地说:"狗急了跳墙,兔子急了咬人,就这么简单。"

莫哈拓心想,其中必有缘由,试探着问:"可是因市舶司行事不端,做下天怒人怨的丑事?"

"嗯。"童牧归哼了一声算作回答。

市舶司行事天怒人怨亦非一日,很多船主、海商被重税压得喘不过气来,在天气恶劣的情况下冒险出海,其中一部分人没能幸运地归来。而且出海航行是一件需要默契、信任,但是又很枯燥的事情,因此船上多是父子、兄弟同行,这样的情况下一旦发生海难,这个家庭几乎等于灭门。

童牧归每次遇到类似的事情,念着都是乡里乡亲的,事主刚遭受了这样的悲痛,即使对方情绪失控言语无状,他感同身受不好意思用强。因此只要是他带队到市舶司,并不动用武力驱逐,偶有哭昏了头如那日刘氏一般,硬要往里面闯者,他才会上手加以阻拦,除此之外再无其他。他心想,都是些普通老百姓,只不过是痛失亲人无处发泄罢了,真让他们闯进去闹事,他们断没有那样的胆子,不然也不会任人鱼肉以至于丧命了。

点检曹炳勤站在门口,未曾进门便感受到了室内压抑的气氛,一时不知道如何是好。三人被刚才的话题弄得各有心事,现在只能暂且放下,强打精神各自归座,继续审问。

曹炳勤向莫、鹿二人问好后,没等在刚才阿苏坐过的位置坐稳,他

第14章　不得要领

便咳成一团，原本青白的脸憋得通红，感觉随时有把肺咳出来的危险。

"怎么还不见好，刘先生开的汤药可按时吃了？既然咳成这样，就该少吃咸的。"童牧归皱着眉头问。

曹炳勤的茶饭每日由童牧归亲自送到房间，自他住进来以后，不曾给童牧归添过什么麻烦，只是说自己生病口中没味儿想吃酱豆腐下饭，摘下了手上的戒指要送给童牧归，央求他每日给自己添一块。童牧归想着也不是什么过分的要求，市面上三五文钱便可买一大罐，便买了一罐送给曹炳勤，对方的馈赠则坚决不收。

"不碍事的，快好了，咳咳咳……咳咳咳……"曹炳勤捂着嘴边咳边答。

"初一你为何没有参加例会？"

"在下感觉身子不适，咳咳……故而向柯提举告假在家休养，咳咳……"

鹿游原在一旁插问道："你是何时知道市舶司出事的？"

"咳咳咳……实话实说，在下只知道市舶司出事了，但是具体出了何事，到现在也不是十分清楚。"曹炳勤因为咳喘，说话时断时续，"初一那日我正在床上躺着养病，转运使司来人说，曲大人有机密要务处理，不由分说便拉我走，若不是来人中有一个眼熟的，曾在曲大人那里见过，我绝对会认为他们是歹人冒充的。"

"然后呢？"童牧归示意他接着往下说。

"然后在下就被带到这里了，看见你和严大人、曲大人忙里忙外，本想等你们闲下来问问清楚，哪知被关进房间以后再没让在下出来。只是每日有人送饭、送药，却不同在下讲话。今天既然钦差也在这里，在下斗胆问一句，市舶司到底出了何事？我们柯提举知道在下被关在这儿吗？"

曹炳勤眨巴着一双桃花眼，一派天真无辜，等着答复。他说的确实是心里话，泉州城内就市舶司案已经传得沸沸扬扬，但是他自初一那日被

隔离至今，不曾与外界接触。这几日他反复琢磨，料定是出了大事，为此一度认为自己能够洞察先机，暗自窃喜自己及时病倒是万幸。但是此时此刻，他想破脑袋也不曾想到，这大事竟是市舶司衙署官员全部被屠。

"柯提举死了，初一参加例会的人都已死在议事厅。"莫哈拓用目光死死地钳住曹炳勤，不放过他任何一个细微的表情。

曹炳勤刚巧咳到一半，听见莫哈拓的话，惊恐地看向莫哈拓。结果他反被莫哈拓的眼神灼伤，刚一相接便败下阵来，慌忙移开视线，咳喘不止。

"童总捕，先让曹点检回去休息吧，改天再问。"莫哈拓收回了自己的目光，一时不知道还有何问题，便结束了谈话。

曹炳勤出去后，与市舶司案相关人等，除了重伤不能说话的建弼，所有人已经被盘问了一遍。

室内出现了短暂的安静，在场的人心里明镜一般，此时已经错过了最佳的审问时机，今天的问讯实际意义并不大。

半晌，莫哈拓率先打破了沉默，问道："童总捕，可有医术好又信得过的郎中？"

他隐约觉得曹炳勤似乎在回答问题的时候有意周旋，推算时间，曹炳勤在案发前便已经病倒，到今日病情已经缠绵了十余天，寻常伤寒不应该有如此长的病程。

童牧归答："我们刘先生虽然现在是仵作，但是从前没少治病救人，我们严提刑对他的医术赞不绝口。"

"他可在这里？"

"提刑司那边还有别的案件需要料理，他今日不在。"

"那好，明天叫刘先生来见我，我有话问他。"

"莫大人，您是觉得曹点检的病有问题？"

莫哈拓伸了一个懒腰，说道："现在还不好说，本案实在没有何头绪，想到哪里问哪里吧。"

咕噜噜——咕噜噜——

一个不合时宜的声音从童牧归的身体里发出，他昨夜所吃的东西闹酒的时候尽数吐了出来。今早来得匆忙不曾用饭，忙到现在已经一天没吃东西了，五脏庙发出了严重的抗议。

童牧归恨自己的肚子不争气，用拳头在肚皮上捶了一下，这一捶不要紧，肚子叫得更欢了，弄得他很是尴尬。

莫哈拓见此，拉开了他捶打肚子的手，笑着说："是在下疏忽了，中饭咱们就没吃，都这个时辰了，今天就到这里吧。"随后他看了看鹿游原，话锋一转，笑盈盈地说，"今天咱俩向童总捕讨一顿饭吃如何？"

"哎呀，卑职该死，昏了头，竟忘了安排二位大人的饮食。实在是罪过。"童牧归一下子想起来，根本没有叮嘱醉仙楼准备莫哈拓和鹿游原的饭食，他猛捶了一下脑袋。

就在他心里盘算自己这个月剩下的两贯钱俸禄可以在哪里安排二位钦差吃饭时，只听莫哈拓又说："童总捕家里可否多添两双筷子？"

童牧归一下子没明白，心想：这钦差什么毛病？第一次见面便麻烦别人找住处，第二次见面就要到别人家里吃饭，难不成堂堂钦差竟一毛不拔？

他磕磕巴巴地说："卑职家中只有老父在堂，平日粗糙惯了，您二位是尊贵人，怕……"

莫哈拓不以为然："千万别这么说，家有一老如有一宝，在下平生最大的遗憾就是不能在父母膝下承欢。"

鹿游原不知为何也在一旁帮腔说道："一碗清粥一碟小菜足矣，在下也是寒门出身，走到哪里都不会忘本的。"

童牧归反复看了莫、鹿二人几个来回，见他们不像是在开玩笑的样子，猜不透他们葫芦里卖的是什么药。转念一想，自己家中只是破旧了一些，并没有见不得人的东西，况且自己今日凌晨刚刚里外打扫过，此时待客也不算失礼。他犹豫了一下，心中虽然有不情愿，还是答应道："既然二位大人不嫌弃，是我父子的荣幸，照顾不周的地方先行告罪，您二位多担待。"

"好，那就叨扰啦。"莫哈拓见童牧归答应下很高兴，接着又说，"童总捕先行一步，我和鹿兄到转运使衙门向汪相汇报一下今天的工作，随后就到。"

木已成舟，童牧归接受了现实，说道："也好，卑职先回去做饭。我家在东条街，二位大人到了附近随便拉一个人问一声童家，他们便指给您了。"

"好，就这么定了，一会儿见。"

鹿游原踌躇片刻，对童牧归说道："童总捕，我这人脑子不活，说话时对事不对人，你别往心里去。咱们有言在先，你和伯父吃什么我们就吃什么，千万别破费，不然我可不高兴。"

童牧归嘴上连连说："鹿大人言重了。"他心里十分不爽，暗想：既怕我破费，何苦又要巴巴地去我家，既要去又哪来这么多假客气？

第15章　坦诚以待

童牧归转念一想，与莫、鹿二人生活在一起也不是全无好处。如此一来，既是他们观察自己的过程，反之同理，自己也可以查一下他二人。而父亲一同住过去，相当于自己拿出了最大的诚意。

皮皮很少看到童牧归这个时间回来，当童牧归推开院门的时候，皮皮抬起头愣了半天。

童牧归摘下头上的交脚幞头，往堂屋的桌子上一掷，一屁股坐在椅子上喘着粗气。

童楚听见动静，从里面的房间挪出来，看见童牧归的样子，心下狐疑，问道："今儿为何回来得这么早？"

"回来做饭。"童牧归没好气地回答。

"王婆婆中午烧的稻粥，还有好些在锅里。不是同你说了吗？公事要紧，饿不着为父，不用这么惦记着。"

童楚看童牧归一脑门官司的样子，只当他在案子上遇到了难处。严冥夜自兼领市舶后，手中人手实在不够，见童楚的身体已经逐渐康复，便召回了派到童家的几名差役。童牧归担心醉仙楼日日来送饭招人非议，有碍听南嫂名节，因此烦请邻居王婆婆每日中午给父亲做饭。

"那两个钦差过会儿来咱家吃饭。"童牧归道。

"钦差?"童楚以为自己听错了,"来咱家吃饭?"

"我看他们就是吃饱了撑的,吃吃吃,吃个球……"童牧归兀自抱怨。

童楚眼睛转了转,随即明白了什么,宽慰道:"既然人家要来,咱们总不能把他们赶出去吧。你别坐着了,出去买些酒菜来,好生招待一下也就是了。"

童牧归负气答道:"用不着,人家说了,咱们平时吃什么他们就吃什么。"

"你这孩子,快三十的人了,怎么像隔壁小六一样孩子气。"童楚抬了抬手里的拐棍,佯装要打,"来的都是客,按理我们也应该尽一下地主之谊。"

童牧归晓得自己在这边赌气也没用,不想惹父亲不痛快,气哼哼地到厨房做饭去了。

转运使司后衙,香烟缭绕,汪相命人收拾出一间闲房,摆放了香案、佛龛,他亲自晨昏两次上香诵经,为亡者超度。

莫哈拓与鹿游原向汪相汇报了今日问讯的结果,汪相听罢,一味地转动手中的念珠,并不评价此事。汪相不说话,莫、鹿二人自然不敢多嘴,只能垂首站着等待。过了有半盏茶的时间,汪相才停下手中的念珠,嘴角牵起一丝笑意,看着鹿游原道:"鹿大人,昔日你一举破获北境走私案,名声大噪,如今这个当口,也应该拿出当年的手段,方不负官家圣恩。"

汪相说话云山雾绕,二人一时摸不着头脑,不敢轻易搭言。

"今日虽然是到达泉州的第三日,但是距离官家规定的破案期限已经过去了八天,你二人回去想想,还有多少个八天可供耽误。"

莫哈拓与鹿游原面面相觑，见汪相没有别的指示，只得臊眉耷眼地退出来。

　　二人走在街上，鹿游原似乎还在揣度汪相的话，莫哈拓则丝毫不受影响，看见时鲜吃食买个不停。不一会儿，他的手中提满了熟食、酱货、新鲜的瓜果，连带鹿游原的手上都拿了不少，准备带着这些东西到童牧归家做客。

　　"你也真是，花这么多钱买这些劳什子，有这些钱哪里吃不得，为什么偏要去别人家吃饭？"鹿游原抱怨道。

　　"初次登门，哪有空手的道理，权当在下请你吃饭了。"莫哈拓边说边招呼着鹿游原往前走。

　　莫哈拓执意到童家吃饭，自有一番道理，只是不方便向鹿游原明说。他觉得，每日与童牧归共事，有必要深入了解对方的为人，近距离观察对方的生活。在一段关系中，让自己时刻处于主动地位，有助于应对未知的变化。

　　二人转眼来到东条街附近，鹿游原拉住一个卖干货的少年，问道："小哥，提刑司总捕童牧归家住哪里，你可知道？"

　　好巧不巧，少年正是童家的邻居薛小六，他见来人向他问路，顿时面生得意之色："二位大爷问着了，那是我童大哥，就住在我家隔壁。走走走，我带你们去。"

　　莫、鹿二人乐得有人领路，跟在薛小六身后向童家出发。

　　薛小六眼尖，瞧见了二人手上拎的东西，一时好奇心起，欠身到莫哈拓近前问："您二位是给我童大哥送礼吗？遇到什么难事了？"

　　"礼尚往来，不足挂齿。"莫哈拓顿了一下，装作不经意地反问，"经常有人求到童总捕府上，给他送礼吗？"

　　薛小六不谙世事，哪里晓得话中的圈套，看了一眼二人手中的东西，咂着嘴说道："您二位若真有事儿求童大哥，估计这东西怎么提进

去的怎么提出来。童家在提刑司干了三辈儿,听我阿爹说,早年还有人求到童家,童老爹能帮就帮,但是坚决不受赠礼。到我童大哥这一辈,他脾气臭一些,几乎没有人靠前自讨没趣,不过他这个人是极好的。"

童家大门敞开着,薛小六径自带着二人进去,莫哈拓和鹿游原提着大包小包走进正房。童牧归此时正在厨房忙活。花生米已经在柴锅里噼里啪啦地响,他翻动着铲子做收服它们的最后工作。

"童大哥,你家的客人正巧让我遇见,直接给你带回来啦。"薛小六蹦跳着来到厨房门口,向童牧归报信儿。

童牧归也不理他,回身从灶台边上的一个碗里抓起一块东西,反手塞进薛小六的嘴里。薛小六吓了一跳,下意识地想要吐出来,瞬时间又觉得肥腴鲜美之感充斥了整个口腔。他把嘴里的东西拽出来一看,是半只烧鹅腿,顿时喜得眉开眼笑,狠狠地咬上了一口。他举着鹅腿边看边笑,道:"真好吃,童大哥,人我给你领回来了,我还有些果子没卖完,先走了。"

童牧归只顾翻弄锅铲,从嗓子里挤出来四个字:"吃完再走。"

"不了,不了,您家来客人了,我就不跟着裹乱了。"薛小六边说边往外闪。

童牧归抬起头白了他一眼,道:"我是让你把骨头给皮皮留下。"

薛小六明白过来是自己会错了意,不敢再废话,三两口啃完了鹅腿,拿着骨头去讨好皮皮。

童牧归端着炒好的菜进屋时,莫哈拓、鹿游原正在和童楚说话,大概是因为前几日提刑司来人精心照顾,童楚的气色看起来也比往日好了很多。

童家这边准备开饭,钱家遂园里的天竺狨猊刚刚吃饱,正由钱家家仆带着到张池边洗澡。此兽虽然经过驯化,但是野性仍在,不看它张开

第15章　坦诚以待

后血盆般的大口，单是钉耙一样的利爪就足够让人望而生畏。这只狻猊每天最少要吃鲜羊一头或者上好精牛肉五六十斤，另有作零食消遣的肥鸡活鸭不算在正餐之中。大家若要打扫笼舍或者给它洗澡，总要拣它刚吃饱的时候，以免自己一不小心成了狻猊腹中餐。

拿着工具给狻猊洗澡的众家仆，人人皆是打起十二分精神，生怕它玩得兴起再次伤人。众人之中只有一个人例外，便是拿着长杆刷子的家仆钱寿，他心里的两个小人儿正在打架。

钱寿的老母亲病重，正等着钱抓药，想着钱福给这兽打扫笼舍的时候被它用利爪挠到了膀子，管家赏了十贯钱养伤。一个小人儿便想依例效仿，另一个小人儿有些犹豫，是因为去年钱禄的惨状依旧历历在目。当时钱禄正给狻猊喂食，这兽饿急了，竟扑倒了他，将同他端来的牛肉一齐撕咬。待众人发现要救的时候，钱禄的头早已像烂茄子一样耷拉在一边。那日赶巧钱丰源也在遂园，看着有趣，索性不让众人夺回钱禄的尸体，任由此兽啃咬个精光。

钱福用眼角的余光偷看不远处的高亭，钱丰源和钱正青、章闻柳、稼音一起吃过了晚饭，四人站在亭上边乘凉说话边往这边看，满园灵兽中他最喜欢这只狻猊。

钱福犹豫着自己该如何控制力度，既让手下的猛兽可以伤到自己领养伤钱，又不至于让自己没命。犹犹豫豫间，他又想到这兽万一发起狂来，误伤到别人，自己的罪孽便数不清了，心里赶紧念了几声"阿弥陀佛"，最终放弃了这个荒唐的想法。

高亭里的四人聊着闲话，只看到平日威风凛凛的狻猊被水打湿后竟似病狗一般，顿觉有趣，对钱福刚才那一段内心挣扎全然不知。

"我瞧着昨天汪相的意思，竟没有一句准话，我这心里总觉得不踏实。"钱丰源道。

"大概是昨天人太多，说话不得方便，终归他是宰相，架子是要端

足的。"钱正青答。

钱丰源转身问站在后面的章闻柳:"去年年下你带的何物到汪相府?"

章闻柳俨然是钱丰源的左膀右臂,这几年年节送礼基本上都是他张罗打点。他垂首回答道:"花出去的钱太多了,一时记不清,属下需要回去翻看一下账本。"

"嗯。"钱丰源点头答应,随后又接着说,"照去年的数儿翻一倍准备点东西,过几天我亲自去会会汪相。"

"丰源,你去不合适吧?"钱正青不赞成这个决定。

"哦?"钱丰源不解。

"十五叔说得对,您去了不好周旋。"章闻柳接过了话头,"还是属下先去一趟吧。万一汪相提出苛责的要求,我们还能以自己是下人做不了主为由,回去有一个商量想办法的余地。"

钱丰源琢磨着章闻柳的话有理,当官的都有要面子的毛病,官越大这个毛病越重。当着事主的面儿总要端足架子,摆出吃过见过的样子,不好意思开口索要。他决定让钱正青和章闻柳去探探口风,如果真的需要自己出面,再去也不迟。

他默许了大家的意见:"这么巴巴地赶上去送银子,倒显得咱们心虚,以何理由去见汪相好呢?"

"过几天就是七月十五中元节了,既然市舶司死了那么多人,咱们就出点钱找个寺啊庙啊的办一场斋醮,这样积阴德的好事儿,想那汪相也喜欢。"稼音道。

"行,就老君观吧。那里是咱们泉州一景,观中的人也相熟。"钱丰源转而又嘱咐章闻柳,"明天你从账房支了银子,先过去一趟,让那杂毛老道把里外好好打扫一下,斋醮办得热闹一些,若是他敢怠慢,让我知道了,我把他那几根胡子全拔下来。"

三人听钱丰源如此说，不由脑补出老君观宋道长七根朝上八根朝下的狗油胡的样子，都不觉笑了。

"还有，叫他不必总打发人巴巴地送丹药了，什么玩意儿，前日我也是闲的，竟然吃了半颗，和稼音配的一比，竟不配提鞋。"

钱正青笑盈盈地看着稼音，附和道："很是呢，在海上晃荡得久了，身体发沉，吃了稼音配的清心丸，整个人都舒爽了很多。依我看，老君观应该拜你当祖师。"

稼音掩唇一笑，客气道："家主和十五叔谬赞了，您二位爱用，便是那些花花草草的福气。"汗水划过他脖颈上的胭脂印记，痒痒的。

钱家主仆几人说得热闹，童家这边已经用饭完毕，撤下残羹后，大家坐在一起喝茶聊天。

"童总捕，前日与……咯……"莫哈拓说话间打了一个饱嗝，登时涨了一个大红脸，歉意地看着在座的人，"前日与您说的寻个住处，可有合适的？"

童牧归看着莫哈拓的样子，觉得又好气又好笑，抿嘴强忍着笑回答说："卑职实在不认识有身家的人，相熟的不过是穷朋友贫亲戚，实在是无法安顿二位钦差。"

"什么钦差不钦差的，我二人也都是普通出身，切莫说这些让人笑掉大牙的话。"莫哈拓很快调整好了状态，直直地看着童牧归，接着说道，"既然没有合适的地方，我二人便赖在您家不走了，咱们同食同宿倒也方便。"

莫哈拓是真的想住在童家，他认为全方位了解一个人最快速的办法，就是同这个人生活在一起。

童牧归只当莫哈拓是吃饱了没事儿开玩笑，顺着他的话说道："行啊，钦差大人不嫌弃，那就来呗。卑职家房上的瓦有几片松了，这几个月没得空修补,最好让钦差卫队也一块来,帮卑职把房子收拾一下。"

"好,一言为定。"莫哈拓眼中放亮,接着说,"亲卫都在汪相那儿呢,用不着麻烦他们,若有现成儿的泥瓦,在下现在就上去帮你弄,童总捕受累帮在下扶着点儿梯子就是了。"

童牧归闻听此言,才知道莫哈拓不是在开玩笑,嘴惊得半天合不上。

"莫大人快人快语,果然豪爽,老夫看出来了,你们三人年岁相仿,想来是投缘,所以想住在一起多亲近。"

童楚在一旁一直笑呵呵地看着他们说话,到底有年岁的人,阅历丰富,他大概猜出了莫哈拓的意图,想到了一个两全其美的办法,于是接着说道:"只是老夫家中实在窄小,住不下二位大人。不如这样,有一个地方你们三人可以住在一处,饮食起居也都方便。"

鹿游原听到莫哈拓要住在童家,心里直打鼓,有意见也不好意思明说,见童楚有更好的去处,急忙追问:"童老伯您说,是哪里?"

童楚笑盈盈地看着童牧归,说道:"就让二位大人去醉仙楼住吧,你们查案子没早没晚,听南嫂那里茶水吃食随叫随有,倒也方便。"

"使不得。"童牧归一下子就急了。

莫、鹿二人一时不明就里,看着童家父子二人一人白脸一人红脸,不知如何是好。

"没事的,我看二位大人性情疏阔,当不至于嫌弃听南嫂那里简陋。"童楚压了压手,示意童牧归不要再同自己争辩,"醉仙楼是老夫相熟的一家酒楼,让牧归陪二位大人一同住过去,也好有个照应。我这边不用惦记,王婆婆每日都过来给我煮饭煎药的。"

莫哈拓见自己的目的达到了大半,并不拘泥具体住在哪里,他想了一下,说道:"既然如此,那就有劳童总捕安排。不过我二人人生地不熟的,本地乡音又听不十分明白,童总捕当真是要一同住过去才方便些。伯父这边你放心,在下派两个亲卫过来侍候,一切都是为了给朝廷

第15章 坦诚以待

办差,还请你多体谅。"

童牧归不好当着外人驳斥父亲,负气坐在那儿不说话。莫哈拓拉了拉鹿游原,推说回官船上取一些应用之物,晚些时候在醉仙楼见,二人先行告辞离开。

童牧归垂头丧气地把莫、鹿二人送至院门,前脚刚关上院门,转身急吼吼地进屋。

他迎头便问:"阿爹,您为何把他俩支到醉仙楼去呢?听南嫂一个妇道人家,平日里应付那些阿猫阿狗已经很辛苦了,现在再把这两个活爹弄过去,这不是没事儿找事么?"

童楚理解儿子是心疼听南嫂,并不计较他的无理,宽慰道:"我观他二人不是尖酸刻薄之辈,当不会刁难听南嫂的。"

童牧归气鼓鼓地说:"添麻烦搭银子倒是小事。这案子幕后的黑手,既杀得这么多朝廷命官,想来也干得出杀钦差灭口之事,如此一凑岂不是麻烦?"

"不会的,凶手杀人的心理多半都是为了减少麻烦,杀钦差干系太大,罪同谋逆。"童楚继续宽慰。

"那可说不准。"童牧归依旧不放心。

童楚看出了儿子的心思,笑着说:"所以我说让你也住过去,日日照看着岂不好?"

"我……"童牧归见父亲调侃自己,脸腾地一下红了,有些气恼,"我倒是想住过去,撇您一个人在家里,还不是一样让人悬心,何苦青天白日说这样让人心寒的话。"

童楚不急也不恼,认真地看着自己的儿子,脸上的笑意渐渐收起,然后一字一顿认真地说道:"不但你要住过去,为父也要住过去,咱们都住过去。"

童牧归急得扯了一把头发,气哼哼地说:"阿爹,孩儿在和您说正事儿呢，您还嫌不够乱么？"

"你和听南嫂的情意，钦差和歹人若想知道，只是早晚的事情……"

"孩儿同听南嫂清清白白，我们什么事儿也没有呀！"童牧归急忙打断了父亲的话。

童楚看了他一眼，并未理会，接着说道："钦差此举倒也是人之常情，咱们这里刚发生了这样的事情，你我父子自然知道彼此的清白。对于人生地不熟的钦差来讲，所有人都是他们的怀疑对象，尤其是每天和他们接触的人。他们只有选择和对方生活在一起，才能化被动为主动，判断是否可以信任。"

童牧归恍然大悟，他想生气，可是推己及人又气不起来，心想：二位钦差副使也不容易，到了人生地不熟的地方，处处冷枪暗箭，又有官家限定的期限压着。

"你们办这样艰难的案子，能够抽丝剥茧、去伪存真已经是很难的事情了，千万不能把精力用在相互猜疑上面。"

童牧归转念一想，与莫、鹿二人生活在一起也不是全无好处。如此一来，既是他们观察自己的过程，反之同理，自己也可以查一下他二人。而父亲一同住过去，相当于自己拿出了最大的诚意。

道理上童牧归已经可以接受，但是他仍然忍不住担心道："但是他们若想对孩儿不利，岂不是也更容易得手？毕竟您和听南嫂都在那儿，孩儿纵然有一身武功也分身乏术。"想到这儿，童牧归又开始抓狂。

"我的儿呀，说你傻你还真不动脑筋了。若为父在家，听南嫂在那边，受到两伙人同时攻击，你是来回跑容易一些，还是我们和你在一起容易一些？"

"那倒也是。"

童牧归瞬间被父亲说服，转身开始喜滋滋地收拾应用之物了。

听南嫂知道童牧归父子要住进醉仙楼，脸上依旧挂着浅浅的笑，并无太大波澜；顺子则不然，乐得一蹦三尺高，从头发丝儿高兴到脚趾尖儿。他向童楚挤眉弄眼道："伯父您空了选个日子，赶紧把他们两个的事儿办了吧，小的便可以改口叫姐夫了。"

"烂舌头的猴崽子，我先把你办了，还不赶快收拾屋子去！"童牧归一脚踢在顺子的屁股上。

顺子扮了一个鬼脸，一手捂着屁股，另一只手搀着童楚，喜滋滋地往后院走。

"我有几句话嘱咐你。"童牧归往听南嫂边上凑了凑，"待会儿来的那两个人，本是这次官家派来的钦差，你就当他们是寻常客人就完了。若真按官府的规矩，你还得受累，索性知道了也装不知道，落个不知者不怪。"

"嗯，都听童大哥安排。"听南嫂答应着。

"那这些日子就辛苦你啦，咱不图多挣他们的银子，但是也别往里搭钱，回头你记一个总账，我找严提刑给你报销。"童牧归搓着大手傻笑。

"都听你的。"听南嫂柔声答应着。

听南嫂安排莫哈拓与鹿游原住在二楼客房，各自一间，考虑到童楚行动不便，童家父子共住一间，在一楼客房。

第16章　盘根错节

经历过汴京暴雪、缺食少薪、金兵困城等一系列天灾人祸后,面对广袤无垠的大海,他们艳羡泉州人民的福气。靠海吃海,果腹之余,假设有千万铁骑兵临城下,海岸绵长,人们总会有生的机会。

绍兴二年,七月十三日。

市舶司被屠案案发第十三日,皇帝规定的破案期限已经过去八天。

进出港口的船只需要早早在市舶司办理公凭,公凭上记录着海商所申报的货物、船上人员及要去的地点。童牧归等三人到达港口的时候,严冥夜兼理市舶司这几日颇见成效,与前几天钦差官船队抵达时的拥堵、混乱迥然不同,港口已经恢复了秩序。

张奔暂代点检一职,因之前留意过市舶工作,底子派上了用场,如今工作起来轻车熟路。他上船对出港的船只进行点检,防止即将离港的货船夹带兵器、铜钱、女人、逃亡军人等。另一项工作是对回港船舶登船进行"阅实",检查进港货物与申报货物是否一致。他原本白净的面庞这几日被海风吹得黑红,汗水流过脸颊,像蚂蚁爬过,纵然如此,他全然不在意,每天美滋滋地哼着小曲忙里忙外。

原本年初提刑司八班总捕出缺,张奔一心以为这个位置自己十拿九稳，最后严冥夜任命童牧归为总捕，他颇为不服气，因此明里暗里没少表示不满。如今这样一个肥差到手，他一扫脸上的颓势，换了另一番景象，整个人精神不少。

七月的海风像笼屉里面的蒸汽，张奔的官帽早就摘下搁在了一边，身上的小衣湿湿地贴在身上。他远远看见童牧归带着两位钦差副使前来，急忙放下手中的西瓜起身相迎，对童牧归的态度一百八十度大转弯，不似先前那般。

虽然刚来市舶司就职的那天，他胡琢磨了一通，甚至一度怀疑市舶司案是自己的上司严冥夜所为。不过不管如何，经过这几日的仔细思考比较，张奔十分庆幸自己当初没有当上总捕，不然市舶司案这个烫手的山芋就得自己接着了。如此重大的案子，上面有一层一层的大人物，怎么也轮不到自己记功。但若是办不好，则会找一个脖子最轻的做替罪羊。一念及此，颇有因祸得福的感觉。

"私下相见，不必多礼。"莫哈拓搀住了满面春风要行礼的张奔，"我们过来随便看看，你且忙你的去吧。"

此时有兵士来报，有进港的船只需办理阅实，莫、鹿二人推说没见过商船是何样子，跟着张奔等人一同上船查看。

"有没有夹带呀？"

张奔有意卖弄，拿腔拿调地盘问船上人员。

童牧归见此差点没笑出声来，没想到张奔这小子照猫画虎，几天没见，做点检官倒有几分模样。为了掩饰尴尬，童牧归忙转到一边同舵手说话去了。

货主人本来预备好了给点检官的孝敬，但是一同上船的莫哈拓、鹿游原二人明显比张奔官大，以为他们是来沾油水的，一时没有准备，银子包拿在手里不知道该给谁。张奔拼命使眼色让他把钱收起来，但是可怜的货主会错意，一把将钱袋塞进张奔手里。

张奔像被烫到了一样，一下子蹦出去老远，大声斥责："你这是为何？公然行贿点检官，难道是有夹带吗？来人，给我仔细地搜。"

货主人一脸无辜地看着张奔表演，落在舱板上的钱袋很是扎眼。莫、鹿二人很默契地顺手拿过身边的番货把玩，好似没看到刚才的闹剧。

"童总捕，市舶司是不是出事儿了？"

一位身材枯瘦的老舵手倚靠着船舷，向童牧归问话，他的嘴里嚼着槟榔果，果汁把口唇染得殷红，配上他枯干的皮肤，看上去有些吓人。常年出海，使得他的关节有些变形，但是这些都没有关系，做舵手这一行是靠经验吃饭的。

"他们天天吃得好喝得好，能出何事？"童牧归向四周看了看，确定只要控制音量便无人能听到二人的对话后，在舵手的身边坐下。

"童小子翅膀硬了，也开始转花花肠子喽。"老舵手见童牧归和自己打官腔，便想结束对话，呸地一口吐出槟榔渣，"那帮混账王八羔子，死绝了也不关我鸟事儿。"

听舵手这么说，童牧归心咯噔一下，忙往前凑了凑，满脸堆笑说："陈伯，我错啦，我这不是跟着差事呢。我爹总念叨您，您要是不忙，去瞧瞧他呗？"

"不去，老头子我眼睛不好使，别撞坏你家的门。"

"胡说，陈伯能认出天上不重样的星星，眼睛最好使。"童牧归连哄加劝，"就今天晚上，我请陈伯喝酒吃醉仙楼的腊肉好不好？"

"你抢了府库啊，哪儿来的闲银子吃醉仙楼？"老舵手虽然依旧不正眼瞧童牧归，但是提点刑狱司的总捕能和自己如此亲昵，已经大大地满足了虚荣心，下次出海足够他跟别人吹嘘一阵子。

"嘿嘿，我们爷俩现在在醉仙楼住着。"童牧归说得自己都有些不好意思。

"哦？"老舵手知道醉仙楼的老板听南嫂年轻守寡，想想女方的模样,又看看眼前的童牧归,倒也般配,调侃道,"为何都不叫我喝喜酒?老童头太不够意思了。"

"陈伯你想多啦。"童牧归口是心非地否认,"最近衙门有事情,实在太忙,我没办法照顾我爹,听南嫂那里宽敞,我爹住过去方便些……"这样的解释连童牧归自己都不相信,越说越没有底气。

"我们船上时刻有人,甲板上十分宽敞可以跑马,要不你让你爹跟我出海,我们老哥俩做伴儿如何?"老舵手瞥了童牧归一眼,戳穿了他的小伎俩。

童牧归窘迫地站起来,假模假样地拍打身上的土遮掩尴尬,"就这么定啦,晚上一定过来,我和我阿爹等您老吃饭。"

"我乡下弟弟家中有喜事,我要去帮着忙活忙活,等我回来了就去看你爹。"老舵手算是答应了童牧归的邀请。

兵士在确定进港货物与申报货物一致后,将船上货物分成粗细两色,不同货物按十中取一到十中取四不等的比例抽取实物形式的市舶税。另有一些货物,他们代表官方,按照一定价格就地收购算作官用,这一过程也称作博买。这一切都完事儿后方才发给货主公凭,凭此公凭货主才可以把自己远道运回来的货物运销他处。

鹿游原打发走张奔,留下来和船主说话,进一步了解泉州海上贸易的组成形式。通过船主的介绍才发现,从事海上贸易有很多种形式。

一等海商,比如钱家等屈指可数的几家海商,出海的货船是自己家的,船上所雇佣的人员是自己家的,商队采办是自己家的,船上的供需补给也是自己家准备的,想要达到如此规模,需要家大业大,有成熟的供货和销售渠道。直白地说,一等海商即船主、货主、经销一力包办。

二等海商,有的是船主也是货主,但需要倒卖,他们无力经销,有的是货主,可以自行经销,但是没有属于自己的船只,只能和相熟的船主合作。

三等海商,往往都是小本经营,众人同乘一条船出海,从事外贸的船主负责提供船只和水手。

第三类海商出海手续也颇为麻烦,先携当地殷实户出具的承保书向当地市舶司提出"放洋"申请。市舶司对船上人员和货物一一核查,批准后发给公凭,作为外贸许可证。许可证上除事先印好的相关条例法令外,还要详细登载船主、船员姓名和人数,始发港口,前往地点,货物品种、数量,保人姓名等信息。

返航时货商即凭此种"公据"向市舶司报关登岸。"商人分占贮货,人得数尺许,下以贮物,夜卧其上。"因此,一艘搭乘三等海商"放洋"的海船,就是一个出洋商队。

从小生长在泉州,足迹未曾踏出过福建路的童牧归,很难体会此时莫、鹿二人的心情。经历过汴京暴雪、缺食少薪、金兵困城等一系列天灾人祸后,面对广袤无垠的大海,他们艳羡泉州人民的福气。靠海吃海,果腹之余,假设有千万铁骑兵临城下,海岸绵长,人们总会有生的机会。

眼见太阳已经落下去,只留下海天交界处一抹残红,柏松年早早关上了百乐汤的大门。

百乐汤雇着一个老鳏夫冯伯打扫清洁,晚上住在店里看夜,四个壮小伙子干体力活,人手不够时柏松年便卷起袖子亲力亲为。自从出现了"鬼脱衣"的情况,店里的伙计纷纷辞工或请假,只剩下他和冯伯,最近生意冷清,二人倒也忙得过来。

刚才有客人结账的时候投诉池中有异物,送走客人后他紧急关门歇业。冯伯此时正在汤池中打捞,柏松年紧紧盯着汤池中冯伯的一举一动。

"掌柜的,找到了。"只见在冯伯手上脱水而出的是一个骷髅,骷髅的正面缺了两颗门牙,仿佛刚刚遇上什么喜事在咧嘴冲人笑。

第16章 盘根错节

"妈呀……"

冯伯大叫一声,将手上的骷髅丢出去老远,正巧滚到柏松年的脚下。柏松年腿肚子一紧,跌坐在地,挪移着身子往一旁撤。尚在水池中的冯伯不知道是不是因为害怕,脚底打滑,整个身体失去平衡,倒在了汤池中。池中虽然只有两尺余深的水,他仍旧扑腾了老半天方才勉强爬起来。

"掌柜的,报……报……报……报官吧……"惊魂未定的冯伯挤出一句话来。

"万一说人是我们杀的怎么办?"

"那怎么办?"

"我哪儿知道怎么办。"

主仆二人缩在一起,直勾勾地盯着池边的骷髅,百思不得其解。

"咱们一定是冲撞了什么,找高人做一场法事吧。"冯伯想了半天,方挤出来一个主意。

"唉,没准儿是报应。"柏松年突然想起一件事,心中懊悔不已。

早在一月前,有一个头戴乌纱抹眉头巾,穿一领皂沿边白绢道服,系一条杂彩公绦,脚着方头皂布履,手持拂尘的道人,带着两个青衣童儿站在他的门外。道人自称姓贾,乃张天师座下九弟子,言说见百乐汤黑气冲天,不日会有厄事缠身,特地前来化解。柏松年当时全然不信,只当他是江湖术士骗钱,如今回头看,此人确实有未卜先知的本事。

主仆二人商议了半晌,决定寻这位贾半仙前来驱魔作法。

心烦意乱的不止柏松年,市舶司内童牧归、莫哈拓、鹿游原三人各怀心事。经过几日来的走访和盘问,案件陷入了僵局。最后一名被审问的马夫退出去后,室内陷入了长时间的宁静。

"他在说谎。"童牧归的语气十分肯定。

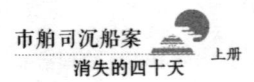

"何出此言?"莫哈拓追问。

"刚才马夫言讲初一早晨他宿醉未醒,因此并不知道发生了什么事,卑职觉得其中有问题。我到马棚的时候他是醉着不假,但是当时酒坛就在他的身边,闻来酒气尚浓,不可能是宿酒,一定是刚喝下去的。"童牧归道。

"兴许是出了这么大的事儿,他怕人责怪,因此顺嘴胡诌的,凭他那样干瘦的老头,怕是议事厅的门都没进去便被人放倒了。"鹿游原说出了自己的看法。

"在后院的马鞍上有灰白色的粉末,细闻之下判断是香灰,卑职怀疑就是被人有意涂抹的。"童牧归道。

"我们初来那日去马棚,你怎么不说?"鹿游原反问。

鹿游原的话正问到童牧归的七寸,先前他一心想离职而去,对破案的事情并不是很上心,想着一个贪杯的醉汉、一点子香灰不会是导致市舶司衙署被屠的直接因素,自己提出来反倒害了马夫的性命。当日巡查的时候,莫哈拓与鹿游原并没有发现这一点,本着多一事不如少一事的原则,他便没有主动提起此事。

他尴尬地挠挠头,说:"那日钦差初到,卑职惶恐,人多事忙,混忘了。"

鹿游原还想抢白几句,被莫哈拓制止了。莫哈拓站起身说道:"现在也不晚,走,咱们带上马夫到马棚去看一看。"

虽然经过数日,时晴时雨,万幸马匹全部拴在棚中,并未遭受雨淋,马鞍上的灰痕依稀可见,莫哈拓把脸靠近仔细闻嗅,确实是香灰的味道。

"马鞍上的香灰是怎么回事?"莫哈拓开门见山。

"什么香灰?小人不知道呀,小人只管喂马,并不管烧香拜佛的事。"马夫眼神飘忽，答话的时候并不看人。

"初一那日好好的，你怎么就喝醉了？"莫哈拓接着问。

"人老了不中用了，多喝了两口马尿，竟然睡死过去。"马夫答。

"扯你娘的臊，市舶司里哪个是省油的灯，就不怕有人看见你醉在那儿把你一顿好捶？"童牧归咄咄逼人，直盯着马夫。

"兴许是叫了，没……没……没叫醒……"马夫回答的声音越来越小，到后来几乎细不可闻。

莫哈拓问话的同时，童牧归在马棚各处仔细查看，最后在草垛下翻出来一个豆绿色葫芦状的小瓷瓶，瓶口用木塞塞着，瓶身上贴着一张黄纸小笺，上面有辨不清的红色图案。他拔开木塞，先是嗅了一下瓶塞，一股浓重的香灰味儿扑鼻而来，再把瓶中之物倒在手心察看，确认是香灰无疑。

"这个你怎么说？"童牧归把瓷瓶伸到马夫的面前，问道。

"小的不认得，不……不认得。"马夫答。

"嗯？"童牧归竖起眼睛，一把抓过马夫的领口，可怜瘦小的马夫几乎被举得脚跟离地，"都说人老奸马老滑，两样你都占了，瓶子是在你倒着的草堆下面找到的，你说你不认得，谁信？"

"童总捕消消气，有话好好说，没有屈打成招的道理。"鹿游原上前劝解，"就算是他抹的，不过是一点香灰而已，也没有打死的罪过。"

童牧归一时语塞，竟愣住了。

马夫顺势跪倒在地，磕头如鸡啄碎米。

"大人饶命，小的知错了，平日市舶司的老爷对小的非常严厉，小的心中不忿，搞了一点香灰，抹在马鞍上，想弄脏他们的衣服出出气。要打要罚小的都认了，求各位大人饶小的一命。"

童牧归气得剜了鹿游原一眼，他知道马夫老奸巨猾，明显是顺着鹿游原的话往下说的，但是他又无可奈何，只能心里干生气。

绍兴二年，七月十五日。

市舶司被屠案案发第十五日，皇帝规定的破案期限已经过去十天。

  绛节飘飘宫国来，中元朝拜上清回。羊权须得金条脱，温峤终虚玉镜台。

  会省惊眠闻雨过，不知迷路为花开。有城未抵瀛洲远，青雀如何鸩鸟媒。

——[唐]李商隐《中元作》

  佛布盂兰，道摆香案，人间此时为中元。严冥夜陪汪相去老君观斋戒三天，体谅童牧归近日辛苦，命他在城中待命，不必一同前去。莫哈拓和鹿游原也商量着，若是汪相没有别的安排，他们只住一日便回。

  从几天前开始，街上陆续有转悠着叫卖冥器、靴鞋、幞头、帽子、金犀假带、五彩衣服等物品的，也有人印了《尊胜目连经》来卖，这两种小贩比起前几日来，今天叫得格外卖力，因为过了今夜便过了时令，就好比大年初一的春联，再便宜也不会有人问津。卖果食、种生、花果之类供果的小贩则好一些，即便人们不上供、祭祀，平日也是要吃的。又有人把竹竿砍成三条腿，高三五尺，上面编织成灯窝的形状，叫"盂兰盆"，挂搭着一些衣服及冥钱在上面一块儿烧掉，应佛教今日是盂兰盆节的景儿。

  佛祖在距离人们居住的娑婆世界有十万亿佛土之遥的极乐世界说："今后凡佛弟子行慈孝时，都可于七月十五日僧自恣日，即佛喜欢日，备办百味饮食，广设盂兰盆供，供养众僧，这样做既可为在生父母添福添寿，又可为已逝的父母离开苦海，得到快乐，以报答父母的养育之恩。"这就是佛教盂兰盆节的由来，佛教认为供此可解救已逝去父母、亡亲的倒悬之苦，盂兰盆即"解倒悬"之意。

第16章　盘根错节

泉州素有"泉南佛国"的称号，佛教在这里的风头早先盖过道教，直到"老君岩"在北山被发现，信徒认为是李老君骑着青牛出函谷关，悠悠然"由楚入闽"时，看中了这里，于是泉州逐渐出现了佛、道共存共荣的局面。

老君岩是一座形似太上老君坐像的岩峰，善男信女以为天意，大家集资请巧匠略经雕琢，取名老君岩。

附近一座原本破落到不被人记得名字的道观，借"老君"的洪福，摇身一变成了老君观，香火繁盛，游人不绝。殿宇扩大近十数倍，真君殿、北斗殿等拔地而起，如今仅道观四周的围墙就有两人高。

今天钱丰源出资在老君观举行"中元斋醮"，俗称"道场"，汪相率领泉州大小官员前往为民众祈福。

出城已经十五里，空气中依然可以嗅到香烛纸马的味道，一早出城时的清凉早已在起伏的马背上颠碎。莫哈拓的官阶虽然不高，但毕竟是皇命钦差，走在队伍的前部。他骑在马上，手搭凉棚，挺身回头去看后面的队伍，像困乏的怪蟒蜿蜒前行。汪相、严冥夜、白铭等一众官员，今夜将留宿老君观，斋戒三天，为市舶司的亡者超度。

莫哈拓再回过身来时，已经可以远远看见老君岩的样子。随着越走越近，只看见石像头戴风帽，额纹清晰，两眼平视，鼻梁高突，右耳垂肩，苍髯飞动，脸含笑容，左手扶膝，右手凭几，食指与小指微前倾，似能弹物，背屏青山，巍然端坐，更显空山幽谷，离绝尘世。

老君观的山门处，有曲尺形的上下两级平台，是阴阳太极八卦的变形图案。正前耸立的这方天然石头上镌刻着"青牛西去，紫气东来"八个篆字，石构山门充满了山野气息，把老子崇尚自然的思想烘托得淋漓尽致，令人有进入物外仙境的快意之感。

众人在山门落轿下马后，沿着这条幽静的林荫石径拾级而上，分立两侧的榕树古劲苍凉，如同老者的手臂把大家拥在怀里。此时，老君岩

的样貌看得更清楚了,头、额、眼、髭、须等细节雕刻得独具匠心。整个石像衣褶分明,刀法线条柔而有力,手法精致,夸张而不失其意,浑然一体,毫无多余痕迹,逼真生动地表现了老人慈祥、安乐的神态,长寿之证明。

老君观正殿设"太上中元七气赦罪洞灵清虚大帝平等应善天尊"的神位,广陈供养。卯刻,道众闻鼓上殿,经师们加披五彩云鹤斑衣,位列前排左右。高功头戴五老冠,金莲盖顶,身披天仙法衣,手执朝简,在钟鼓齐鸣中拈香、宣表,称"庆贺朝科",便拉开了法会的序幕。

听南嫂同泉州城内的许多妇女一样,此时手里忙着扎今夜需要漂放的荷花灯。

荷花灯的底座是用轻木头做的,方便浮在水上游荡,上面用纸扎出荷花的式样,都完成后,里面再放上一小节蜡头。大概是因为人们都忙着上坟祭祖,醉仙楼有些冷清,她想起自己的母亲、不知道埋在哪里的父亲、葬身大海的亡夫、未曾谋面的叔伯,索性让店里的焌糟都一起扎纸灯,为这些死去的亡灵照亮回家的路。

"今天真是奇了。"去南山为母亲上坟回来的顺子脚还没迈进门,先把话抛进了屋里。

童牧归剜了顺子一眼,说:"你又看见了什么西洋景儿?"

听南嫂被童牧归的声音吓了一跳,忙回头顺着声音去看,她刚才想心事走了神,没注意童牧归何时杵到角落里站着。一想到自己刚才自怨自艾的样子定是全被他看见了,听南嫂一时心慌,赶忙把头低下,只是刚才已经扎顺手的纸样儿,现在怎么也弄不好了。

"孙癞子他爹的坟离我娘的坟不太远,那样一个天不怕地不怕的滚刀肉,竟然也哭得鼻涕一把泪一把的。"顺子放下装着供品的提篮,喝了一大碗凉茶水下肚,"先前我给我娘的坟头培土,就听见有人呜咽,也没当回事。后来那声音越来越大,听得我脊背发凉,我就扒开蒿草想看看是谁，谁知道竟然是孙癞子把祭他爹的酒给喝了，而且还喝多了耍酒疯呢。"

童牧归见听南嫂一直面有愁色，抹不开脸打听安抚，只能远远地瞧着，此时便吓唬顺子逗听南嫂开心："人家儿子哭老子你也偷听，小心孙老爹今天后半夜来找你。"

顺子也不惧怕，笑着回敬道："童大哥，你再吓唬我，我一会儿就去后面找童伯伯聊天去。"

"哟呵，没看出来猴崽子长本事了。"说话间童牧归已经把顺子的耳朵拧在了手里，随着他胳膊的提高，顺子只能踮起脚抻着脖子往上迎。

"掌柜的，你快救救我呀，我耳朵快掉下来了。"顺子龇牙咧嘴地向听南嫂求助。

"活该。"听南嫂白了顺子一眼，"谁让你听小鬼说话迷了心，回来惹阎王。"

童牧归被听南嫂逗乐了，也就松了手。

顺子揉着通红的耳朵说："你们是不知道，我虽然没听清孙癞子具体说的什么，但是看他那肝肠寸断情真意切的样儿，真像是在往外倒掏心窝子的话。想来在市面上招猫逗狗的日子不好过，早知今日，何必当初呢，孙老爹要是知道他如今的样子，还不气活了呀？"

童牧归看听南嫂被顺子搅闹得有了活气儿，自己悬着的心也放了下来。他就着顺子的话，感慨道："世人愚且鲁。青天白日见人说鬼话，背静无人处守着鬼方才说人话。"

一直低头干活的焌糟扑哧一下乐了，说道："老身也活了一把年纪，听了童总捕的话倒有些彻悟。"

此时，远在临安的皇帝面前的书案上摆着两封奏报，一封是今天上午接到的严冥夜所报，另一封是刚刚接到的汪相所报，两者都是在说同

一件事——原福建路转运使曲君墨自尽。汪相的奏报中,还附带了曲君墨的临终遗书,字字句句都在诉说福建路出了市舶司这样的恶事,自己难辞其咎,无颜面对皇帝,因此以死谢罪。

赵构歪在龙榻上,揉着发疼的脑壳。自市舶司案发以来,他为此殚精竭虑,没有一日可以安眠。

魏公公引着两个身着太学学生服饰的少年走了进来,这二人乃曲君墨与原配夫人所生的双生子,哥哥名叫曲中闻,弟弟名叫曲中柳。太学之中的学子,都是大宋朝的储备人才,多数出身书香门第、官宦之后,预备学好文武艺,货与帝王家,因此格外关心朝局和时事。两位少年第一次面见皇帝,本就十分惶恐,泉州市舶司全衙被屠的消息已经在临安传开,父亲又被革职,给他二人添了几分忐忑。

二人行过礼后,跪在地上不敢抬头,此时他们尚不知自己父亲的死讯。赵构仔细地打量着兄弟二人,他并不在意曲君墨的死活,身为皇帝,出于对生杀大权的控制欲,他在意的是曲君墨的死亡时间和死亡方式。圣旨中只把曲君墨革职,赵构的意思很明显,那就是命令曲君墨活着回到临安。曲君墨自缢显然是忤逆了他的意思,无论是曲君墨自愿赴死,还是别人有意促使,赵构都不允许这样的情况发生。赵构决定,既然有人存心违逆自己,那么他就让那人看看什么是天子手段。

"曲中闻?曲中柳?"赵构打量着跪在阶下的兄弟二人。

"学生在。"二人齐声答。

"此夜曲中闻折柳,何人不起故园情。曲君墨为儿子取名字倒是家国情深,自己却干出这样的勾当,真是可笑。"

赵构示意魏公公将曲君墨的认罪书递予曲氏兄弟观看。

两人得知父亲的死讯,悲从中来,顾及此时正在天子面前,只能强忍悲痛,不敢哭出声,大颗大颗的眼泪砸在认罪书上,洇化了纸上的墨迹。

赵构见火候到了,开口问道:"你二人有何话说?"

曲中闻向上磕头,匍匐在地并不起来,哽咽着说道:"身为天子门生,不能明辨是非,有背君信。母亲有生养之恩,父亲乃骨血之源,为人子擅议父母过失有悖人伦。请陛下赐学生为父殉葬,以全忠孝。"

"朕还什么都没有说,竟引出了你这么多大道理。既然你一心赴死,那朕就成全你。"赵构看着曲中闻,忽然觉得自己竟然小觑了这个年轻人。

曲中柳听说兄长即将被赐死,心里又悲又慌,他再看了一眼父亲的供状,突然失声惊叫:"啊?假的!"

"放肆!你兄长一心赴死,你如此言行无状惊扰圣驾,难道是想你们曲氏一族绝后吗?"魏公公嗔斥。

"陛下明鉴,这封认罪书是假的!家父的死另有隐情。"曲中柳急诉。

赵构似乎对曲中柳的说法很感兴趣,用手掸了一下眉毛上的灰:"哦?你说说看。"

"观此书笔迹,与家父往昔笔迹无异,但是家父前一段时间被豢养的狸猫伤了手指,学生最后一次接到的父亲书信,笔迹已经略显不稳。陛下可随时派人取信比对。"

赵构不置可否,示意魏公公将兄弟二人带了下去。

传说中元夜地府大开地狱之门,鬼魂可以重返人间游荡,各家的孩子早早地被老人哄上床睡下,以免冲撞到什么不干净的东西。

过了二更,看热闹的人逐渐减少,放灯、烧纸的人则不介意更深露重,他们口中喃喃,手里也不闲着,烧化了的纸钱在半空中打着旋儿,好似冥界飞出的黑蝶。

严冥夜在离城的时候反复嘱咐童牧归,今夜务必小心烛火,避免"走水"。

童牧归像魅影一般游荡在街上，原本整个衙门的捕快今夜都要上街巡查，但是很多人一个时辰前就不知道躲到哪里偷懒去了。

桥影下蹲着一个人，天色太黑看不清长相，远远只能看见服色艳丽，披头散发，童牧归想着可能是谁家的小娘子在给亲人放灯，便想快步离开，以免瓜田李下，引人误会。他边想边加快了脚步，但是鼻子被一丝熟悉的甜香牵住，不自觉地放缓了脚步。

这个味道童牧归太熟悉了，这是稼音身上的味道。他往桥那边看了两眼，强按下想把稼音推到河里的冲动，准备抬腿走开。这时，晚风牵着稼音的声音，送到了他的耳朵里：

"娘，您在下面再等等，事情很快就会有一个了结了，到时候我就去陪您……"

"娘，孩儿不孝，没来得及替您杀了负心汉，但是孩儿会毁了他和老巫婆生的孩子以及他们全家，您泉下有知，也应该欣慰一些了吧……"

"他们家那么大，时至今日孩儿都不曾去遍每一个房间，既然当年他们不愿意拿出半间残房收留自己的骨肉，我便也让他们尝一尝家破人亡、骨肉离散的滋味……"

"从前是我们复仇心切，到头来没个算计，前几天大哥捎信回来说广州那边一切顺利……"

稼音所言如泣如诉，童牧归听得丝毫没有头绪，有心多听一会儿，无奈稼音已经站起身收拾了东西自行离开。

童牧归看着稼音的背影和夜色融为一体。小南河的上游不时有荷花灯游过来，灯影斑驳间好似离人泪。他又失神了好一会儿，方转身到别处巡查去了。

第17章　事有蹊跷

童牧归觉得自己已经想偏了，用力甩甩头，驱散脑中与市舶司案无关的想法。自上次与奕灿一别后，一直想要找机会了解一下事情的经过，但是从那以后事情不断，加之被张奔插了一杠子，他需要避嫌，一直未能成行。

绍兴二年，七月十六日。

市舶司被屠案案发第十六日，皇帝规定的破案期限已经过去十一天。

清早乍然惊醒，童牧归感到整个后背汗涔涔的，额头、脖颈上也都是细密的汗珠，显然是在梦里进行了一番博弈。他躺在床上大睁着双眼，努力回想梦中的细节，随着头脑和身体逐渐苏醒，梦中的感觉越来越模糊，最终事与愿违，梦境留下的所有印象消失不见。

童牧归没有着急起身，眼睛直勾勾地盯着房顶，脑海中不断闪现近来发生的事。奕灿参与集资押宝、刘五壮私自出海遇难、刘氏抬棺围者市舶司、市舶司全衙被屠、钦差一行抵达泉州、转运使曲君墨自杀，包括到钱家花园宴饮，这一系列看似不相关的事，明明存在着千丝万缕的联系！

一念及此，他猛地从床上坐起来，所有事情连成一道无形的锁链，

环环相扣，让人难以置信。他在脑海中努力搜寻，想要看看到底有多少"遗珠"可以与之串联。在近一个月内，他曾到北山抓捕楚千手，永宁村发生盗尸案，自己与父亲莫名腹泻，在百乐汤遇见疑似平将门的人且险些丧命。除了平将门可能受雇执行了屠杀计划外，其他事情到目前为止，看不出与市舶司案有明显的联系。但是童牧归忽然发现了问题，那就是每次他被外派公出，似乎都伴随着另一件事情，那就是他向上司严冥夜辞职，自己每次提起辞职，对方总会给自己找一些事情做。

童牧归觉得自己已经想偏了，用力甩甩头，驱散脑中与市舶司案无关的想法。自上次与奕灿一别后，一直想要找机会了解一下事情的经过，但是从那以后事情不断，加之被张奔插了一杠子，他需要避嫌，一直未能成行。此时，莫哈拓、鹿游原未归，是难得的机会，他决定到奕灿家里走一趟。

童牧归在奕灿家的巷口碰见了他，奕灿身着素服，左手提着食篮，右手提着香烛纸钱。

"我去看看刘五壮。"奕灿冲童牧归勉强咧嘴笑了一下。

童牧归明白，昨日是中元节正日子，刘家的人势必会去上坟。奕灿是怕与刘家的人遭遇后尴尬，因此推迟一天前去。他走上前，接过奕灿手中的食篮，与其并肩而行，向刘五壮的坟走去。

未燃尽的黄纸半腾在空中，三杯清酒浸入土地，亡灵再也无法享用生前最爱的吃食。奕灿脸上的泪痕染上了烟灰，黑黢黢的两道挂在腮边，声声唤着老伙计的名字。

童牧归被悲伤的气氛所感染，不知道如何开口，索性看着远处发呆。

"我听说市舶司出事儿了，你们该不会怀疑与刘家有关吧？"奕灿祭奠已毕，站起身用袖子拭了拭脸上的泪痕。

"奕叔叔，市舶司的事我不方便说，此番前来，是想问问您和刘五壮等人集资押宝的事儿。"童牧归开门见山。

第17章 事有蹊跷

"你都知道了?这事和市舶司的案子有关吗?"奕灿脸上显出惊诧的表情。

"您如果不想和市舶司的案子扯上关系,最好把事情的经过如实告诉我,只有这样,我才能在关键时候为您辩驳。"童牧归言语十分诚恳。

"唉,这事儿本就说不清楚。"奕灿悔不当初,抱着脑袋蹲在了地上,"我们在大堂上讲的都是实话,只不过有些话实在不能说出口。"

奕灿与刘五壮集资押宝,要从钱家的生意说起。钱家经过几代人的积累,已经不满足于传统买卖,而是将生意遍布各地,尤其是朝廷在泉州设立市舶司以来,钱家的货船满载瓷器、丝绸而去,又满载象犀、玳瑁、珠玑、玻璃、玛瑙、异香、胡椒等而归。

在对外贸易中,有心的钱家,发现中华大地千余年王朝更替,很多宝物流失在海外,他们进行贸易时开始有意识地挑选有价值的进行回购。回购回来的东西,钱家或用于交易,或用于打点各路神佛,颇有奇效。钱家赚得盆满钵满的同时,这些流出品不再默默无闻,价格一路水涨船高,纵然其他小股海商眼热,无奈本钱有限,轻易不敢押宝。

三个月前,奕灿与郭鸣到了晌午还没吃午饭,想着到饭馆里随便吃点。进去以后,看见刘五壮和蔡文东在角落里坐着,过去和他们打招呼,刘、蔡二人便留奕、郭二人一起吃饭。

奕、郭二人曾听刘五壮说过,蔡文东经常包他的船运货,不好意思驳了刘五壮的面子,四人便坐在了一处。一开始,因为郭鸣、奕灿和蔡文东不熟,大家都有些拘束。俗话说,酒入愁肠愁更愁,几杯酒下肚,大家逐渐放开,互诉苦水。几位都是生意人,相互抱怨着市舶司的不作为、收入微薄、货源不如意等等。

"你们这样下去也不是办法,到什么时候是下一站呢?"蔡文东道。

"我们能怎么办?凑合吃口饭吧。"刘五壮颇为无奈。

"那你们就眼瞧着别人往你们碗里扔屎？"蔡文东拿着自己的筷子，向刘五壮的碗里比画。

"你有什么好办法没有？"奕灿问。

"看到我家没？只两年的工夫，便挣下了这番家业。"蔡文东一脸神秘，一双小眼中透出狡黠的光芒。

"怎么弄？说出来听听。"郭鸣也按捺不住。

"咱们打交道这么久，我是看着你们兄弟不错，才多嘴说一句的。"蔡文东卖起了关子。

"那你倒是说呀。"刘五壮催促。

蔡文东放下筷子，抹了一把嘴，上嘴皮一碰下嘴皮，蹦出来两个字："押宝。"

"嗨……我当是什么主意呢……"郭鸣闻听此言，一下子泄了气，"我们要是有那本钱和好眼力，还用你说？"

"蔡老弟，你也是为我们好，心意我们领了。岂不闻押宝十赌九输，要是有这样的本钱，我也像你一样，在城里盘下铺面做买卖，犯不上冒这样的风险。"刘五壮也泄了气。

"你们既要想办法过好日子，又不愿意改变，怪不得钱家能做得如此家大业大，果然是撑死胆大的、饿死胆小的。"蔡文东翻了一个白眼，脸上是鄙夷和不屑的神色。

此时的泉州，与其说钱家在众海商中一家独大，不如说大家都在钱家的指缝下讨生活，无论是货源，还是销售途径，钱家都有最好的资源，其余海商只能从事那些费力且利薄的。

"有话说、有屁放，不要说这些没咸淡的。"郭鸣的自尊心受到打击，啪的一下将筷子摔在桌上。

蔡文东不为所动，手里拿着卤鹅掌细细地啃咬，最后把骨头丢在一边，说道："说你们死脑筋，你们当真就不动脑子。如今海贸的行市被钱家操控，你们可以跟在钱家身后，他们进什么货，你们便依样买进，保证不会赔。若胆子再大些，他们在外边看上了什么稀罕物，你们哪怕多添一些银钱予卖家，带回来也是能大赚一笔的。"

"这还真是个好办法。"郭鸣眼中不知不觉带出了神采。

"道理是这么个道理，哪有那么容易。"刘五壮给大家泼了一盆冷水，"市舶司那帮点检官都不是吃素的，未经批报的货物夹带回来，让他们抓到可了不得。"

"他们也就是在你们这些老实人面前逞威风，我带东西回来就不曾被查出来。"蔡文东自信满满。

"快说，什么法子？"郭鸣催促道。

"这是我吃饭的法子，教会了徒弟岂不知会饿死师傅。"蔡文东犹犹豫豫，不愿意继续往下说。

"你放心，这件事我做主，若真的成了，以后分你一成的利。"刘五壮拍着胸脯保证。

"上次我在波斯带回来十几颗猫眼儿石，沉在装桂花油的罐子底，那些点检官连一根毫毛都没有发现。"蔡文东道。

"这个主意真是好。"奕灿不由称赞道。

蔡文东似乎受到了鼓励，越说越来劲，接着出主意道："放洋需要提前申请，你们还需要早做打算，平日没事时同钱家商号的伙计多走动一下，只要有心，总能套出来你们想知道的。"

"这个办法真不赖，亏你想得出来。"郭鸣一时兴奋，连连向蔡文东竖大拇指。

"办法是好办法，但是钱家的大手笔，咱们小门小户的，哪有那么多本钱？"刘五壮还是充满了担忧。

"这有何难，岂不闻集腋成裘，我信得过的人凑一凑，不是什么难事。"蔡文东话锋一转，接着说道，"实不相瞒，早前我便是这么干的，但是现在世道乱，没有自己的船，不敢带太多的钱出去。"

"我倒是有船，可是……"刘五壮还在犹豫。

"那咱们几家就凑凑呗，正好老刘有船，本钱便让他带着。"郭鸣此时已经兴奋得难以抑制。

四人商量了半天，最后都觉得此事可行，便决定集资尾随钱家押宝。

听到这里，童牧归心里咯噔一下，刘五壮与奕灿等人不但真的进行了押宝这项风险极高的事情，而且企图虎口夺食沾钱家的油水。若此事被钱家知道，一定不会善罢甘休。如果钱家真的已经知道了此事，最先暴露的就是刘五壮，那么刘五壮的死与此事有关吗？想到这里，童牧归强迫自己收回思绪，意识到自己此番是为市舶司案而来，当务之急是侦破市舶司案，待事后再调查刘五壮的死因。

"奕叔叔，您看有没有这样一种可能，刘五壮在天竺买到了合适的东西，但是在带回来的过程中被市舶司的点检发现了。"童牧归大胆猜测。

"啊……"奕灿倒吸一口冷气，不可置信地看着童牧归，"你的意思是，老刘为了抢回东西杀了市舶司的人？不可能呀，老刘遇难在先，这你是知道的。"

"不不不，我不是这个意思。"童牧归摇头否认，"我只是想问，有没有刚才所说的那种可能？"

奕灿逐渐收敛自己的表情，努力回忆这段时间发生的事情。刘五壮带着四人所凑的本金前往天竺，回来后行为怪异，竟当卖夫人的首饰。他当时认为，是押宝成功后刘五壮想要独吞，因此筹钱返还大家的本金，待到风平浪静后再卖掉货品牟利。正因如此，他才会到童牧归家里侧面询问，如果自己的担忧成真，该如何处理。刚才童牧归的提问，为他的思路打开了一扇窗——刘五壮很可能是押宝失败，无法向大家交代，只能暗自筹钱冒险出海搏一把。

"有可能……我们出海购买何物,都是需要提前到市舶司登记的,如果被点检官发现有登记之外的货品,轻则提高抽解的比例,重则全部没收,还要罚款封船。"奕灿答。

"假设,我是说假设。"童牧归努力稳定奕灿的情绪,引导他的思路,"咱们现在假设,如果是你花掉本金进行押宝,但是最后被市舶司截和,你会怎么做?"

奕灿没有回答,只是双拳紧握,牙齿咬得咯吱作响,眼中显现出凛冽之色。

"假设,咱们再假设,你的丈夫花掉本金进行押宝,但是最后被市舶司截和,心有不甘冒险出海,最后丈夫、儿子都葬身大海,你会怎么做?"童牧归把奕灿情绪的变化看在眼里,继续着自己的问题。

"老子家破人亡,其他人都别想好过。"奕灿似乎陷在了童牧归所假设的情形中,歇斯底里地喊叫,"都得死,都得死!"

"奕叔叔,你觉得刘氏会这么想吗?"童牧归的问话像一盆冷水,迎头浇下。

"是人就会这么想,血债当有血偿,她肯定……"奕灿的理智回归了一部分,有些措手不及,连忙调转话锋,"她……她是一个妇道人家,怎么会呢?她……她哪有力气杀人……她不敢的。牧归我求求你,这事儿肯定和刘夫人没关系,一介女流怎么可能杀了那么多男人?看在我与你父亲相交多年的分上,你就信我一次,放过刘夫人。刘家已经够惨的了,你们再抓了刘夫人,他们家就真的灭门了。"奕灿眼巴巴地望着童牧归,脸上早没有了刚才的狠绝之色,只剩下惊恐无措。

童牧归拍了拍奕灿的肩膀,说道:"叔叔您放心,凡事讲求证据,我现在只是在推测谁有作案的动机。实不相瞒,市舶司横征暴敛,百姓怨声载道,想剥其皮食其肉者排成队可以绕泉州城一圈。"

童牧归十分同情刘五壮一家的遭遇,内心十分不愿意刘家与市舶司案有联系，但刘夫人曾围堵市舶司，动静闹得太大，很多人都知道她对市舶司心怀不满。童牧归的顾虑是，他能往这个方向想，别人也会想到，皇帝颁下圣旨，限期四十天破案，万一案件不能侦破，很可能会拉人顶罪。对刘家遗孀最好的保护，不是避而不提他们的动机，而是进行查证，彻底排除他们的嫌疑，这样才是真正避免麻烦的办法。退一万步说，如果刘家真的是凶手，虽然他们的遭遇让人同情，但是他们必须为自己的行为付出代价。一时心软包庇的结果，会让更多无辜的人卷进此事。

"刘家是否有嫌疑，主要在于市舶司究竟有没有从老刘手里抢东西。老刘肯定是没办法回答我们，要不……要不你和钦差大人说说，问一下市舶司的点检？"奕灿小心翼翼地出着主意。

"都死了，没处问去。"

前番童牧归在查询刘家沉船情况的时候，有意留心了刘家返港那日的点检人员，文书上记载是市舶司赵点检。这人如今也被扒光了衣服，和其他人一起躺在冰块上，日渐腐烂。

"都死了？"奕灿惊讶得合不拢嘴。

"若只死了一个半个，也不至于惊动官家派下钦差。市舶司全衙被屠。"

事已至此，童牧归估摸着莫哈拓与鹿游原差不多从老君观返回城里了，不敢多做耽搁，安抚了奕灿几句，便匆匆返回。

在泉州，男子凑在一起，若聊天中提起了小南河，多半在场的人都会相视而笑，其中若有浮浪子弟，更是挤眉弄眼脸泛春色一时不能自持。若是几个女子坐在一处做针线，提起小南河，在场的人多是不屑之色，嫁了不归郎的少妇，多半会眼里升腾起泪花，贝齿紧咬着下唇，手中的绢布绞了又绞，绣针扎破了手指也不知。

与王维言"言入黄花川，每逐青溪水"一样，欲入泉州城，先过小南河。斜跨城区南侧的小南河浣洗了数代人的衣衫，冲净了百家的米菜，把一茬又一茬的稚童泡成了少年。

这样一条融进泉州人骨肉里的小河却让人又爱又恨。不知何时起，沿河逐渐开设了三十八家春坊、二十五家酒楼和数不清的宝局等欢乐场，一座高似一座的建筑，各有飞桥与栏槛，或明或暗，互相通连。珍珠门帘，锦绣门楣，耀眼灯烛，神妃仙子般的姑娘，置身此处，人们的心随着美人手中的帕子荡了又荡。若有人戏言，流过小南河的水带着酒肉香，旁边怕是会有人慢慢地把眼睛闭上，一脸陶醉地纠正："不，那水带着脂粉香。"

经过这些日子的走访排查，莫、鹿二人得到确切消息，柯鹭洋与梧桐苑的花魁倪丹荷来往密切。莫、鹿二人前来时，童牧归内心本不欲同行，但是一则不想错过对案件有用的信息，二则莫、鹿二人毕竟是钦差，万一有什么闪失他担待不起，思量之下只能硬着头皮陪他二人来到梧桐苑。

河岸柳丝摇曳，晃得人心痒痒的。俗话说，聪明莫过帝王，伶俐莫过江湖，梧桐苑的龟公嘴上抹蜜、眼上擦油，看到童牧归三人来到近前，远接高迎。他脸上堆着十二分的笑，从门口彩楼跑下，道："童总捕，您可有日子没来照顾我们生意啦，赶快里面请，姑娘们都等着三位爷呢。"

"扯你娘的臊，谁几时来过你这样腌臜地方？"童牧归感觉受到了侮辱，登时立起眼睛斥骂。

他哪里知道，妓院、赌局等地要在黑白两道混，早已摸清了泉州城内大大小小的关系。但凡有头有脸的，谁是哪个府的老爷，谁是哪个衙门的管事，这些人心里门儿清。童牧归虽不曾出入过这些地方，但自他上任提刑司总捕一职后，便在他们心里挂了号。

小南河是无数泉州少年青春时躁动的幻想，这一点童牧归也未能免

俗，但这只是他年少时的春梦，从没想过有一天真的会坐在这里。

倪丹荷很快被请了过来。不愧是梧桐苑的当家花魁，她肌肤如雪，青丝如瀑，眉黛春山，秋水剪瞳，花颜旖旎红，十指剥春葱。

三人道明来意，倪丹荷像受惊的小鹿，脸上瞬间变了颜色，以帕掩脸啜泣起来。童牧归此时感觉甚是无语，面对梨花带雨的美人，全身上下如扎刺了一般不自在。

"能不能先不要哭了，我有话问你。"童牧归紧锁眉头，心中十分烦乱。

"童总捕，小女子什么都不知道……"倪丹荷哽咽着答了一句。

"好刁钻的小娘子。"童牧归啪地一拍桌子，"我什么都没问你，你就说你什么都不知道，分明是有意搪塞。"

"冤枉……人家哪有……"倪丹荷哭得更厉害了。

莫哈拓看不过去，拉了拉童牧归的袖子，示意他少安毋躁，转而对倪丹荷道："姑娘，据我们了解，你与柯鹭洋相熟，最后一次见面是什么时候？"

"这位客爷，梧桐苑开门做生意，今天你来了，明天他走了，奴家不过是哄爷们儿高兴的玩物，哪记得那么许多。"倪丹荷答。

莫哈拓早年经常出入汴京城的教坊，心中晓得倪丹荷所言不虚。一入红尘悲似海，有钱的便是恩客，自己的好恶早已成了最无关紧要的东西。

他徐徐劝着："你不要有什么顾虑，有什么尽管说，我们不会出卖你的。"

"就是，我们是钦差，代表官家前来查案，看哪个敢为难你。"鹿游原在一旁敲边鼓。

"柯提举是常来找奴家不假，他是官老爷，有权有势，奴家哪里敢得罪。"倪丹荷说完，哭得更厉害了。

"你可知道柯鹭洋有什么仇家？"童牧归问。

"来梧桐苑的客爷都是寻欢作乐的，哪有什么仇家，几位难道认为是奴家害了柯提举不成？"倪丹荷答。

童牧归心里明白，此番来梧桐苑多半是白走一趟，倪丹荷分明是避重就轻，不愿意回答他们的问题。他想了一下，觉得也可以理解，毕竟这样一桩事，谁也不愿意沾染在自己的身上。况且她又是妓女，卷进这样的是非之中，今后便无法在此处安身。

梧桐苑的鸨母推门走了进来，不待众人反应，便用她戴着硕大金戒指的手指戳着倪丹荷的头骂道："你这个死丫头，死了爹还是死了娘？在这里哭丧，坏了几位客爷的兴致，还不赶快滚下去，回头我再揭了你的皮。"说完一手揪着倪丹荷的耳朵，便要把她往外拎。

"你这是干什么？"童牧归噌地站起来，想要制止。

鸨母满脸堆欢，肥硕的脸上扑簌簌地掉粉渣儿，对童牧归说道："童总捕不要见怪，这丫头惹几位生气，我这就教训她。"她一边说话，一边用手在倪丹荷的腰上狠狠地拧了一下，倪丹荷吃痛，莺哼一声。鸨母道："几位宽坐，我已命人去准备上等酒席，一会儿叫几个懂事的姑娘来陪几位饮酒。"

鸨母不待童牧归等人回应，拽着倪丹荷一阵风似的去了，童牧归呆立当场，不知所措。

"算了，都说婊子无情，戏子无意，谁会把重要的事儿往这里说呢，咱们走吧。"莫哈拓起身要走。

"对对，走吧。"童牧归回过神来，巴不得赶紧走，"这些人油得很，知道也不会说的，若真说出什么，以后谁还敢来？"

"你们两个真是不解风情，难得来一次，我们又不狎妓，略坐坐怕什么？"鹿游原的表情甚是无奈。

"鹿大人，咱们还有好些事儿没做呢。昨日二位不在，卑职有一些新的想法没来得及汇报，时不我待，正事要紧。"童牧归早已离开桌

边，迈步向外走去，莫哈拓也跟着往外走。

鹿游原快步赶到二人前面，一把将门关上，说道："在下正是为案子考虑，这几天脑中的弦一直紧绷，天天面对臭气熏天的尸体，今日难得出来闻一闻香的，二位听我的，权当放松一下。"

童、莫二人还想争辩，鹿游原拉着他俩回到桌边，将二人分别按坐在春凳上。"你们两个也是，市舶司这么大的事儿，你们上来就这样直眉瞪眼地问，换成是我也不会说的，咱们迂回图之，没准还会有发现。"

"怎么迂回？"童牧归不解。

"和她们混熟了，她们自愿意把知道的事情都说出来。"鹿游原答。

莫哈拓很是不解，眼下的情形根本不允许他们在一个妓女身上浪费时间，鹿游原为何如此坦然自若地说出这样的话？皇帝限期四十天破案，如今时间已经过去了十余天，案件丝毫没有进展。

"时间紧迫，耽误不得……"莫哈拓又离座站起来。

"莫兄曾自诩风流，笑小弟迂腐，怎么事到临头反胆怯了呢？明日汪相及诸位大人便从老君观回来了，咱们想休息也是不能够的。"鹿游原复又把他按下。

这时有人送酒菜进来，童、莫二人不好意思当着外人与鹿游原争执，只能勉强安坐。随后进来三个花枝招展、举止轻浮的姑娘，不用人让，一屁股坐在了三人中间。童牧归哪经过这样的阵势，窘得一双大手无处安放，只能端起面前的酒杯喝了又喝。

歌女怀抱月琴，搔首弄姿，故作娇嗔，隔着珠帘轻吟细唱。

　　小径红稀，芳郊绿遍，高台树色阴阴见。春风不解禁杨花，蒙蒙乱扑行人面。

　　翠叶藏莺，朱帘隔燕，炉香静逐游丝转。一场愁梦酒醒时,斜阳却照深深院。

——[北宋]晏殊《踏莎行》

鹿游原既来之则安之,很是配合,以指叩桌附和,击节而歌。童牧归听不惯此等靡靡之音,鸡皮疙瘩散落一地,再也没有心情喝酒,只得拧眉停杯。一曲唱罢,趁着歌女调整琴弦的空隙,他对身边的姑娘和帝后的歌女说:"姑娘辛苦了,下去休息吧,我们兄弟说说话。"室内的气氛一时有些尴尬。

"莫某不才,真不知晏公何愁之有。仁宗朝较之古今皆是太平盛世,他本人是权倾朝野的宰相,又有太祖皇帝优待士大夫的祖宗家法庇佑,哪来的愁梦呢?难不成晏公这个宰相像咱们那位一样,也有数十命官被屠的案子要查不成?若真有如此巧事,我方信他是真的愁怨。"莫哈拓一语双关,借此讽刺鹿游原。

"可是晏相的'无可奈何花落去,似曾相识燕归来'当真是美极。"鹿游原似乎陶醉在辞赋之中,并不想议论眼前让三人大伤脑筋的案子。

"正是听多了这种风花雪月、艳遇闲愁,朝臣文不思政、武不思战,导致今天朝廷落得偏安一隅的窘境。若举国皆是范仲淹的豪情,何愁山河不复。"莫哈拓干笑了一下,一口喝下自己的杯中酒,清了清嗓子唱道:

塞下秋来风景异,衡阳雁去无留意。四面边声连角起,千嶂里,长烟落日孤城闭。

浊酒一杯家万里,燕然未勒归无计,羌管悠悠霜满地。人不寐,将军白发征夫泪。

——[北宋]范仲淹《渔家傲·秋思》

姑娘们出去后，童牧归紧绷的神经才慢慢松弛下来。他读书不多，于词义上不是很通，但是想起那夜与父亲关于家、国、天下的长谈，难免不被此刻莫哈拓慷慨激昂的情绪所感动。

"童总捕喜欢何曲？"鹿游原问。

"我？"童牧一时不知如何作答，挠挠头有些不好意思，"你们只管说你们的，我没读过几本书，分不出什么好歹，听你们说，我长长见识便很高兴。"

"闲聊而已，说说看。"莫哈拓也在一旁鼓励。

"不瞒你们二位，之前我一心想跟着我兄弟去广州走镖，正是因为这条镖路会途经惠州，只恨晚生几十年无缘一睹苏先生风采，能够去他老人家的祠堂拜祭一下，也是我的荣幸。"

"哦？你也喜欢东坡居士。"莫哈拓很是惊喜，"喜欢哪首，吟来听听。"

"约莫记得有这么一首。"童牧归四下张望了一下，确定没有外人在，方学着刚才莫哈拓的样子吟道：

大江东去，浪淘尽，千古风流人物。故垒西边，人道是，三国周郎赤壁。

乱石穿空，惊涛拍岸，卷起千堆雪。江山如画，一时多少豪杰。

遥想公瑾当年，小乔初嫁了，雄姿英发。羽扇纶巾，谈笑间，樯橹灰飞烟灭。

故国神游，多情应笑我，早生华发。人生如梦，一尊还酹江月。

——[北宋]苏轼《念奴娇·赤壁怀古》

第17章 事有蹊跷

吟罢，童牧归羞得满面通红，忙端杯喝酒遮掩，怎料心不在焉，竟一口呛住，咳成一团。

"好词，好词。苏学士的《念奴娇》甚妙。"鹿游原看到眼前的景象，强压笑意，一边帮童牧归拍背一边夸赞。

童牧归有些不明所以，用袖子擦着嘴边溢出来的酒水问："什么奴？什么娇？听着词句像北方大汉，为何起了一个小丫头的名？"

莫、鹿二人听童牧归如此说，一时摸不着头脑，待反应过来皆大笑不止。莫哈拓更甚，笑得前仰后合直拍桌子，眼角飞起了泪花。原来，童牧归误把词牌名当成了题目。

"哈哈……童大哥……哈哈……你才真是高人。"鹿游原勉强支撑着直起腰来说话，臊得童牧归恨不得找个地缝钻进去。

"莫恼，莫恼，话粗理不粗。"莫哈拓强压笑意，很真诚地拍了拍他的胳膊，"曾有传言，苏学士问一位善讴者：'我的词比柳耆卿如何？'那人答：'柳郎中词只好十七八岁女郎按执红牙拍，歌杨柳岸晓风残月；学士词须关西大汉执铁绰板，唱大江东去！'你刚才说，听用词像北方大汉，岂不正是一语中的？"

"嘘！"鹿游原做了一个噤声的动作，"你们听——"

从大厅传来的声音清晰了不少，隐约可以辨出有妙龄女子，操标准官话，以琵琶伴唱。

再看莫哈拓，仿佛青天白日见了鬼一般，瞠目结舌石化在当场，他眼中那层让人看不透的薄雾不知何时褪去了，眼底尽是讶异之色。僵了约有半盏茶的工夫，鹿游原都有些看不过去了，用胳膊肘捅了他两下，还魂的莫哈拓直接从座位上蹦了起来，全然不顾童、鹿二人的错愕，一把拉开房间的门。

大厅中的歌声一下子飘了进来，洋洋盈耳，室中人无不听得真切。莫哈拓奔至回廊扒着凭栏往下望，魂儿顺着视线飞了下去，童牧归顺着他的目光看去，只见一女子素钗简环，着鹅黄衣裙，坐在舞台中央，与浓妆艳抹的伴舞相比，宛若神妃仙子。大厅之中划拳行令者不在少数，也不乏登徒子把口哨吹得天响。那女子不为所动，低眉间葱指频扫，琴音真正如白居易所说："轻拢慢捻抹复挑，大珠小珠落玉盘。"

童牧归一时摸不着头脑，刚巧有龟公提着长流壶走过，他拉住询问道："那唱曲儿的小娘子是何人？"

"回爷的话，她是汴京教坊司逃难出来的流伎，花名赛师师。"常年混迹于勾栏瓦肆的龟公，早已练就出察言观色的好功夫，遂献媚地说，"若放在从前，她们都是京城权贵的玩意儿，轻易碰不得。我把她叫过来，给三位爷尝尝？"

龟公的话让童牧归感到一阵腻歪，莫哈拓却已经从凭栏边走了过来，从怀中掏出一块银角子塞给龟公，说道："把那位姑娘好生请来。"说完兀自回房间坐下，只是他没坐在原来的位置，而是背对珠帘坐下。龟公颠了颠手中的银角子，嘴角流出一丝不屑，径直下楼请赛师师去了。

鹿游原索性也拉着童牧归往回走，调侃道："李明妃一人得道，天下歌女尽赛'师师'。"童牧归虽然不知道具体发生了什么，可是凭借多年做捕快的直觉，隐约觉得莫哈拓与这位赛师师姑娘有些渊源，一念及此，便随着鹿游原一起进去静观其变。

不多时，赛师师怀抱琵琶从后门款款而来，道了一声万福后在珠帘后的绣凳上坐下。童、鹿二人皆侧头看向帘内，但见来者虽并非绝色，气韵风采却是极品，观之使人不由得忽略她的面貌和身段。莫哈拓背冲珠帘，也不回头，手指不停地在杯沿上画圈儿。

"三位官人听何曲？"赛师师问。

"《蒹葭》。"莫哈拓脱口而出。

"什么？"赛师师似乎没听清莫哈拓的要求。

第17章 事有蹊跷

"唱来……"莫哈拓催促。

赛师师低头不语，略略思索，整理了一下琴弦，朱口微启，天籁踏琴音而来：

> 蒹葭苍苍，白露为霜。所谓伊人，在水一方。溯洄从之，道阻且长。溯游从之，宛在水中央。蒹葭萋萋，白露未晞。所谓伊人，在水之湄。溯洄从之，道阻且跻。溯游从之，宛在水中坻。蒹葭采采，白露未已。所谓伊人，在水之涘。溯洄从之，道阻且右。溯游从之，宛在水中沚。
>
> ——《诗经·蒹葭》

一曲唱罢，余音未尽，旁人怎样不得而知，童牧归神思游荡，满脑子都是听南嫂的身影。

最后一字出口，赛师师再无一言，也不问三人是否继续点唱，低眉垂眼带着自己的琵琶翩然而去。室内空留童牧归与鹿游原面面相觑，二人看向莫哈拓，只见他面如死灰，想询问也不是，不问也不是，一时不知如何是好。

就这样呆坐了一炷香的时间，童牧归再也受不住了，嘟囔着说："你们二人若不走且再坐坐？听南嫂那里有几把椅子歪了，今天正好得闲，我先回去帮她钉上。"

鹿游原一把抓住起身的童牧归，埋怨莫哈拓道："莫兄，你若执意不肯说，我们也不问。只一样儿你要明白，四十天期满，咱们都是要回临安复命的。江湖路远，你若哪天后悔了，只怕到时曲终人散，再难回头。兄弟言尽于此，你好自为之。"说完，拉着童牧归扬长而去。

第18章 千头万绪

严冥夜看着童牧归,有些犯了难,他发觉自己的属下已不似以往,没有了浑浑噩噩的颓顿,取而代之的是积极主动思考。一念及此,他心情有些复杂,不知自己该是喜是忧。

绍兴二年,七月十八日。

市舶司被屠案案发第十八日。

汪相清早从老君观返回,人还没有进城,先行派了亲卫,召莫哈拓、鹿游原到转运使司候命,以便他回来后即刻问话。

严冥夜与汪相一同进城,他没有着急回提刑司办公,而是来到市舶司。

整个市舶司院内弥漫着一股不可名状的味道。为防止尸体腐烂引发疫病,在市舶司值守的差役分作三队。一队人负责早、中、晚三次在各处喷洒烈酒。一队人负责在空处摆放煤炉,上面架了装满食醋的铜盆,进行熬煮直到烧干为止。最后一队负责每过两个时辰,在前后院的四角烧艾草。烈酒、食醋、艾烟味道都比较浓烈,大量使用其中一样,常人已经难以忍受,更何况三样齐发。

每日在市舶司忙碌的人,俱被刺鼻的味道呛得不时咳喘,更有甚者眼睛已经出现了不适，眼内布满血丝，不自觉地流眼泪。纵然是这样，没有一个人敢嫌弃上述行为多余，因为大家心里都清楚，感官上的不适可以忍受，若是染上尸瘟，可不是闹着玩儿的。

严冥夜自初九那日送莫哈拓、鹿游原二人到市舶司后，一直忙于刚接手的市舶常务，今天是第一次返回。他身在提刑司之时，心中时时记挂着这边的情况，进来后里里外外查看了一遍。看着赤条条躺在冰块上的柯鹭洋，想到这几日处理事情时的见闻，严冥夜一时感慨颇多，他走出冰室仰望天空，思绪久久不能平静。

跟在严冥夜身后的童牧归反复掂量了一下，觉得有必要将刘家沉船案与市舶司衙署被屠案之间的牵连向长官汇报。他想听一下严冥夜对于这种可能性的看法，便将奕灿所说的情况一一说了出来。

严冥夜听过汇报后，捋着胡子陷入了沉思，半晌反问道："你是怀疑，市舶司案是刘家族人报复所为？"

"卑职不敢妄断，只是种种迹象表明，两者之间似有牵连。"童牧归答。

"这件事你同别人说了吗？"严冥夜问。

"昨日有些琐事缠身，尚未来得及向两位钦差副使汇报。"童牧归想起昨日在梧桐苑尴尬的场景，一时懊恼耽误了正事儿。

严冥夜看着童牧归，有些犯了难，他发觉自己的属下已不似以往，没有了浑浑噩噩的颓顿，取而代之的是积极主动思考。一念及此，他心情有些复杂，不知自己该是喜是忧。

"童总捕有心了，这条线索很重要。只是……"严冥夜小心地斟酌着词句，"只是事关重大，不可全凭想象，一定要有真凭实据。此处，没有外人，本官就说一句不知轻重的话，市舶司的案子干系太大，很有可能在规定的期限内没有结果。届时肯定有人要为此事承担后果，你愿意看到这些小股海商率先被拉出来抵罪吗？"

这番话严冥夜说得十分直白，正中童牧归心里的担忧。在严冥夜到任之前，童家父子先后为两任提刑官效过力，见过不少屈打成招、严刑逼供之事。市舶司案如此重大，由天子亲自过问，审案之人为了交差，在没有结果的情况下，是很有可能会将嫌疑人草草定罪的。眼下刘家与市舶司案的关联，完全是基于推论，自己手中并没有确凿的证据来证明。若刘家在此事上是清白的，却因猜疑遭到株连，那便是自己亲手害了刘家。

"依大人所见，接下来该怎么办？"童牧归问。

"眼下最要紧的就是证据，每前进一步，都要有确凿的证据支撑，不得轻举妄动，害人害己。"

"谨遵大人教诲。"

严冥夜见童牧归已经被自己稳住，一切尽在掌握之中，满意地点点头。

昨日梧桐苑发生的事情，对莫哈拓有一些影响，从昨夜至今他一直在琢磨这件事。与甘语柔千里相遇的可能性微乎其微，而自己与对方竟真相遇了，他在想这巧合是否掺杂了人为的因素，一种不安的感觉逐渐升腾起来。

鹿游原昨日虽然向莫哈拓放了狠话，但是今日却像没事人一样，对莫哈拓的异常视而不见，频频赞着转运使司的茶好。

"这是后花园新摘的莲蓬，给二位大人尝尝鲜。"花厅门口传来一个妇人的声音，她在同门外的兵士交谈。

莫、鹿二人抬眼看过去，此人做仆妇打扮，四十岁左右的年纪，头发纹丝不乱地挽在脑后。来人正是曲君墨自缢那夜值夜的翠姑，她含羞带笑，双手捧着一个托盘，上面躺着十几支艳绿的莲蓬。

"二位大人，这是从花园荷塘刚摘的莲蓬，请赏光尝尝。"翠姑道。

"有劳了。"

第18章　千头万绪

莫哈拓答应了一声，刚要继续同同鹿游原讲话，但是发现翠姑似乎并没有退出去的意思。他有些拿不准翠姑的来意，一时不知道说什么好，只能静静看着等对方先开口。

"这里没你的事了，下去吧。"鹿游原也发现了翠姑的异常，他仔细想了一下，从临安出发的时候，随行人员中并没有她，由此断定翠姑是曲君墨的旧仆。他心想：曲君墨已死，虽没有证据，明眼人都知道是汪相相逼。如今转运使司内到处都是汪相的亲信，此时与曲家旧仆交流，容易多生事端。

翠姑张了张口，想要说些什么。

这时有兵士疾跑来报："启禀二位大人，汪相已在门前落轿。"

莫、鹿二人无暇顾及翠姑的异样，赶紧起身出迎，在连廊拐角处，一名男子快步反向走来，与莫哈拓撞了一个满怀。

"小的该死……小的该死……"男子看了莫哈拓一眼，慌忙把头低下，只一味地道歉。

莫哈拓看着这人眼熟，一时想不起来是谁，此时也顾不上细想，脚步不停向外走去迎接汪相。

寒暄过后，汪相边往院中走，边把谈话拉向正题："二位，这两日案情可有什么进展？"

"相爷恕罪，下官无能。"莫、鹿二人碰了一鼻子灰。

汪相站定，回身打量了一下身后的二人，满面痛心疾首的样子，说道："二位，如今距离官家给的期限已经过去了十三天，十三天呐，整整十三天。你们难道欺负本相年老昏聩，有意搪塞不成？"

"相爷息怒，卑职不敢。"

"不怕实话告诉你们，若此案不能顺利告破，本相甘愿接受官家的任何惩罚，但是在本相封印之前，一定先治你二人的渎职之罪。你们愣在这里干什么？还不赶快去查案！"

  莫、鹿二人告辞后，向外退去。

  "站住。"汪相突然叫住了二人，"市舶司里面的尸体已经不能放了，本相同严提刑商议了一下，后日清晨为他们安葬。你们要多加小心，千万不要让那些刁民再生出什么事，否则你我三人真的难回临安见官家。"

  曲家两兄弟自前几日进宫后，一直没有离开。这几日二人一直在思考，皇帝给他们出的一道选择题——生或死。贪生怕死乃人之常情，绝大多数人在这样的选择面前，会选择生。但是天子给出的选择题没有这么容易，选生则生得艰难，选死则死得不易。

  兄弟二人所在的空室内，除了一张几案，别无其他陈设。案几正中摆着一只香炉，里面插着一根点燃了的香，室内无风，香烟直挺挺上升，足到二尺高的位置才逐渐消散在空中。案几边摆着一个食盒，每日三餐都有人按时送来新的吃食，此时里面的饭菜已经冰凉。

  皇帝留给兄弟二人的思考时间，还剩下最后一炷香，曲中柳蜷缩在墙角嘤嘤哭泣，眼睛紧盯着香炉里的香，香灰每落下一点都能引发他身体不自觉地哆嗦。

  曲中闻双眼通红，虽然他只比弟弟早生了一刻钟，但是性格要老成很多，他不断地提醒自己要镇定，以便做出对兄弟二人最有利的决定。

  "兄长，怎么办呀……你倒是想想办法呀。"曲中柳哀求。

  曲中闻何尝不愿想出一个两全其美的办法？曾几何时，曲君墨是全家族的骄傲，族中长老教育子侄皆以他为榜样。现在他畏罪自缢，市舶司案件尚无定论，但是可以预见结案之时少不了翻出他的罪过。大宋朝廷有律，罪人之子不得入仕，兄弟二人的前途就此中断。

  曲中闻缓缓踱到案几边盘腿坐下，从食盒中拿出饭碗，他一口一口地吞咽着，丝毫不介意稻米已经冰冷干硬。流进碗中的热泪，未能烫暖

第18章　千头万绪

这要送进口中的食物，他的胃开始有了反应，再吃几口以后，他的胃一阵抽搐，才吃下去的东西尽数吐了出来。呕吐的感觉一旦开始，就再也抑制不住，胃中空荡荡的，实在吐无可吐，只剩下不断的干呕声。

曲中柳见状，连忙爬到近前，帮兄长拍背顺气，他埋怨道："兄长，你这是做什么呀，父亲已经不在了，小弟就你一个亲人了……"

曲中闻用袖子擦了擦嘴边的污垢，双手抓着弟弟的肩膀并看着他的眼睛，咬着牙，一字一顿地说道："时间不多了，接下来听我说，曲家究竟能不能翻身，在此一举。"

"兄长，难道你真的要这么做吗？"曲中柳十分惊愕，连连向后撤着身子，"圣人云：君子有所为，有所不为……"

"圣人能让父亲复活吗？"曲中闻将弟弟抓得更紧了，用力地摇晃他的肩膀。

曲中柳不敢再出声，像一只受惊的小鹿，不住地颤抖。

"你为人憨厚，权谋之道非你所长，我留下来和郡主完婚，今后朝堂上的钩心斗角由我来应付。你精于计算，日后经营运作会是一把好手，万一此事不成，你在外面还能有一条活路。随魏公公到泉州后，想办法找到翠姑，她是母亲当年的陪嫁丫头，素来比较有心，只要找到她，应该能探听到一些消息。此外，想办法找到父亲的遗骨，以备查证父亲的真正死因。"

曲中柳见兄长把最艰难的事情都揽下，把生机留给了自己，此时再也忍不住，扑到兄长怀里放声痛哭。

原来曲中柳那日认出认罪书并非曲君墨所写，皇帝以曲君墨已死、难以查证为由，拒绝调查曲君墨的真正死因。皇帝赵构给了曲家兄弟两个选择。一是离开太学，永不入仕。待市舶司案结案后，曲君墨生前之过、身后之罪一并论处，按律株连曲氏全族。二是兄弟当中的一人与赵构堂妹尔阳郡主完婚，曲君墨之罪再大也不能罪及皇亲，曲氏一族平安。另一人自

行到泉州查证曲君墨死亡的真相，同时找到赵构想要的东西。

随着市舶司案和曲君墨自缢的发生，赵构意识到原定的计划已经出现了漏洞，若想收网的时候没有人漏网，此时需要再织一根新的线到网上。曲家兄弟就是被选中的新线。兄弟二人的宿命显而易见，与郡主完婚之人是留在临安的人质，随魏公公出发的人则是炮灰。赵构的想法很简单，莫哈拓等人都在明面上，他需要一个既在泉州有根基，又能听从自己摆布的人，帮他搞清楚，曲君墨的死到底是为了隐瞒什么。

室外传来了脚步声，曲中闻看了一眼香炉，那根香已经燃尽，只剩下一缕余烟在炉口徘徊不尽。他急忙站起身，扑打了一下身上的尘土，又扶起弟弟，擦干了他脸上的泪痕，无奈曲中柳的眼泪像断了线的珠子，怎么擦也擦不尽。

"好弟弟，莫哭了，兄长就要做郡马了，欢欢喜喜的。你记住，以后见到谁都要欢欢喜喜的，千万不能让人看轻了咱们兄弟。"实则曲中闻自己的眼泪也忍不住在眼中打转，只能咬着嘴唇强忍住。

第19章　混沌之事

选择在元日例会这样特殊的时间、在官衙这样特殊的地点实施,唯一的解释就是,这是凶手有意为之,那么其势必是和整个市舶司衙门有仇的人。但是一人和一个或几个人有仇可以理解,若想和每一个人都有仇,实在是一件不可思议的事情。

绍兴二年,七月二十日。

市舶司被屠案案发第二十日,皇帝规定的破案期限已经过去十五天。

月辉未尽,穹顶尚是一片青灰,从市舶司的大门鱼贯抬出近三十口棺材。今天雾气格外浓重,人行其中眼前混沌一片,原本高大的树影此时只能隐约可见,更添加了几分阴森的气氛。队伍缓慢地走在街上,像一条从幽冥界逃出的恶龙。

新任福建路转运使白铭唯恐今日送葬会发生什么事端,派出亲兵五十人沿途警戒。开始的时候街上寂静无人,不知道从何时开始,道路两旁陆续有门打开,数双眼睛就在门后静静地注视着。又过了一会儿,有人挲着胆子从门后走出来,揣着手,踮着脚伸长了脖子张望。

哗——

路边的角门里泼出一桶泔水,鸡蛋壳烂菜叶挂在棺材上打摆,奚落

着棺材内的人最后的尊严。泼泔水的是一名老汉,他泼完后把桶扔在一边,牙根紧咬,双拳紧握,一副随时准备战斗的样子。被泔水溅了一身的抬棺差役不吭一声,同情地看了老汉一眼,脚步不停,继续往前走。警戒的士兵看了老汉一眼,见他接下来没有异动,也没有多说什么,径直朝前走。一口口棺材从老汉面前经过,刚才泼出去的蛋壳被后来人踩扁、踩碎、踩成粉末,化在了土里。

"我的儿啊,你瞑目吧,这些天杀的都死啦……"

老汉滑坐在地上失声痛哭,悲号声硬是把黏腻的雾气撕开一道口子,闻者不由身上冰凉。

越来越多的人哭出声来,可怕的是,他们不是为棺材中躺着的人悲痛。更可怕的是,其间夹杂着笑声,笑的人早已泪流满面。走在队伍后面的童牧归心中五味杂陈,有生之年第一次感受到,原来笑也可以用哀婉、凄厉、悲怆欲绝来形容。

汪相批准每名死者可以有两名亲属送葬,本应该最悲痛的死者家属惶恐地看着周遭一切。亲人被害原本是世间最悲惨的事情之一,然而此时却有人对自己的亲人行如此大不敬之事,他们心中明白源从何起,无力阻止,有一二脸皮薄者甚至恨不得找个地缝钻进去。

最后一口棺材里躺着的是市舶司主簿吴本仁,他的儿子吴悠和妻子吴夫人为他送葬。童牧归认得这孩子,十七八岁的年纪,在福州府学中规规矩矩念书,全无他父亲身上的飞扬跋扈。一路上,吴悠脸色惨白,紧咬着下唇,少年伸出手臂,用袖子挡住惊恐无助的母亲。

眼看就要到坟地,吴悠松开母亲,扑通一声跪在童牧归的脚下,扯着童牧归的衣服恳求道:"童大叔您行行好,帮帮侄儿吧。子不言父过,他老人家再不好也是侄儿的阿爹,求求你们别把他埋在这里。把棺材丢在海里吧,埋在这儿,迟早会让人刨出来的。阿爹造下的孽已经得到了报应,侄儿余生愿当牛做马补偿大家。只求让他老人家走后能清净一些。"

在所有人的视线都聚集在市舶司下葬的队伍中时,近三十口棺材中的一口悄悄脱离了队伍,转角处早有几个农人打扮的人牵着马车等在那里。

莫哈拓与鹿游原回到市舶司后,陷入了沉思,没有人安排今天的工作。

今天发生的事出乎他二人的意料,童牧归心里十分理解,自己一时也难以消化。童牧归自己对市舶司案的困惑也是源自于此,如果有人指使,单纯要杀市舶司中的某一个或几个人,其他人是被株连的,那么杀人者既然有杀人越货的本事,为何不在别的场合狙击自己的目标,反而是选取了风险最高、实施难度最大的方式?

选择在元日例会这样特殊的时间、在官衙这样特殊的地点实施,唯一的解释就是,这是凶手有意为之,那么其势必是和整个市舶司衙门有仇的人。但是一人和一个或几个人有仇可以理解,若想和每一个人都有仇,实在是一件不可思议的事情。就在送葬的过程中,看着或哭或笑的围观者,童牧归忽然想通了,不需要真的和具体的哪一个人有过节,百姓对市舶司的怨恨,已经到了可以不用问你是谁,只要你是市舶司的人,就会怨恨的程度。

"卑职认为,此案的侦破方向,应该向市舶司整体倾斜。"童牧归说出了自己的看法。

"有道理,一个衙门不作为,损害到了别人,只要这个伤害足够大,这个衙门整体受到反击的可能性就非常大。"莫哈拓点头表示同意。

"同意你二人的观点,但是我有另外一个角度。"鹿游原伸出双手比画着,"把伤害换成利益,也可以行得通。如果有人觉得市舶司威胁到了自己的利益,这份利益足够大,也会导致他们集体被除掉。"鹿游原来回看着童、莫二人,"看今天早上的场面就知道了,想一下那位泼

泔水的老汉，如果他有能力，他是绝对会冲到市舶司把人全部杀死的。屠杀市舶司全衙是一件大事，我们只在这里排查谁有动机是不对的，应该先搞清楚谁有能力做这件事。"

"那些百姓是受到了压榨，苦不堪言，在家破人亡的愤怒下，他们可以为了报仇不惜一切代价。"童牧归道。

"比如，沉船的刘姓海商，就抬着棺材围堵了市舶司。"

莫哈拓对阿苏那日所讲市舶司大门被围堵一事记忆犹新，就情形看，刘家遭此大难，拥有绝对的复仇动机。但是他一直纠结在刘家一族是小本海商，如今只剩下孤儿寡母，没有足够的能力、财力作案。

"所以，刘家只敢在门口闹一闹，连门都不敢进的人不可能有胆量杀人，更何况是杀掉这么多人。"鹿游原坚持自己的观点。

"卑职也不认为一介女流会是左手拿着东瀛武士刀，右手拿着千金丝，屠杀市舶司全衙的人。之前也和二位大人交流过，泉州以往的刑事案件中，有同样的作案手法。所以，有理由相信，这是雇凶杀人。既然是雇凶，那么就不存在被怀疑者是否具备杀人的能力，只要他有杀人动机，就可以雇佣凶手。"童牧归道。

"既然陈年旧案曾出现同样的作案手法，歹人屡次犯案，他们是什么人？藏身何处？什么来历？"鹿游原接着问。

童牧归张了张嘴，一时语塞。他几乎要脱口说出自己了解到的平将门，但是话到嘴边又咽了回去，因为这些情况只是他从杨志勇口中听到的，并没有任何证据可以证明。他也想讲出自己遭遇平将门成员且险些丧命的经历，但是如今不知那人身在何处，无法证明当时自己的判断是否正确。

"你们两个先冷静一下，都是为了案子，大可不必如此剑拔弩张。"莫哈拓察觉到气氛不对，极力安抚二人的情绪，"你们说得都有道理，只是方向不同，但是并不矛盾。"

"那你说怎么办？"鹿游原将皮球踢给了莫哈拓。

"不如这样，我们两头着手，一边调查东瀛人的来历和有能力雇佣他们的人，一边排查具有杀人动机的人。"莫哈拓道。

"我去查那些东瀛人的底细。"鹿游原斩钉截铁地说。

"这个方向还是让童总捕去吧，毕竟这是泉州，地面上的事他熟悉一些……"莫哈拓的表情很是为难。

"哼，他要真想查，为什么东瀛人为害这么多年，都没有被铲除？鬼知道这里面有没有猫腻。"鹿游原说完，不管童、莫二人的反应，径自往外走。

此时，童牧归的内心如万马奔腾，很想冲过去把鹿游原拉住，让他把话说清楚，但是鹿游原根本没给他这个机会。委屈与愤怒相互攀爬，渐渐覆盖了童牧归的整个心房，他开始怀疑自己那一夜和父亲一起做的决定是否正确。

莫哈拓追至门口，见拦不住鹿游原，便对门外的兵士说了几句，兵士领命后便转身离开。

在鹿游原拂袖而去后，莫哈拓放不下刘家这条线索，吩咐人带刘家人到市舶司接受问讯。刘氏等人进来的时候，童牧归心里咯噔了一下，生怕莫哈拓迫于案件没有进展的压力，在没有证据的情况下拿刘家人顶罪。

"那日你们为何围堵朝廷官衙闹事？"莫哈拓明知故问。

"杀夫之仇、夺子之恨不共戴天，老身巴不得剥其皮食其肉。"为首的老妇刘氏杏目圆睁，咬牙切齿，说出的话字字掷地有声。

"愚妇，当着钦差大人的面口出狂言，你不要命了吗？"童牧归呵斥。

他虽然怀疑刘氏有足够的作案动机，但是并不相信她有这样的能力，因此暗暗给刘氏使着眼色，唯恐她惹祸上身。

"我丈夫和儿子倒是老实本分，谁人还他们的命来？"刘氏把怒火

转而对准了童牧归。

"本官得知,你家对市舶司多有不满,数次扬言要杀之而后快,可有此事?"莫哈拓接着问。

"把他们千刀万剐也难解我心头之恨。"刘氏答。

童牧归心想:刘氏好不懂道理,如此逞口舌之快对她有什么好处?她现在如此大放厥词,只一时痛快了口舌,却使刘家成为整个市舶司案最大的嫌疑人。童牧归的心已经提到了嗓子眼,此事真的是刘家做的则罢,若不是,刘氏的行为无异于玩火自焚。

"你们当官的都是穿一条裤子,实话告诉你们,市舶司的人死了,不用牵扯旁人,就是老身干的。"刘氏冷眼看着在场众人,神情决绝。

"你想清楚了再答,屠杀朝廷命官的罪名不是闹着玩的。"莫哈拓道。

刘家同来的其他人殷切地看着刘氏,一名小童拽着她的衣角,奶声奶气地唤着婆婆。童牧归认得,那日在市舶司门前便有这个孩子,再观眼前众人,猜想他们大概和自己一样,生怕刘氏口出狂言,害人害己。

刘氏弯腰伸手,抱起小童,在孩子的脸上亲了又亲,用自己的面颊摩挲着。一滴浊泪从她的眼角流出,岁月风干的面颊沟壑纵横,泪珠滚了滚,不曾掉落便不见了。童牧归以为自己眼花,刘氏的脸上与刚进来时完全不一样,此时绽放出宁和与生机。他揉了揉眼睛,又用力眨了一下,确定自己没有看错,只能求助似的看向莫哈拓,而莫哈拓正一脸茫然地看着他。

"刘夫人,你想好了吗?"莫哈拓率先打破了沉默。

刘氏把怀中的孩子递还给孩子的母亲,像没事儿人一样对孩子说:"平儿乖,以后要听你娘的话。万般皆下品,唯有读书高,咱们长大了好好读书,饿死也不能跑船,听到了没有?"

莫哈拓被晾在那儿很是尴尬,就在他准备再次催促的时候,刘氏转过身来，用双手拢了拢发髻，冲着在场的人施了一礼。她再抬头时，已经神情自若，换了一副模样，只听她言道："钦差大人，童总捕，观你二人年岁，与我苦命的孩儿年纪相仿，老身托大自认便算是长辈。"

"那是自然，其实今天叫您来没别的意思，只是例行公事……"童牧归被刘氏的话说得心尖儿酸溜溜的。

"事到如今，你们也无须劳神费力地调查别人。人就是老身杀的，要杀要剐，悉听尊便。这一切全都是老身一人所为，与他人无干。"

"本官不信，你一个妇道人家，怎么可能杀害那么多人？你知道你在说什么吗？"莫哈拓冲口而出。

童牧归再也忍不住，连珠炮似的发问："你疯了吗？你说是你杀了市舶司的人，那你倒说说如何行凶，用了何种凶器？凶器现在在哪里？"

"多说无益。你们把我关起来吧。"刘氏答。

此后，任凭二人再问什么，如何晓以利害，刘氏一言不发，只一口咬定自己是凶手。没办法，莫哈拓发话，让人把刘氏带下去，暂时收押。刚刚发生的事大大出乎童牧归的预料，事情正朝着一个奇怪的方向发展。

"莫大人，你相信她说的话吗？现在我们该怎么办？"童牧归此时也没了主意。

"刘氏恨市舶司不假，希望市舶司的人不得好死不假，但是她如此说，是为了宣泄心头的愤怒，还是真的做了这件惊天大案，就很难说了。"莫哈拓答。

童牧归心下稍安，依照现在的情形看，莫哈拓没认定刘氏就是凶手，并没有强推她出来交差的意思。

"审讯之事非我所长，需升堂问案，方可真相大白。"说到这儿，莫哈拓突然调皮地朝童牧归眨了眨眼睛，"可惜皇命在身，不然真想留下来喝你的喜酒。不然你和伯父商量一下，在我们走之前把喜事办了

吧，在下也好沾沾喜气。"

晚间，童牧归与莫哈拓回到醉仙楼，在一楼大堂正好与柏松年打了一个照面。

"柏掌柜，你那儿最近几天怎么样？又凭空多出什么没有？"童牧归一边大口往肚子里面灌凉茶，一边问。

"都好，都好，有劳童总捕牵挂。没事儿了，是几个半大孩子胡闹，没事儿了。"柏松年警觉地打量周围的人，似乎不太愿意回答这个问题，说完头也不回径自走了。

"柏掌柜这是怎么了？神神秘秘的。"童牧归问听南嫂。

听南嫂不似往常一样早早地迎出来，此时站在柜台里面，手托着腮，闷闷不乐的样子。她一时出神，并没有听到童牧归问她的话。

顺子凑过来，朝后院的方向努了努嘴儿，说道："二楼住着的师徒三人，正是大名鼎鼎的贾半仙。柏掌柜家里有法事要做，前几天就安排他们在咱们这里住下了，您回来得晚，没看见罢了。"

"什么真的假的，说的跟真事儿一样。"童牧归斜了顺子一眼。

"嘘，可不敢乱说。"顺子急忙嘘声制止，一脸严肃，"这贾半仙能耐可大了，他是张天师的九弟子呢。"

"哈哈，小哥，你听错了吧。"一旁的莫哈拓差点没被口中的茶水呛到，"张天师张道陵，乃西汉开国大功臣张良的第八世孙。他本人是汉光武建武十年，其母梦见魁星下降，感而有孕所生。细细算来，已是千余年前的古人，你说那人是张天师的徒弟？"

顺子歪着头，对莫哈拓的话很是不满，辩解道："皇帝还叫万岁呢，神仙活千年岂不是小菜一碟？"

童牧归闻听此言，打了一个冷战，偷眼看莫哈拓，见他神情无异，才略微放心。他抬起腿一脚踢在顺子屁股上："烂嘴的猴崽子，什么屁

第19章 混沌之事

都敢放。"

顺子会错了意，捂着屁股跳着脚说道："不管张天师是不是他的师父，但是贾半仙真的是一位高人，别管是有病、有灾，还是什么大祸临头，没有人家摆不平的。"

顺子见童牧归不理他，连忙又举例子："前面糕饼店的石头您也认识，他阿爹患咳疾已经两年了，整夜整夜咳得睡不着，吃了贾半仙的灵符，夜里竟然能睡整觉了。"

"那这个病人的病情是否有好转呢？"莫哈拓在一旁插言。

这句话一下子把顺子问住了，他眼珠转了几转，伸手指搔弄着鬓角，答道："病应该还是那样儿，没听石头说他阿爹的病好彻底了。可是能整夜睡觉，不是已经很好了吗？任郎中那么好的医术都办不到，这不是仙术是什么？"

"抽空你去找他求一张符来，我倒要看看到底有多仙。"童牧归在说话的时候一直用眼角瞟着听南嫂，察觉到她今天的反常，只是外人在，他不好意思上前关心。

听南嫂感觉到了童牧归的目光，从柜台后面走出来，对童牧归和莫哈拓欠了欠身，道："莫大人见笑了。"

莫哈拓是场面人，连道："哪里哪里，给老板添麻烦了。"

童牧归再也忍不住了，一跺脚说道："哎，是不是今天又有哪个喝醉的烦你了？你说啊，别叫我干着急。"

"童大哥，你跟我来瞧瞧。"说完，听南嫂拉着童牧归来到醉仙楼的门口。

顺着听南嫂手指的方向，他隐约看到有一些黑色的小点在移动，蹲下身仔细看才发现是蚂蚁。

"这怎么了？"童牧归实在不理解，几只蚂蚁会有什么问题。

"门口人来人往我看着不雅，便用热水泼过，此时已经少了很多。

刚发现的时候乌压压一团,越看越像一个脚印的形状,就像有什么看不见的东西走进来了一样。"

听南嫂如此说,童牧归心里也有一点打鼓。但是他知道自己是听南嫂的主心骨,此时自己畏惧,只能让听南嫂更害怕,遂佯装嗔怪道:"又混说,妇道人家就爱瞎琢磨,蚂蚁有什么大惊小怪的。"

"可能是我想多了。"听南嫂长出一口气。

"做饮食的,难免爱招虫子,聚拢而来,说明老板的财源到了。"莫哈拓也在一旁安慰。

"嘿嘿,读书多就是好,哄人的话都那么好听。"童牧归搓着大手傻笑。

如果说小南河的莺燕是开在泉州城里的海棠花,那么另一个能够同其并蒂争芳的地方便是钱家遂园。清凉殿里的姑娘扭动着腰肢,婀娜的舞步没能吸引钱丰源的目光,他的双目茫然地看着前方出神。

钱正青抬手拍了两下,丝竹管弦应声而止,舞娘们踏着退潮的音浪而去,他开口问道:"丰源,我看你从老君观回来以后似乎心神不宁,可是有何心事?"

钱丰源没有直接回答钱正青的问话,转而问了另外一个问题:"十五叔,早前你去汴京拜访汪相的时候,他说话待客也是如今这般吗?"

钱正青明白,钱丰源是对在老君观时汪相冰冷的态度耿耿于怀,心中暗觉好笑,他沉默了一下,回答道:"士别三日,尚且需要刮目相看,我从前是往汴京走动过几回,但那已经是多少年前的事情了,不能算数。"

在一旁娉婷而立的稼音,颈上的皮肤被汗水淌过,引起一阵瘙痒。他放下手中搅弄的额发,用手拭去脖颈上的汗珠,说道:"家主,属下有一句话,不知道当讲不当讲。"

第19章 混沌之事

"你说。"钱丰源转而看向稼音。

"您有些太心急了。俗话说,伴君如伴虎,汪相在官家身边尚且能够保身多年,似这等老狐狸,您想让他给钱家一个保证,那是不可能的。"稼音道。

稼音这句话说到了钱丰源的心里,当时他多次试探汪相的口风,想知道朝廷对泉州市舶、对钱家是什么态度。但是姜还是老的辣,汪相每次都能将话说得滴水不漏,钱丰源没有得到准确的消息,心里发慌,以至于他回来了这么多天依然放心不下。钱丰源有自己的骄傲,他的心性不允许自己示弱,于是说道:"钱家自有立身之策。我有一种感觉,汪相这次来泉州,明面上是为市舶司的事情,实际上是冲着我们来的。若他存了心针对,恐怕是一场祸事。"

钱正青在一旁不以为然,满不在乎地说道:"天大的事儿,不过市舶司那点事,朝廷真要想对咱们家做手脚,也就是拿这事儿做引子罢了。"

钱丰源愈加心烦,抱怨道:"可恶的柯鹭洋,活着的时候贪得无厌,死了还给我找麻烦。"

"家主之所以担心事态会牵连钱家,不过是因为我们确实对市舶司动了手脚。"稼音接着为钱丰源出主意,"既然如此,咱们就把'手脚'送去给柯鹭洋偿命不就完了。纵然他有心牵扯钱家,也拿不出何证据。朝廷现在自顾不暇,此时动咱们,一点好处都没有。"

稼音所说的"手脚"是指平将门。这些年来平将门帮助钱家干下太多丑事,钱丰源一直有除掉他们的想法。一来苦于除掉平将门后再找人做事有些麻烦,二来忌惮平将门的人心狠手辣,万一不能一击全中,会为自己招来无穷的麻烦。他反问道:"往常都是放狗出去咬人,这一下子要把狗弄死,还真是个麻烦事儿。在这个当口上,会不会太冒险了?"

钱正青宽慰道:"不会,平将门在衙门也是挂了号的,这么多年也是咱们帮着暗中疏通,才保全至今。把他们除了,也是替那些当官的拔

疮，他们感谢还来不及呢。"

半天没说话的章闻柳也赞成稼音的提议，附和道："有道理。不止这一件，平将门这些年知道的事儿太多了，毕竟咱们指使他们行凶是事实，留着终究是个麻烦，把他们除掉，免得日后被有心人利用。"

稼音拍手笑道："家主这个比喻好。平将门就是帮咱们咬人的狗而已，没什么可惜的。对付一群狗都不用人动手，有'加了料的包子'就足够了。"

钱正青深知自己这位侄儿在担心什么，他给钱丰源打气道："丰源，事到如今，没什么好犹豫的。你有的是肉包子，还愁以后没有好狗帮你咬人吗？以咱们家现在的实力，就是唤那些江湖名侠看门，也是能做到的。"

钱丰源咬了咬牙，决定道："既然要动手，那就来个彻底的，下完了毒再放一把火，有何凭证都让它化成灰，也就省心了。当年他们的命就是我钱家救回来的，平白多活了几十年，他们也不算屈死。"

章闻柳、稼音、钱正青三人见钱丰源下了决心，相视一笑，准备为接下来的行动做准备。

钱丰源嘱咐道："稼音你配药的时候多预备一些，不急在这一两天，挑一个合适的时间动手，务必一击即中。这些东瀛狗心狠手辣，若像前年毒那个老捕快一样留下活口，他们可不会像没事儿人一样认怂，弄不好会拉着我们玉石俱焚。"

"请家主放心，上次是那个童老头运气好，幸亏我大哥大赦的时候放出来了，我与他便两清不再追究，不然他绝活不到现在。这个平将门我保管一只苍蝇都飞不出来。"稼音面色坚毅，此番出击，势在必得。

市舶司没有监牢，刘家人身上疑点重重，暂时被收押在提刑司监牢。童牧归提议，请严冥夜主持审问，众人约好各自办完事后大家在提

第19章 混沌之事

刑司见面。如此提议，童牧归是有自己的私心——上次严冥夜对刘家的态度，让他印象深刻，他认为严冥夜能够客观公正地对待，不至于冤枉了好人，也不会放过真正有罪之人。

莫哈拓心里对刘家的态度一直很不明朗，加之他是为数不多知道皇帝赵构计划的人，深刻地明白皇帝规定的四十天期限，不仅是要破获市舶司案，更重要的是不能耽误整体计划的实施。念着他在临安出发前，皇帝嘱托"凡事不决，需同严冥夜商议"，他先行来到提刑司面见严冥夜。

"严大人，不知官家的要事进展如何？"莫哈拓问。

"一切尽在计划之中，如不出意外，可在规定的时间内完成。"严冥夜答道。

今天是严鹏先去世两周年忌日，严冥夜身着素服，他此时无暇为父亲备办法事，只能居倚庐，寝苫枕块，三日不食，聊表孝心。严冥夜深知父亲并不在意这些虚礼，父亲真正在意的是江山一统、国富民强，所以他为按时完成皇帝赵构的计划殚精竭虑，以此告慰父亲的在天之灵。

"那市舶司这边的事，当如何处理？"莫哈拓问。

"死者已逝不可追，凡事总要先顾及现在活着的人。本官已经密奏官家，若市舶司案能够顺利侦破最好，若不能，先以大事为重，待尘埃落定后再细细查访不迟。"

莫哈拓见严冥夜和他想到了一处，也就放下心来。不经意间，他看了一眼门口，正巧门外两名使役正低头干活，没留神对方撞在了一起。他猛然想起前几日在转运使司见到的人，当时觉得有些眼熟没有时间思考，此时再细想，心中不由一凛。

"严大人，那日我在转运使司看见一个人，但是下官不是十分确定……"莫哈拓一时有些拿不定主意。

严冥夜指着莫哈拓胸前衣襟中露出来的一截儿绳带问："你是不是看见了这个人？"

莫哈拓慌忙低头查看，赶紧把怀里的东西重新揣好，为自己竟然犯这样低级的错误而感到自责。

严冥夜对莫哈拓的窘迫视而不见，接着说道："本官也注意到了，经过核实确实有，已经向官家汇报过此事。不但转运使司有，市舶司也有，据本官所知，这些人并不是官家派来的。你应该最了解，这些人情况复杂，本官不好甄别，据回信，官家不日可能派魏公公亲自前来处理此事。"

"若是魏公公来处理再好不过，所有人对他老人家都十分信服……"

莫哈拓还想说些什么，严冥夜见鹿游原远远走来，给他使了一个眼色，二人换了话题。

市舶司沉船案
消失的四十天 下册

申澜 ◎ 著

SPM 南方出版传媒 广东人民出版社
·广州·

第20章　一场乌龙

"你的意思是说,你婆婆和马夫用香灰就把市舶司全衙的人都杀了?"鹿游原瞪着眼睛,半天一眨不眨,显然接受不了这种说法。严冥夜摆摆手,示意差役暂且把平儿母亲带下去。四人被刚刚得到的消息雷得外焦里嫩,一时难以消化。

迟迟没有到场的童牧归,是在提刑司门前被绊住了脚。

他心里正担心着严冥夜会如何处理刘家的问题,冷不防被人拦腰抱住,来人口口声声喊着:"童老大,想得兄弟们好苦呀,可巧说曹操,曹操就到了。"

童牧归定睛一看,是泉州府下辖两个县的班头,一个叫白杨,一个叫常宇。他暗自嘘出一口气,嗔怪道:"青天白日的,你们两个闹什么鬼?几时来的?"

"为严提刑办事,我们太爷孝顺得紧,今儿清早就把我们打发来了。"白杨嬉皮笑脸地答道。

"哦?"童牧归不解,什么样的事情,需要征用县里面的班头。

"转移囚犯这样大的事儿,童头你还不知道?"常宇道。

白杨一巴掌拍在了常宇的脑袋上:"你吃错药啦,什么样的大事儿

童头不知道,就显你能是不是?"

童牧归不在意这些芝麻蒜皮的小事,他想不明白,平白无故为何要转移囚犯?好在他作为提刑司的总捕,提刑司监牢之中关着哪些人,他心中还是门清的,遂问道:"转移哪一个?"

"我们兴文县接收了二十二名囚犯,他们兴武县接收了三十名,旁的县还有没有就不清楚了。"白杨道。

"这么多?"

童牧归吃惊不小,他清楚地记得提刑司大牢内常押囚犯共计六十九名,依照白、常二人所说,大部分囚犯都将被转移走。若非天灾、战乱等不可抗拒的因素,监牢中的囚犯不得轻易转移,这次为什么有如此大的动作呢?

此时,刘先生从提刑司大门出来办事,一眼看见童牧归,上前道:"童总捕?你怎么耽搁在这儿了呀,莫大人、鹿大人早就到了,现在就等您了。"

白、常两位班头这才知道他们耽误了童牧归的正事儿,连连向他告罪。

童牧归也不敢怠慢,匆匆向大家告辞,疾步向后堂走去。一路上他还在琢磨,要不要向严冥夜求证一下囚犯转移的事,后来又劝慰自己,囚犯只是转移,又不是越狱,严提刑这么做自然有他的道理,尊卑有别,自己何苦多管闲事?

他一进提刑司后堂,看见上司严冥夜坐在书桌后,莫哈拓负手而立,站在一旁与其交谈。眼前一位二十四五岁、身形消瘦的妇人,正是刘家平儿的母亲。她坐在旁边不断拭泪,鹿游原站在其身侧苦口婆心地说着什么。

童牧归不解,问询地看着莫哈拓,莫哈拓笑笑,不置可否。

只听见平儿母亲哇的一声哭了出来,抽噎着道:"大人您说的民妇都明白了，如果杀市舶司的人不是我婆婆，是不是平儿就不算罪人之后，还是可以参加科举求取功名的？"

"是的，只要你能证明这件事与你家无关，那么将来就会有大好的前途等着平儿。"鹿游原说得十分肯定，"道理本官已经反复讲给你听了，到底会不会定罪，那要你先把实际情况说出来。本官以头上的官帽担保，若不干你婆婆的事，立刻放了她和你的家人。"

"此话当真？"平儿母亲依旧将信将疑。

童、鹿二人前几日因为案件的分歧，闹得有些不愉快。鹿游原维护刘家的行为，使他在童牧归心中的印象得到了很大的改观。此时见其苦口婆心地劝了许久，早已口干舌燥，童牧归倒了两碗茶递予二人，帮着劝道："大嫂，你好不明白事理，出了这样大的事儿，换了旁的糊涂官儿，巴不得有人认罪，赶快报上去结案。鹿大人是看你们实在是不像行凶杀人的奸佞之辈，唯恐冤枉了你们，你怎么这么不识好歹呢？"

"人是市舶司的马夫杀的……"平儿母亲说完这一句，再不肯开口，只管以手掩脸，不停啜泣。

在场之人无不愕然，童牧归心中暗想：马夫果然与此事有牵连，那日问话，他明显闪烁其词，定是有事隐瞒。

"大嫂，你从头讲来。"严冥夜最先回过神来。

"那日从市舶司回去以后，婆婆精神状态十分不好，常常梦见公公和我丈夫还有小叔他们，后来也不知道她听谁说的，横死的人有怨气，不能入六道轮回。她有心报仇，又恨自己能力有限，先是买回了不少毒虫养蛊。"

"即便真有虫蛊一说，这和市舶司的马夫有什么关系？"严冥夜问。

"养蛊多则几十年，少则也要七七四十九天，我婆婆报仇心切等不得，便另寻了一个快的法子。"

"什么法子？"莫哈拓追问。

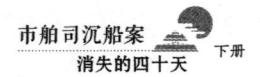

"我若泄露了天机，神仙会不会怪罪于我？"平儿母亲依旧不放心。

童牧归见妇人说话吞吞吐吐，思索了一下，计上心来，言道："大嫂你可知天上的文曲星，渡劫时需要转世到人间，文曲星转世才华横溢、文采斐然，长大必定当状元？"

"是哩，老人们都说状元公是文曲星转世，官家是真龙天子，他们从前做神仙的时候原就都互相认得，不然为什么状元公要官家钦点呢？"

平儿母亲的一番话说得室内众人忍不住偷笑，童牧归强绷着脸接着说道："是这个道理，我们严提刑，当年便是状元及第。你知道什么尽管说说，神仙若有什么怪罪，有文曲星君在这里说情，你还怕什么？"

"啊，一切干系皆在本官的身上。"严提刑会意，"你只管实话实说，不要再有顾虑。"

"贾半仙说张天师炼丹的三昧真火可除世间万恶，丹炉中的仙灰只要沾到恶人身上，有冤的人在家中发愿，便可让他们得到报应。"

联想到马鞍上的香灰，马夫的闪烁其词，还有平儿母亲刚才的话语，童牧归大概判断出情况，只是如此荒唐之事，实在是令人难以相信，遂问道："你婆婆该不会是买通了马夫，把香灰撒在市舶司人的马鞍上吧？"

"仙灰，是仙灰。"事到如今，平儿母亲还不忘纠正童牧归的说法，"那日一早，我瞧见婆婆揣了盛着仙灰的瓷瓶，抱了一坛子酒出门。因担心她老人家有什么闪失，我便悄悄在后面跟着，就看见在离市舶司不远的一家包子铺前，马夫等在那里。家中有一个卖草料的远方亲戚，他有事脱不开身，我家帮着往市舶司送过几回，所以认得马夫。当时隔得远，只瞧见婆婆把东西都给了马夫，他拿回去撒在哪儿我便不知道了。"

"你的意思是说，你婆婆和马夫用香灰就把市舶司全衙的人都杀了？"鹿游原瞪着眼睛，半天一眨不眨，显然接受不了这种说法。

第20章 一场乌龙

"大人,仙灰是我婆婆买的不假,但是那马夫撒的,凶手应该是他。我婆婆随后便回家了,怎能说她也是凶手?"

严冥夜摆摆手,示意差役暂且把平儿母亲带下去。四人被刚刚得到的消息雷得外焦里嫩,一时难以消化。

"不管那个大嫂所言真假,反正我是不相信往人身上涂点什么灰就可以杀人。"鹿游原忍不住先开了口,"无知妇人怪力乱神,我们不要为此耽误时间,还是追查平将门的线索要紧。"

童牧归闻听此言,心中暗自吃惊,鹿游原好大的神通,只一天的时间便已知道神秘东瀛组织就是平将门,看来此人有些能耐,不可小觑。

"她刚才说的贾半仙,本官似乎有点印象,近半年来城中有这么一号人,相传神通广大,只是从没见过,不知该去何处寻来。"

"说来也巧,这个贾半仙师徒如今就住在在下隔壁。"莫哈拓讪笑道。

"来人呐,带刘氏、马夫到大堂问话。"严冥夜吩咐完差人,转身又对童牧归道,"童总捕,你带人到客栈把贾半仙带来。"

众人俱按吩咐去做事。

童牧归这边刚出提刑司大门,顺子从犄角背阴处转出来,一把拽住他的胳膊,说道:"您可出来了,让我好找。掌柜早起脸色不好,吵着说头疼。"

"就这样?"

听南嫂头疼,顺子不请郎中,反而跑到提刑司找童牧归。

"不是,贾半仙师徒听到动静出来,看见地上有一个会动的脚印,说是掌柜的寡居阴气太重,所以招惹怨鬼。"

"尽他娘扯臊,老子这就去打断他的狗腿。"童牧归再也听不下去,迈开两条长腿急急往醉仙楼赶。

顺子的身量不如童牧归，在他身侧小跑着才能勉强跟上。

众人赶到醉仙楼的时候，贾半仙师徒刚走到门口正要外出。童牧归把官刀一横，不屑于多看他一眼："拿下，带回提刑司见严大人。"

捕快上前不由分说，一脚踢在贾半仙的膝窝处，贾半仙顿时整个人跪扑在地，道冠从他头上脱落，顺着惯性滚出去老远。童牧归无暇顾及贾半仙的呼喊与申斥，转身奔向后院。

任郎中听见外面的动静，从童楚的房间探出身来看。

"童小子，在这儿呢，听南嫂在这儿呢。"

原来，童楚担心事情有诈，尤其是贾半仙一套"阴盛阳衰""互益采补"的说辞更是让他心生疑窦。奈何自己久病不能抗敌，便把听南嫂叫到自己房间，一边安排顺子去找任郎中和童牧归，一边安抚听南嫂不要害怕，万事等童牧归回来再做决定。

童牧归进屋后吓了一跳，只见哑厨子手里拿着菜刀，另外两个伙计一个拿着擀面杖一个拿着炒菜用的长柄铁勺，大家站在屋子当中严阵以待。听南嫂坐在最里面童牧归睡觉的床边，皮皮破天荒地没有跑出去撒欢儿，依偎在听南嫂脚边，伸着小脑袋，对门外的响动十分警觉。

"任叔叔，听南嫂要紧吗？"童牧归问。

"刚才老夫给她把过脉了，没有什么病症，不过据她所说的症状和情况，怎么感觉她像是中了迷药、迷香之类的呢？"任郎中答。

"童大哥，我真的没事了，那老道说话不过是吓唬人玩的，想骗一点香火钱，打发他们走就是了。"听南嫂款款起身，来到童牧归面前。

"巧了，那妖道牵扯上了人命官司，大人派我来拿他回去问话。"

差役破开贾半仙的房门，进屋搜查取证。童牧归拎过来顺子，对他吩咐道："你小子别光看热闹，他们搜的时候你看着点，但凡不是店里的东西，你就指出来，让他们装了都带回衙门。"

"童大哥你看，这会儿比早上又多了很多。"听南嫂指着她屋门口

第20章 一场乌龙

由蚂蚁堆积成的脚印说。这个蚂蚁组成的脚印形状，轮廓清晰可辨，脚尖的一端朝着室内的方向，不仔细看，真的会认为是有人进门时印下的脚印。

童牧归伸出手指在蚁堆中戳了戳，提鼻子闻了一下，没有什么明显的气味。他索性把手指伸进了嘴里，一股甜香萦绕在口腔。

"哎呀，童大哥你做什么？快拿出来，万一有毒怎么办？"听南嫂见状大惊失色，急忙上前拔他的手。

"没事儿，小小的蚂蚁都毒不死，更毒不死我了。"童牧归憨笑着答。

"你这人真讨厌，动不动就死啊死的，多不吉利。"听南嫂嗔怪。

一名捕快皱着眉，胳膊支出去老远，手中提着一只布口袋走了过来，道："头儿，你看看吧。"

"什么东西？"童牧归边问，边把手伸进口袋去拿，再看手上时，多了一个骷髅头骨。

听南嫂吓得赶紧把脸别到一侧，不敢再看，童牧归此时也直皱眉头。当他看到骷髅上面缺一颗门牙的时候，脑子中突然灵光一现，那天永宁村蒋铁柱报案称父亲的尸骨被盗，他曾说过，其父吃崩豆硌掉了一颗牙，这个骷髅正缺一颗牙齿。

"呸，这老孙子算什么出家人，挖坟掘墓这么损阴德的事都干得出来，把找到的东西统统都带回去给大人看。"童牧归啐了一口。

楼下传来捕快的喊叫声："头儿，你快出来，不好了，有人要抢走那个妖道。"

"这一天还有完没完了！"童牧归此时焦头烂额，急得直挠头，楼下人不断催促，他转身往楼下跑。

醉仙楼门外，被扣住的贾半仙的喊叫声引来了百姓的围观，其中就有很多平日找他做法、求符的人。不明真相的百姓看着自己敬仰的贾半

仙被缉拿，心有不满，再加上贾半仙在一旁蛊惑，人们一时头脑发热，就要从捕快手中抢夺师徒三人。

贾半仙见众人都帮自己说话，顿时有了底气，神色不再慌张，一副大义凛然的样子。

"旁的不说，你既称自己看破阴阳事，洞悉过去未来，怎么就没算到今日会有牢狱之灾？"童牧归故意用周围人都能听见的声音发问。

"我……"贾半仙像沾了水的炮仗一般哑了火。

童牧归又朗声对围观的众人说道："众位乡亲，这位贾半仙妖言惑众，现今证据确凿，提刑司今日便要审理此案，有不信服者，可随我们到提刑司衙门旁听，届时事情真假一目了然。"

人群呼呼啦啦往提刑司赶的时候，严冥夜传令击鼓升堂，整冠肃带转屏风入座，众差水火无情棍磕地，威武连声。请上莫哈拓、鹿游原后，严冥夜拿起惊堂木，拍得山响，传令道："来呀，带马夫和刘氏。"

不多时，马夫和刘氏被差人架着带到大堂。

礼毕，严冥夜问道："现有人证物证，证明你二人合谋杀害市舶司全衙官员，你二人有何话说？"

"大人明鉴，民妇认罪，全是民妇一人所为，没有同谋，不干别人的事。"刘氏答道。

"老姐姐，你少说两句吧。"马夫制止了刘氏，随后向上一磕头道，"大人明鉴，她魇怔了，别听她的。我知道怎么回事，您听我慢慢说。"马夫此时急得脸色通红，干瘪的面皮上青筋直跳。

"混账，这里是公堂，岂容尔等胡闹！"严冥夜再次拍响了惊堂木，用手一指马夫，"你先说，其余人等无端插话，按咆哮公堂论处，掌嘴二十。"

马夫忙不迭向上磕了一个头，道："小的有罪，前几日说了谎，今天保证句句属实，若有半字假话，让我不得好死。"

一旁陪坐的莫哈拓摆摆手，说道："往事不究，今日你只管照实说来。"

"市舶司几位大人马鞍上的灰是我抹的，但是大人您是读圣贤书的，您相信抹一把灰就会要人命吗？即便那些灰真的能要人命，市舶司的大人们根本就没出来骑马，也就无从沾在身上，更不可能因此而死。更何况小人听说诸位大人是被利刃杀害的。"马夫说完又向上叩了一个头。

"刘氏，你怎么说？"严冥夜问。

"他们没沾到身上？"刘氏没回答严冥夜的问话，跪在那儿喃喃自语。

"老姐姐，都什么时候了，你把这杀人的罪名揽到自己身上有什么好处？"马夫在一旁苦劝。

"是老身杀的。"刘氏跪直了身体，眼神笃定，"原本是要把仙灰撒在恶人的身上才能奏效，是老身的诚心感动了神仙，老身日日在神仙前祈祷市舶司的人不得好死，神仙感应到了，所以遂了老身的心愿。"

堂上众人面对这个说法哭笑不得，这时童牧归等人赶了回来，手下的捕快把贾半仙师徒三人押上大堂，另有两个差人提着一麻袋证物丢在堂上。童牧归从袋子中端出来一个三足双耳盘螭香炉，放在严冥夜面前的公案上："大人，这就是号称能够遂心顺愿的仙灰，请您过目。"

严冥夜端起香炉只看了一眼，便不由得笑了，只见香炉正身清清楚楚写着"关帝庙"三个字，摆摆手示意差役拿给莫哈拓、鹿游原查看。

鹿游原带着香炉来到刘氏面前，惋惜地说道："刘氏，你且看看，这就是你口口声声说的仙灰。"

刘氏看看香炉，又看看贾半仙，眼神之中出现了一丝松动。但是她很快就镇定下来，把脖子一挺，直视童牧归，问道："你既说仙灰不灵，敢问童总捕，初二那天你可曾大病一场？"

童牧归闻听此言，登时感到屁股一紧，瞬间想起那日腹痛难忍，几乎快要把肠子排泄出来的感觉。事情发生在钦差到达之前，莫、鹿二人不知所以，纷纷将目光投向童牧归。严冥夜知晓其中缘由，心里已经明白了七八分。

"童总捕，神仙是公平的，你之所以没有死于非命，是因为你平日作恶不多。所以灵符只会让你生病，你若继续助纣为虐，下一个惨死的就是你。"刘氏说到这里，目光决绝。

"你为什么要这么做？"严冥夜问。

"那日也是在提刑司大堂，童总捕因与奕灿有亲而袒护于他。后来在市舶司门前，又是他做看门狗，阻止我进去讨要公道。这些都是他应得的报应。"刘氏脸上似有大义凛然之色，仿佛做了很了不起的事情，"他在井边打水的时候，老身将仙灰倒在了他的桶里。童总捕，当着诸位父老乡亲的面，你敢承认你曾半夜到广安堂就医吗？"

事情到了这一步，童牧归总算解开了多日来心中的疑惑。如他所料，听南嫂送来的饭菜没有问题。他与父亲分开用餐，却几乎同时发病，原因就在水里。当时他烧了热水，给父亲泡了茶，自己则用热水烫饭，因此会同时发病。

堂下百姓不知道这段渊源，一片哗然，纷纷附和，诉说着自己吃了贾半仙的符有多么灵验。仵作刘先生不为所动，抽出一张"安魂符"泡在水碗里，端起碗递到抓来的芦花鸡嘴边，待鸡喝饱了水，差役把鸡从怀里放在地上。只见这只鸡先是悠闲地在空地上散步，过了半盏茶的时间，它的脚步开始踉跄，随后一头栽倒在大堂上。

刘先生对旁边的差役示意了一下，有人走过去用脚踢了两下，这只鸡毫无反应。

"列位看到了吧，这只鸡睡着了，不过不是道人道法高深，而是这张所谓的灵符是浸泡过蒙汗药的，与其说石头爹是一夜安眠，倒不如说是服药以后昏了过去。所谓童总捕突发疾病,不过是腹泻而已,想来是香灰掺泻药的把戏。不但如此,这妖道还挖坟掘墓、盗人尸骨,用鞋子蘸了蜜糖印在地下,让虫蚁队伍形成脚印形状,蒙骗大家说有灵异事件发生,乡亲们切不可再被他蒙蔽。"

刘先生话音刚落,如同冷水滴进热油锅,堂下的人群瞬间沸腾,一时间议论纷纷。堂下的人群开始骚动,很多人想挤进来质问贾半仙到底是不是这么回事。

鹿游原走到刘氏边上,对她说:"看见没有,这就是你袒护的神仙。你再固执下去,神仙肯定是无法保佑你的,反而你全家还有杀身之祸。你不为自己想想,总该为平儿想想吧。"

刘氏的精气神仿佛一下子被抽走,神色颓然,半晌方说道:"大人,我说。"

严冥夜示意一旁的师爷记录供状。

原来刘氏围堵市舶司后的第二天,贾半仙看似无意地与刘氏在归元寺庙门外相逢,简单攀谈后,他说自己看出刘家有十四条人命的血仇。刘氏当时被仇恨蒙蔽了双眼,信以为真,询问可有让市舶司官员遭到报应的办法。贾半仙以会制虫蛊为由,以一贯钱一只虫子的高价卖给刘氏十只虫子,鼓吹中蛊之人将七窍流血而死。无奈刘氏报仇心切,等不得这许多日子,便典卖了家里值钱的东西,许诺若有速效的法子,再给贾半仙十贯钱。

贾半仙见钱眼开,用瓷瓶装了香灰,骗说是神仙炼丹炉中的炉灰,撒在行恶之人身上,在家诚心祷告便可灵验。刘氏找到马夫,骗说自己梦到丈夫、儿子亡灵不安,要求把瓶中灰烬沾在施暴者的身上,这样可以散除怨气,并按着马夫的喜好送给他一坛好酒。

马夫估量一点灰不会出什么事儿,便答应下来做一个顺水人情。初一那日在市舶司马鞍上抹完香灰以后,马夫忍不住尝了一口坛子里的酒，结果馋虫上来以后越喝越多，最后竟醉了。他酒醒之后，听说市舶司出了大事，唯恐牵扯到自己，所以开始的时候没有说实话。

严冥夜看完刘氏和马夫的供状，喜忧参半，虽然多年刑狱主审的经验告诉他，刘家是市舶司案凶手的可能性微乎其微，一定程度上又怀着侥幸心理希望刘家是真的凶手。他的内心中多少有一些私心，希望市舶司案只是海商怀恨报复，这样起码背后不会牵连别的阴谋。

"无知民妇刘氏扰乱公堂，意图谋害朝廷官员未遂，本应严惩，念在你晚年丧夫丧子，一时昏聩神志不清，罚抄《女德》十遍，一月后交予本官。马夫渎职，又有前番作伪证，念在已经关押数日，不再追究，令你回家好好反省。贾半仙三人暂押监牢，待核清受害人情况后再行宣判。"再次拍响惊堂木，严冥夜对市舶司案心存的最后一丝侥幸破灭。

随着人们逐渐散去，提刑司通知蒋铁柱前来认领其父尸骨自不必说。童牧归心中的一块大石头落了地，有严冥夜今日的判决在此，日后无论市舶司案最终结果如何，刘家的人都不会被拉出来顶罪了。他抬头见到莫哈拓若有所思的样子，心里刚刚升起的喜悦随即暗淡下来，心想：距离官家规定的最后期限已经过去近一半，刘家已被证实是无辜的，那么市舶司案究竟会怎样发展？莫哈拓、鹿游原等人该如何向官家交代呢？

莫哈拓此刻的心情更多的是懊恼，海商复仇是市舶司案现在掌握的最大的可能犯罪动机，现在被证实是一场乌龙，平白耽误了三天时间，使原本就不宽裕的破案期限更加紧迫。虽然严冥夜曾说过，在皇帝的计划和破案之间，需要优先处理前者。但出于多年来的职业素养和对自我的要求，他希望两件事情可以同时完成。此时他又多了另外一层担心，会不会是皇帝的计划已经暴露，有人故意炮制市舶司案报复？

第21章　太平商号

"明明远涉重洋，每次所带货物竟寥寥，不要说盈利，几乎都不够路上的花费。最重要的是，贸易之法有则卖精，无则卖奇。福建作为主要的粮食产地，主产稻米，何至于千里迢迢运稻米回来？"

绍兴二年，七月二十七日。

市舶司被屠案案发第二十七日，皇帝规定的破案期限已经过去二十二天。

市舶司案在刘氏下蛊害人被证实是一场闹剧后，重新陷入迷雾之中。莫哈拓与童牧归摸排了很多对市舶司心存不满或者曾经扬言要报复市舶司的人，最后证实这些人都与此案无关。

鹿游原这边虽然掌握了一些平将门的信息，但是东瀛人与宋人相貌无异，且向来行踪诡秘，也没有什么进展。眼看时间流逝，案情没有任何实质性的进展，大家都很紧张。

自昨天傍晚，海天一线的地方挤出乌云，浓稠的乌云竟像泄了馅儿的芝麻汤圆，乌糟糟一团，压住了整个泉州城。还没到晚饭的时候，天黑得竟需要掌灯，又过了半个时辰，暴雨倾盆而下。此刻，虽然雨势减小，却丝毫没有停下来的意思。

这样恶劣的天气,不方便出门查访,莫哈拓和童牧归决定留在市舶司翻看文书记录。市舶司院内的血迹多日来早已干涸,留下的黑垢被这场大雨悉数冲得干干净净。鹿游原掀开莫、童二人所在房间的竹帘,泥土的腥涩味随着他一同进屋。

二人从文书中抬起头看时,只见鹿游原手里抓着一本册子,腋下胸口处的衣衫上有一条明显的"楚河汉界",上端的衣帽是正常的,下端的衣裤和靴子明显颜色深了很多,像刚从水里捞出来的一样。

童牧归关切地问道:"鹿大人,这样大的雨,你还打伞出去,小心着凉。"

鹿游原径直走到莫、童面前,把手中的册子递了过去,说道:"二位,我刚才看了一下市舶司备案的这大半年来各家商户出海的记录。"

"有何发现?"这本记录莫哈拓在到达泉州的第二天便查看过,当时并没有看出有何不妥,如今见鹿游原冒雨前来,猜想可能是有自己疏忽的地方。

"你们看这里。"鹿游原翻开登记簿,袖子上的雨水顺着他的手指滑下来洇在纸上,他指了指其中的一条记录,又迅速翻开每个有折角的地方,一一指出后,说:"我觉得这个太平商号有问题。"

莫哈拓捧起登记簿仔细看起来,只见上面写着:

　　正月初二,太平商号,高丽,一等杂色丝绢一百匹,随行船工二十六人。

　　二月初二,太平商号,高丽,一等杂色丝绢一百匹,随行船工二十六人。

　　三月初一,太平商号,高丽,一等杂色丝绢一百匹,随行船工二十六人。

　　四月初三,太平商号,高丽,一等杂色丝绢一百匹,随行船工二十六人。

　　五月初二，太平商号，高丽，一等杂色丝绢一百匹，随行船工二十六人。

　　六月初二，太平商号，高丽，一等杂色丝绢一百匹，随行船工二十六人。

"这……这除了说明他家生意比较稳定，还能说明何事？"童牧归努力地想发现这家太平商号的问题，很显然他还没有摸到头绪。

"出海时间集中在每月月初。"莫哈拓也接过登记簿，来回翻看，"每次出海带的货物相同，出海人数相同，目的地相同，还有……"他也说不下去了，只能看着鹿游原，希望他能说出一些不一样的。

鹿游原一把夺过登记簿，哗哗哗几下翻到开头，指着正月和二月的记录对他二人说："你们看，首先我觉得这里不妥。正月、二月北方天气寒冷，高丽附近海面有浮冰，本地客商多下南洋，基本不会冒险北上。"

"有利相诱，以身犯险也说不定。"莫哈拓试着猜测。

童牧归立即反应了过来："不对，事情没有那么简单。正是因为这个'利'字才不对，我们这里的乡下小贩尚且知道八月卖南瓜九月卖茭白，他们远渡重洋，应该在有限的条件内谋取最大的利益才对。"

"高丽国王自古接受中原王朝的册封，向我中原王朝进行朝贡，王朝更替依旧保持着这种宗藩关系。因此，其历法、民俗多效仿中原王朝。正月尚在春节期间，多少人忙碌了一年，就为了正月能在家和家人好好团聚，他们为何还往外走？最可疑的是二月，出海日期是二月初二，俗令二月二龙抬头，海商靠海吃饭，这一天会在行业首领的带领下，去龙王庙供奉，祈祷一年风调雨顺。还有一种说法是，这一天龙抬头，下海的船会冲撞了龙头，大不吉利。你看看这一日，除了太平商号，根本就没有别家出海。高丽靠近大金，气候当比汴京还要冷许多才

是，寒冬买卖丝绢乃咄咄怪事。"鹿游原一阵连珠炮似的反问，使得莫、鹿二人面面相觑，哑口无言。

"刚才我去码头点检处查看了一下他们家回程进港报备的货物，"鹿游原边拧着袖子上的水边说，"每次大都是干红露三十坛，卢城稻米百来担，高丽糖参、白参不拘几十匣，各色毛皮有一些。"

童牧归恍然，激动得一下子站了起来："明明远涉重洋，每次所带货物竟寥寥，不要说盈利，几乎都不够路上的花费。最重要的是，贸易之法有则卖精，无则卖奇。福建作为主要的粮食产地，主产稻米，何至于千里迢迢运稻米回来？"

话说到这里，童牧归觉得自己从前实在是小觑了鹿游原，没想到还真的让他查出了一点名堂。可是他心中忍不住有些失落，只从现在的情况看，太平商号似乎和市舶司案没有太大的关系。

"我们在这里猜测也没有什么用，发现问题总是好的，既然太平商号这么可疑，我们就去会一会它如何？"鹿游原道。

"好在现在点检处中都是提刑司的兄弟，我与他们打个招呼，太平商号的船一有动静，第一时间报告我们。"童牧归心中暗暗祈祷，这次不要再白忙一场。

晚间，鹿游原到转运使司向汪相汇报今日的发现，莫哈拓去找严冥夜商议事情，童牧归先行回到醉仙楼。

泉州城出了一件稀罕事儿，有一位姑娘，近几日，只要天气允许，便抱着琵琶在闹市口弹唱《蒹葭》，有人花钱点唱一概不应。也有人以为她在乞讨，扔下铜钱她也不取。观此女服色，纵然不是富贵之家，也不至于沿街乞讨。

下午天气放晴，听南嫂到东市买香料正巧遇见，等到童牧归回到醉仙楼的时候忍不住向他讲述。

"也不知道那位姑娘有何愁怨，当众弹琴所为何事。说来也巧，那姑娘我认得，在咱们这里吃过饭，奇怪的是她不点菜，竟叫我随意上菜给她，吃完留下钱便走，也不多说话。"听南嫂心里仔细计算了一下，那位姑娘第一次来到醉仙楼，正是童牧归叮嘱让她往提刑司送饭的日子。

"我听说，那姑娘是破烂货，梧桐苑的妓女，叫什么'三四十'……"童牧归与听南嫂闲聊，没注意到旁边有人，顺子在二人身后冷不丁地接了一句，二人吓了一跳，忙回头看。

"什么三四十，还六七八呢，就你识数是吗？"听南嫂边说边拧着顺子的耳朵，"你自家没有姊妹，难道邻居还没有大嫂阿姐吗？乱嚼舌根子，人在世上活着不易，谁又比谁金贵多少？"说罢，她手上的力道又紧了紧。

"是是是，是我狗眼看人低，我改了还不行吗？"顺子整个身体缩成一团。

"这还差不多。"听南嫂松开了手，笑骂，"再胡说，我就撕烂你的嘴，赶紧干活去，少在我这里磨牙。"顺子扮了一个鬼脸跑开了。

"但凡瓦舍里的姑娘，不是叫个什么花呀、凤呀的才好听吗，怎么叫了个'三四十'这么奇怪的名字？"听南嫂调侃道。

"三十四……三四十？"童牧归口中喃喃自语，恍然大悟道，"那女子是叫赛师师。汴京城里曾有一个名妓李师师，就是官家从宫里挖地道去见的那个。后来人便有样学样起名赛师师了，这是个诨号，她花名好像叫语……柔。就好像广安堂的任叔叔，大家都叫他赛华佗一样。"

听南嫂好奇地问："是大家传言官家把国库搬给了她的那个李师师吗？"

"是啊，红颜祸水呀。"童牧归答。

"不对……"刚刚还在嬉笑的听南嫂，忽然眉毛拧在一起。

"怎么不对啦？若不是她闹得天怒人怨，官家怎么可能被金兵抓了

去?"童牧归还没有意识到危险的信号。

"我说的不是这个。"听南嫂意味深长地看着童牧归说,"你是怎么知道的,而且还知道得这么清楚?"

"我……"童牧归语塞。

"平日你最不屑这种坊间八卦,你肯定有事儿没和我说。"听南嫂的目光柔中带刚,直直地看着童牧归。

童牧归此时肠子都青了,后悔自己多嘴,没办法,只好把那日去梧桐苑的事一五一十地讲给听南嫂。

童牧归说到最后声音越来越小,生怕一不留神惹恼佳人,他不愿意对听南嫂有所隐瞒。说完半晌,看见听南嫂没言语,怔怔出神,这可把童牧归吓坏了,忙赔不是道:"我错了,听南嫂你千万别生气,我再也不去那种鬼地方了,我真的知道错了……"

"这两人定是故人。"半晌,听南嫂说出了自己的结论。

童牧归一愣,万万没想到听南嫂会说这个,讪讪地答:"听鹿大人的意思,应该是了,不过我也没好意思问。"

听南嫂也不看童牧归,只管盯着门外来往的行人,幽幽地说:"世间多少痴男怨女,就这么生生错过了……"

"你不怪我吧……"童牧归小心地看着听南嫂的脸色。

听南嫂收敛起心神,莞尔一笑,说:"你的为人我放心,本是风雅之事,无甚要紧的。"

童牧归感动得险些落下泪来,不知道如何说是好,伸出手想去握住听南嫂的手。

"我相信你,即便以后情不得已有一二出格的事,以你的人品也不会离谱到哪里去。"听南嫂顾忌到四周有人,灵巧地躲开了童牧归的手,伸出两根水葱一样的指头,在童牧归的手背上点了点,压低了声在他的耳畔说,"我爱的是你这一身男儿气魄,不是一味低眉顺眼求全于我,咱们堂堂正正做人便够了。"

霎时间,童牧归干瘪的心房上似开出了朵朵小花,未饮酒便醉了。一种喜悦拦也拦不住,从他的身体里冲出来,它们化作极细小的颗粒,凡目光所及之处,着在哪里哪里便有了颜色。

雷峰塔是吴越国王于太平兴国二年在西湖南岸夕照山上建造的佛塔,以砖石为芯,外有木构楼廊,内壁嵌有刻着《华严经》的条石,塔下供奉金铜十六罗汉像。

雷峰塔下井穴式地宫的洞口就位于塔心部位。地宫内放入了大量的供奉品,包括莲花座青铜佛像、神秘铁函在内的六十件珍贵宝物和数千枚"开元通宝"。神秘铁函内的鎏金塔是一座精美的四角金涂塔,在塔的四面饰有佛祖故事题材的浅浮雕。

宣和二年,雷峰塔在战乱中受损,赵构看着残垣断壁,心中暗暗许愿:"希望佛祖保佑,待朕达成心愿,一定重修佛塔,再塑金身。"

"官家,该回宫了。"魏公公在赵构身边轻声提醒。

赵构并没有挪步,看着雷峰塔,长叹了一声,说道:"世人只知此塔名雷峰,不知原名黄妃塔呀……"

雷峰塔为吴越忠懿王钱弘俶因黄妃得子而建,初名"黄妃塔",因建在夕照山的雷峰之上,民间以地名指称,慢慢叫成了雷峰塔,反而少有人知道其原名黄妃塔的。

魏公公从小看着赵构长大,深知赵构此时触景生情,思念早逝的儿子。他鼻头一酸,眼角掉下一滴浊泪。

赵构子嗣稀薄,只有与潘贤妃所生的独子赵旉。建炎三年,金兵南下,赵构畏敌如虎,一路南逃,从南京一直逃到临安府。苗刘兵变后,苗傅和刘正彦软禁赵构,之后扶持赵旉当皇帝,改元明受,从即位到退位共计二十六天。汪相召集各地将领勤王平乱出兵镇压,重新扶持赵构登基。赵旉被废,立为"魏国公",后因宫女疏忽,受惊吓而死,年仅三岁。赵构知道后大哭,追封其为"元懿太子"。

"阿公,朕本舍不得你走,只是如今朕连龙禁卫都不能完全信任,只能依靠你亲自到泉州跑一趟了。"

"龙禁卫出了这样的事,老奴也有失察之罪。老奴不在的时候,您要多多保重龙体。"魏公公答。

"朕对那个曲中柳不是很放心,你一旦发现他有异动,就地杀掉,不用可惜。"赵构最后看了雷峰塔一眼,转身往后走。

"老奴瞧着这两个孩子还不错,官家放心,待老奴调教一些时日,他们日后都能为我大宋建功出力。"魏公公紧随其后,边走边答。

魏公公如此说,赵构突然来了灵感,略思索了一下,问道:"从前的计划断然行不通了,海上的事儿总要有人管,你说朕把他们当作一根钉子钉在海上怎么样?"

"官家高见。"魏公公也觉得这个主意十分不错,"这个曲君墨九泉之下也可以瞑目了,即使他活着,无论如何也不能为他的儿子挣来这样的荣宠。"

"还有一件事,你需了解一下,有多少不该知道此事的人知道了此事。叮嘱严冥夜,事成之后这些人绝不能留。"赵构想了想又补充道,"那一家人和他有太深的瓜葛,阿公还需好好帮朕甄别,不能旧伤未愈又添新创。"

"老奴明白。"

熟蛋黄似的太阳将二人的身影和残塔一起拉得老长,主仆二人在余晖中缓缓前行。顺势望去,西部群山中的南、北两座高峰四周缭绕的云雾已被镀上了金边,几只绿头鸳飞过,扎停在西湖波光旖旎的湖面上,震落一池甜香,一转眼扎进荷丛不见了。再看雷峰塔,破而不败,晚霞镀塔,犹如佛光普照。南屏净慈寺晚钟敲响,钟声振荡传到山上的岩石、洞穴，随之形成共振齐鸣的悠扬钟声，整个西湖沐浴在钟声之下。

后人有诗赞曰：

> 数峰蘸碧，记载酒甘园，柳塘花坞。最堪避暑。爱莲香送晚，翠娇红妩。欸乃菱歌乍起，兰桡竞举。日斜处。望孤鹜断霞，初下芳杜。
>
> 遥想山寺古。看倒影金轮，逆光朱户。暝烟带树。有投林鹭宿，凭楼僧语。可惜流年，付与朝钟暮鼓。漫凝伫。步长桥、月明归去。
>
> ——[宋]陈允平《扫花游（西湖十咏·雷峰落照）》

绍兴二年，八月二日。

市舶司被屠案案发第三十二日，皇帝规定的破案期限已经过去二十七天。

碧空如洗，雨后的薄雾把海天织为一色，港口又恢复了繁忙。点检处有人来报，太平商号今日装船，准备放洋。童牧归等人接到消息后，立即赶赴码头。

事情往往如此，在没有怀疑对象的时候，很难察觉出问题所在，可是一旦确立了怀疑目标，就怎么看怎么可疑。此时太平商号的货船上，较为空荡的甲板，安静的船舱，船工正在搬运整卷的布匹，都为它加重了嫌疑。

"老板为何不同其他商家一样，招揽一些同行的货主，既能增加收入，也能在茫茫大海做伴儿？"鹿游原登船后四下打量，努力同船老板找话题。

太平商号的老板似乎对这几位不速之客很警惕，没有回答问题，看样子是想先确定提问人的身份。这些小动作被童牧归看在眼里，他正好

站在老板旁边，急中生智，以手掩口压低了声音说："这是从临安微服到泉州采买的两位国舅，好生答话，小心娘娘怪罪。"

老板的眼珠儿转了两转，马上会意，赔着小心说："回爷的话，小人素爱清净，招揽许多外人同行，各自生活习惯不同，恐生无谓的事端。如今船上都是自己人，用着顺手也放心。"

"这都是运的何物呀？"鹿游原眼睛扫过整整齐齐堆在一起的布匹，明知故问。

老板赶紧掏出已经报备好的公凭，上面记载着他这趟北上所带的货物，递到鹿游原手上，说："杂色丝绢一百匹，这是严提刑签发的公凭，请您过目。"

"这么大的船，运这么少的货，肯定有夹带吧？"鹿游原把公凭接在手里也不去看，他就着童牧归的说辞进入了演戏的状态，学着平日所见纨绔的劲儿拿腔拿调，"老老实实承认，别让爷搜出来。"

"官爷尽管搜便是，若有僭越王法之处，但凭处置。"老板从袖子里掏出来一个银子包，眼睛看着莫、鹿赔笑脸，手里却把它塞给了童牧归。童牧归有心不要，无奈戏已开锣，必须演下去，便把银子包收了下来。

几人把一只眼睛瞪成两只大，将太平商号的货船里里外外检查了一遍，一无所获。他们知道不能再强行拖延下去，不然很容易引起在暗处的敌人的警觉，只能悻悻下船。

童牧归不甘心地说："我觉得太平商号肯定有问题，从我们一上船，老板就很紧张。"

"嗯，没问题他为何心虚？"莫哈拓也同意童牧归的判断。

"到底哪里出了问题呢？"鹿游原喃喃自语，他一手托着下巴一手环在胸前，努力回忆在船上看到的一切，紧闭双目，冥思苦想，刚才看到的画面一幕幕在脑海中重现。突然，他双眼圆睁，大叫道："啊，我知道了。"

童牧归闻言随之一怔，顾不得尊卑，抓过鹿游原的双肘，边摇晃边催促道："快说，快说，知道什么了？"

"我现在还不能确定，童总捕，城里可有个邱记绸缎庄？赶快带我去。"

童牧归恨恨地抽回抓着鹿游原的手，埋怨道："真急死人，到底怎么了，你倒是说啊。"

鹿游原催促道："走走走，到了就知道了，你快带路。"

俗话说，十里不同风，百里不同俗。

与世界许多著名大都市早期因缺少规划而自然发展形成的混乱布局不同，广州城很早便有了严整的设计。广州城区分为东、中、西三个区域，中、东两城以官署为中心，呈"丁"字形，西城是外贸商业区，呈"井"字形。城内还挖有南濠、清水濠和内濠，既可收舟楫之利，又有利于城内的防火和排涝。

广州城虽然地处大宋版图的边陲，但并不是一座孤城，附近修筑有扶胥、猎德、大水、瑞石、平石、白田、大通、石门八个兼有军事和商业性质的城镇，即著名的"宋八大镇"。这些城镇与州城一道，构成了珠江三角洲上一片壮观的城镇群。

自进城以来，杨志勇一扫脸上的疲惫，眼睛简直有些开始不够用了。他走南闯北也曾见过一些世面，但是广州又与别处不同，不但有海港，内港也很发达。珠江水面辽阔，有"小海"之称，城南的西澳是重要的内港，商船往来，百货充盈，为"五都之市"，附近还有大市街、象牙街、玛瑙巷等街巷，时人程师孟诗云："千门日照珍珠市，万瓦烟生碧玉城。"

在宽达六百六十六丈的珠江中，有三个礁石岛，叫作海珠石、海印石和浮丘石，三者并称羊城三石。海珠石位于江心，由红色砂砾岩构成,长约三十三丈,宽约十七丈,因长期被江水冲刷而浑圆如珠,随潮汐变化浮沉海上而得名海珠石,珠江之名也是指此珠而取。

兜兜转转,一行人马沿着珠江走进番坊,又走了一盏茶的工夫,镖队停在了两扇黑漆大门前。

"就是这里了。"管事将整个队伍叫停。

杨志勇打量了一下,眼前院子的规模只能算中等,两扇大门被一把锈锁锁住,檐脊挂了不少蛛网,像是空置了很久的样子。这时,管事向手下努了努嘴,随后闪过来一人,二话不说拔下背后的单刀,直接用刀脊磕开了门锁。

"杨老板,你们一路辛苦了,只是这里疏于打扫,在下失礼,就不留你们用茶饭了,这些钱算作在下请客的酒饭钱。"管事说完,从怀中掏出一个银子包递给杨志勇。

门楣因为刚才剧烈的震动还在扑簌簌地掉灰,杨志勇看着眼前的景象,暗想,此处哪里是疏于打扫,连个人影都没有,分明就是荒宅。他听管事的意思,一时没有反应过来,这样就让他们走了,这家人也未免太好说话了吧。

杨志勇心里走神,下意识伸手去接管事递过来的银子包,接到手里才发现分量不轻,有将近一百两。他吓了一跳,意识到自己的失态,连连推辞道:"您的情我代兄弟们领了,只是打赏太多,杨某担待不起。"

"拿着吧,也不白给你,你的车马给我们留下。"管事说道。

"啊?"杨志勇一度以为自己听错了。

"你们可以坐海船回去。"

杨志勇见对方铁了心要买自己的车马,也不好说什么,对方已经给了这么多钱,足够置办一套新的。转念一想,没了车马牵绊倒也省心,自己时常在外面跑镖,多是车马步行,很少有机会坐海船。

那些同行的小伙子已经赶着车马进了院,杨志勇手中拿着沉甸甸的一百两银子,还想跟管事的客气几句:"这一路您也辛苦了,再到泉州……"

"杨老板,时辰不早了,你们还是赶快去投店要紧。"管事打断了杨志勇的客套话。

杨志勇讨了一个没趣,心知对方这是催促自己走,又一想,估计对方急于送走自己后查点货物有无破损,这也是情理之中的事情。他拱了拱手,算作道别,带着其他镖师离开了。

第22章 初露端倪

起航在即，市舶司的差人登上太平商号船，请贾老板到点检处走一趟。贾老板询问来人何事，来人说只是奉命行事，去了便知道了。路上他右眼皮毫无征兆地跳了两下，他努力眨了几下眼睛，情况并没有好转。

东柳街一带专卖各色针线用度，街道两侧彩帛店、绒线铺、头巾铺、腰带铺、幞头铺、鞋庄、抹领销金铺、生帛坊等十余类鳞次栉比。像邱记绸缎庄这样的大型彩帛铺，"堆上细匹段，而锦绮縑素，皆诸处所无者"。

一进门，柜台上并排躺着各种颜色的散碎布料，柜台后面的货架上斜站着一排布匹，明显比台桌上摆着的要好很多。鹿游原一会儿摸摸这个，一会儿又指使伙计拿过那个瞧瞧。童牧归几次想追问他到底葫芦里卖的什么药，都被莫哈拓拦了下来。鹿游原魔怔的状态把布店伙计吓得不轻，飘着眼神往童牧归这边看。

"把那个拿下来给我瞧瞧。"鹿游原指着高处一款鱼肚色的缎子。

那匹鱼肚色的缎子，只剩下小半匹，因此并不算重，伙计拿过来，没多想就直接交到了鹿游原的手上。

鹿游原伸手去接，眼看着布轴就要挨到手上，他突然收回伸出去的手，指着一匹湖绿锦纱说："缎子太厚重了，还是给我拿这个锦纱看看吧。"

伙计没有防备，一时分心去看鹿游原指的方向，鱼肚色的缎子掉在了地上。鹿游原仿佛丝毫没有察觉到，径直往旁边走，脚尖踢开了布轴，一脚踩在了缎子的一端，缎子本就光滑，另一侧借着惯性骨碌碌滚出去好远。回过神来的小伙计眼珠子都绿了，这缎子在店里也算上等货色，鱼肚色不耐脏，在地上滚了这么一圈儿，又被这位大爷踩上一脚，好好的布算是糟蹋了。自己一月三百钱的月钱，如何能赔得起，掌柜的非剥了自己的皮不可。

鹿游原的行为被莫哈拓和童牧归看在眼里，念及刚才的情景，想到他如此鲁莽必有缘故，冷眼瞧着也不作声，看他到底意欲何为。

"哟，这缎子都被我踩脏啦。"鹿游原明知故问，好像刚看见一样。

"嗯。"伙计闷闷地答应了一声，心里有气嘴上也没敢说出来，暗自盘算能让提刑司总捕陪着来买东西的，肯定是有身份的人，自己万万得罪不起。只盼一会儿掌柜怪罪的时候，童牧归能帮自己开脱一二、保住饭碗。

"手长疮眼流脓的东西，好好的缎子怎么就改地毯啦？也不怕硌坏了这位客爷的脚，还不赶快收起来！"一个尖酸刻薄的声音突然从几个人的背后传来，是绸缎庄的邱老板从外面回来看了个正着。

"哎哟，是童总捕呀，贵足踏贱地呐。"邱老板看见童牧归在场，脸色变换之快如同翻书，"难得您来照顾小人的生意，随便挑，过会儿包好了我打发人给您送到府上去。"

"少扯臊。"童牧归笑骂了一句。

"这块缎子既然被我踩脏了，便要它吧。"鹿游原道。

"哎，好嘞，您真是好眼光，这个颜色最衬人，料子也好，经洗又经晒。客爷，您是童总捕的朋友，尽管放心，保证给您最低的价钱，宽

宽裕裕给您让点布边儿，尊夫人肯定满意。"邱掌柜用客气话把鹿游原拿住，让人想不买都不好意思张口，又转头狠狠瞪了小伙计一眼，"杵在那儿养蛆哪，还不赶快拿剪子来给客爷裁布！"

鹿游原腻烦邱老板假惺惺的客气，挥挥手说道："不用剪了，剩下的这些你量一量还有多少，我都要了。"

"好好好，也甭量了，这些少说也将近有四丈，您给三丈的钱保证不吃亏。我卖了半辈子的布，这点准头还是有的。若是不够，您回来把我眼珠抠出来当泡踩。"不等鹿游原答应，邱老板麻利地边说边把布叠好。

"且慢，您能帮我把这缎子像刚才那样卷成轴吗？"

"爷，卷成轴像老长一根杆子，您三位这样的身份在街上走，拿着不方便。这样叠，外面我给您包上草纸，再给您剪二寸绸子扎一下，保准您送人体面。"

"废什么话，让你卷你就卷。"童牧归摸出刚才在太平商号船上收到的银子包，从里面揪出来一块银角子拍在柜台上，"火枪筒爷都扛过，还在乎你这个？"

邱老板生怕再废话，童牧归几人抬腿就走，忙不迭把缎子又抖开，费了半天工夫方才卷好，递给鹿游原，眼看鹿游原接过去没有发难，才小心地挪到童牧归跟前，双手捧着做小儿讨食状，说："童爷，您赏给我吧，小的好给您找钱。"

童牧归眼珠一转，计上心来，把银角子丢在邱老板的手心里，说："看你这么孝顺，不必找钱啦。"

邱老板喜不自胜："哎哟，我说昨晚儿为何灯花爆了又爆，喜鹊叫了又叫……"

"得得得，收起你那拜年的词儿，留着忽悠财主家的傻小子吧。"童牧归很不耐烦地打断了邱老板的恭维，板下脸来接着又说，"钱不白给你，我跟你打听一个事儿。"

第22章　初露端倪

"您说，您说。"邱老板把银角子攥在手里，乐得很。

童牧归问："太平商号卖的丝绢，是你们家的吗？"

"啊？"邱老板愣了一下。

童牧归斜倚在柜台上，用指节敲着台面不满地说："啊什么啊，是就说是，不是说不是，好好说人话。"

"是小号的。"邱老板刚才的笑意僵在了脸上，战战兢兢地回答童牧归的问话，"每月月初要五十匹，也算是小号的常客。他家可是有什么案子牵连到了提刑司衙门？"

"不该你问的别瞎打听。"童牧归白了邱老板一眼。

"是这样的，我家中做些皮货生意。"鹿游原接过了话头，"从前用马队往北边走，现在北边过不去了，买卖上便歇了一年多，全靠存货维持。眼看仓库空了，再没有货源，一家人的生计眼瞅着难以维持。听闻泉州海运发达，所以来投奔童大哥想想办法。听市舶司的朋友说太平商号常去高丽，其他的船主搭客各色人物混杂，我们是外乡人，诸多不便，想着能不能托人引荐搭他家的船北上，哪怕让出来两分利给他也是情愿的。"

莫哈拓在一旁看着鹿游原表演，见其能够随机应变，心中十分佩服。

闻听此言，邱老板戒备的神情明显松弛下来，挤眉弄眼地说："何必费这个劲，他家船回来也带皮货的，您尽数收了去，他们巴不得呢，也省得他们到处去散卖。去年冬天他们用一张狼皮褥子抵部分货款，我老母亲用着甚好，从前阴雨天铺盖湿得能拧出水来，铺了狼皮隔潮隔凉，毛密针长，成色很好，和那边的货是一样的。"邱老板把"一样"二字咬得格外沉，其用意不言自明。

三人谢过邱老板，由童牧归扛着布轴往外走，邱老板说得没错，三个大男人带着颜色娇嫩的布料在街上招摇过市，很是引人侧目。不时有认识童牧归的行人、小贩和他打招呼，最后都不忘瞟上布卷一眼。童牧归拉下脸,他嘟囔着催他们二人快走:"走走走,先回去把这劳什子放下,不知道的还以为我带着钦差奉旨强买强卖呢。"

回到市舶司,童牧归进屋就捧起桌上的茶壶,灌了一肚子凉茶水。鹿游原进屋后,一只手搓着下巴,另一只手环在胸前,上一眼下一眼打量扛回来的布卷。

"鹿大人,您就别卖关子啦,说吧。"童牧归用袖子抹着腮上的茶水催促。

"你们看。"鹿游原指着布卷的一头让他二人看。

莫哈拓也有些不耐烦:"看见了,你就说吧。"

鹿游原一字一顿认真地说:"这布缠得里出外进,一点也不整齐。"

"嗨,我当你要说何事。"童牧归觉得有点扫兴,"整匹的布都是在织机上缠的,松开再缠,肯定没有原来缠得紧实。"

"问题就在这儿。我仔细查看了一下绸缎庄和太平商号船上相同货色的布匹,都是两头平整的。而船上的布匹,虽然都贴着邱记绸缎庄的签扎,但是有一部分布匹的两端就像这个一样不整齐,整卷布看上去松松垮垮的。"

"你是说他们船上的布匹是后卷上的?"莫哈拓听出了其中的猫腻。

鹿游原点着头答道:"应该是。"

"即便都是后卷上的,那又能说明什么呢?可能是搬运的时候散开了,又重新卷上,也不是何大事情。"莫哈拓不解。

"三两个弄乱了重新卷我信,但是那么多都重新卷就很有问题了。"鹿游原坚信自己的判断,"高丽是一个小国,细算来还没有我们一路面积大,自然条件恶劣,一年之中有半年左右苦寒,动物皮草应该是他们当地畅销的东西,为何要卖到外地来?而且我总觉得邱老板说太平商号卖的高丽狼皮和大金产的成色一样是意有所指,或许这些皮草就是来源于金国也未可知。"

第22章　初露端倪

鹿游原此番推断犹如猛然敲响的铜罄，莫哈拓和童牧归皆听呆了。

起航在即，市舶司的差人登上太平商号船，请贾老板到点检处走一趟。贾老板询问来人何事，来人说只是奉命行事，去了便知道了。路上他右眼皮毫无征兆地跳了两下，他努力眨了几下眼睛，情况并没有好转。

进到点检处的门内，没有了海风的吹拂，不知道是因为憋闷还是因为压抑，贾老板感到有些喘不上来气。

"国舅爷，张点检，召小人来有何事？"贾老板看见鹿游原也在，心里咯噔一下。

鹿游原笑答："啊，也没甚要紧的事儿。今天上午与你闲聊几句甚是投缘，因此想再和你叙话一番。"

贾老板深施一礼："国舅垂青，是小人的荣幸，只是眼看启程在即，权请国舅在泉州多住几日，一应花费都算在小号的身上。待小人返程，一定好好陪几位游玩一番。"

点检处鹿游原吃力地找着聊天的话题，此时的码头上发生了骚动。

夜行衣真的是一件神奇的东西，可以把很多不便之事同黑暗搅在一起，借此在夜色中隐遁，来去无踪。有意思的是，若穿着夜行衣在青天白日跑动，效果则恰恰相反，像是水滴入油锅，在人群中瞬间炸裂，格外扎眼。

一个黑色的身影在前面跳跃奔逃，后面童牧归带着一队差役，喊打喊杀地追过来。待岸边的水手、船主犹豫要不要帮忙出手抓住这个形迹可疑的人的时候，黑影早就已经跑远不见了，无奈之下，大家积极地为童牧归等人指引黑衣人逃跑的方向。

"你俩往这边，你们俩去那边，剩下的人跟我上船去看看。"童牧归大声地指挥差役分头行动，又在他们身后补充道，"要是让这个大盗躲到船上跟着出海就麻烦了，船上的人会有危险的。"

众人听说可能有逃亡的大盗躲到了船上，都跟着揪心，自觉配合差役的搜查工作，主动打开舱门让童牧归等人进去查看。

"官差大老爷，我们老板刚才被市舶司的人叫走了，我们不好做主。要不您搜别人家，等一会儿他回来了您再来。"太平商船的船副个头不高，皮肤黝黑，点头哈腰给童牧归赔不是，眼神来回闪烁。

"废什么话，什么叫人不在一会儿再来，你当这是你家请客喝酒呢？"童牧归把眼睛一瞪，手中的官刀拔出了鞘，"人命关天，岂容你儿戏！赶快打开，我们还有别家要看呢，万一在你耽误的时间里，大盗出手伤人，你偿命还是你们老板偿命？"

看热闹的人纷纷帮腔，谴责他好不懂事，置别人的安危于不顾，船副没奈何，只好打开舱门让童牧归等人进去查验。

"这是何物？"童牧归指着货仓中被油布包好的丝绢问。

船副答："是丝绢，包着油布防潮。"

童牧归把刀柄一下子杵在了上面，厉声说道："打开检查。"

"您上午带着两位国舅上船的时候，不是看见了吗……"船副小心地申辩。

童牧归闻听此言登时翻脸，竖起两条浓眉，棱着眼睛呵斥道："扯你娘的臊，老子何时来过？"

船副猛然想起来，上午童牧归来的时候，老板曾向他行贿。童牧归现在不承认估计是怕人知道，因此不敢再啰唆，以为是因为自己说漏嘴所以惹恼了童牧归。

他连忙掀开油布的一角展示给童牧归等人，赔着小心说："小的早上起猛了，记错了记错了……"

童牧归上前两步，伸手要把油布全都扯下来。船副有些着急，道："这位差爷，您看这包得四四方方的，如何像能藏人的样子？"

童牧归示意手下的人按住船副，自己一把拽下布垛外面的油布，连带着几匹布匹都散落在地。

童牧归看了看，上面码放的都是两头整齐的布匹，堆在底下的才是鹿游原说的那种——布轴两端里出外进，像是后缠上的。他捞起其中的一匹，上下捏了一捏，就要解布匹上的签封。

"差爷，有事好商量，签封撕坏了，对方就不收我们的货了，小人实在担待不起，要不您再等等我们船主回来？"船副做着最后的挣扎。

"哎呀，童总捕，有话好说……"贾老板在这时赶了回来，肥硕的肚腩因为呼吸的惯性上下颤动。

贾老板的心已经提到了嗓子眼儿，先是被莫名其妙的国舅拉住一阵闲聊，再是手下人来报说码头上出现大盗，提刑司挨家搜船，每一件事都发生得莫名其妙，果然冲进船舱便见童牧归正在对丝绢施威。

贾老板到底还是回来晚了，童牧归一把抖开了丝绢，随着丝布轴在船板上越滚越远，老板的心彻底凉了，眼前一黑，瘫软在甲板上。

此番去而复返果然没有白忙，眼前的景象如同图穷匕见，展开的丝绢里面裹着的几页纸飘了出来，早有眼尖的差役捡起来，跑过来送给童牧归查看。

"来人呐，连人带货，全部给我押到市舶司，如有反抗，与海盗同处。"童牧归吩咐完手下，转身拂袖而去。

莫哈拓此时像从水里捞出来的一样，散落的碎发黏在额头上，他根本无暇顾及，与鹿游原一起焦急地向门外张望。

"莫大人好身手，武林高手不过如此。"刚走到门口的童牧归，没等迈进屋，便开始大声夸赞。

"如何？"室内二人情不自禁地站起来，齐声发问。

"成啦。"童牧归兴奋地挥了挥手中拿着的几页纸，"鹿大人真是奇才，这么隐蔽的事居然能看出端倪，卑职实在佩服。"

莫哈拓抹了一把脸上的汗水,伸手夺过来展开细看。

"这是地形图,但好像不是泉州的。"又看了另一张,"这张好像是某物件的图纸……"

鹿游原也拿过来,上下翻转来回查看,猜测着说:"这张好像是造船的图纸。"

"我让他们把剩下的运来这里,马上就到,虽然还没有一一拆开细看,估计都和这些差不多。"刚刚得手的喜悦渐渐散去,童牧归感到背脊一阵阵发凉,"这个太平商号是高丽细作的据点无疑,他们这是在窥探我东南土地,觊觎咱们的造船技术,狼子野心,实在该杀。"他一拳重重捶在白石桌面上,桌面的茶碗随之一震。

"人也抓起来了吗?"莫哈拓问。

"船上的人都押来市舶司了,另外我还安排人去查封了太平商号,咱们过去之前不许任何人出入。"

"很好。"莫哈拓忍不住夸赞,"我觉得未必是高丽细作,弹丸之地,谅它也不敢蛇吞大象。反倒是金军数次南攻,目的昭然若揭,多半是他们想探查东南地形,或许有心造船从海上直奔东南袭击,两面夹攻我大宋也不是没可能。"

鹿、童二人点点头,觉得他说的有道理。

整匹的丝绢陆续被抬了进来,三人不再多说,各自扯开查看,一时之间室内彩练翻飞。

在数张地图、图纸等物被翻出来后,一个牛皮纸信封从鹿游原扯动的布轴中掉了出来。他停手打开信封,展开里面一页薄薄的纸,只见上面写着:

> 承蒙国主器重,现下时机尚未成熟,以静观其变为宜,天时地利人和事方可成。

> 他日国主再率雄狮南下，源愿献全部家私，鼎力相助，共谋大事。

"源是谁？"一旁伸头过来看的莫哈拓一时没反应过来。

"钱丰源？"鹿游原道。

"钱家勾结金军谋反？"莫哈拓说完，狐疑地看着鹿游原，他自己都不相信自己提出来的假设。

鹿游原此时觉得手上的一页薄纸越来越重，咬着牙根说："财力起码是够了。"

童牧归拿过鹿游原手上的信纸，正反看了一遍，茫然地问道："这件事和市舶司官员被屠，有何关系吗？"

"我们尚且能从市舶司的登记中发现线索，市舶司的点检每船必查，很有可能也发现了其中的猫腻。这些蛀虫不思报效朝廷，反而以此要挟勒索钱家，钱家雇凶斩草除根，也是合情合理的。"鹿游原答。

"可是单凭一个'源'字如何就能认定是钱丰源呢？"童牧归又问。

"钱家祖上能资助太祖建朝，如今见金军虎视眈眈，想要另寻靠山，也是说得通的。"鹿游原坚持自己的观点。

童牧归心下依旧存疑，他虽然痛恨钱家为富不仁，但出于覆巢之下安有完卵的意识，不愿轻易把一顶通敌卖国的帽子戴在钱家头上。他一时不知道如何是好，遂问道："咱们接下来怎么办？"

"这件事情要查证也不难，只需要审问太平商号的人书信来源便可以。"莫哈拓想了一下，接着又说，"兹事体大，还是要报与汪相和严提刑知道。"

太平商号被证实是金军的细作据点，莫哈拓的心里十分激动，此行泉州皇帝交给他的重要任务终于有了进展。他从临安出发前，魏公公告诉他，金军势力已经渗入泉州城内，意欲扶持海商钱氏在福建路建立藩

属政权，赵构计划将这颗毒瘤铲除并整顿市舶政务。

莫哈拓肩负的任务有两个。一是有传言称金国国主已经将传国玉玺作为信物赠予钱家，他需要找到金军在泉州的据点和钱家通敌的证据。二是查清是否因为皇帝的计划被对方察觉，有人身涉其中想要掩盖真相，所以才炮制了市舶司案。依照眼下的情形，第一个任务算是有了眉目，至于第二个任务，两件事之间是否有必然联系，还有待进一步求证。

鹿游原似乎认定了钱家谋反，冷哼一声，说道："我觉得反正钱家通敌卖国这项重罪是摘不掉了，现在进行盘查很可能打断市舶司案的线索，当务之急，应该先找到钱家谋害市舶司的直接证据。"

这时，一名差役匆匆跑了进来。

"何事惊慌？"莫哈拓问。

"汪相有令，请二位钦差副使即刻到码头，迎接魏公公。"

童牧归并不知道，赵构早已密令莫哈拓调查金军细作和钱家通敌的事。他听闻临安有来人了，心想：真是想吃冰的时候下雹子，通敌这样的大事势必要报给官家知道，可巧官家就派了贴身的近人来，这个魏公公来得真及时。

莫、鹿二人相互对视了一眼，纵然今日已在码头忙活了一整天，但是并不敢怠慢，匆匆起身再次前往码头。

皇帝赵构派宦官魏予为抚谕使，督促案情进展。晓谕：结案后，莫哈拓暂留泉州，协助白铭、严冥夜肃清福建路官场。其余人等在中秋前返回临安复旨。

魏公公本名魏予，十三岁进宫，分在乔贵妃的萃秀宫做事，掌事太监欺负他是新来的，常常派给他最苦最累的活，即使这样依然对他动辄打骂，不给饭吃。其他人因惧怕掌事太监的淫威，不敢维护那时还叫小魏子的魏公公。只有一韦姓女官因与乔贵妃相交于微时，早先同为皇后宫中侍女，二人感情颇好。乔贵妃得到徽宗赵佶宠幸，被赐居住萃秀宫，她念及旧情，便把韦姓女官一同带了出来。因此，掌事太监也惧怕其三分。这韦姓女官心地善良，对小魏子关照有加，使他在这冰冷的宫墙内感受到了一丝温暖，免受许多苦楚。近水楼台先得月，徽宗留宿萃秀宫的时候也宠幸了韦姓女官，此后便有了现在的官家赵构。

韦姓女官后来被封妃，十月怀胎一朝分娩，是魏公公把婴孩从产房接出来，抱着向徽宗赵佶请安的。可以这么说，魏公公见证了皇帝赵构的成长，世人对当今皇帝多有诟病，但皇帝的苦楚只有魏公公心里明白。在进宫的前二十年，魏公公一直以为爷爷临别时说的话是对的。当年为了一家人的活路，爷爷把他卖给了人牙子，祖孙二人临别时，爷爷不顾身份给小魏子跪下磕了一个头，抹了抹眼泪说："孩子，爷爷代全家谢谢你的活命之恩。一入宫城深似海，从今便是活死人，多看两眼外边的天吧，以后你的天再也不是圆的了……"

时光荏苒，就在魏予变成小魏子又变成魏公公的二十年里，他走过酷暑严寒，跟随赵构从宫里到府里，他以为自己最终会老死在这四四方方的苍穹下，然后被装进四四方方的棺材，放进四四方方的墓穴里。可是世事难料，巍巍宫墙挡不住战火，官家居然能被掳走，小时候村口善说鬼故事的瞎老头，也不曾讲过如此离奇的事情。

魏公公的到来，给所有参与侦查市舶司衙署被屠案的人员，都狠狠地扭紧了一圈弦。规定的破案期限已经过去大半，明眼人都能够看得出来，魏公公此次到来是皇帝在宣泄着最后的忍耐。

第23章　心系佳人

屋外的每一点响动，都让二人的心揪得紧紧的，既希望是路过的人带来生的希望，又害怕是歹人回来带来更大的痛苦。

绍兴二年，八月四日。

市舶司被屠案案发第三十四日，距离皇帝规定的破案期限倒计时：十一天。

辰时刚过，醉仙楼中午饭的客人还没有上座，听南嫂做好准备工作后站在柜台里面，看着门外来往的行人发呆。

自前几日出了贾半仙那档子事儿，她的心一直悬着，又听说刘氏对童牧归心怀不满，曾向童家的水桶中下泻药，更加后怕。莫哈拓、童牧归等人已经住进来一段时间，再加上酒楼之中本就是人们闲谈阔论的聚集地，她已经多多少少知道了一些最近城里发生的事情，因此更加担心童牧归的安危。

"老板娘，想什么呢？"鹿游原不知何时进来，跟听南嫂打招呼。

"鹿公子怎么这个时辰就回来了？"听南嫂这才回过神来。

"哦，有一件要紧的东西落下了，因此回来取。"鹿游原道。

听南嫂点点头，算作打过招呼，便想去干别的事情。

第23章 心系佳人

"在下看老板娘心不在焉,是不是最近城里发生了太多的事情惊吓到了?有空的时候到庙里烧一炷香,拜拜菩萨,兴许能好些。"鹿游原一句话问在了听南嫂的心坎上。

"可不是,最近城里乱糟糟的,我这心里总不踏实,初一那日我还到归元寺去上香了呢。"听南嫂浅笑相答。

鹿游原的手插进脖颈处的衣领,拉出一截红绳。听南嫂仔细一看,红绳上坠着一个晶莹剔透的玉坠。他说道:"这是在下母亲早年在金山寺求来的护身符,也不知道是不是因为母亲心诚感动了佛祖,自打带上之后,在下还真的没有遭过什么风浪。前几日市舶司满屋子都是死人,阴气森森的,鸟都不从那里飞,也幸亏有这么个东西帮着辟邪消灾。"

鹿游原的一句话一下子提醒了听南嫂,她心想自己好糊涂,只记得贾半仙骗人,却忘了归元寺的护身符素来灵验。她心里盘算,忙完店里午饭这段时间,就到归元寺为童牧归求上一枚观音坠。

听南嫂连连向鹿游原道谢:"鹿公子提醒我了呢,今天下午我就到归元寺去求一枚。"

"老板娘,好事成双,怎么也要为童总捕求一枚吧。前几日听说他曾半夜和杀手打了起来,身上还有刀伤,险些丢了性命。"鹿游原道。

这是听南嫂第一次听说童牧归与杀手遭遇负伤的事,这一下吃惊不小,心里更加紧张担心。

鹿游原见听南嫂脸色有变,推说还有事,一溜烟走了。

提刑司后衙,魏公公和严冥夜陷入了长久的沉思,二人各自想着心事。

严冥夜将自市舶司案案发以来,泉州各方面的动向一一讲予魏公公听,魏公公则给严冥夜带来了朝堂的最新动向。两方面的情况都比原计划要复杂很多倍,稍有不慎有可能引起的连锁反应不可预估,此时做任何决定都需要慎之又慎。

"依本官看来,如今形势之重,在于'交子务'和'枢密院',确保这两者万无一失,其他的便不会有大的闪失。"严冥夜道。

"咱家从临安启程时,官家下旨召马务监到临安述职,这会儿马务监怕是已经到了。此刻交子务由副监栾英主事。"魏公公脸上挂着一如既往的微笑。

严冥夜想了想,对栾英这个人有些印象,在记忆中此人是个可靠之人,随即点了点头。北宋初年,成都府出现了为不便携带巨款的商人经营现金保管业务的"交子铺户"。最初的交子由商人自由发行,后有些发行商或因拮据,或因破产,无法兑现,朝廷开始禁止私人发行,在成都设益州"交子务",由京朝官担任监管官,主持交子发行,并"置抄纸院,以革伪造之弊",严格监督其印制过程。这便是我国最早由政府正式发行的纸币——"官交子"。它比美国(1692年)、法国(1716年)等西方国家发行的纸币要早六七百年,因此也是世界上发行最早的纸币。

严冥夜的担心自有一番道理,枢密院作为最高军事机构,其重要性不言而喻。此外,任何人想要搞大动作,都需要大量银钱支撑,正所谓"兵马未动,粮草先行",就是这个道理。想要短期内获得并长途运输大量银钱,是一件很困难的事情,但若掌握了纸币的源头,则以上问题全部迎刃而解。甚至,如果能在朝廷不知情的情况下,超量印刷交子发入市场流通,足以引起全国商品流通经济的混乱,令百姓手中已有的交子贬值,引起大规模恐慌,对朝廷的统治十分不利。

"枢密院那边怎么办?"严冥夜问。

"如今枢密院十二房中大部分都有咱们自己的人,听闻周枢密使长子周敏齐正妻于去岁过世,官家有意将沛岚公主下嫁给他。"

"如此甚好,这样一来,本官在这边再无顾虑。"

第23章 心系佳人

严冥夜心里着实松了一口气，公主下嫁周家，无异于强行帮周枢密使选择了皇帝赵构的战队。

魏公公微微欠身，道："一切能进行得如此周密，全赖老大人生前筹谋，官家这才早早做了准备。不然一下子出了这样的事，想要立刻防备也是不能的，每每念及此，官家便盛赞老大人雄才大略。"

严冥夜的父亲严鹏先在世时，为官激进直耿，不受宋徽宗的喜欢，将其改任了一个闲职后派到官学教皇子读书。依宋制只有太子设有三师三少，其他皇子按照年纪分批在官学就读，赵构就在严鹏先教授的皇子中。

一个是不被重用的能臣，一个是不被重视的皇子，二人虽有君臣之别，相处时就颇有一些惺惺相惜的味道。二人经常彻夜长谈，讨论治国理想和政治见解。严鹏先主张上医医国论，即治理国家如同医者治病，要及时除患去弊。一些文人志士也主张"活国医""医国策"。黄庭坚《见子瞻灿字韵诗次韵》曰："诚求活国医，何忍弃和缓。"陆游《小疾偶书》："胸次岂无医国策，囊中幸有活人方。"辛弃疾《菩萨蛮·赠张医道服为别且令馈河豚》："万金不换囊中术，上医元自能医国。"赵构登基后的很多执政思想和处理问题的方式，深受这位老师的影响。

莫哈拓走了进来，打断了严、魏二人的对话。

先行回到醉仙楼的童牧归一只脚刚迈进门，便被顺子一把抓住再不松手。

"童大哥，你回来得正好，身上有银子吗？拿出来救急。"顺子一副很着急的样子。

"做何用？"童牧归被问得一愣。

"今儿来了好几批结账的，掌柜的还没回来，他们已经等了好半天，您能去掌柜的房里把钱拿来吗？"顺子拉着童牧归的衣袖央告。

　　长期合作的供应买卖，为了方便，并不是每单结账，通常会在三节进行统一结算。听南嫂向来善解人意，体谅大家都是小本经营不容易，从不拖欠货主的账款。眼看到了八月，中秋在即，上一次大家送货的时候，她便早早通知今日结款。

　　"我不去，再说了，谁知道该给哪个多少？"童牧归甩开顺子的手，冲他翻了一个白眼，心想自己一个大男人去翻女人的卧房成何体统。

　　"昨儿账房先生和掌柜的就已经算好了。"顺子抓过柜台上的账本递给童牧归，"您行行好，醉仙楼能有今日的兴隆多亏大伙的帮衬，他们平日都是拣成色最好的往咱们这儿送。"

　　童牧归有些为难，不好意思贸然进听南嫂的房间，翻了一下账本，总共需要四十多两银子。

　　咣当……

　　鹿游原不知何时站在了他的身后，把一个银子包扔在柜台上。

　　"这是我此来泉州带的盘缠，先把大伙的钱结了吧。等老板娘回来，让她还给在下就是了。"鹿游原道。

　　顺子没敢动，眼巴巴地看着童牧归。

　　"给他们吧。"童牧归一甩袖子向后院走去。

　　此时童牧归心里五味杂陈，他有心用余生来护听南嫂周全，但如今这点小事都无法帮上忙，又有何资本护爱人无忧无惧呢？

　　鹿游原紧随其后追了上来，走到近前，拍着童牧归的肩膀说道："童总捕，你别多心，我也是好意。天色已晚，掌柜的乃一介女流，别是遇见什么事儿了吧？"

　　"哪里的话，应该感谢鹿大人才是。"童牧归随口应付着。

　　然细想之下童牧归觉得越来越慌，原本想与父亲商量一些事情的，此时也顾不得，折身回到大堂。

　　"你们掌柜的什么时候出去的？"童牧归寻着顺子劈头便问。

第23章 心系佳人

"申时左右吧，记不太清了。"顺子答。

"她干什么去了，你知道吗？"

"恍惚听她说是去归元寺。"顺子忽然想起了什么，"对，是归元寺！掌柜的在孙记租轿店叫了一乘小轿，是去了归元寺。"

童牧归二话不说，转头就往外走。

孙记租轿店的掌柜孙强五短身材，今年四十多岁，小店雇着十来个轿马夫，日子倒也过得滋润。

他刚吃过晚饭，站在门口同隔壁粥饼店的老板闲磕牙，见到童牧归老远走过来，赶紧迎上去问好。

"哎哟，童总捕，哪阵香风把您吹过来了？"孙强笑吟吟地问。

"孙掌柜，听南嫂是不是从你这里雇了轿子？回来没有？"童牧归连珠炮似的发问。

孙掌柜不明就里，还是只一味地开玩笑："听说您好事将近？定了哪天？讨您一杯喜酒……"

"少废话。"童牧归喝断了孙掌柜的寒暄，"别说那些没用的，问你什么答什么。"

孙掌柜从没见过童牧归这般疾言厉色，以为自己哪里惹恼了他，一时僵在那儿。他颤巍巍地答道："听南嫂是在小人这里雇了一乘小轿，说是去归元寺烧香，申时左右走的，还没回来。"

"没回来？那能去哪儿呢？"童牧归自言自语，心里越发慌乱。

"您别着急，许是山景幽美，她一时高兴多玩了一会儿。"

孙掌柜正小声劝解，一抬头看见东边路上自家的小轿正摇摇摆摆往这边走，他心里暗自松了一口气，指着轿子叫道："童总捕您看，这不就回来了，快别担心了。"

童牧归看见轿子，心里也踏实了不少，意识到自己刚才太莽撞，冲

对方尴尬地笑了笑。

二人说话间,一胖一瘦两个轿夫抬着小轿已经来到近前落下。孙掌柜紧走几步上前,十分殷勤地去打轿帘。他嘴里念叨着:"娘子,你是玩高兴了,可是急坏了童总捕,现在就这般恩爱,过了门儿日子更甜了。"

孙掌柜的话音未落,掀开轿帘的手和脸上的表情一齐僵在了当场。

"人呢?怎么空着回来?"他冲着两名轿夫大吼。

童牧归心里咯噔一下,一个箭步冲到近前,探头向轿厢中一看,里面空空如也。

"我们在山门停轿,娘子说去去便回。"瘦轿夫满脸委屈,不知道自己犯了什么错,"我们等了许久,眼看太阳快下山了,也不见她出来。我便进寺寻找,碰巧微尘方丈刚下了晚课,他今天见过娘子,说是娘子在寺里求了一枚观音挂坠便离开了,总共停留了不过一炷香的时间。"

"是呀,是呀。"胖轿夫连忙搭话,"我们哥俩恐娘子在半山崴了脚,还在山上寻了半天。后来看见一个挖野菜的老妇,她也说看见娘子从寺里出来。我们想着也许是娘子今天高兴,忘了是雇轿子来的,自己先回来了。"

"放你娘的狗屁,谁能自己是走着还是坐轿都不记得。"童牧归一把抓起胖轿夫的衣襟,双眼几乎喷出火来。

孙掌柜眼见手下人闯了大祸,未等童牧归发难,一脚将瘦轿夫踹倒在地,口中骂道:"你们那两个眼珠子是喘气儿用的吗,要你们有什么用……"

童牧归将胖轿夫狠狠地往前一搡,那人一个屁蹾儿摔在了地上,他丢下一句"回来再跟你们算账",顾不得孙掌柜在身后连声道歉,拔腿就往归元寺的方向跑去。

天色越来越晚,白日里风景不错的山路,此时透着几分阴森。童牧归奔至一个岔路口停下,顾不得擦去头上的汗水,看着绵延数里的山路百爪挠心，不知该去往哪个方向。

这时，一个矮瘦黑影从不远处的树梢掠下，向着西南方向疾驰而去。

童牧归一咬牙快步追了上去，眼瞅着黑影越来越近，他在其身后大声喝问："什么人？是你们抓走了听南嫂吗？"

余音未尽，童牧归忽觉得一阵天旋地转，扑通一声栽倒在地。

原来前方跑动的黑影只是诱饵，早另有人守株待兔藏在旁边的树冠之中，只待童牧归靠近，此人便纵身跃下，直击他的脑后。

童牧归倒下后，刚才跑在他前面的矮瘦黑衣人折身返回，招呼同伴一同带着昏迷的童牧归离开此地。刚才出手的黑衣人，在看清童牧归的脸后，愣了一下，说道："是他？"说罢，一掌照着童牧归的面门劈去。

矮瘦黑衣人以迅雷不及掩耳之势接住了同伴的掌风，问："你干什么？"

"还记得我跟你们说过，我进城泡汤的时候，被一个捕快模样的人跟踪，最后那个人在河边被我击杀的事吗？"

"你不是说那个人死了吗？"

"我是亲眼看着他溺亡的，但这个人就是那天跟踪我的人。"

"你是不是记错了？"

"不会，当时我观察了他很久，错不了。这个人不能留，他已经发现市舶司的事是我们做的。"

"我们平将门做事几时怕人知道？知道的人越多，我们的名声越大，找咱们做生意的人才会越多。"

"话不是这么说的。在大宋我学会了一个道理，那就是树大招风。我不知道这个人为什么会怀疑我、跟踪我，但是既然他有所发现，那留着这个人实在太危险了。江湖之中我们谁也不怕，但是杀市舶司官员这件事闹得太大。我们为何会从东瀛流亡到大宋？就是因为得罪了朝廷，民不与官斗，我总担心市舶司的事会把平将门再一次带入危险，这个人

决不能留。"

"我们今天的任务是带着他去见门主，其他的事情由门主做决断吧。"

二人一时难以达成共识，只能带着昏迷的童牧归离开。

听南嫂今天受到鹿游原的启发，自己能力有限又不能做什么，便想到寺中求一个观音挂坠，让童牧归贴身戴着保平安。

当她从归元寺出来，满心欢喜往回走的时候，见一名男子坐在地上，表情很痛苦的样子。"这位大姐，我伤了脚，动弹不得，我同伴的马车就在前面，劳烦您去叫他们，让他们回来接我。"这男子说完，哎哟哟地呻吟起来。

听南嫂想着叫人不是什么难事，影影绰绰确实可以看见不远处的树林里停着一辆马车，便答应下来，朝着马车的方向走去。

刚走到近前，没来得及问一句是否有人，一把冰凉的刀刃就架在了她的脖子上。

"别出声，上车，不然我现在就杀了你。"刀的主人说话了。

听南嫂一时怔在原地不能动弹，身后的人也不客气，连推带搡把听南嫂弄上了车。

车厢内还有两名蒙面男子，她挣扎着，一边尖声大叫，一边用肩膀狠命撞着车厢壁板。

"莫乱动！"一个三角眼的男子忙压住声音制止，随即扑过来摁住她的肩膀，她却仍旧拼力挣扎叫嚷。另一个男子上前，在听南嫂口中塞了一团破布，三下五除二用麻绳绑住了她的手脚。被堵住口的听南嫂只能发出呜呜的闷响，车厢很窄，她双手被反绑着，使不上力，壁板在她撞击之下发出的那点声响，也被车轮声、嘈杂声掩盖了，她却不愿停下，仍拼力挣扎叫嚷。

三角眼一掌砍在她的脖颈处，听南嫂昏了过去。

当她醒过来的时候，发现自己正蜷曲在草堆里，慌忙低头看了一下自己的衣服，万幸衣裙尚且完好，手脚依旧被绑缚着。她环视四周，房间内十分破败，蛛网尘土覆盖了整个空间，地上有翻倒的供桌和香案，看样子像是一间废弃的小庙。主位上有尊泥胎，年深日久，彩绘褪尽，已经看不出来是什么菩萨，屋中立着两根柱子，四下里再也没有其他东西。

门外传来东瀛人说话的声音，忽然又有马车急停的声音，一个阴柔的男声加入了对话。

"人抓到了吗？"

"我们什么时候失过手。"

"在哪儿呢？"

"在里面。"

"带我去看看。"

吱呀……大门被打开，听南嫂赶紧把眼睛闭上，假装还没有醒过来，但只刚才匆匆一瞥，来人的形象已经深深印在她的心里。此人正是稼音。

稼音一手捏着鼻子，一手举着火把，走近听南嫂，俯身上前将听南嫂上下打量一番，听南嫂拼命克制自己的情绪，以防对方发现自己已经醒来。

"怎么就抓到了一个？"稼音问。

"已经有暗号传来，那边得手了，正在往这边赶。"

不久，房间的门再次被打开，随后有人拖着重物进来。

"你们把他绑在柱子上，这里没你们的事了。"

"你们打算把他怎么办？"

"钱家做事，几时需要外人过问？"稼音嗔怪对方多事。

"据我属下说，这个人发现了我们平将门的秘密，绝对不能留，必须除掉。"

听南嫂听到这里，心脏狂跳，紧张得几乎不能呼吸，她拼命紧咬牙关克制自己。

"废什么话！那个姓童的不知道天高地厚，竟然敢坏钱家的好事，家主的意思是让他受尽折磨，求生不得、求死不能，看看以后谁人还敢同钱家作对。一会儿你们在老地方等我，最近风声比较紧，家主的意思是安排一条船，明天送你们回东瀛避避风头。"

"我们也正有此意，原想着去外埠，既然能回故乡自然是最好，钱家主厚爱在下心领，便恭敬不如从命了。"

陆续有人离去的声音，室内恢复了黑暗，听南嫂悄悄睁开眼睛，发现其他人都已经不见了，隐约看见柱子上绑着一个人，好像是童牧归。

时间流逝，破庙之中，童牧归、听南嫂命悬一线，醉仙楼的人神经也陷入了高度紧张。莫哈拓进门时，看见鹿游原像热锅上的蚂蚁一样，来回在前厅的地上踱步。

"你怎么了？"莫哈拓十分不解。

"莫兄，童总捕出去找掌柜的，到现在都没有回来，会不会出了什么意外？"鹿游原神色忧虑。

"不会吧，泉州城大半的百姓都认识他，能出什么事儿？"莫哈拓不以为意。

"你还记得那刘氏曾因一己私怨报复于他的事吗？市舶司的案子这么大，那些歹人连朝廷三品命官都敢杀，他一个小小的总捕算得了什么。"鹿游原道。

孙记租轿店的孙掌柜，自童牧归从他那里走后，心里一直犯嘀咕，于是便来到醉仙楼打听听南嫂是否回来了。

莫哈拓正愁搞不清楚状况，抓住孙掌柜，详细询问事情的前因后果。孙掌柜不敢隐瞒，将轿夫所说一一道来。

"据我观察，掌柜的不是轻浮之人，怎么会不记得自己曾雇过轿子？一定是有人抓她诱捕童牧归，我们赶快去找他们吧，不要让坏人跑了，没准破获市舶司案就在眼前。"鹿游原的眼神中闪动着期盼。

莫哈拓来不及细想，问清孙掌柜方向后，直奔归元寺而去。

"你且先去，我到提刑司找严提刑借人，随后就到。"鹿游原对着莫哈拓的背影喊。

"童大哥，醒醒。醒醒，童大哥。"

童牧归在听南嫂的呼唤声中悠悠转醒，原有些恍惚，后脑传来一阵剧痛，瞬间把他拉回了现实。

"听南嫂，是你吗？你怎么样了？有没有受伤？"童牧归发现自己被严严实实地绑在一根柱子上，听南嫂也被捆着，坐在离他不远的墙角里。

"童大哥，我不怕。不能同年同月同日生，咱们能一起死也是我的福分。"听南嫂痴痴地看着童牧归，此刻的她已无忧无惧。

"别说丧气话，咱们一定有办法出去，要死也是我死。你能动吗？"童牧归挣扎了半天，徒劳无功，手腕被麻绳勒得生疼。

听南嫂试着挪动了一下，她手脚虽然被束缚住，但是躯体没有被固定，尚且可以挪动。

"对，很好，试着往我这边挪，我的靴筒里有刀。"童牧归不断鼓励听南嫂。

听南嫂受到了鼓动，又往前蹭了几下，终究是手脚被束，移动缓慢。她的平衡没掌握好，一下子侧倒在地。

"没事吧，疼不疼？"

听南嫂没回话，她灵机一动，就势在地上躺直，一圈圈翻滚到童牧归的脚边。童牧归看着心上人身上沾满了灰尘和稻草，小巧的鼻子也被擦伤，发髻散落，发丝贴在脸上，十分心疼。听南嫂用尽全身的力气，

努力调整自己的方向,最后勉强在童牧归的脚边坐起。她的双手被束在背后,与歹人争扯之中有些扭伤,每次尝试把胳膊抬起够向童牧归的靴筒,就会传来钻心的疼痛,如同受刑,但她不敢声张。屋外的每一点响动,都让二人的心揪得紧紧的,既希望是路过的人带来生的希望,又害怕是歹人回来带来更大的痛苦。

当啷……

童牧归的匕首掉在了地上,听南嫂腿肘并用咬牙挪了过去,费了好大的劲终于将匕首抓在手里。几番努力之后,刀刃始终碰不到她腕上的绳子,偶尔用力不准还戳到了她自己的皮肉。

童牧归看在眼里,疼在心上,道:"你试着站起来,绕到柱子后面,割我的绳子。"

"这能行吗,会伤到你的。"听南嫂有些犹豫。

"没事儿,你把刀刃竖在那儿,我把绳子往上蹭,一会儿就割开了。"童牧归语气坚定。

听南嫂晃晃悠悠站起身,一蹦一跳来到柱子后面,背冲童牧归,紧闭双眼,咬着下唇,把匕首的刀刃朝着童牧归的方向探过去。

"对,就是这里,再往前一点……"万幸童牧归的手指还能动,他用两个指头的指尖捻住了匕首尖,引导着听南嫂的方向,"很好,坚持一下,不要动,马上就好。"

童牧归凭借着感觉,努力让腕上的麻绳靠近刀刃,毕竟是在视线盲区,在割绳子的同时,刀刃不免在小臂的皮肤上划出了深深的血口子。

"童大哥,你小心些,别伤了自己。"听南嫂不敢睁开双眼。

"嗯……就快好了……"

绳子终于被割断,他来不及检查自己的伤口,扭身拿过听南嫂手里的匕首,三下两下把脚上的麻绳割断。听南嫂此时全身的力气已经用尽,跌坐在地上喘着粗气。童牧归将她手脚上的绳子割断,一把将她揽

第23章 心系佳人

进怀里。

"都是我不好,连累到你,你再坚持一会儿,咱们这就回家。"童牧归忍着心头的酸楚,扶着听南嫂跟跟跄跄地往外走。

二人出来以后回身一看,童牧归认出这里是离刘家庄不远的一间废弃的土地庙,残垣断壁,破旧不堪。他们无暇多想,深一脚浅一脚往前走,只求赶紧离开这个危险之地。因怕歹人追来,他们并不敢走大路,顺着小路走了半个时辰,听南嫂脚下一软,跌倒在地。经过一番激烈的挣扎,此时夜已经深了,二人俱是又渴又饿,童牧归尚能忍受,听南嫂已经支撑不住。

正在童牧归急得如同热锅上的蚂蚁时,东南方向有一片瓜地映入眼帘,圆滚滚的西瓜在月色下泛着油光。他对听南嫂说:"咱们再坚持一下,前面是瓜地,我去讨一个瓜来与你解渴。"

听南嫂舔了一下干裂的嘴唇,想动弹动弹,全身上下却似有千斤重,童牧归一咬牙蹲在听南嫂面前:"你到我背上来,我背着你。"

听南嫂有些犹豫。

"我的姑奶奶,都什么时候了,你早晚都是我的人,背一下怕什么,一会儿歹人追来就麻烦了。"

听南嫂双颊一红,将胳膊搭在了童牧归的脖子上,男性的气息一下一下钻进她的鼻子里,撩得人心里痒痒的。

砰砰砰——

"有人吗?"

砰砰砰——

瓜棚内的呼噜声戛然而止,一阵窸窣过后,一盏小油灯透过缝隙发出微弱的光线。

吱呀——

瓜棚的门应声打开,开门的男子先是一脸戒备的怒色,随即扔掉手中的木棍，惊讶地叫道："童总捕？您怎么这么晚来了？"

童牧归今天没有穿公服，正盘算着如何向对方说明自己的身份，没想到对方率先认出自己来，定睛一看，对方正是父亲尸骨曾被盗了的蒋铁柱。

"快进来，这是嫂子吧，我还以为来了抢瓜的呢。"

蒋铁柱急忙把二人让进来。瓜棚里没有什么摆设，仅有一张破旧的竹床，一张缺了角的矮桌，桌上放着半个西瓜，还有一个小板凳，此外别无他物。

童牧归将听南嫂扶到竹床边坐好，不等蒋铁柱让便拿起桌上的西瓜，咔嚓一声掰下来一块塞到她的手上："快吃吧，半天的光景水米未进，渴坏了吧？"

"嫂子你吃吧。睡前我刚打开的，新鲜着呢！不够吃外面有的是，管够！"蒋铁柱见二人狼狈至极，也不敢问，只管咧着嘴傻笑。

听南嫂刚接过西瓜，一眼看见童牧归的半边袖子竟被血染透了，惊吓之下西瓜都没拿稳，掉在了地上，大呼："童大哥你怎么受伤了，是刚才我弄的吗？"她想挽起童牧归的袖子查看伤势，可衣服已经和伤口黏在了一起，她的眼泪像断了线的珠子，怎么也止不住。

"你别哭，你这一哭我的心便像长了草。"童牧归忙将剩下的西瓜捧过来，双手递到听南嫂嘴边，"好歹吃一口吧，吃完了咱们走，这里不是久留的地方，免得连累了旁人。"

蒋铁柱虽然不知道发生了什么事，但是看着二人狼狈的样子，料想可能是有人要为难童牧归和听南嫂。父亲的尸骨被找了回来，他一直念着童牧归的好，拍胸脯说道："童总捕，到了铁柱这里，您尽管放心，谁为难您和嫂子，看俺打不死他。"

"别胡扯了，呼噜打得震天响，把瓜搬空了你都不知道。"

蒋铁柱有些难为情，挠挠脑袋，憨笑着说道："俺没别的意思，您就给俺一个孝敬您和嫂子的机会吧。您要是嫌这里不安全,俺就带您和嫂子到一个没有人的去处。俺表哥家离这里不远,这片瓜地也是他家的,他家亲属在外地,今年过六十大寿,他带着家眷去拜寿了,我这才来给他看一段时间瓜地。"

童牧归盘算了一下,这个时辰城门早已关闭,想进城是不可能了,留在野外又很危险,同蒋铁柱前去倒是一个不错的选择,遂问道:"真的没有人吗?实不相瞒,我们遇到歹人迫害,不晓得他们会不会追过来,怕给主人家添无妄之灾。"

"真没人,您就跟我走吧,那边盆、水都有,二位也好擦擦洗洗。"

第24章　命途难测

他也不知道为何害怕的感觉会一点点散去，随之填满的，是他许下的誓愿——今天我所经历的一切，他日大仇得报，定将以其人之道还治其人之身。

城南外，五里亭。

自福建路市舶司在泉州建立以来，到泉州来交易的商人往来不歇。经营大宗货物的商人把所有货物全部运进城里，显然是不划算的。他们往往在进城之前，在五里亭租用货场囤放货物，进城交易的时候只带少量样品。

后来泉州城飞速发展，城内繁华地段的商铺租金水涨船高，城内很多商人为了控制经营成本，也开始在城外租用仓库，囤放大宗采购来的货物。因此，五里亭附近货场林立，一家挨着一家。

万事相生相配，就好比油条摊位旁总会出现卖豆浆的商贩，货栈聚集的地方，周围就会有力行。力行老板因自家生意规模大小而异，雇佣着几名到几十名不等的壮小伙子，以搬运货物出卖苦力为生。

平将门的藏身处设在众多货栈和力行之中，这里人来人往，车马不歇，混迹于此很难引起别人的注意。

第24章 命途难测

执行完绑架任务的平将门成员,刚刚回到藏身地。出于人类眷恋故土的本能,听说过几日就可以回东瀛老家,大家都很兴奋。平将门门主平野吉章发现手下小源次郎的状态不对,像是有心事的样子。身为忍者,分心思考是大忌,随时会为自己和同伴带来生命危险。

"小源次郎,你怎么了?"平野吉章问。

"门主,不能亲眼看着那个捕快死去,属下便不能放心。"小源次郎答。

"那个稼音已经说了,钱家家主最后会处理掉那个人的。"

"这捕快非同一般,从他能够骗过我逃生,就能看得出来。虽然不知道钱家为什么坚持要活的,但是我总担心上次的事情会重演,毕竟他已经见过我的容貌,留他在世是很危险的。"

这种不安,在小源次郎认出童牧归后,就一直存在。从前他一直是一名自信的忍者,但是童牧归的死里逃生,让他开始不再相信自己。

"这样,你和长泽一起返回破庙观察,如果他被钱家的人处死了,你们就早些回来。若那个捕快有什么异动,便是他们钱家看管不力,不能算我们坏了规矩,你二人就把他除掉以绝后患。"

小源次郎的担心引起了平野吉章的警惕,身为一名忍者组织的领导者,深知属下暴露了相貌的危险性。他可以为了消除危险破坏行事规矩,甚至必要的时候也会直接解决掉小源次郎……

蒋铁柱的表哥家离瓜棚不远,三人走了大约两里路,已经来到刘家庄的边上,没等惊动村子里的狗,他们便顺利地进了小院内。蒋铁柱先拿来脸盆打满了水,放在院中石台上,招呼二人来洗漱,他自己则一头钻进厨房去弄吃的。

听南嫂想掀开童牧归的袖子帮他擦洗,伤口和衣服已经黏在了一起。听南嫂牙关紧咬,双手颤抖,怎么也下不去手。

"没事,你用力扯,就像挠痒痒哩。"童牧归见状,眼疾手快,一把扯下自己的袖子,咧着嘴冲听南嫂傻笑。已经结痂的伤口重新开始往外冒血,鲜血从手腕滑过,流至指尖,滴滴答答落在盆里,不一会儿一盆水被染成了红色。

"你这是做什么?"听南嫂跳过来,想要用自己的手捂住童牧归的伤口,可是哪里捂得住呢?

"没事的,你去问一下蒋铁柱,这里可有烧酒。"

听南嫂慌忙转身跑向厨房,她这边刚离开,童牧归痛苦的表情就再也绷不住了。没一会儿,听南嫂手里捧着一个大葫芦回来了,看着童牧归,表情十分为难。

"没事儿,给我吧,拿酒浇一下以免感染,我这手还要好好的,留着抱你呢。"童牧归先是拿出自己的匕首,把匕首柄的一端叼在嘴里,然后从听南嫂手中拿过酒葫芦,眼睛一闭,接着倒了上去。

童牧归一时吃痛,口中的匕首没咬住,直接掉在了地上。慌乱之际,听南嫂把裙摆扯了一条下来,又掉了一回眼泪,将童牧归的伤口包扎好。

蒋铁柱端着两碗面从厨房出来,招呼二人吃。

"铁柱,你走吧,这里危险。倘若歹人追来,你在这里一定会受到连累。"童牧归道。

"我得保护你和嫂子……"蒋铁柱因为激动,额头上暴起了青筋。

"没时间和你扯,我说的是真的,大恩大德来日再谢。如若可以,明天一早开城门后,你到醉仙楼去报个信儿就成。"童牧归正色道。

蒋铁柱一脸为难。

"快走,快走……"童牧归把蒋铁柱连推带搡逐到院外。

赶走蒋铁柱,童牧归与听南嫂风卷残云,不一会儿碗里就见了底。童牧归放下碗,咂着嘴说道:"手艺不及你十分之一,要是这会儿有点

第24章 命途难测

醋就好了。"

"吃吧，这会有吃的就不错了。"

听南嫂将自己碗中剩下的面尽数倒在童牧归的碗里，接着放下自己的碗，把自己今天下午的遭遇讲了出来。

天上繁星点点，忽明忽暗，地上鬼火斑斑，忽暗忽明。

不时有野狗跑过，它们似乎并不怕人，用一双双通红的眼睛打量着曲中柳，似乎在观察曲中柳是否能成为自己的食物。

他在太学时，同学几人共住一室，大家都是精力旺盛的少年，待宿监检查离去后，大家常常围在一处讲鬼故事消遣。曲中柳胆小，吓得半夜不敢独自去茅厕，需要兄长作陪才可以。回想往事，同学曾讲过，乱葬岗吃尸体的野狗眼睛是红色的，现在曲中柳十分确定，那位同学没有骗自己。

曲中柳扮成小太监的样子，随着魏公公从临安来到泉州。身为前福建路转运使的公子，泉州城内有许多人都认得他，白天他不方便出门，因此才在这夜重更深之际悄悄出来行动。

他到泉州当夜，就试图寻找家中仆人翠姑的下落，但是一个不幸的消息传来：翠姑因偷盗而半夜外逃，被巡夜的兵士发现后乱棍打死，尸体扔在乱葬岗中。

曲中柳思来想去，当年母亲的钗环首饰皆由翠姑保管，每一样都妥妥帖帖，所以她绝不可能为了一己私欲偷盗财物。那么，她很有可能是发现了什么，或者有什么重要的信息想要送出，所以才会外逃。又想到翠姑正是因为聪明伶俐才得到母亲的看中，如果她真的有什么发现，兴许会把有用的线索藏在身上。

父亲在时，曲中柳春风得意，是人人羡慕的封疆大吏的公子。父亲去世，兄弟分离，曲中柳沦落到夜探乱坟岗。不过他根本无心感叹时也

命也，忽明忽灭的鬼火，不时从脚边窜过的动物……每一样都挑战着他的神经的极限。

茫然间，他不小心踢到一个硬物，心中十分害怕，双膝发软不听使唤，整个人跌坐在地。他下意识地用胳膊往后一杵，随即整只手陷入一摊软烂之中。借着月色定睛一看，脚下正是被野狗啃食得干干净净的人的肋骨，白森森的骨头，在月光的映衬下显得张牙舞爪，格外瘆人。曲中柳抖若筛糠，下意识地往后躲闪，但是他发现身后有东西，刚才似乎陷在泥里的手也拔不出来了。他用尽身上最后一点胆量，回身去看，一具高度腐烂的尸体横在他身后，而此时他的手就陷在尸体的肚子里……

啊——

破了音的惊呼从曲中柳的嗓子发出，惊得树上的鸟儿扑腾一下，随即再无动静。呼声渐渐被黑夜吞噬，更显得他是那么的渺小和无能为力。曲中柳号啕大哭，他边哭边爬，此时的他已经没有任何想法，只是出于本能，努力逃离此地。

他来到开阔处，确定自己四周近距离内没有尸体，开始将刚才陷进尸体的手往地上擦抹。一开始，他每擦几下，便举到眼前，借着月光查看一番，到后来，索性一直在地上摩擦个不停，完全不顾碎石粗粝，他平日写诗作赋的手被磨得血肉模糊。

一个人恐惧到极致，如果没有直接疯掉，那么，恐惧将转化为愤怒。曲中柳便是如此。他也不知道为何害怕的感觉会一点点散去，随之填满的，是他许下的誓愿——今天我所经历的一切，他日大仇得报，定将以其人之道还治其人之身。

童牧归听着听南嫂讲述她的遭遇，陷入了思考之中。

听南嫂从腰间的荷包里掏出一枚观音挂坠，扬手扔了出去，恨恨地说道："什么菩萨，一点都不灵，没保平安，反而害童大哥受伤。"

"哎……别呀……"童牧归小跑着，把挂坠捡了回来。万幸院子里是沙土地，不曾摔坏。"你扔它作甚？长这么大还没有人给我买过礼物呢。"

"讨厌，都什么时候了，你还说笑。"听南嫂嗔怪道。

"我说的是真的，你的礼物我收下了。"童牧归将挂坠仔细收好，"多亏了菩萨保佑，不然我们今天怕是不能逃得这么顺利。"

"那是我错怪菩萨了，罪过罪过，阿弥陀佛。"听南嫂急忙闭上眼睛，连声祷告。

童牧归被听南嫂天真的样子逗乐了，但是眼下危险还没有解除，接着问道："你怎么能听出来是东瀛话？"

"你知道平将门吗？"听南嫂望着童牧归。

童牧归从听南嫂嘴里听到"平将门"三个字，惊讶得合不拢嘴。他点了一下头，随即连连摇头，呆呆地看着听南嫂，希望她继续说下去。

听南嫂手中绞弄着衣袖，沉默了许久，方说："童大哥，你还记不记得，我曾说过等你忙完，有事要同你讲……"

童牧归突然捂住了听南嫂的嘴，外面传来敲门的声音。他犹豫了一下，若是敌人追来，不应该如此安静。他松开听南嫂，示意她不要动，自己低声问："谁呀？"

"我。"门外一个男声答。

"铁柱？"童牧归将信将疑。

"是。"

这时童牧归已经移到门口，透过门缝向外一看，正是蒋铁柱站在门外。他悬着的心瞬间落地，伸手拨下大门上的门闩："你怎么又回来了？不是说了和我们在一起危险，让你赶快找个地方躲起来吗？"

大门刚被打开不足一尺宽，童牧归猛然察觉到不对，面前的蒋铁柱闭着眼睛，嘴角挂着血渍。童牧归用力关上大门，冲着院子里大喊："听南嫂，快藏起来！"

原来刚才蒋铁柱回到瓜棚，矮瘦黑衣人和他的同伴已顺着血迹找到瓜棚，他二人挟持蒋铁柱来找童牧归。蒋铁柱惊慌之下带着二人进村，好不容易镇静下来，为了不出卖童牧归，他便大喊提醒童牧归躲藏，黑衣人以手钳住他的颈部，将他活活掐死。黑衣人不敢贸然闯进，村庄地形复杂，唯恐童牧归趁乱逃跑，便想出了把蒋铁柱的尸体架在前面骗开门的办法。

蒋铁柱的尸体被黑衣人丢在一旁，以黑衣人的武功，院门如同虚设。童牧归原本想顶住院门抵挡一阵，但是二人飞身纵跃，轻松地翻过院墙，站在了童牧归的面前。童牧归此时若夺门而逃，尚有一线生机，但是听南嫂在院内，他不能走。

"求求你们别杀我，我什么都不知道。"童牧归扑通一声跪了下来。

就在两个黑衣人还没有反应过来的空当，童牧归抽出靴筒中的匕首，猛刺矮瘦黑衣人的下体。虽然两个黑衣人都蒙着面，但是童牧归认出了其中一双眼睛，其主人便是当日在百乐汤所见之人。童牧归与对方交过手，自知不是其对手，且对方见过自己，必然会下意识提防，不容易得手，所以选择矮瘦黑衣人下手。

矮瘦黑衣人惨叫一声，捂着裆部倒下，童牧归顺势回身再刺另一个人，但是为时已晚，那人一脚踢飞了他手中的匕首，抽出腰间的武士刀，直接向童牧归砍去。童牧归急忙向旁边一滚，勉强躲过这一刀，但是第二刀紧接着呼啸而至。

电光石火之间，听南嫂冲了过来，用童牧归听不懂的语言大叫了一声。

对方显然有所迟疑，童牧归趁此机会急忙捡起矮瘦黑衣人掉落在地的武士刀。黑衣人一边与童牧归打斗，一边叽里呱啦说着话。听南嫂对童牧归命令她躲藏的呼声充耳不闻，大声地在回应什么。

刚才倒地的矮瘦黑衣人似乎适应了伤痛，同样说了一些童牧归听不懂的话，挣扎着加入到战斗中，局势对童牧归越来越不利。就在这时，一记流星索直奔童牧归面门而来，童牧归的心彻底凉了，心想：黑衣人又来了同伴，此命休矣。

流星索的索头突然转了方向，正好缠住劈向童牧归的武士刀，莫哈拓赫然出现在童牧归的面前。莫哈拓的武力值与高个黑衣人相当，他们缠斗在一起，难解难分。受伤的童牧归勉强牵制住下体受伤的矮瘦黑衣人，四人一时僵持不下，初始干净整洁的小院，此时满地狼藉。

院外传来大队人马的声音，两位黑衣人对是否撤退发生了争执——矮瘦黑衣人让同伴抓紧时间撤退，但是他的同伴并不愿意独自离去。外面，鹿游原的喊叫越来越近："莫大人，童总捕，你们在哪儿？"

已经吓傻了的听南嫂振作精神，在童牧归和莫哈拓的掩护下，奔向院外求援。矮瘦黑衣人用尽全力缠住莫哈拓，他的同伴趁机跃上墙头，消失在茫茫夜色之中。

"童总捕，是何人要加害于你？可看见了歹人的相貌？可知道是何人指使？"鹿游原已进得院来，上前一把抓住了童牧归的手。

童牧归的伤口吃痛，不由倒吸一口凉气。

矮瘦黑衣人放弃了抵抗，被冲进来的官差制服。

"童总捕受苦了，有什么情况回去再说，剩下的事由本官料理。"严冥夜转身对身边的差人说，"把外面的尸体好好安葬，拿一些钱贴补主人损失。"

这一夜，注定无眠。

众人回到醉仙楼后纷纷散去，童牧归匆匆安顿好听南嫂，来到严冥夜面前，将今晚发生的事原原本本讲了出来。

"钱家派东瀛忍者出手，绑架听南嫂是为了引你出去？你二人可听真切了？"严冥夜面色凝重，实在想不出这些人出手的目的，感到事情

很棘手。

"听得明白，说我坏了他们的好事。"童牧归答。

"没错，一定是童总捕查太平商号让钱家有所察觉。"鹿游原说得十分肯定。

"前日登太平船，是我们三个一起去的，况且若真的是为了掩盖真相，为什么只绑不杀？"莫哈拓有不一样的看法。

"莫大人，你这么说就不对了，童总捕是因为及时逃脱才免遭厄运，而你我是奉旨钦差，他们自然没胆子动我们。"鹿游原辩驳道。

"依照现在的推论，市舶司全衙的官员他们都敢屠杀，别的还有何不敢？"直觉告诉莫哈拓，事情没有这么简单。

"二位，现在不是争吵的时候。"严冥夜制止了二人的争论，"今天抓到了平将门逆犯，审问过后，一切便可真相大白。既然这些东瀛人要坐船离开，我们一定要守住码头将其拿获。"

莫、鹿二人见严冥夜说得有理，方不再争辩。

"童总捕，今日你好生休息。醉仙楼周围，本官布置了一些提刑司的人，有什么需要随时告诉本官。"严冥夜道。

童牧归鼓足勇气说道："大人，既然听南嫂已经看到稼音，就不能直接抓他吗？"

"一会儿刘先生就过来，为你和听南嫂医治。好生养着吧。是本官对不起你，早些放你走，便不会有今日之祸。"

"属下不是这个意思……"

"不必说了，本官自然会还你一个公道。只是市舶司一案正是关键时刻，轻举妄动可能会打草惊蛇，一切行动要与汪相商量后才能定夺。"

今夜的事太过突然，完全不符合常理。严冥夜现在只有一个心思，便是迅速求证这件事到底真的是钱家所为，还是有人试图借着童牧归的口说些什么。若这件事也和皇帝的计划有关，那对方这么做，到底是有什么意图呢？

送走严冥夜，童牧归到后院看望父亲。

童牧归出事的消息，大家怕老人家担心，并未告诉童楚。如今童牧归平安回来，再见父亲，恍如隔世。

童牧归磨磨蹭蹭来到童楚身边坐下："阿爹，您还记得那夜孩儿说的话吗？如今应验了。从前不觉得，但是现在孩儿真的怕死，我死不要紧，阿爹您怎么办？听南嫂怎么办？"

"这不是好好地回来了吗？没事就好。"童楚将儿子揽进怀里，摩挲着他的头发。

"您不知道，看着听南嫂在孩儿面前掉眼泪，看着她脸上、身上受的伤。再想想这一切都是因我而起，孩儿的心都碎了。"童牧归喃喃道。

"孩子，为父明白。"童楚拭干儿子眼角的泪水，"因为心上人受到伤害而感到痛心，这是你作为男人的情义和担当，为父我为你骄傲。但是你要明白，你所遭受的一切，不是因为你做错事才发生的，而是有人一错再错。避免伤害的办法，永远不是去逃避，而是追本溯源，从根上将错误扼杀掉。"

"这样做的代价太大了，我承担不起。"童牧归此时斗志全消，再次萌生退意。

"所有的不治之症都不是一天得的，从未发之症到欲病之病，从已病之病到不治之症，它们的区别不过是拖延的时间长短而已。你现在动摇放弃，那么，他日有更坏的结果出现，届时你是否会后悔今日的不作为呢？"

父亲的话在童牧归的心头打开了一扇窗，一扫他数年来心间的烦闷和阴霾，整个人都变得轻松通透起来。

"为父很好，你放心吧。去看看听南嫂吧。"童楚笑吟吟地摆着手，撵童牧归出去。

童牧归脸一红,转身离开。

当夜,夜浓如墨,尽泼穹宇。海风揉抚刺桐树的沙沙声和海浪声混在一起,掩盖了晚归人的脚步。

苦心人,天不负。曲中柳竟真的在乱坟岗有所收获。翠姑的尸身已经被野狗啃咬得无法辨认,但幸好她戴着母亲所赐的银镯子,曲中柳得以确认她的身份。

他努力翻找着翠姑已经被野狗撕成碎片的衣服,最终发现领子和衣角有些异样,撕开领子后,掉落出一张当票,衣角里面还缝着一颗莲子。

与此同时,"咚"的一声闷响落在醉仙楼的后院墙外,随后响起一阵几乎细不可查的蜂鸣声。有房间的油灯亮了又灭,一阵窸窣过后,恢复了原有的平静。一切就像在静谧的湖水中扔了块石头,几圈涟漪荡起,便再无踪迹。

如果不是窗外的月光足够皎洁,很难发现莫哈拓的眼睛曾经在夜色盈满的床帐中睁开过。

第25章　身世缘起

"自从你们住进来，一直乱糟糟的，有一件事一直没机会说清楚。"听南嫂柔声道。童牧归挠了挠头，有些不好意思，道："给你添麻烦了，我相信你。"

绍兴二年，八月五日。

市舶司被屠案案发第三十五日，距离皇帝规定的破案期限倒计时：十天。

听南嫂在院中晾晒衣物，有几处高的地方需要踮着脚尖才能够到。

童牧归从广安堂换药回来，走过去，抬起胳膊，轻而易举地帮她挂上，埋怨道："怎么不好生在屋里躺着，这些事什么时候弄不得？"

"已经躺了一上午，我就不是享福的命，下床洗了两盆衣服，身上才痛快些。"听南嫂答。

童牧归还想说什么，可他抬头一见听南嫂，心中一阵慌张，下意识地把目光挪开了。他想从她的身边溜走，因为昨夜二人所经历的一切太过离奇。有些事情从听南嫂的口中说出来，他感到害怕，生怕一不小心，他和听南嫂的感情就走到了转折处。

在二人擦肩而过的空当，听南嫂开口说道："童大哥，有一件事要告诉你。"

童牧归只觉得脑袋轰隆一下,怕什么来什么。听南嫂说完,不等童牧归回应,径直转身走去,童牧归只能咬牙跟上。

听南嫂带着童牧归往哑厨子的房间走。初进房间,一时难以适应光线的变化,童牧归只能勉强看到哑厨子的床上躺着一个人。此刻从厨房传来铁锅翻炒的声音,可见床上的人并不是哑厨子。黑暗中,床上的人察觉到有人进来,原本闭着的眼睛突然睁开,犀利的目光与昏暗的环境形成突兀对比。此人目光凌厉,童牧归丝毫不怀疑自己看错了,他甚至看见了此人鼻翼上跳动的黑痣。

听南嫂确定童牧归已看清,她没有在哑厨子的房间再做停留,便向自己的房间走去。童牧归如刚才一样,默默地在后面跟着。虽然不知道听南嫂会和自己说何事,但他预感会是大事,这让他有些踌躇。

昨夜那两个人的对话他虽然听不懂,但他可以判断出那是东瀛语。听南嫂为什么能听懂东瀛语?听南嫂跟黑衣人说了什么?这些问题在童牧归的脑海中久久徘徊不去。此时听南嫂似乎想主动告知真相,而他想退却。

"童大哥,你把门关上,我有话说。"听南嫂神情淡然,坐下后拿起茶壶倒了两杯水。

"这……不好吧……"童牧归很窘迫,孤男寡女共处一室,有些让人想入非非。

"关上。"听南嫂的语调不怒自威。

童牧归咬了咬牙,左右张望了一下,见没人注意到,这才把门关好。他局促地在听南嫂对面坐下,不敢抬头打量室内的布置。

就在童牧归被桌上摆着的佛手散发的香气搔得心痒时,听南嫂开口道:"童大哥,我知道你有一肚子的话想问我;我同样有很重要的事情同你讲,然后由你决定我今后的命运。"

第25章 身世缘起

"嗯，你说。"童牧归的手在大腿上来回搓着。

"想必你已经知道了平将门的存在，没错，哑叔房间里的人，正是昨夜刺杀我们的人。首先请你务必相信，在昨夜之前，我并不知道平将门想害你。"

童牧归点头算作回应。

"自从你们住进来，一直乱糟糟的，有一件事一直没机会说清楚。"听南嫂柔声道。

童牧归挠了挠头，有些不好意思，道："给你添麻烦了，我相信你。"

听南嫂听了点点头，沉思良久，给童牧归讲了一个公子遇佳人的故事。

三十年前，一位从泉州到福州办事的公子，看见一名提篮卖糖糕的姑娘被几个地痞围住调戏，遂上前出手帮姑娘解围。二人一见钟情，姑娘本是孤儿，无牵无挂，一月后公子需要处理的事情已毕，二人便一同返回泉州。

这样的戏码并不鲜见，郎情妾意，不失为一段佳话。而这个故事不普通的地方在于，这位姑娘便是听南嫂的母亲，仗义出手的公子便是听南嫂的父亲，而听南嫂的父亲还有另外一个身份——平将门门主。姑娘在泉州安家后，门主帮姑娘置办了一间卖糖水的铺子，不指着它吃穿，权当打发时光。

再后来，二人有了孩子，那孩子就是听南嫂，自不必多说。

门主似乎很不愿意别人知道她们母女的存在。听南嫂对阿爹的印象，大多是睡得正熟时，脸颊一阵刺痒，那是阿爹在亲她。听南嫂的母亲待人温柔，只有一件事对她严厉要求，那就是不能对任何人提起父亲。小伙伴讥笑听南嫂是没有阿爹的野孩子，听南嫂很是不理解，自己明明有阿爹，为何不能承认？

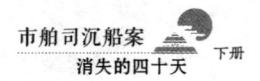

随着年龄的增长,她不再计较这些,因为夜里不再被吵醒,慢慢地,她竟把这个"阿爹"淡忘了……

"你说你的阿爹是哪个门主?"童牧归满脸错愕。

"东瀛平将门。"听南嫂答。

童牧归犹如置身在脱缰的马车上,心脏骤然提速跳动,一时难以消化这些信息。

"到现在,他们这个组织具体是做什么的,我也不是很清楚。"听南嫂表情凝重,努力想把自己知道的告诉童牧归。

听南嫂所知的信息非常少。母亲重病时,家中来了一位身着夜行衣的男子,母亲才告诉她,她的父亲并非宋人,而是在泉州世代而居的东瀛人,已经去世。夜行衣男子受父亲生前所托,照顾听南嫂母女。

后来,经历了丧夫之痛、丧母之痛的听南嫂,陷入消沉,甚至产生了厌世的想法。她带上不多的钱,来到泉州最好的酒楼,准备好好吃一顿然后纵身跳海。等菜的间隙,她从酒楼的窗子凭栏远眺,正是掌灯时分,天尚未黑透,炊烟织着晚霞,天地交融在一起。街上,孩童被大人牵着,路尚且走不稳,却牢牢抓着手中的吃食;有二三男子携手揽腕,走进酒肆;有妇人行色匆匆,胳膊上挎着菜篮,不用问,定是一家老小等着篮中的菜下锅。再将温热的蟹粥尽数咽入肚中,此刻的听南嫂似乎自己都不相信,来之前是想吃饱后寻死的。听南嫂遂放弃了轻生的念头。

一开始听南嫂并未把夜行衣男子的许诺放在心上,生父在时尚且对自己不管不顾,怎么能渴望一个陌生人的帮助?某日,夜行衣男子问听南嫂今后有何打算,她想着那日蟹粥的温润,脱口说想开一家酒楼。这个想法发自真心,却遥不可及。

出乎听南嫂所料,夜行衣男子没头没脑地说了句:"他们都说我饭烧得好吃,来生可以做一个厨子,今生若能如愿,也是一件快事。"说完,留给听南嫂一个背影,径自离去。

第25章 身世缘起

再见夜行衣男子时，他的一只脚踝缠了厚厚的布带，有血渍渗出。更可怕的是，他已经不能再开口讲话，殷红的舌头上赫然有一个缺口。

"哑叔是平将门的人？"

童牧归听到这里，明白了些许，得出的结论把他自己惊得从座位上跳了起来。

"我想，在这件事上，娘和哑叔都没有必要骗我。"听南嫂坦荡地看着童牧归。

面对听南嫂的坦荡，童牧归想了想，方开口道："这个平将门可能就是咱们这里坊间传言的杀手组织。我和阿爹在提刑司当差，接触到不少他们涉嫌参与的案子。而你听到的那个男不男女不女的声音，应该是稼音，他们说的家主就是钱丰源。从前苦于没有钱家指使平将门的证据，现在我们亲眼所见，看他如何抵赖！枉我受尽钱家毒害，依旧不愿相信他们会出手对市舶司不利，如今看来，钱家指使平将门屠戮市舶司证据确凿。"

"童大哥，对不起，瞒了你许久。"听南嫂面带愧色。

"说什么傻话呢，出身、父母岂是你自己能选择的。"童牧归爱怜地帮听南嫂擦去腮边的泪痕，"凡尘往事皆已过去，以我之姓，冠你之名，从今往后你只有一个身份。"

室内安静了良久，童牧归刚想张口问黑衣人的事情，听南嫂先开口道："童大哥是不是想问，小源次郎为什么会在醉仙楼？"

童牧归此时才知道，原来两次差点要了自己命的黑衣人名叫小源次郎。

"你同他打斗时，我用东瀛语说出了我的身份，希望他看在父亲的面子上放过我们。他不信，情急之下我说出了哑叔。后来莫大人赶到，打断了我们的对话。今早哑叔给我送饭，告诉我小源次郎在他的房里。"

"童总捕，你在吗？城南五里外发生了纵火案，事情有些蹊跷，你

要不要和我们一同去看一下？"是鹿游原的声音。

"我去看看，你好好在家里待着，哪儿都别去。那个人在这里的事，不要同任何人讲。等我回来，咱们商量一下再定夺。"童牧归嘱咐完，匆匆起身而去。

城南五里，一片焦黑甚是醒目，围观的人在一旁议论纷纷，百姓们相互交换对住在这里的人或者发生的事的印象。

大火是周围货场的伙计和力行的力夫发现并救下的，货栈堆放的都是易燃物，昨晚的火势蔓延了三四个货栈，万幸没有蔓延到附近的村舍。焦黑一片的火灾现场，与远处农田里的青绿形成了刺眼的对比。遭受火灾的货栈老板瘫坐在地上，面对如此飞来横祸，他们已经没有了哭的力气。

起火地点很快被确定，经过邻居指认，那个位置曾是一间规模不大的力行。这家老板似乎性格不好，很少与人打交道，周围的人对这家力行都没有什么印象。这间货栈明显被泼洒过助燃物，烧得只剩房架。

"昨晚的事也许和这场火灾有关系。"童牧归看着眼前的惨相，新仇旧恨涌上心头，恨不得把纵火的人碎尸万段。

"嗯。"莫哈拓认同童牧归的看法。

童牧归一头扎进废墟，不顾自己手腕上的伤口，在现场努力翻找。可燃之物大多已经化作了焦炭，数把掩埋在灰烬之中的武士刀被他翻了出来。抽刀出鞘，只一眼童牧归就可判断，这种武器和市舶司死者身上的伤口吻合。陆续又在焦尸身上发现了千金丝，更加印证了他的判断。

刘先生检查了现场抬出来的尸体。其他火场中的死者，因为临死前在火场中奔走呼救，口鼻之中吸入了大量的烟灰。这里的尸体基本上都是窒息死亡，通过死者鼻腔和口腔中的少量烟灰判断，他们在火灾发生前已经失去了意识。

第25章 身世缘起

陆续有其他物证被勘查人员从现场找到。童牧归翻着一本被救火的水打湿的账册，手指因气愤和激动而颤抖，浸湿的纸页不堪力道，被扯出了寸余长的口子。

册子上记载的内容，一多半童牧归都是知道的，是提刑司多年悬而未决的案件。虽然对犯案者早有猜测，但是亲眼看见确切的记录还是十分触目惊心，这不是一本账册，简直就是幽冥殿中的生死簿。

一块小牌子引起了童牧归的注意，他弯腰捡起来，用力擦抹上面的黑灰，又在身上使劲儿蹭了蹭，大叫道："我找到啦。"

莫、鹿二人赶紧围了上来，白玉小牌上端的珠带和下端坠着的飘穗早已化成灰烬，但是正中心的凸起图案被童牧归擦得锃亮，清晰可辨——珊瑚梅花。在场的三人都对这个物件很熟悉，那日到钱家遂园赴宴，钱家仆人皆在腰间佩戴此物。对于外人而言，可凭图案和小牌的质地判断持有者的身份和在钱家的地位。对于钱家自己人而言，持有何种牌子决定了可以出入何种地方。

那日章闻柳腰间就是挂着这样一块白玉镶金枝珊瑚梅花的牌子，引着三人在遂园各处游看。而这块同样花色的玉牌，后面篆着"稼音"两个字。

按照眼前的线索推论，钱家私通敌国，因被市舶司发现，遂指使平将门杀害市舶司衙署官员。又为了灭口，对平将门成员投毒纵火。市舶司衙署官员被屠案案发一个月后，凭着眼前得到的证据和线索，几乎可以下定论了。

童牧归感到眼前的事有些棘手，道："现在几乎可以判断出是钱府的稼音，雇佣平将门绑架我和听南嫂在先；眼见事情败露，便杀人灭口、毁尸灭迹。但是没有直接的人证，若他推说自己的腰牌丢了便不好办了，或许钱家推说是稼音的个人行为也未可知。"

不待莫哈拓回答，鹿游原抢过话头，说道："无碍的，前番发现了通敌的书信，又亲眼见他加害童总捕，阻挠办案，现场又发现了腰牌，到底纵火是稼音干的还是别人干的已经不重要了，想他个人也没有胆量做下这种事。"

这场火灾是促使小源次郎前往醉仙楼的直接原因。

小源次郎在发现童牧归还活着时十分震惊，他的相貌已经被童牧归看到，而且他也知道童牧归掌握了市舶司案的线索，所以决心除掉这个隐患。昨夜，平将门接到任务，在归元寺附近绑架听南嫂和童牧归，把他们活着带到破庙。事成后，稼音宣布平将门的任务完成，平将门成员遂回到藏身地。小源次郎将童牧归之事的前因后果，向平将门主汇报。

平将门门主觉得事情蹊跷，授意小源次郎和矮瘦黑衣人长泽返回破庙，观察动静。他们返回破庙后，通过对地面痕迹的判断，得知童牧归与听南嫂已经逃脱。他二人顺着血迹追到瓜棚，正巧碰上返回的蒋铁柱，便直接挟持蒋铁柱进村寻找童牧归。

平将门最早的成员乘着钱家的商船来到泉州后，每隔几年便会回到东瀛，收养无父无母的流浪孤儿带回泉州，将他们经过严苛的训练后扩充为自己的人手。因为他们从事的是刀口舔血的生意，平将门内有严苛的制度，格外注重保密措施，门内成员不得和宋人通婚。作为这个组织的首领，听南嫂的父亲不能带头破坏门规，所以只能尽量隐瞒她们母女的存在。

对于不适应杀手生活、不想杀人的组织成员，为了防止他们日后成为组织的对手，退出者需要自断脚筋。平将门并非无情，这些人可以潜伏在组织需要的地方，依旧每月领份例。对于想彻底脱离组织的人，为了保守平将门的秘密，除了会割断其脚筋以外，还会割其舌，这样秘密就永远被封在了肚子里。哑厨子是听南嫂父亲最信任的人，受其重伤弥留之际所托，多加照顾这对苦命的母女。

也许是上天眷顾苦命的听南嫂，听南嫂向小源次郎表明自己身份时并不被其采信，但是当她搬出哑厨子时，小源次郎的内心有了松动。原来，小源次郎被选进平将门后，他的习武师父正是哑厨子，而且他们师徒情谊甚笃。

就在小源次郎与莫哈拓激战之时，他绝想不到，平将门遭到了灭顶之灾。他匆匆赶回老巢，希望得到援助，却远远看见一片火海。作为一名以杀人为生的忍者，他很快就明白，这并不是一场意外，凶手是谁，显而易见。较之身体上的伤痛，客死他乡的悲凉使他的心更痛，身后是熊熊烈火，暗处有前来取命的仇家，泉州城之大，竟不知道躲在哪里。

几番思量之后，小源次郎决定为同门复仇，同时也想到了听南嫂今日所说的话。他决定去验证这一切，如果听南嫂所说不假，他愿意付出自己的生命拉钱家人下马。他拼尽最后的力气赶到醉仙楼院外，吹响平将门内用于暗号联络的竹哨，发出求救信号。如他所愿，哑厨子虽然退出多年，但是面对同门求助，并没有袖手旁观。

勘查过后，童牧归先行回醉仙楼。莫、鹿二人把从太平商号和城外草庐得到的证物一并带到转运使司。魏公公、严冥夜、白铭都在转运使司，二人向他们介绍了最新的情况。

随后，二人从转运使司出来，既没去市舶司，也没回醉仙楼。他们先是都不说话，漫无目的地在街上走着。

"莫兄，你对童牧归这个人怎么看？"鹿游原率先打破了沉默。

莫哈拓被问得一愣，感到不解，反问道："何出此言？"

"没什么，闲聊而已。"鹿游原努力理清自己的思路，"只是心里觉着这个人有些意思，又说不出来这点意思在哪里。"

莫哈拓揉着耳垂想了想，开口说："你要这么说，还真是有点，感觉他这个人一会儿晴一会儿雨。咱们刚到的时候，就好像我们两个身上有刺能扎到他，总是躲得远远的。这几日又像个糖糕饼子，黏过来便不

走了。"

"谁说不是呢。前几天问他什么，一副老大不情愿的样子，不是说需要请示他们大人，就是事情太多混忘了。这几日又事事上心，还别说，真让他从旮旯墙缝里闻出一些味儿来。"鹿游原忙不迭地点头附和。

莫哈拓没说话，摸着下巴思考，脑中闪现认识童牧归以来发生的种种。

"我也不是凭空想起这么多，最奇怪的是这场火，因为他说听到这些人三日后也就是明天晚上准备乘船离开，所以我们才决定守株待兔。若没有他这句话，我们早些进行搜捕，没准这些人就死不了，那就是可以审问的活生生的证人。"鹿游原继续说。

很多事情就像窗户纸，没捅破前，眼前什么也看不见，也不会觉得室内有东西，可是一旦戳破一个小洞，窥探见室内的摆设，就像开启了一个全新的空间。到达泉州以来，需要关注的东西太多，严冥夜派童牧归协助破案是在情理之中的，莫哈拓对此没有多想。

一开始，莫哈拓确实没有完全信任童牧归，可以说当时的莫哈拓对泉州的任何人都提防。正如童楚所料，当初执意要和童牧归住在一起，莫哈拓就是不想在自己正面朝敌的时候，背后留下空门。与合作的人吃住在一起，可以尽早察觉破绽。当童楚一起搬来醉仙楼的时候，他便放下心来，因为童家父子拿出了诚意。

凡事经不起琢磨，经过鹿游原的提醒，莫哈拓顿觉自己有可能被蒙蔽了。童家父子所谓的真诚，有可能是一个障眼法。市舶司如果和提刑司之间存在某种微妙的联系，那么童牧归会不会也和这件事有关系呢？或者他也是这件事中的一部分？莫哈拓被自己的想法吓了一跳，放下揉捏耳垂的手，转身向鹿游原问道："你说童牧归会不会和眼下的事儿有关系？"

莫哈拓的假设让鹿游原惊讶地吞了一下口水，呆了半晌，越琢磨越觉得有道理,他喉结咕噜一动,又咽了一下口水,说道:"还真是,平日可以往来市舶司,因此他对地形熟悉,最早接到报案的是他,到达现场的也有他。"

"你说他一开始态度消极,是不是想让我们知难而退,最后令此事落得个不了了之?"鹿游原顺着刚才的思路接着往下说,"后来看出来我们决心侦破此案,没办法只好改变策略?"

眼看破案在即,新冒出来的想法使莫哈拓背脊发凉。他自言自语道:"那他在这件事中扮演的是何种角色呢?"

此时鹿游原反而轻松了许多,拍了拍莫哈拓的后背道:"泉州官场简直就是一锅烂粥,各方胶着在一起,看来真需要陛下好好整治一下了……"

童牧归自然不知道莫、鹿二人在背后议论自己。他回到醉仙楼后,把现场的情况一五一十地告诉听南嫂。

"也就是说,他因为要追杀我们,侥幸留下一命?"

"看样子是了。"童牧归的内心矛盾至极,接着说道,"我该怎么办?于情,他们算是你的亲人;于理,他们是罪行累累的杀人犯。你告诉我,你希望我如何做?为你的亲人报仇吗?"

"我明白你的身份。"听南嫂坦然迎向童牧归的目光,下了很大的决心,"我觉得国有国法,平将门的人无论做过何事,即使十恶不赦也自有王法裁决,按照刑律或杀或剐都是咎由自取,而不应该被人滥用私刑杀害。"

童牧归被听南嫂的大义所感动,回答道:"我知道了,容我好好想一想。"

"嗯。"听南嫂回答得很认真,"即便他们是因为做了伤天害理的事被仇家报复,那又怎样?冤冤相报何时了,活着的人余生将不断被仇恨包裹，那样太可怕了。绳之以法，也能给过去被伤害的人一个交代。我同小源次郎谈过了，他愿意站出来指证这一切。"

童牧归随即追问："你有没有想过，如果寻求所谓正义的判决，轻则你的出身会暴露，重则你也将受到株连。"

听南嫂答："一饮一啄，莫非前定。不求尽如人意，但求无愧于心。"

前有父亲的教导，后有爱人深明大义，童牧归茅塞顿开，心中十分惭愧，懊恼自己从前枉识"情义"二字，一直以来畏首畏尾，徒受心魔困扰，堂堂七尺男儿，竟比不上一名孤女坦荡。

"你如此看着我作甚？"听南嫂被童牧归看得心中发慌，忍不住发问。

童牧归伸手相扶听南嫂的双肘，摆正她的身体，兜头一拜，说道："娘子大才雅量，受牧归一拜。"

"我想同你商量一件事。"听南嫂柔和地看着童牧归。

"你说，你说，我现在就去办。"

"咱们花钱把那个语柔姑娘赎出来怎么样？"

"啊？"童牧归以为自己听错了，"你说什么？"

"我想替那个语柔姑娘赎身脱籍。"听南嫂说得十分坚定。

"你怎么突然想起了这个？这和我们商量的事有关系吗？"童牧归十分不理解。

"今天你们走后，语柔姑娘又来吃饭，我问她为何只来咱们这里吃饭，你猜她怎么说？"

"怎么说？"

"她说这里有家的味道，我当时听到这话，真的觉得十分荣幸，没想到醉仙楼能给风尘中的她带去温暖。平将门这次闹出捅破天的事情，我的身世估计也瞒不久了，届时或入狱或杀头都是有可能的事情。"

"你不会有事的，我带你走，咱们……咱们现在就走……"童牧归经听南嫂一提醒，意识到事态比想象中严重，登时慌了。

听南嫂轻轻摇了摇头，示意童牧归少安毋躁，继续说道："纵然逃了，余生惶惶不可终日有什么趣儿？狗不嫌家贫，子不嫌母丑，父债子偿天经地义，阿爹平将门门主的身份无论对我造成什么样的影响，都是我做子女应该承受的。"

"可是……"童牧归一时急得不知说什么好。

听南嫂再一次打断了他的话："醉仙楼在大家的帮衬下才有了今天，有朝一日关了我也是舍不得的，顺子、哑叔这些人还要指着醉仙楼讨个生计。咱们把语柔姑娘赎出来，她那么想有个家，我以后不在了，她一定会好好照顾醉仙楼和大伙儿的。"

"事情远没糟糕到这一步，你不要多想。"童牧归有些急了，"这件事要不要等莫大人回来同他商量一下？"

"如今我父母俱亡，权当日后多了一个姐妹。这件事只问那姑娘愿意不愿意即可，与他莫大人何干？"

汪相、魏公公、严冥夜、白铭四人看着桌上堆叠的证物，每个人的出发点不同，但是归根结底都在思考一件事，那就是如何处理钱家，才能保证泉州城平稳。大家一致认为，在行动前需要严格保密，一旦狗急跳墙，后果不堪设想。

"钱家狼子野心，居然干出屠杀朝廷命官这等丧尽天良的事，真是做梦也没想到。"汪相痛心疾首。

"相爷不必自责，下官久在泉州，没能及时察觉，有失察之罪。"严冥夜道。

"钱家通敌谋反已是既定事实，但是本相还是不太敢相信他们有胆量做下市舶司案。虽然距离官家规定的期限一日近过一日，若如此草草结案，日后即使官家不怪罪，怕是也逃不过御史言官的口诛笔伐。"

汪相故意把这些话说在前面，把一些显而易见的矛盾摆出来讨论，那么今天得出的结果，便会被默认为是大家共同决定的。日后若有变故，其他人很难以不知情来推脱。

"几个贪官的生死和国家大局比起来是微不足道的，咱们只管议一议钱家的事儿接下来该怎么办就好。"魏公公在官中侍奉了大半辈子，岂能看不出汪相的这点小心思？他既不进汪相的圈套，同时又给了汪相一颗定心丸。

严冥夜的想法并没有被汪相牵制，他思考问题有一个原则，那就是先问是不是，再问为什么。汪相言语中纠结的重点，是钱家为何要屠杀市舶司官员，而严冥夜关注的重点是市舶司屠杀案是不是钱家所为。不过现在不是探究这个的时候，眼下完成皇帝的计划要紧。

"钱家抄家势在必行，依下官浅见，有三个难题。一是钱家有太祖圣物，处理不好容易激发百姓和朝廷的矛盾。二是抄家时，民情如何控制？三是钱家商号遍布全国各地，我们要各处同时着手，以免走漏风声造成不必要的麻烦。当然，这运筹帷幄的事情，还请相爷和魏公公为下官等做主。"严冥夜道。

其他人纷纷点头，觉得严冥夜说得很有道理。

"这第一条好办，抄家的时候本官和魏公公亲自带队，谅他们不敢翻出太大的风浪。"汪相很满意魏公公和严冥夜的态度，面露得意之色，"第三条，就按官家之前的计划办。咱们商讨完后，火速向临安和其他州府报信，先行捉拿各商号主事，并请各级督抚派得力人手入驻商号。"

钱家商号遍布全国各地，贸然全部关闭查抄，会将整件事的事态范围扩大到全国。这样的局面，是一心求稳的赵构不想看到的，他现在需要的是良好有序的经济环境。因此，赵构对钱家的处理曾做出过批示，一旦泉州方面动手，就截断各商号与泉州的联系，首犯羁押候审，从犯不问，地方官府进驻商号协助管理。

第25章　身世缘起

"第二条就由下官来办吧。"一向不善言辞的白铭开了口，他不关心别人心里的弯弯绕绕，只是见汪相跳过第二条没说，便知道那是自己的工作，"泉州驻军在本地浸淫已久，不是十分可靠。下官随后从福州调兵，那里都是下官的老部下，绝对忠实可靠。届时须把人派向何处值守，全凭相爷吩咐。"

白铭原任福州刺史，手中握有兵权，皇帝下旨宣布他出任福建路转运使之职的同时，原职务并没有交给旁人，如同严冥夜身为提刑司主官兼领市舶司一样，实际上他也身兼两职。因此白铭异地调兵，不需要惊动任何人。

所有的事情商议完毕，最后行动日期定在八月初九。

第26章　温柔之乡

　　童牧归没了主意，只记得上次莫哈拓来此轻车熟路甚是从容，怎么到了自己这里却生出这般多枝节，便看向听南嫂。听南嫂冲童牧归使了一个眼色，童牧归赶忙又从怀里掏出一块银角子扔在桌上。

　　梧桐苑这样的所在，童牧归上次陪着莫哈拓与鹿游原来过一次，心里十分打怵，不时回头瞄一眼听南嫂。此时男装打扮的听南嫂气定神闲，若不知晓她是女儿身，还以为她是一名风月老手。

　　未到南河岸，已闻嬉笑声浪，这里风雨寒暑，白昼黑夜，都是一样的喧嚷热闹。华灯初上，各家早早点上了灯烛，光影下的美人儿妖妖娆娆。天下之大，总有那么几处，欢声笑语并不是因为快乐。

　　梧桐苑里新来的龟公殷勤地上前招呼，看他二人面生，一时拿不定主意该往哪边引导。听南嫂见童牧归满脸局促全无章法，只得上前压着嗓子说："要一个安静一点的地方。"

　　"得嘞，二位客爷里面请。"龟公喊堂的声音又脆又响，不过是惯用的表面功夫罢了。观他二人穿着不像有油水的样子，心里只当他们是外地没见过世面的土包子。

　　"二位可有相熟的姑娘？"龟公边倒茶边问。

"叫赛师师上来唱一曲。"童牧归此刻紧张得不行,屁股勉强搭了云石面儿绣凳的一个边,努力学着那日莫哈拓的做派,从怀里掏出银角子放在桌上。

"二位是与姑娘相识,还是慕名而来?"龟公并没有着急拿钱,而是狐疑地打量二人,试探着说,"姑娘这会儿正在陪客。我们这里还有别的好姑娘,要不要给您换一个?"

童牧归没了主意,只记得上次莫哈拓来此轻车熟路甚是从容,怎么到了自己这里却生出这么多枝节,便看向听南嫂。听南嫂冲童牧归使了一个眼色,童牧归赶忙又从怀里掏出一块银角子扔在桌上,听南嫂才说:"我们就是想见识一下汴京的风流人物,请小哥行个方便。"

龟公似乎对听南嫂给出的说法很满意,不再废话,抓过桌上的银角子,帮他二人把茶添满,方才退出房内请甘语柔去了。

大约过了一炷香的时间,莲步微动,像上次一样,甘语柔抱着琵琶进来,并不看人,只是低头问:"二位听何曲?"

与上次莫哈拓以背相对不肯直面不同,听南嫂直直地看着珠帘后面的甘语柔,道:"姑娘唱一曲《蒹葭》如何?"

甘语柔闻言十分诧异,猛地抬起头,她认出眼前的童牧归是前几日与莫哈托同行的人,再看女扮男装的听南嫂有些眼熟,仔细回忆了一番,才想起眼前的人是醉仙楼老板。她十分戒备地问道:"二位因何到此?"

童牧归不知道说什么好,只能眼巴巴地看着听南嫂。听南嫂打定主意,看着珠帘后面的甘语柔,一字一顿地说:"姑娘,我们想帮你赎身,你愿意跟我们走吗?"

听到这话,甘语柔的第一反应是,童牧归受莫哈拓所托来此。她心下狂喜,自己近日在闹市弹唱,就是为了引起莫哈拓的注意,果然功夫不负有心人,今天等来了回音。她脱口问道:"是他让你们来的,对吗?"

听南嫂已经听童牧归讲过那日两人相逢的经过,知道甘语柔问的是莫哈拓，她无奈地笑了一下，坦然答道："不是。"

希望落空的甘语柔神经骤然紧绷，她并不知道童牧归和听南嫂二人的关系，只觉得二人一齐出现十分蹊跷，遂问道："那是为何？"

听南嫂淡然一笑道："仰慕姑娘芳名。"

"二位见面便直奔主题，想必是有十拿九稳的把握？"甘语柔感觉自己受到了侮辱，心火难平，说话像蹦豆一样，越发犀利，"但是你们可知道，每年要给我赎身的人很多，上至公卿，下到富商，我凭什么跟你们走？"

"那姑娘为何没同他们走呢？"听南嫂似乎根本没有察觉到甘语柔的敌意。

"是我在问你。"甘语柔的音量骤然提高了，搭在琵琶上的手无意识地一使劲儿，琴弦啪一声断了一根，"这些年我自己也有些积蓄，想要自赎也非难事。你们若是想拿我当稀罕物，用来讨好别人，那就打错了算盘。"

甘语柔现在能想到面前人平白无故为自己赎身的理由，就是二人察觉到了她和莫哈拓的关系，想要把自己赎出去讨好莫哈拓。

甘语柔骤然发难，吓了童牧归一跳，之前只当她痴情而已，没想到烟花女子也有如此气节，遂明白过来，甘语柔误以为自己和听南嫂是看出了她与莫哈拓之间的情愫，所以想赎出她贿赂莫哈拓，便想解释几句。

"姑娘，此言差矣，我们不是……"

听南嫂摆了摆手，制止了童牧归，转而对甘语柔说："我等无心玷污姑娘。我只问姑娘一句，天下之大，纵然出了苦海，又何处为家？"

一句轻飘飘的话，像一把撬开牡蛎的小刀，两行珠泪一下子蹦出甘语柔的眼眶，甘语柔低头不语。

听南嫂转而对童牧归说："童大哥，你且出去转转，我同语柔姑娘谈一谈。"

童牧归不放心把听南嫂独自留在房间里,因此坐着没动。听南嫂催促道:"你放心去吧,姑娘不会把我怎么样的。"

"那我就在门口等你。"童牧归没法子,只好起身离开,可还是不放心,转身叮嘱道,"我就在门附近,有什么事情你大声喊我。"

童牧归站在那日莫哈拓站着的地方,学着他的样子双手撑着凭栏向下望。楼下大厅中莺歌燕舞,他觉得一阵恍惚,眼前所见似曾相识。回想起钱家夜宴的纸醉金迷,菩萨蛮鼻翼上闪闪的鼻钉,波斯美姬婀娜的腰肢,无不在取笑现实。

昨日听南嫂到底和甘语柔说了什么,无人知晓。今日黄昏,梧桐苑的后门停靠了一辆小小的马车,童牧归提着一个小小的包袱走进梧桐苑。一炷香的时间过后,一群花枝招展的姑娘簇拥着甘语柔出来,赶车的顺子认出来,甘语柔穿的是听南嫂的旧衣。

脸上盖着厚厚脂粉的鸨母拼命想挤出一点眼泪,可惜未能如愿,只能用戴满戒指的手拿着帕子,掩口啜泣说:"孩子,若是过得不好,还回来。你这样的年岁还能挣几年钱,再过几年寻夫找主也不晚。也不知道是被哪个小白脸蒙了心,你的体己钱一定抓死喽,千万别被诓骗了去。"

"妈妈放心,语柔这一去便是生死两不见,一切皆看天命。"甘语柔携过鸨母的手,用另一只手在腕子上褪下一只墨翠镯子套在她的手上,"一点俗物,权谢妈妈那日收留之恩。"

"哎哟,这怎么使得?"鸨母拿腔拿调地推让,眼睛放着精光,她眼馋语柔这个镯子很久了,只是苦于这镯子是王府世子所赠,不敢抢夺,"你自己留着吧,若是日后艰难,还可以卖了度日……"

"妈妈休要再推托,语柔这厢别过。"

这时,一群姑娘中有人递过甘语柔的琵琶,她接过来前后仔细无摸了一遍,忽然把檀木象贝的琵琶高举过顶摔在脚下,引得众女花容失色，惊呼一片。琵琶背板应声而碎，甘语柔不再回头，径直走向马车。

童牧归站在醉仙楼门口张望着，他此时忐忑不安，心中依旧觉得，接甘语柔回来的事没有知会莫哈拓，有些冒失。

莫哈拓和鹿游原刚走到醉仙楼，童牧归讨好似的一把拉住莫哈拓，把他拽至甘语柔跟前，道："你看这是谁？"

甘语柔手里正拿着听南嫂的针线活缝着，和莫哈拓眼神相交的一刹那，身体不自觉颤抖了一下。她忙把头低下，接着侍弄手中的针线。

莫哈拓回身茫然地看着童牧归，眼中的讶异逐渐渗漏出狠绝，一把钳住他的手，把他拉到一侧。

"你慢点，怎么啦？"童牧归原本一直期待有情人相见的感人场面，结果两位当事人的反应完全出乎他的意料。

"你说怎么了？她是怎么回事？她怎么在这儿？"莫哈拓显得有些气急败坏。

"我……她……"童牧归语无伦次，实在不知道该怎么回答莫哈拓。

"什么你，什么她的，我问你这到底是怎么回事！"莫哈拓穷追不舍，迫切想知道答案。

童牧归也是有脾气的人，他被莫哈拓的言行激怒，驳斥道："你这人怎么这样，见到心上人难道不应该高兴吗？怎么像有人戳了你肺一样？"

莫哈拓情急之下抓起牧归的手臂摇晃着追问："谁是我的心，谁是我的肺，不用你操心，快说到底是怎么回事，不把话说清楚，我同你没完。"

童牧归彻底被激怒了，心里的愧疚一下子丢到了脑后，甩开莫哈拓的手，道："既然不用我操心，那你为何还来问我？人又不是我们绑来的，腿长在人家姑娘身上，来哪儿去哪儿还用向你这个钦差大人汇报？我看你也就是耗子扛枪——窝里横。"说完也不看莫哈拓，转身回了自

第26章 温柔之乡

己的房间。

"你怎么到这儿来了？他们如何同你说的？"莫哈拓努力平复心情，问道。

甘语柔丢下针线，斜了他一眼，面沉如水，径直向厨房走去，擦肩而过的时候说道："童大哥说得对，腿长在我自己身上，若没有冒犯王法之处，便不劳您惦记了。"

鹿游原一直在旁边冷眼旁观，甘语柔的突然出现，也让他摸不着头脑。他见场面尴尬，连忙揽着莫哈拓的肩膀，将他劝回自己屋内。

他关了房门，倒上热茶，见莫哈拓一味地生闷气并不理他，想了一下，说道："这个童总捕平时看着日子过得紧巴巴的，出手送礼倒是不含糊，这样的花魁赎身要不少银子呢。"

"你别胡说。"莫哈拓心中的怒气依旧难平。

"怕什么，莫兄若真喜欢语柔姑娘，还他银子便是，手头若是不宽裕，尽管同兄弟我说。"鹿游原道。

"我累了，要睡一会儿，你先回去吧。"莫哈拓负气地把头转向炕铺内侧，不再理人。

鹿游原还想劝几句，张了张嘴，觉得怪没意思的。今天的事着实出乎他的意料，他决定先发制人，索性退出房间去找童牧归。

童牧归虽然一早便觉得接甘语柔出梧桐苑，应该知会莫哈拓，但是实在不理解他为什么会有这么大的反应。此时，童牧归坐在自己屋内，一个人生闷气。

"马屁没拍好，拍在了马腿上吧……"鹿游原边说话边回身把门关上。

童牧归索性把脸扭一边去，并不答话。

"莫大人是这样的，性子阴晴不定，不通人情世故，你不要和他一般见识。"鹿游原根本不介意童牧归的无礼，拉过凳子在他的对面坐下。

"卑职没事，钦差大人早些回房休息吧。"童牧归说话依旧气哼哼的。

"他是无心无肝的人，你和他置气，没有你好果子吃。"

童牧归闻言，更加生气，把脖子一梗，说道："怎么着，你们钦差还能随便杀人？"

"嘘，小点声。"鹿游原把手指比在唇边做了一个嗦声的动作，又朝莫哈拓房间的方向指了指，"不是所有的钦差都能随便杀人，但是他真的能。"

童牧归一下子没反应过来对方话里的玄机，张口结舌，愣在当场。

"童总捕，你一家待鹿某不薄，鹿某实在不愿事到如今，你还蒙在鼓里。"鹿游原接着说。

"你把话说明白。"童牧归说道。

"我对你说了，你千万不要对别人说，不然会招来杀身之祸。"

"别卖关子，快说。"

"莫大人是直归御前的龙禁卫。"

"龙禁卫？"童牧归简直不敢相信自己的耳朵，"就是那个残害忠良、杀人不眨眼、搜刮民脂民膏的龙禁卫？"

"正是。"鹿游原点了点头，"大理寺卿是掩人耳目用的，打打杀杀只是龙禁卫的一部分，另有一部分人会被分派到朝廷各部和州府，监视朝臣的一举一动。"

龙禁卫多招募八九岁男童，鉴选骨骼强健、聪颖过人者，由专人传授文武艺，实行封闭军事化训练。每年考核一次，不合格者淘汰，十年为一届，往往最后百人中不剩五六。最后剩下的孩子，已在这十年间慢慢长大，最后加入到龙禁卫的队伍。莫哈拓后来在市井中听闻有邪术之士，将百虫置于一瓮内，最后独活的为虫蛊，联想自身经历，感叹自己与人蛊无二。

龙禁卫这个称呼，意味着他们对君上绝对的忠诚，对命令无条件地服从和执行。他们除了帮皇帝监视朝臣以外，还有很多其他的工作，主要分文、武两种。"武"多数为暗杀、夺物等，"文"则风雅一些，如掌握朝臣言论、了解民情、收罗美女等等。

"我又没做什么亏心事，怕他作甚。"童牧归此时嘴上说得硬气，但是心里已经隐约开始打鼓。

"你怎么还不明白我的意思？莫大人是官家身边的红人，他日自然前途无量。与妓女私通毕竟不是什么光彩的事，传出去会影响他的仕途。"鹿游原叹了口气，接着说道，"先前在梧桐苑，你也看到了，他与那个姑娘是旧交，但是并不愿意相认。你可倒好，直接把这个语柔姑娘接回来了，这不是明摆着打莫大人的脸吗？市舶司的案子告破，乃天大的功劳，莫大人的奏报上赞几笔你就平步青云，若是淡几笔你就白忙活了，倘若他心火不解，笔下歪这么一歪，那你可要小心咯！"

"我……"童牧归一时语塞。听南嫂的事情已经让他心烦意乱，如今又牵扯进来莫哈拓的弯弯绕绕，着实让他大为头疼。

"你也不想想，莫大人怎么才能认识这位语柔姑娘？"鹿游原白了童牧归一眼，一副恨铁不成钢的样子，"太上皇的风流世人皆知，那李师师是如何摇身一变成了李明妃的？就是莫大人把她送上了龙床。"

"这干语柔姑娘何事？"

"你这人怎么死脑筋？这分明就是莫大人对此女有意，没有把她上报，所以他怎么可能愿意让旁人知道他与这位姑娘有瓜葛？"

童牧归心里咀嚼着鹿游原的话，闷头不作声。

"你好自为之，不可再与莫大人冲突了。眼下市舶司的案子要紧，切不可再起旁的念头。"鹿游原补充道。

"鹿大人忙了一天也乏了，早点休息吧。"童牧归被鹿游原聒噪得心烦，下了逐客令。

鹿游原说得没错，莫哈拓与甘语柔确实曾有一段情愫。她和那位"名满天下"的李师师一样，都是汴京城中瓦肆的小唱角儿，当时甚至风头更盛。至于为何是李师师做了李明妃，不是甘语柔做了甘明妃，还要从莫哈拓的工作说起。

莫哈拓是龙禁卫出身，与其说是因为立功升迁调往大理寺，不如说他是赵构安插在大理寺的眼线。朝廷各个部门或多或少都有龙禁卫出身的人，这一点满朝文武心知肚明。莫哈拓因为面目清秀、体态风流，被分配到了"文"工作。乌台诗案发生后，朝廷格外重视文人的舆论倾向，自古诗、酒、风流不分家，瓦肆伎馆是这些人的聚集地，同样也成了莫哈拓等龙禁卫的观察地。

莫哈拓第一次见到甘语柔，她也是在大厅里唱曲，唱的便是苏轼的《蝶恋花·春景》：

花褪残红青杏小。燕子飞时，绿水人家绕。枝上柳绵吹又少，天涯何处无芳草！
墙里秋千墙外道。墙外行人，墙里佳人笑。笑渐不闻声渐悄，多情却被无情恼。

十年高墙深锁，莫哈拓平日所见的只有沙袋、武器、倒下的同伴和教官冰冷的脸，此时听到甘语柔的歌声，犹如春风拂面，柳枝扫肩，燕子随着秋千上的姑娘忽高忽低，春日美景仿似在眼前。

于是他把甘语柔唤到了自己的包间。她问莫哈拓想听何曲，他答不上来，只觉得双颊越来越烫，竟连着脖子一起烧起来，这是从来都没有过的感觉。莫哈拓十分窘迫，不敢看眼前的姑娘，更不敢靠近她，匆匆

第26章 温柔之乡

地说:"姑娘只管拣那词意浅显,有山有水有美人儿的唱来便很好。"

甘语柔久历风尘,虽然卖艺不卖身,可是她见多了形形色色的恩客,大多数都是馋嘴猫儿一样,伺机摸一把掐一下,尽力占些便宜。像莫哈拓这样的她是第一次碰到,有心戏弄他一下,便歪着头迎着莫哈拓的眼睛看。莫哈拓原本紧张得不行,死死地低着头,突然视线内出现一双杏目,青丝如瀑,一时滑落姑娘的肩头,有几缕调皮的,跑落到他的膝上。

这是莫哈拓第一次离女孩这么近,近到可以听见彼此的心跳,甘语柔受到感染,脸也跟着红了。她随即回到自己的座位上坐好,不再为难这个刚刚长大的男孩。手动弦响,一曲《蒹葭》脱口而出,白乐天赞琵琶琴技"间关莺语花底滑,幽咽泉流冰下难",不外如是。

从那以后,莫哈拓还算丰厚的薪俸尽数花在了此处,他有空便来听一遍《蒹葭》,从不留宿,曲罢便走。只有一天例外,因为第二天是每月需要向皇帝陈情的日子,他想为自己倾慕的女孩做点什么。

"姑娘可慕荣华富贵?"莫哈拓问得直截了当。

"哦?"这是甘语柔第一次被莫哈拓留下,暗自思忖,不知他意欲何为,"能有多荣华?能有多富贵?说来听听。"

"珍馐美味尝之不尽,绫罗绸缎随穿随取,簪环首饰全凭姑娘心意。"当时的莫哈拓只知道彼时的徽宗赵佶喜欢有才情的女子,至于皇帝能够为这些美人儿付出多少,以他有限的阅历实在揣测不出,只能尽自己所想去描述。

"我当是何种富贵呢,不过如此。"甘语柔眼中的神采瞬间黯了下去,那一刻她后悔自己平日高看了莫哈拓,原来他也是一个俗人,语气中尽是不耐烦,"凡事都是有代价的,你说的富贵要我付出何物来换?"

"付出何物……"莫哈拓一时语塞,"走出去,总好过在这里吧……"

"未必。"甘语柔回答得斩钉截铁,她心中准备好了一箩筐的话,只等莫哈拓追问后反击。然而,莫哈拓就那么杵在那儿,涨着通红的脸定定地看着她,像极了一个犯错后不敢还嘴的孩子。四目相对,不知怎的,甘语柔慌了神,急忙挪开目光说,"我虽自甘下贱,流落风尘,却也是靠着自己的本事吃饭。若真碰上那耍狠用强的,躲不过还有个鱼死网破……"

"不要……"莫哈拓听到此处,登时眼睛瞪得铜铃大。

"不要什么?"甘语柔追问。看到对面的人刚刚还满目羞愧,现在却一脸凶相,她一惊之下,怀中的琵琶失手滑落。她慌忙捞起琵琶,就势躲避莫哈拓的目光,接着说,"在你们男人眼里,难道女人就该是笼中豢养的金丝雀,高兴了逗弄一下,兴头过了便丢在一边,任花残败吗?"

"姑娘高洁,莫某唐突了。"莫哈拓觉得无地自容,匆匆告辞,转身便走。

"你站住。"甘语柔叫住了他,心疼地揉抚琵琶碰掉漆的地方,此时她已经品出了莫哈拓的身份,不由悲从心起,"你来此处有些时日了,你不说我也从没问过。要知道办同样差事的,你不是第一个来的,且不说你的差事。在这地方,想要做王孙公子的宠姬也很容易。人间富贵,不是只有那些黄白之物。世间万物能量价的有何趣儿,早晚让出更高价的人得了去。在我心里,那些多少钱都买不到的,才是真富贵。"

莫哈拓十分茫然,甘语柔说的话他从来都没听过,教官也不曾讲过,他觉得她说得有道理,一时不知道如何是好……

后来的事,天下皆知,莫哈拓与甘语柔分别数日后,有人自称赵乙与瓦肆歌女李师师于矾楼相会。李师师姑娘放出手段,百般奉承,来人自觉欢娱无比。春宵一度。第二日清晨,赵乙解下龙凤鲛绡丝带,又用独一无二的瘦金体书法写了一首词。

第27章　流言四起

暖黄色的灯火，冒着热气的面馆，散发着甜香的糕饼摊，追逐嬉戏的孩童，车轮滚过街道的骨碌声，每一样都好似初见，又好像是旧识。

绍兴二年，八月七日。

市舶司被屠案案发第三十七日，距离皇帝规定的破案期限倒计时：八天。

趁着莫哈拓和鹿游原都不在醉仙楼，童牧归、听南嫂、哑厨子、小源次郎，四双眼睛对望着，他们在做一个艰难的决定。这个决定就是，小源次郎是否要投案自首，以及向谁出首最为有利。

哑厨子在纸上写出了自己的想法。他认为平将门作案太多，小源次郎死里逃生已经是万幸，投案自首未必能够取信官府，反而会把自己搭进去。他极力劝说小源次郎，希望他能够像自己一样，放下杀戮和仇恨，从此以后过上普通人的日子。

听南嫂认为，如果小源次郎想要为同门的惨死讨要一个说法，那么她希望他可以出首指认，让所有有罪之人的罪行都昭示天下。如果只是一味地报仇、杀人，冤冤相报，无尽无休，只会让更多的人陷入痛苦和仇恨之中。

童牧归的观点很简单,他尊重听南嫂和小源次郎做出的决定,只是担心,泉州城中明显有多方势力,到底哪一方值得信任?他的心中还有一个没说出口的想法——他并不希望小源次郎自首,因为这样会加速听南嫂身世的暴露,把她置于水深火热之中。

四人沟通争论了一个时辰,还没有形成一个统一的意见。小源次郎此时十分头大,前夜同门葬身火海的惨相让他大为震惊,他一心想要拉钱家下马为同门报仇,从没想过这其中的关系这么复杂。

"你们都别说了,一人做事一人当,我今夜就去钱家将他们家主杀掉。"小源次郎的耐心已经用尽。

"钱家戒备森严,你单枪匹马闯进去,只怕还没杀到第二进院子,便被人发现了。"童牧归道。

"你杀了他,然后呢?他的孩子长大,再来找你寻仇吗?"听南嫂反问。

室内所有人再一次陷入了沉默。

童牧归觉得如此耽搁下去不是办法,小源次郎在醉仙楼的事瞒不了太久,若让莫哈拓、鹿游原察觉,此事便被动了。一念及此,童牧归有了一个新的想法,他决定先了解一下钱家、平将门、市舶司三者之间的关系。

"小源,从前你我二人并无私怨,只是因为各为其主,所以才数次交手,这点你认同吗?"童牧归问。

小源次郎点点头,看着童牧归,期待他继续说下去,为自己想出一个好办法。

"水有源,树有根。一切事情发生的起点,是市舶司全衙被屠。你既到这里来,可见你是信得过我们的,那么请你把这件事情的经过讲出来,接下来的事我们才好判断。或者这么说,你要去出首控告钱家指使你们杀害了市舶司官员,那么你需要有足够让人信服的证据,证明你说的是真的，你听明白我的意思了吗？"

"任务是门主接到的。他说钱家这次需要我们平将门干一次大活，杀掉市舶司所有官员，并从市舶司小库中带回来一个坛子。"小源次郎一时陷入迷茫之中，"我们平将门做事，素来不问因由，只看收到的报酬和任务的难度是否相符。我不知道该怎么证明我说的事是真的，但是我可以说出我们是如何杀人，我杀死的人尸体倒在什么位置。这些信息可以为我证明吗？"

"取了什么东西？"童牧归追问。

"我们平将门的门规，不能随意打听自己任务以外的事情。当日我只看见门主抱了一个坛子，至于为什么拿它、它里面装了什么、最后它去了哪儿，我一概不知。"

童牧归心里画了一个大大的问号，心想：莫非这个坛子像太平商号中的夹带一样，里面藏着关于钱家通敌谋反的证据，所以钱家才要杀人灭口？

"这件案子和以往钱家指使你们做的其他案子相比，你觉得有什么不同吗？"童牧归继续问。

"钱家雇佣我们杀人夺物，已经不是第一次了……"小源次郎努力回想有什么不同的地方，"若说不同，那就是这一次行动，指定了具体的时间，必须在七月初一一早完成，别的再没有了。"

与泉州城内山雨欲来的气氛不同，临安城内此时是另一番景象。

从朝天门到官巷口的御街中段，沿途立着十四五家大酒楼，楼前彩棚高耸，称为欢门。店面皆摆设讲究，店门彩绘精美，相同色调的帘幕垂挂在门窗上，上挂成串的红纱灯笼，这是酒楼夜市的标志。由于店铺林立，竞争激烈，为使生意兴隆，各家竞相做到服侍周到、供应及时、不让顾客久等。

酒楼楼厅分为十几座"小餐厅",称为"厅院"和"隐便阁儿"。阁中,夏有降冰盆,冬有生火暖箱,所有餐具一色银制。店内柜台上摆满荤素菜肴,除供应制作精美的点心外,茶肴有五味杏酥等一二百种。无论官私酒楼,皆备有乐队,吸引着各色人等进进出出,笙歌丝竹响彻夜空,顾客在乐曲声的相伴下,也就不知不觉间慷慨解囊了。

夜色降临,从清河坊到众安桥大街以及两侧坊巷,所有店铺都再次活跃起来。十里长街,灯烛辉煌,人流如潮,摩肩接踵。夜市中最诱人的是各具特色的玩物商品,主要包括花篮、竹马、香鼓、鱼龙船等临安特产。并随着时令季节的变化,商家会推出各式各样时新产品。此时已经出现了由茶肆转化而来的一批专业冷饮店,制冷手段主要是建炎南渡以来从北方传入的冷窖藏自然冰。

此外,在夜市中还有成衣铺、水果铺、杂货铺等。与店铺相呼应的,是摆摊设点的小贩。这些摊贩有的是固定地点设摊营业,有的则是流动地摊。摊上货物五花八门,穿戴物、装饰品,各种日用杂物应有尽有。也有一些穷秀才、相面人来摆设摊位,看相占卜、售卖字画。这里酒楼歌馆和瓦子(游乐场)分布甚密,"王妈妈一窟鬼茶坊"虽名字怪诞,却是名士们的聚会之处,每当夜幕降临,他们便呼朋引伴相约于此。

曲中闻主动请客,邀请同学好友到此,大家见有免费的茶饭吃,自是欣然前往。曲中闻自弟弟曲中柳随魏公公去泉州后,整个人换了一个状态,日日美冠华服,出入临安城的茶馆酒肆。十年寒窗苦读,只为一朝入仕为官,这些青年才俊聚在一处针砭时弊已成常态。今日酒足饭饱,大家就朝廷应该主战还是主和争论起来。持两个观点的人,论据相当,一时难分伯仲。

"在下认为,按照眼前的形势,朝廷应该休养生息、储存实力,求和才是上策。"一个学子说。

"非也非也,在下认为一味求和只会助长敌人气焰,应该主动出击；打上几场漂亮的胜仗，才能鼓舞士气。"另一个学子说。

曲中闻只静静地听着，偶尔摇头冷笑，并不说话。

"郡马爷，你有什么高见？"有学子撺掇曲中闻发表意见。

郡主对曲中闻一见倾情，请求赵构赐婚，消息已经在太学传开。很多人都羡慕曲中闻的运气，他攀附上了皇亲，从此以后平步青云。有一两个势利的，本因曲君墨遭撤职有意冷落曲中闻，如今见风向转了，由中闻成为朝廷新贵，纷纷又赶上来巴结。

"既然你们让我说，那我就说两句你们不知道的。咱们说好，事涉军国机密，可不许往外传。"曲中闻故作神秘。

大家忙不迭地附和，发誓绝不外传，眼巴巴地等着他继续往下说。

"战还是和，那要看朝堂之中谁的分量最重，这个人的意思直接决定了方向。实不相瞒，我有确切消息，他老人家只想要收复燕云十六州失地，而且想要效仿大秦统一的合纵之术，远交近攻，最后分而破之……"曲中闻边说边用手指蘸着茶水在桌面上画地图。

"如今朝堂分量最重的……那就是汪相啦……"有脑子转得快的学子想出了门道。

"哎呀，你小点声，这要是让哪里的细作听了去，可了不得……"曲中闻四下张望了一下，起身付过茶饭钱，带领大家离去。

众学子的身影刚刚消失在店门口，角落里有一位头戴斗笠的独身客人站了起来，他来到曲中闻坐过的桌前，端详着桌面上尚未干涸的图画，看了半晌方才结账离去。

灯火掩映的泉州街头，小源次郎独自一人在街上缓缓行走。

经过讨论，小源次郎选了一个对旁人波及最小的方法，由他自行到提刑司衙门自首。他自十二岁来到泉州之后，对这座城市充满了排斥，原以为迈出醉仙楼的后门自己会毫不犹豫地直奔提刑司，结果与自己预料的正

相反，他忍不住放慢脚步，重新打量这个自己生活了十四年的地方。暖黄色的灯火，冒着热气的面馆，散发着甜香的糕饼摊，追逐嬉戏的孩童，车轮滚过街道的骨碌声，每一样都好似初见，又好像是旧识。

严冥夜从转运使衙门出来，又到码头巡视了一下市舶工作，到此时才重新回到提刑司。他下轿后，撩袍上了门前的台阶，只往上走了两三级，便转头冲着阶下的人问道："这位壮士，可是来找本官的？"

小源次郎本躲在暗处观察严冥夜，他想确定一下对方是不是可托付之人，因心里有事，反应便迟钝一些，以至于严冥夜的率先发问，给了他一个措手不及。

就在小源次郎愣神的工夫，四周的差役浑身紧绷，已经将手握在刀柄上，他们心里直打鼓，这么多人都没发现那人的异常，长官隔着这么远是怎么发现的？难道长官后脑勺长了眼睛？

"不要动粗，好生请他到里面来说话。"严冥夜没有多停留，向身边的人吩咐了几句，自己先行进去了。

事已至此，小源次郎再难回头，他抬头看了一眼夜空，残月高悬，星如萤火，长长吐出一口气，如释重负，迈步跟着差人走进提刑司。

严冥夜屏退了周围的人，室内只有他和小源次郎两个人，他面上挂着浅笑，打量了一下小源次郎，漫不经心地问道："你是那夜逃脱的黑衣人？"

小源次郎目光一直盯在严冥夜身上，想要发现一些先机，没想到处处被对方压制。他只能嗯了一声，算作回应。

严冥夜暗自推算了一下，根据货场失火的目击者提供的时间，基本可以判定，那晚他赶到刘家庄时正是这个时间。

此时，严冥夜的脑中多了一个想法：如果自己到刘家庄的时候，是平将门被灭口的时间，那么自己被叫去救援童牧归，也许就不是巧合，而是有人故意设计的。如果自己以上推论都是真的，那么对方的目的很简单，就是要保证灭口平将门的行为顺利进行。因为火势一旦起来，很容易被人发现，自己在城中有可能很快得到消息。

事已至此，童牧归遇袭这件事就变得很有意思了。是因为童牧归发现了什么，有人想杀人灭口？还是有人想要借童牧归的口说出什么？或者就像刚才严冥夜所想的，只是为了调虎离山，引严冥夜出城？抑或以上三者都是。

"你是来自首指认的？"严冥夜毫不畏惧小源次郎的目光，坦然地和他对视。

"你怎么都知道？"这下小源次郎有点慌了。

"不着急说这些，凡事总有代价，先说说你的条件吧。"严冥夜问。

小源次郎这下更慌了，在大宋多年，他学会了待价而沽，本想利用严冥夜的破案心切来和他谈条件。提刑司与平将门这样的组织，在某种意义上是猫和鼠的关系。自严冥夜上任以来，平将门数次作案，没有一次被顺利侦破，以至于平将门放松了对严冥夜的警惕，一直以为他是碌碌之辈。没想到，这个未曾被平将门放在眼里的提刑官，竟然如此厉害，事事都考虑在自己前面。

正因如此，在决定投案后，童牧归建议他向严冥夜投案时，他才会持怀疑态度，犹豫不决。此时方知，严冥夜真的有过人之处，不禁心生敬仰之意。

"守着明人不说暗话，在下此时只有两个心愿。一是那夜激斗，长泽受了伤，希望您给请医医治，并让我见上他一面。二是我同门之人葬身火海，还请大人为他们办一场法事超度亡灵。"小源次郎此时脸上再也没有一丝怠慢之色。

"壮士果然重情重义，这些条件本官都答应了，现在就着人去办。"严冥夜十分痛快地答应。

"多谢大人，在下一定知无不言，言无不尽。"小源次郎十分感动，抱拳拱手深施一礼。

"不忙谢，其他的事情不着急，你先把绑架本司八班总捕童牧归一事，详详细细说与本官听。"

半个时辰后，提刑司的文书拿着两张告示出来，贴在了布告栏上。

一张告示上写道：今有江湖大盗楚千手投案自首，城中百姓有遗失财物者，请于三日内到提刑司登记，待赃物追回，登记者优先返还。

另一张告示上写道：城南货栈失火，人员死伤惨重，提刑司衙署官员于心不忍，共凑银一百两，招募九十九名高僧，举办超度法事。城中军民人等买卖商户，可自行在家中诵读经咒，为亡者超度，为生者祈福。

莫哈拓与鹿游原每日早出晚归，童牧归因手臂的伤还没好则留在醉仙楼。前几日，童、莫二人负气，纵然住在同一屋檐下，彼此之间竟再没怎么正经说过话。

提刑司关于大盗楚千手自首的告示已经贴出来两日，童牧归刚知道的时候十分诧异，他十分确定楚千手早就被关在监牢中了，因为这个人是他亲自到北山逮捕归案的。思考过前因后果，他有些释然，想必是小源次郎投案的时候有很多人看见，严冥夜不愿声张此事，因此假说小源次郎是楚千手。

自小源次郎前去向严冥夜投案以来，童牧归便时刻为听南嫂的命运揪心。小源次郎是否会供出听南嫂的身世，他的出现是否会引起各方面的怀疑？这些都是让童牧归彻夜难眠的问题。

想到这里，童牧归有些后悔，与莫哈拓闹别扭事小，这两天竟然因此而耽搁了破案事大。他又盘算着接甘语柔到醉仙楼的事，自己确实有些冒失，遂决定晚些时候看见莫哈拓，主动给对方一个台阶下，好化解几日来的尴尬。

第27章　流言四起

天近黄昏，醉仙楼的大堂仍没有客人，童牧归感到很纳闷，探身向门外一看，街巷两侧不知何时站了许多兵士。他想打听一下究竟发生了何事，没想到门外的兵士把手中的长枪一横，既不回答他的问题，也不许他走动。

此时感受到气氛不对的，还有钱府。

钱府的主人钱丰源，入伏后经常住在遂园避暑，今天有人来报，他的小儿子在玩耍时跌伤了腿，他便回府里看儿子。

用过晚饭后，钱丰源坐在书房看书，钱十三慌慌张张来报："家主，小的发现一些情况。"

"又怎么了？"钱丰源皱眉。

钱十三说："今天早上，南边通钱府的路开始挖沟。"

"嗯，我回来的时候路已经封了，绕道从北边回来的。"钱丰源回答的时候，眼皮都没抬一下，他是不屑于理会这种鸡毛蒜皮的小事的。

钱十三看着主人的脸色，小心翼翼地说："下午小少爷吵着要花园里的杏儿……"

钱丰源不耐烦道："那你就去摘给他，又不是什么了不得的东西，还值当过来跟我说吗？"

"不是的，小的在假山上摘杏的时候，因为站得高，瞧见不远处的密林里都是人。"

"到处都是人？"钱丰源也察觉到事情不对劲，"林子里站那么多人做什么？"

钱十三脸上堆起谄媚的笑，道："这一下午，小的越想越奇怪，所以特地来禀报家主。"

钱丰源用手指一下一下地敲击桌面，敲了十来下，停下来吩咐道："你去找两个小厮，换了衣服，到后面近处去看看是何情况，看清楚后马上来回我。"

"是。"钱十三垂手答应,躬身倒退着往外走,预备按照主人的要求行事。

钱十三倒退着往外走,没留心身后,钱福飞跑进来和他撞在了一起,二人一齐摔倒在地。

钱丰源登时就怒了,顺手抓起书桌上的镇纸,朝二人掷了过去,正砸在钱福的额角,大骂道:"没用的蠢东西,是爹死了还是娘亡了,赶着奔丧吗?"

钱福额头上的伤口汩汩地往外冒血,血流进眼睛直接糊住了他的视线。不过此时他根本顾不上擦拭,惊恐地说道:"家主,不好了,钱家让官兵给围起来了!"

"哪个营的?"钱丰源不敢相信自己的耳朵。

"带队的人是新任福建路转运使白铭,不清楚是哪个营的兵。"

"他们意欲何为?"

"管家上前问了,他们说是奉钦差的命令,再问别的便一概不答。管家让小的赶紧来报给家主知道。"

"这个汪伯彦搞什么名堂?"钱丰源一时搞不清楚状况,转而问,"十五叔和章闻柳回来了吗?"

"还没回来。"钱福接着补充说,"也可能是被关在外面进不来。"

钱丰源匆匆赶到前面,透过门缝,眼见门外站满了摆列整齐、持刃束甲的兵士,这使他原本不安的心更加忐忑。这些人大多是披甲挎刀的武将,表情凝重,一副严阵以待的样子,亮银色的铠甲晃得人眼晕。

钱家早已被兵士围得水泄不通,在火把的照耀下亮如白昼一般。只见三扇朱漆兽头广亮大门已打开,门上兽口中衔着的门环足有成年男子头围那么大,比提刑司的大门还要气派。大门的两侧,摆着汉白玉整雕的狻猊,通体雪白,映着火把的光亮,愈加显得玲珑剔透。正门之上有一赤金青地大匾,匾上写着斗大的两个字——钱府。

此时，汪相和魏公公带着莫哈拓、鹿游原、严冥夜以及其他泉州属官刚到，正好在钱府门前落轿下马。

"钦差大人，这是来做客吗？还好我钱家家业甚大，拿得出这么多人的碗筷，不然小门小户还真会被吓到。"钱丰源迈出门槛，站于阶上，强打精神与汪相交涉。

汪相目不斜视，朝上一拱手，说道："钱家私通外国，雇凶谋害朝廷命官，现前来封府。"

"汪相，您是在同钱某开玩笑吧？"钱丰源冷笑。

汪相不为所动，虽然所处的位置比钱丰源低，但是他站在原地，身如劲松，朗声回道："王法岂能儿戏，现今证据确凿，尔等休存侥幸，回头是岸。"

"笑话，哪来的什么证据？！"钱丰源双瞳通红，几乎溢出血来。

"你不要拖延时间，现如今人证物证确凿，你私通敌国，谋害朝廷命官，另涉人命案数十起，你是逃不掉的。"

汪相说得言之凿凿，足见是铁了心要办钱家，此番较量，钱丰源无路可逃。

"事情当真是没有回旋的余地吗？"钱丰源的声音有些悲怆。

汪相不为所动道："老夫念在你们钱家曾资助太祖开朝，给你留些体面，暂不强攻，你快束手就擒吧。"

"既然您知道有这码子事还执意如此，那就休怪丰源放肆了。"钱丰源的声音骤然拔高了几度，冲着身后一扬手，"来人，到祖先堂请太祖丹书铁券。"

门内涌出两队皂衣小厮，在门阶两旁站立。阶下众人瞬间绷紧了神经，白铭示意部下进入战备状态，明晃晃的官刀、血红的缨枪全部对准了钱府的大门。一时间，气氛紧张到了极点。

紧接着，钱丰源的身后又有四个小厮出现，他们肩上搭着抬辇，抬辇中间盖着黄缎。钱丰源回身，一把扯掉了黄缎，对众人大喝："太祖丹书铁券在此，谁敢放肆！"

魏公公见了此物，立即跪倒参拜。众人都看向汪相，只见他抬手整了整官帽，撩袍跪倒，众官兵见宰相如此，忙不迭跟上，乌压压跪倒一片。

钱丰源攥着黄缎的手不受控地发抖，咬牙切齿道："后周柴家陈桥让位有德，我钱家出资建国有功，太祖特赐两块丹书铁券，以勉励两家儿孙。卿恕九死，子孙三死，或犯常刑，有司不得加责。如今尔等视太祖训如同儿戏，罪同谋逆。"

就在钱丰源以为自己可以扳回一局时，汪相已经起身站好，伸手整理了一下头上的冠带，大喝一声："好一个罪同谋逆，来人呐，把太祖铁券请过来。"

钱丰源刚想喘一口气，看到汪相态度的变化，当场呆在那里，半晌方反应过来，用颤巍巍的手指点着阶下众人道："你们好大的胆。"

"大胆的分明是你，竟敢辱没太祖圣物。你刚刚自己也说了，'犯常刑，有司不得加责'，你所犯乃非常之罪。"汪相训斥完钱丰源，转身又命令身后的将领道，"众人听令，太祖铁券，众罪皆可恕，唯不恕谋逆。钱丰源私通敌国，杀害朝廷命官，意欲自立，罪大恶极。来人呐，拿下！"

钱丰源见大势已去，像泄了气的皮球，瞬间瘫坐在地，被冲在前面的钦差卫队架到了一旁。此次从福州调来的厢军，俱是白铭的老部下，他指挥起来得心应手，命令道："分头行动，查抄登账。"

兵士各个眼冒精光，喜得摩拳擦掌，就要往各处动手。此时，严冥夜一挥手，命令道："来呀，脱去上衣和靴子，只留犊鼻裈。"

众兵士愕然，面面相觑，不知所措。

"脱，不从者军法伺候。"白铭向兵士下达最后命令。

兵士莫敢不从，纷纷脱掉衣裤靴帽，露出白花花的一身皮肉。负责查抄的兵士进入后，钱府正门、后门、侧门全部在外面上锁。

白铭带兵围守在钱府外，下令：如有越墙而下者，无论是谁，就地击杀。胆敢私纵者，一同处死。这一条命令着实狠绝，既可以防止钱家人逃跑，也可避免抄家的兵士见钱眼开，私藏财宝后逃跑。

负责抄家的兵士拉着本宅家人领路，分头查抄去了。不多时，箱开柜破，所有值钱的东西俱翻了出来。钱丰源看着眼前乱糟糟的一切，两眼直竖，淌泪发呆。

偌大的宅院中报名登记的声音不绝于耳：

伽楠佛像二十尊，念珠九十串。金镶佛八宝二十套。玉佛三尺两尊，二尺九尊，一尺三十尊。玉寿星八仙一套。赤玉如意七柄。珊瑚三尺两树，二尺九树，一尺二十树。

青玉缸八口。玉盘二十对。一尺琉璃盘四件。一尺玉盘四件。金碗二十对，银碗一百二十只。金盘二十只，银盘二百二十只。象牙箸四十把。玉壶十二把，金壶二十把，银壶二十把。

珍珠两百挂，玛瑙一百五十挂，黄玉一百五十挂……

到后来，可能是所抄之物太过纷杂，或者已经超出了登记官的认知，索性一股脑地报出来：

各色名家书画二十四箱，古籍孤本珍本五十箱。折扇、把件等玩器十五箱。

金，十二箱。银，二十二箱。

上等皮草共一百四十四张。

上等布料共三百九十五匹……

"报……"有卫兵捧着一个布包前来汇报，"启禀相爷，我们在暗格里找到了这个。"

被押在一边的钱丰源看见布包，眼睛都绿了，想挣扎着上前，被看管他的兵士重新按回到原处。

众人对望了一眼，还是魏公公最后发话："打开来看。"

卫兵得到命令，解开布包上的疙瘩，一方美玉呈现在大家面前。众人看得真切，此物便是和徽、钦二帝一同被金军掠走的传国玉玺。莫哈拓赶紧上前，把此物重新包好。

布包中还有两封书信。

两封信均出自金国国主完颜晟之手，内容大致相同，均为念及钱家在当地的影响力，金国欲效仿拥立张邦昌建立"伪楚"，扶植刘豫建"伪齐"，在福建路建立藩属政权，拥立钱丰源为越国国君。只要他答应"世辅王室，永作藩臣"，便可登基坐殿，成为一朝人王地主，金军愿意为此提供武力支持。

金政权灭亡辽政权之后，认为大宋幅员辽阔，物产丰富，而不藩服，又与金争燕云十六州之地，这与他们的"中外一统""民宜混同"的政策相冲突。为了占有河北、河东的土地，掠夺宋的宝物财富，使宋政权臣服，金发动了攻宋的战争。但是，遭到了宋政权的抵抗，且宋疆土实在过于辽阔，这使他们改变了原有计划。所以，在攻下宋都汴京，同时占有了河北、河东两路土地之后，金计划灭掉宋政权，对黄河以南地区代之以傀儡政权，使其成为"世辅王室，永作藩臣"的藩属。

"完颜晟还真是厚爱于你，传国玉玺这样的宝物都可以轻易送来。"汪相看过信后便递与魏公公查看，"前番得到你与金国所通之信，所书言词谄媚，欲送上全部家私。可怜本相当时还不敢相信，想你钱家世受皇恩，认为不过是你虚与委蛇的权宜之策，没想到竟是看走了眼。"

"不是这样的，不是这样的，玉玺是十五叔在天竺买回来准备进献给朝廷的。"钱丰源挣扎着往这边爬，旁边看管的兵士死死地将其拖住，他言词悲切，"我只是叫平将门的人去市舶司拿回玉玺，并没有让他们杀人。完颜晟一厢情愿，丰源为之不屑，早就吩咐人把书信烧毁，不予理睬。"

"满口胡言,一会儿说是买的赝品,一会儿又说是从市舶司取来的,你都难以自圆其说。你且不必忙着推脱,自有人证与你对质,看你到时还有何话说!"

钱丰源猛然间睁大了眼睛,眼珠几欲从眼眶中掉出来,冲着前方暗处高喊:"稼音,是你,是你没把信烧掉,你和十五叔一起陷害我。"钱丰源在地上鬼哭狼嚎,几近癫狂,"为何?为何?你们到底为何这么做……"

汪相听得心烦,挥手示意,兵士不知道从哪里找来了破布,七手八脚地把钱丰源的嘴堵上了。莫哈拓顺着他的目光看去,只见一个披头散发的人影一闪便不见了。

钱丰源在地上不断挣扎呜咽。汪相见状,冷笑一声,随后命令道:"钱家意欲资敌,这里的每一文钱皆会变成刺伤我大宋将士的刀枪,所有家财全部装箱封存搬走,以绝后患。"

装满抄物的箱子,很快摆满了前院,以至于后来的箱子需要叠在一起。

钱府这边的抄家有条不紊地进行着,鹿游原带队查抄的遂园则要混乱一些,他似乎没有料到,兵士在巨额财富面前会爆发人性的弱点。

抄红了眼的兵士,开始打、砸、毁坏带不走的东西。遂园之中不再像往日一样回荡着龙吟虎啸,更像是鸡笼里闯进了狐狸,处处充斥着女孩的尖叫声。仙子一般的高丽婢和风情万种的大食菩萨蛮,早已花容失色,像猪仔一样被人束了手然后串在一起。看管她们的兵士已经兽生难耐,虽没有就地提枪上马,但是脸上荡漾着淫笑,掐一下这个的脸蛋儿,摸一下那个的屁股,上下其手,不亦乐乎。

有的兵士在逗弄猛兽取乐,天竺狻猊、猛虎、青象等珍禽异兽和此处的富丽堂皇一样,是他们闻所未闻、见所未见的。猛兽感受到了危

险，开始不断地咆哮和撕咬，企图冲破牢笼。不知道什么时候开始，有人率先用手里的缨枪扎向猛虎，剩下的人纷纷效仿。这些人发现了虐杀的乐趣，并不急于弄死眼前的猛兽，而是在一下一下的扎进和拔出中，发泄着他们变态的虐待欲望。

张池这边的禽鸟也未能幸免。有人绑了鸿鹄、孔雀、丹鹤的翅膀来回抛耍，有人喜欢它们光亮的羽毛，不顾它们的挣扎和惨叫，肆意拔下羽毛。一群人中，不知道谁先提起："这东西好吃吗？"很快，篝火被架起来，它们被扭断脖颈后，直接接受火的炙烤。

昔日人间仙境，此时成为炼狱。

钱府大门再次打开，马车整齐有序地停在门外，贴好封条的箱子被陆续搬上车。前车装满后陆续离开，后车紧接着上前停在钱府门口等待装车。泉州城内通往码头的官路，早早有兵士沿途站岗守护，开始的时候城中百姓不知道发生了什么事，拼了命扒着人群看热闹。有识字的人率先发现封条上的字迹，高声叫喊："看，钱家被抄家了，这些都是钱家的东西，钱家倒了。"

人群开始骚动，百姓议论纷纷，有人咋舌钱家的财富，有人咒骂钱家罪有应得。大约持续了一个时辰，人群逐渐散去；持续到第二个时辰时，围观的人只剩下小部分了；到第三个时辰时，只有极少数的人坚持想看一下，到底钱家被抄没了多少东西。

童牧归坐在醉仙楼的大堂，看着门外络绎不绝的马车，听着百姓们的嘶喊，一时有点恍惚。事已至此，整件事的发展走向既在情理之中，又在他的意料之外，诸多证据皆指向钱家，证明钱家是市舶司衙署官员被屠案的主谋。只是之前，童牧归总有一些担心，他觉得钱丰源不会乖乖认罪，最多就是交出几个替罪羊搪塞一下。然而所有的担忧在此刻尘埃落定，每一辆经过童牧归眼前的马车都在向他证明，钱家真的完了。

他还是不敢相信这一切都是真的。

莫哈拓和鹿游原走了进来,坐在桌边打盹的童牧归一下子被惊醒。

"今天到钱家抄家,你有伤在身,便没叫你。"鹿游原道。

"鹿大人客气了,此等机密要务,不是我这样身份的人可以参与的。"童牧归用力搓了搓脸,算作自嘲。

"感谢童总捕和老板娘这一段时间的照顾,官家有旨,我与汪相需即刻返回临安复命。真羡慕莫大人还可以再留一段时间,他年相见,后会有期。"鹿游原说完这些,冲着童牧归拱了拱手,转身回自己的房间收拾东西。

第28章　轰然崩塌

"钱家通敌谋反，私藏传国玉玺，意图在金敌的扶持下自立，现今证据确凿。你们再多问，一律按同罪论处。"一言既出，吓得周围人再没有敢出声的。

绍兴二年，八月十日。

市舶司被屠案案发第四十日，距离皇帝规定的破案期限倒计时：五天。

拂晓时的刺桐显得越发翠绿，不远处海涛拍岸，最后一只箱子被抬上钦差官船。刺桐树三月花开火红，八月结果，南唐节度使刘从效当年令人在泉州城遍植刺桐，因此泉州也有刺桐城的别称。他主政期间，采取息兵安民保土的政策，大力发展生产和海运，使兴化、泉、漳三地在五代全国性的战乱中独得繁荣和发展，又顺应了全国统一的历史趋势。

昨夜泉州港市舶点检处，也发生了十分惊心动魄的一幕。

张奔召集在港的所有海商、商船负责人，宣布朝廷关于点检工作的最新规范。这种事情常有，每当朝廷有新的法令宣布都会如此，大家陆续到达点检处集合。

大家没想到的是，白铭的副将带着一百名亲兵，正等候在那里，所

第28章 轰然崩塌

有人只许进不许出。很快,所有商船负责人被分成了两拨,一拨是钱家商船的负责人,一拨是其他海商。钱家的人被赶进一间屋子,随后有人把房门锁上,任他们怎么叫嚷也没有人答应。

"钱家通敌谋反,私藏传国玉玺,意图在金敌的扶持下自立,现今证据确凿。即刻起各海商、船主,有人胆敢私送钱家人口、物资出海者,一律按同犯论处,听明白了吗?"张奔压住众人议论的声音,扯着嗓子大喊。第一次执行如此重大的任务,虽心脏狂跳也只能强装镇定。他现在已经没有能力思考,只能长官安排一步自己做一步。

众人哗然,声音几乎能顶破点检处的房顶。张奔几次想压制他们的声音,但是他的声音刚出口就被淹没在声浪里,实在力不从心,只能放弃。

奕灿和郭鸣都在海商之中,同周围的人议论着到底发生了什么事。

"管他娘的发生了什么鸟事,钱家完了就是好事儿啊,你们怕啥?"郭鸣扯着他一贯的大嗓门说道。

有一两个脑子快的,发现郭鸣话糙理不糙,就是这么个理儿。钱家倒了,小股海商的好日子就要来了。

大厅之内渐渐响起稀稀拉拉的掌声,随着附和的人越来越多,掌声犹如一道斧刃,为大家劈开了压迫与黑暗。

魏公公、严冥夜带队到码头为汪相送行时,码头已经恢复了往日的状态。童牧归、莫哈拓送鹿游原到码头,看着满载离港的钦差官船,感慨良多。

船队起航,送行的人伫立良久。严冥夜对童牧归近日来的付出表示赞赏,正式批准他离职。众人忙活了一夜,各自回去休息。魏公公在一旁静静看着,笑而不语。

泉州城内一夜之间天翻地覆,其他州府也不轻松,各地钱家商号的

门在今日凌晨被官兵敲开，商号主事在验明身份后被带走。

"官爷，这么晚了，到底发生了什么事？"有旁人壮着胆子问。

"钱家通敌谋反，私藏传国玉玺，意图在金敌的扶持下自立，现今证据确凿。你们再多问，一律按同罪论处。"一言既出，吓得周围人再没有敢出声的。

这些人一阵风似的来，又一阵风似的离去，除了夜里警觉的狗吠叫了几声，再没有留下一点痕迹。

到了开门营业的时间，商号照常营业，百姓习惯性地进入购买。只有一些观察仔细的人发现，商号的角落坐着两三个闲人，既不像买东西的客人，也不像干活的伙计，他们只一味地用警惕的目光看着进进出出的客人。

童牧归回到醉仙楼，睡到正午方醒，在醉仙楼里里外外转悠，想着找点活干。莫哈拓不知道何时踱到了他的身后，童牧归回身时被吓了一跳。自从那日二人争执过后，一直没有说过话，童牧归觉得有些尴尬，便想侧身从一旁走开。

"有件事，没经过你的同意，我便做主了。严提刑与我商量，写给官家的奏报没有提及你的名字，案子破了虽然是天大的功劳，但终归是一件丑事。你在朝堂并无根基，天威难测，还是不要牵扯其中比较好。"莫哈拓的眼中罕见地带有一丝委屈，末了补充道，"不必谢我，咱俩扯平了。"

童牧归先是被他说得一愣，随后明白了他的深远用意，只憨笑了一下，并不道谢。

莫哈拓从怀里掏出一个小瓷瓶，塞在童牧归的手里，说道："这是从钱府那个娘娘腔那里得到的解药，说是能解伯父的毒。我不放心真假，你找个相熟的大夫验过，没问题再用。"

童牧归还是没说话，径直从其身边走过。随着他们的右肩撞在一起又分开，二人之间的隔阂已经被两个男子汉重重的力道击落。

开心的事一件接着一件，远赴广州押镖的杨志勇昨天回到了泉州。休息了一夜后，他迫不及待地赶往童家，想与自己的好兄弟分享沿途的趣事。童家自然是大门紧锁，他扑了一个空。经过邻居薛老爹的指引，才一路找到醉仙楼来。

没等走到近前，他远远地便看见皮皮在柜台旁，同一根足有它半个身长的牛腿骨较劲。他弯腰一把捞起皮皮，高举过头顶，美滋滋地同它说："小东西，老话怎么说来着，一人得道，鸡犬升天，看把你美的，吃得这么胖，回头我就把你宰了下酒。"

"混说，老话是这个意思吗？你快把它放下，一会儿听南嫂该心疼了。"童牧归笑骂着从后面走出来。

"呦呦呦，你信不信我现在就把它宰了？"杨志勇非但没有把皮皮放下，还示威似的双手晃了晃，惹得皮皮两条肥硕的小腿在空中乱蹬，"兄弟这么多年，竟比不上你家的狗，枉我巴巴地赶来看你。"

"杨大镖头，辛苦啦，累坏了吧。"童牧归拿腔拿调，一脸坏笑，故意恶心杨志勇。

杨志勇瞥了他一眼，作势要将手里的皮皮抛向童牧归。

童牧归赶紧上前两步抢过皮皮，埋怨道："路上敢是撞见了冒失鬼，一进门就开始发疯！"

皮皮趁乱一溜烟地跑去后院躲起来，再也不肯出来。

"你们的事儿定啦？"杨志勇说话时挤眉弄眼，语气暧昧。

童牧归脸一红，嗔怪道："八字还没一撇，休要混说。"

"都住在一起了，还没一撇呢？"杨志勇一时得意忘形，声音提得老高，"你这样应该算入赘吧……"

不等他说完，童牧归一拳捣在他的肩头，咬牙切齿道："自家兄弟开几句玩笑也就罢了，守着这许多外人，你想别人看我的笑话不成？"

"你随我到我家去吃酒，我便不说了。"杨志勇坏笑道。

"行，你先回去，晚些时候我一定去。"童牧归满口答应。

"现在就走吧，你嫂子已经在家炒菜了。她原本嘱咐我来买一只哑厨的烧鹅下酒，既然你住在这里，想来也是吃腻了的，咱们换赵家的白肠和酱肉也是一样的。"杨志勇说到这里，作势就要往外拉童牧归。

"你看你，又来了。"童牧归哭笑不得地摇摇头，"过几日中秋，顺子去乡下看他姐姐了。听南嫂上街买东西了，店里没人应着，我这会儿真的走不开。"

"呦呵，真是当成自己家买卖一样上心了。"杨志勇调侃道。

这时莫哈拓从外面进来，童牧归连忙岔开话题道："杨大哥，我给你介绍一下，这是临安来的莫……"

莫哈拓趁着童牧归还没有报出自己的官称，连忙抱拳拱手抢先道："小弟莫哈拓，久闻杨兄大名，失敬失敬。"

杨志勇最是热情好客，伸手在莫哈拓的上臂拍了几下，笑呵呵地说："真不错，看来平时没少下功夫，一会儿你跟着牧归一起来呗，咱俩比画比画。"

这一下把童牧归弄得很紧张，在二人之间来回看着，有心挑明莫哈拓的身份，但是他自己故意含混过去，又不好勉强，唯恐杨志勇不明就里惹莫哈拓怪罪，没想到莫哈拓朗声大笑道："好呀，那小弟就叨扰了。"

"一言为定，我在家等你们。"杨志勇快人快语，说完便往外走，回家去了。

待他迈出门去走远了，童牧归讪笑着对莫哈拓说："杨大哥就是这样的直脾气，我见过你功夫的，他打你你便挨着些，不要还手把他打坏喽。"

第28章 轰然崩塌

"有你这样的吗？大小我也是官家派来的钦差，挨打也就罢了，为何还手都不许？"莫哈拓哭丧着脸，已有了几分怨气。

童牧归也觉出来自己说的话不合适，尴尬地在一旁挠头，他转移话题道："你不是去见魏公公吗，为何这么快回来了？"

"看我这脑子，差点把正事给忘了。"莫哈拓猛地一拍额头，想起了什么，"有件事我想同你商量。魏公公你是见过的，过几日是中秋节，他在这里人生地不熟，想和我们一起吃团圆饭。只是他是一个不全之人，怕你们忌讳，因此特意来问问你。"

"这样啊。"童牧归显得有些为难，"你在这里好歹还算是客人，该知道我在这里就是个白吃白喝的，根本不能做主，还是等听南嫂回来问过她才行，我都听她的。"

莫哈拓扑哧一下乐了，道："人都是你的了，有什么做不得主？"

童牧归刚想嗔怪几句，一抬头，看见听南嫂挽着甘语柔，二人提着大包小裹从外面进来。他一个健步冲上去，接过她俩手里的东西，回头看的时候，莫哈拓已经闪到一边，明显是在回避甘语柔。童牧归只好把刚才莫哈拓的话向听南嫂学说了一遍，末了还补充道："这个魏公公和咱们平日里想象的那样妖里妖气的太监不一样，看着面目和蔼，同一般上了年岁的老人家没什么不同，只是没有胡子罢了。"

听南嫂听后满不在乎地道："嗨，我当是多么了不得的事儿呢，就这也值当让你们两个大男人如此赔着小心？不就是多添一双筷子吗，只要他不嫌弃，一并住过来也是可以的。"

童牧归喜不自胜，莫哈拓自然也高兴，二人与听南嫂嬉笑几句，便出门赶往杨家。

杨家小院的凉棚下，瓜果齐备，茶几上堆得满满当当，杨夫人还在不停地把东西摆上来。狗儿一会儿凑过来揪一颗葡萄，一会儿跑过来拿一片西瓜，待童牧归想要逗弄他时，他便一头扎进杨老汉的怀里，怎么叫都不肯探出头来。

"这孩子像个大闺女，一点都不随我，我这么大的时候都已经上树掏鸟窝了。"杨志勇看着自己儿子傻笑。

杨老汉白了儿子一眼，挖苦道："那还不是狗儿娘教育得好，都像你破马张飞似的就好啦？"

"爹……"杨志勇语气甚是埋怨，"守着外人给我留点面子，童兄弟也就罢了，莫大人是官家跟前的人呢。"

"杨大哥哪里的话，肩膀齐，为兄弟，您要是不嫌弃，也叫我一声老弟好了。"莫哈拓谦虚道。

"好兄弟。"杨志勇一巴掌拍在莫哈拓肩上，"能和童兄弟对路子的人，肯定错不了。来，咱们干了这杯。"

三只酒碗撞在一起，三人俱是一饮而尽，好不痛快。

"莫说做了天大的官，到了我这个岁数，看你们都跟看自己孩子是一样的。"杨老汉摇着扇子，听着莫哈拓说话口音与自己相仿，该是同乡，格外开心，"莫大人，你也是汴京人？"

"是，从小长在汴京，前几年随官家去了临安。"莫哈拓答道。

"莫大人，老头子我问句犯忌的话，汴京城还有收回来的指望吗？我杨家祖坟还埋在那儿呢，也不知道我百年之后埋在哪里……"杨老汉的皱纹中逐渐涌出感伤，在场的人看了心里都很不是滋味。

"爹，正高兴呢，说这个干什么！"杨志勇嗔怪道。

"人老了，竟说胡话，不提了，咱们说点别的。"杨老汉赶紧打着哈哈遮掩。

莫哈拓却丝毫没有放松，杨老汉的话也触动了他的心事，他独自喝干自己碗中酒，正色说道："伯父，实不相瞒，午夜梦回时我亦常思乡情切。您放心，待咱们的兵马有朝一日挥师北上，莫某愿以一腔热血祭。"

第28章 轰然崩塌

"莫大人说得好，倘若我大宋男儿人人如此，大宋朝廷当不至于如此。"童牧归觉得心头沉甸甸的。

"其实也有天意，金军占城那一年我还在城里，泉州百姓可能想不到，那一年的雪像泼面似的，士兵被冻得根本拿不起来武器，甚至有不少守城的士兵都冻死了。城内缺食少薪，百姓冻死的更不在少数，就连金军围城的头领自己都说，汴京大雪如同为他们增添了二十万士兵。可见天灾如此，不能强求。"杨老汉道。

"鸟天意，还不是没钱闹的。"杨志勇随即神神秘秘地对童牧归说，"我还没进城就听说了，你们帮朝廷挣了一大笔钱，国库连夜加盖了好几座，是真的不？"

童牧归与莫哈拓对视一眼，苦笑道："你这是哪里听来的混话？这会儿汪相只怕还没到临安呢。"

"虽是市井谣言，但是也有一些道理。"莫哈拓接着说，"靖康之役后，朝廷府库被抢一空，军队缺粮缺饷已是常态，有了这笔抄没的银子，倒真是可以解燃眉之急。"

"嘿，不会是官家缺钱花了，故意诓别人家产吧？"

"杨大哥你说什么呢？"童牧归紧张地看向莫哈拓，"这样的话是要惹祸的，以后在外面这样的话听都不要听。"

"嘿嘿，我就是一个粗人，说话不过脑子。来来来，喝酒。"

杨志勇也觉冒失，频频举杯遮掩尴尬，三人在杨家小院儿吃喝一处倒也尽兴。酒过三巡，菜过五味，绯红色渐渐爬上了三人的脸，朦胧之间都有了几分醉意。

"兄弟，我跟你说，这一趟你没跟我一起去实在是亏了。哥哥我走了这么多年的镖，顶属这一趟的最快活。"杨志勇大着舌头道。

"哦？你们出发之前我也不方便问，这一趟你们运的是什么宝贝呀？"童牧归答。

"嘿嘿,我也不知道,反正是既轻松,主家的事儿又少,给的钱还多。"杨志勇面有得色。

"杨大哥说话真是风趣,押一趟镖山高路远,不知道是什么就启程,万一有人戏耍于你,封了一箱西瓜你去送,到了地方查无此人,你不就傻眼了?"莫哈拓道。

"不怕的,这一趟有主家的人跟着,出发之前就先付给我镖利,倒省得我山高路远带回来许多麻烦。"杨志勇答。

"那就更奇了,都不知道是什么东西,怎么同人家算账呢?"童牧归道。

按照镖局的规矩,镖利收取多少,需要根据押运的路程远近、货物重量、所押货物的价值、路程中的危险度等,按比例收费。

"他们找我的时候商量好的,诸事不问,十几车东西,三百贯钱走一趟。我一听,这样的好事,哪有不答应的道理?哈哈,你们说是不是?"

"来,祝杨大哥——生意兴隆通四海,财源广进达三江。"童牧归举杯道。

"那我也祝你和听南嫂早日完婚,生个大胖小子。"杨志勇不甘示弱。

"来来来,同祝,同祝。"莫哈拓举杯附和。

众人是真心高兴,这是他们近段时间以来吃得最舒心的一顿酒。

第29章　兔死狗烹

"我待你兄弟二人不薄，你为什么陷害我？扳倒了钱家，对你们有什么好处？"这个问题困扰了钱丰源一整夜，如今事主就在面前，他索性问个明白。

绍兴二年，八月十二日。

市舶司被屠案案发第四十二日，距离皇帝规定的破案期限倒计时：三天。

月子弯弯照九州，几家欢乐几家愁。几家夫妇同罗帐，几个飘零在外头。

汪相率领的钦差船队自离港便一直在海面上漂泊，钱丰源盘坐在狭小的船舱中，此时外面夕阳灿烂，但是室内昏黑一片，只有几缕从门缝溜进来的光线。

昨夜无眠，他脑中的画面不断闪现，待有了几分明白，他拼命地敲击门板，请求见上汪相一面。

一开始还能换来看守的几声呼喝，折腾得久了门外再没人理他。他颓坐在船舱一角，喊叫声像一把把小刀划过他因干渴而撕裂的嗓子，到最后喉咙里再难发出一音，只剩下拳头绵软地叩击船板的声音。

吱呀——

随着舱门被看守应声打开，阳光奔涌而进，直扑钱丰源的脸上，他下意识地抬起手臂，眼睛躲在衣袖后面观看来人是谁。

舱门前的黑影剪切了灼目的阳光，门外碧天沙鸥勾勒出来人的轮廓，海风带动来人的衣袂和额发。他手拿折纸扇，脸上挂着鬼魅的笑。

"家主，昨夜睡得可好？"稼音调侃地问道。

钱丰源把脸别向一边，冷哼道："你这个不阴不阳的绝户东西，背主弃义，居然还有脸到我跟前？"

"呦，还端着您家主的架子呢，敢情您还做着梦没醒是吗？"稼音边说边走了进来，舱室狭小，他站在当中，发髻贴到了舱顶，索性从袖中掏出随身的绢帕，展铺在室内的矮桌上，顺势而坐。

"我待你兄弟二人不薄，你为什么陷害我？扳倒了钱家，对你们有什么好处？"这个问题困扰了钱丰源一整夜，如今事主就在面前，他索性问个明白。

"钱丰源，你这话我就听不明白了。作为你家曾经的门客，哪一项命令的执行没有经过你的批准？"稼音此时心情不错，饶有兴致地看着钱丰源，"平将门那些东瀛贼人你敢说不是坐着你钱家的船来到中土的？那传国玉玺就在你家中你敢说你不知道？金主完颜晟确实有亲笔书信欲扶植你当国君，而不是我呀！这通敌篡国的帽子，你就是说破大天也摘不掉的！我不忍助纣为虐，迷途知返，揭发你的勾当，何错之有？"

钱丰源瞟了一眼门外雕像般杵在那儿的看守，原本预备扑打稼音的紧握的拳头无奈松开，咬着后牙根，不甘心地问道："你既不屑与我为伍，便应讲出全部情况，为何断章取义，只说出部分混淆视听？市舶司的人不是我指使平将门杀的，这你是知道的。玉玺是老十五买回来陷害我的，他觊觎钱家的财产而不得，打算与我拼个鱼死网破。"

"钱丰源，事到如今你还不明白？什么叫觊觎？人家是正房嫡子，

第29章 兔死狗烹

难道不应该是你们父子下作，抢了原本属于别人的东西吗？"稼音的眉梢跳上几分戏谑，咋舌说道，"都说当年老爷子上了岁数以后，脾气古怪多疑，一众儿孙中唯独你深得他心。那扶不上墙的钱正黷是沾了你的光，才得到这偌大的家业。按道理你应该长于人情才是呀，怎么会落得如此田地，可怜可悲呀！"

记忆的闸门轰一下打开，钱丰源镇压在心底的恶兽冷不防地蹿了出来。掌管钱家已经十年，他以为那只兽早就被自己绞杀，殊不知不过是自己骗自己罢了，他自以为的强大瞬间被击垮。

钱丰源既是幸运的，也是不幸的，事情还要从他的父亲钱正黷说起。钱正黷虽然是钱博远的三儿子，但是在钱家这样的豪门大户，除了有母凭子贵一说，还有子凭母贵的规矩。钱博远娶妻金陵章氏夫人，另有八房姬妾，一妻八妾总共为他生了四女十五子。

钱正黷在这些孩子中的身份最低，因为他的母亲在钱家只是一个粗使婢女，模样也不甚好看。当时钱博远已有一妻一妾，谁也不知道那一夜钱博远为何色迷了心窍，在花园的凉亭里与此女春风一度。

此等艳事瞬间在府中传得沸沸扬扬，众人自然不敢说主人的长短，便纷纷在背后对此女指指点点，议论她伤风败俗，生性淫荡。此女受不了非议，便投井自尽，万幸被人看见捞了上来，郎中诊治的时候发现已有孕在身。章氏夫人心中虽有千般的醋意，无奈此女有了钱博远的骨肉，便拨出一间闲房供其居住，命她不可再胡思乱想，好生养着。

大家觉得这个婢女走了大运，被老爷"一击即中"，若能顺利产，老爷看在孩子的面子上多数会给她一个名分。然而钱正黷出生后一天天长大，钱博远陆续又娶了七房小妾，却从没想起给此女一个名分，更是对这个孩子不闻不问，可怜亲父子生活在一座宅院内，一年竟也见不上几回。

钱正黯母子在钱家的地位很是尴尬，他到了成家的年龄，也没有人为他张罗，混娶了泉州城一个老吏的独女李氏。父亲在兄弟间的不如意，母亲在妯娌间的不称心，全都发泄在了儿子钱丰源身上，两人对他动辄打骂。当时在小钱丰源身上，一点也看不到富家少爷的影子，他只几岁的年纪，便活得小心翼翼。

也许是因为隔辈亲，也许是因为在一众野马似的孙儿中钱丰源显得别致，钱博远对这个孙子不像对儿子那样排斥，对他与众人一样教养。压抑了许久的钱正黯夫妇，在儿子身上看到了分得一份家产的希望，自钱丰源开蒙后日日逼迫他读书临字到深夜，稍有怠慢，罚跪罚站乃家常便饭。

到后来，为讨钱博远欢心，钱正黯刻意留心父亲在看什么书、在见什么人，回到自己房内再教钱丰源。甚至，两人常推演见到钱博远该怎样答话，对待叔伯应该怎样应对，从言语到表情事无巨细。

功夫不负有心人，钱正黯得到了意外的收获——原本他只是想借助儿子在家产中分得一杯羹，但万没想到在与包括正房章氏夫人所生嫡子钱正青在内的众兄弟的角逐中，他得到了钱家家产的一整盆汤。

后来的钱丰源纵然拥有了可以睥睨天下的财富，风光无限，但是童年的痛苦一直是折磨他的怪兽。在人生本应最天真烂漫的时候，他早早地面对尔虞我诈，懂得了世态炎凉。

"想什么呢？"稼音的话音像那觉醒恶兽的利齿，一口把他咬回现实。

"你到底是谁？"钱丰源惊恐地问。

"我是谁，哈哈哈……我是谁？哈哈……"稼音喃喃自语，边说边笑，不能自已。

尖厉的笑声碰撞在四壁，纷纷掉头，一股脑儿地涌过来撕咬钱丰源的耳膜。幼时堂兄弟们对他的讥笑，父亲对自己咒骂的场景不断闪现。他用双手捂住耳朵，拼命地甩头，想把那些不愉快的人和事都甩开。

稼音在钱丰源旁边蹲下，温柔地把他捂在耳朵上的手拿开，朱唇凑到近前，吐气如兰，缓缓说道："我是你哥哥呀，我和稼熏都是你哥哥，哈哈哈……"

钱丰源被耳边骤然响起的笑声惊得失了魂，仿佛从不认识稼音一样。

"我们都是你哥哥，亲哥哥。"稼音又把自己的头向钱丰源的方向靠近了一些，二人的面颊几乎贴在了一起。

钱丰源猛然回过神来，像看到了瘟神，一把推开稼音，惊叫着朝舱角爬去。

"你别过来，你别过来……我父亲没有纳妾，我母只有我一子，哪来的什么兄弟，你骗鬼去吧，我不信……我不信……"

"呸！"稼音啐了一口，"你当我们兄弟稀罕做你们钱家的儿孙吗？若不是为了报仇，我今生都不愿多看你一眼。"

钱丰源鼓起胆子道："你个不男不女的东西，妄想和我攀亲，你有什么证据？"

"笑话，我又不是来找你认祖归宗，要什么证据？若我不是钱正黯的儿子，你娘那老巫婆何苦要对我下毒手？我又怎会落得今天这半残之身？"稼音双眉高挑，怒目圆睁，"你家有阔屋千间，却不肯匀片瓦与我母子遮身。到今天，我自是不愿与你多做一刻兄弟。你们有今日的下场，全是报应。"

钱丰源回忆起儿时父母吵架时自己听到的只言片语，只觉得后脊背发凉，头皮透风，猛然间想起另一些事，急急地问道："我爹是被人害死的！你和稼熏是有意失手，为的就是陷害我！"

"你总算想明白了，不过，是也不是，还是那句话，桩桩件件都是经过你准许的。"说话间，稼音已经走到了舱门口，身体把阳光挡住了不

少,舱室内一下子暗了下来。他冲钱丰源回眸一笑,逆光剪影分外鬼魅。

"有劳二位小哥。"稼音说着从袖子里掏出两张银票,塞到门两旁看守的人手中,自己闪身站到了一旁。

二人不发一言,接过银票揣好,转身进到舱内,老鹰捉兔般拽住钱丰源就往外拖。钱丰源大惊失色,不知道究竟怎么回事,踉跄着被拖了出来,眼瞧着二人一个架肩一个抬腿,欲把他扔出船外,抛进海里。

"你们要干什么?你们要干什么?"钱丰源的嗓子因为惊恐已经喊破了音,"我是冤枉的,我要见汪相,我要见官家……"

"不审不问便处死我,你们也脱不了干系……"钱丰源十指死死地扣着船栏,在做最后挣扎。

咚——

随着钱丰源的应声落海,海面掀起了盆口大的水花,只被海浪轻轻一摩挲,便再也看不出踪迹。

稼音看着恢复如初的海面,对两位看守说道:"汪相有令,你二人看管不力,导致朝廷要犯跳海自尽,责打二十军棍以示惩戒,去副将那里领刑吧。"

两名看守答应了一声,稼音依旧面朝大海站在原地没动,半响方喃喃道:"我稼音说话算话,既说不愿与你多做一刻兄弟,便不能留你活到下一刻……"看守的刀插入了稼音的后背,阻断了他后面的话。

稼音转过头来,脸上仍旧挂着笑意,似乎一点也不意外自己的结局,慢慢地闭上了眼睛,眼泪滑过腮边,滑进领口,打湿了脖颈上的胭脂迹……

咚——

海面再次掀起盆口大的水花,一瞬间的工夫即被抹平,如果不是船舷上有些许遗留的血迹,这里就像什么都没有发生过一样。

第29章 兔死狗烹

明月几时有？把酒问青天。不知天上宫阙，今夕是何年。

我欲乘风归去，又恐琼楼玉宇，高处不胜寒。起舞弄清影，何似在人间。

转朱阁，低绮户，照无眠。不应有恨，何事长向别时圆？

人有悲欢离合，月有阴晴圆缺，此事古难全。但愿人长久，千里共婵娟。

——[北宋]苏轼《水调歌头·明月几时有》

听南嫂自幼家中冷清，难得这么多人一起过团圆节。魏公公到时，醉仙楼已经关门歇业。

他与童楚早早地被大家推坐在上首，两位老人一边看着小辈忙来忙去，一边唠着家常。魏公公再享人伦之乐恍若隔世，仿佛回到了他小时候，只不过从前是爷爷坐在桌前，看着他们兄弟跑来跑去。

餐桌上早早地摆了石榴、榅勃、梨枣、栗子、甜橘，尤其是一盘葡萄被语柔洗得发亮，上面还挂着水珠，很是可爱。

童牧归和莫哈拓也被赶过来坐下，只是莫哈拓的眼睛好像拴在了听南嫂的身上。每当听南嫂端着盘子过来，他便下意识地靠近，似乎旁边没有人他便想一把揽过佳人一亲香泽的样子。

童牧归早就发现了莫哈拓的反常，碍于自己曾误会对方一次，理亏在先，加之父亲和魏公公在场，不好发作。

当听南嫂再一次端着菜进来，莫哈拓下意识地把鼻子凑近了听南嫂的头发。童牧归再也忍不住了，一把抓住莫哈拓的衣领，将他的身体拽向自己。童楚也看出了其中的端倪，他几乎同时将手按在童牧归的腿上，提醒他不要冲动。

"你们怎么了？"听南嫂察觉到声响，回过头来询问。

童楚抢先说道："他们兄弟俩闹着玩儿呢，孩子你去忙吧。"

听南嫂狐疑地看看他们，往外走了两步又忍不住回头看看，最后才带着疑问接着出去忙了。

听南嫂前脚刚出去，童牧归一下站起来，怒目而视莫哈拓，道："我当你是朋友，你是不是过分了？"

莫哈拓的脸腾一下红了，尴尬地看向童楚和魏公公，一时不知道说什么好。

魏公公压了压手，示意童牧归别激动，转而问莫哈拓："你是不是闻到了和那石头一样的味道？"

莫哈拓闻言，先是摇了摇头，随后忙不迭地点头，眼神之中充满了诧异，反问道："您也闻到了？"

魏公公微笑着点点头，转而温言对童牧归说道："童总捕，你且坐下。咱家担保，莫大人绝无恶意，你听他说说缘由便明白了。"

童楚忙把童牧归拉回椅子上，童牧归负气地坐在那里，眼睛斜向一边，也不看莫哈拓。魏公公又道："莫大人，童总捕也是参与了案件侦破的人，你说吧，不碍事的。"

莫哈拓犹豫了一下，方开口道："那日在钱家暗格之中找到了一个包裹，你可看见？"

童牧归用鼻子哼了一声，道："那日我不曾去，这与我何干，什么了不得的东西能让你如此？"

"你说对了，就是了不得的东西，那是传国玉玺。"莫哈拓不为所动，双眼紧盯着童牧归。

"啊？"童牧归不由得倒吸一口凉气，心想：魏公公与莫哈拓都是官家身边的人，肯定不会认错，果然没有冤枉钱家，当真是要谋反。

莫哈拓接着道："那日慌乱，没觉得有什么，后来事毕回到转运使衙门，我与魏公公细看之后，不知为何玉玺周身油腻，像被人刷了一层油一样，闻着有一股子香味儿。"

"什么味儿？"童牧归好奇地追问。

"就是……就是听南嫂头发上的味道……"莫哈拓越说声音越小，像一个犯了错的孩子在交代事情。

"怎么可能，你的意思是说听南嫂见过玉玺？这不可能。"童牧归又急了。

"不是，我不是这个意思。"莫哈拓抻着脖子申辩，"只是刚才听南嫂打这里过的时候，我闻着味道熟悉，一直不能确定，刚才魏公公也说如此，我才确定我没闻错。"

此时，听南嫂端着一盘膏满黄肥刚蒸好的闸蟹进来，童牧归冲过云把自己的鼻子一下子挨到她的发髻边，惊得听南嫂险些失手跌了蟹笼。

"你干什么？"听南嫂有些恼了，嗔怪童牧归当着许多外人无礼。

"你说的就是这个味儿？"童牧归顾不得理会听南嫂，直直地逼问莫哈拓。

室内一时很尴尬，童楚最先反应过来，微笑着对听南嫂说："孩子，你别生气，牧归和莫大人在推演案情。你今天往头发上擦了什么没有？"

听南嫂被问蒙了，搞不明白推演案情与擦了什么头油有什么关系，只能老老实实地回答童楚的问题："从前我都是用茉莉油擦头，昨天我同语柔姑娘一同上街，相熟的那家卖完了，她推荐给我一种天竺鹅脂调的头油。要不要我现在就拿过来给你们看一下？"

"不必了，他们两个大男人哪懂这些东西，只能问你，你别见怪。"童楚指了指旁边的魏公公，打着圆场说，"我们两个老头子，想吃点甜软的，孩子你能不能让哑厨子加个菜？"

"哎，不用他，我给您二老做一大汤碗酒酿圆子，撒上一把干桂花，再多加上两勺蜜糖，又甜又糯，保证您满意。"听南嫂笑盈盈地看着童楚。

"好孩子，你去吧，做好了赶快招呼大伙来吃饭。"童楚听了很

满意。

直到听南嫂的脚步声完全消失在楼梯上,大家再看童牧归,他依旧丧着脸坐在那里不说也不动。

莫哈拓用胳膊肘捅了他一下,讪讪地说:"是我鲁莽,你别生气了。"

童牧归这才回过神来,看向莫哈拓,说道:"这股子味儿,我也闻到过。"

"哪儿?"

"市舶司的小库房里放着好几坛这个东西。"

临安皇宫中的中秋夜宴,此时达到高潮。

汪相献上从泉州带回来的传国玉玺,皇帝赵构龙颜大悦,众臣纷纷跪倒恭贺。

赵构下旨:钱氏一门通敌卖国,妄图自立,屠杀朝廷命官,罪无可赦,本应株连九族。然传国玉玺回归乃天降祥兆,上天有好生之德,念主犯钱丰源已畏罪自尽,全族成年男子充军发配,女子没为官奴。一应使役、仆从就地官卖。

传国玉玺是秦代丞相李斯奉始皇帝之命,用和氏璧镌刻而成,为中国历代正统皇帝的证凭。其方圆四寸,上纽交五龙,正面刻有李斯所书"受命于天,既寿永昌"八个篆字,作为皇权天授、正统合法之信物。

凡登大位而无此玺者,则被讥为"白板皇帝",显得底气不足而为世人所轻蔑。历代欲谋帝王之位者你争我夺,致使该传国玉玺屡易其主,辗转于赤县各地千余年,忽隐忽现,令人叹息。汴京城破时传国玉玺和徽、钦二帝被金军掳走,所以一直被世人称为"靖康之耻",如今传国玉玺重新回到赵构手中,被众人视为大宋的祥瑞之兆。

留在东京城内的宋朝宗室,几乎被金国一网打尽,掳往北方,宗室成员元气大伤。作为徽宗唯一免于被掳往北国的嫡子,当时尚是康王的

第29章 兔死狗烹

赵构身登大宝可谓顺应民心、名正言顺，众臣以"大王皇帝亲弟，人心所归，当天下，不早正大位，无以称人望"为由，劝康王立即登基。在当时，其登基一帆风顺，无任何悬念。

赵构"避席呜咽，掩面流涕，辞逊不受"，反复推辞了几次，最终在南京应天府身登大宝。但是赵构登基后的日子并不好过，有资格继承皇位的大有人在，绝不仅仅只有一个康王。各地兵变、叛乱不断，再者徽、钦二帝尚在人世，因此赵构深知自己屁股底下的龙椅坐得并不安稳。

传国玉玺的失而复得，适时证明赵构乃受命于天，是上天选中的真正的天子。

"这样好的日子，一定要好上加好才能尽兴。沛岚公主已经到了适婚的年龄，汪爱卿心中可有合适的青年才俊向朕推荐？"赵构问道。

汪相离开临安一月有余，自进宫后一直在小心体会周遭的气氛，似乎和他走之前相比并没有什么异常。赵构的突然发问让他着实愣了一下，第一反应是皇帝有意嫁一位公主进汪家。他想：公主嫁进汪家弊大于利，旁人能够做驸马是很荣耀的事情，但是自己的儿子已经是宰相之子，并不十分需要这份荣耀，弊端显而易见，公主嫁进来如同在汪家安插了眼线，今后汪家的一举一动都将在皇帝的眼皮底下。

"朕上次看到和令郎在一起的一个年轻人不错，叫周敏……"赵构不等汪相说话先开了口。

汪相一听不是自己的儿子，心里松了一口气，下意识答道："回陛下，周敏齐，周枢密使的长子。"

"周爱卿可在？"赵构高声唤道。

周枢密使听到召唤，赶紧离席，跪倒在阶前。

"周爱卿，汪相亲自做媒，想要成全令郎和沛岚公主的婚事，你还不快快谢过汪相？"赵构笑言道。

周枢密心下狂喜，连连向皇帝和汪相称谢。在这之前，他已经得到

皇帝有意将沛岚公主下嫁的消息,但是苦恼于自己本是汪相一党,和皇室联姻容易引起汪相的猜忌。如今此事由汪相提出,着实去了他心头的一块大石,因此欣然受之。

赵构兴致不错,接着宣布道:"周敏齐加封殿前副都指挥使,明日请周爱卿带令郎进宫,朕要亲自见见自己的妹夫。"

汪相此时有些后悔自己的轻率,殿前副都指挥使出缺,他原本想把这个差事谋给自己的儿子,没想到一时大意让别人捡了便宜。

官宴上,众人还在纷纷向周枢密使道贺。

醉仙楼中酒饭已毕,送魏公公离开后,童、莫二人相视一眼,很有默契地一齐朝西边走去。

"实不相瞒,市舶司案我心中总是不踏实,钱家窝藏敌国往来书信,谋反之罪证据确凿。但是他们杀害市舶司众官员的罪名,是通过平将门被灭口、小源次郎指证钱家雇他们到市舶司杀人夺物得来。这看似完美的证据,我总觉得有什么问题。"童牧归开口道。

这些话是童牧归说出口的,他心里还有没说出口的话。他清楚地记得,小源次郎到提刑司投案前曾说过,平将门的人在市舶司杀人后,还从小库房中拿走了一个罐子。钱家家大业大,断然不会为了一罐鹅脂杀人,除非里面有很重要的东西,现在童牧归担心被拿走的罐子里就装着玉玺。

"你和我想到一块儿去了,总觉得咱们好像漏掉了什么。"莫哈拓深有同感。

二人决定趁着月色到钱府一探究竟。

钱府在几日间仿佛迅速衰老了一般,逼人的富贵之气早已消散不见。今晚是中秋佳节,兵丁或偷懒回家,或耍钱喝酒,留守的几个人心不在焉，只顾闲聊取乐。童牧归与莫哈拓轻而易举地翻过院墙，来到内院。

往昔即使钱家主人就寝，院子里依旧亮如白昼，如今月色如霜，对比以往，更显冷清凄切。

院中一片狼藉，贵重物品早已被汪相封箱装船运往临安，剩下稍微值钱的也已被看守的兵士搜刮干净。踹翻的家具七扭八歪地倒在地上，打碎的杯盘遍地都是。

一个黑影嗖地一下从莫哈拓脚边蹿了出去，着实把他吓了一跳。

"应该是一条狗。"童牧归道。

"没事，我们继续找，看看能不能有些发现。"莫哈拓答。

正在二人聚精会神地查看现场时，那个小小的黑影再次靠近。童牧归眼疾手快，一把抓住它后脖颈上的皮毛，将它拎起来。

"好可怜的畜生，从前狗仗人势，现在主人倒了，估计也是好几天没吃东西了，你瞧瞧它这是在哪儿翻了一嘴的土。"

只见这只小狗的鼻头和口边都是土，呲起来对童牧归示威的牙齿上也有不少泥土。

"莫要管它，正事要紧。"莫哈拓催促道。

童牧归仿佛没听见一样，并没有松开小狗，借着月光去看小狗刚才刨土的地方。地上没有人为翻动的痕迹，只有几道小狗抓刨的印记，再仔细观看，此处土地的颜色比周围深一些，像是有积水，似干未干。

童牧归捏起一点土，用手指搓了搓，感觉手上油乎乎的。凑近用鼻子一闻，有淡淡的鹅脂香气。

莫哈拓凑过来，就着童牧归的手也闻了一下，说道："这儿埋了东西？"

"应该不会。"童牧归指着地上的印记，"你看，这里土壤紧实，没有翻动的痕迹，更像是有油泼洒在这里。油和水不同，浸入土里很难挥发，这小狗几天没有吃东西，所以闻着香味翻找。"

"有道理,那为什么要将鹅脂泼在这儿呢?"

童牧归再次观看地面的油渍,过了半晌方说道:"这不是泼出去的。液体泼出去,地上会留有散射状的痕迹,现在地上呈团扇状,如果我没判断错的话,应该是装有油脂的罐子在地上被踢翻了。"

莫哈拓在墙边的花池中翻找,童牧归则围着地上的油渍来回转圈。

"你看这个。"莫哈拓从花池中拣出来两片碎瓦一样的东西。

童牧归接过去,先放在鼻子下闻了闻,瓦片的一面黑乎乎的,染黑了他的手指,他两手各执一片,试着拼接。

"这应该就是盛鹅脂的罐子。"他指了指一处颜色较深的地面,"有人在这里点火融化罐中的鹅脂,后来罐子被踢翻后崩裂,碎片溅到花池中,打扫的人没发现,所以遗漏了。地上的油渍和被炭火烧过的痕迹,还有这陶片上的烟熏痕迹都能证明。"

"有道理,鹅脂在常温下会凝结,若不是罐中藏有东西,何必将其融化呢?"莫哈拓道。

"你看这一片,我看像是罐口碎下来的。"童牧归将一个陶片冲着月亮举起,"这上面有两道细的蛋青色纹路,与市舶司私库内的罐子一样。"眼前的一切几乎完全印证了童牧归刚才的猜测。

莫哈拓回想了一下那日在市舶司私库见到的场景,发现事实确是如此。

"哎呀,不好……"童牧归失口叫出声。

莫哈拓眼疾手快,一把将他的嘴捂住,示意他此处不是说话的地方,先行离开再说。

第30章 处事不决

莫哈拓此时心乱如麻,他本以为皇帝交给自己的两个任务,第一个任务是找到金军在泉州的据点和钱家通敌的证据,这个任务已经顺利完成,至于第二个任务——市舶司案的真相,此案是否真的是钱家所为,此时只需要稍加核实便可。

今夜不仅童、莫二人有了新的发现,曲中柳在参悟了数日从翠姑身上找到的遗物后,也解开了其中的谜题。

他当日从乱坟岗带回来两样东西——一张当票和一颗莲子。

万有当铺出具的当票,两贯钱兑换南洋两尺通神朱红珊瑚树一座。这张当票中的猫腻,曲中柳很快就悟到了,他把当票交给魏公公并把其中内情讲了出来。近几日他主要是在参悟莲子的玄机,最后他想明白了,也许事情并没有那么复杂,翠姑只是想让发现莲子的人到有莲子的地方去看一看。

莲子产于荷塘,翠姑终日在转运使司打转,二者结合起来,指向的就是转运使司后花园的荷塘。

今天是中秋佳节,正是阖家团圆的日子,曲中柳跳进淤泥之中,为了探求父亲的真正死因,为了早日和兄长团聚,他努力翻找着。

汪相已经返回临安，转运使司由白铭全权负责，早早为曲中柳行了方便，遣开了闲杂人等。此时与他做伴的，只有一轮圆月和满塘蛙鸣。在月色的映衬下，张张荷叶好似碧玉盘，盛开的荷花披着薄纱，分外妩媚。而他此时满身满脸都是淤泥，早已没了往日芝兰玉树翩翩公子的模样。

终于，他在淤泥中触碰到了一个硬物，凭手感可以感知并不是莲藕，此物四四方方，呈扁平状。拿出来一看，是一个书本大小的东西，曲中柳此时已经顾不了许多，用力把此物往自己肩膀处的衣服上擦蹭。

这个东西被油纸裹住，外面还镀了一层蜡脂。

曲中柳连滚带爬出了荷塘，把满是泥污的手在衣服上擦了擦，打开了这个油纸包裹。借着月光，曲君墨的笔迹赫然出现，这是他手写的一本账册，里面有几张像地图一样的图画。还有几页纸，像是地契，用汉字和僰文两种文字写成。大理王族大力推行汉地文化，在汉文化的影响下，产生了僰文。上面记录了曲君墨曾向当地土司购买相当于大宋一个中等州府大小的土地。

童、莫二人离开钱府已经两条街的距离，见四下无人，莫哈拓问道："怎么了？"

"刘家。"童牧归满脸懊恼之色，"刘家沉船不是天灾，真的有可能是人祸，而且极有可能正是钱家所为。"

"这和钱家的案子有关系吗？"莫哈拓也被吓了一跳。

"天竺全年温暖潮湿，水系发达，鱼虾众多，善产青鹅，其炼出的油脂温柔细腻，洁白如玉，好的面脂、头油都是拿天竺鹅脂做基料，再加以草药和香料。巧的是刘家最后一次返航，正是受蔡记香料行委托包船到天竺运货，这是刘夫人亲口所说，应该不会错。"

童牧归将头脑中的事件进行了梳理。钱家在天竺遇到了流落海外的玉玺，欲购买下来带回国内，没想到刘家尾随钱家押宝捷足先登。钱家

第30章　处事不凭

发现到嘴的鸭子飞了以后，恼羞成怒，杀害刘五壮等人伪装成海难。但是刘家带回来的玉玺藏在鹅脂罐中，被市舶司的点检抽解的时候带到了市舶司。钱家在搞清楚玉玺的下落后，到市舶司杀人夺物。他仔细想了想，这个逻辑是说得通的。

"你的意思是玉玺真的正如钱丰源所说，是钱正青从天竺商人那里买回来的？"莫哈拓瞪得铜铃大的眼睛在夜色下映着星辉，"玉玺不是金国国主赠予钱丰源的，而是从天竺买回来的，这说不通呀，难道世上有两块玉玺不成？那到底哪个是真哪个是假呢？"莫哈拓肩负着皇帝的计划，不能如童牧归一样简单、单纯地看问题。

"先抛开孰真孰假不说，我有一个大胆的猜测。"今晚新得知的情况让童牧归心情很沉重，他把自己刚才心中盘算的逻辑说了出来，"钱家找到的那块玉玺，是被刘五壮等人藏在鹅脂罐子里夹带回来的。钱家为了抢夺玉玺，杀人灭口，伪装成海难，以掩人耳目。"

莫哈拓此时心乱如麻，他本以为皇帝交给自己的两个任务，第一个任务是找到金军在泉州的据点和钱家通敌的证据，这个任务已经顺利完成，至于第二个任务——市舶司案的真相，命案是否真的是钱家所为，此时只需要稍加核实便可。据他所知，传国玉玺已被金军同徽、钦二帝一起掳句北方，皇帝明确告诉自己，钱家所藏的玉玺是金军所赠。如果这一块玉玺是钱家由海外所得，那么是它还是金军掳走的那一块是真品呢？

他心想：如果并非像皇帝得到的消息那样，钱家接受了金军赠予的传国玉玺，那么皇帝所制定的从一开始就针对钱家的计划，岂不是从根儿上就错了？

想到这里，莫哈拓再也不敢往下想，拉着童牧归向提刑司衙门的方向奔去。

"事关重大，走，咱们去见严提刑，向他老人家讨个主意。"

童、莫二人赶到提刑司的时候，严冥夜正歪在后院的一张藤椅上乘凉，身上穿着对襟小褂、酱色中衣，鼻头有些微微发红，显然是晚餐的时候多饮了几杯。小几上摆着两三样水果和茶水，另有白瓷盘装着精致的点心。

"你们两个这是在哪里滚了一身土？"严冥夜打趣道。

二人低头一看，原来刚才在钱家来回翻墙，身上沾染了很多尘土，急忙用手拍打干净。当他们把今晚的发现和猜测一五一十地讲出来之后，严冥夜也吃惊不小，他不由坐直了身体，半天无语，思考整件事情。

"大人，您说钱家有没有可能是被冤枉的？"童牧归忍不住先发话。

"童总捕此言差矣，钱丰源里通外国，有他的亲笔书信，铁证如山，这是不争的事实。"严冥夜的表情有所缓和，"当然，做过的不容抵赖，没做过的我们也不要冤枉人家，即便市舶司的人不是钱家杀的，单凭通敌这一条，钱家有今日的下场也是罪有应得。"

"严大人，玉玺为什么会到市舶司？市舶司的人是不是因为玉玺被人杀害？这两处疑点颇多，还需要再查。"莫哈拓道。

严冥夜仍在思考，点点头表示同意。

"卑职认为，市舶司官员被杀的原因已经明朗——钱家因为急于夺回玉玺，所以派人痛下杀手。查案讲究追本溯源，搞清楚为什么天竺会有一块玉玺出现，才是此案的关键。"童牧归还想说些什么，莫哈拓在旁边轻轻拽了一下他的衣角，他只好把到嘴边的话咽了回去。

严冥夜把这一切看在眼里，见童牧归说出如此不知轻重的话，心里咯噔一下。他本人与童牧归相处得久了，多少对他是有些好感的，如今童牧归在整个计划中的作用已经顺利完成，他并不想让对方陷得更深，现在只想几句话赶紧将对方打发走。这一切不能说出口。严冥夜面上并不多做计较，淡然一笑道："牧归啊，难得你有情有义，时刻心系提刑司工作，不枉我们共事一场。你的好意本官心领了，只不过此事涉及皇

第30章 处事不决

家颜面,非你我可以轻易决断,待改日本官见了魏公公,一定把这件事向他老人家汇报。"

童牧归是何等聪明之人,意识到严冥夜在提醒自己已经离职,不再是提刑司总捕的事实。想到这里,他心里不由苦笑,自己这是怎么了?从前对麻烦躲之不及,今日竟自找没趣。他借坡下驴,与严冥夜客套了几句后告辞离开。

莫、童二人的身影完全消失后,严冥夜身后的房门被推开,魏公公从里面走了出来。

"看来,咱家走后,这两个猴崽子就没闲着。"魏公公眯着眼睛看着前方,"他们知道得太多了,若是到此为止,尚且有他们的一条生路,再走下去,恐怕……"

"事情已经这样了,你我又哪里有退路?"严冥夜明白魏公公的意思,对方是在提醒自己,要让知道内情的人永远闭嘴,此刻他不想纠缠这个,连忙岔开了话题。

魏公公此时有另外一番用意,他希望童牧归立即参与调查,这样能够不着痕迹地把整件事涉及的人全部找出来,而他和严冥夜只需要跟在后面,一个一个地将他们解决掉。他用眼神鼓励着严冥夜,道:"咱家现在最担心的是老狐狸已经有所察觉,万一他狗急跳墙,行大不义之事怎么办?"

"若真的发生这样的事,你我百死莫赎。"严冥夜倚在躺椅上,看着月亮出神,他仿佛在月影中看到了父亲慈祥的面庞。

"是呀,咱们这边进行得越顺利,老狐狸才越不敢轻举妄动。"魏公公负手而立,也仰头一齐看向月亮。

海上生明月,天涯共此时。

　　站在礁石上极目远眺，远处海天一色，明月高悬，莫哈拓心中不由暗暗感慨：常言道触景生情，果然不假，从前读"春江潮水连海平，海上明月共潮生"，不知其妙处，此刻欣然体会。

　　童牧归则没有这么好的雅兴，刚刚在提刑司后衙所听所见，像一块大石头一样堵在他的心里。就在刚才，他无意间看到严冥夜身旁的几案上面有一片葡萄皮。有意思的是，葡萄皮在远离严冥夜的一侧，那么他肯定不会舍近求远，把吐出的葡萄皮放在远离自己的一侧。而且严冥夜坐在右侧，以常理推断，左侧为上首，且能与严冥夜同桌而食，此人的身份绝不会低于严冥夜。因此，童牧归判断，在他与莫哈拓到达之前，是魏公公在场。若是别人，以其身份绝没有回避童牧归和莫哈拓的道理。魏公公在离开醉仙楼时言称回去休息，此刻他不该出现在提刑司，所以回避？还是隐瞒了什么事情？童牧归百思不得其解。

　　自市舶司衙署被屠案结案后，童牧归心里一直有一个疑问。市舶司官员被杀，于钱家而言弊多过利。钱家主做海贸生意，市舶司上下已被他们打点通畅，将市舶司全衙杀掉，朝廷也不可能因此废黜市舶司，那么钱家就需要重新运作。况且发生了这样大的事，人人自危，从前睁一只眼闭一只眼的事情，现在恐怕是不能了，凡此种种，皆对钱家不利。

　　钱丰源近来多居住在遂园避暑，为什么抄家的时候钱丰源刚好在府里？抄家时机把握得如此精准，所有事情像是计划好的一样。传国玉玺的出现更是把事情引向了另外一个极端。假设钱家是在市舶司得到玉玺，那么玉玺便不是金军所赠，钱家被认定通敌叛国的证据则不足。刘家在此事中充当了什么角色？

　　"秋月如镜，佳人喜其玩赏，盗贼恶其光华，天地之大，人犹憾焉。"莫哈拓没头没脑地说了一句。

　　"敢问莫大人，在市舶司一案中，谁是佳人、谁是盗贼？"童牧归问。

第30章 处事不讳

"何来此问？"

"市舶司案还有未尽之事，不然你和魏公公也不会留在这里，不是吗？"这个疑问在童牧归心中徘徊已久，今日终于问出口，他整个人轻松了很多。

翌日，童牧归惦记着昨夜的发现，欲找经验丰富的船工询问刘家沉船的事，思来想去决定向老舵手陈伯请教。他给顺子一些零钱，嘱咐他到码头上打听一下，无论如何要找到陈伯，邀请其前来见面。

安排完这一切，他决定到刘家走一趟。整件事的起因是刘家，也许事情开始的地方就藏着真相。

平儿母亲为童牧归打开了刘家的大门，中秋刚过，城里各处仍旧沉浸在节日的气氛当中，更显得刘家冷冷清清。

刘氏再见童牧归，臊眉耷眼，神情局促，不知道他此来是何用意。平儿母亲给他二人奉茶后，便退了出去。

"刘夫人，别来无恙。"童牧归率先开口。

"童总捕，老身一时昏聩，您大人有大量，老身在这里给您赔不是了。"刘氏低头颔首，向童牧归深施一礼。

"刘夫人，切不可如此，前尘往事自不必提，童某今日是为赎罪来的。"

"童总捕何出此言？"刘氏当即愣住了。

"说来话长，童某如今已经卸去提刑司总捕一职，刘夫人不必拘礼。"童牧归在心里反复掂量他的问题，生怕引出其他事端，"童某有句话想问问刘夫人，但咱们有言在先，事情还没有搞清楚，如果确实因童某失职酿成大错，童某自当竭尽全力弥补。夫人您切不可如前番一般，鲁莽行事，届时死者不安，生者不宁，对刘家有百害而无一利。"

"难道是我丈夫的事？"刘夫人不敢相信自己的耳朵。

　　童牧归昨夜仔细回想当日与奕灿交谈的内容，忆起他曾说过，要想尾随钱家押宝，则需要向钱家打听情况，以便随时掌握钱家买卖动向。而这个负责打听情况的人，就是连接钱家和刘家的纽带，甚至很有可能知道玉玺为什么会出现在刘家船上。而且，刘五壮出海遇难本不是一件很难理解的事情，刘夫人坚称其中有人作梗，他原本以为是在失去亲人的情况下悲愤所致。但是，奕灿尚且为了自保，隐瞒了部分真相，由此推断，刘夫人很可能知道什么才这样。

　　"你家可曾有什么人与钱家有联系？"童牧归问。

　　"钱家不是已经被抄家了吗？好端端的，怎么提起这件事？"刘氏的神经一下子紧绷起来。

　　昔日不可一世的钱家，一夜之间被抄家问罪，在泉州城引起了不小的动荡。大家纷纷揣测其中的原因和细节，有心人将钱家被抄家与市舶司案联系在一起，一时间江湖侠客为民除害、市舶司出事牵扯出钱家受贿等说法不绝于耳。无论是市舶司还是钱家，都在泉州本地浸淫多年，所有人对涉及这两者的话题都十分敏感。

　　"您只需要如实回答我的问题即可，我向您保证，如果刘大叔的死确有隐情，我一定给您一个满意的真相。"童牧归用眼神鼓励刘氏，"刘大叔尾随钱家押宝的事，我已经知道，请问刘家负责到钱家打探消息的人是谁？"

　　"你都知道了？"刘氏满脸错愕，随即很快恢复了平静，"既然你知道了，我说出来也无妨，从前不说是顾忌钱家的势力，如今钱家倒了，便没什么可怕的了。"

　　刘夫人把自己知道的事情向童牧归一一讲了出来。原来，刘五壮在兄弟中排行第五，父亲早逝，是他的大哥拉扯他长大。大哥过世后留下独子刘矾逸，刘五壮对这个侄子百般疼爱，视如己出，舍不得他出海辛苦，送其上学读书。这个刘矾逸倒也争气，考取了童生后在福州府学深造，每年只有春节期间才会回到泉州与叔父、婶母团聚。

几个月前，刘氏带着儿媳上街买东西，忽然有一个熟悉的身影从眼前一闪而过，她越看越像刘矾逸。再想仔细辨认，那个身影转身进了钱家商号。刘夫人想要跟上去，被商号的伙计拦下，告知她那人名叫钱留，不是她要找的刘矾逸。

刘五壮回来后，刘氏向丈夫询问此事，刘五壮不但顾左右而言他，而且警告刘氏不许和任何人提起此事，也不许她再进钱家商号。当时她只是觉得奇怪，并没有多想。直到丈夫最后一次从天竺出海回来，儿子悄悄告诉她，回程的时候刘矾逸也在船上，但是上岸以后人就不见了。

"您的意思是，刘矾逸是从天竺回来的？"童牧归震惊于他听到的消息。

"是的，我问过我丈夫有关矾逸的事，他只说我知道得太多没好处。而且为了防止我继续打探，他回来后带着孩子们住在了船上。"刘氏道。

"刘大叔很可能是怕牵连到你们，也许那时他就意识到了危险。"

"正因如此，他出事时老身就觉得和他做的买卖有关，才会到提刑司告状。"

"这个刘矾逸……在哪儿呢？"童牧归问，见刘氏神情紧张，补充道，"您放心，我不会把他怎么样的，只是想找他了解一些情况。他这样终日东躲西藏的也不是办法，事情早日了解清楚，他也可以光明正大过日子。"

"北山下的广平村，大嫂娘家在那里有一间老宅，到那儿站在高处一看便知道了。说实话，我也很惦记这个孩子，但是不敢去看他，一来怕给他引去杀身之祸，二来是怕他牵连到我丈夫的命案中，无法向地下的大哥大嫂交代。"

在童牧归与刘氏谈话的时候，莫哈拓匆匆回到醉仙楼取东西，下楼的时候正与甘语柔撞了一个对脸。甘语柔垂下眼帘，企图溜过去，莫哈拓迟疑了一下，回身抓住了她的袖子。

"钦差大人，请放尊重些。"甘语柔一把拂掉了莫哈拓的手。

莫哈拓的手停在了半空，一时尴尬到了极点，苦笑道："能不能到我房里，咱们谈几句？"

"不能，孤男寡女不方便。"甘语柔想都没想，斩钉截铁地拒绝。

"姑娘莫要赌气，权当可怜可怜我吧。"莫哈拓眼巴巴地看着对方。

甘语柔一跺脚，也不等莫哈拓，径自上楼，大模大样地推开他的房门，在桌旁坐下。莫哈拓紧跟在她身后，一时失了方寸，脸涨得通红。

"有什么话快些说，前面柜上忙着呢。"甘语柔阴阳怪气，斜了一眼莫哈拓。

莫哈拓实在不知道说什么好，朝着甘语柔兜头一拜。

甘语柔大惊，腾地一下从座位上站起来，向后退了一步，斥道："青天白日的，你这是要做什么？"

"你我相识八载有余，姑娘巾帼不让须眉，铮铮傲骨让人敬佩……"

"说人话，少说这些没用的。"

自甘语柔第一次进入莫哈拓的视线，他的心里便有了这一道倩影，未曾有一日离开。当年汴京城破，百姓四散奔逃，莫哈拓身为龙禁卫，保护皇室安全是他的职责。危机时刻不要说英雄救美，连担心一下甘语柔的安危，都是失职。他也曾试着打听汴京城破后教坊司的情况，得到的消息皆是金军进城如同野兽，烧杀劫掠，奸淫妇女，无恶不作。

每每午夜梦回，莫哈拓均极度痛苦，为保护了天下却不能保护心上人而自责。身为龙禁卫的他，过往记忆中只有一次又一次重复的练习、考试和倒下的同伴，在遇到甘语柔之前，他的世界没有温度。没人能够理解他再见甘语柔时的激动与欣喜，但是这份喜悦没有持续多久，莫哈拓很快便陷入更大的自责当中，因为他把对甘语柔的情感暴露在了人前，这无异于自曝软肋在敌人面前。莫哈拓的职责不允许他有牵挂、有软肋，因为这样，当他威胁到别人的利益时，随时会为甘语柔带来杀身之祸。

"上次是我的态度不好，我向你道歉，我没有恶意。"莫哈拓鼓起十二分的勇气，直视甘语柔，"之所以会那么激动，是怕自己连累了你。再者你心性高傲，若是有一天发现被利用，岂不是会伤心难过？"

"我就知道，你心里是有我的。"甘语柔一头扎进莫哈拓的怀里，泣不成声。

"不哭，不哭，你把我的心都哭化了。"莫哈拓柔声劝着。

"那日听南姐和童大哥来找我，我也猜着他们是打你的算盘，为了这，我还狠狠地骂了他们一番。"

"那你怎么同意来了？"

"有些事你不知道，自打在泉州落脚后，我常在醉仙楼吃饭，算起来也是认识听南姐在先的。那日她来找我，她说以我的身价，想要赎身不是难事，之所以没有离开烟花之地，是因为离开了以后没有家，她愿意给我一个家。我当时不知真假，但是心中更牵挂于你，想着能在一个屋檐下和你生活几天，看看你吃的饭，摸摸你穿的衣，此生无憾。答应来到醉仙楼，想着若他们翻脸，以我要挟于你，我便一死了之，绝不让你为难。"甘语柔说到这儿，从怀里掏出一把小剪子，可见是随时准备赴死。

莫哈拓一把夺过剪子，远远丢在地上，复又把甘语柔拉回怀里，摩挲着她的头，说道："傻丫头，我不许你死，你要好好地活着，即使我死了，你也要好好活着。"

"我觉得我们错怪听南姐和童大哥了，我来了这几日，没有人和我提起关于你的半个字。前几日我偷偷往外走，想要看看他们会不会限制我的行动，当时已经走出了城门，没有任何人跟着。"

"傻丫头，傻丫头……"莫哈拓一遍又一遍地在甘语柔的耳边呢喃。

"前几日我故意冷落你，就是想有心人死了利用我为难你的心，谁想到你竟信了，真的不理我了……"

"委屈你了，都是我不好……"

甘语柔突然挣脱出莫哈拓的怀抱，急急整理了一下衣服，道："我们在这里许久了，让人看见可如何是好……"

莫哈拓愣了一下，浅笑着说："还是你想得周到，你先出去，我一会儿再走。"

甘语柔踮起脚尖，朱唇在莫哈拓的脸上轻点了一下，随即像一只小鹿一样跑开。莫哈拓看着她的背影消失在门口，怅然若失，眼神瞟到地上的剪刀，他索性席地而坐，将剪刀拿在手里，下意识闭上眼睛，用手抚摸着，感受爱人的余温。他的脑中不断出现甘语柔握着剪刀时决绝的眼神，想象着她娇嫩的皮肤是怎样焐热了这把冰冷的剪刀。

一滴眼泪从他的腮边滑落，他睁开眼睛，看到泪珠正好落在剪刀上。他用指尖蘸上泪滴，这是他第一次看见自己的眼泪，看了一会儿，他用舌尖尝了一下，泪是甜的。

第31章 利令智昏

"有道理,毕竟是国之重器,今朝不用,他日改朝换代,也可以作为一件很不错的见面礼。届时别人家尚在摸索门路,而我们则可以早早地得到新朝的器重。"

绍兴二年,八月十八日,市舶司被屠案案发第四十八日。

依照童牧归的性子,巴不得昨日就去寻刘矾逸,但是前一天刚从刘家出来,万一有人注意到他的行踪,就会暴露目标,因此才会多忍耐了一日。他此时心中充满了对刘家境遇的同情和愧疚,希望能够通过自己的努力,为刘五壮的死找到真相。

果然如刘氏所说,童牧归还没从北山走下,便一眼瞧见最边上有个紧挨山脚的院子。

几间茅屋看着比童牧归家还要破败,但是院子当中归置得整整齐齐,一个二十岁上下,穿土灰色粗布短褂的男子,正在水槽边洗涤砚台和毛笔。

童牧归叩响了柴门,问道:"这是刘矾逸的家吗?"

男子愣了一下,随后转身,满脸堆笑道:"这位大哥你找刘矾逸是吧,他去买东西了,在下是他的邻居,您请里边坐,他马上就回来。"

童牧归一边迈步进门，一边打量着院中的男子，那男子倒是自来熟，上前再次相邀："大哥您别客气，里面坐，里面有刚凉好的茶，我把门关上，咱们进去说话。"

说罢，男子伸手要关刚刚被童牧归打开的门，就在大门还剩下一条窄缝的时候，男子突然转身，将手里的砚台掷向童牧归，一个闪身到门外，撒腿就跑。此房依山而建，电光石火间，待童牧归追出去，男子已经绕过院子，直奔后山。

"刘矾逸……刘矾逸你站住……"童牧归在后面紧追不舍。

前方跑动的男子脚步慌张，气喘如牛，但是丝毫没有停下来的意思。

"刘矾逸，你若愿意看着你五叔冤沉海底永不瞑目，那你就继续跑。"

童牧归的话像一根钉子，牢牢地把刘矾逸的脚钉在地上。他回身看了一眼童牧归，眼睛里含着绝望的泪水，顷刻之间所有的勇气土崩瓦解，抱着头蹲在地上哭出了声。

"小兔崽子，你倒挺能跑的。"童牧归抬脚在他的屁股上不痛不痒地踢了一下，"把眼泪憋回去，刚才拿砚台砸我的劲头儿哪去了？"

"起来，起来，我要问你的事儿不能让旁人听见，咱们回你家说。"童牧归像抓小鸡一样，一把将刘矾逸从地上拽起来，"你小子也别想着跑，我是提刑司的总捕，能不能帮你，那要看你的造化，反正肯定不会害你就是了。"

二人一前一后，回到小院，进到屋内坐下。

"没想到你小子还有些能耐，这会儿怎么怂了？"童牧归先开口道。

刘矾逸闷着头不说话，双肩不住地打战。

童牧归抓起桌上的茶壶，咕咚咕咚灌下半壶，抹抹嘴道："我在这里不能久留，我姓童叫童牧归，家里三辈儿都在提刑司做捕快，不知道你听说过没有？你五叔的事儿我也都知道，如今市舶司全衙被屠，你们叔侄有可能是被人利用了。你若还有良心，就把你知道的都告诉我，即使不能让你叔叔复活，但是也别让他死后还背着冤屈。你读了那么多书，这点道理不用我劝你了吧？"

"令尊可是因公受伤的老捕快童楚？"刘矾逸眼睛闪了一下。

"嗯。"童牧归哼了一声，算作回答。

"真的吗？那太好了！在下听说钦差已然到了泉州，您能否带我前去相见？"刘矾逸像看见了救星一样，自从住到这里，他回想整件事情，日日担惊受怕。

"人不大，倒真敢想。不怕实话告诉你，现在泉州城里我也不知道谁可信，你把真实情况告诉我，我也好捋清楚事情再做计较。"童牧归见刘矾逸一副犹豫不决的样子，补充道，"你也可以不信我。现在的问题是，你把事情烂在肚子里有什么用？你能冒险到钱家卧底，说明也有些胆量。把真相说出来，纵然死了，也当个明白鬼不好吗？"

童牧归一番话说得入情入理，刘矾逸狠了狠心，方才说出整件事情的始末。他跟随钱家的商船到了天竺，在出发前隐约感觉到有一笔大的买卖要做，因此早早通知了五叔刘五壮同行。那日钱正青从普仁希多处回来，抑制不住兴奋，叫来酒菜，约章闻柳畅饮。

一时酒菜齐备，二人在桌前坐定。

"章先生，在下今天看到了一件宝贝，价值连城也是它，平步青云也是它，改天换地也是它。"钱正青脸上闪动着异样的神采，双目如炬。

"哦？十五叔您生在这样堆金砌银的人家，又走南闯北这么多年，能得您如此夸奖的东西，一定不是凡品，说来听听，也让章某长长见识。"章闻柳应承道。

"和氏璧听说过吗？"

"十五叔这是在讥笑章某不学呀，《完璧归赵》乃乡学开蒙的文章，焉有不知的道理？"章闻柳夹了一粒花生，丢在口中咀嚼了两下，"做人当学蔺相如，情可与友刎颈交，勇可护璧完归赵。"

"今天钱某有幸,竟然见到了这块千古名玉,快哉快哉!"钱正青脸上抑制不住得意之色。

"十五叔说笑了,那和氏璧早就被雕刻成传国玉玺,历代君王得之者方被奉为正统,如此重要的东西,怎么可能出现在天竺这等荒蛮之地?"

"今日所见正是传国玉玺。"

"那您更是玩笑了,汴京城破,玉玺同徽、钦二帝一起被金军掠走了,天下人尽皆知。"

钱正青定定地看着章闻柳,脸上浮现出一丝诡异的笑容,意味深长地说道:"天下人皆知?那是哪个天下人亲眼看到了呢?有名否?有姓否?"

刘矾逸在一旁一直竖着耳朵听钱、章二人的对话,当他听到传国玉玺的时候,也觉得这是钱正青在玩笑。但是此时听到他如此说,心里也不由咯噔一下,心想:是呀,民间盛传玉玺同徽、钦二帝一起被金军掠到北方,但是又有谁是亲眼看到的呢?想到这里,当下便有了几分心动,更加留意二人接下来的对话。

这时,钱正青从怀里掏出来一张纸,章闻柳接过去拿在手中,展开后只见上面印着一张图。他一见之下大惊,忙唤:"钱留,再添两盏灯来。"

刘矾逸心中大喜,借着送灯的空当,凑近了细瞧。虽然他在书法篆刻上的造诣尚欠,但是即便凭借自己的有限见识,依然可以判断出此印不凡,定然是大家手笔。

"有了它,咱们钱家必是如虎添翼,献到朝廷便是不世之功,封侯拜爵都是易如反掌的事情。"章闻柳一改刚才的不屑,把印图小心折好,递给刘矾逸,接着说道,"替十五叔好生收起来,千万别遗失了。"

"对,千万收好,明天取货,全凭它和钱家的腰牌,没了,普仁希多便不认了。"钱正青补充道。

第31章 利令智昏

薄薄的一页纸，此时拿在刘矾逸手中似有千斤重，他忙不迭地放在怀中揣好。

"怪不得你不信，那个普仁希多住在染坊街东头第一家，家门口竟然摆着一口长满青苔的破水缸，这样的人怎么也不像能拿出国宝的，但是这世道就是这么邪，老人常说'小店有人参'，是有道理的。"

"真是难得，果然是贵人多奇遇，在下敬十五叔一杯。"章闻柳先干为敬，接着说道，"您和对方约价多少？"

"那小子也是没见过什么世面的，因见玉玺上镶着一个金角，咬定了要拿等重的金子换，我估算了一下，一百五十两金子足矣。"

"恭喜十五叔，贺喜十五叔！在下再干一杯。"章闻柳忙不迭地恭维。

钱正青也不客气，陪着喝了一杯，接着说道："章先生来我钱家不久，想必还不知道，钱家能有今天的富贵，全赖朝廷庇佑，这玉玺一定要攥在钱家手里，不然被别人家得了去，抢了钱家的风头事小，若凭借此扶摇直上与钱家并肩，甚至打压钱家就麻烦了。"

"有道理，毕竟是国之重器，今朝不用，他日改朝换代，也可以作为一件很不错的见面礼。届时别人家尚在摸索门路，而我们则可以早早地得到新朝的器重。"

"哈哈，正是此意。"钱正青夹了一口菜，接着说道，"退一万步说，即便今天我看的玉玺是假的，但是以我的眼力，判断玉料是不会错的。黄金有价玉无价，一百五十两买回来绝对不吃亏。"

钱、章二人谈得高兴，不知不觉夜色已深，钱正青余兴未尽，吩咐刘矾逸和钱醒先下去休息。此举正遂了刘矾逸的心愿，船舱外惊涛拍岸，浓浓的夜色将天与海织在一起，他在夜色的掩护下，离开了钱家商船。

刘矾逸委身在钱家为仆，目的就是为了有机会捡漏，加之他是一个读书人，古书典籍中不乏关于传国玉玺的记载，说者无意，听者有心，

钱、章二人的言论正中他下怀。他意识到，眼下的传国玉玺，可能就是刘家这样的小股海商摆脱钱家这座大山的阴影和市舶司盘剥的机会。

此时他的身上既有印图又有钱家的腰牌，乃天赐良机，正巧刘五壮的船也到了天竺，于是他趁着夜色赶到刘五壮船上，简单地说了一下情况。刘五壮虽然心有疑惑，但是他十分相信这位爱侄的见识，便交给他众海商所凑的押宝钱。刘矶逸带着一百五十两金子，连夜敲开普仁希多的家门，普仁希多看了一下他的腰牌和印图，没多说便把玉玺交给了他。

听到这里，童牧归一手扶肘一手摸着下巴，两条眉毛几乎蹙在了一起。事情和他预料的一模一样，玉玺果然是从天竺被刘家带回来的。

"童总捕，事情就是这样的，没有一字隐瞒。"刘矶逸在一旁小声地说。

"那玉玺是怎么到市舶司的呢？"童牧归问。

"钱家的货船已然是不能回去了，在下只能带着玉玺回到五叔的船上。冷静下来，我们叔侄俩才发现，事情远没有想象的那么简单。这番横刀夺爱，依照钱家平日的脾性，断然不会善罢甘休。我的消失，无异于不打自招。当时我们只能安慰自己，好在没人知道我和刘家的关系，只要我藏好，应当不会有人怀疑到刘家。谁知道他们竟然这么快就发现了……"

童牧归不合时宜地打断了刘矶逸，继续问道："我是问你玉玺是怎么到市舶司的。"

"被抽解走的。"刘矶逸对这一点也颇感疑惑，当时为了避免旁人发现他在船上，他便藏身在夹舱中，并未见到当时的具体情况。

"当时，刘家船连夜拔锚起航，离开天竺。货船归港，市舶司依例会登船点检，我们便融化了一坛鹅脂，把玉玺沉在里面。本以为这一切天衣无缝，哪知到港后横生变故，市舶司的点检官在抽解的时候，把装有玉玺的陶罐抬走了。五叔深知,此时拦阻事情会变得更糟,只能眼睁睁地看着。"

"抽解得再多,也不过是拿货物的一部分,怎么就那么巧,正好拿走了装有玉玺的坛子?"童牧归百思不得其解,忍不住追问道,"再后来呢?"

"没有然后了,那日趁人不备我便悄悄下了船,这里是我外公家的老宅,没人知道。我从那日起,便一直住在这里。"

"你叔叔出事,你是怎么知道的?"

"我也是最近才知道的,我平日是不出门的,更不敢与邻居来往。前几日来了一个挑担郎,特意向他打听了我才知道的。"

"今后你有何打算?"

刘矶逸眼神坚毅,一字一顿地说:"五叔待我如亲子,我哪怕是到临安去告御状,也要为五叔讨一个公道。"

童牧归听他如此说,登时就急了眼:"净扯臊,当务之急是你要活下来,冒冒失失去告状,只会要了你的性命。你若死了,你们刘家就绝后了。"

刘矶逸也不甘示弱道:"那就眼睁睁看着我五叔与堂兄冤沉海底吗?"

童牧归在提刑司工作多年,见惯了这种事,凡是哭着喊着要报仇的,往往都把自己搭进去了。他深知申冤报仇,不是脑门儿一热就能行的。只有那些韬光养晦、保存实力、在关键时刻出手的,才能扳倒敌人。钱家虽然倒了,但是整件事背后有什么,他连个影子都没发现。

童牧归转过身去,在刘矶逸耳边低低地说了几句。

"那怎么行,子曰:身体发肤,受之父母,不敢毁伤,孝之始也……"刘矶逸一下子弹开,头摇得像拨浪鼓一样。

"你是读书把脑筋读死了吗?命都没了,就对得起父母了?去归元

寺有什么不好，闲时多念诵一些经文，也度你五叔早登极乐。"童牧归离开桌子，往前走了两步，接着说道，"不是我吓唬你，这件案子干系太大，若是打蛇不死被反咬一口，届时非但你的性命不保，刘氏满门都会被株连，你要三思。"

"啊！这么严重？那我听您的。"

"你赶快简单收拾点常用之物，我们这就离开。"

童牧归和刘矾逸走上大路，眼见行人多了起来，童牧归担心刘矾逸被人认出来，忽然计上心来，伸手一把拽过对方的束发带，原本整整齐齐的头发散乱下来。

不等刘矾逸反应过来，童牧归又抓起路边的枯草和尘土，揉搓在他的头上和身上。刘矾逸碍着四周有人，敢怒不敢言。

一切都弄好之后，童牧归一手扭着刘矾逸的耳朵，边往前走边数落："让你不学好，让你偷东西。"

有一个小贩远远看见童牧归，和他打招呼："童总捕，您这是忙什么呢？"

"啊，归元寺的香油总是少，今儿让我发现是这小厮偷的，这不，捉了他去见方丈。"童牧归边说边往刘矾逸的屁股上踢了一脚，示意他赶快走。

顺子从前面一伸头，喊道："童大哥，前面来了一位老汉找你，说是姓陈。"

"陈？老汉？"童牧归从房间走了出来，想了一下，恍然大悟，对莫哈拓说道："等了他老人家这么多天，总算把他盼来了。走走走，你跟我一块去，沉船的事需向他老人家请教一下。"

莫哈拓闻言，忙起身随着童牧归到前面去。

第31章　利令智昏

陈伯站在柜台旁，手中提着一包贝干，笑意吟吟。

"我以为您老人家嫌我请客的心不诚，不派轿子去接便不肯来呢。"童牧归走到近前调侃。

"我今天刚从乡下回来，一到码头就听说你打发了人来寻我，日子定在什么时候？"陈伯问。

童牧归怔了一下，随即反应过来，臊了一个大红脸，答道："十月初十。"

"还是老童会选日子，十全十美，是个好兆头。"陈伯将手里的贝干递给童牧归，"渔家没什么好东西，这是今年新晒的贝干，你们尝个新鲜，你阿爹在哪儿？我去瞧瞧老伙计。"

"我阿爹的病如今大好，听南嫂陪着他老人家到广安堂针灸去了。"

"是吗？那真是双喜临门。"

"陈伯，侄儿眼下正有一件事儿不得解，还要向您老人家请教。"

"你小子什么时候说话这么客气了？"

童牧归讪笑了一下，挠头掩饰尴尬。

"陈伯好，晚辈莫哈拓，是童大哥的朋友。"莫哈拓冲陈伯抱拳行礼，"请伯伯行个方便，咱们到二楼边吃边谈。"

陈伯见莫哈拓气宇轩昂，料他不是俗辈，迟疑了一下，便随着童、莫二人来到醉仙楼二楼。

二人在雅间坐定，童牧归开门见山地问道："陈伯，您知道一个多月前，刘家出海遇难的事吗？"

"前一阵子我也出了一趟远路，那日刚回来便在码头上遇到了你们，倒是听旁人说起几句。"

"您怎么看？"莫哈拓问。

陈伯没有出声，而是眼中带着问询看向童牧归。

"伯伯放心，今天咱们说的话，天知地知，你知我知。"童牧归回

以鼓励的眼神。

"这一个多月的光景，刘家几乎灭门，市舶司的大官都被杀了，钱家说倒便倒了，这里面不会是有什么关联吧？"陈伯试探着问。

"实不相瞒，这几件事确实缠绕在一起，今天向您请教，就是为了解开这里面的谜团。"莫哈拓说完，不失时机地把陈伯面前的酒杯满上。

陈伯抬手喝了杯中酒，手拿着空杯停在半空没有放下，眼睛看着前方出神。过了半晌，他把手里的酒杯重重蹾在桌上，叹了口气，说道："唉，咱们先把话说好，老头子我说的话都是无凭无据的，只是凭借着我的经验猜测。有的事儿，我说出来，你们就听着，不要问我哪里听来的。我是黄土埋到脖子的人，自然是什么都不怕，但是别人家还要过日子。"

童牧归与莫哈拓对视了一眼，二人心中一阵窃喜，连声说道："这是自然，您老放心。"

陈伯作为一名优秀的舵手，半生的时间都漂在海上，可以说对行船的事情比对自己的家事还要熟悉。他在得知刘五壮家的惨况后，曾去看过刘家船的残骸，凭借多年的经验发现了一些疑点。

"刘家的船，恐怕是人为沉的，我有两点依据。第一，如果是风大浪急或者是触礁导致的沉船，船只的断裂处大多会参差不齐，而刘家的船相对完整。第二，就是船舵，我与船舵打了一辈子的交道，这点瞒得住旁人瞒不住我。海上行船，真正全程风平浪静的日子少之又少，风浪不可怕，有经验的舵手，可以通过掌舵与风力抗衡，大多数的时候都能化险为夷。刘家的船舵我看过，这里面肯定有问题。"

"您老能具体说说吗？"童牧归也给陈伯斟了一杯酒。

"咱们先说这个舵吧。舵是用来操纵和控制船舶航向的，一般位于船尾。按功能划分，船舵分为平衡舵、升降舵、开孔舵等类型。"

陈伯说起种种，如数家珍。童、莫二人却听得云里雾里，摸不着头脑。

第31章 利令智昏

陈伯见他二人听不明白，有些着急，抬手喝光了杯中酒，用虎口握住酒杯最细的部位，另一只手在酒杯上比画着说："这个酒盅就好比是船舵，由舵叶、垂直舵杆和水平舵柄组成。"他把手指放在杯口来回圈画，"这个酒盅口就好比是船舵的舵盘。"又露出酒盅最细的部分，指着说，"这里好比是嵌入船身的舵杆。"再指着酒盅最下面的杯座说，"这里好比是最下面的舵叶。"如此一比简单明了，二人瞬间明白了船舵的构成和主要作用。

陈伯接着说道："出海的大船增设了操舵装置，由滑车、绳索等组成，所以一两个人通过操舵就能改变数丈高大船的方向。刘家的船舵我看了，没有什么问题，这就是最大的问题。"

"此话怎讲？"莫哈拓问。

"出现因为风太大人力无法抗衡的情况，船上的人即使不关心货物的安全，但是为了自己的性命，也不会坐视不理，肯定会努力操舵。两力相较，最先断的应该是舵杆。刘家的船舵杆接近于完整，舵叶大部分破碎，最有意思的是，舵头还在船上，难道所有人眼看着货船身处险境而不去试图控制吗？"

"会不会是风太大，掌舵的人脱了手，出现现在的情况？"童牧归试着猜测。

"那咱们再说说刚才提到的因为风浪过大导致的沉船情况。"陈伯手中拿起一根筷子，"这根筷子就好比挂帆的桅杆。"他咔嚓一声掰断了筷子，"你们看，有外力的时候桅杆应该从中间折断，但是刘家的船显然不是这样的。而且我刚刚已经说了，刘家的船身残骸，并没有剧烈撕裂的痕迹。更让人疑惑的是舱室的门窗，大力之下，门破窗塌应该脱框，而刘家的船有几扇窗户和门板还和船体连着。"

童牧归回想，自己有几次执行公务的时候破门而入，确实门是脱离了门框，整扇倒下。他频频点头，觉得陈伯说得很有道理，遂问道：

"有没有可能是当时没关窗户？"

陈伯并没有直接回答，而是反问道："下大雨的时候，你们家关窗户吗？"

"那依您老的推断，这到底是怎么回事？"莫哈拓迫不及待地追问。

"这不好说，因为凡事总有例外，我说的只是通常情况，但是到底那日发生了什么，并没有人知道。"

"那您老就推断一下。"童牧归在一旁催促。

"我猜是当时船上没有人，或者是……或者是没有活人……"

童牧归看了莫哈拓一眼，心中不由一阵发凉，突然想起船坞中冯老鸢所说的话，赶紧说道："不能，那日刘家船旁边还有别的船停着，亲眼看见有人放帆准备起航。"

陈伯挟了一块糟熘肥肠，在口中仔细咀嚼，放下筷子咽下口中的菜。他凑近童牧归，脸上挂着一丝苦笑，说道："二十年前我们陈家也有自己的船，但是我爹不知道得罪了什么人，被人趁着夜黑风高偷放下船帆，拔了船锚。这都二十年过去了，我家的船连一颗钉子都没找到，从此以后我们父子只能上别人的船当舵手。"

话说到这里，刘家的事大家都已经明白了七八分。童牧归为当时自己的懈怠失察感到懊恼，连着喝了两杯酒，感慨道："可怜刘家父子俱亡，有朝一日等真相水落石出，竟不知何人能到坟前告诉亡者。"

结合前日刘氏、刘矶逸所说，童牧归已经拼接出了刘家沉船的真相。刘五壮被生活所迫，冒险押宝，并遣侄子到钱家商号做内应。在钱丰源与章闻柳的聊天中，刘矶逸得知钱家欲购买流失在天竺的传国玉玺，他捷足先登，携玉玺乘坐刘五壮的船离开天竺。刘家的船到达泉州，藏有玉玺的鹅脂坛子被市舶司点检拿走，刘五壮惶惶不可终日。钱家察觉到是刘家所为，为了挽回颜面，派人搜查刘家的船并杀人灭口，趁着风大浪急松开船帆任其自行入海，达到毁尸灭迹的目的。

第31章 利令智昏

童牧归和陈伯一起去查看刘家沉船,莫哈拓心里有事,推说要找严冥夜商量事情。

他二人走后,莫哈拓趁人不备,向甘语柔使了一个眼色,示意她跟着自己出去。

"出什么事了?让别人看见可怎么好。"甘语柔来到背街,迫不及待地责怪。

"有件事,不问你我不踏实。"莫哈拓道。

莫哈拓凭借直觉,一直觉得他与甘语柔的再次相遇不是巧合,而是有人刻意为之。这种情况是否真的存在,关系着整件事情的发展和结局最终的走向。

"你还记得咱们刚见面那天吗?"

"你就想问这个?"甘语柔十分不解。

"这是十分要紧的事儿。"莫哈拓正色道,"那日有什么不同寻常的地方?"

"最大的不寻常,就是你们来了。你们的兄弟点了一曲,我便唱了,谁知竟引来了你。"甘语柔答。

"我们兄弟……"莫哈拓会意,他知道甘语柔所说绝非与他同行的童牧归和鹿游原,而是和自己一样的龙禁卫。甘语柔不知道龙禁卫这个称呼,但是她在汴京教坊司的时候见过不少龙禁卫,当不会认错。

"他们那神情和我当年初见你时一模一样,脸虽是动的,但没有人气。"甘语柔补充道。

"还有什么?"

"那人和鹿大人应该是认识的,当时两人一上一下地站着,有过眼神的交流,而且……"

"而且什么?"

"自我来了醉仙楼以后,鹿大人总是有意躲闪,但在我不注意的时

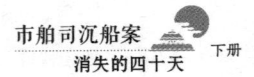

候,又总是偷偷打量我。好在他走了,不然我真的觉得他有问题。"

莫哈拓从怀里掏出一个油纸包,甘语柔打开一看,是一只糖吹的小兔子,只是在怀里揣得太久,兔子耳朵已经化了。

"早起出去的时候买的,想寻个机会给你,谁知来了一个老汉,被童牧归拉住聊了半天……"莫哈拓有些沮丧。

"我喜欢……"甘语柔一把接过,蹦跳着走开了。

莫哈拓看着甘语柔的背影,长舒一口气,搞清楚了和甘语柔相遇的真相,他才知道下一步自己该怎么做。

他正发着呆,甘语柔又跑了回来,站在巷口冲着他大喊:"童大哥被官差抓走了,你快回来看看吧。"

第32章　囹圄志起

现在，就在现在，童牧归感到自己遭受到了莫大的侮辱。提刑司监牢是他再熟悉不过的地方，这里的每一间监舍都曾关押过他亲手送进来的犯人。如今，自己却同样身陷囹圄，这对一个捕头来说，是多么讽刺的一件事情。

童牧归和陈伯走出醉仙楼不过两条街的距离，迎面碰上了提刑司的三名捕快，领头的原是童牧归的手下朱老六。市舶司案案发的时候，严冥夜曾派亲随跟他一起到童家去照顾童楚。

朱老六中等身量，皮肤黝黑，全身上下都很平常，唯独一张大嘴十分突兀，从前童牧归经常取笑说："老六，你的嘴都要咧到耳朵根哩。"

三人看见童牧归，就势站住，脸上变颜变色，一副为难的样子。

"老六，你这是又要去吃谁家的请呀？"

童牧归随口开了一句玩笑，算作打过了招呼，脚步不停，继续往前走。

"头儿，我大叔挺好的吧？"朱老六没话找话。

"阿爹前两天还念叨你呢，说和你待了几天有了感情，你干活比我这个亲儿子还麻利。有空你到醉仙楼去看看他老人家，我今天还有事，

咱们改天再聚。"童牧归答。

"头儿，你别去了……"朱老六再一次叫住了童牧归。

童牧归上下打量眼前的三个人，他察觉到来人神色闪烁，尤其是朱老六，虽咧着大嘴笑，却比哭还难看，活像一条苦瓜镶在脸上。他的心里多少有了一些火气，白了他们一眼，说道："怎么，老子不是总捕了，你们就开始装神弄鬼了，是不是？"

"不是，不是。到什么时候，您在兄弟们眼里都是老大，只是上命所差，严提刑让兄弟们带你回去问话。"朱老六说到这儿，几乎是在哀求。

童牧归因中秋那晚的事儿，本就对严冥夜心存芥蒂，此时听说严冥夜要抓自己，登时暴跳如雷："老子犯了法？你们提刑司随便拿人，有公文吗？"

朱老六在接到这个任务的时候，就已经知道是块烫手的山芋，但是上司的命令不得不听，只能硬着头皮出来。他从怀里掏出公文，颤巍巍地递上前，说道："老大，严提刑说，您在职期间贪功冒领，玩忽职守，所以现在带你回去把事情说清楚。"

童牧归看着手中的公文，眼睛几乎滴出血来。公文上的意思是，童牧归在职期间，诬陷良民为楚千手，以此邀功，愚弄长官，现在真的楚千手已经投案，所以要抓童牧归回去问责。自己不眠不休、风餐露宿抓到的大盗此时成了假的，童牧归愤怒至极，三两下将公文撕碎抛向空中，转身就走。

"爱找谁就找谁，老子就不去。"

朱老六等三个捕快围拢上来，半拉半架控制住童牧归，道："老大，你就跟我们走一趟吧，别让兄弟们为难，有什么事儿您和严提刑去说。"

周围看热闹的人越聚越多，很多人都认识童牧归，纷纷议论童牧归究竟犯了什么事儿。童牧归感到颜面扫地，又羞又恼，又不好拼全力反抗，只得被他三人带离。

第32章　囹圄志起

一旁看傻了眼的陈伯此时才回过神来，连忙跑回醉仙楼报信儿。

莫哈拓回到醉仙楼时，听南嫂正站在柜台边抹眼泪，陈伯又把街上刚才发生的事情向莫哈拓讲述了一遍。面对突如其来的变故，他茫然无措，实在想不出来为何凭空出了这样的事。

听南嫂哭归哭，心里暗自想：难道是因为我的身世，严提刑才抓了童大哥？

"我要去见严提刑，把事情问清楚。"听南嫂抹干面颊上的眼泪，就要往外走。

莫哈拓一闪身，赶紧挡在了门口，劝慰道："到底怎么回事还不清楚，还是在下到提刑司去问比较好。"

"姐姐，还是让莫大人去吧，他的身份好说话一些。"甘语柔在一边劝着。

莫哈拓又嘱咐了几句，让其他人在他回来之前不可轻举妄动，转身出门直奔提刑司。

在路上，莫哈拓揣度这件事情，觉得十分蹊跷。投案自首的是平将门余党小源次郎，假说此人为大盗楚千手，是当时为了保护人证的权宜之计，这一点，严冥夜、魏公公、莫哈拓心知肚明。

他心想：难道是因为自己将醉仙楼的情况告诉了严冥夜，所以才导致今天的事情发生？他转念又一想，觉得应该不会，自己把醉仙楼的情况汇报给严冥夜已经有一段时间了，若有问题，绝等不到此刻才动手。

提刑司后衙，莫哈拓的身影刚一露头，严冥夜便忍不住摇头苦笑，他已经算准了莫哈拓会来找自己。

"你是为了童牧归的事来找本官的吧？"严冥夜不等莫哈拓开口，先行发问。

莫哈拓本有一肚子的问题，此时被对方抢了先机，一时语塞，只能尴尬地点点头。

"待这边的事情完结后，就会放了他。牢里的狱卒与他都是旧识，不会为难他，你放心吧。"严冥夜道。

"严大人，您比下官了解童牧归，今日他在闹市被抓，对他来说算得上奇耻大辱，您为什么这样做呢？"莫哈拓问。

"小源次郎是我们重要的人证。当时童牧归从北山抓了楚千手回来，还是有很多人知道这件事的。本官这么做，是为了进一步坐实小源次郎是楚千手，也是权宜之计。虽然对童牧归不太公平，但是为了大局着想，只能委屈他了。"

严冥夜句句说在要害上，莫哈拓哑口无言。

"曲中柳找到的东西已经解了出来，是澎湖附近的海岛图。我们现在有理由怀疑，账册里记录的东西都藏在那儿。魏公公已经派人前往，不日可有消息返回。"严冥夜所说的，正是曲中柳在荷塘中找到的账册和地图。

"会不会有一部分在大理呢？"莫哈拓虽然为童牧归着急，但是分得清轻重，思路马上切换到正事上。

"近日本官向番长了解了情况，他本人正是大理人，据他所说，地契上的那片土地正在修建堪比大理皇宫的城堡，因规模宏大，短时间之内不会完工，因此本官觉得重要的东西不会放在那儿。"严冥夜道。

"澎湖尚在我大宋境内，好处理一些。大理那边，官家预备怎么处理呢？"莫哈拓又问。

"今年是大理国王执政的第二十五个年头，官家的意思是我们作为天朝上邦，理应派遣使臣携礼祝贺。"严冥夜的眼神带着一些戏谑。

童牧归直接被朱老六等人带到了提刑司的监牢中关起来。

监舍狭窄、幽闭，有一扇巴掌大的气窗，阳光到了此处再也不是无声地洒下，而是粗暴地顺着窗口直捅进来，像一根巨大的钉子，把晦暗的心情和这糟糕的环境钉在一起。

童牧归刚进来的时候，一直在拍打监舍锁门的铁链，呼喊着要求见严冥夜。看守的狱卒都认识他，见状没人敢上前呵斥，只能远远躲开装作没看见。其他监舍的犯人多半被他的呼喊吸引，大家复杂的眼神从不同的方向汇聚在他的身上。

一个时辰后，童牧归叫累了，整个人也冷静了不少。

他席地而坐，开始思考整件事情。童牧归实在不理解严冥夜有什么事不可以把自己叫过去好声商谈，为什么偏要把自己抓进来，而且是以这样让人难堪的方式抓进来？

童牧归自认，他原本对市舶司案没有多大兴趣，甚至在案发当初就意识到这是一个麻烦。正如他所料，事情发生到现在，他两次险些丧命。莫哈拓和魏公公的留下，已经让他意识到市舶司案还有未完之事，可是他并不认为剩下的事情和自己有关。这几日的走访，不过是因为刘家沉船案曾经由自己经手，并且因为自己当时的疏忽导致刘家的冤情没有被及时发现。他未曾想过自己有能力帮刘家翻案，只是想尽一点绵薄之力，给刘家一个交代。

曾经的退却、回避、躲让，都只为远离这些麻烦。然而事与愿违，这些理不清的麻烦像束茧丝紧紧地将他缠了起来。

现在，就在现在，童牧归感到自己遭受到了莫大的侮辱。提刑司监牢是他再熟悉不过的地方，这里的每一间监舍都曾关押过他亲手送进来的犯人。如今，自己却同样身陷囹圄，这对一个捕头来说，是多么讽刺的一件事情。

童牧归猜测，严冥夜当街将他抓到监牢里不审不问，多半是两个原因。一是想为小源次郎的身份打掩护；二是因为自己在继续追查钱家和市舶司，引起了对方的不满。他想不通的是，市舶司、严冥夜、钱家、

汪相、魏公公这些人背后究竟有什么阴谋，自己和刘家就像一颗颗小石子一样，被他们随意拿取、随意舍弃。

严冥夜对童牧归还是不够了解，他以为这场牢狱之灾会深深地挫败对方，阻止对方前进。但是他万万想不到，自己弄巧成拙，唤醒了童牧归心中一直沉睡的猛兽。如果一定要在童牧归的心中排一个名次，活着并不是在最前面的，因为在他的心中，力所不敌而致死他可以接受，这个力可以是武力、财力、势力。他心中排第一位的是尊严，利用、嘲讽、摆布，这些都是他万万接受不了的。

听南嫂能够勇敢地面对其父亲身份对她带来的一切后果，这一点对童牧归触动很大。他暗下决心：若自己这一次再像从前一样一味躲避，那么自己将不配和光明磊落的爱人生活在一起。不查清楚整件事情的真相，他誓不罢休。冷静下来的童牧归此刻抱着壮士断腕的决心，士可杀不可辱，已经在他的头脑中生根发芽。

绍兴二年，八月二十二日。

市舶司被屠案案发第五十二日。

这一日，午饭已过晚饭未到，店里没有什么客人，听南嫂和甘语柔坐在醉仙楼大堂靠外面的一张桌子上分拣干菜。

童牧归只在提刑司监牢中住了两晚便被放了出来，他走在街上，潜意识里感觉到街上的人都在对他指指点点。因此这几日他总是自己闷着想事情，并不出来见人。然而每每想要把整件事情想清楚，却发现千头万绪，根本无从入手。

近几日天气晴好，秋阳似火，只几日便抽离出植物中大部分水分。如果把刚采摘下来鲜嫩饱满的蔬菜比作娇艳的姑娘和精壮的汉子，那么此刻眼前的菜干便像皮肤干瘪的耄耋老人。

"这菜真有趣儿，和人正好是反着的。"甘语柔边择菜边同听南嫂闲聊。

"哦？"听南嫂饶有兴趣地看着甘语柔，想听她说到底是怎么回事。

"人是从娘肚里出来的，来世上走一遭，最后走了埋在土里。"甘语柔把额前滑落的碎发随手掖在耳后，接着说，"这些瓜果青菜长在土里，被采来吃了，最后化在人肚里。"

"还真是，到底你读过书，寻常的东西竟想出这么多趣儿来。"听南嫂被逗笑了，伸手搭在甘语柔的手腕上，娇嗔地推了推，央求道，"好妹妹，抽空你教我识字吧，闲了我也可以写几笔解闷。"

满朝朱紫贵，尽是读书人。在理学兴起、宗教势力退潮、言论控制降低、市民文化兴起、商品经济繁荣与印刷术的发明等一系列背景下，赵宋王朝优秀文人辈出，知识分子的自觉意识空前觉醒。史尧弼在《策问》中认为：惟吾宋二百余年，文物之盛跨绝百代。陆游在《吕居仁集序》中也认为：宋兴，诸儒相望，有出汉唐之上者。这个朝代诞生了苏门三杰、欧阳修、沈括、司马光等文豪。甘语柔三岁便被父亲、兄长抱在膝上识了几百个字，到了五六岁，母亲、嫂子便把《千家诗》《颜氏家训》一句一句地掰开揉碎讲给她听。这样教养长大，她自然担得一声才女之名。

甘语柔笑道："这有什么难的，我看你算账极好，可见脑子是顶聪明的，肯定一点就通。"

这时一个官牙（旧时经官府指派的居于买卖双方之间，相当于中介，撮合成功可获取佣金的人。又叫牙子、牙郎、牙侩。）打扮的人从醉仙楼门口经过，那人一步三晃，喜滋滋地在前面走。他的身后跟着一长串队伍，队伍里的人都是青壮男子，皆被粗麻绳捆了手，另有一根绳子从中间穿过，把这一队人串在了一起，活像一串捆好的蚂蚱。队伍的最后走着两个挎官刀的差人，他们头上的幞头歪到了一边也不扶正，有一人手里拿着一把桑皮纸的大扇子，边走边对着自己猛扇。另一个空手

走的，不时抬腿踹两脚走在他们前面的人，以至于人串最后面的一个人衣服上都是他的鞋印。

"老板娘，什么时候请我们喝喜酒啊？"拿扇子的差人看见听南嫂往他们这边看，便出言调笑。

"烂舌头的鬼，一边凉快去。"听南嫂笑骂了一声，便不理他们，继续和甘语柔说话，"世事难料，有钱有什么用，说完了就完了。就那个刚才挨了一脚的，从前在钱家也有些脸面，时常来咱们这儿，吃的喝的都要最好的。如今竟被人这样驱赶，像买卖牛马一样，真是造孽。"

"是呀，世事难料。我家也是，前一夜还好好的，突然就来了好些人，能抢走的都装了箱，带不走的顺手就砸碎，我和嫂子也是被这么串着带出府的。"甘语柔定定地看着门外走远的人出神，这是自她家被抄十五年以来，她第一次同外人提起当时的情景。

听南嫂见触到了甘语柔的伤心事，十分过意不去，拉过她的手攥在手里，并作势要打自己的嘴："瞧我这张嘴，天天胡扯。咱不想从前的事了，这儿就是你的家。"

"这么多年过去，早就想开了，若还念着官小姐的威风，我哪里能活到现在？"甘语柔自嘲。

童牧归从后院走出来，刚在前厅站定，方才从门口转走的人又转了回来，他们在醉仙楼前停下脚步，不同的是绳串上的人只剩下一个。

"童总捕你出来啦……我的意思是，什么时候能喝你和老板娘的喜酒呀？"门外的差役赫然意识到自己失口，赶紧调转话题。

好不容易鼓足勇气出来的童牧归，刚一出来就碰了一个大霉头，心里十分窝火，就要冲出去和来人理论。

听南嫂一直用眼睛瞄着童牧归这边的动静，眼见气氛尴尬，便快步冲了过来，一把挽住童牧归的胳膊，对来人笑着说："快了，快了，十月初十。"

"那我们可得来讨一杯喜酒吃。"差役也知道自己闯了祸,连忙赔笑。

童牧归不耐烦,正欲转身回去,这才瞧见绳子绑着的人他认得,正是从前飞扬跋扈的钱十三,遂问道:"你们这是要干什么去?"

"钱家倒了,他家的奴才都拉出来官卖。盐场的老板说要人,我们巴巴地给送去,奈何那老东西只肯要十六个人,说双数图个吉利,多这一个就不肯留。丧门星,害得我们还得再跑一趟。"

官差说着又照着钱十三的屁股来了一脚,与童牧归和顺子的嬉闹不同,这一脚踢得既准又狠。钱十三一个趔趄差点摔倒在地上,他身体晃了几晃,赶紧站好,头都不敢抬一下,与昔日张牙舞爪的样子判若两人。

童牧归对那日钱十三酒后纵马的轻狂样记忆犹新,心中感叹:时也命也,此一时彼一时。

差役眼珠一转,想到了一个主意,遂讨好地说:"童总捕,你们家用人不?"

童牧归心中一动,钱家一案疑点颇多,他正愁无处着手,心想:钱十三是钱丰源的近仆,或许知道一些细节。他下意识地去看听南嫂,听南嫂会意,从后面转过来,问道:"怎么卖?"

"嗨,嫂子这么问就见外了,咱们都是自己人。"差役打着哈哈,"不拘多少,你随便给两贯钱就行了。"

"一贯五。"听南嫂摆出了生意人的精明架势。

"行,嫂子发话了,不够的钱我们哥们儿自己给垫上也是应该的。"差役忙不迭答应,能卖出去,这钱就进了他自己的口袋。

童牧归没想到听南嫂这么痛快,他此时心里有些打鼓,担心钱家用过的人毛病太多,以后会给听南嫂惹麻烦,决定给钱十三一个下马威。他叹了一口气,走到钱十三身边,问道:"从今以后能学好吗?"

"学好,学好,小人知道错了。"钱十三羞臊得无地自容,左右开弓给了自己两个嘴巴,"小人猪油蒙了心,从前冒犯了您,今后一定痛改前非。若有一丁点儿不听话,您把我脑袋揪下来当夜壶。"

"行啦,我们家不吃这一套。"童牧归打断钱十三,叫过顺子,"你带他去洗洗换换,让他跟着你干活,要是不听话,只管来告诉我。"

"好嘞。"顺子见自己有了跟班,整个人喜滋滋的,答应的声音又脆又响。

童牧归白了他一眼道:"不许他偷懒,更不许你欺负人,让我知道了,可没你们掌柜的那么好的脾气。"

"知道啦,我顺子可不是那样的人!"顺子扮了一个鬼脸,拉着钱十三到后面去了。

洗漱一新的钱十三再次站在听南嫂和童牧归等人的面前。他身上穿着顺子的旧衣,头发已经仔细梳理过,终归从前是在大户人家做事,不曾受过累,皮肤白皙,不像顺子黑炭一样。他来到众人跟前,眼睛一直盯着脚尖儿。

"我们这里呢,多是粗活累活,钱十三你以后怕是要辛苦些。"听南嫂想起从前钱十三来到醉仙楼吆五喝六的样子,心中一阵唏嘘。

钱十三扑通一下跪倒,带着哭腔说:"掌柜的,从前我不是人,从今以后都改了。"

"你这是干什么,别把你从前那套搬到这儿来,动不动跪啊跪的。"童牧归说完,伸手去拉钱十三起来。

"掌柜的、童总捕,我还有话说。"钱十三抱住了童牧归的胳膊,"求您二位给我改个名吧,我自此改头换面,重新做人。"

"你现在的名字挺好听的,又去改它作甚?"一旁的甘语柔很不理解。

"呸，好个屁，这名儿原就是家主……"钱十三发现自己说错了话，抬手抽了自己一个嘴巴，"这名原就是钱丰源取来恶心十五叔的，这样混账的名字叫他干什么！"

"那你从前叫什么？"听南嫂问。

"本家姓韩……爹娘叫我狗剩……"钱十三窘迫得想找个地缝钻进去。

听南嫂、甘语柔实在绷不住，笑弯了腰，半晌听南嫂方强忍着笑意说道："那你以后叫韩胜可以吗？"

"行，全听掌柜的。我韩胜以后命都是掌柜的。"韩胜高兴得从地上蹦了起来。

"你刚才说钱丰源用你的名字恶心钱正青是怎么回事？"童牧归听到有关钱家的消息，分外敏感。

韩胜意识到自己刚才似乎多嘴说错了话，惶恐地看着童牧归，不敢说话。听南嫂柔声安慰道："事情都过去了，你知道什么，尽管和童大哥说，他现在已经不在衙门当差，你放心吧。"

过了半天，韩胜才说道："钱正青还真是个人物。听原来府里老人说，太夫人四十了才得了他一个，爱得跟眼珠子似的。他小的时候十分跋扈，屋里的佣人张口便骂抬手便打，全家上下都要顺着他的心意。直到太夫人去世后，他不知怎么就开了窍，慢慢转了性子。钱家儿孙多，大多不愿意分家，这样什么都不用干，一年的红利足吃足喝。"

"我记得钱正青是有实职的，好像是采办总领。那何来起名恶心谁一说？"一旁的童牧归插话。

"钱丰源到底是年轻的，很多事应付不来，需要人帮忙，是有一年除夕家宴让他彻底对钱正青放心，并委以重用的。之前因为他父亲的关系，他和钱正青的关系特别微妙，既有防备又有嫉妒。钱正黯的母亲连老太爷房里的大丫头都比不上，从前是个粗使丫头，而钱正青可是正房嫡出。在钱家大院，我们叫他一声十五叔，但是平辈的多叫老十五，而喊我则叫十三……"

"大约两三年前，钱家除夕家宴上，族中一个长辈喝多了开玩笑说：钱正青就是生得晚，排了老十五，早生十年，以他嫡子的身份，钱家便是他的。钱正青听了这话，一点都不领情，转身就跪到了祖先堂，言说因为自己扰钱家不宁，自己有罪，为避嫌自请从家谱中除籍。当时大家都只当他是怕钱丰源难堪，故意闹这么一出。钱丰源去劝了一下，也没多管他。哪知钱正青竟然跪了两天两夜，昏倒在了祖先堂，醒来后坚持如此。初五迎财神，钱丰源作为家主，应给各房发放前一年的红利，钱正青执意不要，只求钱丰源将他从族谱中除名，给他一个职位，让他有点收入养活妻儿就好。钱丰源一直忌惮钱正青正房嫡子的身份，巴不得如此，顺坡下驴便同意了。"

童牧归没想到身为天下首富的钱丰源居然如此幼稚，接着问道："那按道理，他们叔侄二人的关系应该很恶劣才对呀？"

"谁知道呢，大概是觉得钱正青已经从家谱上除名，不会再与他竞争了吧。自从前几年来了半男半女的那兄弟俩，不知道给钱丰源吃了什么迷魂药，钱丰源的心思越来越让人猜不透。"

这时童楚从后院踱了出来，倚在门框上，笑盈盈地看着年轻人聊天。韩胜看到童楚，目光下意识地躲闪，眼珠游移不定。这一细节，恰巧被童牧归看了个正着。

"你怎么了？"童牧归问。

"伯父，您还记得前几年采花双盗的事儿吗？"韩胜没应童牧归，反而望向童楚，壮着胆子说道。

此言一出，室内所有人都愣住了，若不是因为这件事，童楚不至于缠绵病榻这么久。所有人都知道这件事对童家父子究竟意味着什么。

"给你好脸色了，是不是？"童牧归暴怒，一把抓起韩胜的领子，把他提得老高,"哪壶不开提哪壶,愿意在这里就管好嘴老老实实待着,不愿意在这里现在就给老子滚。"说完一把将他摔在地上。

听南嫂扯住他的袖子,防止他有进一步动作,柔声劝着。童楚和甘语柔将韩胜扶起,帮他拍打身上的尘土,关切地询问是否有受伤。

韩胜抹了一把眼泪,道:"伯父、童总捕、掌柜的,你们一家都是好人。好人就该有好报,钱家活该被抄家,当年的事儿钱正黥才是真正的幕后黑手。"

原来钱正黥在接管钱家以后旧习不改,眠花宿柳,最终让酒色掏空了身体。随着身体每况愈下,钱正黥用尽各种偏方,遍访名医,最后竟听信了"采阴补阳"的说法,需要九九八十一位不同姓氏的处女,在每月初一、十五与之行房,有延年益寿的功效。稼音、稼熏兄弟负责掠夺这些无辜的女孩,供钱正黥发泄兽欲。

童牧归一拳捶在墙上,墙壁上的灰尘扑簌簌往下掉。他的表情极为痛苦,他曾想过整件事背后的原因,却从没想过真相如此不堪。

当日晚间,童牧归伺候父亲洗脚,他的心思还没有从白天的事情中走出来,一会儿碰倒了凳子,一会儿弄翻了盆子。

"你这孩子。"童楚不由长叹一声,"今日不提我还忘了,其实这么多年,有件事为父一直没有想明白。"

"怎么了,阿爹?"童牧归一愣。

"为父当年撞破稼熏行恶,事后想来怎么都觉得太巧了。为父曾反复推演过当时的情景,如果稼音没有高呼那一声,我也许根本不会注意到稼熏。退一万步说,按常理,劫持了目标后,他应该带着目标快速撤离,或者隐蔽起来。现在回想,怎么看都觉得他是有意站在那里等我发现。"

"不会吧?"童牧归简直不敢相信自己的耳朵。

"不止这一点,按道理,事情败露后,以他们两个的轻功,舍下女孩

速速逃跑，我是追不上的。但是他偏偏架着那个女孩不松手，以至于受连累被擒。现在想来此事犹在眼前，实在让人费解。"童楚接着说道。

稼音是否故意暴露、等待父亲把他们抓获？他们这么做的目的是什么？成了今夜在童牧归脑中百转千回的问题。

稼音与童家父子的渊源还要从几年前泉州城里的一件怪事说起。

五年前，泉州城陆续有人口失踪的案件被报到衙门，虽然这是很恶劣的案件，但是开始的时候大家都没有多想，只认为是普通的拍花子作案。

很快，大家发现事情没有那么简单。失踪人口绝大多数是十三四岁的少女，而且案件的发生时间存在规律，平均每半个月发生一次，每次有两名受害人。虽然部分受害人闭口不言，但是通过仵作对一些尸体的检查，发现这些女孩在死前均被人夺走了贞操。

面对如此惨况，捕快家中也有妻女姊妹，自然对采花贼恨不得剥其皮食其肉，个个都憋着劲儿想把他们绳之以法。

这样的状态持续了两年左右。直到有一天，尚在提刑司做捕快的童楚夜巡的时候，看见街道的暗处有一个男子手环着一个女子的腰，二人搂抱在一起。当时他以为是哪位浪荡子弟酒后狎妓，在背静处偷情，不想破坏那人的兴致，便挪开了眼睛。

"大哥，有官差。"童楚的身后突然响起一声惊呼。

童楚下意识地回头想要寻找声音，出于捕快的直觉，他又赶快转回头去看前方。那一男一女依旧搂抱在一起，女子的头枕在男子的肩上，男子的眼睛犹如暗夜中的萤火，让人心里咯噔一下。童楚发现情况不对，被搂抱的女子看似站立偎依在男子身侧，但仔细看便发现女子的脚下是虚的，绵软无力，俨然是被男子用臂力强行提起，固定在身边。

联想到城中频发的少女失踪案，眼前的男子很可能就是恶贯满盈的采花大盗。童楚一念及此，猛奔上去。男子意识到危险，也想逃走，无

第32章 囹圄志起

奈被身边失去意识的女子拖累,很快被童楚追上。

经提刑司审问得知,这名挟持女子的男子名叫稼熏,他坚称自己是一时色迷心窍做下如此勾当,拒不承认自己就是一系列少女受害案的凶手,最后被收押在提刑司的监牢里。

十几天后,童牧归与杨志勇喝酒到了凌晨,他踉跄着走在回家的路上,离家还有好几条街的时候,皮皮不知道从哪里蹿了出来,叼着他的裤筒便不松口,把他往家的方向拉。待童牧归反应过来,抱起皮皮飞奔回家,发现童楚栽倒在自家的院子里,口吐白沫,昏迷不醒。看样子,童楚是在屋内栽倒了想爬出来求救,到了院中因体力不支彻底昏了过去。

童楚在任郎中的金针下只恢复了意识和部分身体机能,昏迷原因是他当日的饮食里被人下了毒。任郎中研究了被下毒的食物,得出了一个出人意料的结论——药物的成分与少女失踪案现场发现的未燃尽的迷香构成类似,极有可能是出自同一人之手。再联想到那日发现稼熏时身后的惊呼,无疑这是来自采花贼同伙的报复。

童楚知道这个同伙是谁,泉州城内成年男子披发束带,声音雌雄莫辨的人不多,只有一个,那便是稼音。再瞧二人姓氏相同,定是一个实施一个望风,兄弟合伙作案。数个案发现场都发现了未燃尽的迷香,与导致童楚中毒的药物类似。原本没有证据证明稼熏就是采花大盗,恰恰是稼音的报复出卖了他们。

当时的福建路提刑官名叫范同,范提刑接到童牧归举报后,以证据不足为由拒绝受理此案,并威胁,若童牧归执意攀咬钱家,他将革去童牧归的公职。

第33章　尘埃已起

那么，几乎可以认定，钱丰源不曾有自立为王的心思。难道钱家是被冤枉的？想到这里，他不由背脊一阵发寒，不敢再往下想了。

绍兴二年，八月二十四日。

市舶司被屠案案发第五十四日。

韩胜很快适应了醉仙楼的工作，这里吃穿用度虽比不上从前，但是他找到了久违的做人的尊严。

他正哼着小曲儿擦拭柜台，一抬头与童牧归撞了一个满怀。

"童大哥，您……您……出去啊……"韩胜还是有些惧怕童牧归，与他说话的时候带着小心。

童牧归灵机一动，转回身问道："韩胜，我想向你打听点事儿，你能老老实实告诉我吗？"

"您说，您说。"韩胜见童牧归主动和他说话，喜不自胜。

"钱丰源是什么时候从遂园回到钱府的？"童牧归知道钱丰源自接风宴后一直住在遂园避暑，心中便有一个疑问，为何抄家那日钱丰源正好会回到钱府？

"是抄家那日，早上的时候小少爷恰恰从假山上跌落，摔坏了腿，钱丰源便回府去看顾。现在想想，还真是一个不好的兆头……"韩胜唏嘘不已。

童牧归暗想，哪里是巧合，分明是有人故意诱钱丰源回来，所有的巧合背后都隐藏着必然。他又接着问："你从前在那边见没见过一个四四方方、上面有一个疙瘩，像官老爷的大印一样的东西？"童牧归努力地形容着那方没见过的玉玺。

"您是说那个传国玉玺吗？"韩胜答。

"嘘……"童牧归一步跳过去捂住了韩胜的嘴，将他拉到自己房间。

"你见过玉玺？"童牧归问。

"见过。"韩胜回答得十分肯定。

市舶司出事的第二日，钱丰源书桌的大案上摆了一个坛子。钱丰源吩咐韩胜把坛子拿出去，融化坛中油脂，取出里面的东西。"你是不是在偏院的地上点火烧的？"童牧归想到了那日夜入钱府看到的情景。

"正是，您是怎么知道的？"韩胜眼中全是惊讶。

"你先别管我是怎么知道的，把你知道的都告诉我，有大用处。"童牧归道。

"当时十五叔嘱咐说找个没人的地方，厨房人多眼杂，我便拿了一个火盆在偏院地上烧。后来那个二刈子（贬义称谓。'刈'字意为割，'二刈子'源于被割的太监，用来形容体态装扮不男不女的人）过来催，油罐和火盆都打翻了，您说的那个玉玺直接掉在了地上。"

"玉玺是怎么到钱家的，你知道吗？"

"这个我不清楚，隐约听见这个玉玺先是丢了，十五叔和章先生从天竺回来直奔钱丰源书房，说的就是这事儿，那日正好我在门外伺候。"

"还记得他们说的什么吗？"

"前面的我没听到，我听到的时候，已经是十五叔急着问钱丰源该怎么办。"

紧接着,韩胜便把那日在钱丰源书房外听到的原原本本地讲了出来。

两个月前。绍兴二年,六月二十一日。

钱正青和章闻柳风尘仆仆地赶回钱府,其时,钱丰源这位年轻的家主对玉玺之事将信将疑。

"丰源,你给拿个主意呀,这东西落在别人手里,对咱们钱家十分不利。"钱正青急得额上青筋跳起。

"让我说你们什么好,不出户庭,无咎。子曰:乱之所生也,则言语以为阶。君不密则失臣,臣不密则失身,机事不密则害成。是以君子慎密而不出也。圣人的书都被你们读到狗肚子里去了吗?"

"家主息怒,都怪闻柳孟浪,拉着十五叔阔谈,才会出此丑事。"章闻柳道。

"那个钱留是什么来历?"

"这个人不是咱们家的家生奴才,早前是柜上的一个学徒,我看着人还机灵,就带在身边使了。"钱正青辈分虽然高于钱丰源,但是如今主从有别,说话时大气都不敢喘。

"即刻把家里上上下下都仔细盘查一遍,凡是喘气的,最起码要给我查出他爷爷的坟在哪儿。"

"是,待会我们就去办。"钱正青依旧赔着小心,"丰源,这事儿是我错了,玉玺的事儿还得你拿个主意才好。"

"哼,一块玉疙瘩,我才不稀罕呢。"钱丰源冷哼一声,"但是我钱家碗里的肉,竟然让别人叼了去,我可丢不起这个人。派人到码头查一下,看看谁家的船,是先于你们从天竺回来的。"

"家主,在没找到玉玺之前,咱们先不讨论它的真假,但是这件东西毕竟很敏感,钱家的人大张旗鼓地出去查,怕是……"章闻柳小声劝着。

"是呀,丰源。"钱正青接过了章闻柳的话,"这玉玺的来路我们还不清楚，万一有人存心给钱家扣上通敌的帽子……"

"还不都是你们两个干的蠢事！"盛怒之下，钱丰源一脚踹翻了前边的青釉开片缸文松盆景。

"你们两个就别在我这里傻站着了，该干什么去干什么吧。"

二人答应了，退出书房，

他们走后，钱丰源坐在座位上，眼睛看着前方出神，指节有一下没一下地叩击桌面。

"家主，稼先生带着钱醒过来了。"钱十三小声通禀。

钱丰源这才收敛心神，招呼门外的人进来。

钱醒只是钱家的一个四等仆役，没有主人的允许，轻易不能到内院中来。平日他随钱正青游走各地，见这位十五叔已经是挥金如土、出手阔绰。一路走来，眼见钱府内院一片雕梁画栋，好似人间仙境，富贵之气扑面而来，方知什么才是真正的气派。

"玉玺到底是怎么回事儿？你详细给我说说。"钱丰源迫不及待发问。

"回家主的话，小的不认识那件东西是什么名字，只记得式样。"钱醒把如何陪同钱正青到天竺商人桑德拉姆家，如何说起玉玺，如何在普仁希多家见到玉玺，如何说好第二天交易等情况一五一十地全部讲了出来。

"当时小的和钱留都在一旁伺候，后来十五叔说太晚了，让我们下去休息，有事再唤我们。按照家主您的吩咐，小的尽量保持和十五叔形影不离。钱留去睡觉以后，小的就在纱门后面坐着，一直到酒席结束扶十五叔上床。他们说了些篆刻、嬴政、李斯、书法什么的，小的没念过书，实在听不懂。但是可以确定，十五叔中途不曾吩咐人去取东西。"

钱丰源听到这儿，搓着下巴若有所思，半晌方说道："你表现得不错，回去继续留意老十五的动向，有什么出格的、可疑的，都赶快来报

告我，知道了吗？"又对稼音说道："回头你再给他两颗丸药，给他爹治病。"

"谢谢家主，谢谢家主，小的一定尽心竭力……"

钱丰源不耐烦地挥挥手，钱醒不敢多停留，连忙退了出去。

童牧归听到此处，已经大致明白事情的经过，韩胜所说的钱留正是刘矾逸，自己推断得没错，刘家就是因此被灭口的。正如刚才韩胜所讲，钱家丢了玉玺而恼怒，是因为担心会被有心人利用，诬陷钱家通敌。那么，几乎可以认定，钱丰源不曾有自立为王的心思。难道钱家是被冤枉的？想到这里，他不由背脊一阵发寒，不敢再往下想了。

"钱醒是谁？"童牧归问。

"钱丰源安插在钱正青身边的眼线，您要是想问玉玺的事儿，可以找他问一问。他比我先被买走的，好像是一个汤池子老板买走了，听说那个汤池闹过鬼，别人都不愿意到那里做工，老板只能高价找官牙买人。"韩胜答。

"百乐汤？"童牧归一下子想起自己和小源次郎遭遇时的场景。

"对，就是这么个名字。"韩胜很为自己能给童牧归提供有用的信息而感到高兴。

"你还知道其他一些特别的事儿吗？"

"怎样算特别？"

童牧归挠了挠脑袋，一时想不起具体要问什么，道："就是那种钱家平日对外秘而不宣，或者严令禁止别人讨论的那种。"

"钱丰源有同父异母的兄弟，钱家非但不认，还弄残了那个孩子，这事儿算吗？钱家府里的下人，因为传这件事，已经打死了好几个多嘴的，听说孩子的娘曾是梧桐苑的花魁。"

童牧归对钱家的风流韵事不感兴趣，谢过韩胜后，匆匆出门。

第33章 尘埃已起

百乐汤在贾半仙事件后，生意逐渐恢复。童牧归与柏松年是老相识，打过招呼后，很容易地找到了钱醒。

童牧归向柏松年借了一间安静的房间，带着钱醒在屋中坐下。

"你不要怕，今天咱们说的事，天知地知你知我知，你不要有所顾虑。"童牧归开门见山，"在钱家的时候，你经常和钱正青在一起吗？"

"家主让我把十五叔的一举一动都要汇报给他。"钱醒答话的时候十分畏缩，生怕有什么不好的事情发生。

"你不要害怕，你父亲的病我也知道，我一会儿让广安堂的任郎中去你家为令尊治病，你只管在此处安心做工，柏老板与我相熟，不会为难你的。"童牧归把自己的大手放在对方的肩头，以示鼓励。

"真的吗？"钱醒双眼放光。

"骗你我是这个。"童牧归面带笑意，用手指在桌子上做了一个乌龟爬的动作。

钱醒得知父亲的病有人医治，心里一下子轻快不少，把他所知道的钱正青买玉玺的经过说了出来。

绍兴二年，六月十二日。

钱正青既是钱家主人的亲叔叔，也是钱家八大采办之一。他与天竺商人桑德拉姆钱货两清交接已毕，桑德拉姆盛情挽留钱正青在家中吃饭。双方已有多次贸易合作，彼此都很熟悉，他欣然应允，晚间命钱醒陪着前去赴宴。

席间，桑德拉姆从怀中掏出一张纸，上面描龙画凤一般写着几个字。钱正青接过字条，乘着酒兴在油灯下看了看说："这不是我朝通用文字，这是篆书，我们国家很早之前使用的文字，大概一千多年前的秦朝就开始用这样的文字了。"

"既……受寿命……永……于……昌天。"钱正青费力地辨认着纸

条上的字,他感到很困惑,这句话文义不通,谁会把不成文的东西刻出来,而且还是刻在玉石上。

"我也是帮朋友问的。"桑德拉姆好像不是很在意具体是什么内容,而是出于商人对价值的敏感,接着说,"可惜了,那块玉石真是上品,想必也是原主人心爱之物,残破缺角还用黄金做了修补,可见这玉的价值比黄金还贵。"

钱正青心惊,暗自平复了一下自己的心情,边喝酒边与桑德拉姆闲谈:"也不知道你朋友那块玉是个什么花样,我家主人的生意也涉及玉器,若是个新鲜样子,回去讲给他们听,让他们也依样打造,增添几个式样也不错。"

"我觉得没什么好看的,玉砖上有五个像蛇又不是蛇,还长着鹿角、鹰爪、牛耳的动物趴在上面。我的朋友说,要是实在无法知道是什么,就把这块玉砖磨平,这么大的料子雕一个观音也够用了,一定能卖个好价钱。"桑德拉姆满不在乎地说。

钱正青拿着筷子扒拉着餐桌上盘子中的下酒菜,笑而不语,一副不以为意的样子。

"咱们合作了这么久,你怎么不相信我?"桑德拉姆呼啦一下站起来,脸上已经带了三分愠怒,"走走走,现在我就带你去看一看,是不是好东西!"

钱正青半推半就,主仆二人随着桑德拉姆的脚步,来到他的朋友普仁希多的家。

桑德拉姆边敲门边迫不及待地大喊:"普仁希多,我带了大宋的朋友过来,你快把门打开,拿出你的宝贝让大家开一开眼界,你快开门呀。"

普仁希多似乎已经睡下,出来开门的时候没有戴头巾帽,身上穿着条格睡袍,脸上挂着对桑德拉姆贸然来访的不满情绪。

桑德拉姆像一条滑溜的鲶鱼,一闪身钻进门去,丝毫不给主人拒客

第33章 尘埃已起

的机会。钱正青抬眼打量，室内是中等人家的样子，卧榻上靠东墙的一侧摆着两口躺箱，西边放着的榻桌上还有主人未吃尽的残羹，中间是散乱的被窝。门帘隔开了这间房间和另一间与之相连的房间，门帘的缝隙中隐约透出一双乌溜溜的眼珠，他猜想大概是女主人在观察深夜到自己家的不速之客。

"普仁希多，快把你的宝贝拿出来，让我这位朋友开开眼界。"桑德拉姆迫不及待，"你不是让我找人帮你认一下玉砖上的文字吗？这位钱采办来自大宋，见多识广，不说清楚是什么东西，人家如何帮你辨认？"桑德拉姆道。

"就是纸上描的那个样子，看不看都是一样的。"普仁希多从钱正青进门起，便一直戒备地看着他，对这位不速之客很不信任。

"冒昧前来，多有打扰。在下没别的爱好，平日喜欢收集古董玩器自娱，听闻您有宝贝，所以慕名前来。"钱正青一脸失望地看向桑德拉姆，"既然主人不方便，那我们就走吧，不要打扰了主人的好梦。"

桑德拉姆闻听此言，脸上更加挂不住了，不断地催促普仁希多把宝贝拿出来。普仁希多经不住怂恿，奔到门前开门看了一下外面的情况，再把门小心翼翼地关好。他跪爬到卧榻里面，好半天才从最里面的躺柜中摸出一个包裹。

随着普仁希多解开层层包裹，玉砖展现在三人面前，嬉笑中钱正青将玉砖拿在手里，触手温润滋泽，像煮熟的米粒，有很好的糯性。他拔下自己头上的岫玉发笄敲击玉砖，发出的声音清越绵长，如金磬之余响，残音沉远，绝而复起，徐徐方尽。钱正青从小生长在钱家，家中珍藏古玩无数，加之这些年游历天下，东西好坏与否，他一眼便认得。

"钱采办，我没骗你吧？我们天竺也有好东西嘞。"桑德拉姆洋洋得意。

"这东西质地还不错。"钱正青答。

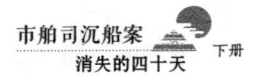

"这样的好东西你买得起吗？"普仁希多满脸都是不耐烦之色，"不买就快走，我困了要睡觉，不能送你们，请自便。"

"你这人好生无趣。"钱正青生出逆反之心，"到底是没见过什么世面的弹丸小国，子民也这样小家子气。你倒说说看，准备卖多少银子？"

"给银子是不卖的，要用金子换。"普仁希多把宝贝紧紧护在胸前，但是眼神中已有所松动，不似先前那般不耐烦。

"那你要要多少金子？说个数出来，看能不能吓到钱某。"

普仁希多踱步到桑德拉姆的身边，两人窃窃私语交谈了一番，其间桑德拉姆数次为难地看向钱正青。

"他要……等重的黄金换。"桑德拉姆小心翼翼地说出报价。

"我当是多少钱，把你吓成这个样子，不过是大爷我喝几次花酒的钱。就这么定了，明天我带钱来，咱们一手交钱一手交物。"钱正青说完，拉开门迈步往外走。

钱正青刚迈出去一只脚，普仁希多便急忙拉住他的衣袖，一把将他拽回室内，重新把门关好。

钱正青还没回过神来，普仁希多拽着他袖子的手并没松开，上下打量了他一番，说道："现在自然是由着阁下说大话，若你一走了之，明天不来交易怎么办？"

"你是穷疯了吧。"钱正青甩开普仁希多的束缚，"谁大晚上出门带那么多金子？我说明天你不相信，你要现在我可没带现钱，你说怎么办？"

普仁希多被问得哑口无言。

钱正青拿起玉玺在白纸上印了一张，折好收入怀中，说道："你自己抱着再睡一夜，恐怕此生你与它已无再见之日。明天一早我派人带钱来取，来人手持钱家腰牌和这张印图，咱们一手交钱一手交货。"说完不再管桑德拉姆，大步流星走出门去。钱醒不敢怠慢，急忙小跑着跟上。

第二天，日上三竿，钱正青的舱门才打开，洗漱完毕用过早饭，他吩咐钱醒到普仁希多家取货。

钱醒并没有马上领命离开，他赔着笑问道："十五叔，昨儿您与那厮约定凭图取货……"

钱正青微怔了一下，双手在身上摸了摸，什么也没翻出来。他不耐烦地挥手道："一页破纸，不知丢到哪里去了。昨日你与我同去，他肯定认得你。"

钱醒不敢再多嘴，转身快步去往普仁希多家。

约莫过了半个时辰，钱醒再次出现在钱正青跟前，臊眉耷眼，大气都不敢喘。

"把东西放桌上吧，到账房领个红包。"钱正青头也不抬地说道。

"十五叔，您……您……您是不是记错了？"钱醒问得小心翼翼。

"混账，说的是什么话？赶明儿回了家，在家主面前也是这般样子吗？"钱正青把手中的毛笔啪一下丢下，正巧丢在砚台里，墨汁溅得到处都是。

钱醒一慌神，赶忙跪下磕了一个头，道："十五叔大人有大量，千万别和小的一般见识，小的知错，再也不敢了。"

"东西呢？"钱正青虎着脸问。

"小的到了普仁希多的家，他说东西您昨晚连夜就派人取走了。"钱醒答。

"放屁。"钱正青一掌拍在桌面上，"昨晚跟着我出去的是你，看着我与章先生喝酒的是你，最后睡觉都是你扶我上床的，我几时曾让人取过东西？"

听到此处，跪在地上的钱醒如遭雷击，眼睛瞪得老大，他意识到自己犯了一个天大的错误。他到达普仁希多家，被告知东西已经被取走后，他心中暗自埋怨钱正青喝酒误事，明明已经安排了别人，害得他白跑一趟。可是刚才钱正青的一番话让他醍醐灌顶，昨日自下船前往桑德拉姆家，到最后钱正青喝多酒后上床睡觉，钱醒一直在他的身边，不曾听闻他有命人前去取东西。

"说，是不是你小子私吞了？"钱正青用眼睛瞪着他，声音拔高了很多。

"小的冤枉，真的不是小人，他……"钱醒跪爬到一名壮汉的身边，扯着他的衣摆向钱正青哀求，"他一直和小的在一起，小的即使有天大的胆子，也不敢私拿爷的东西。"

"谅你也不敢。"钱正青白了他一眼，"起来吧，普仁希多有没有说是什么人取走的东西？"

"他……他……他只说来人拿着印图，还给他看了腰牌，他就把东西给来人了。要不小的把他们找来，您亲自问问？"

"有印图？那定是这船上昨夜在我左右之人，传我的命令，所有人到甲板上集合，我倒要看看是哪个吃里爬外的东西。"

经过一番盘查，所有人都在，唯独钱留不见了。

第34章　偷梁换柱

当晚段思平得到三个梦境：人无首；玉瓶无耳；镜破。他大惑不解。军师董迦罗认为段思平的梦境乃吉兆，因为"君乃丈夫，去首为天；玉瓶去耳为王；镜破则无对者"，因而军心大振。

泉州城内，众人脚步纷纷，或忙于生计，或为官禄奔波，或为证实心中的猜想。大概是因为每个人都有事情做，没有人发现自中秋那日到醉仙楼吃饭后，魏公公已经很多天没有露面。期间莫哈拓也曾有事求见，但是被小黄门告知，魏公公因水土不服病倒了，需要调养，暂不见客。想到魏公公一直跟在赵构身边养尊处优，如今这把年纪还要长途跋涉，病倒了似乎也在情理之中。莫哈拓不疑有他，吩咐小黄门好生照顾后便离开。

谁也想不到，这位暮色苍苍的老人，此时正满脸泰然，身处于大理羊苴咩城皇宫之中。他八月十六日自泉州港出发，一路南下，于雷州登陆，又车马不停三昼夜，只为在十二日内可以在泉州和大理之间往返。

大理国原名南诏国，当时社会正处变革中，南诏政权走向末路，先后被郑买嗣的"大长和国"、赵善政的"大天兴国"和杨干贞的"大义宁国"取代。这几个政权存在时间大都很短，相互更迭，难免一番杀

戮,使得民不聊生、怨声载道。

段思平向东方的黑爨三十七蛮部借兵,会于石城,以董迦罗为军师,进攻南诏,所向皆克。当时杨诏等陈兵据桥,段军不能通过。当晚段思平得到三个梦境:人无首;玉瓶无耳;镜破。他大惑不解。军师董迦罗认为段思平的梦境乃吉兆,因为"君乃丈夫,去首为天;玉瓶去耳为王;镜破则无对者",因而军心大振。是日,段军找到一名浣纱妇女,为段军指引渡河地点,其曰:"人从我江尾,马从三沙矣,尔国名大理。"段军成功渡河,杨诏兵败自杀,杨干贞知道兵败消息后弃城而逃,为段思平军所擒,大义宁国灭亡。公元937年,段思平即位,改国号"大理"。

"贵使突然造访,本王惶恐,不知圣君身体康泰否?"段正严面对突然出使的魏公公,心怀戒备,若不是早年他到汴京朝拜的时候见过魏公公,此时一定会怀疑对方是假冒的。

段正严身为大理国第十六代国王,他明白与宋朝建立友好关系是立国之本。尽管宋朝与大理国的关系由于宋太祖的不暇远略方针而有所疏离,然而大理国仍然一直向宋朝称臣。段正严特别重视加强与宋朝的联系,在汴京城破前曾向大宋皇室入贡大理马、麝香、牛黄、细毡等土特产,还派幻戏乐人到宋朝表演。后来宋朝皇室疲于奔命,双方才减少了往来。尤其是他已经得到了消息,有大宋重臣在大理国买下了大量的土地,更加引起他的警觉。

"咱家奉大宋皇帝之命,为贺大理王登基二十五年之庆,特送来一份厚礼。"魏公公挥挥手,随行人员呈上了国书、玉匣。

国书上写:

> 大理段氏,不畏西南烟瘴之苦,朕心甚慰。为嘉大理王忠勇,国库出资修建城堡一座,以供闲暇时赏玩,盼望卿保重身

第34章 偷梁换柱

体,永修两国万年之好。

段正严再打开玉匣,里面盛放着地契,正是自己所知的被宋人购买的土地。他一时有些转不过劲儿来,猜想:莫非从前是自己多心了,大宋皇帝假意派人购买土地修建城堡,只待修成后给孤王我一个惊喜?

"这……"段正严一时语塞,接也不是,不接也不是。

魏公公浅然一笑,不卑不亢道:"雷霆雨露,俱是天恩,大理王若心怀感恩,可自行派使到我大宋都城临安向官家致谢,届时咱家亲自恭候。"

童牧归从百乐汤回来,一直心事重重,在后院来回踱步思考,脑海之中一团乱麻。每件事情似乎都看到了一点光亮,但是仍然丝毫捉不住头绪。甘语柔在前后院来回穿梭,童牧归的目光瞟在她的身上,忽然想到甘语柔正是从梧桐苑出来的。想到白天韩胜所说钱家旧事与梧桐苑相关,他有心向甘语柔打探一下,但是又觉得此事过于唐突,容易引起她的误会。

正踌躇间,莫哈拓从前面走来,径直来到童牧归的面前,道:"走,有什么事情咱们到屋内去谈。"

童牧归把今日在百乐汤听到的钱醒所言,一一复述给莫哈拓听。

"这里面有几点比较奇怪。我怎么感觉,交易玉玺的双方都像是怀有各自的目的一样?"莫哈拓听完后发表了自己的见解。

他现在对玉玺的情况十分困惑,知道玉玺可能是从海外购回后,他曾向魏公公求证,魏公公坚持说这是钱家为了脱罪用的障眼法。但是现在种种迹象都表明,魏公公的判断可能错了。

"我也是这么觉得,买卖双方看似在周旋,但是各自揣着心思。"童牧归点了点头,同意莫哈拓的说法。

按照他的推断,商人桑德拉姆并非全然不知玉玺为何物,他虽然在抄写上面的字时故意打乱了顺序,但是中国的图章是反刻正印,如果他不知道是玉玺,就不会描出正字给钱正青看。这两个天竺商人,有故意诱导钱正青购买之嫌。

"钱正青也很奇怪,很多破绽你我尚且能察觉,但是他居然没有意识到,你觉得呢?"莫哈拓道。

"据你观察,钱正青是个什么样的人?"童牧归不答反问。

"我与他只见过三面,谈不上了解。实不相瞒,第一次见他,还是数年前在汴京的教坊司,未曾交谈。最后一次,是他作为出首人证随汪相返回临安,咱们到海港相送。印象最深的应该是第二次见面,那日钱丰源在遂园宴请,这也是我唯一一次和他有交流。他这人怎么说呢,品行不好判断,但是知书达理肯定是有的,现在回想他的言谈举止,应该有超越年龄的内敛和城府,心思细腻。"

"上午你不在的时候,我想起一些细节,碰巧韩胜当时在场,便把当时的情景讲给我听。那晚我们在钱府的推断果然不错,他们确实曾在偏院中融脂取玺。"

莫哈拓在房间内负手而立,良久没有说话,不自觉地来回踱步,反复推敲其中的关窍。

"有没有这样一种可能,钱正青早就知道钱醒是钱丰源安排监视自己的人,所做的一切都是为了让他看到,并汇报给钱丰源?"他大胆猜测。

童牧归觉得十分有理,刘家尚且知道干系重大,不能对外人言说,钱正青久历商海,不可能不明白这样浅显的道理。根据刘矶逸的描述,他到钱家应聘,没头没脑,破绽百出,钱家却轻易收下他。交易玉玺所用的印图,又似无意间交由刘矶逸保管,当钱醒奉命取货索要印图时,钱正青只字未提,直到船上少了人才发现一般。单凭这一点就很可疑。想到这里,他突然发现遗漏了很多问题,决定抽时间到归元寺再找刘矶逸详细了解一下情况。

第34章　偷梁换柱

　　事情发展到这一步，已经十分明显。莫、童二人根据刘矾逸、韩胜、钱醒等人提供的信息及现有情况，大致推断出了整个事情的经过。钱正青在天竺遇到了玉玺，想利用玉玺达到一石二鸟的目的。先是诱骗刘矾逸偷取玉玺，同时钱醒可以向钱丰源证明确有玉玺一事，迫使钱丰源从市舶司拿回玉玺。在向平将门传达命令时，将钱丰源所说的取回玉玺，改为屠衙、取玺，从而达到嫁祸钱丰源的目的。现在有三个严重的问题摆在童牧归与莫哈拓面前：一是传国玉玺为何会出现在天竺？二是玉玺如何恰巧进入市舶司的？三是钱正青等人如此处心积虑，背后究竟有何不可告人的秘密？

　　莫哈拓见童牧归半天不说话，遂问道："我进来的时候，见你似乎有什么难事？"

　　"韩胜向我提起一桩钱家的旧事，钱丰源有同父异母的兄弟出生在梧桐苑，我想问问语柔姑娘，但是不知道怎么开口。"童牧归答道。

　　"我去同她说吧。"莫哈拓信心满满。

　　"你们两个不闹别扭了？"童牧归先是不敢相信，随即喜笑颜开，"我就说，郎有情、妾有意，郎才女貌，就应该好好在一起……"

　　莫哈拓脸一红，转身走出了房间。

　　不一会儿，莫哈拓和甘语柔一同走了回来。二人进屋后，不待童牧归说话，莫哈拓一把将座位上的童牧归拉起，将其拽出门外后，反手把门关上。

　　"你干什么？"童牧归丈二和尚摸不着头脑。

　　"我同她讲了，她说她到梧桐苑的时间不长，她可以带我们去找另一个人问一下。"

　　"谁？"

　　"倪丹荷。"

第一次踏进梧桐苑这座温柔乡，童牧归曾暗自发誓再也不会光顾这种地方。后来陪听南嫂来见甘语柔的时候，又再一次发誓，坚决是最后一次。没想到，短短一个月，自己竟然第三次光临梧桐苑。

甘语柔摘掉钗环首饰，换上了莫哈拓的男装，乌丝拢到头顶，高高地挽成发髻，上唇贴了两撇胡子，俏皮可爱之中透着一股英气。

和前两次一样，梧桐苑的龟公十分热情地招呼他们，不过已经不再称呼童牧归为童总捕，而是改称童大爷。足见其消息灵通，极尽见风使舵之能事。

"钦差大人，童大爷，咱们今天是听曲儿还是喝酒？"在莫哈拓奉上一块银角子后，倪丹荷翩然而至。

一直背对外侧的甘语柔转过身来，一把拉住倪丹荷的手，道："妹妹，你还好吗？"

再看倪丹荷，竟像完全换了一副模样，原本浮夸谄媚的笑意凭空消失，双目楚楚，嘴唇发颤，泪珠像断了线的珠子般扑簌簌地往下掉。

"你个狠心的人，从前妹妹长妹妹短，如今有了好去处，竟把我忘了。"

"妹妹受苦了。"甘语柔不自觉也跟着落泪。

半晌，倪丹荷用手指掩了甘语柔的口，说道："还嫌从前哭得不够多吗？你此来一定是有什么难事，赶快说正事要紧，这劳什子地方有什么好待的。"

甘语柔一时难以平复自己的情绪，示意童牧归替她问，她自己则握着倪丹荷的手，久久不愿意松开。接下来，倪丹荷讲述了一个让一贯冷眼看世界的莫哈拓闻之泪目的故事。

故事的男主角是钱丰源的父亲钱正黯，他虽然年轻时在钱家处境艰难，但是要看和谁比，比起寻常百姓，日子过得还是挺滋润的。因其生母身份卑贱，老家主钱博远对他不理不睬，兄弟们也不屑与之为伍，他便在外结交了一些浮浪子弟，终日斗鸡走狗，眠花宿柳。

　　钱正黯虽然顶着钱家公子的名头，但是手头上远没他的兄弟们宽裕，摆不出挥金如土的阔绰，便用了十分心思做出厌恶铜臭的清高模样，拿甜言蜜语伴着深情款款，哄得姑娘芳心暗许，省下不少花酒钱。

　　当年倪丹荷所在的美凤楼中，有一位叫禾佳的姑娘最吃他这一套。钱正黯向她许诺，一旦有了身孕，便为她赎身，娶回家中做侧室。禾佳姑娘信以为真，从那以后再不见客，拿出自己多年积攒的卖身银子充当钱正黯的包银，死心塌地与他厮混在一起。

　　"你说的这个人我有印象，我在梧桐苑也曾偶尔听人提过一句半句，只是不爱热闹便没打听，她就是你的师父吗？"稳定了情绪的甘语柔在一旁附和。

　　"唉，正是，红颜薄命呀。"倪丹荷叹了一口气，接着讲道，"说来惭愧，我原本出生在书香之家，父亲还是个官儿，十岁那年，父亲从岭南老家带着家眷上任，途经泉州逛庙时我与家人走散，被花子拐卖，几经转手被卖到了美凤楼。掰着指头算算日子，也是十二年前的事了。"

　　"从前竟没听你说过，那你找过家人没有？"甘语柔问。

　　"唉，不找了，就让他们以为我死了也挺好。"倪丹荷答。

　　"你还记得家人的名字不？令尊当时去哪里上任？莫大人在朝为官，让他帮你打听一下，没准就能找到呢。"

　　莫哈拓在一旁忙不迭地点头答应。

　　"在我印象里，父亲是一个有些迂腐的文人，经常教育我们，饿死事小，失节事大，若让他知道我沦落娼门，还不如就让他以为我死了呢。"

　　"妹妹，你千万别这么说……"甘语柔还想再劝。

　　"扯远了，还是说禾佳姐的事儿吧。我来后，只过了大半年的工夫她便病死了，真真儿可怜。从前我在家的时候也跟着母亲、乳娘一起做针线，所会的不过都是一些皮毛。当时她重病缠身，我不过是给她端了一碗糖水，她便送给我一件她手绣的云肩，那上面针法各色、花样种种，纷繁复杂，闲了没事儿我便拿出来瞧瞧，琢磨得多了竟也学会了不少。"

听闻一位痴情才女香消玉殒，童牧归忍不住发问道："竟因为她没怀上孩子，那钱正黯就不念往日旧情，不肯替她赎身吗？"

"唉。"此时倪丹荷脸上又见悲色，"要是真没孩子也就罢了，偏偏她就是让两个孩子给拖累了。"

原来，等到钱正黯察觉出禾佳姑娘真的有孕后，却说父亲对他委以重任，派他下南洋采办，这段时间不能前来。禾佳姑娘不疑有诈，还鼓励钱正黯出去闯荡、建功立业，欢欢喜喜把他送走。

钱正黯此一去再无音信，禾佳姑娘虽然担心，奈何肚子一天比一天大，身子不方便。十月怀胎一朝分娩，竟然产下双生子，只盼着钱正黯早日回来，接母子三人出苦海。

美凤楼的老鸨子对禾佳在妓馆生孩子颇有不满，但是开始的时候一来碍于每月到手的包银，二来碍于钱正黯的身份，不好发作，憋着等钱正黯回来，好挣一大笔赎身钱。只是她的如意算盘没打多久，手下得力的龟公来报，钱正黯早已成为别家的常客。怒火中烧的老鸨子当时就要冲到禾佳的房间，把两个孩子丢出去，被报信的龟公拦住了。龟公献策：钱家高门大户，未必在乎一个妓女的死活，但是不会不管自己的骨肉，更何况还是两个男孩。权且养些时日，待到婴孩长大一些，有了几分像父亲的眉眼，便可凭着两个孩子，向钱家敲诈一大笔。

禾佳姑娘多年的积蓄早已坐吃山空，老鸨便逼迫她出来接客。从前禾佳姑娘也算美凤楼的头牌，哪位恩客能入她的锦帐，全凭她中意与否，那十分邋遢下流的断不能近身。如今老鸨把一对幼子锁在后院柴房，每天挣不够一定数目的银钱，老鸨便不让她见孩子。她生产过双生子后，身体大虚，神思萎靡，身材相貌样样皆大不如前。那些出手阔绰的上等恩客自然不愿意近身，没办法，不管香的臭的老的幼的，只要付钱她便服侍。

"这帮混账,简直是吃人不吐骨头……"童牧归气极,猛地一拍桌子,惹得莫哈拓连连提醒他小声一些,以防隔墙有耳。

"那钱正黯不来,她们就没有上门去找吗?"莫哈拓问。

"去啦,您二位上次来也看见我们妈妈了,那是一个能把一文钱掰碎攥出油来的人,怎么可能白白吃这个哑巴亏?在那对孩子不满一岁的时候,她逼着禾佳姐抱着孩子去钱府哭闹,还怕她跑掉,只准带一个去,留下另一个做人质。"

"那两个孩子后来怎么样了?"童牧归问。

"我到美凤楼的时候,那两个孩子早已经被一个道人带走了,也不知道是死是活。算算时间,今年他俩也该二十多岁了吧?"倪丹荷答道。

"都这么大了?"甘语柔忍不住插言。

"都怪我没说清楚,我认识禾佳姐的时候,听她念叨,孩子若在,便像我一般大,可见是很多年以前的事了。"倪丹荷连忙解释。

"亲子找到门上也不肯相认,钱博远混账也就罢了,钱家上下怎么竟没有一个通情理的?"甘语柔再一次湿了眼眶。

倪丹荷悠悠地说道:"不肯认下亲生骨肉倒也不算十分可恶,他们家还有更狠毒的呢。"

那日禾佳抱着孩子在钱家门口哀求了半日,钱博远常年住在遂园,并不在府中。钱正黯根本不肯出来相见,放出话来说:禾佳是千人骑万人压的妓女,孩子指不定是谁的野种。门里门外僵持了半个时辰,就在禾佳心灰意冷准备回去的时候,钱正黯的夫人传出话来,钱府容不得妓女进门,让下人只把孩子抱进去瞧瞧,若孩子长得像钱正黯便留下。

禾佳本已对钱正黯心灰意冷,此番前来哭闹并非为了名分,只想着孩子养在钱家总比跟着自己好,见事情似乎有了转机,便把孩子交给了来人。

又过了一炷香的时间，下人把孩子抱了出来，回话说：根本就不像。禾佳待要再问，孩子大哭不止，为娘的终归是疼孩子，想着折腾了大半天，孩子可能受到了惊吓，只得抱着孩子狼狈地回到美凤楼。

母子三人受到老鸨的百般凌辱自不必说，单说那个被抱出去的孩子，自那以后，只要醒着，十有八九的时间在哭闹。禾佳好求歹求，老鸨才准许她带着孩子去看病。郎中反复诊脉，也没发现有什么不对的地方。细问之下，得知孩子每次便溺时哭得格外厉害，就留心观察小孩的男根，用手抚触之，竟摸到一个尖尖的东西，孩子也随着动作骤然提高了哭泣声。郎中在小孩的阴囊上拔出来一根做针线用的细针。

"那么小的孩子，身上怎么会戳进去针？"甘语柔见倪丹荷停住，急忙追问。

"虽没十足的证据，但是孩子抱走的时候还好好的，回来以后才哭闹不止，什么时候什么人扎在孩子身上的，显而易见。"倪丹荷道。

童牧归想起韩胜所说"钱丰源有同父异母的兄弟，钱家非但不认，还弄残了那个孩子"，心中暗想应该就是说的这件事了，没想到事情竟然全都对上了。

甘语柔手里握着莫哈拓不知何时递来的帕子抹眼泪，抽噎着骂道："这等毒妇，真该让她断子绝孙。"

"钱家这次出事的家主，便是那毒妇和钱正黯的儿子，可见真的是做坏事报应在了子孙身上。"

"我到美凤楼时，只是个十来岁的毛丫头，那时事情就已经过去十几年了，听到的不过是一些闲言碎语。"倪丹荷说得情动，不觉也滚下几颗泪珠，用手中的帕子拭了拭才接着往下说，"但是我敢保证事情是真的，禾佳姐临死前除了送给我一件她手绣的云肩，还交给了我一封信，说他儿子日后若回来找她，便让我把那封信交给她儿子。那时我年纪小不懂事，偷看了那封信，信中记录了整件事情的来龙去脉，真可谓字字血泪，惨不忍睹。"

"信可还在？"莫哈拓追问。

"已经交给她的儿子了。"倪丹荷答。

"她儿子？你怎么确定那就是当年的小孩？"童牧归十分费解。

"禾佳姐跟我说过，她的两个孩子脖颈处都有一块指甲大的胭脂记。"倪丹荷生怕童牧归和莫哈拓二人不信，"再说了，儿子多像娘，来人气质阴柔，模样上像足了禾佳姐。看过他脖颈上的胎记，我便确定他是那个当年伤了男根的孩子无疑。"

"我想起来了。"见童、莫二人不说话，倪丹荷接着补充，"禾佳姐在信的提头写：吾儿稼熏、稼音。信中虽然字字血泪，嘱咐兄弟俩为自己报仇，但是她以自己的名为姓，拆了钱正黯的字做名，黑字不好听才用了熏字，足见当年用情至深。也不知道兄弟二人是否叫了这个名字。"

童牧归与莫哈拓对视一眼，二人此时各想各的心事，但是今天这件事给他们带来的触动是一样的。稼熏、稼音兄弟二人，已经知道二十多年前的这桩恩怨，还能委身在钱丰源身边做门客，事情变得耐人寻味。

经过这次长谈，童牧归彻底改变了对倪丹荷的印象，三人起身告辞准备离开，他说道："丹荷姑娘，今天给你添麻烦了，以后有用得到童某的地方，尽管到醉仙楼找我。"

"上次不是有意怠慢，我也是身不由己……"倪丹荷想起初见时的场景，羞愧地低下了头。

"最近挺好的吧，今后可有什么打算？"甘语柔问。

倪丹荷的心思根本不在甘语柔身上，一边应付着，一边不住拿眼睛瞟童牧归和莫哈拓。

童牧归注意到了倪丹荷的目光，问道："姑娘可是还有话说？"

"童总捕，我有一件私事，不知道当问不当问？"倪丹荷踌躇着如何开口。

"姑娘且说说看。"童牧归是真心想帮助这位苦命的姑娘。

"当铺若弄丢了当期内的东西,是按照票面银子赔偿,还是按照东西实际价值赔偿?"

"这个还真难住童某了,按理说东西送到当铺,你与当铺钱货两清。若赎当的时候,对方拿不出东西,这个……"童牧归也犯了难,实在没遇到过这样的情况,只能转而问莫哈拓道,"莫大人,你知道这种情况该如何赔付吗?"

莫哈拓直直地盯着倪丹荷,没有回答童牧归的问题,转而问了她另外一个问题:"姑娘所当何物?可否给我看一下当票?"

倪丹荷神情骤然紧张,扑通一声跪下,磕磕巴巴地说:"大人,小女子有罪,前番二位找我问话,我有所隐瞒,请二位大人千万不要怪罪。"

童牧归被吓了一跳,不知道发生了什么事,伸手想要把倪丹荷搀起来,又想起男女授受不亲,便把手缩了回去,对甘语柔言道:"语柔姑娘,你快把丹荷姑娘扶起来,有什么事咱们坐下慢慢说。"

甘语柔面对突如其来的情况,愣在那里,听见童牧归叫她,方才回过神来,急忙上前扶起倪丹荷。

"平日里钱家等几个大户向柯提举行贿,不好光天化日把真金白银往衙门里抬,便生出来一个办法。"倪丹荷从袖子里拿出一张折着的当票放在桌子上,"哪管什么玉山、宝瓶、古董、字画或是成箱的金子银子,统统送到当铺里去,以极低的价钱抵当,柯提举只管收着当票,什么时候想要这件东西了,便按当票上的银钱把东西拿出来便是了。"

莫哈拓展开当票,只见上面写着:金镶八宝攒珠三头,凤步摇一对,纯金嵌珊瑚盘五副,璎珞圈一个,当两贯钱,提头万有当铺。看罢觉得又好气又好笑,不问东西上面的宝石贵贱,三件金器随便剪下一块拿到银号,兑换来的银钱也比当的钱多。他顺手把当票递给童牧归过目,问道:"姑娘可是去赎当不成?"

倪丹荷点了点头。

童牧归看着当票不觉也乐了，笑问道："这票子是指定的人才能取吗？"

"原本是能取的。"倪丹荷边说边从手腕上取下一对水头极好的翠镯，"这是他给我的第二张了，早前给过一张，我疑心他糊弄我，便试着去取。当铺的人什么都不问，收了两吊钱便把这个给了我。"

"那为何这次又不与你兑当？"童牧归问。

"万有当铺关门有一个多月了。自上次三位走后，我猜着柯提举出了事，想把东西取出来，结果到了那一看，大门紧锁，门上贴着一张纸，上面写着：家有喜事，暂停营业。算上今天已经跑了四五回了，总是锁着门。"

"什么样的喜事，竟忙了一个多月，买卖都不顾了？"甘语柔忍不住问。

"可不是呢，我也是这么想的。"倪丹荷携了甘语柔的手，接着说道，"不怕姐姐笑话，我原本早就有跳出火坑的心。自姐姐走后，越发想离开。如今我攒的钱自赎自身倒也够了，只是出来以后终归需要一个落脚的去处，原指望兑了当票买上一间茅屋栖身，如今看来，只怕我还得再熬上两年，唉……"

莫哈拓把镯子和当票一齐推向倪丹荷，道："姑娘且放宽心，柯提举的案子已结案，看官家的意思，人都已经死了，不会追究他贪污的事情，姑娘收着吧。"

倪丹荷的脸上立刻转阴为晴，连忙向莫哈拓和童牧归道谢。

童牧归搓着一双大手，勉强张口说道："姑娘所说的万有当铺，童某想去看看，若你信得过，可否把当票暂借我一用？若那边开门了，便把东西帮你取出来，若过几天还没开门，我便把当票原样奉还，可好？"

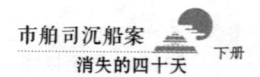

"这有什么,我信得过二位。"倪丹荷忙不迭答应。

三人这才再次起身告辞。

夜入三更,月明星稀,莫哈拓久久不能入睡,索性披衣起床到楼下去透透气。下得楼来,正看见童牧归斜靠在磨台的一侧,冲着他苦笑,莫哈拓索性走过去,和他站在一处。

"前几日,我同阿爹说起当年稼音兄弟的事,还觉得十分蹊跷。如果他们真的有这样一段渊源,那么问题就可以解释了——这兄弟俩一心想要报复。先是以术士的身份混进钱家,出了采阴补阳这个丧尽天良的主意,为的是把事情闹大,激起民愤,然后故意失手被抓,从而把钱家牵连进去。包括最后稼音向我阿爹下毒,如今看来他是故意减少了毒药的剂量,以便留下活口,将所有的矛盾指向钱家。可惜当时官商勾结,有人有意庇护,没有深究。"童牧归一直以来的困惑似乎解开了一些。

"如今看来,当年有幸活命的受害女子,当是他二人故意留下活口,用来指证钱家。这两兄弟不止恨自己同父异母的兄弟,他们怨恨的是整个钱家,意欲扳倒整个钱家而后快。包括上次你和听南嫂遇险,他是故意让你们听到对话,然后暗中改了时间杀平将门灭口,以此坐实这一切都是钱家所为。"莫哈拓道。

童牧归心中一阵唏嘘,以钱家和平将门的一贯作风,只抓不杀本就可疑,况且那日他和听南嫂居然轻易逃脱,如今看来,这一切都是他们计划好的。如此说来,平将门所做的事,不一定全部是钱丰源指使的,很可能是稼音或者钱正青假借其名义。想到他们深谋远虑、步步为营、用尽心思,谋划了整件事,他不禁打了一个冷战。按照现在的情况,稼音的行为很好理解,但是钱家到如此田地,对钱正青有什么好处?

"我想起一件事……"二人同时脱口而出,望向对方。

"你先说。"莫哈拓谦让道。

第34章 偷梁换柱

"既然说到那日破庙之中,稼音是有意透露行踪,由此想到当日我在归元寺附近遇袭,是因为去找听南嫂。据小源次郎所说,当日他们接到的命令就是在归元寺附近伏击我。如今细想,他们又是如何知道听南嫂一定会去归元寺的呢?"

莫哈拓心中升起一种不祥的预感,今夜重游梧桐苑,让他想起与甘语柔的相遇,随着初见的激动退去,他一直隐约感觉到巧合之中透着刻意。可怕的是,他把这份疑虑和童牧归刚刚提出的问题联系在了一起之后,一个真相呼之欲出。还有另一个问题更加可怕,今晚出发到梧桐苑前,曾谈起钱正青的奇怪之处。莫哈拓数年前在汴京教坊司之中与钱正青有一面之缘,当时在场之人无不赞颂他是东南首富之子。时过境迁,莫哈拓浸淫官场多年,明白了一个道理,权贵之间讲究圈子。换句话说,财主和财主在一起玩,权臣和权臣在一处乐,只有家世相当的,才会混在一处。而当时与钱正青游戏一处的人,莫哈拓记得的都是官宦之后。想到这里,他决定明天先向甘语柔询问清楚,再从长计议。

"我们从前漏掉了一个关键。"童牧归没有发现莫哈拓在走神,自顾自往下说,"蔡记香料行的老板蔡文东,他其实是刘家去天竺的主要因素,如果他没有包下刘五壮的船,那么即使刘砚逸得到钱家出海的信息,他们也不会贸然前往。"

"经你这么提醒,我发现确实有问题。购买玉玺的钱对钱家来说不算什么,但是对于普通海商来说是一笔不小的数目,为什么他们带的钱刚刚好,这一点会不会太巧了?"莫哈拓揉了揉自己发疼的太阳穴,"现在的线索太乱,容我好好捋一捋。"

童牧归伸了一个懒腰,道:"不早了,去睡吧,明日我们到万有当铺去看看,兴许会有什么新的发现。"

第35章　运筹帷幄

童牧归的斗志被高高激起，因为他发现自己竟陷入了莫名其妙的阴谋之中，还是在两年之前就开始酝酿的。这种命运被人随意改写、践踏的感觉，让童牧归更加坚定了查清整件事情背后阴谋的决心。

绍兴二年，八月二十五日。

市舶司被屠案案发第五十五日。

莫哈拓因为有心事便早早起床，有意无意地在甘语柔附近转悠。甘语柔察觉到了异常，上下打量了他几眼，问道："你有事儿？"

"我有一件事儿，不知当问不当问。"莫哈拓很局促。

"那就别问。"甘语柔答道。

莫哈拓无地自容，转身便走。

"回来，真是个呆子。"甘语柔在后面唤住莫哈拓，"梧桐苑的事你都好意思托我打听，今天是什么事竟把你为难成这样？"

"我想问……我想问……你还记得从前那个要出钱千贯为你赎身的钱正青吗？"这句话用尽了莫哈拓的全部勇气。

"记得，怎么了？"甘语柔猜不透莫哈拓葫芦里卖的什么药。

"你知道他的身份吗？"

"钱博远的嫡子、汪相的外甥,这些你难道不知道?不过那时汪相还是户部尚书。"

莫哈拓猛地一拍脑袋,所有的关键点都对上了,这个消息如同晴天霹雳,在莫哈拓的脑中炸响,让他久久回不过神来。甘语柔不晓得其中的干系,以为莫哈拓只是随口一问。这时听南嫂从楼上下来了,甘语柔不想让人看出自己与莫哈拓亲昵,便踱到一边找听南嫂聊天去了。

童牧归起床后,从后院来到前堂,见姐妹二人聊得正欢,便停下脚步看热闹。他近几日明显感受到了甘语柔来后听南嫂的变化,逐渐意识到自己从前忽略了听南嫂的孤独。他曾单纯地认为,听南嫂缺少的爱自己可以全部填满,如今看着眼前的情景,明白了一个道理:人活一世,亲情、爱情、友情是不能相互替代的。自己有亲人、朋友,这一切听南嫂都没有。醉仙楼里平日看起来热闹,熙熙攘攘皆为过客,每天热闹的只有眼睛,因为没有长久的陪伴,心仍旧是孤独的。当爱人之心无处安放、被爱之心得不到满足时,人的内心便会变得空洞。甘语柔的到来,丰富了听南嫂的情感世界,此时的童牧归感到特别欣慰。

"童大哥站那儿傻乐什么呢?"甘语柔看见童牧归和莫哈拓在原地出神,想起莫哈拓刚才问自己的问题,打趣道,"你们那个汪相也算铁面无私了,竟然真的对自己的弥甥开刀。他的亡妻若地下有知,不知道作何感想。"

童牧归伸手挠着后脑勺,满脸疑惑道:"语柔姑娘,我……我没听懂你的意思……"

"你们泉州如何称呼外甥的儿子?"甘语柔见童牧归依旧满面茫然,遂莞尔一笑,接着说道,"我生长在汴京,大概两地风俗不同。这么说吧,假如我和听南姐姐是一母同胞的姐妹,将来我的孙子是你什么人?"

"是我什么人?"童牧归还是不得要领。

"哎呀,榆木脑袋。你和听南姐是夫妻,我们二人是亲姐妹,你便

是我姐夫了呀……"

在一旁择菜的听南嫂听到她如此说，顿时羞红了脸，随手抓起几块菜干掷在语柔身上，娇嗔道："去你的，守着人也不正经。"

"姐姐别闹，我在与姐夫解释纲常伦理，天大的正经事儿呢。"甘语柔把打在身上的菜干拾起，放回桌上的笸箩里，接着对童牧归说："你是我亲姐夫了，那我将来的孙子是你什么人？"

"不拘称弥甥、甥孙都行，寻常人家哪有把这劳什子挂在嘴上的，那小子记得叫我姨公就完了。"童牧归答道。

"对呀，可见一拿自己作比方，竟马上明白了。"甘语柔莞尔。

"不不，我问的不是这个。"童牧归歪着头，两条浓眉扭在了一起，显然他纠结的问题不在于此，"这和汪相、钱家有什么关系？"

"童大哥也不知道汪相与钱家有亲？"

"啊？"童牧归倒抽一口凉气，吃惊的程度一点不亚于初闻此事的莫哈拓。

甘语柔见童牧归吃惊的样子，遂想到自己不过是在烟花之地听来的闲谈，自嘲道："去那里的人，又有几个说真话呢，不能作数。"

童牧归顾不得许多，追问道："你是听谁说的？"

"钱正青亲口告诉我，户部尚书是他的亲姨丈，所以汪相不就是钱丰源的姨公吗？"

"语柔姑娘，你且说仔细一点。"童牧归拉过一条板凳，在她们二人对面坐下，迫切地想知道到底是怎么回事。听南嫂在一旁，一只手臂挽着甘语柔的臂弯，脸上拼命地使眼色，希望童牧归不要追问下去，唯恐甘语柔想到从前苦难的日子伤心难过。

甘语柔拍了拍听南嫂挽着自己的手，示意她自己没事，回答道："钱正青在汴京城停留过几年，和一班世家子弟终日混在一起。他出手阔绰，又是户部尚书的外甥，虽说比不得王子王孙，但混得还是不错的。"

第35章 运筹帷幄

童牧归一回头，正看见发呆的莫哈拓，一把拉过他坐下，急急地问道："钱家一案，如何判处钱正青？"

莫哈拓被问得一愣，茫然地左右看看，只见听南嫂忙着择菜，甘语柔低头不语，用指甲一下一下地划拉着桌面。他回答道："他出首告发有功，死罪肯定是免了，活罪如何且需听官家圣裁。官家圣旨上说，钱氏族中男子充军……"

莫哈拓话说到一半，眼睛和童牧归对视在一起，此时他的脊背上汗毛倒竖。韩胜到达醉仙楼的第一天曾说过，两年前钱正青自请从族谱中除名，也就是说，钱正青在那时便知道钱家有今日的抄家之祸，所以早早做了准备。

"这一家子什么人呀。"甘语柔摇头感叹，"叔叔在姨丈面前指认自己的侄子，这个姨公还真就办了自己的甥孙。纵然出首是天大的功劳，但钱家的家业也充了公，于情于理，对汪相和钱正青都没什么好处。有钱人的世界真复杂。"

听南嫂扑哧一下乐了，看了一眼莫哈拓，对甘语柔道："你这念的什么经，瞧瞧莫大人都被你绕糊涂了。"

"不对，不对……我们都错了。"童牧归连连摇头，不顾身后听南嫂、甘语柔诧异的目光，直接拉着莫哈拓出了门。

童牧归想到了一个问题，钱正青与钱正黥并非一母所生，钱正青的母亲是钱博远的正房夫人，大宋首富的正妻肯定乃名门之后，与朝臣的妻子同出一家，是亲姐妹不奇怪。钱正黥的生母则是钱家的婢女，在钱家没有任何地位，嫡庶有别，按道理，钱家的家业应该由钱正青来继承。

按照韩胜的说法，钱正青早年性情飞扬，大概也是自以为钱家的一切最终都是他的。但是钱博远晚年脾气阴晴不定，对自己的几个儿子皆不放心，唯独对孙辈留着几分心软。钱正黥正是看准了这一点，用自己的儿子去讨好自己的父亲。

结合之前韩胜所讲,钱正青曾是钱家呼声很高的继承人,他在家产争夺战中失利,遂联合汪相报复钱丰源。

"我现在有一个大胆的猜测,钱正青是这件事情的主谋。玉玺是钱正青买回来的,市舶司的人是钱正青和稼音为了各自的目的、假借钱丰源的名义雇平将门杀害的,其目的就是报复。"童牧归道。

"如今想想,章闻柳的身份恐怕也不简单。他姓章,钱正青的母亲和汪相的夫人也姓章……"说到这儿,莫哈拓忍不住看向童牧归。

"他有可能和钱正青是姑表兄弟,是汪相的内侄。"童牧归面对各种突如其来的信息,较之先前,已经能够平静地接受。

"那汪相呢,汪相在整件事中扮演了什么角色?达到他们的目的,有通敌书信和玉玺就够了,为什么一定要屠杀市舶司?"莫哈拓从没有碰到过如此棘手的问题,他原本以为自己可以顺利完成皇帝的任务,但是一切似乎重新陷入了迷雾中。

莫哈拓一时哑口无言。

童牧归的斗志被高高激起,因为他发现自己竟陷入了莫名其妙的阴谋之中,还是在两年之前就开始酝酿的。这种命运被人随意改写、践踏的感觉,让童牧归更加坚定了查清整件事情背后阴谋的决心。

最后,二人决定分头行动,童牧归去找刘矶逸,莫哈拓去了解一下蔡记香料行老板蔡文东的情况。

童牧归自上次见过刘矶逸后,心中有诸多疑问。整个阴谋之中,刘家显然是局外人。在各方势力对比之下,刘家最为羸弱,其参与动机,无论是与钱正青为泄愤怒相比,还是与稼音为报仇相比,刘家都是最无辜的一个。他们只不过是夹在钱家与市舶司的高压下艰难生活的可怜人,纵然曾试图反抗,也不应落得今日家破人亡的结局。

第35章　运筹帷幄

"上次见面十分仓促,有一件事忘了问,你的书读得好好的,怎么会到钱家做工?"童牧归开门见山地问。

刘矾逸把手中翻看的经书放回书架,道:"说来惭愧,常言道,君子爱财,取之有道,实在不该生出这样龌龊的主意。刘家经此大难,都是我的罪过。"

"你先别着急难过,说一说到底是怎么回事。"童牧归问。

刘家在钱家和市舶司压榨下苟延残喘,舶货的利润实在微薄,众小股海商家家皆是如此。一日,刘五壮到福州办事,刘矾逸向府学告假,出来陪他吃饭。席间,刘五壮问刘矾逸押宝是否可行。刘五壮说他的一个朋友告诉他,押宝利润丰厚,钱家早前发迹就是因为得了几件了不得的东西。刘五壮当时说自己本小利薄,没有见识,不敢尝试,那人就出主意,跟着吃肉的就能有汤喝,让刘五壮的船跟着钱家的船走,钱家买什么便买什么,肯定不会赔钱。

"出海需要早早申请官凭,不可能想去哪儿就去哪儿,更何谈尾随钱家进行押宝?这些难处五叔也跟他的朋友说了,那人出主意说可以向钱家的伙计打听。但是打听终究不是办法,很容易暴露,惹恼钱家。五叔来找我,想让我在福州找个识文断字的人混进钱家。想着这件事托给外人,终究不牢靠,我又已经很久不在泉州露面,便自告奋勇,五叔原本是不同意的……"刘矾逸陷入深深的自责当中,说话的声音越来越小。

"出主意的是什么人?"

"这个不太清楚,只知道是一个用刘家船的主顾,好像姓……蔡……"

"蔡文东?"

"对,就是这个人。"刘矾逸又惊又奇,"您是怎么知道的?"

"我还有一件事想要问你。"童牧归并不理会刘矾逸的问题,"你五叔的船为什么会去天竺?是你通风报信在先,还是蔡文东包船在先?"

"到钱家上工之后才发现,事情远没有我和五叔想的那么简单。每艘船放洋需要提前向市舶司报批,然而钱家的船几乎是随报随走,五叔的船却做不到这一点,因此很难和钱家的船同时到达一个地方。这次是蔡文东雇佣五叔的船在先,后来我从商号中得知,钱家的船也在这一时间段前往天竺,机会来之不易,因此我才会一时昏了头脑……"刘矶逸说到这儿时张大了嘴巴,眼睛瞪得几乎快掉出来,像是看怪物一样看着童牧归。

"你说的话我都记下了,最近你一定要好生待在寺中,千万不要抛头露面,切莫逞一时匹夫之勇,活着才是万事根本。"童牧归拍了拍刘矶逸的肩膀,转身离开。

当局者迷,旁观者清。虽然此刻还没有得到关于蔡文东身份的消息,但是童牧归可以肯定,蔡文东所作所为绝不是一时热心,而是有意为之。

刘家沉船惨案,也并不是因为刘家贪心而导致的。刘五壮做了鬼也不知道,他自己从一开始就是整场棋局中被人利用摆布的一颗棋子。更可悲的是,他做的每一步决定,看似是为了改变自己家族的命运,实际上他的命运早已被别人决定。

晚上,莫哈拓匆匆回来,不等童牧归开口,他先说道:"蔡记香料行的门面在刘氏告状后不久就转了出去。我通过多方打听,方知老板蔡文东竟然是钱正青乳娘的儿子,刘五壮受雇到天竺恐怕不是巧合。"莫哈拓道。

莫哈拓不知道的是,张奔奉命走访沉船案,误打误撞进入蔡记香料铺,那日帘后之人正是钱正青。他们确实不是在盘点货物,而是准备撤离。可惜当日张奔眼里只有酒肉饭菜,错过了这样重要的线索。

"几乎可以肯定,绝对不是巧合,刘五壮是无辜被卷入这场阴谋

第35章 运筹帷幄

的。"童牧归把他和刘矾逸所谈的内容讲给了莫哈拓听。

昨日得知汪相和钱正青有亲的消息过于震撼，打乱了童、莫二人到万有当铺的计划，今日二人早早前往。

万有当铺大门紧闭，门上贴着一张已经褪色的红纸，上书：家有喜事，暂停营业。

童牧归上前拍了拍门环，无人应门。顺着门缝往里瞧了瞧，视线探进去没多远便被黑暗挡住了。

童牧归走进斜对面的张记油盐店："张掌柜，最近生意怎么样呀？"

"呦，童头儿，您怎么来啦？看看小店里有什么家中用得着的，您赏小老儿一个面子，尽管拿去使。"张掌柜点头哈腰，满面堆笑地从柜台后面转出来。

"张掌柜，你守着我朋友这样混说，不知内情的还以为童某平日旦惯会作威作福、鱼肉乡里呢。"童牧归不为所动。

"小老儿眼拙，没看见跟来了贵客。"

"我没时间同你扯臊，有点事儿问你。"童牧归眼珠骨碌碌一转，想好了说辞，转身一指莫哈拓，说道，"我朋友是外埠人，来咱们这旦收海货，前几个月遭了贼被偷光了盘缠，困在咱们这里走不了。正巧郏时我出公差不在家，他便在万有当铺当了他祖父传给他的玉坠子做盘缠。此番再来是一定要赎回去的，我们来了几遭当铺都锁着门，你可知道些什么情况？"

"您问万有当铺呀？"张掌柜把童、莫二人让到里面的椅子上坐下，"他家关门一个多月了，最后一天开门是上个月初九。他们是晚上收拾东西走的，准没错儿，就是初九。那天说是有什么临安来的钦差到泉州码头下船，我还过去看热闹，码头上人太多，没挤进去，我就回来了。"

"什么时辰走的？"莫哈拓问。

"挺晚了，二更多的时候，虽然没听见敲三更，但是我估计时辰快三更了。"张掌柜不停地眨巴着一双绿豆大的眼睛回答。

"你的店素来营业到这么晚吗？"莫哈拓又问。

"小老儿我有力气营业到那个时候，也要有主顾那个时间来买东西才行呀，不然岂不是白费灯油。"张掌柜翻了一下眼皮，"小店平日到掌灯时分就上板儿关门。我家是福州的，那时儿子、媳妇带着两个小孙子来看我。后面家里睡不开，我就在这儿临时搭了一个铺睡。那天孩子的舅舅，就是南街卖干货的干货孙，他过来瞧外甥孙子，我们爷几个在一块喝酒来着。二更天的时候，孩子他舅妈打发人来催，让他舅舅早点回去，我们又喝了好半天才散了。我这边刚躺下，就听门外面过车的声音，起来顺着门缝往外看，就看见他家在收拾东西往外走。"

"那个时辰，想必城门还没开，他们也太心急了。"童牧归边说边看莫哈拓。

"谁说不是呢！"张掌柜一拍大腿，"要不我也不能扒着门缝瞧，当时我以为是遭了贼呢，一看才知道大开着门，小车一辆一辆往外推东西。东西搬得差不多了，走在最后的人把门锁好，往门上贴了一张纸。"

"他家生意怎么样？您老平日与万有当铺的老板有来往吗？"

"散户倒是没注意，个把月的就有成车拉东西的大户到这里送当。老板平时不在，头柜和二柜在这边支应，店里总共六七个人的样子。"

"可知道老板叫什么？"童牧归问。

"童头儿，您是真不知道还是故意诈小老儿的话呢？"张掌柜脸上有些不高兴，"打您一进来，您问什么我答什么，没有不配合您的地方，您再这样就失了交情。"

"我？我怎么了？"童牧归一时摸不着头脑，问对过儿老板叫什么，怎的引出这么多抱怨？

"您看您朋友这打扮，像是卖海货的吗？"张掌柜伸手一指莫哈拓。他看童牧归不像是装的,自己也有些疑惑,接着压低声音问道,"难道二位真不是为钱家的案子来的?"

童牧归心里咯噔一下,与莫哈拓对视了一眼,强装镇定,打着哈哈道:"前一阵子钱家是出事了,大人没对我说,我便也没问。乡亲们抬举,叫我一声总捕,实际我在衙门屁都不算,钱家那样的人家做了什么,哪是我这个身份的人能知道的。"

"那倒也是。"张掌柜瞬间有些气馁。

莫哈拓在一旁计上心来,道:"都怪在下,本来是从赌桌上赢来了一张当票,原本就是运气之财,有没有都没什么打紧的。"

张掌柜相信了莫哈拓的说法:"我估计是没戏了,公子权当牌桌上多玩了两把,花光了吧。"

"到底谁是东家?你快说吧。"童牧归央告道。

"小老儿说了你们可别往外传,这事儿我越琢磨越觉得不对劲。是他家……"赵掌柜说到此处,示意童、莫二人看自己的手,他在胸前用手指比画了数字十和五。

"您说是钱十五、钱正青?"童牧归诧异地看着张掌柜。

"小点声。"张掌柜看了看四下,见无人注意这边,才接着说道,"那边伙计总在我这里赊账,是他有一天喝完酒后来我这边说漏了嘴,说这里是钱十五的生意,因怕被钱家大院知道有私产,所以不方便露面。"

眼见自己说的信息镇住了提刑司的总捕,张掌柜此时面有得意之色,又神神秘秘地说道:"第二天看见门上贴的纸时我还在纳闷,家里有什么喜事儿城门没开就着急走,再说钱家不是就住在城里吗?直到那天乌泱泱的,都传钦差抄了钱家,我才明白,原来是钱家早早得到了信儿转移钱财。朝里有人就是方便,我估计钦差抄的钱家也是空的,不过是做样子给百姓看罢了。连襟连襟,打断骨头连着筋。"

"谁和谁是连襟?"童牧归问。

张掌柜嘲讽道:"亏你还在衙门做事,这点人情都不知道?回家问你阿爹去。城里的老人都知道,当今宰相的夫人和钱家老家主的夫人是亲姐妹。"

张家油盐店前堂来了许多主顾,伙计一时忙不过来,张掌柜忙告了罪到前面支应。莫、童二人顺势从油盐店里出来,他俩不甘心就这么回去,便从万有当铺旁边的夹道穿过,准备绕到后面看一看情况。

二人蹑手蹑脚往前走,一阵小风吹过,莫哈拓停住脚步,转身向跟在身后的童牧归问道:"什么味道?"

没等童牧归回答,有几只野狗听见声音惊得四下跑开,吓了二人一跳。越往前走,气味越浓,童牧归一闻,心登时沉了下来,对莫哈拓道:"这是腐肉的味道,而且很可能是尸臭。"

"尸臭?"

"是不是尸体腐烂还不能确定,肯定是肉类。"

童、莫二人有心窥瞧一下围墙里面的情况,无奈万有当铺的后墙不似周围别的建筑,很明显是特意加高过的,四周也没有可以垫脚的东西。

此时翻进去太过扎眼,二人商议先回去,入夜后再来。

大街上有孩童端着饭碗在外面边玩儿边吃饭,碗中是白饭配了酱豆腐和几样青菜。孩子的母亲走过来,一把夺下孩子的碗,嗔斥道:"咳嗽刚好些,又吃这齁咸的东西,晚间再咳得睡不着还不是你自己难受?"

这一句再寻常不过的话,听在童牧归耳中,如同一根钉子钉住了他的脚步。

"你怎么了?"莫哈拓察觉到了童牧归的异样。

"曹炳勤那小子是在装病,走,咱们去他家。"童牧归不由分说,拽着莫哈拓就走。

莫哈拓在大街上不好细问,只能快步跟上。二人三转两转来到一处岔路，童牧归只记得曹家的大致方向，不知道接下来该往哪边走。

　　巷口几个孩童在扮老爷与跟班的游戏，正玩得热闹。一个圆滚滚的男孩虽然比旁的孩子略矮了半头，但是一眼就能猜出来他是孩子头儿，扮的是大王，其他五六个孩子扮跟班。有的小孩拿着不知从哪里拾来的烂木板，假做蒲扇殷勤地扇着，有的小孩假模假式，给那个圆滚滚扮大王的小孩捏肩揉腿。

　　那个扮大王的小孩，一手从身旁一个纸包里抓点心吃，一手在下巴上摩挲，假意捋胡子。偶尔他还从点心包里捏出半块来，尖着嗓子叫一声："爷打赏。"旁边的小孩接了，忙塞进嘴里，还会含混不清地回一句："谢爷的赏。"

　　"小孩，曹家怎么走？"童牧归有意打断他们的游戏，不知怎么的，几个孩童的戏耍，让他觉得十分碍眼。

　　"你们问的是我府上？"孩子头儿有点入戏太深，拿腔拿调地回答童牧归的话。

　　"小兔崽子，毛长齐了吗你？"童牧归再也看不下去，伸手捏住了孩子头儿的耳朵，"小小的孩子不学好，你有那个财主的命吗？还府上，你家住哪个破洞，也敢称府上？"

　　孩子头儿哪见过这个阵势，童牧归又自带一股煞气，他哇的一声号哭起来，鼻涕眼泪糊了一脸，嘴里还有嚼完没来得及咽下去的点心，好不可怜。

　　"哪个挨千刀不长眼出门挨车撞的欺负我们孩子啊？有娘生没娘教，挺大的人要不要脸！"一个尖酸的声音从几人背后传来，童、莫二人回头看，只见一个妇人手里抓着一把瓜子儿，边走边嗑，从巷子里钻出来。

　　"呦，两个大男人真是有本事，平白无故欺负小孩子。"妇人一看

是两个壮年男子,也有两分怯,奈何不肯嘴软,依旧用言语讽刺,只是声音低了好些。

"这是你孩子?"

"要不是我下的蛋,我护着不就是吃饱了撑的吗!"妇人翻着白眼,边说话边往口中送瓜子儿。

"你的孩子你不好好管管?从小就这么作践别人,长大了还了得?"童牧归余怒未消。

"瞧您这话说得。"妇人瓜子也不吃了,双手叉腰,看着童、莫二人,道,"那皇帝老爷生下来就会做皇帝?不也是从小看着他爹吃香的喝辣的才学会的吗?"

莫哈拓虽然看不惯这样的泼妇,但不愿与她纠缠耽误了正事,忍着恶心对妇人说:"这位大嫂,您家公子怎么教育是您的事,是我们多管闲事了。麻烦问一下,可知道曹炳勤家怎么走?"

妇人狐疑地看着二人,问:"你们找我男人?"

"对,找曹炳勤,衙门有事儿问话。"童牧归被妇人抢白,正一肚子火气,知道了她是曹炳勤的媳妇,有意吓一吓她,"是人命案,赶紧带我们去你家,再废话我就带你回去问话。"

妇人被童牧归的话吓得呆了一下,眨巴着一双水杏眼不说话。紧接着,她掉头就往家里跑,边跑边喊:"当家的,官差找你啊,当家的,官差来啦。"

二人不知道妇人这是唱的哪一出,没奈何提溜过来妇人圆滚滚的儿子,让他带路。

等走进院门,曹炳勤从屋里迎了出来,脸上变颜变色,口中说道:"哎呀,是钦差大人和童总捕,哪阵香风把您二位吹来了呀?"

"老子来你家挨千刀。"童牧归没好气地说。

"是我家那婆娘胡咧咧了吧。"曹炳勤假模假样地给了自己一个嘴

— 472 —

巴,"我打我自个儿,给童总捕出出气。"

"咱们是进去说,还是你跟我们走?"童牧归道。

曹炳勤此时心已经提到了嗓子眼上,他原以为市舶司的案子结了,不会再有麻烦找到自己的头上。但该来的最终还是来了,是福不是祸,是祸躲不过,心一横,将二人让进客厅奉茶。

"说,你和蔡文东是什么关系?你为什么装病,是不是和杀手勾连好的?"童牧归手里没有任何证据证明曹炳勤和市舶司案有关,现在只能在心理上对他进行打击,套出自己想知道的内容。

曹炳勤不知道自己在此事中涉及的深浅,不敢贸然回答,两颗眼珠子来回转动,表情十分不安。

"不说是吗?走,跟我回去见魏公公。"莫哈拓在一旁帮腔。

"你日日吃酱豆腐,就是为了延迟你咳嗽的症状,刘先生给你开的汤药也被你泼掉了吧。"童牧归所说的前半句是刚才在大街上得到的灵感,后半句完全是猜测诈供。

曹炳勤见事情败露,只能把事情原委说了出来。

曹炳勤做点检的时候与蔡文东相熟,知道他是钱正青的乳兄。有一日蔡文东找到了他,请他好酒好饭吃了一顿后,说出了自己的目的:"刘五壮每次运货的时候,总是偷拿我的东西,我想教训一下他。"

"你想让我怎么做?"曹炳勤问。

"抽解的时候,你把我指定的东西拿走,回头我找他包赔损失也就完了。"蔡文东道。

"什么样的东西?"

"他六月二十进港,所运之物是天竺鹅脂,你只需要找出一坛最沉的、坛子有加热迹象的,按照你们市舶司正常的抽解流程带回去就可以了。"

曹炳勤平日没少收蔡文东的好处，也不问前因后果，欣然答应。

刘家船进港那日，正赶上曹炳勤轮休，他来到点检处，推说刘家平日得罪过他，他要趁机找一找刘家的麻烦。当值的点检知道刘家是个小户，没有什么油水，乐得送给同僚这个人情。曹炳勤登上刘家船后，把船舱中的坛子尽数收走，唯恐错漏。

曹炳勤原本没有把这件事放在心上，直到刘家人抬着棺材围堵了市舶司，他回味这件事，越想越不对劲，猜出是钱家对刘家动了手脚。心虚之余，唯恐提举柯鹭洋知道之后怪罪自己，便用凉水把自己弄病，意图混过一些时日，淡化此事。后来市舶司案发，他被软禁在市舶司，怕自己的事情败露，因此才想出吃酱豆腐延迟康复的办法。

"让我说你什么好，能想出这样装病的点子，可见你是个聪明人，怎么就不分一点脑子想想正事。"童牧归恨铁不成钢，用手指一下下地戳着曹炳勤的头。

第36章 人去楼"空"

二人强忍着恶心，把里外看了一遍。原本仓库的货架内应当摆满箱匣，如今已经空空如也。从遗留的物品可以看出，虽然库存被清空，但是万有当铺的人在死神来临前似乎并不知道将有大的变故发生。

天交子时，街巷肃寂，童、莫二人再次来到万有当铺。莫哈拓顺着后墙把鹰爪钩抛进院内，拽着钩后的软链攀上墙头。他上去后，把鹰爪钩重新弄好，童牧归一手抓着顺下来的软链，一手拽着莫哈拓探出来的手臂，随后也攀了上去。二人借着月色，找了一处容易下脚的地方跳进院内。

院内恶臭阵阵，童牧归强忍着恶心，从怀里掏出火镰打着。院中几间房的房门多数大敞着，屋内黑洞洞的，格外瘆人，像是有恶鬼躲在后面，随时会蹿出来。其中一个门口堆着一摊东西，童牧归凑近了一看，只觉脑子嗡一下，险些叫出声来。此物勉强可以辨出人形，已经高度腐烂，皮肉化作脓水流向四处，尸液上面浮着一层兀自蠕动的蛆虫。原本因为用力攀墙而出的汗瞬间干透，每个毛孔好像一下扩张了数倍，莫名的寒风往里面灌着。

"怎么了？"莫哈拓听到童牧归的方向有声音，连忙奔过去查看。

莫哈托刚才只顾留意四周的环境，一时没注意地面，脚下一滑跌倒在地。他用手掌撑起站起来，感觉到掌下滑腻异常，掌心中似有活物在动。把手抬到眼前细看，原来是几只白胖的蛆虫在蠕动。虽然来之前已经做好了面对尸体的准备，但是尸蛆在掌心蠕动的画面还是过于刺激，他一下从原地蹦了起来，不停地甩手，以摆脱这些"不速之客"。

二人强忍着恶心，把里外看了一遍。原本仓库的货架内应当摆满箱匣，如今已经空空如也。从遗留的物品可以看出，虽然库存被清空，但是万有当铺的人在死神来临前似乎并不知道将有大的变故发生。茶碗里残存的茶叶，卧房里叠放整齐的被子，灶台旁早已腐烂霉变的食物，无不证明几名死者在死亡当天还正常地生活着。

"应该是有目的地杀人，不像是盗匪见财起意。虽然货没了，但是卧房里有钱袋，库房趴着的那人手上套的三个戒指都还在。"童牧归说出了自己的判断。

"我怎么没看见账本？"

"我刚才也翻了，没找到。"

"我发现门槛上有车辙，像是独轮车留下的，门槛上的桐漆被蹭掉了不少。你说这些东西还在城里吗？"

"看来他们没少运东西。回头我们可以去城门问一下，看看是否有可疑的车队出城。如果还在城里反而不好办了，泉州城这么大，总不能挨家挨户去搜吧。"

二人回到醉仙楼，众人已经睡下。他们实在忍受不了身上沾染上的恶臭，来到厨房准备烧水洗澡。

等着水开的工夫，童牧归几次看向莫哈拓，却欲言又止。

"有什么话你就说，吞吞吐吐可不是你的脾气。"莫哈拓道。

"我已经不是总捕了，这几日还在跑案子，是为之前未完的事要一个结果。在衙门待了这么多年，什么该问什么不该问我都知道……"童牧归拼命往灶眼里塞柴，掩饰尴尬。

"没关系，你问吧，我知道什么能说什么不能说。"莫哈拓比童牧归坦然得多。

"钱家商号遍布天下，你们查抄了钱府，怎么处理那些商号？"童牧归问。

"这个我还真不知道，我想多半是由当地官员负责查抄吧。"莫哈拓答。

"那商号里的那些人呢？"

"人？"莫哈拓有些被问住了，"应该不至于被杀掉，多半是遣散或者关起来。"

整个钱家被抄家的过程和最终的结果，童牧归本无心过问，他深知这样上达天听的案子，不是他一介百姓可以随便打听的。尤其是莫哈拓和严冥夜在陈案奏疏上，都有意隐去了他的名字，更是让他意识到了这一点。

"你想什么呢？"莫哈拓用胳膊肘捅了童牧归一下。

"我过几日想到外埠去看看，也不走远，就到福州，三两日便回，有劳你帮我照看一下醉仙楼上下。"童牧归已经做了决定。

"我陪你一起去吧。"童牧归的问题也引起了莫哈拓的担心。

童牧归看了他一眼，扑哧一下笑了。

"你笑什么？"莫哈拓有些摸不着头脑。

"带着你不好办事，你在人群中太显眼了。"

"不会吧？怎么没人和我说过？"

童牧归只管偷笑，并不答话，他永远记得初见莫哈拓时那一双冰冷的眸子。五十余天的相处，童牧归亲眼见证了他眼里的坚冰一点点地融化。

绍兴二年，八月二十九日。

市舶司被屠案案发第五十九日。

最近几日的走访，还有在万有当铺的发现，都让童牧归觉得钱家的事情远不止因为买了一个玉玺，而被认定为谋反那么简单。钱家抄家，更像是巨蟒蜕皮。浩浩荡荡装上钦差官船的，不过是蟒蛇蜕下的皮，而肉身早已趁人不备爬到了暗处。

他被关进提刑司监牢的时候，看见里面羁押的犯人，心里就已经有所顿悟。严冥夜早早地把原有犯人转移到周边县衙大牢，就是在为这件事做准备，而那时钱家尚未定罪。童牧归可以肯定，有一股力量在整件事一开始就是冲着钱家去的。正是这股力量，将自己和刘家的性命、名誉视如草芥，随意攀折。这种被人愚弄的感觉，像一口浓痰卡在他的肺管，若不除去，寝食难安。

童牧归正想着心事，隐约听到了一个熟悉的声音，他怀疑自己听错了，赶紧下床穿鞋出来看。

莫哈拓尚在睡梦中，只觉眼前黑影一晃，他来不及睁开眼睛，下意识猛地出手，一把擒住身边的东西。

"哎哟，快松开，疼……"

喊叫的是一个熟悉的声音，他定睛一看，鹿游原龇牙咧嘴地站在他的床前。

"你几时回来的，进来怎么不吭声？"莫哈拓面带狐疑，上下打量着鹿游原。

"海面上顺风，天刚亮便到了。"鹿游原想去揽莫哈拓的肩膀，被他避开了，"你怎么看贼似的看我？难不成几日不见生分了？"

"哪有，刚才好好地睡着，被你吓了一跳。"莫哈拓道，顺势披衣下床，"你怎么回来了？"

"临安那边无事，放心不下你们，我便告了假回来看看，我走这段日子,你们都在忙些什么?"

"没什么,瞎忙,官家留我在这里,我便安心待着。"

莫哈拓的房门被大力推开,童牧归风风火火地跑进来,进门就埋怨道:"鹿大人好不够意思,来了扎在这屋便不走,也不过去看看我。"

"你这不是来了吗?"鹿游原笑道。

"你来得正好,我跟你说,你走的这些日子发生了好多事儿,同你讲了你准不信。"童牧归像一个孩子一样,脸上洋溢着得意之色。

"是吗,那要好好讲讲了。"鹿游原对童牧归的话很感兴趣。

莫哈拓插话道:"你是一个人来的,还是有人同行?"

"户部尚书陈轩介向官家上表请求告老还乡,官家准了。他祖籍岭南,与我结伴一同乘船,在泉州停留几日。"

"走走走,用早饭去,吃饱了再聊。"童牧归一手拥着一个,将他二人往外推。

按照童、莫二人推算,当铺里许多车的东西如果运出了城门,守城的兵士一定会有印象。昨日的计划是,今日饭后去找城门官了解一下情况,鹿游原得知后执意跟着。

吃过饭后,不等鹿游原说什么,莫哈拓出言阻止道:"你车马劳顿,好好休息,等我们回来,咱们有很多机会聊。"童牧归一听在理,也在一旁帮腔。

最后拗不过他二人,鹿游原留在醉仙楼休息。自他走后,他曾住过的房间还没有来新的客人,现在熟门熟路住进去倒也方便。

守城兵士的头头李门官今年不到四十岁,他的公服几乎快要装不下他那肥硕的肚腩。他挽起袖子露出的胳膊像两节胖藕一样圆润,圆鼓鼓的脸颊泛着油光。

童牧归独自去见李门官,莫哈拓则在城门边的茶棚喝茶,想看看卖

茶人是否注意到什么情况。

"童总捕，咱们兄弟认识这么多年了，您就别绕弯子了，想来问什么，您直说吧。"李门官甚是爽快，在童牧归还在与他客气的时候，直奔主题。

"既然这样，我便不客气了。"童牧归挠着后脑憨笑，"上个月是否有可疑的车队出城？"

"什么样算可疑的？"李门官停下手中的蒲扇。

"携带大量财物出城的人或者车队。"

"这个没有。"

"李大哥……"

李门官抬手拍在童牧归的肩上，打断了他的话，说道："你叫我一声大哥，我便叫你一声老弟。守着明人不说暗话，我说句话童老弟你别不爱听，我们这份差事和你们一样，挣着屁大的钱操着天大的心。那些个大人自然是个个英明神武，凡是有纰漏，都是咱们担着。我和手底下这班兄弟也都是上有老下有小，平日里纵然有一些克扣私放，不过就是卖枣儿的抓一把，卖鸡的留一只，别的就再没有了。真正那些个成车拉进拉出的，都是上面打过招呼的，遇到这样的情况别说沾，我就是看也不敢多看一眼。"

童牧归拍了拍李门官的肩膀，表示理解。

"平时睁一只眼闭一只眼也就算了，七月初一提刑司传过话说戒严，我便跟手下的兄弟们说不能大意，小心盘查。"李门官扬手喝净粗瓷碗里的水，接着说，"尤其是码头那边戒严，寸板不得下水，当时虽然还不知道是市舶司出事了，但是其中的利害我们还是明白的。真若是为了一点儿私钱放走了可疑的人，这城门楼子这么大，保不齐哪里就有个人看见。天天守门见的人多了，他们都成了老油条，这点道理都懂。"

"给李大哥添麻烦了。"

第36章 人去楼"空"

"哎，都是自家兄弟，这么客气干什么！"

"怎么样，你那边有什么说法没有？"李门官见童牧归一脸懵懂，遂接着调侃道，"行啦，别卖关子啦，办了这么大一个案子，论功行赏怎么可能没有你，以后发达了可别忘了老哥我呀。"

"李大哥过奖，小弟惭愧。"

李门官脸上泛起了坏笑："说真格的，你那个开镖局的把兄弟出息了，买卖都做到龙禁卫头上了。从前只知道他在绿林道上有一号，没想到官面上的事儿也这么吃得开。"

"我杨大哥怎么了？"

"他们镖局搞到了龙禁卫的令凭，有了这玩意儿，就是进出汴京城的城门也是免检的。"李门官上下打量了一下童牧归，"他没跟你说？不会是他自己私造的一块吧？"

"不能，不能。"童牧归连连否认，"他哪有那个胆子，私造龙禁卫的令凭是要掉脑袋的。他一个开镖局的，不过是替人跑腿挣个辛苦钱，犯不着担这样的干系。"

"嗯，我觉得也是。"

二人又聊了一会儿闲话，城门那边有情况，值守的兵士请李门官前去处理。童牧归不好再留，客气几句便拱手告辞，出门去找莫哈拓会合。

童牧归向卖茶人要了一碗梅子汤，一屁股坐在莫哈拓身边的条凳上，抱怨道："这件事我怎么越来越看不懂了呢，好好的又扯上了杨大哥和龙禁卫。"

"门官说杨大哥是龙禁卫？"莫哈拓一口茶水差点喷了出来。

"李门官说，记忆中那几天唯一可疑的车队，就是杨大哥出城的镖队。"童牧归答。

"我是问，杨大哥怎么和龙禁卫扯上了关系？"

"你一个是还不行?我杨大哥可不是。"童牧归喝了一口梅子汤,酸得直咧嘴。

"你怎么知道?几时被你瞧出来的?"莫哈拓的惊呼声引来邻座人的围观。

他心里这一惊可不轻,以大理寺卿的身份来到泉州,自认不会有什么问题。到达泉州后,他刻意收敛锋芒,言行谨慎,不曾有什么出格的地方。实在想不明白,是哪里出现了问题,会被童牧归识破身份。

"阿爹说你身上没有气,读书人身上有呆气,练武的身上有杀气,出家人身上有仙气,再不济寻常之人身上总会有烟火气。而你十指不沾阳春水,生活方面几乎为零认知,所以我觉得你是一个被人包办了生活的人。如果你不是像平将门那样的杀手忍者,那你就只能是龙禁卫了。"童牧归表情淡淡的,似乎在说一件很寻常的事。

"或许我是哪个武林门派的高手呢?"莫哈拓试探着问。

"出身江湖怎么能跻身庙堂?别逗我了,再说了,只有你曾是龙禁卫,认识语柔姑娘才顺理成章。"

"骗了你们许久,你不会怪我吧?"

"你又从没说过你不是,何来骗字?开始的时候是有点别扭,鹿大人跟我讲你有你的苦衷,慢慢也就没什么了。"大概梅子汤太酸了,童牧归感觉自己的齿缝在漏风。

"鹿游原也知道我的身份?不是你猜出来的吗?"莫哈拓有些被绕糊涂了。

"你怎么回事?从前晓得你不对劲,但是只是猜测,如果鹿大人不说,我根本不能肯定我的想法呀。"童牧归的耐心已经用尽,拽起还在座位上发愣的莫哈拓,"走走走,咱们去我杨大哥家,问问到底是怎么回事。"

第36章 人去楼"空"

提刑司后衙，陈轩介身着寻常样式的素色长袍，从临安到泉州，数日舟车劳顿，他的脸上显出疲色。魏公公的状态也不是很好，昨日刚刚从大理回到泉州，十几日的辛苦着实把他老人家折腾得不轻。陈轩介与魏公公分坐在几案两侧，饶有兴致地看着严冥夜亲手点茶。

只见严冥夜手法娴熟，先将饼茶碾碎，置碗中待用。以釜烧水，微沸初漾时即冲点碗中的茶，手持茶筅快速击拂，使茶末与水交融成一体。

魏公公接过严冥夜递来的花口茶瓯，轻呷了一口，由衷赞道："福建路的茶好，严提刑的手艺更好，若能日日饮此茶，平生无憾矣。"

"魏公公，您不能这么说，自打您离开后，官家食不知味，时时念叨您的好处，可见竟一刻都离不开您。"陈轩介道。

"说句犯上的话，自打官家出生，便是咱家抱出来见的太上皇，风里雨里咱家都陪在左右，这是第一次离开这么长时间。"魏公公的笑容有些苦涩，眼角滚下两颗浊泪，"说起太上皇，咱家就想起了韦娘娘，也不知二老在苦寒之地过得怎么样。"

严冥夜一边递过一方帕子一边说道："苏学士有云，'休对故人思故国，且将新火试新茶'。诗酒趁年华，魏公公您老还是再喝一杯吧，明日回去就喝不到严某这样的手艺了。"

"陈某如今已经远离朝堂，再见公公势比登天难。您可否多留几日，咱们三人在一处叙叙旧情也是好的。"陈轩介道。

"陈大人有所不知，魏公公原本今日就要启程返回临安，只因你到了才临时决定多盘桓一日。"严冥夜道。

"人老了就爱胡思乱想，让你们见笑了。"魏公公用帕子拭了拭眼泪，"陈大人，如今临安情况如何？"

"新的皇城正在如期修建，河湖疏浚、官路修葺等工作也在有条不紊地进行当中。"陈轩介答。

"陈大人，以你的能力，再为朝廷效力十年绰绰有余。如今朝廷正是

用人之际,此时回乡归隐岂不可惜?"严冥夜一边侍弄茶具一边说话。

"老夫老了,不中用了,耳聋眼花,走后自然有能者居之。不及严老弟你,破获了如此大案,汪相返回临安后大大赞扬了你一番,如今朝野皆知严提刑断案如神。"陈轩介手中端着茶瓯,意味深长地看向严冥夜。

"有这等事?"严冥夜不禁摇头苦笑,"被汪相夸奖可不是什么好事,看来我今后要小心些了。"

"后面的事你查得怎么样了?如今朝廷税收全赖东南,朝廷已经经不起折腾,能否在一隅偏安,就全在严老弟身上了。"

严冥夜见陈轩介面目严肃,丝毫不像是在开玩笑的样子,遂放下手中的茶瓯,与魏公公对视了一眼。

只听陈轩介又说:"逆犯钱丰源深感罪责深重,无颜面圣,在到达临安之前已经投海自尽。传国玉玺失而复得,朝野上下皆认为是大宋复兴之兆,官家龙颜大悦,已经下旨大赦天下。"

严冥夜不置可否,低头把玩着手里的茶具,半晌方说道:"既然此案主犯已经伏法,何谈后事之说?"

"严大人,守着明人不说暗话,你我二人乃同榜。当日官家下旨,令福建路提刑司暂辖市舶司,陈某就在当场。如今汪相返回临安已近半月,此案若真的完结,市舶司何去何从,早就应该有一个明确的说法,而现在依旧由提刑司管理,因此足见有未完之事。"

严冥夜抬手将陈轩介的茶瓯蓄满,他的嘴角牵起一丝狡黠,反问道:"户部捉襟见肘的时候,陈大人尚且勉力支撑,如今大笔的银子入库,朝廷百废待兴,您为何在此时急流勇退?再者说,从临安到岭南,似乎走泉州这个方向并不是最近的路。"

高人斗法,毫厘之间见胜负,这一局,严冥夜与陈轩介打成了平手。

第37章　抽丝剥茧

事情已经一目了然，市舶司官员贪污的收入都储存在了万有当铺。所有人被杀后，没几天，当铺金库里的东西被人连夜搬空。这些东西大摇大摆地坐着振威镖局的镖车，在杨志勇的护送下运到了广州。

提刑司内谈笑风生，童牧归则没有这份雅兴，他见到杨志勇后，还没等屁股在杨家的椅子上坐热，便迫不及待直奔主题。

"杨大哥，你这次去广州走的镖，何人所托？运的什么？何人收货？"童牧归问。

"大热天巴巴跑来就是问这个？"杨志勇面有疑色。

"你先告诉我。"童牧归单刀直入。

杨志勇沉吟了一下，说道："实话跟你们说，先前一心赶路不觉得，回来这几天我想了想，也觉得有点不太对劲。就像你问的，我不知道是什么人托运的，运的什么，运给什么人也不知道。"

"这样的生意，当初杨大哥为什么接呢？"莫哈拓忍不住问道。

"上次在我这里喝酒的时候，我不是同你们说了，这趟我们走的算是暗镖，主家跟着我们一起走的。"

"说说看哪里不对劲。"莫哈拓问。

"每次进城或到关口,办理通行文书的都是他们,大小关口过了十几个,竟然没有一个关口上车验看货物。到了地方,跟着去的人说是哪里便是哪里,放下东西我们就回来了。现在细想,从头至尾,我竟什么都不知道。"杨志勇懊悔不已。

童牧归也跟着着急,一拍大腿道:"大哥好生糊涂,怎么不问清楚再走?"

能雇佣镖局跋山涉水运送的东西,必不是寻常家用之物。有的人怕露了富,不愿意透露是何物,也可以理解,只要货主自己能过官府那一关,办到通行文书,镖局乐得不问。那些只走货不跟人的,因为中间担着干系,才要细细问好是什么东西。镖局接到货,同清单上一样一样查对好,到了目的地,收货人也要核对这份清单,损失了一丝半毫都要从镖局的镖利中扣除。

"还有什么可疑的地方吗?"莫哈拓接着问。

"当时货主派了十个人跟我们一起上路,现在想想,这些人武功奇高,个个都不在我之下。反正这趟镖就是很奇怪,不能细琢磨,越琢磨越奇怪,更怪的是还说不清楚到底哪里奇怪,你懂我的意思吧?"杨志勇眼巴巴地看向面前的二人。

"你那块龙禁卫的令凭是怎么回事?"童牧归接着问。

"龙禁卫?就是那个想杀谁就杀谁的龙禁卫?"杨志勇瞪圆了眼睛,简直不敢相信自己的耳朵。

童牧归很尴尬,偷看了莫哈拓一眼,斥责杨志勇道:"别胡说,那是替官家办事的人。"

"和我有什么关系?"杨志勇不明就里。

"你这一路不是靠着龙禁卫的令凭才畅通无阻的吗?"莫哈拓神情有些尴尬,掏出自己的令凭伸到杨志勇面前,"就是这样的一块东西。"

杨志勇盯着看了一会儿,猛地一拍脑袋,恍然大悟道:"我们走到半路，遇到大雨，暂且到一个破庙躲雨，他们领头的烤衣服的时候滑出过一块东西，我当时没留意，约莫着像这个。咦？莫大人你怎么也……"

"先不要管那些没用的。"童牧归赶紧岔开话头，"通行文书上总写了所运何物吧？"

"每遇城门关卡，都是他们管事的前去交涉，我根本就没看见通行文书。"杨志勇回身一指院中的角落，"他们就是用那种小车把货送来的，原本有十几辆，只留下一辆，想着给狗儿改个玩具玩儿。他们送货过来以后，东西就装上了镖局的大车，人随着我们一起出发后，便把车丢在镖局的院里不要了。"

莫哈拓走过去蹲下，仔细查看推车。杨志勇拽了拽童牧归的袖子，低声问道："莫兄弟是龙禁卫？"

"嘘，千万别跟旁人说。"童牧归嘱咐道。

墙角躺着一辆独轮推车，车体崭新，车轮却有些磨损，可见是运送过极重的东西。莫哈拓用手指丈量了一下车轮的宽度，心里已经有了数。车轮的边框上沾着一些污渍，莫哈拓用指甲抠了两下，用手指捻动车轮掉下的渣滓，可以确定有桐漆。

事情已经一目了然，市舶司官员贪污的收入都储存在了万有当铺。所有人被杀后，没几天，当铺金库里的东西被人连夜搬空。这些东西大摇大摆地坐着振威镖局的镖车，在杨志勇的护送下运到了广州。

从杨家出来后，二人一路无话，眼看快要回到醉仙楼，童牧归停住脚，眼神很复杂地看向莫哈拓。他开口问道："龙禁卫真的只听官家的指挥吗？"

"原则上是。但是……嗯……你懂的。"莫哈拓答道。

二人想了想，转身走向相反的方向，继续边走边聊。

"根据咱们现在掌握的信息，整件事基本可以串起来了。"童牧归右手不紧不慢地戳着下颌的胡楂，"有人觊觎市舶司官员受贿得到的钱财，钱正青便开了万有当铺，鼓动他们把平日受贿所得都存在这里，然后杀掉他们，把钱财据为己有。但为防止事情败露，需要有人为这件事情背锅。这个替罪羊需要有足够的实力，才可以取信于人，钱家便成了不错的选择。钱正青怨恨钱丰源父子抢了原本属于他的家产，稼音兄弟想要为母亲报仇，都被这个人拉拢在一起，共同完成了这个计划。"

"汪相。"莫哈拓从牙缝中挤出两个字，"事情太复杂了，我要尽早赶回临安，把这里的情况报予官家知道。"

又是一阵沉默，二人都在消化这一系列信息。不知不觉，二人走到提刑司附近，莫哈拓提议找严冥夜商量一下此事，童牧归站在原地没有动。

"户部尚书陈轩介向官家上表请求告老还乡，官家准了。他祖籍岭南，途经泉州停留几日，你随我一同进去拜见一下。"莫哈拓劝着。

"改天吧。"童牧归推辞道。

"你怎么了？"

"在来泉州之前，你与严提刑认识吗？"童牧归在问这个问题的时候表情极其认真。

"怎么没头没脑问了这么一句？"莫哈拓不解，"见过两面，在此之前都没说过话。"

"没什么，也许是我想多了。"童牧归答。

"是因为上次严提刑抓你的事还在生气吗？"莫哈拓试探着问。

童牧归苦笑摇头，虽然他追求真相的决心，是因被冤入狱而起，但是他此刻对严冥夜的怀疑却不是因为这个。那晚童楚说起稼音兄弟行事诡异，童牧归晚上睡不着，反复琢磨这件事。稼音的事没想明白，却发现严冥夜越来越让人看不透。汪相为满足一己私欲，布这么大一个局，错综复杂，环环相扣，若有一个步骤脱离轨道，这件事就前功尽弃。

而严提刑是此事最大的变数，假如他当时极力主张破案，对方的计划就有可能败露。更可怕的是，童牧归发现他这个总捕，很有可能就是为这件案子准备的。在案发前半年他便要辞职，严冥夜想尽各种理由拖延，好不容易松口过几日便让自己走，紧接着市舶司案案发。

童牧归当时辞职心切，已经无心工作，这是所有人都看在眼里的，严冥夜怎么就敢把如此重要的案子交给自己来协同钦差办理呢？严冥夜是相信自己一定能破案，还是觉得自己没有能力破这个案子呢？汪相从两年前开始布局，那么严冥夜是不是局中人呢？意识到这些问题以后，童牧归发现自己再也不能正视严冥夜。

童牧归心里的话不好对莫哈拓直说，只能委婉地问道："幸存吏目建粥，你可还记得？"

"他怎么了？"

"这个人不见了，看守保护的官兵也不见了。还有小源次郎，原本关押在提刑司监牢，我在监牢中时，想要向他了解一下刘家沉船是否平将门所为，可是狱卒说，他在最后一次被提审后便没有被带回去，至今无人知道他的下落。"

"我知道他们俩在哪儿，你放心，他们很安全。他二人作为重要的人证，不出意外，魏公公今日会带他们返回临安。"莫哈拓答道。

童牧归后退了两步，上下打量着莫哈拓。他有些慌神，不敢想象眼前朝夕相处的人还有多少事情瞒着自己。

莫哈拓向童牧归回以坦荡的目光，他知道的确实比童牧归想象的多。他曾怀疑过童牧归，甚至一度认为自己与甘语柔的相逢是童牧归策划的阴谋。但是经过自己的观察和判断，他现在无比相信眼前这个愣头愣脑的人，他羡慕童牧归与他父亲的父子之情，与听南嫂的夫妻之爱，与杨志勇的朋友之义。这些在生活中看似再寻常不过的东西，在来到泉州前莫哈拓从未见过。莫哈拓能够感受到童牧归是真心待他，以至于被童牧归身上的烟火气所吸引，愿意尽自己所能去保护他。

童牧归的紧张也不是没有道理，小源次郎知道听南嫂身世的秘密，而且他出现在醉仙楼这件事本就惹人遐想。自小源次郎投案那天起，他便忐忑不安，不知道会引起什么样的连锁反应。

"你放心，听南嫂是平将门遗孤这件事，只有我和严大人知道，小源次郎也算是一位义士，没有向任何人提起关于听南嫂的半个字。"莫哈拓拍了拍童牧归的肩膀。

童牧归大惊，只觉得脑袋轰一下，下意识跳开老远，问道："你们是怎么知道的？"

"你别紧张，听我慢慢说。"莫哈拓向童牧归走近了几步，"哑厨子刀法好，那样的腕力莫说杀鸡宰鱼，就是杀人也是够用的。小源次郎的轻功没有我好，那夜他吹竹哨翻墙进来，全程我都听见了。还有一点你可能不知道，我们龙禁卫不仅会打打杀杀。说出来你可能不信，我会五国话，派我来泉州这等市井之地是有原因的。"

案发之初，童牧归屡屡辞职，引起了严冥夜对童牧归的怀疑。莫哈拓也十分留心童牧归及他身边的人，住进了醉仙楼没几日，就发现了异常，早早地将情况向严冥夜汇报了。

"那天你赶到后，听懂了听南嫂和小源次郎的对话？"童牧归简直不敢相信自己的耳朵。

"不但听懂了，而且刚才我也提到，我的耳力还不错，我正是听着她二人的对话才找到你们在的院子。"莫哈拓一把揽住了童牧归的肩膀，"世事无常，很多事情难以保证。但是当时从临安出发，官家曾单独召见过我，嘱咐凡事不决时与严提刑商量，可见最起码官家是很信任他的。"

"严提刑知道了听南嫂的身世，怎么说？"童牧归还是有些不放心。

"严提刑说，凡事讲求证据，市井谣传不信也罢。"莫哈拓调皮地

第37章　抽丝剥茧

一笑。

一股倦意涌上心头，童牧归眨了眨干涩的眼睛，道："最近我有一种感觉，在市舶司案发生前，很多人都知道这件事会发生，更可怕的是这些人都做好了准备。"

"你说得有理，接下来就是你做好准备的时候了。鹿游原此番回来，来者不善。"莫哈拓道。

"此话怎讲？"童牧归觉得莫名其妙。

"大概是我多心了，小心驶得万年船，终归是没错的。"莫哈拓似乎想起了什么，"你不是想去福州看看吗，正好你与听南嫂的婚期将近，不如你带着伯父、听南嫂，还有语柔姑娘一起去福州待上几天，既可以了解情况，又可以置办一些结婚用的东西。"

"为什么这么多人去？如今的形势，我哪有心思游玩，从前可能是我多心了，不去也罢。"童牧归道。

"去吧，权当帮我打探一下情况，我回临安的时候也好向官家交差。"

"你是不是有什么事情瞒着我？"莫哈拓态度有些反常，引起了童牧归的警觉。

"那你只带着听南嫂去吧，买东西还是她的眼光好。你们都走了，我也好和甘姑娘多说说话。"莫哈拓努力遮掩自己的情绪。

童牧归听他如此说，再不疑有他，欢欢喜喜去找听南嫂商量出门的事去了。

自前日童牧归告诉听南嫂要一起出门，她口中淡淡地答应，心中却是十分欢喜。吃过早饭，童牧归到车马店去雇车，她早早穿戴好新衣，坐在大堂等待，醉仙楼众人谁看见了都善意地揶揄她几句。

童牧归赶着马车停在了门口，听南嫂向顺子、甘语柔又交代了一下店里的事情。

"姐姐放心去吧,我们几个大活人还守不住一间铺面吗?见到好吃的好玩的想着给妹妹带回来一些,就算你有心了。"甘语柔携着听南嫂的手,将她扶上马车。

"老板娘,你放心,我绝不偷懒,好好带着韩胜干活。"顺子往马车上装着吃食。

童牧归扬鞭打马,准备出发。莫哈拓叫停了马车,他来到近前,说道:"多玩几日,别着急回来。"

"怎么?放着好好的朝廷命官不做,想要接管我们的醉仙楼不成?"童牧归调侃。

"赶快走吧,这边都有我呢。"莫哈拓讪笑了一下,一巴掌拍在马屁股上。马儿吃痛,一声嘶叫,扬蹄跨步而去。

送走童牧归,莫哈拓径直前往提刑司,去找严冥夜。

严冥夜正在与陈轩介聊天,见到莫哈拓这么早过来,愣了一下。

"有情况?"严冥夜问。

莫哈拓看看陈轩介,有些顾忌,不知道如何开口。

"但说无妨,陈尚书都知道了。"严冥夜道。

"自鹿游原回来以后,没有什么出格的举动。通过这几日的走访,所得信息皆证实了线报的真实性,可以向官家汇报了。"

"莫大人不愧是龙禁卫中的翘楚,这些日子辛苦了。待返回临安,官家自有嘉奖。昨晚接到龙禁卫飞鸽传书,那笔钱已确定由广东转运至澎湖,这几日就可起货押运回临安,你准备一下也可以回去了。"

"严提刑英明神武,卑职望尘莫及。"莫哈拓吞吞吐吐,不知道接下来的话该怎么说。

"你还有事吗?"严冥夜问。

"童牧归今早出城去了……"莫哈拓一边说,一边偷偷抬眼观察严冥夜的反应。

"你救得了他一时，救得了他一世吗？他终究是要回来的，稍有不慎就会打草惊蛇。"严冥夜对莫哈拓的行为很失望。

通过层层抽丝剥茧，莫哈拓可以肯定，鹿游原已经投诚汪相，此番去而复返，来者不善。其目的显而易见，一则打听事情的进展，二则在必要的时候杀掉所有知道内情的人。因此，在鹿游原回来之后，他想方设法避免童牧归和鹿游原接触。他在醉仙楼附近发现，有武林高手暗中观察醉仙楼，这才迫不得已将童牧归支到了福州。

莫哈拓扑通一下跪倒在严冥夜的脚下，恳求道："严大人，求求您救救童牧归一家，他无权无势，这样暴露在众人面前，早晚死路一条。"

"莫大人，当日魏公公带来的密旨，上面写着知道内情的人一律格杀勿论，你是亲眼看到的吧。"严冥夜问。

"严大人，您是有心搭救童牧归的，不然您也不会在奏折上只字不提童牧归的名字。"莫哈拓继续恳求。

"傻孩子，你自进了龙禁卫，总认识魏公公有二十余年了。中秋那日，他为什么到醉仙楼吃饭，你难道猜不到吗？你既然想保他，为什么后续的事情还要让他参与呢？"

莫哈拓恍然，中秋那日魏公公说中秋孤独，想要和孩子们一起热闹一下，这是多么牵强的理由，若想欢聚，泉州城内有严冥夜，有白铭，这些人与魏公公的身份地位相当。魏公公屈尊到醉仙楼，显然另有目的，是为了观察和了解知道这件事的人。只怪自己一时糊涂，市舶司案的另一层面纱一直没有突破口，那日闻到听南嫂头发上的鹅脂香忍不住说了出来，以至于把童牧归一家暴露在明面上。

"他本无辜，是本官利用在先，这也是形势所迫没有办法。当日抄家完毕，我便卸了他总捕之职，这何尝不是想保他？本官将他关进监牢，就是想打压一下他的锐气，让他收敛一些。"严冥夜叹了一口气，

眼神颇为无奈,"魏公公临走的时候交代,你回临安之日务必带着童牧归做人证。"

"大人,真的一点办法都没有了吗?"莫哈拓急红了眼睛。

"能不能救他,都在鹿游原身上了。你且回去静观其变吧。"

严冥夜已经下了逐客令,莫哈拓不敢强留,只能悻悻离去。

莫哈拓走后,一直没说话的陈轩介再也沉不住气,叹了一口气,问道:"值得吗?"

严冥夜转头看向陈轩介,苦笑了一下,幽幽说道:"你转道泉州,不也是来看结果的吗?"

"好好的扯我作甚?"

"既然陈尚书菩萨心肠,看在你我半生知己相交的分上,不如您就帮帮这些孩子,权当帮严某减轻一些罪恶。"

第38章　江湖路远

远远看见门面灯火依旧，正在营业，有人进进出出，童牧归的心里泛起了嘀咕。走到近前细看，只见商号还是从前的老样子，只是门楣上的匾额换了，上面写着万有商号。

经过一天的颠簸，童牧归和听南嫂终于在福州城门关闭前进到城内。

福建路治所设在福州，福州又称"榕城"。开宝七年和熙宁二年，刺史钱昱和程师孟先后扩建城池。庆历四年，蔡襄任福州知州期间大兴水利。治平二年，福州太守张伯玉在福州遍植榕树，"榕城"之名由此而来，福州的城市内河水网体系也在这个时期形成。福州人口众多，和泉州一样，经济极其繁荣，同时农业高度发展。福建路是大宋朝出状元最多的地方，福州又占福建路大部分，奠定了福州科举文教在大宋的领先地位，这也是刘矾逸等人会在福州府学求学深造的原因。

童牧归之前因为公干，曾到过几次福州城，对街市位置并不陌生，他径直驾车来到鸿来客栈投宿。之所以选择这里，自有一番道理，因为在童牧归的记忆里，钱家商号开在福州的分号就在距离此处一条街的位置。

二人把马车上的东西放进客房，马匹被店小二牵到后院喂草料。童牧归原想让听南嫂在房间里休息，自己出去转转。听南嫂说坐了一天的马车，想要出去透透气，便跟着童牧归一起出门。

一路闲逛，一路打听，渐渐来到繁华所在。路过绸缎庄、首饰店、脂粉铺子，童牧归想带听南嫂进去挑选几样，听南嫂只略瞧瞧便走开了。

再往前走，当街有卖水饭、熬肉、干脯等吃食的。路两侧酒楼食铺林立，有卖獾儿、野狐、肉脯、鸡等肉食的。

规模大一些的酒楼，门前高扎五彩迎宾楼，悬挂着尺许长的竹牌，上书特色菜品的名字，有：羊白肠、炸冻鱼头、批切羊头、鸡皮麻饮、细粉素签、砂糖冰雪冷丸子、水晶皂儿、生淹水木瓜、药木瓜、鸡头穰、砂糖绿豆甘草冰雪凉水、荔枝膏、梅子姜、细料馉饳儿、香糖果子、间道糖荔枝、越梅鲲刀紫苏膏、金丝党梅、盘兔、野鸭肉、滴酥水晶鲙等等。竹牌下面系着五彩飘带，讲究的人家还坠上小铃铛，有风吹过，叮当一片，煞是好听。

"果然是开酒楼的，专拣酒楼饭庄看。"童牧归见听南嫂看得高兴，忍不住调侃。

"从前没见过世面，既然来了，便学一点新花样回去。"听南嫂莞尔一笑。

街巷的尽头有一棵古树，两个成年男子不能环抱，树的枝丫上系了很多红布带子。一名年过花甲的老婆婆盘坐在树下，手里掐着一把红布裁成的布带，满面慈爱地看着来往的行人。听南嫂往老人的方向瞧了又瞧，童牧归会意，拉着她走到近前，从怀里掏出几枚钱来递给婆婆。老人家一边念叨着"早生贵子，白头到老"等吉祥话，一边把红带交到听南嫂手上。

听南嫂仰着头，想找一个合适的地方系红布带。

"你等着，咱们的要系在最高的地方。"童牧归冲听南嫂眨了眨眼睛，拿过红布带三两下爬上了树。

"童大哥，你小心些……慢点……"听南嫂在树下急得直跺脚。

第38章　江湖路远

童牧归攀着树干三两下便上去了，得意地朝听南嫂挥动手中红带，惹得听南嫂一阵惊呼，方才把红带高高地系好。

"吓死人了，以后不许你做这么危险的事情。"童牧归从树上下来后，听南嫂忍不住嗔怪。

"还没过门儿，就想当家管我，羞不羞？"童牧归调笑道。

听南嫂的脸一下红成了苹果，一时无地自容，转身便走。

"你别生气。"童牧归赶紧追上去，迎着听南嫂的面，倒退着走，"我和你闹着玩呢，这里又没有别人，你别生气好不好？"

童牧归只顾着连声道歉，没有注意脚下，不知是谁把吃过的瓜反丢在了路上，他一脚踩在上面，直接仰面倒地。听南嫂看到他滑稽的样子，方才驻足，忍不住捂嘴笑了。童牧归见听南嫂笑了，躺在地上也跟着傻笑，并不着急起来。

"好啦，赶紧起来吧。"听南嫂上前伸手去扶，"该看的也看了，还是办你的正事要紧，天不早了。"

这下轮到童牧归不好意思了。最开始决定到福州来，是想了解钱家商号在外埠分号的情况，但是他和听南嫂说出门的事时，只说了带她出来玩。

"要不我先送你回去休息吧？"童牧归讪讪的。

"没事，你又不是和人去打架，我同你一块去，还能遮掩一下。"听南嫂道。

童牧归想了想，自己只是看一看，情况并不危险，也觉得听南嫂说得有道理，遂同意听南嫂与他一同前往。

童牧归凭借着自己的记忆，很快找到了钱记商号所在的街巷。

远远看见门面灯火依旧，正在营业，有人进进出出，童牧归的心里泛起了嘀咕。走到近前细看，只见商号还是从前的老样子，只是门楣上的匾额换了，上面写着万有商号。童牧归一时猜不透状况，心想：为什么这么快就换了字号？按道理，朝廷抄没的资产，不应该这么快就有人接手。如果这里并没有被钱府抄家所波及，那么为什么会改换字号呢？

"大爷，里面请，看看有什么需要的？"商号伙计眼尖，看见童牧归一直在向这边张望，殷勤地招呼他们二人。

童牧归不好再躲藏，只能大大方方带着听南嫂进去。二人里外看了一圈，只见很多货品的封签上依旧盖着钱家商号的印章，更加不明白是怎么回事。

"你们这里换老板了？"童牧归假装不经意地问伙计。

"您眼光真好，这件是波斯货，最衬小娘子的肤色。"伙计顾左右而言他。

"好好的店铺，怎么就换人了呢？"童牧归不死心，继续问伙计。

这时柜台里面转出来一个人，圆脸塌鼻，身穿栗色杭绸小褂，一副管事模样。他自打童牧归站在路对面，就注意到了他，童牧归进到店里他也一直在观察。见童牧归屡次打听商号内幕，便忍不住出来询问："这位客官，看您像是远道而来。您二位是想找人，还是想买点什么东西？鄙人是这里的二柜，您有什么需要，尽管跟我说。"

童牧归感觉到二柜打量自己的眼光不善，后悔自己刚才过于冒失，眼珠一转，计上心来。他赔笑了一下，说道："啊，是这样的，我弟弟娶媳妇儿过彩礼，女方家点名要钱家商号的洋货。俺们那儿十里八乡的都知道，钱家商号的东西最时新。隐约记得这里原来是钱记来着，既然换了东家，那我们只能到别处去买了，不然回头人家女方不依。"

"哈哈哈，乡亲们抬爱了。"二柜面有得色，"确实我们商号的货色最全，我家没有的东西，别家更不可能有，尽管在我们这里买就对了。"

"那你们这里究竟还是不是钱家的买卖？"童牧归问。

"东西可以保证是好东西，是张三卖的还是李四卖的有那么重要吗？"二柜也开始试探童牧归。

"相公，要不咱们回去问问爹再回来买吧。本来爹就偏心老二，你若买错了，回头又落一身不是。"

"这里就是钱家，我们东家找人看了风水，说钱字挂在外面露富，因此改了字号。"二柜见他二人要走，连忙赔笑脸。

"对对，还是问问爹再说吧。"童牧归借坡下驴，拉着听南嫂赶紧出了万有商号。

二人离开十丈开外后，听南嫂捧着肚子笑成了一团。童牧归自己也觉得好笑，就跟在听南嫂后面傻乐，忽然又生出一个新的主意，他凑近听南嫂，耳语一番。

眼瞅着到了鸿来客栈的门口，听南嫂和童牧归对视一眼，听南嫂会意地点了点头。她从袖中掏出帕子，一手捂脸一手拍腿，开始大声号哭："我的弟弟啊，你一个大活人怎么说没就没了呢，你让我怎么跟爹娘交代……"

客栈众人纷纷侧目，都被听南嫂的哭声吸引住了。童牧归在一边扶着听南嫂，拼命忍着笑意，假装小声劝着。二人在众人的注视中回到自己的房间，童牧归冲着听南嫂竖了竖大拇指，随后关上门转身下楼。

"老板，做一碗蒸酪，麻烦您一会儿让伙计送到房间里。"童牧归对客栈老板说。

"好的，客官，尊夫人可是遇到了什么难事？为何哭得如此伤心？"客栈老板问。

"我岳母病了想儿子，我内弟在商号当学徒，我们来接他回家。哪承想，不但人没找到，商号都不见了。"童牧归说完不等店主反应，转身上楼。

不多时，有伙计用托盘端着蒸酪，敲响了童牧归的房门。

听南嫂面朝里躺在床上，不断抽噎着道："我娘病得那么严重，要是知道弟弟不见了，还不得急死，怎么那么大个铺子说没就没了呢？"

伙计把蒸酪放在桌上，赔了一个尴尬的笑脸，转身就要退出去。

"小哥，能否向你打听一件事儿？"童牧归问。

"客官，您请说。"伙计收回了脚步。

"去年我来的时候，记得咱们这里有个钱记商号，怎么好端端的没了呢？"童牧归问。

"兴许是生意不好做，店主兑出去了。"伙计答。

"小哥，你行行好，告诉我们一个准话，我回去也好向我岳父岳母交差。"童牧归从怀里掏出一串钱，塞到伙计手里，"老人家卧病在床，想见儿子一面。"

伙计掂了掂手里的钱，重新打量了一下童牧归，犹豫了半天方才开口道："那个万有商号就是从前的钱记商号。你们是外乡来的不知道，我们两家离得近瞧得真切，他们这是换汤不换药。"

"好好的为什么换了字号？"

"谁知道呢，原来那里的掌柜走了以后，二柜开始当家，换了招牌，前几天店里还有兵呢。"

"出了这么大的事儿，钱家就没派人来看看？"

"那我就不知道了，估计你们要找的人是和掌柜的一派。你去泉州问问，兴许能有消息。"

"小小一个商号，都是打工做事的，为什么分派别？"童牧归刨根究底。

伙计似乎意识到自己说漏了嘴，不肯再回答童牧归的问题，敷衍着要往外走。

童牧归又从怀里掏出一块银子，塞在伙计手里，央求道："小哥，你就行行好，我连你叫什么都不知道，肯定不会说出去是你说的。我们明天就走,绝不给你添麻烦,实在是家里丢了一个大活人,着急!"

伙计接了银子后,马上换了一副笑脸,把他知道的都讲了出来。

有一天,钱家商号的二柜带着店里的几个人到这里吃饭。酒过三巡、菜过五味,二柜有些喝高了,当时伙计正好在附近忙活,听见了他们的对话。

"掌柜的到泉州商量事情已经半个月了,怎么还不回来?店里已经走了好几个人了。"一个人说。

"走了有什么关系,反正不是跟咱们一条心的。"另一个人在一旁调侃。

"傻小子们,你们还不知道吧,现在变天了。站队如投胎,站错了队怎么死的都不知道。"二柜大着舌头说。

"掌柜的真不会回来了?"有人小声地问。

"回不来了,别说他回不来了,他们几个都不可能回来,现在指不定在哪个牢里啃窝头呢。"二柜边比画边答,满脸都是得意之色。

"坐牢又不是杀头,万一哪天放出来,咱们吃不了兜着走。"又一个人说。

"钱家都被抄家了,谁敢出来闹事?"二柜满不在乎地说。

童牧归再三谢过伙计,方才放他出去,顺手把房门关好。

通过伙计描述的只言片语,童牧归更加确信了自己从前的判断,钱家被抄家绝不是意外,而是钱正青在背后一手推动的。钱正青早早在钱家培植了自己的势力,在市舶司案案发后,向各大商号发出了命令,召集不是自己派系的人到泉州议事,让这些人因为钱家通敌而成为阶下囚。钱家重要的人已经随汪相的船押往临安,而他在提刑司监牢所见的面生的犯人,正是这些不知内情的各个钱家商号的骨干。

钱正青的人顺利接管了各大商号,原本不站钱正青队的人因为钱丰源倒台,而转投于他。对于个别冥顽不灵的,他们便用手段除掉。但是

童牧归实在想不通，钱正青为何要如此大费周章？钱家倒台，没有了源源不断从海上运来的货物，要这些商号有何用呢？

一念及此，童牧归无心在福州多做停留，准备明日一早赶回泉州。

绍兴二年，九月五日。

市舶司被屠案案发第六十五日。

童牧归和听南嫂正在快马加鞭赶回泉州的路上。提刑司中的严冥夜坐立不安，心中反复盘算事情发展的各种可能。

"确定他们今晚就要动手？"陈轩介问。

"据我得到的线报，是这样的。"严冥夜答。

"你这么做，是公然违拗官家，你要三思。"

"能救一个算一个吧。"

"你就不怕这些人知道真相以后恨你吗？"

"恨我有什么关系，毕竟这些事都是我做的，非常时期当行非常之法，只希望他们能够勇敢面对，不要对整个国家失望。"严冥夜重重地出了一口气。

陈轩介看着老友花白的头发，忽然一阵心酸。他虽然不屑皇帝的作为，也不理解老友为什么会支持并执行这件事，但是他知道，自己绝不比他们高尚，自己既没有改变朝局的能力，也没有让真相大白于天下的勇气。他沉默，他离开，这样的他，又何尝不是整件事情的帮凶？

"如果我带他们走能让你好受一些的话，我带他们走。希望他们能够明白你的良苦用心。"陈轩介说完，叹息着转身而去。

严冥夜心里一块大石头落了地，他冲着陈轩介的背影深施一礼。

童牧归和听南嫂从福州赶到泉州之时，天已经擦黑。当他兴致勃勃想向莫哈拓讲述福州见闻时，莫哈拓率先告诉了他一个晴天霹雳的消息。

第38章　江湖路远

虽然他不愿意相信,但是还要打起精神应对,顾不得车马劳顿,他们紧急安排起事情来。

醉仙楼结束了一天的营业,关门上板,大堂的灯被吹灭。人们绝想不到,在二楼的包间,竟然还有一桌客人没走。通过窗外的月色,隐约可见杨志勇带着手下得力干将坐在里面。莫哈拓在自己的房间脱去长衫,换上一身紧衣短打,流星锤早已揣在了怀里,惯使的长剑放在面前的桌上。

听南嫂和甘语柔不知何时来到了童楚的房间,姊妹两个相互依靠,坐在床最里边。童楚和哑厨子守在外间的桌旁,童牧归迈步出去,反手关闭房门并上锁。顺子和韩胜站在厨房的窗边,紧张地向院内观瞧。

谯楼之上,鼓打三更。几个黑影顺着醉仙楼的后墙鱼贯翻入,刚落地,脚下一滑,直接仰面栽倒。来人看到墙角的地面上撒了许多豆子,心知醉仙楼里的人已经有了防备,不敢贸然前进,几人交头接耳商量了一阵,分头行动。

有人直奔童父的房间,到了近前才发现门已经上锁,刚转头欲往别处,迎头撞在莫哈拓身上,被他几招制服。这时,墙内有人打开了后门,门外又蹿进几条黑影,随后后门再一次被关上。有人试图进厨房,但是却不知道,厨房的大灶上烧了满满一锅热油,来人刚要靠近,顺子和韩胜便把热油向外泼。

包间中的杨志勇等人听到了动静,奔至后院,与闯入者扭打在一起。

此时,躺在床上的鹿游原听着房外一片混乱,挣扎了几次想起身查看一下外面的动静,最后都没能鼓起勇气。他索性用被子蒙住头,内心之中既紧张又兴奋,今夜注定会成为他生命中浓墨重彩的一笔。

莫哈拓猛地踹门进来,手中的剑尖还在往下滴血,他眼睛通红,直勾勾地盯着床上面带惊恐之色的鹿游原。

"莫大人,外面出了什么事?"鹿游原双手拽着被角,身体不由得发抖。

"鹿大人现在才听到动静，怕是晚了点吧？"莫哈拓此时已经杀红了眼。

"我……"鹿游原哑口无言。

莫哈拓不由分说，直接上前把鹿游原从床上拖了下来，一把塞进床边的衣柜里。

鹿游原一下子慌了神，惊呼道："莫大人，你这是干什么？你我都是朝廷命官……"

莫哈拓从靴筒中抽出自己的匕首扔了进去，紧接着把门关好，在外面咔嚓一声给衣柜上了锁。"但愿你用不上，想活命就别叫唤，现在没人能分身来保护你，待会再同你算账。"说罢，他噔噔噔跑到外面，重新加入战斗。

鹿游原心中侥幸的小火苗彻底被扑灭，他从衣柜的缝隙努力向外面张望，这时门外闪进来两个身穿夜行衣的蒙面人。他刚想呼救，告诉来人自己在衣柜中，猛然想起莫哈拓刚才所说，话到嘴边犹豫了一下。只见来人走至床前，提刀便砍，一刀砍空，才发现被窝中是空的。

二人翻看了一下床底等可以藏人的地方，没有找到鹿游原的踪迹，相互交流了一个眼神便出去了。

这一切鹿游原都看在眼里，他在衣柜中蜷缩着瑟瑟发抖，紧咬自己的手指才没有失声叫出来。

一炷香的时间过后，似乎有大队人马赶到，外面的声音渐渐平息。短暂的平静过后，有人在用力砍砸衣柜上的锁。

童牧归用刀背边砸边抱怨道："怎么把鹿大人锁在里面了，憋坏了可怎么好？"

咣当——

随着锁环被砍断，鹿游原从衣柜中直接滚了出来，他仰面倒在地上，脸色像死灰一样。童牧归一把把他抱住，嘿嘿地笑道："你们读书人就是胆子小，一点小事竟吓成这样。"

鹿游原看着童牧归的脸，上面满是血污，还有因为拼力打斗而顺着额角往下淌的汗珠。一时，羞愧之心生起，他无地自容，双唇颤了几颤，怎么也说不出话来。

童牧归见此情景不敢大意，转头对身后的莫哈拓说："过来搭把手，送鹿大人去看郎中，他可能吓出了失心疯。"

莫哈拓站在原地没动，用嘴吸吮着手上的伤口，呸的一声吐出血污，说道："多说无益，我只告诉你一句，刚才四五个人围着童总捕，他手腕的旧伤未好干净，自顾尚且不暇，他偏死命推我出来保护你。无论你说什么，先掂量掂量是否对得起他的这份情谊。"

童牧归闻言，一下子蒙住了，看看怀里的鹿游原，再转头看看莫哈拓，道："怎么啦？鹿大人不会武功，胆小一些很正常，你别怪他。"

"他胆小？他胆子大着呢！我说今夜这些闯入者就是他带来的，你信不信？"莫哈拓用手指着鹿游原，声音骤然拔高了好几度，"你要还是个男人，自己做了什么自己说。"

听南嫂和甘语柔提着药箱悄然进来，招呼他二人包扎伤口。严冥夜和杨志勇先后进来，室内的气氛尴尬到了极点。

"童大哥，你过来。"听南嫂拽着童牧归的衣角，牵他到桌子旁坐下。

"你和语柔姑娘吓坏了吧，没事的，我这一点小伤，回头让哑叔给我烧一只葱油鸡，吃了便好。"童牧归看着听南嫂，满脸都是爱意。

听南嫂用软布仔细地包扎童牧归手上的伤口，固定好后，她握着他的手没有松开，半晌方道："今天来的人，是鹿大人引来的。"

"别闹。"童牧归想从听南嫂手中抽回自己的手，但是她没有松手，只眼含泪花，定定地看着童牧归。甘语柔告诉她鹿游原今夜会引人

来醉仙楼灭口的时候,她也如童牧归这般不愿相信,但此时眼前的一切都在告诉她,这是真的。

"我只是因为不懂武功,刚才害怕,所以没有出去。你也看到了,歹人也闯入了我的房间,我怎么可能跟他们是一伙的?"鹿游原轻声说。

严冥夜冲听南嫂使了一个眼色,听南嫂会意,带着杨志勇和甘语柔先出去了。

"之前我们讨论案情的时候,你的注意力总是围绕着平将门,在我们另有方向的时候,你就会跳出来干扰我们。如果这算不得什么证据,那我问你,童牧归和听南嫂在归元寺附近遇袭,是谁把他们二人引过去的?你敢说请护身符保平安的主意不是你出的?"莫哈拓说出了自己心中压抑许久的话。

"这不过是巧合罢了……"鹿游原小声辩解。

"梧桐苑的事情你怎么解释?当日你为何执意留下?在大厅中的演唱是何人刻意所点?暴露我龙禁卫的身份,你是何目的?几次挑拨我与童牧归的关系,又是因为什么?这些问题你说得清吗?"说到此处,莫哈拓双目圆睁,几乎要喷出火来。

"鹿大人,本官劝你还是照实说了吧。你也看到了,今夜前来灭口的人,是要把你也一齐算在内的。现在说实话,还有一条活路。"严冥夜道。

鹿游原见大势已去,扑通一声跪倒在地,哭诉道:"今天的人是汪相派来灭口的,想在今晚把知道泉州事情的人全部灭口。"

"你……你……"童牧归扑到近前,双手抓住鹿游原的衣领,气急之下说不出话来,"你怎么就堕落成这样?你平日不是与他势不两立吗?"

童牧归太天真了,此时还不愿意相信眼前的一切。

汪相把持朝政,朝堂之上逐渐形成了反对派和拥护派。鹿游原当

— 506 —

年查办的北境军粮案，实际上就是汪相为了打入与他政见不同的派系内部，自编自导的苦肉计。鹿游原查办这件案子之初，就在汪相的威逼利诱下彻底倒戈。随后汪相弃车保帅，以刚直不阿的姿态把鹿游原推到众人面前。

俗话说，敌人的敌人就是朋友，朝野皆知鹿游原与汪相不和，有什么反对或不利于汪相的事，自然都不会防备鹿游原。至此，鹿游原顺利成为汪相观察异己的眼线。

靖康之难，汪相多年积攒的银子打了水漂。眼看金军数次南下，社稷危如累卵，汪相就动了隐居他处的心思。市舶司在此地浸淫多年，财富可观。光天化日之下，若想一棵大树不被人发现，便要寻出一棵更大的树庇荫。章闻柳伙同钱正青生出了当铺行贿的主意，平日里潜移默化地引导市舶司的人把家产存在当铺，然后把市舶司的人都杀掉，栽赃给钱家。

稼音兄弟潜入钱家，是为了报当年的私仇，其意图很快被章闻柳和钱正青识破。四人都想搞垮钱家，于是联手封锁了钱丰源的信息，引导钱丰源一步一步走进陷阱。钦差到达之后，在查案时，鹿游原有意无意将调查方向引向钱家，稼音则适时留下指向钱家的证据，最后结果果然如他们所料。只是汪相返回临安后，皇帝迟迟没有宣布新一任市舶司的任命，这引起了汪相的警觉，因此派鹿游原回泉州了解情况，必要时杀人灭口。

"你说的这些，我都能理解，唯独不理解钱正青。他也是钱家的人，搞垮钱家对他有什么好处？"莫哈拓红着眼睛问。

鹿游原接着说道："钱正青是钱博远正房嫡出，按常理，钱家的家产都应该属于他，是钱正黯和钱丰源抢走了这一切。"

"就因为得不到，所以就要毁掉？"

"如果他不这么做，钱家过去的钱和以后的财富都不会属于他。他

虽这辈子吃喝不愁，但他的子嗣要不了几代便会沦为旁支，只能远远地空羡他人富贵。他这么做了，过去的钱将被充公不属于他，但是以后的钱还是他的。"

"钱正青自愿在族谱中除名除籍就是为了这个？他们早早地就开始布这盘棋了？其心可诛。"莫哈拓紧咬牙关，强忍着冲动。

他曾认为，龙禁卫训教营是天下最残忍的地方，弱肉强食、胜者为王。每次被打倒，支撑他站起来的信念便是离开这个地方。没想到现实中的尔虞我诈、处心积虑，竟然比龙禁卫训教营还要残酷。

"钱家的家产被抄没了，但是钱家的货源、买主、航路是抄不走的。你们瞧着吧，用不了多长时间，钱家的商船只需要换一面旗，依旧可以漂洋过海，载着一船一船的货物回来。"鹿游原道。

绍兴二年，九月六日。
市舶司被屠案案发第六十六日。

泉州城大多数人都还在睡梦中，天还未亮，醉仙楼的方向先亮了起来，火光勾着天边的朝霞，越来越红，直到把日头引逗了出来。

因为扑救得及时，火势并没有连累到邻舍。提刑司的差役用担架抬出一具具盖着白布的尸体，经过调查，乃醉仙楼店主一家宴饮，酒后失火，饮醉酒无力逃出，窒息而死。

傍晚，郊外小路上，莫哈拓和鹿游原一前一后地走着。

"江湖路远，咱们就此别过。"莫哈拓眼神闪烁。

"不急，咱们再走一程。"鹿游原再也没了昨夜的惶恐，没事人一样地拍了拍莫哈拓的肩膀，"在下心里明白，这次犯此弥天大错，多亏莫兄为我周旋，不然严提刑绝不会轻易放过我。"

"看来你都知道了？"莫哈拓停下脚步，饶有兴致地看着鹿游原。

"杀害市舶司衙署官员是汪相主使不假,但是栽赃钱家这么大的事儿,肯定是要得到官家首肯的。此事稍有不慎,就会引火烧身,汪相只不过是帮官家办事的时候夹杂了自己的私利。退一万步说,那足以媲美真玉玺的假玉玺,普天之下也只有他们赵家才有这样的手艺,这样一尊玉玺必定出自宫里。"

"好眼力。"

"哈哈,莫兄说笑了。"鹿游原摆摆手,"在下是费了不少心力才推断出来的。而你和严提刑从一开始就知道这件事,甚至是这件事的参与者,对不对?"

"事情到了这番地步,这些还重要吗?"

"莫大人帮我一件事,从此高官厚禄、荣华富贵,任你我兄弟二人挑选。"鹿游原意味深长地看着莫哈拓,他此时决定赌一把。

莫哈拓不可置信地看着鹿游原,上上下下重新打量他一番后说道:"你险些要了我们的命,如今要我怎么再信你,又凭什么帮你?"

"不瞒你说,这些年鹿某韬光养晦的同时,掌握了汪相不赦之罪二十、六部主官隐私无数。这些消息抖搂出来,必然在朝廷之上掀起惊涛骇浪。朝堂势力被重新洗牌之日,就是你我兄弟得利之时。"

"哦?罪证在哪儿?"莫哈拓因为着急,一把抓住了鹿游原的手腕。

鹿游原牵起嘴角,用另一只手轻轻拿掉莫哈拓抓在自己手腕上的手,定定地看着他,说道:"都在我的脑子里。只要莫兄把这件事报予官家知道,并保护在下安全地见到官家,届时一定把这些全部抖搂出来,并且会重点提及莫兄的功劳。"

鹿游原的野心着实惊到了莫哈拓。他努力安稳心神,接着问道:"看来莫某过去是有眼不识泰山,鹿大人志向高远。只是以你如今的境遇,扳倒汪相未必有十成的把握。"

"唉,这也是没办法的办法。"鹿游原长叹一声,眼神黯淡下来,

"按照从前的计划，揭发汪相谋害市舶司官员一事应该由我来做，以此取得官家的信任和朝臣的好感。没想到老贼似乎有了防备，我为他如此尽心尽力，这次居然也要把我灭口。"

"汪相既然想杀你灭口，此番你偷生而去、隐姓埋名，尚能有一条活路，何苦抛头露面、搅弄云雨……"

"哈哈哈……"鹿游原的笑声打断了莫哈拓的话。

"你笑什么？"莫哈拓不解地问道。

"莫兄此番来送我，难道不是准备灭口的吗？"鹿游原笑得狡黠。

"我……"莫哈拓张口结舌，说不出话来。

"即便你肯放我，严提刑是官家的心腹，怎么可能放过一个知情的人？若传出去，官家为了一己私利，陷害无辜百姓，天下人会怎么想？"鹿游原一手揽在了莫哈拓的肩膀上，"我何尝不知道此时揭发汪相不是最佳时机？只是现在不说，顷刻便会做了你的刀下鬼。你在龙禁卫中，不依附权臣皇子，什么时候才能熬出头？这件事成了，肯定是大功一件。你出人头地，语柔姑娘也跟着沾光，他日册封诰命夫人也不是不可能的……你……"

鹿游原瞪大了双眼，想要推开身边的莫哈拓，但是为时已晚——莫哈拓手中不知何时多了一把匕首，匕刃已经完全没入鹿游原的小腹。

莫哈拓学刚才鹿游原的样子，用左手顺势揽过对方的肩膀，攥在匕首上的右手并没有松开，反而用力旋转了一下匕柄。鹿游原嘴角流出了鲜血，双腿软绵无力，若非莫哈拓揽着他的肩头，早就滑倒在地。

"那日临安出发，你我二人就是这样并肩在甲板上看月亮。"莫哈拓不顾鹿游原口中涌出的鲜血，继续看着远方，悠悠地说，"严提刑为了保住官家的秘密，命令我杀你灭口不假，但是我想放你一条生路也是真的。你太贪心了，你的贪心比汪相还可怕，大宋江山仅存半壁，若任你搅闹，危在旦夕。"

第38章　江湖路远

"我真的知道错了……看在童……童牧归的面子上，放我一马好不好？"

"这时候想起童牧归，你引杀手前来醉仙楼灭口的时候可曾想起他？你在计划搅弄朝局建功立业的时候可曾想起他？"莫哈拓已经红了眼圈，握着匕首的手不住颤抖，"十年龙禁卫，原以为那里便是世上最凉薄的地方，可怜你那被利欲蒙住的心更甚。"

"在我临安住处的床底下埋着一本账册……你拿去……换名换利都由……由你……放过我……放了我吧……"话没说完，鹿游原永远地闭上了眼睛。

绍兴二年，九月七日。

城门外，茶棚。童、莫二人做渔人打扮，头戴草帽圈，相邻而坐。

"你把鹿大人送哪儿去了？"童牧归问。

"你别问。"莫哈拓答。

"你这样回去怕是凶多吉少，真的不跟我们一起走吗？"

"不了，尽人事听天命吧。"

"官家知道以后会相信我们，查办汪相吗？"

"是否相信已经不重要了，我只是陈述事实。"

"有机会到岭南来找语柔姑娘吧，她心里是有你的。她不亲近你，多半是知道你这样的人不能有弱点，跟了你便是害了你。"

"我又何尝愿意说那冷冰冰的话伤她？我自己都不属于自己，又怎么敢亲近她？"

"何苦呢……这是语柔姑娘给你的信。"童牧归从怀里掏出一个信封，递给莫哈拓。

莫哈拓展信一看，只见上面写着：

郎有情，奴有意，十分相思无处寄。横缝丝，竖缝丝，横也思来竖也思。

莫哈拓看完不由红了眼圈，上下翻找，最后在贴身中衣的袖口发现有丝线缝过的痕迹。缝线的人很用心，用了与衣服同色的丝线，横竖两道交叉在一起，浅浅地缝成"十"字。

莫哈拓将信纸一口一口吃进嘴里，喉结翻动，咽到肚里，努力平复着情绪，只是他的手缩在袖中，始终揉捏着丝线。

"陈尚书是个好官，你们跟他走了我也放心，只可惜了听南嫂的醉仙楼。"

"没事，旧的不去新的不来。我们都商量好了，到了岭南开一家更大的酒楼，你放心吧。"

"不说了，该走了，后会有期，多保重……"

莫哈拓起身，把鱼篓用扁担挑在肩上，两只鱼篓在扁担的两头，就那么摇晃着，不知道什么时候能够碰到一起。

"老板，再来一碗梅子汤，不加糖。"童牧归道。

摊主六岁的儿子跟跄着端来汤碗，他仰着头看着喝汤人，道："伯伯，你怎么哭了？"

"伯伯没有哭，是你阿爹的梅子汤太好，酸出了眼泪。"

第39章　血染合欢

他狠狠地闭上眼睛又大力睁开，努力想赶走眼前的朦胧。他感到树上的合欢花离自己越来越近，近得几乎迎面压下，同时感到眼皮越来越沉，几次挣扎着抬手想要抓住眼前的粉红，都是徒劳。

绍兴二年，九月十日。

市舶司被屠案案发第七十二日。

临安的天气不似泉州那般湿热，随着时间的推移，莫哈拓紧张地环顾周围。谁会前来与自己接头还是未知，接头之人是否可以信任，也是他现在面临的问题。

马挂銮铃声响，他不由支起耳朵细听，普通人听来只是铃声响成一片，很难察觉出铃声的不同寻常之处，但是莫哈拓接受过龙禁卫的训练，很容易听出这里面的不同。这十只纯黄铜打造的铃铛中，八只是黄铜铃舌，另有两只是钨铁铃舌。这是龙禁卫马车的特殊标记，为的是远距离依旧可以让同伴分辨出敌友。

当他转头向外望时，銮铃声在茶肆前停止。马车站定后，车帘一挑，出现一位无须老者。莫哈拓见之大喜，再不疑有他，匆匆从怀里掏出零钱扔在桌上，起身奔向马车边。

"魏公公？您怎么亲自来了？"莫哈拓上前深施一礼。

魏公公脸上依旧挂着不变的慈爱，点手招呼道："上车吧，随咱家去见官家，这里不是说话的地方。"

莫哈拓来到魏公公跟前，数日来悬着的心终于踏实下来，想开口打探一下临安城及汪相最近的动态，但是魏公公在他上车后一直闭目养神未发一言，只能作罢。

一炷香的工夫过后，马车穿过几道宫门。没有人盘问，没有人检查，每到一处，只有卫兵推门的吱呀声。马车最后在一座不甚起眼的宫苑门前停下，莫哈拓扶着魏公公从车上下来，进得院来，碧翠满眼，似有似无的甜香弥漫在空气中。小黄门进去通传的空当，莫哈拓抬头仰望，只见枝头的花朵与别处不同，此花横看竖看都像是一缕细丝被扎束在一起。他看着新鲜，便低声问身边的魏公公："敢问公公，此花何名？"

"此乃合欢花，此处合欢殿。"

"合欢花下合欢殿，和合欢乐，好名字。"莫哈拓脱口称赞。

只见正殿的门楣上高悬一块蓝底金字盘龙匾，上书三个大字——合欢殿。在他心中，没说出口的，是认为合欢这个名字是一个好彩头，为他和甘语柔的未来添上了百年好合、携手共欢的祝福。想到此处，他不由把袖口上的"十"字绣线捻了又捻，似乎在告诉爱人，自己看见了美好的花朵。

"另一处也有合欢殿……"魏公公道。

"哪里还有这样诗情画意的名儿？"莫哈拓问。

"未央宫……"

"传莫哈拓觐见。"刚才前去通报的小黄门已经回来，扯着嗓子在阶上高声传旨。

莫哈拓冷不防被吓了一跳，撩衣便想往合欢殿里走，忽然发现身边的魏公公眼神一直定在自己身上，并没有动，他不知何故，一时无措。

第39章 血染合欢

四目相交之时,魏公公收回了自己的视线,像是什么也没发生一样,浅浅地笑了笑,抬腿走在莫哈拓的前面引路。

行过君臣大礼后,皇帝赵构赐座。莫哈拓一直低眉垂首,不敢有丝毫的怠慢。

"莫爱卿,你的密报朕已经看过,其中内情可属实?"赵构问。

"回陛下的话,龙禁卫誓死效忠陛下,绝无半句虚言。"莫哈拓单膝跪地,向赵构一抱拳。

"朕当然明白爱卿的一片赤胆忠心,只是汪相浸淫朝政许久,只怕不会那么轻易认罪。"

"个中内情,臣已经查证明白,其中缘由并非主观臆断,皆有确实的证据支持,想来肇事者无从抵赖。"

"哦?"赵构脸上满是欣慰,"既然如此,你可敢当面揭发对证?"

莫哈拓闻言,也没多想,头重重磕在地上,答道:"为陛下分忧,臣肝脑涂地。"

"好,莫爱卿真乃朕的擎天白玉柱、架海紫金梁。"赵构面上大喜,随后对身边的魏公公说道,"去传汪相进来。"

顷刻间,汪伯彦来到殿前。今日赵构召他前来合欢殿饮宴,他赶到这里时,小黄门告诉他皇帝尚有政务处理,请他偏殿用茶,稍等片刻。汪伯彦不以为意。合欢殿自建成已一月有余,笙管笛箫,妍媚妖娆,觥筹不断。从临安回来后,赵构时常召他来此处,开始时他也是心怀忐忑,近几日已经习以为常。赵构贪欢享乐、醉酒笙歌,是他最想看到的。

当他走到殿门口时,影影绰绰,看到殿中人的身影像莫哈拓,他心里不由咯噔一下。莫哈拓不是死了吗?难道手下人欺骗了自己?他进宫来这么大的事怎么没人告诉自己?数个疑问飞速在汪伯彦的脑海中盘旋。

"汪爱卿,久等了,朕今日召你前来,是为莫爱卿接风。他此番死里逃生,带回来了重要情报,对我大宋可谓居功甚伟。"赵构道。

"恭喜莫大人，常言道，大难不死必有后福，他日前途必不可限量。"汪伯彦抱拳向莫哈拓恭贺。他心中暗叫不好，感觉自己中了赵构的圈套，赵构多日来的殷勤，竟是为今日发难所做的障眼法。

"汪相客气了，都是托陛下的福。"莫哈拓拱手还礼。

"坐，你们都坐！今天要说的话还长着呢，都站着干吗？"赵构言语之间意味深长。

"莫爱卿，昨日你传上来的密奏，朕没看懂。"赵构虽然在同莫哈拓说话，眼神却瞟向汪伯彦，"此间闲来无事，不妨详细讲来听听？"

莫哈拓明白，皇帝这是让他当面揭穿汪伯彦。他沉吟了一下，说道："自七月初市舶司衙署官员被屠案发生以后，臣奉旨侦查此案，如今臣有确凿的证据，证实这件案子另有隐情。"

"嗯？这件案子可是汪相亲自前往泉州查办的，如今此案已经审结，罪首畏罪自杀，难道错判了不成？"

"个中因由，容臣详禀。"

赵构点头，示意莫哈拓接着往下说。

莫哈拓看了一眼汪相，把心一横，说道："这件事真正的幕后主使不是别人，正是汪相。这里有原钦差副使鹿游原的亲笔供状。"说罢，他从怀中拿出当日鹿游原的亲笔供词。魏公公从他的手中接过，转呈给赵构。

"朕不看了，拿给汪相看吧。"赵构对魏公公摆摆手，对莫哈拓说道，"你接着说。"

"靖难之役，汴京城破，不但朝廷蒙羞，宰相汪伯彦多年的积蓄也被洗劫一空。全国上下大多数地方哀鸿遍野、民不聊生，他便把目光投向了稳定富足的东南沿海，指使他的内侄章闻柳到泉州钱家充当门客，勾结与钱家家主钱丰源有矛盾的钱正青和稼音、稼熏兄弟，陷害钱家，意图掩盖市舶司官员被杀真相，侵吞市舶司官员多年来收贿所得。"

第39章 血染合欢

"他为何如此大费周章，直接取钱家的钱不好吗？"

"钱家势大，与朝廷交往密切，且有太祖丹书铁券在府，贸然行事未必能够得手。汪相深谙集腋成裘的道理，与其冒险引火烧身，不如退而求其次。"

"你仔细说来。"

"待各方人马都已经安插好后，汪相向陛下献策，以钱家家资渡过朝廷难关。假玉玺按照先前的计划，应该直接被钱家在天竺购得。但是汪相利用泉州小股海商素来与钱家不和的情况，致使假玉玺被刘姓海商购买，夹带在装有鹅脂的陶罐中带回港。市舶司被买通的点检官，以扣解为名收缴了这罐装有鹅脂的陶罐。章闻柳唆使钱丰源动用江湖势力平将门，前往市舶司偷窃，实则假借钱丰源的名义，对平将门传达的命令是杀人夺物。"

赵构听到这个消息，不怒也不恼，饶有兴致地看向汪伯彦，问道："可有此事？"

汪伯彦抬袖擦了一把头上的冷汗，急忙离座跪倒："陛下，老臣不敢说龙禁卫居心叵测，但是莫大人所言实属无稽之谈，没有证据。分明是他在泉州期间，受到钱家余孽贿赂，记恨老夫，故意混淆圣听，伺机报复。"

此时的汪伯彦虽然慌张，但是还有几分底气。他认为自己手握着赵构两个不可告人的秘密，足以保证他今日平安出宫。毕竟觊觎百姓财产和仿制玉玺，这两桩丑事足以颠覆赵构的政权。以他对赵构的了解，江山和自己的性命相比，对方肯定会选前者。汪伯彦为自己准备了万全的退路，只要今日能够平安出宫，赵构就再也不能奈何他。

莫哈拓还想再质问几句，只见高坐在龙椅上的赵构摆摆手，说道："莫爱卿，不急辩于一时，你且往下说。"

"汪相正是利用陛下对龙禁卫的信任，才能够把赃银从铁桶一样的泉州城运出去。章闻柳、钱丰源等人在汪相的授意下，鼓动市舶司官员和钱家把贵重物品以很少的钱假当在万有当铺。杀死市舶司的官员，则可以在神不知鬼不觉的情况下，吞掉这一大笔赃款。他们从当铺截得财物后杀人灭口，约好了当地的镖局，货物直接推进镖局起运，沿途重重关卡，正是有人手持龙禁卫的免检令凭，他们才能一路畅通无阻到达广州。"事已至此，莫哈拓再无顾忌，把自己知道的情况都说了出来。

"汪爱卿，朕真的不知道是该高兴还是该生气。江山社稷如此危急的时刻，你没有把钱财运往海外，看来你也没有坏到底，还是对朝廷守住南边有信心的嘛。"赵构说到此处，脸上依旧挂着笑意，忽然猛一拍龙椅的扶手，站起身立目而视，怒斥道，"你好大的胆，朕命你和魏予双管龙禁卫，是希望你们之间相互扶持，你反而利用起朕对你的信任？"

"私自调用陛下的龙禁卫还不算，最可恶的是，汪相玩弄权势，排除异己，公然把陛下和百官戏弄于股掌之中。"莫哈拓接着说道。

"还有这种事？"赵构一甩袖子，重新坐回龙椅上，"你接着说。"

"陛下是否还记得那日与臣和汪相同去泉州的鹿游原？"莫哈拓见赵构点头应许，接着说道，"汪相为了打入与他政见不同的派系内部，自编自导苦肉计，把鹿游原发展成为观察异己的眼线。"

"朕也是一时不查，被那个鹿游原蒙蔽，难道这个人也参与了泉州市舶司的案子吗？"

"查办此案的时候，鹿游原数次把办案思路往钱家指引，他更是带杀手到臣所住的客栈，意图杀人灭口。当日杀手到来的时候，鹿游原被前来灭口的杀手所杀，客栈内其他人死伤大半，后来起了一场大火，他们都没有逃出来。臣依仗在龙禁卫中学的闭气功，捡了一条命，拼死赶回临安，将实情告知陛下。"莫哈拓说到这里，忍不住心虚，暗暗祈祷此时千万不要有人提及童牧归等人。

"桩桩件件你可认罪？"赵构问。

第39章 血染合欢

莫哈拓再看华服玉带的汪伯彦,他的脸上一片青白,低眉垂首间,依旧掩饰不住惶恐之色。

"朕险些被你蒙蔽,多亏莫爱卿有胆有识,排除万难,查出了真相。"

"陛下谬赞,为陛下尽忠,臣愿肝脑涂地,死而后已。"莫哈拓躬身答道。

"朕愿与卿结为异姓兄弟。"赵构转身对旁边的魏公公吩咐道,"传旨,封莫哈拓为瞿邑侯,配享帝陵,与朕生生世世相伴。"

莫哈拓大为震惊,急忙撩衣跪倒:"陛下,臣万死,担不起这样的殊荣。"

"贤弟不必过谦。"赵构笑吟吟地摆摆手,又对魏公公吩咐道,"取御酒来,我与贤弟痛饮几杯。"

"是。"魏公公答应了一声,便下去准备了。

此时莫哈拓已经心潮澎湃,嘴角抑制不住地微微抽动,泛红的眼圈蒙上了一层水雾。从进入龙禁卫的那一刻起,他就知道自己的命不属于自己,不属于爱人,自己的一切属于至高无上的皇帝。今日这般封妻荫子的荣耀,是他曾经想都不敢想的。

魏公公端着百子千孙花样的托盘走了回来,盘上摆着九龙戏珠白三壶和三只双耳盘藤小酒杯。赵构顺势从盘中拿起一只酒杯。魏公公端着托盘来到汪相身边,放上一杯在他的矮几上,最后来到莫哈拓面前。

莫哈拓双手从托盘中端起酒杯,高举到面前,说道:"谢陛下赏赐。"言毕,他一饮而尽,将杯中酒喝了一个底朝天,将酒杯内侧展示给赵构看,活像一个等待表扬的孩子。

他激动的心情此时已经达到了顶点,内心的躁动往往会让人忽略很多东西,比如他此刻并没有意识到,赵构迟迟没有说平身让他起来。

啪——

玉杯从莫哈拓的手中滑落,莫哈拓大惊,君前失仪乃大忌,连忙探身去捡。他心想，自己真是得意忘形，攥在手中的东西居然都抓不牢。念头刚到这儿，他探出去的身子已经完全不受控制，无力支撑之下，重重跌在地上。身体里似乎有一条火龙意欲破茧而出，却又不得法门，在腹中胸中来回乱窜，撕咬啃噬着内脏。痛苦至极的莫哈拓差点喊叫出声，他紧咬自己的下唇，用意志力克制着自己的痛苦，努力思考到底发生了什么事。

"酒里有毒……陛下别喝……护驾……"莫哈拓在最短时间内做出了自己的判断。

"贤弟气色不太好，想来应该是病了。"赵构静静地看着眼前因为痛苦而表情扭曲的莫哈拓，将自己手中的酒一口喝下，"来人呐，瞿昙侯莫哈拓突发急症，不治身亡，传旨下去，以郡王礼厚葬。"

"遵旨。"魏公公招了招手，两个头戴面甲的龙禁卫抬着担架走上大殿，一人架肩一人抬腿，把莫哈拓扔到了担架上。

莫哈拓此时神志尚清明，心中有万语千言想问，但是被腹内涌起的鲜血堵住了喉咙。他此时只能紧闭双唇，不让鲜血喷出，为自己留下最后一点体面。魏公公随担架一起走出殿门，送莫哈拓最后一程。

几人出去以后，合欢殿恢复了往日的安静，赵构像没事一样，静静地看着俯首跪在地上的宰相汪伯彦。赵构知道汪伯彦敢为了一己私欲犯下弥天大案，一则是其自认心思机巧，无人发现，二则整件事自己方是幕后主使，即使察觉到异样，也只会当吃了一个哑巴亏。

此刻，赵构有剥其皮食其肉之心，但是他有更重要的事情需要面对。徽、钦二帝尚在金邦，随时可能回朝复辟。朝廷能臣干将匮乏，仅有的几位，大多数和自己的政见不合。此时处置汪伯彦，很容易让自己成为众矢之的，对方的过错也会成为自己昏庸无道的证明。

自古以来，有传国玉玺者方为正统，玉玺的回归一定程度上帮助赵构稳定了政局，昭示着他是真命天子。他先下手为强，使玉玺出世，也是为了防止他日有人捧着传国玉玺回来与他争夺帝位。这也是为什么栽赃钱家，要费这么大心力利用一块玉玺的目的。钱家的家资可以解决眼下的经济问题，而让世人皆知被金军掳走的玉玺回归，且回归得合乎情理，这背后深远的政治目的才是赵构真正想要的。汪伯彦从前一直是赵构的亲支近派，除掉汪伯彦如同自断一臂。当务之急，求稳才是上策。不过，对付雄鹰不能像处理家禽一样简单，应该在意念上占领对方的高地。

汪相见莫哈拓倒在地上，心上隐隐升起一丝得意，心想果然不出自己所料，赵构畏惧被自己抓在手中的短处，只能吃掉这个哑巴亏。让莫哈拓与自己当面对质后将其毒死，无外乎就是在演苦情戏，以杀掉如此忠心的爱将来敲打自己。

汪相刚松一口气，正想着就坡下驴，殿门外有侍卫通报："启奏陛下，驸马、郡马上殿奏事。"

汪相心里又是一沉，他只知道周敏齐当了驸马，不知道何时又多出来一位郡马。

周敏齐、曲中闻二人顶冠束带，来到大殿之上，向赵构行礼。

汪相一看到曲中闻，心中暗叫失策，埋怨自己百密一疏，处理曲君墨的时候没有把他的儿子一同处理掉。泉州发生的事，曲君墨无论如何也摘不掉罪臣的名号，曲家兄弟的前途就此丧尽。没有人会为了帮助罪臣之子而自毁前途，这也是汪相觉得兄弟二人不可能掀起风浪而没有及时出手的原因。

但是他忽略了一种极特殊的情况——先君臣后父子。曲中闻迎娶郡主，先是皇亲，然后才是曲家子孙。曲君墨即使有天大的罪过，也不会牵连到皇家。赵构能够将郡主下嫁，足以说明他对曲家兄弟偏袒的态度，朝中那些习惯看风向站队的人，自然知道该站在哪一边。

"启奏陛下，有狂徒章闻柳在御道上企图袭击沛岚公主车驾，已被卫兵当街击杀。"周敏齐道。

"启奏陛下,东南海商钱正青,愿献出七十二路航海图。"曲中闻道。

"呈上来。"赵构口中答话,眼睛却看着汪相。

汪相听到章闻柳的名字,以为自己听错了,下意识转头向殿门口看去,这一看不要紧,有更吃惊的一幕在等待自己。曲中闻二人双手捧卷轴于头顶,跪倒在阶前行礼。

赵构将卷轴放在龙书案上,并不翻看,只一味地盯着汪相浅笑,似乎很欣赏对方脸上变幻莫测的表情。他说道:"钱氏通敌一案已有定论,全族男子充军发配,钱正青并不在族谱之中。今念其贡献航海图有功,准予其继续航海经商。曲中柳以后就留在其身边督导,望其从今以后遵纪守法,做安善良民。"

此时的曲中闻见到汪相如此狼狈,心中升起一种莫名的畅快。

"报,大理国国主感谢大宋皇帝赠送城堡,特遣使臣送来谢恩表。"

"报,有澎湖渔民在岛上发现了海盗隐藏的赃款,转交至当地官府,已由龙禁卫押送回临安,现在官门外。"

"报,有西南六国联名上书,抗议宰相汪伯彦主征战,望睦邻友好,永久邦交。"

"报,交子务监马雄,在驿馆失足从高处跌下,不治身亡。"

"报,龙禁卫昨日与夜行人厮杀,死伤近半数。"

接连五名侍卫,在殿门口高声禀报。

汪相听到这里再也支撑不住,像烂泥一样瘫倒在地上。这哪里是奏报,分明是一张张催命符。他心里知道每一条奏报都不是真的,但都是十足十针对自己的。

他处心积虑,积攒半生的心血,在刚刚的奏报声中化成了灰烬。赵构在无声无息间把他的全部退路堵死,自己的所有谋划,全部为赵构做了嫁衣。抄没澎湖岛的赃款,杀死交子务监马雄,是断了他的财路。

散布消息说他主战，是断了他勾结外国势力造反的可能。沛岚公主下嫁枢密使长子，是拆断了他和军方势力的连接。龙禁卫与人厮杀是假，死伤过半是真，他不用问都知道，死的都是效忠自己一方的人员。大理的城堡，是他为自己留的最后一条路，想着即使万事不成，还可以远遁他方，如今已经化成了泡影。

过了足有半炷香的时间，就在汪伯彦几近崩溃的时候，赵构悠悠开口："汪爱卿，朕前几日读司马君实所著《资治通鉴》，有一则故事很有趣，朕讲与爱卿听听？"

汪相此时哪有听故事的心情，他意识到自己犯了一个巨大的错误，他所认为的手中掌握的短处，此时正是赵构攻击自己的底气。玉玺本是一块石头，哪里有什么真假，是权力赋予了传国玉玺天下正统的意义。正是因汪相的一手操办，让原本不该出现在赵构手中的玉玺，有了出现的合理理由。

"唐朝时期，尚父郭子仪保境安民，收复失地，多次打败叛军，使唐王朝转危为安。唐代宗将爱女升平公主嫁给郭子仪的儿子郭暧，小两口吵架，郭暧说了几句气话，升平公主就向父皇告状。郭子仪带郭暧向唐代宗请罪，唐代宗笑着答道：'不痴不聋，不做家翁，下一辈吵架，何必计较？'"

"臣万死。"汪伯彦依旧以额触地，不敢抬头。

"巧妇难为无米之炊，朕这个家翁难做呀。汪爱卿，你看这么多难缠的事情都赶在一块了，朕真的是一日都离不开你呀。"赵构已经踱到了汪相的身边，伸手在他的脊背上拍了拍，翩然而去。

皇权与相权的这一场博弈，赵构赢得很彻底。

汪相的后背已经被冷汗湿透，事已至此，他一点也不后悔自己的所作所为，长舒一口气之余，他此时开始重新审视这位高高在上的帝王。

学好文武艺，货与帝王家，这是每个人最初走入仕途的动力。如今山河沦落，他所做的一切，是因为对帝王乃至整个国家深深失望。可是就在刚刚，这个年仅三十岁的帝王，以四两拨千斤，竟然使老谋深算的自己退无可退。

"宰相汪伯彦居功甚伟，朕每见爱卿辛劳，于心不忍，加封金紫光禄公，享亲王俸禄……"

汪相听着朗读的圣旨，不由在心底发出冷笑，金紫光禄公多用来加封藩属国的国王，自己并没有封地，此次加封不过是给世人看的虚名罢了。他心中知道，赵构不会惩处自己，甚至以后都不会再提及此事。他还知道，赵构对他的惩处已经开始，此后余生，自己当兢兢业业，为大宋朝廷贡献出自己所能贡献出的一切。他还知道，这位年轻、隐忍的帝王，势必会带领整个帝国走向新的辉煌。

抬着莫哈拓的担架已经走到院子当中，他狠狠地闭上眼睛又大力睁开，努力想赶走眼前的朦胧。他感到树上的合欢花离自己越来越近，近得几乎迎面压下，同时感到眼皮越来越沉，几次挣扎着抬手想要抓住眼前的粉红，都是徒劳。

从前他不明白，为何童牧归这样遇到困难首先想到躲避的人，在发现自己的命运被玩弄后，竟会愤然不惜一切代价查清真相？此刻，自己的命运在短时间内急速转弯，莫哈拓忽然明白了童牧归的感受，自己怎么配知道皇帝的秘密？一直以来，他以为皇帝所说的就是真相，这一切不过是自己的一厢情愿而已。莫哈拓苦苦为皇帝寻求的真相，不过是皇帝给出了设定条件的题目、他负责做出皇帝想要的结果。

走在旁边的魏公公，把莫哈拓垂在担架外的手拿起摆好，附耳问道："还有什么未了的心事吗？"

莫哈拓只觉得自己的眼皮越来越沉，恍惚间，甘语柔竟然站在合欢花间朝自己笑。满堂摇曳的花朵，在翠碧摇曳间欣然晕出绯红一片，似甘语柔含羞的红唇，又如她腼腆的面颊羞出之红晕。

"愿……"莫哈拓的手往袖子里缩了缩，手指捻着袖口的十字绣花再不松开，一滴眼泪滑出眼眶。泪珠似乎知道这是与主人的永别，格外眷恋不忍离去，顺着他的眼角缓缓滚下，滑落至鬓角再不肯动。

"愿……天下……天下有情人……终成眷属……"

"唉……"魏公公叹了一口气，抬起头，透过树冠看了一眼星星点点的天空。

"公……公……我……"莫哈拓用尽全身的力气，从喉咙中挤出几个字，伴随着声音，大口大口紫黑色的血从他的口中涌出，血液流过脸颊，流进领口，在他的胸前浸出鬼魅的花朵。

　　花褪残红青杏小。燕子飞时，绿水人家绕。枝上柳绵吹又少，天涯何处无芳草！
　　墙里秋千墙外道。墙外行人，墙里佳人笑。笑渐不闻声渐悄，多情却被无情恼。
　　　　　　　　　　——[北宋]苏轼《蝶恋花·春景》

曲声盈盈满耳，他的手指永远地停留在袖口的"十"字绣线上，浓密的上下睫永远织在一起，织成一道篱墙，这边是自己，那边是爱人。

不知不觉已走到宫门口，魏公公驻足，目送莫哈拓的尸体被抬上马车，四周静得吓人，只有马挂銮铃的声音。他看着越来越小的车影，喃喃说道："孩子，睡吧，下辈子做牛做马都好，能做一只鸟儿也不错，千万别做人了。"

人言合欢百意好，不知此花名苦情。

古时候，这合欢花叫苦情花，也并不开花。苦情开花变合欢，要从一位秀才说起。秀才寒窗苦读十年，准备进京考取功名。临行时，妻子粉扇指着窗前的苦情树对他说："夫君此去，定能高中，只是京城乱花迷眼，切莫忘了回家的路！"秀才应诺而去，却从此杳无音信。粉扇在家盼了又盼、等了又等，青丝变白发，也没有等回夫君的身影。在生命的尽头，粉扇拖着病弱的身体，挣扎着来到那株印证她和丈夫誓言的苦情树前，用生命发下重誓："如果夫君已变心，从今往后，让这苦情开花，夫为叶，我为花，花不老，叶不落，一生同心，世世合欢！"说罢，气绝身亡。第二年，所有的苦情树果真都开了花，粉柔柔的，像一把把小小的扇子挂满了枝头，还带着一股淡淡的香气，只是花期很短，只有一天。而且，从那时起，所有的叶子居然也是随着花开花谢来晨展暮合。人们为了纪念粉扇的痴情，也就把苦情花改名为合欢花了。

第40章　真假难辨

严冥夜极目远眺，市舶司案引起的暗潮，并没有触及泉州的小股海商，相反他们现在面露轻盈之色。人们的生活在提刑司兼领市舶司后，焕发出了新的希望和生机，有钱赚，便有了动力。

绍兴二年，九月十一日。
市舶司被屠案案发第七十一日。
自醉仙楼发生夜袭事件后，严冥夜使了一个障眼法，将所有人转移到了驿馆，假充前户部尚书陈轩介的随从。陈轩介离开之时，他们会混在车队之中，一齐出城前往岭南。
自莫哈拓走后，童牧归反复推演案件中的细节，生怕再次出现错疑钱家那样的纰漏。综合现有的情况，所有的矛头皆指向宰相汪伯彦。
汪相觊觎市舶司官员贪污所得财产，从两年前开始，便联合了与钱丰源有怨的钱正青、稼音，以方便储存为名，鼓动市舶司官员将灰色收入寄存在万有当铺，同时钱正青也鼓动钱丰源将用于受贿的财物提前存入万有当铺，而万有当铺的幕后老板正是钱正青自己。想要达到永远霸占这笔巨款的目的，便要钱财的原主人永远闭嘴，于是钱家成了市舶司衙署官员被屠案的替罪羊。

"玉玺这么重要的东西怎么会流落到天竺呢?"童牧归不知不觉说出了声。

"童大哥,如今因为这个玉玺,害得你们颠沛流离,这个东西真的很重要吗?"甘语柔不知何时站在了他的身后,没头没脑问了一句。

"世间独一无二,传承千年,它是最高权力的象征。"童牧归尚沉浸在自己的情绪中,回答得有口无心。

"不对呀。"甘语柔的眉头骤然蹙在了一起,脸色一下子阴了下来。

"也难怪你不知道,我从前也不晓得,是莫大人讲解过后才知道,那些小时候常听的'卞和献玉''完璧归赵'等故事说的都是此物。"

"童大哥你误会了,我是惊讶这个玉玺怎么有千年,它明明是太上皇所制,算算时日,最多不过十年的光景。"

"你说什么?"童牧归一下子跳起来,蹦到甘语柔面前,希望她把话说清楚。

"早前听你们偶尔说起一句半句什么玉玺的,原本并没有放在心上,但是看到你们为了这样一个物件,劳神成这个样子,就想问问到底是不是我见过的那个东西。"

"你见过?你在何处所见?"童牧归满腹狐疑,重新上下打量了一番甘语柔。

"师师姐姐陪着太上皇一共刻了十个,她自己得了其中的一个,我也在她那里瞧见过,四四方方的,既不能戴也不能摆,没什么趣儿。"甘语柔答。

童牧归呆立当场,一时间只觉天旋地转,眼前一黑,倒在了庭院中。

童牧归再睁眼时已经天近黄昏,刚刚苏醒,头脑之中还是一片混沌,待到适应了眼前的光线后,挣扎着坐起来。陈轩介与陈夫人不知何时来到了他的房中,陈夫人拉着听南嫂的手不停地劝慰。

"童大哥，你醒啦。"听南嫂听见动静赶紧回头，她的眼角犹有泪痕。

"醒了就好，眼看启程在即，童总捕你要善加保重才是。"陈轩介道。

"多谢陈大人关心。"童牧归答。

"无碍，老夫一生于子孙命上福薄，看着你们年轻人就心生喜欢，全做自己儿女看待。"陈轩介道。

"可怜我的女儿，那年若没有走失，估计也和你一般大了。"陈夫人一改端庄之态，眼窝之中一瞬间盈满了泪水。

"小姐……"听南嫂试探着问。

"听南嫂，不得无礼。"童牧归觉得打探陈轩介家事不妥，出言制止。

陈轩介摆摆手，叹了一口气道："无碍。是老夫对不住小女，那年携家眷从岭南老家出发前去赴任，途经泉州逛庙会的时候与小女走失。找寻了几日未果，眼看赴任期限将至，逾期不到有欺君之罪，万般无奈之下只得启程。十几年来，老夫与夫人每每想起，痛心疾首。此番还乡，特意在泉州盘桓，聊慰思女之心。"

"童大哥，你还记得丹荷姑娘吗？"听南嫂问童牧归。

"不会这么巧吧？"经听南嫂提醒，童牧归的心也动了一下。

"你们说什么呢？"陈夫人瞅瞅这个，看看那个，不理解二人在打什么哑谜。

听南嫂看了看眼前老者，他虽然贵为公卿，提及子女之时与寻常老叟无二，舐犊之情溢于言表。她犹豫了一下，说道："陈大人、陈夫人，我认识一位姑娘，出身经历与二位所说极为相似，但是不确定她是否就是您二位要找的人。"

"真的吗？她在哪儿？听南姑娘，你现在就带我去找她好不好？"

陈夫人起身便要往外走,但是听南嫂依旧坐在童牧归的床边没有动。

"夫人,你先别激动,听听南姑娘把话说完。"陈轩介倒还冷静,拦住了陈夫人的去路。

"陈大人、陈夫人,有两点小女子事先言明。这第一,丹荷姑娘未必是您走散的千金,这一点请二位有一个心理准备。第二,实不相瞒,丹荷姑娘已经沦落风尘,假如她真是令千金,而您二老介意她的身份,那索性不如不寻。她的身世已经凄苦,再添伤心又是何必。"

听南嫂所虑绝非多余。倪丹荷与家人走失的时候,已经是十岁,这样的年纪对自己的家庭状况、父母身份都是有记忆的。她在美凤楼不是没有打听父母的渠道,而是出于曾是官宦人家小姐的自尊没有这么做,她觉得自己沦落风尘是家门的耻辱,潜意识里担忧父亲身居高位,不会与做了妓女的女儿相认。

"有劳姑娘费心了,老夫愧对女儿,无论她今时今日为娼为乞,皆因老夫看顾不力而起,又怎么忍心怪罪她呢?只盼有生之年,还能与女儿相见,以偿心债。"

话已经说到此处,听南嫂带着陈夫人出去,商量如何接倪丹荷出来见面。

"恭喜陈大人。"童牧归躺在床上向陈轩介道贺。

"若是小女最好,若不是,也还是要感谢你与听南姑娘费心。"陈轩介的脸上蒙着一层喜色,整个人精神了不少。

此时童牧归的意识已经完全恢复,晕倒前甘语柔所说的话一直在他的耳边回响,再看眼前的陈轩介,一个大胆的想法冒了出来。

"听闻临安有一美景名曰西湖,吴越王曾动用数千人修缮,苏学士建长堤于岸,用石拱桥相连,不知可有此事?"

陈轩介不置可否,浅笑了一下,吟道:"我本无家更安往,故乡无此好湖山。学士醉着,却把话说得明明白白了。"

第40章　真假难辨

"临安今已升为行在，官家恐怕有意定都于此，宫楼殿宇、礼制坛庙，皆应及早准备建设才是。"

"新的皇城于去年定址，建于临安凤凰山东麓一带，东至馒头山东麓，西至凤凰山，北至万松岭，南至笤帚湾。皇城宫殿依山势而建，殿阁叠进，现已开工。河湖疏浚，官道修葺也都在有条不紊地进行当中，不日可重现天朝气派。"陈轩介答。

"敢问大人，是何时开工的？"童牧归问。

此时，陈轩介突然抬头，目光如炬，一甩袖子，断喝道："大胆童牧归，你套问皇城内情，是何用意？真当老夫年迈昏聩不成。"

童牧归一下从床上滚了下来，跪在地上连磕了三个头，说道："陈大人恕罪，牧归实在是有难解之事，不得已出此下策。"

"知道那么多有什么好处，若不是因为你知道得太多，何至于背井离乡随老夫远走。"陈轩介问。

"陈大人明察，牧归大胆揣测，您也是因为知道了什么，才会弃朝堂而远遁，对吗？"

"哈哈哈……"陈轩介不怒反笑，"严冥夜果然没看错你。你还病着，起来说话吧。"

"今日陈大人不给牧归一个明白，牧归便跪在这儿不起来。"

"当家里没钱的时候，家里的人在一起煞有介事地讨论如何花钱，花钱的计划制定下来后，各部门照此准备。就在要用钱的关口，家里收到一笔意外之财，恰好解了燃眉之急，各方面按照原有计划实施。你说这笔钱还是意外之财吗？"陈轩介说完，苦笑了一下，意味深长地看了童牧归一眼，转身离去。

童牧归回到自己的床上躺好，他的心前所未有过的轻松，以至于片刻后便沉沉睡去。

此时此刻,全部真相大白。

徽宗善文墨好风雅,曾仿照传国玉玺,增刻印玺十方,世人难辨真伪。靖康之难,暴雪围城,金军攻破汴京,俘虏了徽、钦二帝及赵氏皇族、后宫妃嫔与贵卿、朝臣等三千余人,押解北上,公私积蓄为之一空。赵构继位后,面对无粮可调、无钱可用的窘况,朝廷危如累卵,急需一笔巨款改变现状。且此时朝廷税收多赖市舶,福建路市舶司却上下沉瀣一气、贪赃枉法,视朝廷法度如虚文,长此以往,恐生民变。泉州海商钱氏,拥有可敌国之富,赵构就此打上了钱家的主意。既要钱家的钱,也想借此敲打市舶司,整顿吏治。

顾及钱氏家中持有太祖钦赐丹书铁券,赵构与汪相商议后决定,从宫中拿出徽宗所制仿玺,诱惑钱家购买。世人皆知玉玺被金军所得,届时便可扣以通敌谋反罪抄没钱家家产。汪相心怀鬼胎,想在此事中大赚一笔,他深谙芝麻多了大过西瓜的道理,想把市舶司官员贪污的钱财据为己有。为了达到自己的目的,他把这件事告诉了外甥钱正青,并与早前安插在钱府的内侄章闻柳取得联系,并拉拢与钱丰源有仇的稼音。他们的计划是,杀死市舶司所有人,嫁祸给钱家,汪相既完成赵构任务又得到市舶司贪污得来的钱,钱正青重掌钱家,稼音为母报仇,一石四鸟。

鼓动市舶司官员将贪污所得存进万有当铺,利用小股海商对钱家的不满,鼓动刘五壮尾随钱家出海押宝,并提前教授他如何探听情况、如何藏东西。授意蔡文东在合适的时间雇佣刘家的船到天竺。在明知刘矾逸和钱醒各怀目的的情况下,钱正青诱使刘矾逸偷取玉玺,由钱醒向钱丰源证明整个过程。被买通的市舶司点检根据提示,将藏有玉玺的坛子带回市舶司。

与钱家同在天竺的船,只有刘家,钱丰源恼怒于刘家和钱家作对,派出平将门杀人灭口。平将门在雨夜潜进刘家的船,杀人后放下船帆,拔起船锚,使船顺风出海,达到毁尸灭迹的目的。雨大风急,刘家船没有人控制，翻在大海之中，尸体葬身鱼腹，船骸被人发现。刘五壮的夫人刘氏，悲愤交加，误以为刘五壮是因市舶司高压盘剥而冒险出海，围堵市舶司索要公道不成，误信江湖骗子贾半仙，企图以巫蛊之术惩罚市舶司官员。每当调查的走向偏离钱家的时候，鹿游原则会将破案思路加以引导，使之重新回到钱家。

钱丰源得知玉玺已经到达市舶司，雇佣平将门到市舶司偷取，而稼音、钱正青等人向平将门传达的命令是杀人夺物，然后再以钱丰源的名义雇佣平将门绑架童牧归和听南嫂，故意露出马脚将线索指向钱家。同时，稼音假借送平将门回东瀛避风头的名义，集合平将门所有人在住处，先投毒再放火，又在现场故意遗落自己的玉佩，再次将所有的矛头指向钱家。

市舶司官员贪污的钱财，在汪相到达的当天夜里，由汪相的亲信在万有当铺取出。为掩人耳目，他们把这批财宝交给振威镖局押运，并派亲信持龙禁卫的令凭一路护送，以防沿路关卡盘查，最终送达广州府。在所有的证据准备好后，章闻柳、钱正青到转运使司衙门出首，汪相顺势到钱家抄家。

钱丰源所统领的钱家商号勾结市舶司，严重损害了朝廷的利益。朝廷此时需要钱家的钱缓解政局，但是彻底消灭钱家的势力无异于杀鸡取卵、竭泽而渔，想要有源源不断的海贸收入，就要扶植朝廷可控的新人选。钱正青最终很好地平衡了这两方面，一方面帮助朝廷得到了钱家家产，一方面朝廷默认他接管钱家的航路、货源、关系网，从此朝廷与钱正青互惠互利。

此时童牧归感到恍如隔世，他一直被市舶司案中种种线索牵引前行，却忘了自己最初始的判断问题准则。汪相灯下黑，将自己的贪婪隐藏在皇帝的贪婪下，童牧归发觉自己从没思考过，皇帝作为高高在上的天子，天子的灯下藏的是什么？换句话说，皇帝不惜冒着天下人指责他

觊觎百姓财产的风险，究竟是要隐藏什么东西？这两个问题有一个共同的答案，那就是天下人都知道的被金军带走的传国玉玺，经此一事后，可以名正言顺地出现在赵构的案上。

绍兴二年，九月十三日。

市舶司被屠案案发第七十三日。

泉州城外三十里，严冥夜下轿，与陈轩介一干人等告别，准备返程。童牧归跳下自己所在的马车，拦住了严冥夜的去路。

"严大人，借一步说话。"童牧归做了一个请的动作。

严冥夜苦笑了一下，随他来到一旁僻静处，道："你到底还是要问。"

"卑职问了，就有可能得到像鹿游原一样的结果，对吗？"童牧归直视严冥夜的眼睛。

"看来你知道了？"严冥夜的眼神紧了一下。

"卑职只是猜到了。"童牧归坦然与之对视。

"既然知道了，那你就不怕本官反悔，不放你们走吗？"

"卑职来只是想问一句，整件事情从头到尾您都知道，对吗？"

"是。"

"您起用卑职，不过是看上了我彼时的庸庸碌碌，对吗？"

"是。"

"从卑职升为总捕那日起，就已经是您整盘计划中的一颗棋子，对吗？"

"是。"

童牧归的瞳孔收缩了一下，双拳紧握，直视严冥夜的眼睛，继续问道："您明知道莫哈拓此番有去无回，为何不阻止他回临安？"

严冥夜长出了一口气，补充道："总要有人把因由事末汇报给官家。"

童牧归闻听此言，失口冷笑出了声，心头一阵阵泛酸，他不知道该如何面对严冥夜，半晌方说道："就算市舶司官员死有余辜，那百姓的命真的就那么不值钱吗？家父兢兢业业一辈子，无端卷入稼音对钱家的报复。刘五壮本分经营，至死都不知道，他曾看到的机会、希望，从始至终都是一个阴谋。我呢？谨小慎微，唯求平安度日，您明知我一心想远离是非，却一再挽留，只为了达成你的目的。"

严冥夜没有回答童牧归的问题，转身看向北方，反问道："你是什么时候开始怀疑本官的？"

童牧归悠悠说道："一切事情都理清以后，不难发现，为了这件事，汪相从两年前便开始布局，安插人手。而大人您恰恰是在那个时间到任的。可以说整个布局接近于天衣无缝，在外人看来，一切皆是钱家所为，是那么理所应当。这里面最大的不确定因素，便是提刑司。无论提刑司多查了什么，还是少查了什么，都会影响事情的走向。鹿游原的作用是在没有头绪的时候，引导线索指向钱家。人贵有自知之明，凭我的斤两何至于当上总捕？您一直拖延卑职的离职时间，正是看中了我的无能，由我参与，不该查出来的东西便不会被查出来。"

"童总捕过谦了，整件事情你这不是都已查到了吗？"

"最让我怀疑汪相并非真正幕后主使的，还是您。圣旨传到，提刑司兼领市舶司，没有任何慌乱和不适，提刑司的人便顺利接手市舶司各职位的工作。这证明您在案发之前便知道这个决定，所以早早做了准备。举国上下只有一个人能够决定这件事，那就是高高在上的皇帝。堂堂天子，居然觊觎百姓之财，可怜可笑！皇帝派遣您到福建路任职，正是为了他不可告人的秘密，让假玉玺在泉州历练一圈，变成真的玉玺。"

严冥夜没有吭声，静静地看着童牧归，眼神颇为复杂。

"破案讲求追本溯源，卑职数次想要搞清楚玉玺为什么会流落海外，但是每次大人都会打断这条思路，也就是说，大人您从一开始便知道答案。我想不通，为什么栽赃钱家谋反，一定要用玉玺？若定罪，通

敌书信足矣，何必牵连这么多无辜的性命？"

"一个全天下人都知道丢了的东西，只能是在哪儿丢的再在哪儿找回来，如此才合情合理。"严冥夜答。

"原来如此，怪不得知道此事的人几乎都被灭口。金军抢走了玉玺，若金军企图扶植钱丰源自立，那么将玉玺赠予钱丰源便顺理成章，而你们发现了钱丰源的意图，抄家时找到了玉玺。这一段大戏演完，假玉玺顺理成章变成了真玉玺。"此刻，童牧归知道了整件事情的全部真相。

"既然你知道这里面的凶险，眼看就要逃出生天，为何最后还要刨根究底？"

"那日我被平将门劫持，回来后再次萌生了退意。家父说，我所遭受的一切，不是因为我做错了什么才发生的，而是有人一错再错。避免伤害的办法，永远不是我不去面对，而应该追本溯源，从根上将错误扼杀掉。如果因为无法承受结果而放弃，当他日有更坏的结果出现，定会后悔今日的不作为。"

"本官受教了。"严冥夜对童牧归深施一礼。

"您可曾想过阻止此事发生吗？毕竟平白搭上了这么多无辜的性命。"

"这件事好比险路驾车，山险路滑，马匹受惊，后退已经是不可能了。两条路上都有无辜之人，两害相权之下，只能取其轻。"严冥夜侧身眺望北方，语气中流露出悲怆，"严某认为，重症当用虎狼药，我大宋危如累卵，若想短时间走出困境，只能如此，秩序的前提是活着。"

二人良久没有说话，引得马上的人频频往这边张望。

"为什么放我走？"童牧归问出了自己最后的疑问。

"这件事终究不光彩，千百年后史书上必不会有一丝笔墨。你在，人间就有真相在！"

"几十条人命，就这么没了，究竟是谁的错？"童牧归不甘心地追问。

"那一场大雪，如为金军平增二十万铁骑，凡此种种，细算来皆由那场雪而起，一切皆是天意。如果一定要怪谁，就怪那场雪吧。"严冥夜答。

童牧归也看向北方，道："都道南人不识雪，我愿我血献中原。严大人您多保重，他日有用，召我必到。"

"天不早了，启程吧。"

通往岭南的官道上，四辆马车依次前行。童牧归和听南嫂坐在最后一辆车的车辕上，童牧归挽着缰绳，听南嫂挽着童牧归。

"听南，你知道吗，自第一面见你，我便在心里发誓，一定要给你一个家。"童牧归深情地看着听南嫂。

"讨厌，还没拜堂呢。"听南嫂红了脸，粉拳捶在童牧归的肩头。

"还没来得及给你一个家，却是把你自己苦心经营的醉仙楼弄没了，你怪我吗？"

"纵使余生多飘零，有君相伴，四海皆是家。"听南嫂坐直了身子，说得极为认真。

"山一程，水一程，你的余生童某借一程。"童牧归不觉松了缰绳，揽过爱人入怀，在她的额头吻了一下，在她的耳边呢喃，"这一程便是余生，娘子多指教。"

"瞧瞧，红线绳都脏了，你竟还宝贝似的戴着。"听南嫂看见童牧归戴着的观音挂坠露了出来，她拿在手心里捂了一会儿，确定不冰了才小心帮他掖好。

"我这是戴着你的心，怎么可以轻易离身？"童牧归拉过听南嫂的手，在嘴边吻了一下。

"又胡说……"听南嫂感到脸上发烧，想要抽回自己的手。

童牧归抓得更紧了，看着她的眼睛，每一字都说得极为认真："世间有万苦，除了亲生父母，只有你愿意陪我寒暑往复。过去和未来的日

日夜夜，只有你会关心我的喜怒、哀惧、爱恶、冷暖、餐否、在哪里、去何方。你就是我的菩萨。"

送走童牧归一行，严冥夜如释重负，他没有急于返回提刑司办公，而是来到了泉州港码头边。

严冥夜极目远眺，市舶司案引起的暗潮，并没有触及泉州的小股海商，相反他们现在面露轻盈之色。人们的生活在提刑司兼领市舶后，焕发出了新的希望和生机，有钱赚，便有了动力。

泉州百姓没有了市舶司的盘剥，一扫身上的戾气，人人的心思都往做点什么能够赚更多的钱上用。

严冥夜知道，这一切都如父亲当年所愿……

绍兴二年，九月二十五日。

市舶司被屠案案发第八十五日，赵构下旨，福建路市舶司由提举茶事兼领。

两年前，建炎四年七月二十三日，市舶司被屠案案发倒计时：两年零二十三天。

严鹏先病危。

赵构听闻老师病危的消息，微服匆匆赶往严家。

"老师，您不能撇下朕，大宋离不开您，朕离不开您……"赵构坐在严鹏先的病榻前，泣不成声。

"陛下，老臣福薄，不能亲眼看见您的宏图伟业……"严鹏先强挣扎着使出最后一丝力气道，"老臣这几日想通了一件事，汪相的建议可行……老臣知道陛下担心什么，馎饳再干净也只是馎饳，蜜糕落了一点点灰，还是香甜的蜜糕……"

严鹏先的意思很明显，如果赵构不能改变现在山河破碎、百姓流离的现状，那么赵构即使再有底线，也无法在人们心目中树立圣明君主的形象。如果赵构能够改变现状，让四海升平、国泰民安，百姓只会为赵构歌功颂德，没有人会追究幸福生活是用什么样的代价换来的。

"老师，您说的这些，朕都知道……可是……"赵构依旧迟迟不能下决心。

"陛下，如果老臣没记错，太上皇当年曾仿制传国玉玺十枚……"严鹏先继续道。

赵构闻听此言，惊讶地瞪大了眼睛，全然没有了帝王的威仪。

"老臣是将死之人，说一句大不敬的话，太上皇在一日，您的龙椅就不稳当一日。若把传国玉玺握在手里，他是丢玺之君，您是得玺之君，谁更得天道，大家会看在眼里……"严鹏先每说几个字就要喘上半天，既有体力不支的原因，也是为赵构的未来激动。

听到老师如此说，赵构真的心动了。纵观史书，被赶下龙椅的皇帝，没有一个可以善终。更何况权力是有魔力的，一朝握在手里，一辈子都想握住。世人皆知传国玉玺被金军掳走，那么把假的玉玺放进钱家，可达到诬陷钱家谋反、抄没其家产的目的。既然钱家谋反，那么金军将玉玺赠送给钱家作为信物顺理成章，抄家时得到玉玺合情合理。一番瞒天过海之后，假玉玺就变成了无可辩驳的真玉玺，为赵构的统治加持。

"陛下，治国如治病，防患于未然。泉州钱氏富甲天下，已经没有什么奇珍异宝是他们得不到的了。人的占有欲是无限的，他们的下一个目标极有可能就是权力。"严鹏先不知道赵构已经心动，又继续劝着，"有了这笔钱，陛下可在杭州府修建新的皇城。那里气候温暖，物产丰富且水网密布，定都于此，陛下从此无虑矣。"

这一番话如同三九天一盆冰水迎面泼来，赵构觉得自己被刺骨的寒意包围，如同置身当年的暴雪之中。冰冷逐渐弥漫到严鹏先的身上，一

位曾经不受重用的能臣,走到了人生的终点,赵构这位曾经不受重视的皇子,走向了新的路程……

靖康年间,金兵乘雪驾风,一路南下侵宋,围困都城汴京。靖康元年正月,多"大风雪",金兵第一次入侵,汴京被困十日,粮食、燃料供应中断,造成"城中食物贵倍平时,穷民无所得食,冻饿死者枕藉"。二月,金兵北还,朝廷危难暂时得以缓解。同年冬季,汴京再为强寒潮笼罩,暴雪不止,极度严寒。十一月,大雪"二十余日不霁,雪深丈余",金人再次入侵,"自虏人渡河,诸门尽闭"。"都城之中兵民无虑数百万,围闭日久,廪薪日缺,人既艰食","饿殍不可胜数"。在此恶劣的气候条件下,官兵难经寒冻,战斗力下降。"大寒,士卒噤战,不能执兵,有僵仆者"。严重的冻伤,致使宋军战斗力大降。二十五日,开封再降大雪,"平地深数尺,冻栗堕指"。对于久居严寒之地的金兵来说,这场雪"如添二十万新兵","乘大雪攻城益急",最终登城成功,汴京失守。(以上内容于《宋史·本纪·卷二十三》《续资治通鉴长编》《三朝北盟会编》中记载)

东方泛起了鱼肚白,鸟雀之声此起彼伏,在廊下站着的魏公公努力抬了抬头,想看看初升的太阳。东升的旭日尚未看到,影影绰绰有炊烟映入眼帘,他抬起胳膊用袖子使劲揉了揉干涩的眼睛,耳朵却不敢松懈,留意着室内官家的动静。

从前渴望圆圆的天,这两年一路南下,颠沛流离,竟然一直无暇仔细看看。魏公公干涩的眼睛此时不觉流出眼泪来,涩得眼珠生疼,魏公公赶紧擦拭,岂料越擦越多,泪水竟像他心中对那四方天地的思念一样,怎么也止不住。

此刻,室内斜倚在榻上的赵构,内心澎湃不已。自严府回来以后彻夜未眠，他反复掂量严鹏先所提的方案。当年他冒着生命危险智卧金营，领天下兵马大元帅挽救危局，甚至苗刘兵变的时候也不曾如此忐忑。忐忑带来的心跳一下一下敲击着他，心境毫无征兆地过渡到兴奋，随之思考的，不再是是否可行，而是如何进行得更彻底。

"阿公。"赵构用手搓了搓僵冷的面颊，朝着门外高声呼唤。

"奴才在。"魏公公连忙把脸上的泪擦了又擦，推门进来，垂着头，听候官家的差遣。

"传旨……"两个字出口，赵构发现数日水米未进的喉咙发出的声音沙哑，遂清了清嗓子接着说，"先不忙，先给朕端一碗热汤来。"

"是。"

很快，温热的银耳汤送到了赵构的手上，等到他半盏下肚，魏公公已经研得墨、舔饱笔，静静地等着官家开口。赵构把最后一点犹豫随着剩下的汤水一同咽下，把空盏放在一旁，开口说："抽调荆湖、江西、福建等路厢军肃清反贼和盗匪，凡趁国家危局伺机谋逆者，九族连诛。命严冥夜任福建路提刑官，即刻上任。感念吴越王钱镠纳土归来对我大宋朝廷的功绩，以其故里'临安'为名，升杭州为'临安府'，修建行宫，隔年迁往。"

魏公公答应了一声："是。"双手捧着墨迹未干的纸，躬身向门口退去。

"慢。"赵构此时已经从榻上起身，来到书桌旁坐下，叫住了刚退到门口的魏公公。

只见赵构提笔在纸上刷刷点点写下了十二个大字：绍奕世之宏休，兴百年之丕绪。字笔体苍劲有力，颇有徽宗遗风。

"传旨，自即日起，升越州为绍兴府，赐匾——绍祚中兴。"

全文终。

后记

关于钱氏家族：本文故事情节的设计，大部分是基于历史事实推演出来。但是，钱氏家族是因为故事情节需要所虚构的，并非吴越钱氏家族，姓氏雷同，纯属巧合，望周知，读者切勿对号入座。

泉州市舶司遗址位于鲤城区，据道光《晋江县志》记载，市舶提举司府治在南水仙门内。有关方志记载，南薰门在市舶司之旁。即今泉州市内水门巷竹街南薰门遗址西北，西到水仙宫，东到三义庙，北到马坂巷洪厝山。

市舶司是我国古代管理海上对外贸易事务的政府机构，市舶司在特定港口遵照朝廷指令，统一管理对外贸易事务，其主要官员市舶使及其下属由朝廷任命。泉州是我国东南沿海的一座历史文化名城，是中世纪世界著名的贸易港口。泉州城形似鲤鱼，遂被称为"鲤城"，又因环城遍栽刺桐树，故又称"刺桐城"。

北宋时，中国结束了五代军阀割据的分裂状态，国内经济得到很大发展。宋王朝对海外贸易实行奖励的政策，泉州港凭借其优越的地理位置而迅速发展起来，并超过明州，成为仅次于广州的全国第二大港口。北宋元祐二年，福建市舶司设于泉州。此时，通过泉州港同北宋进行经济、文化交流的国家已达到四十多个，包括大食、占城以及南洋诸国。其中，有许多阿拉伯人就在泉州定居，繁衍后代。

南宋时期，泉州港进入其发展的鼎盛时期，泉州市舶司的业务也随

后记

之繁荣。据《晋江县志》记载："赵崇度提举市舶司，度与郡守真德秀同心划洗前弊，罢扣买，禁重征，逾年舶至三倍。"建炎二年至绍兴匹年，泉州所缴的税金相当于当时全国收入的十分之一，而这与泉州港贸易的繁荣及市舶司的管理是分不开的。

  据史料记载，南宋绍兴二年七月六日，福建路市舶司由本路提刑司兼领，绍兴二年九月二十五日由提举茶事兼领，共计七十九天。福建路市舶司在这段时间内究竟发生了什么，一直是历史上的未解之谜。

  本故事中出现的靖康之难、汴京暴雪、建炎南渡、绍祚中兴等历史事件，市舶司、提刑司的职能，关于临安、泉州、汴京等地的描述，全部属实，有史料可考。